擁有勇氣、信念與夢想的人，才敢狩獵大海！

獵海人

獨夜舟

歐陽昱（著）

My book's all madness, Reason won't appear
Within its pages, she's a stranger here
And till the soul breathes in this madness she
Remains a stranger to eternity.
…
I don't know where to turn, since who could give
Forgiveness to the hundred lives I live?

Farid Attar[1]

我做作品時常把自己逼上絕路，我相信作品在絕處會逢生。

蔡國強[2]

[1] See Farid Attar, *The Conference of the Birds*. [trans. by Afkham Darbandi and Dick Davis. Penguin Classics, 2011 [1175], p. 253，其意思是：
我的書全是瘋狂，書頁裡
不會出現理智，她在此是陌生人，
直到靈魂在這片瘋狂中呼吸之前，她
永遠都是陌生人。
……
我也不知道該去哪兒，誰能原諒
我生活過的百種人生？

[2] 引自楊照、李維菁，《蔡國強：我是這樣想的》。廣西師範大學出版社，2010，p. 162。

It is a fancy of mine that each of us contains many lives, potential lives.

Lawrence Durrell[3]

I hated everyone
but I acted generously
and no one found me out

Leonard Cohen[4]

A between of eyes, between waking and sleep.
A twilight betweenlight, not day and not night.

Yehuda Amichai[5]

---

[3] 引自Lawrence Durrell, *The Black Book*. London: faber & faber, 1977 [1938], p. 37，意思是：「我有這樣一種想像，彷彿我們每人都含有許多生命、潛在的生命。」

[4] 引自Leonard Cohen, *Book of Longing*. Penguin Books, 2010 [2006], p. 159，意思是：

我仇恨所有的人
但我表現得慷慨大度
沒有任何人發現這一點

[5] 引自Yehuda Amichai, *The Selected Poetry of Yehuda Amichai*. (trans. Chana Bloch and Stephen Mitchell). University California Press, 1996 [1992], p. 173，意思是：

兩眼之間，睡醒之間
晨昏之間，非日非夜

I said
parts of the self
chase one another

Adonis[6]

[6] 引自Adonis, *Selected Poems*, translated by Khaled Mattawa, Yale University Press, 2010, p. 169，意思是：
我說
自我的各個部分
互相追逐

【閱讀此書的要領：在圖書即將消亡，為電子書所替代，眼睛將從閱讀文字，過渡到強姦圖像的時代，書，是可以從任何地方開始閱讀，就像樓，可以從任何一個地方起跳，嘴，可以在任何一個地方開口說話，鼻孔，可以在任何一個地方開始呼吸，字，可以在任何一個地方開始閱讀一樣。這本書可從最後一頁開始讀。也可從中間開始讀，而且是往回讀。當今讀書的人是這樣一種人，他們拿起書，眼睛看著別的地方，如微信、電視螢幕、窗外、車窗外、門外、桌子對面某人的眼睛、電腦螢幕、i-Pad螢幕、手機螢幕、人臉螢幕─是的，人臉也已經進入螢幕時代了、天幕、水幕、地幕，等，把書打開，眼睛落在什麼上面，看到的就是什麼。記住，如此閱讀，就像做任何別的事一樣，是要有技術的。這個技術很簡單，那就是，看完一頁或一個段落甚或一句話，如果怕重複再看，就用筆在旁邊做個記號，打鉤也可，打叉也行，寫個「r」，表示「read」（已讀）也可以，最簡單的是打個斜叉，像登錄某家網站那樣：http://。打一個「/」即可。這樣，你看回來時就不用再看了，除非你非常想看不可。記住，讀者的想像力比任何作者的想像力更大，他或她甚至它─是的，一頭動物也可以閱讀，不信你把獲得諾貝爾文學獎者的書，放在一頭豬的鼻子底下，看它怎麼讀，它的方式是拱讀，不像人那樣，是捧讀─只需要一個字，或者幾段話，就能從一個星球，穿越到另一個星球，或從一個眼球的星球，穿越到另一個眼球的星球。好了，開始新的閱讀體驗吧─是的，用體去驗。】**

在你被澈底忘記的時候，他說，你就開始活起來了。你得把現在這種情況做一種延伸分析，他想。也就是說，你站在十年後回頭看你今天、你昨天和你前天。那時你的記憶可能變得像蜂窩一樣穿孔。只留下大的框框，留不下小的細節，他對自己說，好像自己是另外一個人。或者說，你得把自己的情況做一個今昔對比分析，即此時此刻回想一下，十年前的這幾天都發生了一些什麼，特別是在某一天的某一時刻，你究竟在想什麼或感什麼，他想到這兒才第一次發現，可以說想什麼，卻不能說感什麼。看來，感是被動的，而不是主動而及物的，中間非要插進一個「到」字。這很奇怪，但他的想法很快又往下移動了，就是說，往紙的下方在移動，這其實很不生活，不像生活，因為每一天我們不是往下，而是增加地活，從一點活到二十四點。古代的行文，像H很欣賞的那樣，也往下走，但總體上是往左走，這樣一種走向，不知會造就一種什麼樣的人腦風景。十年前那一天，也是7月24日，他只能隱約記起，那應該是剛從歐洲回來不久。「應該」這個詞，一般來說是最不應該的，因為一用這個詞，就說明用的人不太清楚他在說什麼，或者說他很清楚他不太清楚在說什麼。這就像他前生—是的，一個人的生命，不應該以出生的日期起算，而應該以他意識到他活著的那一刻算起，更確切地說，應該從他拿筆，把事情記下來的那一刻算起，凡是活過了，就等於死過了，如果沒有記下來的話，照下來也是一樣，如果沒有照的話—在法院工作時，經常聽到凡有華人背景的人，在證人席作證時，最愛用的一個詞。問強姦嫌疑犯：據她指稱，你當時把手放在她胸脯上，試圖解開她的奶罩扣子。是這樣嗎？回答：應該沒有。問：你說「應該沒有」是什麼意思？答：就是沒有的意思。問：嫌疑犯，請你回答「yes」或「no」，即你究竟做了，還是沒做。答：應該沒做。快要氣瘋的法官說：—接下去的，不用多說，你大概也會想像出來，用不著一個寫字的人囉嗦。

一寫到這兒，他就放棄了想學伯恩斯坦那種一本幾百頁的書只寫一句長話的做法。這個世界有70多億種活法，就至少有70多億種寫法，用不著像任何人，也用不著不像任何人。最近挪威那個60後的傢伙三年寫了六本書，總頁數達到了三千多頁，在挪威一個五百萬人口的小國，一上市就賣了40多萬冊。還譯成英文什麼的。但是，法國就不給他面子，不買他的賬。那無非是利用自傳體小說的方式，大把大把自揭隱私而已，還玩弄事先徵求真人許可其寫真事這種噱頭，搞得書出來後出現大賣的好景之時，也有人對他大肆攻擊，把他此舉說成是跟魔鬼做了交易。如果你試著發發挪威音的話，那人的尊姓結尾處，發音很像「God」（上帝）。挪威這個國家很奇怪的。據說生活很貴，一瓶啤酒要賣9澳元，約合50元人民幣。正是由於這個原因，他那年到了瑞典，就沒動過要去挪威的念頭。現在想起來，當時結果成了挪不威，沒挪動，所以就威風不起來了。

這裡，他要順便講講瑞典。（下午2.22分停，做別的事。）現在是過了兩天的晚上9.20分，他一整天都在想坐回來寫這個東西，自始至終都在克服不想回來、不想寫、不想寫更多的東西、認為在這個世界寫再多東西也沒用、反正也得不到任何榮譽、得不到任何承認、甚至得不到一個人欣賞的那種想法逼得他一而再再而三地在思想上回到這個上面來，尤其是在跟最想當詩人卻不得不當醫生的那個朋友見面時，就想回到這個東西上來。朋友在土著地當醫生，去了諾福克島，談到那個地方的羊肉鳥，說那地方就是一塊六公里大的孤立獨石，從大海中聳立出來，去那兒遊覽的都是昆士蘭等地的白人。他們吃的是鳥冬面。一人一碗。朋友付了錢，並讓他之後給他買咖啡。他喜歡這種澳大利亞方式，愈覺得中國人的方式繁瑣和虛偽。他們的談話游離到卡彭塔利亞灣。那是他工作的地方。他於是問他是否看過一本以那個地方為題的澳大利亞獲獎小說。他說：看過。只看了五頁，就再也看不下去了。你不能用那些虛假虛幻的東西來欺世盜名。他也對朋友說：是的，我也看過，怎麼看也看不進去、看不下去。所有獲獎、獲得大獎的作品，似乎都有這個問題。朋友於是說起懷特，說他寫的一部作品中，涉及了土著人把自己一個十二歲的小女孩打死後生吞活剝地吃掉的事。他對朋友說：是的，他們不是光吃自己的，早年，他們最愛吃中國人，因為中國人的肉特別細嫩鮮美。他們不喜歡吃白人的肉，因為他們的肉很粗。大約是因為白人愛吃牛羊肉不吃蔬菜的緣故。當然，也肯定是因為中國人平常都是吃飯的緣故。

朋友一上來，就跟他講自家的事，講得他聽得有些難受、不好意思。朋友說：母親有點老年癡呆，已經90歲了，但還能說話，也能記事，平常大部分時間都看書，但最不喜歡的就是孩子，從小就跟我們說不喜歡我們，不該生出我們來的。我們一家四個孩子。最後鬧得其中一個，也就是我弟弟，發誓再也不回家，也從此沒有回家過，而且一句話都不跟她說。朋友說這件事時，他想起了一件類似的事。那是他認識的一個華人朋友，他老婆把女兒扔下不管，跟她爸爸在凱恩斯過，自己一人跑到法國巴黎開店、賺錢，也不離婚，也不回家，就那麼撐持著往下過。他開玩笑說：這是中國式的國際主義，跟任何人都沒有關係，只需要在巨大的空間裡，為自己建立一個落腳之地、插足之地、生根之地，都是那句老話教的：人不為己，天殊地滅，中國人為的永遠是中國人，只是他們最有能力做的事，就是讓自己的親骨肉過得最不開心、最為不幸。朋友被他打斷後也不生氣，等他講完，繼續講他自己的故事，說他獨自一人開車，跑了一千多公里，到阿德萊德某個一片荒野的地方，除了草，就是光板地，沒有樹，只有天，那個地方，不知什麼時候有人在地上打了一個深深的洞，為了給過往的船隻取用淡水，天熱到四五十攝氏度的時候，人站在洞邊，會感到冷氣撲面而來，凍得人非穿棉衣不可。當地土著人把洞當成神祇，以為下面是通天地的，還請白人又打了一口洞。他站在洞邊，打著寒顫，在藍得發紫的夜空下，來回徘徊，周圍幾百公里不見一個人影。只有他自己和他自己看得見的他自己的影子。他指著自己的腦袋說：It's too much. Too much loneliness here。（太多了，這兒太多孤獨了。）

「孤獨」二字，讓他停了下來。他對這個字實在太熟悉了。這簡直就是他生命的一個不可分割的部分。無論是在人海裡面，在一大群吃著嚼著喝著說著笑著罵著說著假話說著笑話說著無聊話的人裡面，在擁擠的經濟艙裡面，還是在一個人躺在自己床上裹著自己的被子裡面，還是在一個挨一個地坐著的電影院裡面或動車裡面或幾百公里開著車的一個人的車裡面，他都孤獨得不行。用他自己的話來說，哪怕自己的陽具插在女人的陰道裡，他也無不感到孤獨。他把這句話告訴了朋友，朋友笑了起來，說：yin and yang（陰陽），說著就講起了他的那種孤獨，那是深入骨髓的孤獨，讓人發瘋的孤獨，他跑到新西蘭，在一家醫院當醫生，結果醫院破產，當事人逃之夭夭，人家要找他索債，朋友叫他快跑，他就快跑了。如今，他過著給女友當炮灰的日子：燒飯、掃地、做家務、上菜場。他告訴朋友說：你應該把這一切都寫進一本小說。朋友說：我當然要寫，但我最要寫的依然是詩。或者寫一種兼有詩歌形式的自傳小說。他跟朋友說：你應該去看這個挪威人寫的東西。挪威一個小國，總人口不過500萬人，可這傢伙寫的書，竟然賣了45萬多冊，差不多每十人一本。寫的是一本所謂的自傳性小說，三年裡出了六本書，總頁碼達到了3000多頁，還譯成了各種文字。其中有一本英文叫*Childhood Island*（《童年島嶼》）。有一個寫評論的還這樣說他看著看著，就是看得百無聊賴了，也覺得無比有趣。不過，話又說回來，世界上沒有任何書拿到任何地方，都會受到任何人喜歡的。比如，法國人就不喜歡這種他們早就由盧梭開創了先例的文學類別。想讓他們發生興趣，靠再發明一個盧梭肯定不行。因此據說這本書在法國不大賣得出去。朋友說：嗯，好像聽說過這件事。他繼續說：這件事後來成了一件大事，因為此人在寫這本書之前，曾找很多親戚朋友徵求他們同意讓他寫進書裡，包括他的前妻。結果書出之後，很多人很不滿意，這當然不包括前妻，據說他把前妻寫得很好，只是讓他的後妻，其實是個沒有結婚而住在一起的女友很生氣。那些曾經同意讓他寫進書裡的人後來找他算帳，說要把他告到法院，關進牢裡。朋友說：他應該再寫一卷，把告到法院，關進牢裡專門作為一本大書來寫。他說：哎，你這主意很不錯。

我是一個已經死了的人。通過活人講我的故事。我在一次飛機失事中喪生。我的屍體炸成碎片，在空中紛紛揚揚地飄落下來時，每一小片肉片都像眼睛，向四面八方看去，把周圍那個從來沒有去過的地方，連做夢、連旅遊、連想像都沒有涉及過的地方看了個夠，因為眼睛的聚焦和大量，我在那一瞬間看到的，比我一生看到的都多，也就是後人所看到的那個樣子。我的很多血滴，都在濺灑的那一剎那化為蒸汽，剩下的不是落在陌生的屋頂，就是某頭鳥的眼邊，或幾頭牛的頭上，它們以為下雨了，抬頭一看，什麼也沒有，低頭吃草時，沾了血液的草色更加鮮綠，吃在口裡似乎更加有味。

薩特當年，也就是1938年寫《噁心》的時候，提出了一個一點都不令人驚奇的說法：上帝死後，人生是毫無意義的。你看到這句話時不出聲地笑了一下，把筆抓過來，在紙上用英文寫了一句：Life is not without meaning/Life is literally death。（人生不是毫無意義/人生本來就是死的）。你對小說感到厭倦。只要某人，任何人，包括得任何大獎的人，一上來就說他要講故事，你立刻像看到一口即將噴糞的吸糞管一樣轉過頭去，不再看一個字。這大約就是你在活著的時候，已經澈底死了的證據。你通過電子郵件，告訴這個不知道來自哪個國家但想學寫作的人說：首先unlearn一切。Unlearn，是一個在中文或漢語或華文或國文或華語中找不到一個對應詞的英文字。Learn是學習，unlearn不是不學，而是去學，去掉的去，去殖民化的去，把所學的一切都抹去，把寫滿字的紙刷白，讓大腦記不住（不是忘掉）以前所學的所有規矩，例如，人物、情節（最令人痛恨的莫過於情節）、鋪墊（可以打一個比喻：做愛時一鋪墊，愛就做不成了）、高潮、人物性格（現在不需要性格，都是電腦外面長的一個肉電腦）、姓名（不需要了，比如，寫這些文字的「你」，可以數字代替，就叫他8.59，這是寫到這個地方時的準確時間）、想像（也不必要）、創意（可要可不要，有創意的就會有創意，沒創意的人，一輩子都不會有創意），等等。從新開始、重新開始。在你面前，剩下的只有字，除了字之外，只有細節，比如昨天上車時那個坐在鋁合金椅子上等車的白人少女伸出食指挖鼻孔的樣子，越年輕、越漂亮的女孩，也越會以為在別人看不見的情況下極為殘暴地掏鼻孔，讓人以為她是在把一根巨大的陽具插入鼻孔在那兒翻找。你覺得，對於你，也就是8.59先生，漂亮已經成為完全不可日的東西。或者說，美麗是金錢的同義語。是的，你已經準備把這本書不僅寫成小說，而且寫成（每次鍵入「寫成」，電腦就會給你「攜程」）一本哲學著作。不是白馬非馬那種無聊的同意反復，你是說同義反復，而是說美麗-金錢-性的三位一體，是否將取代上帝（既然上帝已死），成為最接近地氣的下帝。你生活的白人國家，被一個白人稱作是絕對要完蛋的國家。它在你女友的口中，已經不止一次地上演了向全世界證明這個國家的白人非偷即搶的德性。他們嘴裡罵罵咧咧，集體走進店來……下面的情節（又是那個可惡的詞彙），完全可以由任何一個在創意寫作班的學生去擴展發揮。你不屑於追述和贅述。你讓文字像分秒一樣流動。你洗腳的時候，看了一兩篇貝克特的小說。有幾篇在末尾的下面用英文標上了「作者翻譯」。大約是，不，應該是他自己把用法文寫的東西譯成了英文。好樣的老貝！怎麼也比小貝強，那不過是個玩腳的，玩頭的雖然沒錢，但永遠比玩腳的強。8.59先生如是說。小貝女的也是個玩腳的，據說高跟鞋穿上了癮，不穿就不舒服，不知被多少男人把G8看硬了。一個把球踢進球門，那叫進洞，一個把腳跟踢進眼睛，那叫射睛。老貝的小說有兩篇說得很小，一頁紙不到，沒有故事，只有文字，通篇只有一個逗號，像詩，還有一篇說到最後人就死了，說女的附在身上親吻他的死頭髮。就兩頁。你說你下次給學生開寫作課，至少要給他們這樣一個開頭，說：「飛行員很平靜地對全體機上成員說：我們的飛機遇險，將在二十分鐘內墜毀。請大家做好赴死的準備。」然後，你讓學生，那些90後甚至95後的學生接著往下，把這個開頭演變、演繹、演戲、演練成一個完整的古詩，他媽的，我是說故事，這混蛋中文鍵盤。然後，你趁他們寫作的當兒，自己開始寫了。你寫道：我的身邊坐著一位紅發女郎，年紀約19歲。我開始和她擁抱，她說了一句什麼，聽起來像是德語和法語交合後的混合語，有點抗拒一樣，但立刻又用英文生硬地道了一下歉。她說話的聲音生硬，可我的下面更生硬，已經脫韁而出，另一隻手在撕開拉鍊，她舌頭已經勃起，插入我的口腔，我想我倆的腦電波已經不需要翻譯就理解了對方，那就是我們要趁著飛機墜毀的那一剎那，把陌生變成永恆的熟稔，熟稔到不需自我介紹就能進入接納射擊吸收的地步。

8.59先生寫到這裡，也就是你，笑眯眯地看著全班的學生，特別是那個剛割了雙眼皮的難看的女生，產生了一種整個教室就是一架巨大的777飛機的感覺，而你自己就是機長。你想起了已經不知多少次提交上去的提案：請在每人座位上安裝一個小型降落傘，一旦飛機遇險，機上所有成員都可立即按下快門，對，就像照相機快門一樣的按鍵，把自己從飛機上彈下去。下一次，你想，你要給學生另一個開頭，是這樣的：「我按下快門，把自己從飛機彈出去後，就像一片羽毛飛了出去。」接下來，你要學生把這擴展成一篇小說。想怎麼寫，就怎麼寫。凡有章法，一律毀之。凡無章法，自己創之，那情景，就像自己跳下去後不知來到的那個地方。你基本上已經能夠想像出，有些人設計的古詩，故事，根據的是魯濱遜漂流記，有的是《少年Pi的奇幻漂流》，幾乎無人的大腦，不是早經千錘百煉的鍛造，成了一個自己都不知道的垃圾堆。只有一個女孩，出奇地富有想像力，她在你還沒有告訴她要寫什麼的時候，就已經想出，或者說在腦中寫出了你想要她寫的東西：我從飄落之後，就再也沒有著陸，因為我的降落傘變成了一片雲。她沒有寫太多，她只寫了這幾句，但她在一瞬間就睡到了你的床上。這大約就是做教師的特殊魅力所在。吧。

又一個魔鬼出現在地平線上並迅速佔領真滴，陣地，真諦，不，陣地，比virus還快地入侵了幾乎所有人的手機，讓無數人的指頭，特別是平常只用來掏鼻孔的食指和幾乎不用只是非常偶然才用的拇指忙了起來，又是刷的又是寫的又是敲的，還伴隨著一陣陣假鳥叫聲，把日常空間的空隙填滿。他來到一個家庭，發現所有的人在吃飯時都低著頭，就像文革時期挨鬥一樣，各人看著各人的手機，把自己吃東西的相片放上去，把自己眼睛看到的任何東西放上去，然後等著別人點贊，跟著就開始轉了起來，用這樣的語言：「你家缺貓嗎？」、「太實用了！」、「太好玩了！」、「冤不冤？」、「唱得太好了！」、「實在是高」，等。幾乎每句話都要跟一個驚嘆號。一個正在形成中的驚嘆號WeChat民族。已經冷血到必須用驚嘆號刀槊劍捅的地步。而他們還有動聽的話在說：分享就是美德。寫字的人說，順便說一下，他名字是每次敲鍵找「國家」時，一定要出現的那兩個字「郭嘉」，對，他的名字就叫郭嘉，不，他的名字乾脆就叫國假，這也是敲鍵後出現的幾個可選擇詞中的一個，即第五個。國假說：分享就是醜德。分享就是缺德。分享就是沒德。國假回憶說：寫作的人已經到了生活水準之下，以字換錢、以字謀生，是只能跟撿垃圾的同日而語的。世界上可能最不值錢的文字就是漢字。它充其量只是一種吐槽工具，寫得越好，越可能被免費地喜歡，免費地被轉，免費地被消費，免費地被梵古。此話怎講？國假說：最近我去一家賓館，牆上掛滿了看似鮮豔燦爛的畫，而且還是油畫，但都似曾相識，細看之下才發現，原來都是仿作，特別是對梵古畫的仿作。一個國家的藝術家，居然如此肆無忌憚地大規模地仿造西方一個已經死掉的名畫家的名畫而不感到絲毫羞恥，這不是國恥又是什麼？這不是藝術家，這甚至不是藝匠，這完全是明目張膽地搶奪，說偷都是對他的讚美。不過是一群齧噬名人屍體—名屍—的蟲豸。所以，國假說，喜歡是一個可怕的動詞。一個人被人喜歡了，就會被人強姦。被多人喜歡了，就會被多人強姦，被全世界喜歡了，就會被全世界強姦，而且都是免費的。你越好，我越愛，就越日，直到日到不愛為止。

採訪正式結束後，才在腦中非正式地開始了。

問：為何你始終不好好寫故事？

答：故事，是已經故去的事

問：你什麼意思？

答：等我飛到利馬之後再回答你這個問題。

問：謝謝告知你的利馬之行已結束，我們繼續問曾經問過的問題：為何你始終不好好寫故事？

答：是問已經故去的事嗎？

問：是。

答：我對已經故去的事不感興趣，比如利馬。

問：利馬怎麼樣？

答：凡是沒去過的地方，去過了就不怎麼樣了。

問：你的意思是？

答：人只想去沒去過的地方，比如地獄就是這樣的地方。

問：天堂就不是？

答：天堂肯定不是。但丁的《神曲》寫的是地獄。他對天堂不感興趣。

問：那彌爾頓寫了《複樂園》。

答：那個人的東西很無聊。

問：你看過？

答：都沒看過。

問：那你怎麼能夠得出這樣的結論？

答：從來沒人去過天堂，卻人人都得出天堂是最美好的地方的結論。

問：關於地獄是否也能如是說？

答：故事跟地方一樣，只有沒有發生的才有意思。

問：請繼續講下去。

答：我們常常見到的情況是，一個人對周圍的情況毫不注意，比如，一個美國人到了中國後，她不看周圍的中國人長啥樣，她也不理會他們講話的奇奇怪怪的聲音，包括方言，反正她聽不懂。她於是拿起一本用英文寫的關於中國的小說，例如賽珍珠的《大地》，或隨便什麼人寫的書，例如Richard Brautigan的長篇小說*Trout Fishing in America*什麼的。

問：這是本什麼書？

答：不是小說的小說。

問：那是什麼？

答：又是小說的非小說的不小說的小說。

問：我糊塗了。

答：天堂的地獄的天堂的地獄。

問：就是人間嗎？

答：可能是不是。

問：那中國人呢？

答：也一樣。在美國他們只懂得掃貨。兜裡不差錢就行。不必說一句英語。隔著螢幕看電視一樣看著身邊周圍的人。回去以後，就把故去的事編成故事。所謂故事—

問：你說。

答：就是為沒錢的人編就的可以浪費時間的夢。

問：繼續說。

答：完了。

問：你目前打算寫什麼？

答：獨夜舟。
問：毒液粥？
答：是的，毒液粥。
問：哦，我知道了，是講食物安全方面的問題的。
答：是，實物方面的問題的。
問：長篇還是短篇還是？
答：長篇短篇詩歌小說非小說報告文學非報告文學自傳他傳日記信件電子郵件短信舊稿新稿退稿完稿，等。報告完了。
問：百科全書嗎？
答：百科全不書。
問：你會不會有一天把字寫完？
答：不會的。怎麼問起這個？
問：我本來問的是：你會不會有一天把詩寫完？
答：你知道，我不寫詩的。
問：為什麼？你不剛才還說你要寫那部什麼都有包括詩歌的東西嗎？
答：我不寫，我讓我的characters寫。
問：characters，那不是性格的意思嗎？
答：既是性格，又是人物，這兩個意思，在英文中是用一個字來表現的，也就是說，兩個意思就是一個意思。
問：你的砍伐是？
答：什麼砍伐？
問：哦，我是說看法。
答：我沒有砍伐，臥室說，我是說，我沒有看法。不過，話又說回來，英文的這種嚙合法，我是說捏合法，是有問題的。且不說人物不等於性格，就是等於性格，也不是性格。一個有性格的世界，正在越來越朝著沒有性格的世界、不需要性格的世界轉換。你看見的是人，一個個坐在電腦面前看著螢幕的人，一個個低著腦袋看手機的人，一個個刷微博、發微信的人，一個個連電話都不怎麼再打的人。為了把性格裝出來，讓人物的character變成性格的character，很多美國電影讓character發怒、摔東西、說氣話，好像那就是性格，那不是性格，那是性格的餘孽，我是說那是性格的欲孽，不，我是說，那是性格的遺風。這個快速變化發展的世界，是不需要性格的。再說，所有的人一旦揉進霧霾的巨大麵團中之後，就無所謂性格了，也不需要所謂性格了。

問：如此一來，小說還有必要嗎？

答：當然沒有，當然也有。

寫虛。寫的就是虛的。雲。如雲。成噸不動的雲。云云眾生。寫著、寫著，就不知道該寫什麼了。眾生喧嘩起來，有一個聲音特別響：你寫小說，沒有一個音容笑貌俱全的人怎麼可能成其為、稱其為小說？我們正在回到古代，一個現代的古代，當代的古代。筆已經基本廢棄。沒有鋼卻要用墨水的鋼筆被有圓珠的圓珠筆取代之後，現在有了電子筆，用來在一塊滑板上滑滑地沒有感覺地簽字，功能已經降低到簽字，僅為簽字而已。毛筆、鵝毛筆都廢了，當然還有那些玩藝術的，搞書法的，還在用毛筆，從某方面講，廢了也是好事，鵝生了毛而無後顧之憂，拔毛之憂，什麼狼毫、虎毫的，都不用了，讓這些動物繼續保持它們的特徵，依然做動的物。「我已經無法讀超過300頁的小說了，」你對他說。「買的那麼多書，如《2666》，頁碼多得讓人頭炸，只能向它們道歉，對它們說一聲：對不起，不能看了，看不下去了。一個人一生，應該只看一本書，不，我是說，應該像跟人接觸一樣地接觸書，哪有捧著書一樣捧著一個人不停地讀下去啊，見個面，聊個天，一兩小時，頂多三四小時，之後又幹別的去了。誰有時間成小時、成日、成周地去看一本書？常常的情況是，看了幾段，電話來了，又看了幾段，短信來了，再看幾段，要拉尿了，再想看時，又想拉屎了，從前是拉屎的時候看，你不知道，美國人的廁所都是圖書館，因為便秘，不想浪費時間，就把大便拉不出來的時間用來看書，大便越拉不出來越看，越看就越拉不出來，於是起得更早，為的是能趕在上班前把一切都拉掉，結果始終拉不掉，開車進城時，特別是在長長一串停在紅燈前的車子後面時，卻似乎便意濃濃，恨不得當場慷慨解囊，大快朵頤，拉它個一瀉千里，同時也非常清楚這樣一來的後果、後事：臭的是自己，髒的是車子，當然不行。於是在便意濃濃的同時，也創意盎然：以後新出產的車，應該在駕駛員座位下，設計一個馬桶，按鈕一按，馬桶打開，就可以拉了。當然，與之相適應的是，應該設計一種新的便於拉便的褲子，就是不僅前有尿口，後面也應該有便口，說得大白話一點，就是屎口。一條嶄亮的拉鍊，從睪丸處往後、向上，直到腰際，某一角度講，也是一個很好的觀瞻處，一個新景點，新的審美熱點，新的個人觀光視點。這種馬桶駕駛座和帶有屎口的褲子，特別適合長途開車自駕者，從前是拉一次屎可以看完一部長篇，現在則是拉一次屎可以開完一千公里，真是拉屎開車兩不誤。這個拉屎開車兩不誤的時代看起來比磨刀砍柴兩不誤更先進，實質上是一樣的，都是古代，都幹著古代的事情。遠古代有刀可磨，有柴可砍，但無車可駕，近古代有車可駕，但無刀可磨，也無柴可砍，不過，從屁股裡出來的東西，卻無論遠近古代，都是要拉的。再先進也不比後進更先進。」

「談點別的吧，」他說。「你怎麼一談屎就來勁呢？簡直是個屎來瘋。」

「是啊，」你說。「這也是東西方最大的區別之一。西方人把屎等同於書，也就是輸，他們知道自己會輸給屎，拉不出就拿書出氣。結果大腸癌極為普遍。連他們的天空，也乾淨得像癌。」

「你胡說什麼啊！最癌症的天空莫過於當代中國北京！」

「是，同意，」你說。「但是，他們跟你們對屎的看法畢竟是很不同的。最大的不同就是，他們寫屎。拉不出的時候不看，而寫，比如像我，幾乎所有拉屎的時間，都用來寫詩，shi，發音跟shi，是一樣的。這兩者本來就相通。古今相通，中外不同、不通，西方人害怕書賣不出去，就忌諱把屎寫進書裡。而且，如果拉不出屎的時候再看那種裡面有屎的書，就更拉不出來了。於是，他們盡可能把書寫得乾淨一些，中產階級一些，更適合女性讀者一些。結果適得其反，詩得其反，越看越拉不出屎來。」

「屎，是西方哲學從不討論的問題。」

「正因如此，」你說。「西方哲學不是活人的哲學，因為它只吃不拉。它也給別人養料，但都是養了之後拉不出屎的東西，或者說最後終於拉了出來，但卻是一坨坨食而不化的馬朗骨或土坷垃，不能用作肥料不說，連沖水都沖不走。這種哲學其實是文字的腫瘤，我是說文字的腦瘤，它在哲學家的腦子裡花了一生時間不開花地腫大，直到結成一本書地滑坡下來或泥石流下來，把後來的幾個人養活，像我認識的一個教授一樣，一個次生的亞腫瘤、亞洲腫瘤。」

這天，朋友從另一個城市來電，要與他某日在這一個城市見面。掛電話前問了一句：最近怎樣。朋友苦著聲音說：不太好。問怎麼了，說三天拉不出屎來。問他有沒有良方，回說沒有，反過來問他怎麼辦。這給了他一個從來沒有的機會，介紹了一下如何拉屎的方法。他說：現在這個朝九晚五的社會，別看人們穿得多麼光鮮，女人打扮得多麼亮麗，那臉一望上去就是屎色。為什麼？因為肚子裡憋的屎當天沒拉出，或幾天沒拉。一張沒拉屎的臉，就像一頭充滿霧霾的天空，化妝品再高級、再厚塗，也能看得出其中欲罷不能的屎氣，難以釋懷、難以釋肚的。為什麼現在的人火氣那麼大，這是其中一個主要的，但故意被忽視、故意被不講的原因。你很好，因為你第一時間就告訴了我這個，而且還很細節，說昨天只拉出了一點點。我就知道，有個人曾把他每天拉的屎拍成照片編上號，還加上日期，作為他的個人史記（屎記）保存下來，以備不時之需。連他自己也不知道，這個「需」是什麼意思。反正他覺得會有用的。正如天生我才必有用，我生我屎也肯定是必有用的。想想那些可憐巴巴的朝九晚五者吧，開車上路塞在濃粥一樣的車流中，忽然拉屎的感覺來了，卻沒法找個地方把車停下來一抒屎情，因為前面的車又移動了半分，不得不趕快咬著屁股跟上去，恍惚中，就覺得每個車屁股都翹著的樣子，好像百屎不得其解一般，自己就恨不得能發明一個汽車馬桶，就在自己屁股下的座墊裡面，把按鈕一按，就邊開車，邊聽音樂，邊拉屎。當然，還得發明一種樣式時髦的成人開襠褲，裝一個拉鍊，隨著座墊下的馬桶張開，把拉鍊撕開，就那麼幹起來了，反正誰也看不見，再說，車窗用的是茶色，想看也看不了。至於說到你那三天都拉不出來的屎，要拉出來也容易。你不是從來不吃水果嗎？這就怪不得它屎不想出來了。屎這個東西，最見不得纖維，而蔬菜瓜果中富含纖維，你在肚子裡橫裡來，豎裡去，用水果編織成千上萬道纖維，那屎就憋不住了，只想往外湧動。千萬別在晚上吃水果，要吃，就要在早上空腹吃。蘋果和梨子都可以，最好吃梨，這東西吃進去後，不一會兒就有感覺。不信你試試。再不行的話，跟我來個電話，我還有別的方子告訴你。說來說去，人是一個思想的動物，想得太多的動物，想得越多，越拉不出。不如像牛一樣，吃草吃著吃著，尾巴向上一翹，牛屎就啪啦啪啦屙出來了，鏗鏘有聲啊，真牛！

這個國家有歐洲的臉相，沒有歐洲的大腦，有歐洲的腋臭，沒有歐洲的哲學，有歐洲的建築，沒有歐洲的底氣，有歐洲的步態，沒有歐洲的脾氣，有歐洲的樣子，沒有歐洲的姿勢。這個國家看起來像亞洲，其實不是。它喜歡亞洲人的錢，但不喜歡亞洲人。它，男性部分的它，喜歡亞洲女人，但更喜歡它自己膚色的女人。它，女性部分的它，喜歡亞洲男人，但更喜歡駕馭之，因為它相信它的女權主義是必勝的，不行它就同性戀，把所有的雞巴都氣餒。這個國家終將成為世界的同性大陸。雞與雞、鴨與鴨、豬與豬、牛與牛、男人跟男人、女人跟女人，天下大同，就在此國。在這個國家做亞洲人，那就完蛋了。你幹得比別人多，你掙得不一定比別人少，但最先倒下的永遠首先是你，最後能拿到許多賠償費卻再也幹不動的也是你。他們總是侈談什麼fair go，fair go的，聽起來像是「飛狗」、「飛狗」的，也可以說是「非狗」、「非狗」，那個工人跟我說，可是，廠裡五大三粗的白人，沒有一個站在生產的最前線，他說。生產線最激烈的前線，總是讓我把守，讓我站崗，讓我輕傷不下火線地幹，直到把我手都差點幹斷了，到醫生那兒一查，原來裡面的韌帶斷了！醫生告訴我，如果再那麼幹下去，我整只手都會斷掉。這不是好玩的，可我是廠裡唯一一個華人，（聽起來像滑刃），一個英文不太好的華人，其他都是鬼佬，跟他們說也沒用，重活他們都不幹的。（這個國家不是最講「fair go」嗎？）「非狗」是啥意思？「Fair go」的意思就是，大家齊步走，一切講公平。屁，那人說。我直到把手都幹斷了，也沒有什麼「非狗」！

你不可能當這個國家的總理，不可能當這個國家的財長，連反對黨那邊也當不了。你不可能當這個國家任何大公司的總裁，那早在幾個世紀前就已前定，一定是留給英國來的或者美國來的至少也是白人來的當。你連土著都不如，你肯定不如土著，他們最高可以當土著部部長，但這個國家沒有亞洲部，更沒有中國事務部，你如果是來自亞洲的，包括來自中國的，你就完了。不，你沒完，也沒了，你肯定是最自由的，你絕對自由到誰都不睬你也不踩你不想睬你也不想踩你的地步，像螞蟻一樣自由。你最糟糕的還不在此。你最糟糕的是，當你回到你以為本來是你「家」的時候，那個「家」早已不是家不是原來那個家了，變了幾十變都不止。你被人猜成臺灣人、東南亞人，你被人猜成不知道來自什麼地方的人。你是搞文的嗎？那你他媽真的完蛋了。你成了一天到晚都在思鄉的「華人」，聽起來就像「滑人」，說得更發展一點，就是「滑動人」、「滑頭人」、「華而不實之人」、「滑而不實之人」，等等。你要是把原來的護照丟了就更糟，你連華人都不是，而是「外籍人士」。一個人指著你的鼻子說：你是外國人嗎？你中國話怎麼說得這麼好！另一個人把他的頭從上到下看著你的下巴下面和頭髮下面和耳朵旁邊和鼻孔裡面比看馬還仔細地看了一遍之後說：你根本就是中國人，可你還拿個什麼看不懂的外國字護照！還有一些說話酸唧唧氣不憤的人說：你有啥了不起，不就是個華人，不就是個中國人，在我們面前裝什麼呀裝！

連搞理論的都不太搞得清楚世界究竟在發生什麼變化。他們把這種身分叫做fluidity，流體，彷彿流動的水，今天在國界這邊，就叫陽國之水，明天在國界那邊，就叫陰國之水，後天流過了另一個國界，就叫陰陽國之水。頭腦簡單的人看問題也簡單，就說：你就是華人，或者就說：你就是中國人，或者就說：你就是你護照上錨定、鉚釘的人。你沒什麼了不起。其實他們哪知道，你真的還的確了不起，至少比只有一種身分的人了得起。只有一種身分的人多慘呀！到什麼國家都去不了，去得了又呆不了，呆得了又到處跑，生怕被抓、被遣返，一黑就是幾年十幾年幾十年，像個不動物一樣生活。當然是不動物，動物是要動的，只有人那樣的不動物，身分一黑就不動物了。

你以為都是這樣？都是這樣就沒意思了。當然有有錢的，我見到的還不少。不過，那種豪氣和那種窮酸，真的是等量齊觀、旗鼓相當的。一個經歷了苦難和飢餓的民族，有沒有什麼典型的特徵？有。只要看看那些把頭伏在俯在碗上盤子上杯子上筷子上調羹上舌頭吃得像豬一樣發響一天吃不夠十天吃不夠一百天吃不夠一千天吃不夠一萬天吃不夠的人，你就知道，這些人世世代代都是餓鬼，終於輪到有錢吃喝的時代了，不把自己吃死吃成飽鬼就不叫划算。他還想吃遍世界呢，結果到人家那裡什麼都沒吃的，就麵包牛奶，就一菜一湯，就一點胡椒一點乳酪粉，就吃完後一杯咖啡，可人家那種吃法能長壽，他那種吃法能折壽，一個國家要不了多久，就會吃折壽。吃吧，你，繼續吃下去！反正你吃折壽了，有全世界的人給你收屍、收復你的失地。一個隻知道吃的民族，它的腦容量大約只相當於豬，可能只多一毫克。

這個國家的人沒有生活，他們的生活，就是在死人堆裡尋尋覓覓、鼓鼓搗搗，唯恐漏掉了一百多年前被人漏掉的殘金。這有點兒像去尋找被人射過，已經幹掉並已蒸發的精液一樣。

我仇恨這個世界。我仇恨我周圍所有的人。不要看我小，我只要拿起槍，最好是重機槍，我就可以把他們全部掃射死。父親認定，我患了憂鬱症。母親還不確定，說要找學校老師談，請校醫鑒定。請上帝鑒定都沒用。我自己跟自己在一起時，感到孤獨，好像上帝把我生下來，目的就是讓我孤獨。我跟人在一起時，又很不自在，很不舒服。每次跟人，跟任何人講話，都有一種想朝對方臉上吐痰的感覺，痰到舌尖又吞回去了，到口裡又吞回去了，到喉嚨口又吞回去了。後來練習到這樣一種地步，沒有痰，只有想吐痰的感覺。誰也不愛我，我也不愛誰。你們總要我說真話，這就是我的真話。我說出來了，你們又要我閉嘴，說我不懂事。我怎麼不懂事？我什麼都懂，別看我才17歲，我什麼都懂。雙語地懂。我要是跟老爸說英文，他就叫我停，說：別說英文了，你當我不懂?!我要你說中文，這樣你就不會把老祖宗的語言忘乾淨了。其實我知道，他怕我說英文，因為我說了他聽不懂，又不敢當面承認說他不懂，他太愛他那張面子了。老媽則不管。她只要我吃飽穿暖就行。我一放學回家就把自己鎖在房裡，上網，看東西。「看什麼東西，你？」老爸在外面喊。我不應聲。「咚咚咚，」他擂鼓一樣捶門。「作業做了嗎？」「你別吵他了好不好？」老媽勸阻他的聲音。「又不是小孩子了，哪像你這樣，沒完沒了地管。」「我不管，你也不管，他以後怎麼辦！上次回來的成績單一塌糊塗，好幾門都要補考。」「哎呀，老頭子，（附耳低言了什麼），好了，好了，吃飯吧。」我不出去，我讓他們把飯從門縫裡塞進來，這早已經是我給他們養成的習慣。我不跟他們同桌吃的。我要邊吃邊玩遊戲。不要菜，一碗飯幾個盤子的，一擺就是一大堆一大片，我左手一個三明治，裡面塞肉還是塞菜我也不管也吃不出，反正塞進肚子裡吃下去，明天又都拉出來，沒什麼太大意思。還是殺人過癮。這個殺人遊戲，我只要上去，就幾個小時下不來，直到我玩得頭昏眼花為止，不斷把人的腦袋打穿，打得看得見對面的底板，打得耳機裡傳來鮮花飛響的聲音，刺激得頭皮發麻，心動過速，有時候連小雞雞都不由自主地翹起來，覺得好像都能從腦袋打穿的那個彈洞裡插進去的感覺，用老爸跟人說話吹牛時說的：那是什麼概念！

醫生：最近拉便情況如何？
病人：還好。
醫生：能具體點嗎？
病人：有點說不出口。
醫生：這有什麼說不出口的，你說不出口，那我們還幹不幹活？
病人：好，我說，我說。
醫生：你說呀。
病人：哦，沒什麼，就是怎麼也拉不出來。
醫生：脹氣嗎？
病人：有。
病人：是。
醫生：是否多吃肉，少吃菜了？
醫生：我上次怎麼跟你說的？
病人：你說要多吃菜。
醫生：那你呢？
病人：我喜歡吃肉。
醫生：就是嘛，所以嘛。
病人：其實，我蔬菜水果都吃得很多。
醫生：就是拉不出來？
病人：對。
醫生：需要「震」嗎？

病人：「震」？什麼「震」？

醫生：所謂「震」，就是用力，憋著勁往下，鼻子還要隨之「嗡」一聲。

病人：哦，有哇，有哇。

醫生：結果呢？

病人：沒結果。有血。

醫生：多嗎？

病人：多乎哉，不多也。

醫生：別開玩笑。

病人：有的時候就是坐在那兒一兩個小時都坐不出來。

醫生：我給你開點瀉藥好嗎？

病人：好呀。

醫生：你看是便必舒，還是碧生源？

病人：哪樣比較好？

醫生：後一種可能比較好，泡茶喝的。

病人：我知道，用過，喝過一兩小時後才有感覺，然後就拼命往下垮，直到把馬桶四面都拉黑。

醫生：好了，不用描述了。我知道。

病人：（你知道什麼，你如果不拉了，你自己知道把自己治好嗎？）

醫生：你說什麼？

病人：我，什麼都沒說。

醫生：看你那樣子，好像在說什麼。

病人：哦，我是說，要是人拉一次管總，再也不拉就好了。

醫生：人不到死，是不可能達到那種境界的。

病人：不知有句話該不該問。

醫生：什麼你說？
病人：我說，我說。
醫生：你說什麼？
病人：我說，有沒有人死的時候，肚子裡還憋著一肚子屎沒拉的？
醫生：這樣的事情多了。
病人：那不是很難受嗎？
醫生：人死了，有什麼難受不難受的。
病人：那死人的活人很難受呀。
醫生：（語塞，不知道該怎麼回答）。
病人：你們負不負責做一個工作呢？
醫生：什麼工作？
病人：幫已經死了的病人灌腸，把肚子裡的屎都清洗乾淨？
醫生：好像至今還沒有病人家屬提出這類要求的個案。
病人：那（沉思起來）。
醫生：喏，這是你的藥單，你去拿藥吧。
病人：希望我以後不是這種死了還有一肚子岜岜沒拉出來的人。
醫生：那你立個遺囑就行了。
病人：說假如我死了，而那天沒有成功地大便，就請醫生給我施行灌腸術，把肚子裡的穢物一清而空。這樣就能做一個清潔的人，一個乾淨的人，一個死而後已的人。對吧？
醫生：（站起來）好的，謝謝，再見。

M說：馬上要去雪萊海灣參加作家節，他們要我講話，是談另一個作家的作品的。你讓我說什麼？那雖然是寫給成人看的長篇小說，讀起來卻像是兒童文學，一大堆樹在講述各自的古詩，臥室說古詩，我是說故事。不過，我也有我的方式。我會（他放低聲音）說假話的。我會說：這本書寫得很棒！然後就什麼都不說了。

8.95說：嗯，這倒也不錯。能像說真話一樣說假話，的確是一種藝術。再說，在那種地方，不說假話還真不行。

M說：我們都很討厭那種地方，但又不得不去現身、亮相。你知道，完全誠實是不可能的，否則就會搞得一個朋友都沒有。有一年，我送了B一本書，結果他告訴我：書看了，不喜歡。當面對我這樣的人說這樣的話，況且又是那麼多年的老朋友，我瞭解他的性格，所以一點都不計較。換一個人就不行了。比如H。她名聲夠大了。有一年也送了B一本書，見他很久都不回復，便寫信問：書看了嗎？B回信說：看了。去信問：你覺得怎麼樣？回信說：不怎麼樣。不喜歡。從此以後，直到B死，H就再也跟他沒有來往了。

8.95說：我認識一個翻譯，也很直，不會當面撒謊，當場撒謊。在一次由一對文學夫妻組織的文學討論會上，突然有人請他在沒有任何時間準備的情況下，對那位文學妻子的作品進行品讀，僅僅只有5分鐘的時間，要他看完幾十頁的詩歌並做大會發言。這個人認真地看完之後—當然，我不知道他怎麼可能在那麼短的時間內看完，據說這是東方人優於西方人的地方，也是東方人劣於西方人的地方，因為他們不懂得說「不」，比如：對不起，時間太短，我沒法看，更沒法提出負責任的意見或建議，等，因為他太在乎臉面，深怕因為當面拒絕而讓別人感到沒面子，同時又因別人沒面子而讓自己也感到沒面子，你知道，一個東方人一生考慮得最多的，就是一個面子，儘管他那個面子到了西方，都被人看作是很不雅的一個東西，也就是很沒面子的一種面子，這個以後有時間再細談，而一個西方人遇到這種情況，肯定會婉言或甚至很不婉言地謝絕：對不起，我沒時間看，或者會反過來責怪你說：你讓我這麼短時間看你的東西，還提出意見或建議，好像對我很不尊重，你做這樣的事，至少應該提前一個星期，如果不是一個月的話。在你的面子聽到這話拉得像驢臉一樣長或黑得像非洲人一樣時，那個西方人，比如說你，肯定是察覺不到的，不過，我還是覺得你那樣好—這個人認真地看完之後就開口說了，很簡單兩句：都看了，還不錯，不過，以我一個翻譯的眼光，似乎還沒有一首是能讓我看了以後馬上決定就翻譯成法文的。他的話一說完，那個文學妻子的文學丈夫就開始發言：我認為枸杞子（他當然不能說「我妻子」）是這個國家最偉大的活著的三大詩人之一。她的詩就是翻譯成世界各種語言都不嫌多，更不用說翻譯成法語了，那是個很不地道、非常殖民、極為霸道、自以為是的語言。毫不隱諱地把那個翻譯罵了一通。後來連他的錢都沒發給他。

M說：怎麼會那麼糟糕?!哦，我明白了，那個國家是個很corrupt的地方，對嗎？

8.59說：是。

M說：從這個角度講，學會撒謊是會有幫助的。

8.59說：你不是已經不寫小說，只寫回憶錄了嗎？

M說：我不知道兩者有何區別。其實，nonfiction就是fiction，二者並無區別。

8.59說：哦，是嗎？

M說：是呀。把真人名字一抹去，誰都對不上號，誰都不是誰，又誰都是誰，誰說得清楚誰是誰呢？再說，誰真的喜歡真？就像你不喜歡誰的作品，你卻不可能走到那人面前，抓住他的領口就說：嘿，你的作品我看了，但是我一點都不喜歡！更多的情況是，人家一句話都不說。能主動走到你面前，告訴你說他喜歡你作品的人，這當然一點不假，但我寫作幾十年，還從來沒有碰到一個當面對我說，不喜歡我作品的人。估計這種人也不在少數。我現在還不知道，到時候東西出來時，我是否要加上「小說」這個字，可能頂多加一個「a novel」吧。反正出版社說，怎麼樣都行。

8.59說：這就好像說，此人是人還是動物都無所謂，反正都是，又都不是。

M（沒有理會這個比喻）說：真和假無需分辨，關鍵在於怎麼寫。

8.59（接著他的想法說下去）：是的。把錄影機對著大街七天二十四小時照著，錄下每分每秒的所有真實的現實，其結果不忍卒看，如果如實寫下來，肯定不忍卒讀。

M說：對。只需要其中的千分之一的精髓即可。

8.59說：是，射精的精。

M說：What did you say?

8.59說：Nothing.

問：我們繼續上次的訪談好嗎？
答：可以。（回答發自伊斯坦布爾）。
問：聽說過歐陽昱這個人的名字了嗎？
答：沒有。他是誰？
問：哦，一個作家。
答：應該是一個作者吧。
問：那你聽說過此人了？
答：多少吧。
問：前不久有人引用他的話，說當代中國詩歌百分之九十九點九九都是垃圾。你怎麼看？
答：這個人是不是神經有點不正常？
問：可能有點。
答：但話又說回來，神經正常的人，肯定寫不好詩。
問：此話怎講？
答：詩歌就是一種很不正常的文學品類，就從它那種支離破碎的狀態看，也是一種呈現病態的心理機制。
問：請繼續講。
答：對古代的人來說，詩歌是一條仕途，一條道，先做詩，後做官，做人則在其間。對當代人來說，如果不幸步入這條道的人，也還是在走這條路。只有作「詩」多端的人，才有可能平步青「詩」。不過，這個話題沒勁，我們還是談點別的吧。詩歌是一種讓人喪氣的話題。
問：記得上次你說，所有文藝樣式中，除了音樂，詩歌就是最頂端的了。怎麼現在又——
答：好吧，我告訴你原因。這是因為，我所看到的用漢語寫成的東西，還遠遠沒有生成廣袤的原野。

問：能具體點講嗎？

答：先講點別的吧。那天，一個詩人對另一個詩人說：你剛才念的哪像詩？另一個詩人二話沒說，當面一把刀遞過來，就捅進了那個詩人的心臟。當場他就筆名了，不，我是說斃命了。審訊時問殺人的詩人為什麼殺人，殺人的詩人說：那是因為被殺的詩人過於無端地武斷地認為，雖未明言，但至少是通過他那種問話方式和問話方式裡的口氣表明，只有他寫的那種詩才能稱作被稱作詩歌，其他任何人寫的任何其他種類或形式的詩歌，都不能算做詩歌，都可以用一種近乎淫亂近乎調戲近乎鄙視近乎否定的態度批駁之。他的那麼一問，等於是判了我的死刑，判了我作為一個按照自己方式寫作自己形式詩歌的詩人的生命。既然如此，我為什麼不能為了捍衛我詩歌的生命而結束那個以這種問話方式消滅我詩歌和我生命的詩人呢？後來我才意識到，原來這是一個夢。

問：哦？

答：詩歌，是一種殺與被殺的方式。

問：嗯？

答：被自己殺。

問：呃？

答：或殺自己。

問：那不是自殺？

答：自殺是殺不死自己的。永遠有一種神祕的力量在借手殺人。

問：不是借刀？

答：事實上，無刀可借。

問：借？

答：或借鑒。

問：借鑒？

答：或lending。

問：這？
答：或lending/borrowing rolled into one。
問：我能不能提一個建議？
答：說。
問：請盡可能少地使用英文好嗎？
答：可以。但你們國家不是已經基本雙語了嗎？
問：沒有。那都是撐門面的，一般人連ABC或CBA都分不清。
答：哦。哦？
問：該你回答了。
答：問題呢？
問：我沒問？
答：你沒問。
問：哦。
答：哦。

他想起那個和他做過愛後就再也不聯繫的女人來，怎麼也不肯放下一顆驕傲的心，主動跟她聯繫，在想與不想之間游離顧盼，有天來到大玻璃餐館外面時，終於忍不住了，找到她的號碼，撥通了她的手機。這時人聲嘈雜，人頭攢動，他聽不見對方的話，就徑直走進玻璃裡面。正面有雙眼睛直盯著他，很小的眼睛，他一看就想起了四十多年前的一個人，一個敵人，小學時坐在他隔壁座位的人，眼睛細，臉凹進去，灰色的肌膚，只需要這麼一盯，兩人都知道對方是誰，雖然目光再沒回去，但已經盯過的目光，就像已經釘過的目光，在腦肉裡打了一個洞，把目光像釘子一樣釘了進去，插在那兒，像一個令人不快的USB，橫亙其中。

正午的餐廳還點著大燈，各個桌子聚滿了頭和眼睛，因為食物而發亮。他在已經有三個白人坐好在吃的桌前坐下來。對面那個長得像奧巴牛的人從酒杯上越過來和他握手，並同時接過他帶來的一瓶白葡萄酒。斜對面右邊那個看上去像頭，滿面微笑地跟他點頭，跟著就給他斟酒，他也看過去微笑，身子跟著就自己自動站起來了，隨著這些不教自會的社交禮儀擺出各種回頭想起來都覺得十分好笑或有點可憐的姿勢，他喝了一口酒，砸吧砸吧嘴巴，覺得不錯，心裡掠過一個念頭：還是澳洲酒好。緊靠他身邊的那個人始終一言不發，像個定時人肉炸彈，這是他後來想起要說的，而不是當時的感覺，當時只是覺得，這個人怎麼老像個影子一樣不離他的右邊，但也不影響他用左手拿酒。忽然，隨著不知誰喊了一聲「停電了」，電就停了，應該肯定不是因為他說「停電了」，電就停了，而是因為電停了導致他喊，但似乎兩者發生的時間不是一前一後，而是同時或共時。說不清楚的事就不說清楚了。他在中午的黑暗中跟三個白人—現在成了黑人，只有他們背後襯著的天光是白的，只有他們眼睛的左一輪，右一輪看得出眼白在轉動—喝酒，對面那個看上去像奧巴牛的人又來給他倒酒，這時，不知是喝得有點小醉，還是停電的緣故，他連欠身都沒欠，只是屁股稍微離座，讓人看不見而只是有感覺地動了一下，就讓對方接過他的杯子又斟滿了。他立刻喝了一口，「嗯」了一聲。這回是白酒，但怎麼喝起來像白水。溫溫的，一點不冰。他想問：這是怎麼回事？但礙著面子，忍住沒問，又喝了一口。還是溫溫的，似乎更溫，更不像酒。心裡轉動的那個問題變得越來越大了：這是酒嗎？你為什麼給我倒水？我那瓶白酒裡難道都是水？那你也不應該在我還沒喝完紅酒時就往裡面倒白酒呀？想著想著，他就醒了。

我的筆名叫沉底，老伴並不知道。她只知道，我88歲了，需要吃。她明明知道，我不想吃，最不想的事就是吃。她卻非要我吃。每天都吃。我吃了88年了，今年，我怎麼也不想吃了。每天，即使不吃，我也拉不出屎。已經有兩三個星期，我什麼都不吃，只被她每天早上強迫著灌下一杯用奶粉沖的水，勉強維持生命。她以為是勉強，我卻覺得過多。我走路歪歪倒倒，需要拄拐杖。平常坐著不動，看著窗外的城市。它一年四季沒有變化，只是綠了黃了，黃了綠了，那些樓，那些窗戶。今天早上，我看著陽光照在我寫滿老年斑的手上，和手下的半個影子，就弱弱地喊老伴：你給我拿張紙和筆來，快點。老伴以為出了什麼大事，連忙跑過來，才知道是要紙和筆。她說：我還以為什麼了不起的事。你不是早就不寫了嗎？我跟她說：叫你去拿，你就去拿吧，別囉嗦！老伴說：

你這個老不死的，有什麼了不起，還以為像過去那樣，對我呼來喚去。但她還是把東西拿來了，拿的是一張有空白頁的報紙和一支寫不出的筆。家裡已經很久沒人寫字了。我把筆一丟，就在腦中重複剛才在陽光和陰影下閃現的那個思想，或者不如說想法、念頭、一閃念。我對自己說，在腦中無聲地說：如果萬物在光線下都有影子，那即使不在光線下，也應該有影子，只是肉眼看不見罷了。如果人的生命也是萬物之一，它即使肉眼不可見，也應該是有影子的。自己在陽光下一站，影子就會出現，躲都躲不開，藏都無法藏起來。從這個角度講，自己生活過的這88年，雖然是一分一秒過過來的，但從尾往頭望過去，卻像一片空白，一片連雲彩都沒有的天空，它難道沒有影子嗎？如果有，那應該是記憶和夢吧。可記憶和夢都是片段的。也許，它的影子是死亡。這麼說，人死了，也就活了，因為活，是死的影子。如果虛是實的影子，實，就是虛的影子。「麗，」我喊了起來。「你把紙和筆都給我拿走，看著都讓人煩。」她很不高興地把東西收走後，我在腦中把這一段話重新對自己複述了一遍，簽上「沉底」的筆名，就在自己從來都不玩的微信的想像圖像上按了一下鍵，把這段文字發了出去。

門「叮咚」地響了一下。進來了一個白人，是醫生。她來瞭解我最近生活怎樣了。我一句話不說，因為她們都知道，我耳朵聾了。其實，我是有意聾的。不好聽的事情，我一個字也不聽、不想聽。我還可以像發酒瘋的人一樣，借聾裝瘋，由著自己性子大聲喊叫，反正我自己「聾」了，聽不見。趁這個醫生跟我老伴說話的當兒，我從眼角觀察著她。她的影子，應該就是我眼中看到的這個形象。如果她是白人，白的，那麼，她的影子肯定是黑的，就在皮下、膚下。老實說，她長得不好看。如果退回去50年半個世紀，我也不會看上她。眉毛彎得不像我們那個國家女人的樣子，太粗太黑了點。辦事好像不太靠譜。儘管口口聲聲告訴她，我得了什麼都不想吃的病，她也充耳不聞，不建議我去看專家醫生，卻讓我去看什麼問題都不解決的家庭醫生。那人只有一個解決辦法：吃藥，加大劑量，繼續吃藥，不行了再加大劑量。現在我肚子裡、腦子裡、血液裡、血管裡、胃裡、腳底下、手上、眼裡、頭髮裡都是藥，都是藥劑，都是化學物質，如果現在有人把我進行解剖，就可以製作成幾十公斤藥品，直接拿到藥店去賣。醫生說：人家胃下垂，你的胃部上抬，超過橫膈膜，快接近心臟了。一旦胃部與心臟接觸，人就離死亡不遠了。我卻在想：如果心臟也有陰影，那一定是胃部。如果胃部有陰影，那一定是心臟，這兩個器官估計是互為陰影的。我不想問這個醫生，否則她會添亂，以為我得了精神病或幻想症，要讓我去精神病院。我繼續裝聾。我認為，我的想法，是有道理的。現在人們總說，要接地氣，要接地氣。從這個角度講，心就要接胃氣，要通過胃吃東西，有了食物，才有心血。所以，心並不是一個很了不起的東西。沒了胃，它就什麼也幹不了。胃也不能專門只為自己而活，它要養活它的影子，亦即心。它吃了，心就要想。可我現在幾個星期不吃，怎麼還在想？我的心怎麼好像沒了影子還在活。它把影子活到什麼地方去了？想想我這80多年來，一直吃那個國家的東西，把現在的藥物排掉的話，骨髓裡也不知有多少毒永遠也排不掉的毒啊。

自從我沉底之後，我不再跟任何人來往。每天不是睡覺，就是坐在窗邊，在腦中想事，發微信。大約因為我的腦電波微信永遠也沒有收件人，我從未收到任何人的點贊或評論。我在這個國家生活，彷彿經歷了一場過濾，在一個接一個的懺悔中度過日日夜夜。其實讓我進醫院做手術，解決不了任何問題。只能加快我的速死過程。在那個國家生活，很多事情都是身不由己。人被文化的大潮席捲裹挾，違心地幹著壞事還覺得也沒錯。具體的事情什麼沒有發生啊。只有地獄的人才會那麼幸福地做著壞事還不自知。我現在能夠堅持不吃不喝一天，就堅持一天不吃不喝。直到我死。很多人活了一生，只是吃了一生而已。跟動物並沒有太大差別。不過，我能理解他們，也不希望他們比現在更好，如果更好，那就更糟，因為你會讓他們承受他們無法承受的痛苦，思想之痛，像我現在這樣。那也是死到臨頭才有的迴光返照。如果我再活一次，估計還是這樣吃一世，像個動物一樣。還不如不吃不喝，到死為止。

對不起，很對不起，上次那篇東西不是發給你的，更不是針對你的。請你一定給我刪除。這位自稱名叫Wu Ye[7]的人在電子郵件中說。我隨之把那篇東西調出來，重又看了一遍。

我不喜歡愛情。人們所說的愛情，其實都是有目的的，有指向性的，利益驅使的。即使在一句「你還

[7] 我不知道這個拼音的名字應該是午夜，還是無業，還是物業，還是五葉，還是無也，還是無野，還是五爺，還是五夜，還是嗚咽，還是舞夜，還是一個到了海外把名字反轉過去的人，但不知道是業務，還是也無，還是夜舞，還是夜霧，還是曳舞，還是野物，還是其他別的什麼拼合。——作者注。

愛我嗎？」這樣的話中，也透露出一種隱含的威脅。把這話展開來說，意思就是：你如果不愛我，我也不會再愛你了。或者說：你如果不愛我，那就儘快告訴我，我好早點改愛歸正，再愛別人。在一個不平等的社會中，愛是最能射向獵物的子彈，能以最快速度改變命運的勝券，最無恥的跳床者，最變態的享受者，最不負責任的發誓者，最善於欺騙的言之鑿鑿者。愛，在我們的方言中，發音同「日」。愛者，日也。不愛者，不日也。所謂大愛，只是一種欺騙。一個打掃衛生的人，居然能成為宣傳大愛的工具，除了說明這個社會徹底出了毛病，什麼都不能說明。大愛，放在一個男的身上，等於說他是個百雞王。大愛，如果放在一個女人身上，等於說她是個百雞玩。大愛，說得最基本的，是用詞不當。相當於說大日。那不等於是一捅天下麼？人類不需要大愛這種謊言，也不能再忍受這樣的侮辱了。每個人都愛自己，都愛自己的家人，都愛自己的孩子，這就夠了。其他的按社會約定俗成地做就行了。

這篇東西真地就像作者說的那樣，「拉拉雜雜」地寫了幾萬字，像「拉」屎一樣，「拉」出來的全是「雜」巴屎，我沒耐心仔細看，但覺得後面好像還有點東西。不過，我回信說：我把文檔全部刪除了。從此，Wu Ye再也沒有回來。

不過，我剛把東西「刪除」後，就又把東西調出來，做了一個關鍵字搜索。那個關鍵字是「發窠」。一堆文字拔「屏」而起：

我對她沒有期望，她對我也沒有期望，我們只是發窠。發窠的時候，什麼話都說得出來，我愛你呀，我愛你愛到死呀，我愛死你愛死你愛死你呀。每次說到愛字，東西就特別硬，而且越說越硬。她也是，越說底下就越濕，簡直像水庫開了閘，有時水多得自己都沒了感覺，麻木地在裡面動，只好讓她擦乾再幹。有了摩擦力就有了擦力，有了擦力就給力。無非一個給水排水系統。只是，每次發窠之後，愛就自然而然地消失。那個字都不想在嘴邊提起。然後各自洗了睡覺。做夢也不會想到這個上面去。只是豬一樣地睡。半夜醒來，聽見身邊有頭豬在打鼾。把嘴湊上去聞了一下那嘴巴，臭烘烘的。跟豬一樣。什麼愛情，全都是他媽的男搗女暢。

我起先看得小便有點小硬，但到了後來，就自動下去上不來了。以後有時間再細看吧。

該談談讀書了。他對凡是用中文寫成的書，都持有極為懷疑的態度。這倒不是因為，用那種文字寫的東西不好，恰恰相反，是因為用那種文字寫的東西寫得太好，以至完全無法看。這就奇怪了。哪有寫得好、寫得美，卻沒法看的東西呢？有。他看到的絕大多數已經發表的東西就是如此。詩歌和散文詩是最糟糕的。兩者之中，散文詩簡直是糟糕得無以復加。所有的大詞，所有被認為最美的詞，都被他們用盡了還嫌不夠，還在不斷為他們的隱喻庫存添置更多的隱喻暗喻明喻比喻。這個品類的文字只能叫垃圾堆，如果風向不對，就會聞到臭氣。好在絕大多數的人都不看，或者是被免費塞了一本書後，像他那樣，從頭到尾只花三分鐘就看完了，然後扔進垃圾桶裡，哪怕前面有簽名也不管。文字，如果不說一兩句能夠引起共鳴的話，那不如沒有。即使女人愛化妝，也不能化到像一頭怪獸，被眾目睽睽之後仍被視為怪獸吧。小說稍微好些，但喜歡玩弄文字者不在少數，以為他那個是美文。美文是一種很快就會發黴的文字，不如稱作黴文更合適。往往的情況是這樣，一個很醜的傢伙，無論是男還是女，弄出一堆美文來，彷彿之後他或她就美起來了。當然，他並不一定知道寫美文的人美不美，但實際情況就是如此。

談起閱讀，他有話要說。就像他跟那個功成名就的作家朋友所說的那樣。老實講，你們一本本出書，每本書都比前一本出得大出得厚出得重，你們考慮過讀者的感受麼？你們那麼大一本書，讓人那麼重地拿在手裡，這又不是七十年代末八十年代初那個裝逼的年代，在擠得人透不過氣的公車裡，還一手握杆一手拿書看，這個時代你上地鐵放眼兩邊望去，看不到一個捧讀的人，人們寧可睡覺或閉目養神，也絕對不肯花一秒時間看書。即使有時間看書也有興趣看書的人，他不會捧讀，他會捏讀，一隻手捏著手機，在那上面看手機小說，一根拇指在那兒翻呀翻的，那根前幾十個世紀都不用，直到現在就連做愛也不會用到的指頭，在那兒翻呀翻的，看上去真不是個滋味，恨不得找把刀把它剁斷就好。

不過，我也有我的辦法。你必須對所有的書都不必太畢恭畢敬。你把書像這樣拿在手裡，千萬別從第一頁開始看，而要先看看目錄，再看看封底，再看看版權頁，有時，這個頁在前面，有時在後面。然後你就劈裡啪啦嘩嘩嘩地亂翻一陣。比如這本書，我稀裡嘩啦地就翻到這一頁的這一段，上面說：「惠斯勒厭惡敘述，狂熱地支持藝術為藝術的思想。因此，他的油畫標題都很抽象，都與音樂有關-如《改編曲》、《交響樂》等。」[8]哎呀，太對我胃口了。我這個不寫東西只看東西的人，最不要看的就是敘述。再能幹的敘述，敘到一定的時候，我就忘記了前因後果，甚至有時候連主人公是誰都忘記了，更不知道這個人跟那個人有什麼關係，就像在地鐵或在飛機或在公車上，前後左右都是人，清清楚楚的面目和穿著，一下車過不了幾分鐘，就會忘得乾乾淨淨。可是，只要給我一兩個細節，我就全記住了。細節、細節、細節，我要的就是細節，活著的就是一個細節的世界，其他一切留給機器或電腦記住就行了。人腦只有細節，別的一切都是腦漿。

再就是什麼雜書閒書爛書廢書禁書都看。會一種外語，就等於是給自己的監獄設置一次永久的放風，放到風裡面想回來就回來，想不回來也可以永遠都不回來或僅僅只是半回來。拿奧登來說，這傢伙是個同性戀，他寫同性戀的那首長詩裡面什麼東西都寫了。如果說有什麼語言或文字是什麼東西都能說得出口但卻寫不出手或敲不出字的，那一定是那個姓漢的文字。不姓韓，也不姓日，更不姓英。誰若想保證自己永遠也不翻譯成那個姓氏的文字，那就自由一點，再自由一點，再再自由一點，讓放風的風把自己吹得更風。否則，一不留神就會被翻回去而且很可能被弄得支離破碎被斬斷腰身被掐頭去尾被割裂被肢解被車裂被剔牙那還是輕的被挖眼被刖鼻被削耳被——好了。我先把這個名字只有一個Y字代號的人翻譯的幾段亮出來看看吧，也算是我對這個不講奉獻只講分享的時代的一種貢獻吧。如果那個語言不讓進，用那個語言寫的這本書裡無論如何都是可以隨便進的。

> 我用手擠擠，試了試它的長度和強度，
> 手指頭握成一束，圍繞著他的龜頭，
> 從頂上到底下，又搓又揉，同時跪下地來，
> 低下頭來，張嘴就開始幹活。[9]

[8] 參見Robert Hughes, *Nothing if not Critical*, p. 113.
[9] 參見W. H. Auden, 'The Platonic Blow (A Day for a Lay)'，轉引自*The Poetry of Sex*, ed. by Sophie Hannah. Viking, 2004, p. 86.

奧登寫男歡，差不多也達到了登峰造極的地步，所以有「奧登」之稱。

有人發微信說：經常晚上兩點以後睡覺會早死。每天睡眠不足四小時或超過八小時，都可能導致早死。夫妻為此事就發生了一場爭執。

夫說：微信又在胡說八道了。馬克思不到清晨從不上床睡覺。
妻說：你知道他活多久嗎？
夫說：65歲。
妻說：所以我說嘛，活得不久。
夫說：要活多久才算久？
妻說：至少也得活七八十歲吧。
夫說：還活千歲呢！那個發短信的人就算能活千歲萬歲，也成不了思想家。
妻說：要成思想家幹什麼？誰思，誰想，誰思想，誰為何思，誰為何想，誰為何思想？
夫說：你還從來沒有像現在這樣思想過。
妻說：我再怎麼思，我再怎麼想，開車的時候，我就不能不停止思想，眼睛盯在路上，上班的時候，我就得招呼櫃檯，收錢找錢，不能出錯，一回到家，就要做飯喂你，不讓你挨餓，就要洗衣，不讓你出去髒，我想什麼想，我思什麼思！
夫說：就算一億個人中出一個思想家也不錯吧。睡那麼多覺幹什麼？活那麼久幹什麼？
妻說：你有病，你才這麼說。對我們這個種族、這個民族的人來說，思想家三個字其實兩個就足夠了：想家。說到底一個字就夠了：家。任何一個再偉大的思想家，沒有家就沒法想，不想家就沒法成為思想家。你說我說得對嗎？
夫說：你知道我的習慣，我從不對對錯發表評論。這個世界沒有對錯。只有發言。我更喜歡思想者，而不喜歡思想家，因為我特別討厭家字寶蓋頭下的那頭豬。

妻說：虧你還是個吃豬肉的，你有什麼權利罵豬?!哼！

夫說：那個國家過了那麼多年，愣是沒出一個思想家，思鄉家倒出了不少。

妻說：成不了又怎麼樣？大家照樣過日子，生孩子，掙票子。有了反而糟糕。

夫說：怎麼呢？

妻說：你有思想，你偉大，你要影響所有的人，所有的人都被逼著學你的思想，背誦你，跟你走，你有意思嗎？你不累嗎？

夫說：這個嘛，讓我想想——

妻說：那你就想下去吧，想瘋了別找我。沒有一個真正的思想家不進瘋人院的，那個泥什麼彩，那個禍耳什麼得鈴的，還都是德國人。思想家不是把別人搞瘋，就是把自己搞瘋，然後再把別人搞瘋。

夫說：不是泥彩，是尼采。不是禍耳得鈴，是荷爾德林。

妻說：管它什麼彩什麼鈴的。反正無論我思什麼想什麼，都跟家有關。而且，從你的角度講，都跟屎有關。所以我一直叫你屎想家。一天到晚想的都是屎，都是怎麼把那一肚子屎順利地拉出來。

夫說：這倒也是。如果有時間，我很想查資料，看看你說的尼采、荷爾德林和馬克思這些人活著時是否因為思想過度而造成拉屎不暢。

妻說：歷史會記下這些東西嗎？

夫說：哎，你提問題的方式很有意思，不像一個家庭婦女問的。

妻說：你小看我！我不是思想家，但我是家想思。

夫說：什麼叫家想思？

妻說：在家裡一天到晚地想著做事啊，這都聽不懂。

夫說：是的，歷史哪裡會記，哪裡敢記？就算老馬、老尼、老荷詳細地記了，歷史也會故意地忘記，為他們遮醜，為他們避諱，為他們把屁股擦它個一乾二淨。

妻說：你能不能說話不帶髒字？

夫說：「屁股」是髒字？你沒屁股？我沒屁股？馬克思沒屁股？

妻說：哎呀，你，嘴巴臭死了。你說臀部不行嗎？你說後面那個東西不行嗎？你用英文說buttocks不行嗎？你為什麼偏偏就愛說癖古、癖古的？

夫說：癖古就癖古吧，反正歷史的癖古永遠又髒又臭，但永遠擦得乾乾淨淨。

妻說：你想瘋嗎？你想思想家嗎？我看你還是當你的屎想家的好，多想點屎，每天都順利地拉出來。

一天又過去了，夫妻再次見面時，已經過了一年。他們繼續吵架。

夫說：叫你跟我一起去你不去，我一人去了你又不樂意。

妻說：我才不回去呢。那個國家那麼糟糕，食物那麼不安全，空氣那麼污濁，人那麼沒有禮貌，貪污腐化那麼嚴重，我才不回去呢。

夫說：不是回去，是去。

妻說：什麼回，什麼去的。

夫說：不是回，是去。你知道的。

妻說：別跟我玩你那種文字遊戲。回國就是回國，沒有去國的說法。

夫說：有，古代有，意思是離開那個國家。有句古詩說：去國三千里。

妻說：反正我不回，也不去。

夫說：虧你還是在那個國家出生長大的，這麼數典忘祖。

妻說：有什麼典可數？全都是壞的，基本上沒一樣好。男盜女娼，上樑不正下樑歪，邪已壓正，從內裡爛透，心裡全是黑夜。

夫說：啊呀呀，你成了詩人。我喜歡「心裡全是黑夜」的說法。

妻說：不是詩，是事實。

夫說：那就是事實詩。

妻說：管它什麼詩，反正我不去，也不回。

夫說：我怎麼過？雞巴沒人日。

妻說：找人日還不容易？那個國家遍地都是。沒有東莞有西莞，黑了南京有北京。

夫說：那有什麼意思，自己家裡有，幹嗎到外面去找。

妻說：你別怕我說你彩旗飄飄，你就是飄到渾身上下花花綠綠流膿流血我都不管。到時候爛得什麼都沒有了爛掉爛化了你別找我。只有一條：你別再碰我，免得把我弄得一身腥臭。

夫說：你看你說的，這麼大氣，好像我真有似的。

妻說：你有沒有你自己知道，你雞巴知道。我怎麼知道。

夫說：好了，我們不說這個好吧？不管怎麼說，我們還是夫妻，還是得像夫妻一樣過，總不能我一個人在那個國家像個鰥夫似的，沒人日，只好日自己。

妻說：你最喜歡的就是日自己。網上黃片多的是。隨時要，隨時找，隨時日。我不跟你多說了，油在火上燒著，要炒菜了。

夫說：其實，說老實話，我也不太喜歡那個國家。每次住久了，就想回到這個國家來。（晚上，他在被窩裡依偎著她說。）

妻說：還是回來吧，那個地方又有什麼意思？因為吃不好睡不好又抽煙，人臉又黃又瘦，像個大煙鬼。

夫說：你不去，我不抽煙怎麼過?!煙就是我老婆，煙嫁給了我，當然不是免費嫁我，是比較廉價地嫁我，因為高級煙我不抽，抽過後我發現，低級煙和高級煙沒有本質的區別，反而越高級越沒勁，抽到口裡，從鼻子裡呼出來，幾乎沒有什麼太大的感覺。

妻說：你要太大的感覺幹什麼？

夫說：哎呀，不就是混時間嗎。在那個國家，時間的存在就是為了混的。

妻說：回來多好，空氣多好，食品多安全，在那個國家，人就是不抽煙，也要少活好多年。

夫說：其實，這個國家也好不到哪兒去。在這個國家，你就是拿再高的學歷，像我，博士學位兩個，碩士學位三個，還是進不了大學教書。你說再這麼跟誰較勁較什麼勁？

妻說：還是像你那樣，在精神病院當part-time的護士或到地方警察局偶爾當當翻譯也不錯。

夫說：是呀，在外人眼裡當然不錯，但從自己這個角度來講，不知道低到什麼地方去了，有時覺得比水還低。

妻說：低就低，反正誰都不敢瞧不起你，不敢瞧不起我們。這個國家好就好在，天王老子我都可以不認，你們那些高官到了選舉的時候，還要求我們一張選票。不喜歡你，我就不選你。上次選舉時，一個80歲的老頭子，就當著電視錄影機的面，指著當政的總理說：我不喜歡你！一個星期之後，那個總理就下臺了。就這麼簡單。要是在那個國家，這個老頭哪怕100歲，也可能會被關進牢裡。

夫說：也不是你說的那麼極端。現在那邊也還比較自由。

妻說：自由個屁！人家給你高薪了，你就替人家說好話了。上次你自己說的，連Facebook, Youtube和Twitter都沒有。那個國家有什麼自由？

夫說：你怎麼現在這麼強烈？漢子得比漢子還漢子。

妻說：老娘更年期久矣，你可要小心點！

夫說：好呀，我小心你以後下麵長出個屌來。

妻說：我打你，我打你，我打死你，我打死你！

誰活在這樣的時代不瘋才怪。當你看到你的手機一下子長出了那麼多的哲學家、文學家、道德家、評論家、攝影家、繪畫家、說教家、詩人、散文家，其實都是轉載家、沒有一樣東西屬於自己家時，你唯一做的就是你現在做的，把手機雙雙關掉，從而讓心靈稍息。人們活得很久，其實已經死了多次。你發現，人在最孤獨的時候，也不很孤獨。你在那條發白的小路上走，不時會有路人從對面走來，或者從身後走去，白人，偶爾也有栗色人，還有狗，還有鳥叫聲。這個國家的鳥，沒有那個國家的叫得好聽。據說，鳥只要一禁錮，就會把叫聲變美，可能是一種變通的辦法，只有變美才有吃的，只有變美才不會被打死。跟古代女人的腳一樣。

你散步的地方很醜，草像獸毛一樣鋪展開去，裡面沒有可走的路。遠處是稀稀拉拉的樹。草很高。光照下有影子，怎麼看怎麼不好看，但空氣是新鮮的，陽光沒有中毒的感覺，樹枝樹葉草根草葉草尖一味地自由，自由到醜陋的地步，醜陋到追求完美的詩歌失效的地步。你想起那個詩人說的話來：要寫一些很不好的詩，不美好，不美妙，很粗俗，但很好玩。你想起那個國家，不覺在他對面搖起頭來。他問：怎麼了？你什麼也沒說。有些東西是沒法傳達的，用哪種語言都沒法傳達。必須像釀酒中每一滴酒所含的時間那樣去體會。時間就是長了半個世紀的肉啊。有些國家，有些人，就是一個整體的饕餮而已。到最後什麼都沒有。垃圾一樣從空間甩了出去。

你把幾十米長的陰影通過太陽投在地上的感覺捕捉下來。公園的廁所牆壁上，有人用黃色的屎在牆上寫字。這是屎書，比血書更有味道。拍下來發到那個國家去。那裡有你不再指望任何存在的陰影。人已經壞到無以復加的好的地步。正在微信中越來越道德起來。微信外面，成億的人在拉屎。和拋垃圾。

我剛到這個城市來時身無分文。我來自英格蘭。父親是廚師。家窮。在英格蘭，家窮，你一輩子就完蛋了。那是個階級等級森嚴的社會。你是窮人，就不可能出頭。老爸抽煙，後來得了肺癌。母親小時候總是跟我們說：不要總是想要。你要得越多，就越想要。你什麼都不想要，你就滿足了。人一生最難的就是content（知足）。我剛從英格蘭到這邊來時，兜裡幾乎是空的。在火車站的光板水泥地上一睡就是好幾個晚上。後來實在忍不住，就翻報紙，稀裡嘩啦地翻了一陣子，都是什麼一周10鎊，另加鎊金之類。我翻呀翻的，忽然看到一則廣告，眼睛亮了起來：一周10鎊，無需鎊金。我馬上一個電話打過去，說：就在山那邊。我就走到山那邊去了。走了一兩個小時。我跟那大胖女人說：我剛到這個國家來，身無分文，等我找到工作，立刻就把房費還給你。女人說：你以為我相信你說的話？到這兒來住的人，都是這麼說的。我以為她會趕我走。她沒有。讓我住了。還留我免費吃了一個晚餐。一個星期後，我找到了工作。

幹什麼？你以為有什麼好幹的？在Myer做清潔工。對不起，請讓一下，對不起，請讓一下，掃帚打腳了，對不起，請讓一下，對不起，請讓一下，每天翻來覆去就是這幾句話。

後來又找到一個稍微好點的工作，但還是不喜歡。在卡爾頓賣辦公室器械，挨家挨戶做推銷。是呀，有自己的公司車開著到處跑，但還是沒意思。推銷來推銷去，一樣產品都沒推銷出去。回來跟公司老闆談。老闆是個猶太人，他跟我說：你知道為什麼沒推銷出去嗎？是因為你做了鋪墊工作，那邊的人對你印象特好，我一去，產品都賣出去了。

「那我應該拿回扣吧？」我說。

「回扣？」猶太老闆說。「要回扣當然可以，那你得放棄工資，只拿底薪，賣一樣東西，計一次回扣。」

我一想，還是不划算。就沒幹。你知道，當年情況就是這個樣子的。

跟你知道的情況不一樣？我當年是那麼跟你講的嗎？我講了什麼？我那麼說了嗎？好，那你先告訴我，我當年是怎麼講的這段故事的。

你喜歡重口味是不是？你他媽的喜歡重口味是不是？我操，老子就講點重口味的你聽聽。你別聽了一半不敢聽就跑了。或者看了前面就刪了。先奸後殺怎麼樣？事實上，當時給他們出的引句就是這樣，只不過稍微好聽一點罷了：「強烈地做過愛後，就被野蠻地殺死……」【作文提要：請以此句作為本小說開頭，寫一篇300字的小說。必須有標題。】

在交上來的幾十篇文章中，只有兩篇我看中了、看重了，重口味的重。一看作者的名字，我觳觫起來。這不是那個前天晚上獨闖我夢，把我強姦的女孩子嗎？老實講，故事寫得並不怎樣，拿到任何地方都不可能發表，但某些細節值得再看一遍。恕我在此引用了：「強烈地做過愛後，就被野蠻地殺死。所謂強烈地做過愛，其實不過就是那幾招，進進出出，拉拉倒倒，但進出拉倒之後，一切射空之後，卻出現了大寂靜。下面的人在越來越大的叫床聲之後，逐漸變得沒有了聲息。趙氏孤兒睜開高潮過後的眼睛往底下一看：名不見經傳的女人已經去世了。糟！這可不是好事。他用手‘噗噗噗’地抓了一大厚把手紙，就去擦下身，就著手機的光一看：全是血！莫非自己的雞巴成了匕首？他想看個究竟。」

接下去，基本就在作。沒什麼可看了。不過，口味還算重，想像也不太不強。只是想起這是個在夢中把我強姦又無處可以投告的女生寫的東西，讓人有點毛骨悚然，不寒而慄。

另一篇是一封信，兒子寫給媽媽的，是這麼說的：

媽媽，你不要到處找我。不要登報發「尋人啟事」，不要找員警，不要跟精神病院聯繫。我走了。不會告訴你我到哪兒去了。不過，你要是想知道我的近況，我還是可以告訴你的。

我跟一個白人女孩生活在一起。這個女孩你肯定沒見過。我倆愛得無以復加。勿以腹加。明白我的意思嗎？

整個事情的緣起，不用我說你也知道，就是因為學校太過分，關我禁閉不說，還要我連續兩個星期，天天把監督卡交給當班老師簽字，回家後還要你簽字，我就是這樣被逼成精神病的。反正我也不知道是什麼病，我聽見有人告訴我：不要上學了。你是一個有使命的人。你的使命就是停止把時間浪費在學校無聊地學習上面了。有更重要的事需要你去做。

我覺得，我還是回到那個國家的好。從前總覺得那兒不自由，現在到了這邊，才發現這邊比那邊更不自由。我本來就對學習英語沒有興趣，現在就更沒興趣了。這個語言除了教會我說粗話之外，什麼別的都沒學會，把我腦子亂得一塌糊塗。我總在想，人一生有一門語言就夠了，幹嗎沒來由地再學一門語言呢？我這麼說你別生氣，這就好像你已經有了一個丈夫，還要去再找一個丈夫一樣。有那個必要嗎？

Vivienne也想跟我一起到那邊去。她愛我發狂。她說：這個世界上我想去哪兒，她就跟我去哪兒。我有時很煩她這一點。不過，和她在一起也很快樂。我們一起抽大麻，特別快活。

媽，你不用找我了。你要是找到我，員警把我放進精神病院，我就完了。他們那個藥一吃，我就渾身亂顫，眼睛直瞪瞪的，連問題都想不了。Vivienne來看我，我們也做不了愛。那些同病院的，都跟我一樣病得不輕。有個人一天到晚站在窗前，沖著天空一刻不停地「啊、啊、啊」的。我們都叫他詩人。還有一個總是蹲著，屁股朝天，頭朝地，說那才接地氣。永遠一聲不吭，我們叫他思想家。他說他就是思想家，是從羅丹的那尊雕塑中蛻變出來的。

媽，忘掉我吧，我永遠也不可能為你爭面子。能不丟你的面子，就是不幸中的萬幸。你讓我好自為之吧。我跟Vivienne在一起，會很幸福的。再說，即使她離開我，像她自己說的那樣，她說，人跟人在一起，誰也不知道什麼時候會分開，什麼時候會結合在別的地方和別的床上，我也同意。反正無非都是人，換一張臉蛋，也許能讓生命再多持續一天。你說是嗎？

媽，有時間，我還會再給你寫信的。

訪談繼續進行。提問的人和答問的人在隔斷的時間和割斷的空間（也可以是割斷的時間和隔斷的空間甚至可以是geduan的時間和geduan的空間甚至還可以是severed time和separated spaces）裡繼續發來發去，問來問去，答來答去，如下：

問：請問你的小說《毒液粥》寫得怎麼樣了？
答：怎麼會是這個名字？
問：那是什麼？
答：《Du Ye Zhou》。
問：哦？能解釋一下嗎？
答：小說是不需要解釋的。一進入解釋，小說就成了工作報告。
問：這就是你對小說的看法？
答：砍伐。
問：什麼意思？
答：就是每次我敲鍵，想把kan fa二字打進去時，電腦都把「砍伐」送給我，讓我措手不及，然後刪去，重新再打一次，然後才能鍵入「看法」。難道這裡面沒有比黑格爾更深奧的哲學嗎？
問：繼續講，我在洗耳恭聽。
答：那個國家的文字過於喜歡誇大。這是它最好的地方，也是它最糟的地方。凡是自稱洗耳恭聽的人，從來沒有一次洗過耳。這還不像早年我從母親抽屜裡發現的一個東西，一隻精細的小碗，據說是用來洗耳的。可能那個時代的人為了聽清楚別人說話，需要經常洗耳朵。再不就是有耳疾。一個凡是需要洗耳恭聽的人，必定是有耳疾的。

問：你是不是在笑話我？那只是成語而已，其實要說明的只是一個字：恭。

答：當然不是笑話你。是笑話我自己。一個寫作的人，最需要做到的，就是笑話他自己。比如，到了一個把牙齒刷了一兩百年，卻沒有一天洗耳朵的時代，依然還在用洗耳恭聽，這是不是說明，那個國家的語言成了重大問題。是不是說明，有些成語已經成了炒了不止幾千次幾萬次的現飯？我倒覺得，下次如果輪到我用這個成語，我寧可翻新，也不說它。

問：那你準備說什麼？

答：我會說，請講，我會割耳恭聽。

問：哈哈哈！笑屎了。

答：你看，你看，你的這個「笑屎了」，就把過去的「笑死了」徹底顛覆了。難道不是嗎？

問：對對。

答：所有這些，黑格爾們—此處讓我插嘴一句，那個國家的翻譯也太不尊重德國哲學家了，竟然、居然把他一勞永逸、一勞永譯地譯成了黑格爾！就是赫格爾（赫赫有名的格爾），也比黑色的格爾要強要有力要好聽很多呀！且不說「格爾」聽起來就像「割耳恭聽」的「割耳」—囿於他們對那個文字的不懂不通，當然對此沒有任何發言權。就是白格爾、綠格爾、黃格爾、圓格爾、方格爾來了，也還是說不出任何名堂來的。

問：這說明什麼？

答：這說明，還有無限探索的空間。

問：請問這跟小說創作的關係？

答：請讓我把沒有說完的先說完。剛才我用了「插嘴」二字，你難道沒有注意到？

問：我注意到了，但沒感覺到。

答：說得很好，倒顯得好像我是採訪者，你是受訪人一樣。

問：我喜歡這種結構的微妙改變。

答：也跟插嘴的情況一樣。過去，插嘴就是插嘴，沒有別的意思，就是在七嘴八舌的嘴巴中，插一張嘴進去，把自己的嘴插進去，打斷別人的話頭或者話尾，這種情況被形象地隱喻成了「插嘴」。但是，我已經說到這個份上了，你難道還沒有感覺？

問：有，又沒有，隱隱約約的，似乎有點感覺，但又不知道你在說什麼，你想說什麼呢？

答：我奇怪你竟然不知道一個日常生活—日夜生活中的—常用動作：插嘴，這個當代女性十分熟知的動作。

問：你是說：

答：我是說咬。

問：什麼咬？

答：你把「咬」這個字分成兩個字，意思就明白了。

問：哦，啊，哈，哈哈哈。

答：你還有問題要問嗎？

問：有，有，當然有。你覺現在的小說跟過去的小說最大的不同在什麼地方？

答：「我覺」？我什麼都不覺，只覺得現在的小說無法看下去。

問：能具體點嗎？

答：具體不了。原因簡單得不能再簡單，如果我真名真姓地說我不喜歡誰誰的作品或者誰誰的作品寫得很不好，這對我有害無益，只可能在我的敵人名單上又增添有增無已的名字而已。要知道，批評在這個越來越自戀的時代，已經沒有任何意義。人們需要的是盛讚家、自贊家，不是批評家。你說任何聽起來刺耳的話，哪怕是逆耳卻是忠言的話，人家也會跟你急。比如這個國家就曾有個自以為在搞文學的人說過一句話：如果你批評他，他會拿刀把你捅死。

問：不至於吧？

答：至於、至於。你只要看看家養的小孩子，不管是男是女，你說她或他，他或她就不高興，就撅起嘴，就不肯吃飯，就摔脾氣，就—但你說她或他好話，他或她就笑起來了，都是亮的牙齒，還會跳起來。人，已經成了一個自為的人，自己為自己活著的人，自己聽自己好話，自己為自己說好話的人。

問：你不覺得這樣活得很累嗎？

答：活得比任何時候都累，這也就是為什麼這個時代的精神分裂症患者、憂鬱症患者、邊緣性人格障礙症者比比皆是，很多人都處於是或不是是或將是是或要是的狀態之中。而且一旦是了就永遠也不可能不是。在所有這些人中間，一個寫字的人（我永遠拒絕說作家。「作家」只有一個意義，那就是作女的作，很會作的那個「家」，下面一頭豬，上面一個寶蓋頭的「家」），是夾在是和不是之間的人，他要「作」的，不是把他「作」的品，所謂作品（其實是三張口，那個國家哪個人不是三張口？吃啊吃啊吃的，都能把人吃病吃死，也真吃到了那種地步），當成什麼道德（這個字特別有問題，為什麼不叫路德，為什麼不叫小路德，為什麼不叫街德，為什麼偏偏是「道」的德，為什麼「德」還要與得失的「得」同音？是不是暗示有德者就有得，無德者就無得。難道那個國家的很多事情不是一而再再而三三而四百而千千而萬百萬而億地證明，情況正好相反嗎？）的工具，向讀者刻意地樹立任何人都不相信的人物形象。是不是正是因為這個，那個國家的小說，已經到了沒人看的地步。也是不是正因為這個原因，那個國家的什麼人得了一個什麼獎，立刻搖身一變，成了道德說教家了？他想做大家的楷模，也去撐開那個笑話那個神話那個蠢話，讓人都去做拿那個什麼獎的夢嗎？這個時代，很多人的精神病源，就是那個什麼獎。

問：你語焉不詳，能否具體點？

答：我再強調一遍，我無法具體，更無法具體到人。但你知道，我在此說的，指的都是文人，對那些文人，我只能用一個字來指稱：東西。那都是些什麼東西！嘴上往外射蜜，雞巴往外噴水，一出手道德文章，一進屋男盜女娼。狗樣嘴臉我看得多了！這也就是為什麼到這個國家來的人，幾乎99%以上的，都放棄了搞文的原因。以文而化，不如以錢而化。後者才是真實，後者才是硬通貨。搞軟通貨的文，乞丐不如、豬狗不如、婊子不如、拾垃圾不如。任何一種賤業，都比搞文的強。〔作者：不擬自刪，但建議編輯刪除此段。〕

問：你情緒比較激動，我們改天再談好嗎？

答：你是暗示說，我情緒比較失控，對嗎？

問：沒有，沒有。我們改天再談。

答：那就這樣吧。

作為出版社的老總，我的出版原則很簡單：凡是那個國家無法出版的作品，我這兒一律大開綠燈。自由是我的旗幟。其他一切都不必再說，也不必細說。而且，我還不收你一分錢。就這麼簡單。最近收到幾份書稿，有的與性有關，有的與政治有關，還有的與文學翻譯有關。每天，我除了看稿，還是看稿。這天我看的這份稿子，在我的檔案中標示為「ZMY」，因為它原文展開後是《怎麼譯？》。我看著看著，不禁啞然失笑。你是否會笑，我不知道，但我可以把那篇小文展示在這裡：

Rodin

梵高的英文名字是Van Gogh，跟「高」毫無關係。高更的名字是「Gauguin」，也無「高」在裡面。中國人因為沒有上帝可以尊崇，就特別崇拜西方白人。本來無高的名字，一譯過來就高起來，從此一輩子就高大了。

Rodin稍微好一點，只是成了「羅丹」，聽起來有點雌化，像個女的。下面有句話跟他有關，你來試譯一下（其中的「him」和「he」，指的就是羅丹）：

Perhaps we tend to see him as more isolated than he was. Rodin was never without gifted peers. (Robert Hughes, *Nothing if not Critical*, p. 130)

翻譯好玩的地方在於，它也有吉光片羽的靈感閃現。我的譯文是這樣的，可能會出其不意了你：

也許，我們傾向於把他看作是一個比他本人更加與世隔絕的人。羅丹從不落單，總有與他相匹敵的天才之人。

這個「落單」，當然是「羅丹」的諧音，但它出現的那一刻，就在手指敲下「羅丹」的時候。換了一個翻譯，可能會把「落單」否定，但出現在這樣一個不能更合適的地方時，不把「落單」落下來，那就太傻A了。

另外一本寫性的也很過癮。M最近找我，問我能否把作者介紹給他。我問他想幹嘛？他說：目前經濟不好，如能把那本書給它來個連載，也許會吸引讀者許多。我發現，他到這個國家久了，連漢語都說得有點那個起來，不過，我都能接受。隨後我就把詳細手機號碼什麼的給他短信過去了。

與此同時，還有一個不認識的人，每隔一段時間，就往我郵箱發他的詩，都是一組組的，看得我發煩，但又始終沒有決定是否把他刪掉，或者直接告訴他，讓他不要再發了。今天發來的一組中，有一首詩覺得尚可，先放在下面，提醒自己，這個人值得注意，但具體怎麼操作，等以後再說：

《賣》

當下是一個
什麼都可以賣
的時代
電腦犯了一個錯
把「當下」打成了
「襠下」
反而讓這首詩
有了基點，即
襠下是一個
什麼都可以賣
的時代

閒話休提
且說2010年5月10號這一天
發了一條新聞
（*http://news.ninemsn.com.au/national/1050306/director-to-auction-aussie-virgins-in-us*）
說的是澳洲有位紀錄片導演
要到美國內華達州
拍一部處女
拍賣貞操的片子
每位貞操價值兩萬澳幣
約合12萬人民幣
有人譴責說這是赤裸裸的賣淫
但一位自稱「維羅妮卡」的少女說：
「我不會後悔的」
澳洲家庭第一黨議員稱
這是「*absurd, ridiculous and disgusting*」
（荒唐，滑稽，令人噁心的）
在中國
估計不大可能發這種新聞
據推測
這首詩大約也賣不出去
哪怕襠下
是一個
什麼都可以賣

的時代

這混蛋，如果允許我這麼稱呼他的話，對那個國家其實很不瞭解。那個國家什麼不能賣，什麼價錢賣不出來，而且賣出來後什麼人不欣賞。根本就不會受到譴責，因為那個國家的人對賣和能賣是很崇拜的。

他發來的這一組《很黃，很暴力》的詩歌中，還有一首也很黃，很暴力，為了時刻提醒我，這個世界的詩歌，還不都是外表是貞潔，內裡是娼妓的那種，還有別樣的東西，我就把它抄錄在下吧，作為一種警示：

《自操》

我決定買這本99澳元的書的主要原因
是因為這兩幅圖畫：

圖1：拍攝者，男，把自己裸體置於畫面中心
側過身來，右手持一根黃色帶梗、兩邊都有龜頭的粗壯雞巴
眼睛往下看著自己把一邊龜頭塞進屁眼
手握中段，另一端的龜頭露在外邊

圖2：拍攝者此時擺出一個瑜伽動作
背朝地臉朝天雙腿舉過空中越過頭頂向頭後面的地板壓去
直到大腿與雙耳齊平甚至低於雙耳
直到他的雙唇含住自己的龜頭為止

最後我決定不買這本書的原因則是因為另外兩幅畫：

圖1：一幅連環畫中接續地表現了某男背牆而立以後腦勺撞牆
直至牆上肝腦塗牆血濺四壁倒下為止的壯觀場面

圖2：一根無名雞巴埋在一隻無名屁眼中
畢竟，我尚未獨居

這本書的英文書名：*Into Me/Out of Me*
譯成中文應該是《從我進/從我出》

古雅一點，也可譯成
《乃從我進/乃從我出》

什麼玩意兒，我看後只說了這一句。

開車回家途中，老唐（他的英文名字是Old Tongue）正巧碰上12點到1點的訪談節目。一聽被採訪人的名字，他不覺一怔：此人不是剛剛去世了嗎？原來，這是一位名叫Sculthorpe的作曲家。看書的時候，他從來不會有作者已死多年的感覺，即使作者還活著，他看書也不會去想作者，甚至還有點討厭作者還活著的感覺，因為如果不喜歡，少不了要罵幾句。書如果寫得好，作者又早已不在，反而能引起一種懷念。總之，書是脫離了肉體的一個實體，跟作者沒有太大關係。可最近一個剛死去的人，卻被人在生前把聲音錄製下來，讓人們在他死後，聽他活著時弄出的聲響，這有點讓人毛骨悚然，至少是越想就越不舒服的。不過，一路開車，又聽著音樂，這種小小的不快感，很快就過去了。

訪談過程中，作曲家談及他的弦樂交響樂《我的鄉間童年》時解釋說，他才7歲的時候，鄰居的孩子和他一起出去玩，光腳踩著刀片，劃破了口，因得破傷風而死，結果導致鄰居一家從此不再理他。據他說，對他這個才7歲的孩子來說，這讓他十分不解又非常難過。於是，成年後，他把這段經歷寫成了曲子，構成了這部交響樂的第二樂章《鄉村葬禮》。

老唐什麼家都不是，他有家，但不是家，也從來不想成那個意義上的家，但他對音樂有著超乎尋常的興趣。這可能是因為他早年曾想成為作曲家。那時他很小，才十二三歲，在極度無聊的時候，一個人坐在窗前桌邊，把頭擱在桌上，半睡不睡的樣子，竟然從虛空中聽到了樂聲，一睜開眼又什麼都沒有了。那時他就忽發奇想：我要成為一個作曲家。

《鄉村葬禮》放起來時，因為有前面那個小故事鋪墊，抑鬱的音樂使人產生了壓抑的感覺，能約略體會出那個7歲的小男孩在葬禮上的難受樣子。老唐這時就在想，他想的時候，思路打斷了樂聲：音樂是沒有文字的，但通過音符，卻能產生清晰的畫面。一些用木頭製作成的樂器，如小提琴、大提琴、巴松、黑管等，能使始終潛藏在木紋和木質裡的風聲和雨聲，通過琴弦的拉動和撥動，重新一次又一次地發出優美、幽美的聲音。

音樂終了，採訪重新開始，作曲家談起了他的家鄉塔斯馬尼亞的朗塞斯頓，說那個地方房屋的建築幾百年來都是向南，因為南邊向陽，是太陽普照的地方，卻不知那是北半球人的邏輯思維，搬到南半球後卻並不適用。原來在南半球，窗戶必須朝北，才能最大限度地接受陽光。

啊，老唐似乎悟出了什麼。他想起來了。從前一批來自英國的畫家，他們畫的這個國家的風景畫都頗似英國的風景，因為他們無法掌握這個國家在強烈日照下煥發出的種種令人睜不開眼的色彩和光亮。人的大腦，他想，是不是也需要時時地換位和錯位呢？他記得，從前曾有一個詩人，在詩中把那個國家稱作「北方」。

活到一定的時候，人就會發現，他開始說不了。他最先說不的對象是微信。這個產生於二十一世紀十年代早中期的魔鬼，順應了自戀的潮流，一夜之間席捲了那個沒有哲學家沒有藝術家沒有文學家沒有精神領袖沒有英雄沒有猛士沒有—連說真話都沒有的民族的人，導致每天產生的垃圾中出現了大量這樣的話：必看！震撼！80%的人卻不知道！結果很噴飯！太有才了!!!改變孩子一生！

這個民族人的臉，看上去依然猥瑣，依然獐頭鼠目，依然難以卒讀、難以卒看、難以卒交。結論自然而生：不看了。睡覺前，只需要做一件簡單得不能再簡單的事：關機。

他是在廁所卷紙用到最後，準備把紙芯那個棕色的硬紙捲筒扔掉時，卻感到有點依依不捨起來。畢竟這是用紙做的，如果什麼都不寫就丟掉，的確有點可惜。而且丟也不能那麼容易地像揩過屁股的紙那樣丟，因為再強大的馬桶水也沖不走，雖可很容易地丟進垃圾桶，但可以像望遠鏡一樣望出去的圓圓的空間，裡外都能寫字的環形空間，始終令他難以釋懷，直到他自己也不知道是怎麼回事，就拿起筆，沿著周圍寫了一首詩，這也許是他活了一生寫的第一首詩，不妨稱之為便紙芯筒詩。這一首詩是這麼寫的：

風太響了
我們把樹砍了吧
風在腦袋中響
浪一樣
把樹砍了
風，還會在頭髮上響

（8月18日早上9.32分）

他把捲筒「通」的一聲，扔進茶已喝完的鐵觀音的盒子裡。又找了一個筒子，前後查看了一下，欣然發現一首字寫得極小，但似乎還可以放進來的東西：

追金逐銀的時代，一切都變得跟射精一樣快
也跟射精後一樣空虛

另一首寫的，他自己已有一些不太明白，但覺得裡面似乎大有淺意，就放在了下麵：

低度，跟高度一樣，也是有必要的
低，就是低到挖祖墳的那個度

這個以在官方雜誌或媒體、博客、微博、微信上發詩亮相為恥辱，只以寫詩怡情養性而自我埋葬的人，就這樣開始在捲筒紙上寫詩了。後來我去拜訪他時，他讓我看了一間滿滿當當都是詩捲筒的房間。他讓我告訴大家，他的故事決不允許那個國家那種民族的人一分錢也不花地去轉載的。那些人不懂得尊重任何人的精神勞動，他們以為有了通訊玩具，就可以無法無天地盡情轉載。他請我轉告大家：把他忘記。但如果在微信上無償轉載，他將無情地對之提起訴訟。

我們坐在他那間房裡，到了想抽煙的時候，就出去抽煙，因為房間裡都是詩捲筒，抽煙是絕對不許可的。我問他今年多大了，他說不知道。我奇怪這個世界上居然會有不知道自己年齡的人。他說：只有把生命看得重於一切的人，才會斤斤計較過去的每一分鐘。那種人是吃野獸的，但絕對不如野獸。天空沒有年齡。大地沒有年齡。水沒有任何可以計算其年齡的工具。只有人，這個世界上最骯髒最可憐最討厭最無聊的低等動物，才會一掐一算地計算時間。時間是沒有時間的，也不屑於自己計算自己的時間。我一邊咒詛自己沒有出息，一邊看著他的臉，計算他的時間，就像被人把帳本拿到面前，想把一筆筆賬弄清楚的一個債主。最後我只能在心裡對自己說：必須放棄作為人的努力。他好像看透了我的心思，說：你這樣才是對的。人是人世最俗氣的東西。他們現在已經活到了只求讚美的年代。讓我隱身吧，隱身在我的詩捲筒中吧。我的國土永遠不與人世接壤。

我隨手抽了一隻捲筒，沒想到引發了一場微紙震，所有那些疊床架屋般搭好的捲筒，都稀裡嘩啦地垮塌下來。我趕忙朝他—順便說一下，他要我以後稱他為「他」，不要用任何名字—望了一眼，怕「他」說我，但

「他」笑笑說：你這就達到我要的效果了。我希望來人看到我的紙震、詩震。「他」說：把你手中那首隨便抽到的詩讀給我聽聽。我就讀了，如下：

好詩就是地下迸濺的岩漿
越醜，越有力；越醜，也越美

我讓「他」解釋一下這首詩的說法，「他」說：沒有說法。詩就是詩，用不著自我解釋，就像人就是人，用不著解釋為什麼他是人一樣。美也是如此，「他」說。一看之下就覺得是美的，那就是美，用不著任何人去解釋解說。人的直覺，「他」說，就像開計程車的，看見你跟一個女人坐進去，從後視鏡裡只瞧了那麼一眼，就說：哎呀，你女朋友長得真漂亮！或者說：嗯，不是說的話，我們這兒的女孩子要漂亮得多。這兩種情況，都是一眼就看出來的，用不著多說。

我本來還想再多問兩句，但一看表，不禁「啊」了一聲，說：不行了，我得走了。「他」會意地點點頭，一聲不吭，對我揮了揮手，就消失在詩捲筒之間。

看書，他意識到，已經沒法逐字逐句看了，甚至無法從頭到尾看了。一本書拿起來，還沒看了開頭就放下去了。有些書翻開扉頁，發現購書日竟然已是十幾年前。很多書說起來都看過，但問起來卻一句都不記得，等於白看，就像吃的飯食，吃過之後拉了就沒了。手頭這本*Sexual Life in England*（《英格蘭的性生活》）出自一個德國人之手，裡面細節多如牛毛，幾乎頁頁都給折疊起來，現在不打開，他也只記得一個細節。那就是當年牧師生活糜爛，經常會與地方上來懺悔的女士發生關係，也不管她們有無夫婿，反正先搞了再說。肚子搞大之後，孩子總得有個去處。就因為這個原因，教堂後面的水溝裡堆滿了嬰兒的白骨。通神之路也是通性之路、通死之路啊。

他想起那年到阿姆斯特丹，就住在紅燈區的四層樓上。窗子下面對面，有家獨門獨戶的妓院。不營業的時候，窗簾是拉開的，女的半裸著在窗前擺著各種pose。有人上門，談好價格，就開門揖「客」，隨後嘩啦一下，就把窗簾拉上。你就知道他們立刻交火、接火，凡是有孔有洞的地方，絕不會輕易放過，不做它個一泄方休是不算完的。第二天清晨，他又去大街上轉悠時才發現，原來紅燈區緊挨大教堂。如果說大教堂是精神的頭顱，紅燈區就是它養活男男女女的肉身。加一層想像的話，譬如你人在紅燈區的上空漂浮，你應該看到一幅這個有頭有肉身的東西，彷彿活物一樣躺在那兒，甚至她或他的排泄物也有去向，因為它旁邊就是一條運河，給人感覺是夜夜都流淌著世界各地匯聚到那兒的男人精液和女人陰水。

性比愛情簡單得多。插進去，一二三，射，停，然後睡了，走了。再來、再射、再走。如此循環往復以至無窮或無不窮。愛情複雜，複雜得讓人膩味。你要是看了貝克特的「First Love」（《初戀》）這篇短篇小說，你就知道，愛是可恨的，至少對小說中那個「I」（我）來說是如此。記得他說：「他恨不得照她B上踢一腳。」（He considered kicking her in the cunt）。[10]這個「她」是他的初戀對象，一個妓女。由此，他想起奈保爾*Bend in the River*（《河灣》）中的一個細節，是說那男的跟情婦見面之後，因為厭惡，把她的B扒開，照著裡面吐了一口唾沫。為什麼吐，怎麼吐，吐了以後發生了什麼，他都記不清楚了。其實，教寫作的完全可以把這個細節呈現出來，讓學寫作的學生去發揮擴展。《初戀》中那個「我」還說，如果他的愛真是很「純潔」的話，他是不是就應該把她的名字寫在牛糞上。[11]他還說：「Love brings out the worst in man and no error」（沒錯，愛情把男人最糟糕的東西都帶出來了）。[12]是滴，他想，那不光是仇恨、冷漠、無趣，還更是一射出來就死掉的精液，把臥單被褥弄得髒兮兮的精液，不再為了生育，而是為了快樂而標水（飆水？）一般的精液。他現在不知回憶起在什麼地方讀到的一個細節，當然肯定不是在那個國家發表的文學中，因為那個國家發表的文學基本上都是謊言，沒有幾句真話，這也就是為什麼他可以指天發誓，前面所說的細節在翻譯中肯定會被刪掉，而那本關於英格蘭性生活的書，一輩子也別想在那個國家發表。是的，他記得的那個細節是這樣的。男的騙口交他的女的說：你把我精液吸進去，會比什麼都養顏。養顏之後，你就會養眼。養眼之後，你就會得到更多的養顏之物，它在我處取之不盡，用之不竭，是大大而又多多滴。他後來又懷疑，這不是他看來的，好像是他聽來的。從那個角度講，那應該是

---

10 參見Samuel Beckett, *The Complete Short Prose: 1929-1989*. Grove Press, 1995, p. 31.
11 同上，p. 34.
12 同上，p. 34.

speech（話），而不是language（語）。所謂話語，前面指口頭上說的，沒有文字記錄，後面指書面上寫的，不一定是被說出的。在那個國家，話裡什麼都會出現，不僅話裡有話，而且話外也有話，但什麼話說得再好聽，也不能隨便進入語，可沒有文字中的「話語」貼得那麼緊密，甚至都不如阿姆斯特丹的大教堂和紅燈區那樣交頭接耳，蠅營狗苟，同呼吸，共命運呢。現在想起來，他應該是聽來的，因為耳朵長了兩個，就是用來聽話的，耳朵離大腦又近，聽了就會記住，比語的記憶更好，因為語更容易忘事，有時是故意地忘事，其他時候則是被人把手捏住不許寫下來。

老頭子開車，給人一種歪歪倒倒的感覺，似乎隨時可能伏倒在方向盤上死去。8.59先生也不客氣，一上車就說：看你樣子，是個白人司機嘛，在這個後多元文化時代，我碰到的所有出租司機，基本上都是外國人。他說：你是說印度人，對嗎？8.59先生說：是的，還有阿拉伯人、黎巴嫩人、巴基斯坦人、孟加拉人，等等。老頭子說：我們這家公司，現在已經沒有幾個白人了，包括我在內，大約就四五個吧。他說話的口氣，一點不帶怨恨，只是平鋪直敘地說著，裡面一點態度都沒有，這跟已經記不得歲月的很多年前，8.59先生碰到的一個不一樣，那個白人只要提起來自膚色比他深黑的國家的人，口氣就變得很不同。他還想起有一年，應該是2007年吧，他在A城跟一個白人司機差點吵了起來，可現在，具體細節一點也不記得了。說著說著，老白人主動跟他講起了家事，說他現在已經七十多歲了，老婆比他小十七歲，但現在也過了更年期，他們基本上沒什麼可做了。自己能在車上呆著，也比在家裡跟一個做不了愛的人呆在一起強，畢竟總有客戶可以聊會兒天。8.59先生正想恭維他兩句，說他如何如何深有豔福，又覺得跟白人說那種純粹那個國家人一開口就大冒俗氣的話極無意思，便聽他一路講下去。老白人講話就跟他開車經過的路一樣，換一條路就換一個話題，有時一條路沒走完，就換了好幾個話題。這就像如果要用小說來反映，就得寫一句話就換一個話題一樣，除非這句話像他看過的美國超級小說中的句子，不到寫完幾十頁，決不畫上句號。

其實，8.59先生過了這麼久，記得老白人的只有一句話。他一上車，老白人就說：How are you flying？他一怔，竟然不明白這句話的意思。明明每一個字都清清楚楚地懂得，但就是不明白意思。還真怪了。他只好含糊地說了一句：Sorry, what did you mean?那人說：I meant who are you flying with?哦，8.59先生馬上明白了，原來他問的是他乘坐哪家公司的航班。可是這麼問，也問得簡單得過於複雜了吧，是不是有點像故意用一句簡單得不能再簡單的中文去考問、拷問一個自以為中文說得很好的老外的中國人呢？比如說：你裝什麼嫩！那個老外說不定也會一愣，說：哦，你是說裝什麼蒜？不過，倒是又學會了一種說話的方式、問話的方式：你今天怎麼飛？嗯，怎麼飛？坐飛機飛唄！

一個小時後，他飛抵了C城，正拖著小行李箱往計程車方向走，就有人喊他，要他跟他一起走。他猛然產生了一種錯覺，似乎回到了那個國家，但天空雖然陰沉，空氣還很新鮮，周圍景物和建築物，都是C城才有，那個國家沒有的，而這個瘦高個子的白人，第二次喊他，要他一起跟他走：你跟我來。我的便宜。你去哪兒？8.59先生把地址告訴他後，他遲疑了一下，說：這個我得繞路，有點遠。8.59先生不再說什麼，便轉身往計程車停車處走，但高個子又說了：還是跟我走吧。

這是一輛來往於城市和機場的中巴，如果是在那個國家，把它的體積加大一倍，也可能早就坐得人五人六地爆滿，但在這個國家，在這個城市，它真是淒涼得可以，二三十人坐的巴士，只坐了兩人，一男一女，不知是城市使然還是天氣使然，人都顯得瘦瘦的。8.59先生交給他一百塊錢，拿回來一張12塊錢的車票時，那人找回他88塊錢，他看看，以為錯了，又把10塊錢送回去，說：錯了。話剛出口，就看見後面那瘦瘦的女子眼睛不好意思了一下，馬上意識到是自己錯了，伸出去的手又縮了回來。

女的很快下了車，但那個冷天穿短褲的青年男子，到了快要下車時，兜裡也掏不出一分錢，說是讓司機停一下，他到左近取款機取款。結果去了沒取成，又開到另一個地方取款，還是沒取成。叫大衛的白人司機這時做了一件事，令8.59先生小有吃驚。他對那小青年說：好了，你走吧。不用付錢了。小青年謝過他，拎起他的長方形黑包包就走了。

8.59先生不停地誇獎大衛，大衛卻說：我是利用這點來讓他為我做點廣告。8.59先生說：可你當時並沒有告訴他，他哪知道你叫什麼名字，開的是哪家公司的車呢？這麼說著，心裡一邊想著：今天他可虧大了，從機場跑過來一趟，就賺了兩個人的錢，總共才24塊錢！在這個乾淨而少人的都城，他感到內心一陣陣的寒意襲來。他現在是這個國家的人，他能體會到這個國家現在也有難處了。而且難處不小。

接下去的幾天中，8.59先生每天出出進進都是叫計程車。他如果當天就把與出租司機的接觸寫下來，也許可以寫成一本短篇小說集。至少可以寫成一本詩集。寫作這個事情就是這樣，剛剛發生時很有趣，但剛剛發生之後，卻從來都沒有時間把它寫下來，於是自己對自己說：晚上休息時再寫吧。到了晚上休息時，又只想看書，或者只想休息，什麼別的都不想做。他把自己跟那個當年在這個國家讀博士時瞭解到的一個詩人比較了一下。那個詩人有個特點，就是從不當時當場把自己的想法和情感寫下來，總是等到過後，有時是數周，有時是數月，有時甚至是數年，再把某個時候的東西寫成詩。似乎這樣就更是詩？8.59先生問道。他這麼問時，是沉默地問的。沒有指向地問的，也沒有對象地問的。他只知道，如果是他自己，他不可能在隔了數周數月甚至數年之後還能寫出任何東西。最後所有最好的細節都滾成了一個大泥巴坨。更糟的是，許多東西都忘得一乾二淨三無痕四無影五無蹤六無形，七八九也沒你記憶的狗屁事。是的，另一個聲音說。你得把水跟酒分開。水是此時打起來，此時就可喝的。酒是此時裝進去，彼時才能喝的，那個彼時，也許是幾十上百年之後了。不是的，這個聲音說。你得把今天的肉跟後天外後天的肉分開。今天割的肉是新鮮的，後天外後天的肉是基本就要發臭的。正如東西要趁鮮吃，東西也要趁鮮寫下來一樣。

無論如何，他離開那個都城已經整整一個星期了，而那些性格各異、國別各異、族性各異、樣子各異的出租司機，已經在腦子裡結殼，變得有些難以分清了。記得有個人來自伊拉克，把他送到戰爭紀念館，他走的那條道後來才被8.59先生發現，是一條逆行道。這要是在那個國家不算什麼，因為那兒的人都逆行逆襲慣了，大家也就沒什麼，但在這個國家弄得不好就吃官司或死人，像後來那個送他去機場的印度司機說的：要是我當時從這兒走過，看他從逆行道出來，我一定要主動撞上去，把他的車撞個稀巴爛不說，還要告他上法庭，要他保險公司賠我一大筆錢！

話雖這麼說，當時，8.59先生還是跟這個已經來這個國家生活了三十多年的伊拉克司機很談得來。他發現，他現在已經到了一個朋友都沒有的地步，但任何一個出租司機都可能在短短的一段路途中，成為他最短暫也最永久的朋友，甚至連名字都不知道，知道了也不記得。他不知道自己是不是已經變態，但他覺得，這樣的朋友遠比朋友更朋友，也更談得來。他問薩達姆是不是很壞。老伊說其實他並不壞。如果說到暴君，世界上所有的暴君都有相同的特徵，一個並不比一個更好，一個也並不比另一個更壞，但所有的暴君都能保證他們的治下很安穩，老百姓過得很幸福。否則就不是暴君。8.59先生插嘴說：那麼現在看來，美國帶去的民主並沒有起任何作用。老伊說：起什麼作用！很可能這個國家要一分為二、甚至一分為三了：遜尼派、什葉派和庫爾德人。他繼續說：美國人在這個世界上不是國際員警，而是國際切蛋糕人，整個世界對它來說就是一塊巨大無比的蛋糕，他拿著他那把自由民主的快刀，所到之處，把屬於每個國家的蛋糕切成一小塊一小塊的，這樣他就好為所欲為，來分別吃你了。

8.59先生後來想起一個細節，跟食指有關。有時會見到這種男人，小手指甲留得極長，窪陷部分可以掏一鼻孔鼻屎，但其他所有手指都剪得貼齊肉皮，食指卻留出一部分長長的指甲不剪，多出一道白色的邊緣這種剪法，倒是第一次看到。因此，老伊講他的伊拉克分裂觀和美國蛋糕觀時，8.59先生就一直不錯眼珠地看著他食指的長白指尖，心裡也沒有更多其他的想法或感想，只是看著。也沒想到問一下為什麼。

中間有一個晚上，他去看一個當妓女的朋友。稱她為「妓女」，這實在是大不敬，就像稱某個當官的人為「貪官」一樣。比如，你跟朋友說：今天晚上我要去跟一個貪官聚會。你能這麼說嗎？如果你不能，那你也就不能說：今晚我要去見一個妓女。你只能說：今晚我去見維多利亞，是的，跟維多利亞女王同名的維多利亞。當然，你也可以稱她為戴安娜。都無所謂。都可以。去維多利亞住地的時候，他又坐進了一個印度人的計程車。這個印度人一聊起來就像老朋友一樣聊個沒完，而且都是直指核心的東西。他（這個沒有姓名、不告訴姓名、告訴了也記不住姓名的他）說：什麼最重要？Money。

過了五個多月再來寫那件事，很多細節都記不住了。由此可見，如果過了五十年，就算你記憶好得像答錄機、錄影機，也不可能原原本本地寫出當時當地的事情。所謂專注於記憶和遺忘的作家，其實是騙人的鬼話。

那印度人一路談他的金錢觀，用很印度的英文，這無法用漢語來形容，漢語再好的作家，也做不到。他說：錢，就是一切。有了錢，就能打敗他們。是的，我們皮膚黑，他們瞧不起，我們地方下賤，他們瞧不起，但我們來到這個國家，沒有別的目的，就是為了賺錢，賺得越多越好，賺得越多，他們就越瞧得起你，那時也不管你膚黑膚白，他們都要奉你為老大。別人怎麼看這個問題我不知道，反正這是我的看法，我對我的兒子，就是這麼教育的。我每個星期給他五塊錢，隨他去用。一年下來，我問他用得怎麼樣了。他說：一分錢都沒用，全存下來了。我說：好兒子哎！一年五十二個星期，乘以五，就是二百六十塊錢。我獎勵他四十塊錢，他就有三百塊錢了。我兒子原來把錢花光，我一分錢的獎勵都沒有。後來他懂事了。這說明，只要從小教，孩子就會把金錢思想死死的紮根在心裡。我對他說：不要怕那些白人孩子不跟你玩，他想跟你玩，你還不跟他們玩呢。那些人是什麼人？那些人長大後不是酒鬼，就是色情狂，不會成家，成家了以後也不會理家，只會分家，只會獨立，所謂獨立的意思就是分手、分家、各人死在各人的墳墓中，直到死都處於離婚狀態或單身狀態！

印度司機緊盯了一眼他的臉說：Chinese？中國人最會賺錢了。他們一生什麼都不管，就賺錢，我認識一個，叫Mr Fong，已經買了幾十幢房了，人到了那個時候，不想respect你都不行！

到了那個地方後，他掏信用卡付錢時，想起那位女士對他說的話：我這個地方很有名，開出租的都知道的，不覺抬頭看了看那個印度司機，他臉上好像並未顯出他很瞭解此地一樣的神情。

他站在鏡前，仔細查看自己，自己的牙齒，牙齒的自己。只有他自己知道，他這張臉像做了手術一樣，變得很不自然。上唇窪陷進去，下唇挺立出來，中間那道唇縫很生硬地拉過去，沒有任何柔和的錯覺，而正是那種柔和的錯覺，至少使他自己產生親和感與親切感。以後如果用這張嘴去做愛接吻，不知會讓那個未知的女人產生何種感覺。

他站在鏡前，回想起50年前的那個晚上。記憶的不可靠在於，他記得名字，但記不得哪幾個是在場的名字。例如，C毛兒，癟頭，X國強，當時似乎還有別的人在場，如T國慶，後來好像是因為母親改嫁而改名叫Z國慶。C毛兒應該在場，因為當時他和他因為什麼事而吵了起來。他說：科技發展到一定程度時，人心就會變好，如果壞，也會被檢測出來。C毛兒不同意。他說：人們的壞會隨著科技的發展而發展。

記憶最糟糕的地方在於，它只有氣，沒有細節。只有大致，沒有細節。那個大致就是，談話發生轉移，跑到牙齒上去了。誰說：讓你們猜一下。有個人走進洗手間，裡面就他一個人。他開始刷牙，聽得見刷牙聲。但同時，他也開始吹口哨。一個人怎麼可能同時刷牙又吹口哨呢？要求猜的人沒有一個猜得出來。他們無法想像一個人既刷牙又吹口哨的情景。最後問的人說了：那是因為那個人在刷假牙。大家都「啊」了一下，心裡不服，嘴上又找不到反駁的理由。十二三歲的小孩子，牙口齊著吶。不可能想像無牙狀態。那簡直就是一種無涯狀態。

我肯定不是那個國家的人了，他說。他在五十多年後說。你看我長的像，那是皮相，是皮像肉不像，是肉像心不像。你的護照是這個國家的人，你的皮是那個國家的人，現在好了，你的牙齒是這個國家的，等會再談這個。人眼只能看到皮相。這就是為何英語中說：美不過只有皮那麼深。這是直譯，他說。如果用那個跟英語成倒反的語言來說，就要這麼說：美不過只有膚那麼淺。也就是說，美是很膚淺的。其實你想過沒有，他說。人眼跟美一樣，也是很膚淺的。記得他有兩個前女友，一個長得美，一個長得不美。一個在那個國家的一個城市搭計程車，被司機從頭上的後視鏡中只瞧了一眼就說：哦，你們那個城市的女人真美呀！另一個在那個國家的另一個城市搭計程車，被司機從座位上扭過頭來看了一眼就說：嗯，我們這個城市的女孩子美多了。美，跟眼睛一樣膚淺。沒有眼睛能看到皮下。皮下沒有太多好的東西，要不就是血淋淋的，要不就是一肚子屎，一切都是為了伸張皮外的意義。

當年凡是從那個國家來的人，牙齒都有某種問題。牙老大，他說，這當然是他的假名，人的真名不應該進入小說，因為小說不是真名的故鄉。他說，牙老大那年跟他講話時，隔著桌子能看見幾顆牙齒搖搖晃晃的，幾乎就要跟著米飯一起掉進肚裡。好在成語所說的打碎牙齒和血吞的景象並沒有出現。倒是讓他想起幾個世紀前——是的，按現在這個發展速度，今天的一年，相當於十年前的十年，現在的十年，相當於從前的一百年，幾個世紀前，他去見一個編輯的時候，又見到幾個其他的編輯，其中有個編輯牙齒齙到不得不用手捧著的地步，他說。別人大笑也好，大吃也好，總是行不改名、坐不改姓、吃不改牙，哦，不，他說，應該是吃不掩牙，像那個編輯，吃的時候要捂著嘴，免得牙齒外露，紮進人的肉眼裡去，笑的時候，也是捂著嘴笑，真應了那句老話：吃不言、睡不語、笑不露齒。從前那個發明這個成語的人，牙齒一定齙得可以。回頭再說牙老大的事。他賺錢賺發了之後，就種了一口牙，總共32顆。想一想吧，一顆牙一萬，總共花了他三十二萬，相當於那個國家二百來萬。等於把口一張，一輛賓士車掉了出來，亮堂堂的亮在那兒，假得亂真，真得亂假。反正再討十房太太也有多的。這就不去說他了，他說。

他自己的，他說，名字叫牙人。這麼說不是沒有道理的，他說。人生在世，除了穿衣打扮之外，就是身體器官。有些人往那兒一站，你記住了眼睛。另一些人，屁股。還有一些人，耳朵。還有一些，指甲。還有一些，牙齒。就像那個怎麼捂也捂不住的大牙編輯。只消捂住一次，就讓人不忘一生，或者說沒齒不忘。他自己的牙齒掉了之後，也不會忘記的。牙人四十歲的時候，就被那個國家的醫生判了死刑：你到五十，一口牙齒就會掉光。到了五十，這個預言並沒實現。他只掉了幾顆而已。這個國家的醫生不像那個國家的醫生武斷，他們不下結論，他們只是拔呀拔的，來一個拔一個，不跟你講如何保健，後來速度越來越快，差不多每年兩三個地拔，拔得一口牙齒失去了夥伴，都有點受不了寂寞似的想往外走，有一顆大的那年半掛在門口，被他前女友看了，立刻就指著牙齒說：你看，你看，東西要掉下來了！後來，牙人做了一口假牙，掛在殘剩的幾顆真牙上。這口假牙看上去跟真牙一樣齙，因為只有這樣，才能亂真。

真牙尚存之時，他有個不好的習慣，愛把長長的指甲伸進去，前前後後裡裡外外地摳，摳了牙齒正面摳反面，從左邊摳了右邊的縫縫，又從右邊摳左邊的縫縫，指甲縫裡塞滿了牙垢之後，還要不失時機地放到鼻子底下聞聞，再才弄張紙頭擦拭乾淨，然後繼續這項洗牙的微業，一分錢不花，把自己弄得乾乾淨淨，還享受了牙垢臭味的那種讓人難以抵禦的香味。香味？可能這詞用得不對，它並不香，甚至有點腐臭，但它聞起來比什麼都好聞，而且非聞不可。人的身體髮膚雖然受之于父母，但從此就一勞永逸地隸屬於自己，什麼地方不具有一種特殊的氣味呀。所有這些氣味中，最值得一聞的就是牙味。這是過於清潔的人、過於輕口味的人所享受不到的別致風味呀。

自從全口拔牙之後，他換了一副假牙。開始還頗合口，隨著牙齦萎縮，這兩片頗似牙肉的粉紅色塑膠片片，就有點晃蕩起來。吃東西時會有食物鑽進塑膠片片和口腔之間，造成摩擦痛苦。最可怕的是，出去講學時，偶爾激動起來，講得快一些，上面那塊就會差點掉下來，脫口而出，幸好牙人及時地打住，熟練地用舌把東西頂上去回位，才避免了一場場難堪。從此，他千叮嚀，萬囑咐，讓自己不要在公共場合激動，免得說掉大牙，鬧出笑話。

後來，他乾脆換了一副新假牙，花了四個星期，每個星期去看一次牙醫，先是量口腔，做模子，同時拿出三種不同的牙樣給他看，讓他做出選擇。從尺寸上講有三種，即大牙、中牙和小牙，大的比手指甲殼大，小的比針頭大不了多少，當然，我又在誇張了。中的不過葵花籽那麼大。從色澤上講，有深黑牙，純白牙和不明不暗的中色牙。他看過之後，就選了一幅不黑不白也不大不小的牙齒，卻萬萬沒有想到，這套在那個國家要花一萬多塊錢的假牙，產生了一個意外的結果。

戴上新假牙，經過多次磨合之後，牙人發現，他再也不齙牙了。不僅不齙牙，整張臉都凹了下去，特別是在上唇的地方。這使他正面看過去嘴像癟的，側面看過去下唇顯得過於肥厚，撅了起來，可以掛書包了，當然，這又是誇張之說。

他把新的取出來，又把舊的換上去，差異馬上出現了。戴上舊的，他看上去就像那個國家的人。換上新的，他看上去怎麼也像這個國家的人，比護照像得多。他走到大街上，專門朝那些男人臉上，特別是嘴上看，忽然發現，他們的嘴巴從上唇到鼻子下面那塊地方，都是相當平坦的。所以才有那種stiff upper lip的說法。那意思是說，表示堅決的神態時，他們是要閉緊嘴巴，讓人看到，上唇到鼻子下面那塊地方平坦得像一塊即將開戰的戰場。牙人很欣慰，他終於通過一副假牙，完成了從那個國家到這個國家的過渡，把嘴巴張大一笑，就看見上下牙齒整齊地通過向著裡面笑而傳遞出些許向外笑的資訊。這一點，那個國家的人是不會注意到的，因為他們的語言過於自戀，還沒有能力來描寫這樣一種嶄新的現象。

這個自稱「混詩魔王」的人又把稿件通過電子郵件發過來，從來也不經過我允許，連稱呼都沒有，還把銀行帳號、通訊位址和幾個手機號碼放在稿件下方，好像發過來我就會用，而且會付稿費給他似的。以前他發來的東西有小說、散文和詩歌，我都一眼不看就按了刪除鍵。浪費時間，影響心情，如果東西不好的話。我們做編輯的，一天要看好多稿，能夠用的不多，過於政治化的不行，過於先鋒走極端的也不行，一大批稿子看過來看過去，最後選的都是中不溜兒。有點像結婚選對象，太好看的怕守不住又養不起，太難看的怕帶不出門又索然寡味，最後選一個比較端正的，說醜不醜，說美不美，但加一點調料和顏料，塗上迪奧明星眼影，抹上美寶蓮唇膏，撲上歐萊雅胭紅，弄一頭性感浪漫的卷髮，還不說穿戴了，這一切搞上去，照樣漂亮美豔，只要胚子好，不怕不性臊。稿子也是一樣，無非是做市場手腳，只要不觸禁，不過火，什麼都沾一點，又什麼都不過線，再請美工設計一個妖冶動人的封面，刺激得讓眼睛一看，手就伸過去拿起了書，這就等於把生意做成了一半。不是我在這兒說教那些作者了：別跟我在二十一世紀的今天，還搞什麼純精神的東西，搞精神，就會成精神病。也別跟我搞第二次世界大戰前後西方搞的先鋒實驗那一套，如喬伊絲之流，最後好死了幾個以研究他為生的教授，一輩子生生不息地研究下去。你就正兒八經地給我寫故事。寫好看的故事。故事不好看，就跟人不好看一樣，都是沒戲的。從某方面講，故事就是錢。想聽故事，就得交錢。想掙大錢，就得寫好故事。這個國家又跟他們那兒不一樣。那天去參加他們那個國家舉行的作家節，通過翻譯我知道了，那個腳上穿著紅球鞋，整個身體隨著朗誦而上下顛動發抖的人說的話。他說：我這本小說裡寫了很多性和暴力。我13歲的兒子看了後說：好酷呀！為他說的這句話，到了簽名售書時，我看見有兩個人買了他那本上千頁的書。他說得不錯，就像某次學術會議上某人提到的那樣，當今小說中的流通貨幣就是性和暴力，沒有這兩樣東西，還不如去讀聖經，那裡面的精神給力之程度，足以讓有精神病潛力的人得精神病。

好，不說這麼多了。別以為我是小編，我在心裡可是老編、大編，比什麼人都驕傲，比讀者驕傲是因為，讀者基本上都是傻A，跟著廣告和名聲跑。比作者驕傲是因為，老子想發你就發你，老子不想發你，你再好老子也不給發。世界文學這個圈子裡，有多少傳世之作給編輯誤了，後來雖然出來，但編輯早已死了，也不會留下惡名，反正從來都不會有做博士的去找編輯的錯。再說，編輯就是一座橋，世界上像這樣的橋多的是，這座橋走不過去，就走另一座橋。無所謂的。

前面說到的那個「混詩魔王」又回來了，這次是一首詩，還附上了一小段話，說：「看就看，不看拉倒。」我一看就火了，沖著電腦屏罵了一句：媽的比！你以為你是誰呀。而且又是詩，老子絕對一個字不看。說著就去按刪除鍵，但還沒按下去，就被下面這行東西強行入侵了眼睛：

混詩魔王【著】

《詩》

〔一首不可能翻譯成任何文字的詩〕

1.

人之初，詩本善
詩出無名

詩不言志

來詩不易
來詩不善
來詩洶洶

玩物喪詩
一詩成讖
曆詩沿革

馬克詩
恩格詩
詩大林

狄更詩
詩上梁山
碎詩萬段

詩精
詩以為常
詩想家

嚴詩合縫

千山萬水總是詩
詩道尊嚴

詩海為家
詩尿橫飛
松下問童子，言詩采藥去

分道揚詩
詩間蒸發
小詩民

浮出詩面
一片冰詩在玉壺
玩忽詩守

沒詩不忘
詩不待言
去蕪存詩

詩化劑
詩家菜
牧童遙指杏花詩

洗詩機
搖詩樹
瞞詩過海

吸詩
自絕於詩民
自絕於黨

八國聯詩
請君入詩
7尺變6詩

抽大詩
搖詩丸
詩瀉藥

詩侵罪
詩八蛋
詩態環境惡劣

詩無不言
不詩而足
畫餅充詩

鞭詩
長詩不老
詩在鬧市無人問，富在深山有遠親

望斷天涯詩
詩鶴一去不復返
詩家偵探

無詩可走
啞然詩笑
結黨營詩

人雲詩雲
匠詩獨運
詩無不勝

無巧不成詩
窮詩末路
黑詩病

不詩人間煙火
垂詩起降

詩風日下

大詩所望
門詩洞開
一車骨頭半車詩

興詩動眾
他山之詩，可以攻愚
潛台詩

誓詩大會
果詩累累
豔星蕾詩

秀詩可餐
服務專案：推油詩骨、冰火兩重詩、舔詩眼，等
賞詩悅目

豐乳肥詩
拳打腳詩
離奇身詩

大驚詩色

詩厲害袁厲害，詩不厲害袁厲害
一見鐘詩

我一口氣看完之後，不禁啞然失笑，同時又罵了一句：真是個「詩八蛋」！人到此時，倒也釋然，心想：是的，詩歌真的到了一哭、二鬧、「詩」上吊的時代了。狗日的詩人，賤得很！最好死得精光光，也讓人世落得個清淨。想到這裡，懸在刪除鍵上的達摩克利斯之劍一樣的手指頭終於落了下來，把這個犯了「詩侵罪」的傢伙給刪掉了。

你當年講的那個版本，我三言兩語就可以講完。你說你當上了一家大公司的經理，有公司車，總有小妞主動找你，你還不大看得上眼。後來你對賺錢一點興趣也沒有，厭倦到幾乎要自殺的地步，你說再要幹下去，只有死路一條。你講的故事，好像跟你現在這個說的不一樣嘛？

哦，我知道你說的這個了。當時我是這麼說的嗎？哈哈哈，好像沒有嘛。不過，幹不下去倒是真的。拿再多錢，我也不想幹。只想寫作。我對當時的女友說：我面對的只有兩條路，要麼寫作，要麼死亡。沒有其他的路可走。

要是那個國家的女人聽見這話，一定跑掉了。

可她不是那個國家的女人，她是這個國家的女人。

那她怎麼說？

她說：那太好了。我就喜歡這樣的男人。

她哪知道你寫作是否會成功？

她不需要知道。我不知道，也不需要知道。我只知道，我需要寫作。是否成功並不重要。

訪談繼續。

問：今天因為在路上，只能問你一個問題。請問小說寫得如何了？

答：隨著Robin Williams的自我上吊而死，人類已經正式進入憂鬱時代。伴隨憂鬱而來的是巨大的成功和更巨大的憤怒。每一個人不僅是污染源，更是憂鬱源和憤怒源。隨著成功和失敗的比率越來越不成比例，成功和失敗的差距越拉越大，成功的希望對百分之九十九點九的民眾基本上是失望，人們帶著永無出頭之日的感覺一天天地過下去，把錢當成唯一的支柱。人心已成一把尖刀，隨時隨地向世人亮出捅入，正如你在報紙或電視上所看到的那樣。一輛行駛中的公車很可能在一瞬間炸掉或被某人硬拽著方向盤駛入深淵。人人都想成功，但最後意識到，他們只可能在毀滅上成功，於是就去成功地毀滅、殺戮，雖無任何斬獲，但至少上了頭條，就像美國一個校園殺手，他可以通過任意射殺的行為，讓他二三十歲的生命在全球的頭條新聞上綻放惡花。那，在他看來，也是一種成功，比任何成功包括諾貝爾獎的成功還要成功。諾獎一年一度地讓世界這片荒野上的某一朵花突然開得無比肥大，但卻在同時讓70多億的世界人口澈底絕望。那不啻是一獎出，億眾死。與其有，不如無。那個國家也取得了前所未有的成功，什麼GDP的，什麼世界封給它的各種名頭的，但它在前所未有的成功之時，卻失敗得可以。藍天沒有了。哪怕是最富的富翁，也沒法在頭頂撥開只有帽子一樣大小的藍天，無論他花多少錢都不行。空氣之骯髒，應該是5000年沒有的，但就是最富有的富翁，也沒法讓鼻子呼吸最新鮮而且一分錢都不要的空氣。至於吃的，那個國家的食物只能以另外一個名稱來名之：化武。是的，它的食物就是化武，最非暴力的化武。只要繼續吃下去，就能變得無往而不勝，任何國家開展化學戰爭，那個國家的人民永遠都不會被置於死地。而且，沒有什麼比如此強勢的化武食物能更好地阻止人類的生育，從而使那個國家的生育率一落億丈，若能採用此法，在十幾年乃至幾十年內，把那個國家的人口削掉幾個億，它就有希望了。至少可以把人鼻孔裡呼出的霧霾減掉幾個億的鼻當量。

很多人似乎都不懂寫作要趁鮮的道理。或者說懂，也做不到。比如說，剛做過愛的男人，想寫卻寫不了，因為很難從那個繾綣的雌性臂膀中掙脫出來。自己也昏昏欲睡，做愛之後的疲倦，只能用睡來支付，站在我身後的那個人笑起來，說：應該是「補償」。好，那就補償吧。我把該句改為：做愛之後的疲倦，只能用睡來補償。被做過愛的女人，需要的是繼續綿纏、繼續要、繼續做，除非男的已經弄垮，否則不弄到精盡人亡，絕對不能甘休。你看我寫了這麼多，還沒有談到正題上。我其實要說的是，寫作要趁鮮，即剛剛經歷過的事情，必須立刻寫下來，不要等在記憶中餿掉或成現飯。我現在坐在機場等機，想寫那個剛剛把我用計程車送到機場的老漢，白人老漢。那人對我說的最有意思的一句話就是：要想保持自身乾乾淨淨，唯一最有效的方式，就是經常手淫，最好一有感覺就手淫，不要把東西留著，否則容易胡思亂想。

我不知道他為何談起了手淫，但我想，這可能跟他談起他老婆有關。他說他已經七十一歲了，但老婆比他小18歲，正經歷更年期。這個意思就是說，他得躲著她點。我為他送去了一句英語讚美：Good on you！意思是「那你好呀！」我得停下來，要上機了。等會再講我的故事。

死後餘生。對，這個已經死了的人，東西落到了我的手中，就由不得我來支配他的東西了。我先從他的電子郵件開始。看得出來，這是他的一個學生寫給他的，告訴他，又有誰誰的東西在什麼什麼地方發表了。他的回信說：「這很好。教書一年能夠教出一個人，就很不錯了。99.99%的人，最後都會背離他們學習的東西，只是學到一門養家活口的飯碗而已」。

這個已死的人，是我想像出來的。我想像他在那次空難中沒有生還，他的東西在一次夢中空投一般落到了我的枕邊。他在世時無人知道，死了以後就應該讓人知道了。他比一般默默無聞的人好就好在，他有我為他照料後事。由於他事先關照過一句話，是這麼說的：

我知道總有一天我會在某次空難中消失，所以，請你，和我文件偶遇的人，對我手下留情。千萬不要一次性地全部發到網上。答應我一個條件：每樣東西只選一個放出來，如一個郵件，一首詩，一篇小說，一篇散文，一篇非小說，等等。千萬不能二。更不能生萬物地三。你如果能做到這一點，我就放心了。一切交給你去，想選什麼就選什麼。如果你不這麼做，你就失信於我，失信於死。一個失信於死的人，永遠都死不了，你就永遠活下去，一直活到成為一塊全靠輸氧輸液輸血而苟延殘喘的活化石。

我尊重他的遺言，不僅每樣東西只發他一樣，而且，每隔一年才發一次。有了這樣的空間和空隙，他就可以最大限度地被遺忘，又重新被發掘，然後再度被遺忘。如果世上的一切都一股腦兒地搬出來，朝人們頭上風暴般地砸去，人們會感受到瘋狂的程度，但其中的所有況味和感受，就已在頃刻間被小化了。

什麼都在變，連孩子都在變，實際上，孩子天天都在變，直到有一天，孩子對他的問題說：「你要知道這個幹什麼」時，他才第一次意識到，孩子和他，除了稱謂上有不同之外，已然是兩個陌路人。老伴怪他說：你也是，怎麼會問這樣的問題？他沒覺得他犯了大罪，他只不過是問了一句：你現在年薪多少。兒子卻像陌生人一樣回敬了他一句：你要知道這個幹什麼？而且他在這麼反問的時候，一點也不注意、不照顧老子臉上的不悅，肌肉由鬆弛到略微緊張的細微變化，更不可能覺察出老子內心的不爽。如果再年輕十年，老子肯定要發作，說：你有什麼了不起，就算你拿的錢比我多十倍、一百倍，你也還是我的兒子，我也還是你的老子，你憑什麼不肯告訴我你賺多少？難道我圖你錢不成？你在家住，我一分錢都不收你的，就從這個角度來講，我問了你，你也應該告訴我。

十年的成長變老，帶來的最大變化就是，人的脾氣變小了。至少能讓那個脾氣的氣在肚子裡多留一會，多轉一會，多想一會，就像現在那樣，氣轉到兒子那邊去，又轉了回來，心想：人家不告，也有人家的理由。一旦兒子獨立，可以說他一切都不再屬於你了。比如他銀行存多少錢，他跟朋友出去找女人，具體玩的細節，以及各種各樣你並不知道的情況，憑什麼他要告訴你？換句話說，你是他老子，血脈相連，你是否就應該把你的一切拿出來跟他分享？如果不分享，他是否就可以指責你，說：哎，爸爸，你怎麼不把你經歷的事情告訴我？你這也太不像話了吧，你是我爸爸，你應該以誠相待我。難道不對嗎？

這個變還不算什麼。最近把電腦桌上的書櫃打開，突然發現，還有一大盒沒用過的柯達膠捲在裡面。由此他想到，不僅有膠捲，還有幾架用膠捲的相機，有一架柯尼卡的，是加拿大的H先生三十多年前送給他的，十多年前，他有一卷膠捲在裡面還沒拍完。可現在，這些都用不著了，都已經成了廢物。但他不想丟。他還想留著。

就像他那台松下電視機。很好的一台。又大又粗又重。看得非常習慣，從來沒有想過要換，朋友來時提到什麼大家都換之類的話，他也不以為然。只要還能夠用，就不需要換。可是，最近他決定把每月要付60多元這個國家貨幣的收費電視取消時，這台電視卻不能用了。他把天線插線這個孔那個孔地插進插出，怎麼也沒法使電視產生圖像，它好像能夠產生各個頻道的數位，但就是不能產生圖像。這一來，他跟太太商量，是否需要真地像P先生說的那樣換電視了。他找了P，P又介紹他找D，最後同意讓D把公司生產的那個國家的一種他們聞所未聞但價格低廉的超薄型電視機送上門來。那東西果然像D先生所說，又輕又薄。D先生說到這兩個字時，他心裡泛起了無數細細的波瀾。是啊，他對自己感歎道：從前看重的是厚重，瞧不起的是輕薄。而現在，一切都要輕薄，這個詞除了冰箱之外，可能用在什麼上面都合適，都需要。難道人不也是如此？一個個都是微人，做的都是微事，輕薄到不再需要感情，不再需要內容，同時又輕薄到很有品質，因為輕薄就是品質，並且是很快就會過時的品質。

就像他那台印表機。HP。惠普。實惠是實惠，但不一定普及。為了使用這台機器，他每次啟動電腦時，都不用更新的版式，而是回到2007年版，因為只有這個版本，才能相容那個印表機，一旦進入升級版，印表機就不能用了。除非把這個從所有功能來講的印表機當場廢掉，再去買一台，否則，只能採取這種返古返璞的做法了。日新月異的世界，把一切逼得日舊月異，黯淡無光，頃刻之間就給廢掉。比如他的手機，每兩年就換一個，都是最新的，都沒有本質上的區別，只不過更靚一點、更亮一點、更快一點、更大屏一點、更帥一點、更爽一點、更好玩一點，其他別的一樣都不多。結果他要了三星，又想要蘋果，因為三星能聽收音機，蘋果聽不了，蘋果不那麼耗電，三星一天就把電耗盡，很有點那個國家的人做愛的風格，不做就不做，要做，就把東西澈底掏空、淘空、討空、套空。蘋果再好，面子太小，不如三星一張大臉，拿在手裡頗能吸引人家的臉。

這次計畫到時間後，又兩年一度地出現了同樣的問題：是把每月65元的計畫再續兩年，免費領取一個最新的蘋果，還是降低消費，領一個別的東西呢？很快他決定，採取第二種方式，每月計畫35澳元，300分鐘免費話費，等等等等。還可領取一個諾基亞Lumier 635型號的手機。從這個角度講，其實變化不快，計畫更快，早就跑到變化之前，把變化預定到計畫中去了。就像他那台惠普7700系列的。機器剛買了一年零一天，電源線就壞了。有保修期嗎？當然有，一年。一年過了一天之後，保修期就沒了。這種計算、這種算計、這種計算後的算計、算計後的計算，比變化更計畫的變化。結果發現，買一根電源線的錢，還不如買一台新印表機。真恨不得一手插進電源，另一手接通機子！

這種更新和淘汰，跟愛情相似、近似、酷似，也貌似。不需要永久了，或者說，只需要一秒鐘的永久。心心相印，反正心心都能相印，印過之後再跟別人相印，就行了。它的期限更不固定，沒有保修期，說報廢就報廢的。一報廢，就等於更新，也只有報廢，才能更新。直到把一生當兩生、三生、四生過。

8.59先生早上起來拉屎，同時刷微信，看到那家報紙一篇談西方理論的文章，看了幾行就看不下去了。大便似乎受理論影響，更加趨於硬化。那個寫文章的傢伙，把理論一樣樣弄出來，像大便一樣，說人家三，道人家四，無非是這麼多年別人搞出很多理論來，但都被歷史證明，不是過激，就是矯枉過正，錯了、壞了、沒用了，總之，還不如沒有的好。

典型的那個國家的人的思維方式。世界不需要創新，任何創新最後都可能歸於失敗，用那個國家的那個所謂批評家的話來說就是：你別跟我搞那些玩意兒，最後你鑽到牛角尖裡，弄得家破人亡，眾叛親離，還不如我們好，日了、射了、生了，一輩子過下去了，賴活了五千年，還可以賴活五萬年，活死你們！

8.59先生想到這裡，幾砣屎不自覺地脫肛而出，那種想拉又拉不出的感覺，正好跟做愛射精又射不出有那麼一點兒相像。他得出的理論是：弱者最終戰勝強者，那個國家的人就是世界的典型例證。他們不需要創新，他們只需要男人一根陽具，女人一條陰道，隨後進進出出就是了。如此苟活、貓活、豬活、羊活、蟻活的民族。不必去理了，人活在世，活一天，就要創新一天，8.59先生想，哪怕都是錯的也沒關係。

不可靠的敘述者。寫小說的（包括讀小說的）一定都知道，有一種小說敘述者在英文中被稱為「unrealiable narrator」，即不可靠的敘述者。也就是說，此人講的故事沒有多少可信度。我就是這樣一個敘述者。我講的故事只是故事而已，沒有一點可信度，基本上都是謊話。謊話的意義在於，人們都愛聽。比如，你對早上碰到的女同事說：哎呀，你今天穿的衣服怎麼這麼醜呀！你說的是真話，也是你的真心話，但你會造成什麼客觀效果呢？你等於是用那樣的話保證：這個人至少會對你不客氣地說一句：你怎麼這麼說話呀！你會說話嗎？注意這裡面用的「會」字。那是「社會」的「會」。社會的「會」要求你「會」講謊話。比如說，你心裡明明看不慣她穿的樣子或打扮，也要說一句：哦，你今天這身打扮挺好看耶。

已故作家的電腦裡，查到了一個資料夾，起名「wfcdx」。經多方調查，才估計，那是「未發出的信」的簡拼。其中有一封信如下：

Z：你好！

昨天晚上承蒙你和F的邀請，到你們家玩得很愉快，另外兩位不認識的朋友，初交也頗適宜。但是，後來來的那位開小店的人，就有點讓人不快了。今天我幾次想起昨晚那人以及發生的那些小事，心裡就不痛快。其實是提不上嘴的小事，但不僅如鯁在喉，更如鯁在心，橫豎都過不去。其實我跟那人不熟，只見過一兩次面，前兩次也給人不太爽的感覺，但一次細節都不記得了。這一次，因為離昨晚才十來個小時，所以一些細節都還是新鮮的、生動的。比如，你們二人在那兒就喜歡什麼音樂爭論的時候，我在旁邊聽著，並沒有插嘴。又比如，你們二人在那兒就是否應該大量地參與微信活動時，我就很贊同你認為微信耗費人精力和時間，又讓人不得片刻精神安寧的觀點。雖然那人講出了很多贊同的觀點，如什麼家裡人一個group，朋友一個group等，那是他的個人意見，他要堅持，也不會有人反對。可是，當我正在跟你談一些我們彼此感興趣的事時，他居然對我說：別說話了。我們聽這個吧。聽什麼？不就是你放的那個CD視頻嗎？大家不都在看嗎？誰也沒有影響誰！過後，我們又在聊什麼時，他居然又對我說：哎，別講話，聽那個！說著還用手指了指電視螢幕的方向。我雖然沒再講話，但心裡已經有點不樂意了。這個人大約是開店的，以為到你們家來的人都是顧客，要受他指揮還是怎麼地？或者真像我旁邊那位不認識的朋友說的，大概因為長了一副官相，就覺得可以把人當下屬使喚了！反正我當時是這麼想的：如果他再讓我不說話，我就要這麼說他了：哎，我招你惹你了，你幹嗎老挑我的不是！我講話時你也在講話，我沒讓你停，你卻讓我停，這不是奇了怪了嗎?!再說，這地方是T的家，又不是你家，我憑什麼就不能講話了？後來我發現，此人還真不地道。比如說，我們走到外面抽煙，我跟他說，他和我同年。同時，我問他幾月份生的。他說幾月，於是我說，那他比我小。一般來說，這是一個沒話找話的由頭。如果對方有興趣，他會順著這個話頭往下走，問那你幾月生的呀？等等。可那人一句話沒說，就談起其他的事來。我的感覺，他好像很瞧不起我，大概以為我一沒他錢賺得多，二人長得不如他，三我是外地人，不會說一口京片子。反正怎麼想怎麼不舒服。最後走的時候，我們互相之間也沒打招呼。你知道，我們這個年齡的人，活一天，少一天。如果見到一個令人愉快的人，那愉快一天，就等於多活一天。遇到一個讓人無語的人，無語一天，就少活一天。

不過，最後我還是決定，在我死前，我不會把這封信發給你看。讓不知道我們，也不知道那個人的人看去吧。

20××年春天。

LQ

我接著在他腦—電腦也是人腦，是可以搜尋的腦—中找到另一封信，是寫給他弟弟的。他說：

賢弟：

我想趁我倆都還在世時，去一些地方遊歷。我想去歐洲沒去過的地方，主要是東歐，那個共產主義的幽靈曾經飄蕩過的地方。或者去南歐，如義大利。我曾因一個移民的一句話，就決定不去那兒。儘管我知道，那兒的人也像其他國家、其他地方的人一樣，也想離開自己、離開自己土生土長土死的地方，這本來就是人性所致，但去過的人，似乎都有很強烈的印象和說法。你在歐洲生活了三十多年，估計什麼地方差不多都跑到了。那也無妨。我們可以去非洲，或者美洲。

我之所以說跟你一起去，是在某種程度上，受到哈代影響。他在那部以他第二任老婆名義，其實出自他自己之手的傳記中，在一則日記裡提到了他和他的brother（不知是兄或弟，反正也無所謂）一起去巴黎遊歷的事情。除此之外，他沒有提供任何細節。這觸發了我想和你一起去遊歷的計畫。我總覺得，男的一生帶著妻兒，包袱一樣走遍世界，也未嘗不可，但男的和男的在一起，那心境、那感覺、那種談話的深度和廣度以及髒力，可能是什麼都無法比擬的。我不知道你是怎麼想，你會怎麼想，但我因已經放棄工作，還有一點閒錢，又不願自己一個人單遊，就想請你和我同遊，我們各出自己的費用，吃喝方面我多出一點也沒關係，住嘛我們可以share，時間長短一到兩個月內。

我當然知道你還在上班，而且為了養家還非上不可。那麼，我們也不妨只趁你休年假時一起出去。時間可以短一點，比如兩個星期。嗯，兩個星期不錯，時間不長，可跑幾個國家。哦，想起一件好玩的事。原先單位有個同事，跟老婆去歐洲，二十天跑了四十個國家，每天除了睡覺還是睡覺，因為頭天跑得太累，晚上到地又晚，睡眠不足，結果第二天一上旅遊車，人就睡著了。過往的風景，在他們的睡眠中一晃而過。停車時，這一男一女拿出各自的相機，不是照他，就是照她，或者請人照他倆的合影，回國後，他倆照的相片幾乎有幾十萬張，供那個男的把下半輩子花在一集一集地編相冊都嫌不夠。他們看著相片，能很驕傲地告訴同事：這是荷蘭、這是保加利亞、這是梵蒂岡、這是德國、這是巴黎，除此之外，他們記得的就是，我們曾在這片優秀的海灘上吃了一個開水沖的速食麵。是的，他們所到之處，沒有吃過任何歐洲的美味，因為太貴，他們只是用眼睛看了一圈最後還是得用照片記錄下的形象。

我們是不會那麼去做的。那與不斷地按快進，在兩分鐘內看完一部需要花兩小時看完的電影又有什麼區別？我們就定點玩一兩個國家，喝喝咖啡，看看博物館，你有興趣的話，逛逛妓院也未嘗不可。阿姆斯特丹很多。我倆一起玩。我活到快八十歲了，還沒有玩過一個黑妓呢。

先說到這兒。你把想法告訴我，行就行，不行也不必勉強。人生一世，總要做點與自己不同的事才有意思。否則，永遠在按別人的想法活。還有什麼比那更可怕嗎？

愚兄頓首

這封信，也是在起名「wfcdx」的資料夾裡發現的。接下去，再發現，再呈現。

那個開頭在十幾個小時之後，就只剩下這一句：The story, though, has got to begin from the very beginning。前面的只留下一片影子，似乎是這樣的：He was born old but grew younger till he looked like someone in his twenties when he reached eighties, striking a perfect balance without meaning to。東西有必要寫得那麼長麼？給誰看都不如給不想看的人看。詩意產生於醜、臭。美是最要不得的東西。這個民族的假文化，頗值得研究，批評是無濟於事的。那一句不錯：更小的東西裡似有更大的東西。自行車輪輻裡別著的一片黃葉。鋼柱上滴落的不知何時留下的雨滴。影子，把具體襯托得更不具體。一絲不掛的詩。要死要活的詩。把人得罪乾淨的詩。意義已經變得沒有意義，索性無意義下去。不為人知不是壞事，一旦被知，即遭輪眼奸。她把那麼多本賣掉，換來的只是吃食。你有撕不完的詩頁，只好用水來燒。那個人以自我窒息的方式來達到詩高潮。他不發表沒有關係，風從來不需要發表。必須結束，必須結束，必須結束自我表揚。她們聽到目的就是墓地時都笑了，彷彿性交。剷除一座島，藝術更多島。晦澀跟生柿子一樣澀。向深度和廣度進軍，還是向空度進軍？什麼不是空的？難道只有天才配叫空？地就不能叫地空？大地在夜夢中塌陷下去時，誰能說那兒不能飛進飛機？腦，有時就像天一樣空。

說話就到生。知道嘛，英文如贊誰的文字好，有時會用一個字：生。我們吃魚愛吃生的，吃海鮮要吃生的，吃有些菜要吃生的，如生菜、生紅蘿蔔、生蔥，有的人可能還吃生肉。那在英文裡就用一個字：raw。如說這首詩好生呀！不是生猛，多了一個猛字。不是生鮮，多了一個鮮字。也不是生動，多了一個動字，也不是生粗，多了一個粗字。就是生，很生。這東西好生呀！能把東西寫得很生，多好呀，生肉一樣生，生蠔一樣生，生命一樣生。全都是生的，沒有一點人為的加工，提高或改善。孩子都愛認生，那是大人不太喜歡的，但作為寫字的人，就必須認生，能認出什麼是生的，還愛。這個國家的文人，應該把喜歡吃生魚、吃生蠔的勁頭，用在寫字上。寫一些生的東西給人看，而不是那種塗脂抹粉、喬裝打扮、過度包裝的東西。比如一口很不平整的牙齒，或者怎麼也遮蓋不住的醜人痣。要生，就要生得澀、生得澀口。以後要是評論一篇東西好，就說它很澀怎麼樣？澀，才是味道呀。連澀味都沒了，還能叫有味嗎？甚至贊它酸。好酸好酸的一首詩啊！如把所有的味道都化為甜、改為甜，這世界就只剩下假甜了。

把那個姓顧的詩人的話稍微改一下，文字像鈔票，一進入流通領域轉手多了，就變得又髒又臭。不信你拿來一張百元大鈔，湊到鼻尖聞聞，就會聞到一股惡臭，那是經過了多多少少男男女女老老少少手的東西，臭烘烘的，連廁所的抹布都比它乾淨，畢竟那只是揩一個馬桶，而且還能經常搓洗。這鈔票沒法洗，洗了就沒了，不能用了，只能用得越來越臭，越來越髒，把手弄得髒臭，把錢包也弄得氣味難聞，跟死牛皮的氣味攪在一起，發出死亡和生命混合的髒臭氣。文字就是這樣。很多人拿來想都不想就寫了用了，一點沒有感覺地似乎很美，比如，為什麼有母語，就不能用父語，有故鄉，就不能有異故鄉，有天馬行空，就不能地馬行地，有天空，就不能有腦空、心空。看這一句：在我的腦空中，又有一架客機迫降或失聯。人們常說，噩夢醒來是清晨。更多的情況是，清晨醒來才真正是噩夢。

他老在那兒聽門。這個人在一部尚未開寫的長篇小說中我曾經提到過。他在我死後五十年才會出現。他在夜半聽門。他在寫字寫得靈魂出竅的時候也聽門。最令他忐忑不安的，是做愛時一個死了五百年的前女友就在射精的那一刻活轉來，把他拔出又插進。他的名字叫浩穰。這有意思嗎？小說是關於這個嗎？叫他好讓又怎麼樣？那就叫他浩穰吧。是的，那就是他的名字。他姓不安。那是他心的名字。內心一片黑暗，臉上卻是雨下過之後的笑臉。他在與一個人做愛的過程中，進入一個又一個她者，把不可能變成可能。他聽門，聽見半夜之後的鞋聲，敲擊著水泥地，腳跟有一寸多陷入新泥，拔出後帶著肉泥，被土親吻了幾口，那上面鮮味逼人。

這天，他讀到一篇故事。據大法官講，在威塞克斯，有一對夫妻要離婚，又不願引起眾議，還想找到那個時代最有力的藉口：第三者。夫妻商量後作出決定，花錢請了一個私家偵探。男的次日出走，前去利物浦，但仍住在倫敦，於當晚返回家中，直至次日天尚未亮而出門。偵探拿到最有力的證據之後，促使他們成功離婚。不久，男的再婚。這時，奇跡發生了。已離婚之女愛前夫到無以復加的地步，主動示愛，遂與前夫結成情婦關係，更加恩愛地過完了二十世紀的頭十年。啊，他想，哈代的故事。

清晨有只鳥，伸長脖子在叫。從視窗看去，在一片綠葉環繞的旱地上叫，可以看見鳥喙張開時，剪刀狀的藍天。叫聲像水，與大地隔著不知多少光年的陽光，透過樹的縫隙與大地親吻，近得不能再近，落在羽毛上，滑脫下去，射出一閃金光。水是愛物，水是叫的音樂，水在不知多少光年的距離中，鳥了。清，在青上灑了三點水。陰性的啼鳴。和陽零距離接觸。最遠的和最近的，都在有限中無限著。粗的硬的和大的。鳥獨得很。嘴裡銜著一顆雨滴，裡面閃爍著億萬光年的距離。近到遠不可遏。最不可信的東西，又最可信。這個人坐著寫作的身姿，是另一個世界投射過來的陰影。那鳥名叫：OSN。

他已無法有血有肉有性格地去按前幾個世紀的固定方式講故事了。他只會呈現骨頭，只能呈現骨頭。比如那人，在那個國家，因了一時的陰莖衝動，那個再有力的男人，也無法駕馭的東西，離了前面的，娶了後面的，買了地、蓋了房、裝了鐵絲網、安了衛星天線、種了菜、栽了樹，準備在清新空氣、美好陽光、澄澈藍天的無憂世界中把後半生完美下去，卻不料一輛絕對陌生人的車，當了他的免費大夫，為他高位截肢，讓他與地球一樣圓的輪子結緣、結怨。這時，他的陰一半像果子成熟到一定時候，一定要從枝頭上掉落，不然就被鳥吃掉一樣，從本來已經不硬的枝頭上自動脫落、自動脫離了。再一次向生命證明，沒有什麼東西能比愛更能讓人走開、走遠、走到別的地方去，任何相信都是多餘的。所謂永恆，其實就是永不恒。

浩穰，一個被時間遺忘的人，坐著時間的特慢列車，一分一秒地聽門、聽鳥、聽蟋蟀、聽雨，想著一個個早已成為古事的故事。那兩個男人，又是如何愛上一個女人，住到一個屋簷下去的呢？這在那個國家，早已不是怪事，人若想自由，就得打破自己給自己營造的牢籠。人通過自己眼睛的囚窗，渴望地看著外面，他抱怨傳統的約束力，卻天天踏著自己的腳步，在自己的腦中放風。兩個男人，一個叫A，一個叫C，把B夾在中間，構成了他們的ABC。他們各住的ABC室互相相容，C在每月紅色浩蕩之時，A與B便自成一體，相得益彰，其他的柴米油鹽醬醋茶，在三生萬物的ABC中，被安排得井井有條，不必細述，給影視飽和的眼睛和大腦，一個細節就能喚起無數回憶。比如，坐在沙發上的C，一邊各執一手，吻左旋又吻右。窗含西嶺千秋雪，在這兒是口含。門泊東吳萬里船，在這兒是二門。愛，用某地方言發音，跟二近似，跟日近似，跟二日近似。不必細述了，不自由的人，愛上的是自己身體的牢籠。為了把它管理得像個牢樣，人終其一生，耗盡無數資費，在暗無天日的肉牢中屁滾尿流地做夢，然後又一個世紀過去了地遺忘。

已故作家在死亡中回憶他的一生時說，其實，人生可以平衡二字概括。長得美的人和長得醜的人結合，智力差的和智力強的人結合，小國和大國聯合，都是一種自然的和必然的平衡。在他的一生中，已故作家發現過無數次類似的事例。一個起了無比強勁名字的嬰兒，不久就不幸夭折，連起名的父母都不知道為什麼。於是，聰明的人們以最廉價、最下賤、最易生長的名字來給孩子命名：小石頭、小草根、小豬、小牛、小馬，其實，也許叫小死最合適，它與生命配對，可讓生命活得更久。最近出的一個大案中，有一個貪腐成性的傢伙，據說讀書時是個一聲不響，沒有任何過人之處的學生。可是，當年班上門門拿最高分的那位，後來既沒有當成富翁，也沒有做成大事，而是在生命的洪流中迷失在滾滾的沙子之中。一個人中了百萬大獎，買了新房，換了一切，包括妻子，卻在幾個月後遭遇車禍，丟了雙腿。一個老姑娘，長到四十沒有人要，都嫌她醜，身上有狐臭，卻有一天來了一位美國帥哥，對她一見鍾情，視她為天仙一樣，立時三刻把她娶走，帶回美國。沒有上帝，上帝是沒有的，不存在的，但冥冥之中有一隻手，在不平的天平上和地平上一塊塊地加它的砝碼。也可以不叫它天平或地平，不妨叫它蹺蹺板。兩人一邊一個，才可取得平衡。如果一個太重，一個太輕，重的就下去了，輕的就起來了。如果只有一個人，那個人就會把另一頭高高地翹起在空中，而他自己則穩穩地坐在地上，這一場遊戲就玩不下去了。人生也是一樣。只是誰在另一邊跟你玩，你是不知道的。那是一種神祕的力量，一隻不可見的手，就像臺灣那個一生都不出名的老農，在人不知鬼不覺的情況下，拍錄了隔壁地溝油生產的全過程，而使地溝油獨大一面的局勢終於取得了平衡。你不同意？你說你到雲南去，看到的那些山裡人一輩子兩輩子三輩子三十輩子都沒有出頭之日？永遠也沒有一種能使他們暴富、暴得大名的平衡？也許那種平衡需要三百年、五百年的時間，因為短暫的生命並不能作為衡量的依據？但你說此話時卻沒有意識到，他們在窮困中生活的山水，卻早已成了其他地方趨之若鶩的眾望所歸，要彩雲有彩雲，要空氣有空氣，要鮮水有鮮水，要高山有高山，要猛河有猛河，這不是平衡又是什麼？就說那個國家的那個女的吧。是的，她很自由，她說離就離了，掉頭而去，把丈夫和三個孩子扔下不管，很快又找到了真愛，跟另一個男的過上了也許會永遠幸福的生活，她就像前面說過的那個蹺蹺板，已經蹺到天上去了。這時，手無中生有，手從天而降，手撥亂反正，手輕輕拿掉了很重地坐在另一頭的那個人，讓他走了。你再看蹺蹺板在空中驕傲昂首的那一頭。你聽見那聲轟響沒有？它早已下來了，取得平衡了。那個男的有一天開著車子，車子裡面載著他的、他們的三個孩子，在經過一座水庫時，突然猛烈咳嗽起來，暈厥過去，把車開進水庫，等他起水上岸之後，三個孩子早已歿了。後來的情況證明，他是蓄意謀殺。但又有誰知道，真正的禍害，是那只平衡之手呢？追求幸福的人們，在身後留下一片荊棘。比如這個國家，已經把自己抖到了世界超級大國的地步，卻把每一條河流變成了濃濃的鼻涕，又把每一個鼻孔，變成了吸塵器的管子口，它即使人緣再好，但它沒有地緣，也沒有天緣，因為藍天永遠離它而去，賜給它日日夜夜的霧霾，因為大地脾氣日益暴躁，頻發地震，不堪忍受無序的開發和不照顧它情緒的旅遊。你也不同意？可你剛剛講過你的親身經歷，說你一向不受重視，八個即將被任命的人選中沒有你，但最後因其中一個有問題而被放棄，把你看中選中，那不是平衡又是什麼？你以為那是上帝作怪或做祟，那不是的，那是冥冥之中那只手在跟你玩蹺蹺板呢。它讓你上輩子或上幾輩子的人都當農民，只在你這輩子出頭當教授，還可能讓你下輩子的人出國，過上比這個國家的人更幸福的生活，那不是平衡又是什麼？

已故作家沒死的時候就已經死了。他開過博客，但很快就因長期不予打理而使之成為一片墳地。他跟別人沒有什麼不同，也是一個吃喝拉撒睡的人，但也許因了他在那個國家生活了很久的緣故，他在玩過了一段時間之後就感到了厭倦，不再天天把自己寫的一點屎放在上面，等待眾人—實際上沒幾個人—點擊，期盼人家點贊或說幾句讚美他的閒話。他也不想成為被人分分秒秒指著鼻子罵的「頗有爭議的」作家，那是什麼東西？不就是一家成天散發著臭氣的公共廁所嗎？與公眾—其實都是陌生人—一起生活，哪怕是在網上，也是一件痛苦非常的事，與濫交無異，與群交等同。想擴大自己的影響，實際上是擴大自己影子的響聲。影子之響：影響。不值一提，也不值一做的事。真正值得發揮的影響，是要等到人死之後，找不到真身之時，只有留在人世的影子還在響的時候才有。想想馬克思，想想佛洛伊德，想想魯迅—後者並非奇人，在一個品恒見到的西人教授口中，被斥為「an irritable person」（很容易被激怒的人）—想想所有那些已經死了，還有人在提、還有人在引用、還有人在當作裝飾品穿在身上腦上和筆下鍵下的人，吧。死了之後再談影響還有點希望，作為一個仍有速朽皮膚的人，卻在那兒動輒寫字發文，每分每秒都想聽別人讚美的人，不就是一個想把自己臭皮囊中裝滿大腹便便的好聽話的一個行屍走肉又是什麼？只要還愛繼續聽好話一輩子下去的人，就一輩子都是長不大的孩子。不值得與之交往。如果他還是什麼狗屁文人，他的狗屁文章或詩歌，是不值得一看的。等他死了之後再說吧。

品恒是誰？品恒就是這本書中那位已故作家。與其說是思想家，不如說是思前想後家。與其說是作家，不如說是坐家。與其說是詩人，不如說是死人。與其說是文人，不如說是瘟人。為了說明那個不成理論的理論，他貼近自身說事，想起了他的兩個弟弟。一個弟弟去了D國。二十多年來從未見面，也極少聯繫。每次聯繫都與死亡有關。第一次是關於父親之死，第二次是關於母親之死，第三次是關於另一個弟弟之死，都沒有回去，都是D國弟弟處理的，除了最後一次之外，那是一次極端事件，導致他英年早逝，無以為家，無以為生。D國的這位弟弟少年得志，以最優異的成績，考取了這個國家三家最好大學之一的一家，一年之後便去了D國，讀完大學之後又讀碩士，讀完碩士之後，就在該國找了一家跨國公司工作，娶妻生子，更換國籍，完成生命交給他的使命。比他還小將近十歲的這位弟弟在已故作家自我宣佈自己作古的前不久，到這個國家省親了一趟，都是看望早已在墓塚的雙親，以及已經不算是親戚的親戚，由於跟他失之交臂，只能通過We-Chat聯絡，把近照發給他一看。他不看則已，一看不覺大吃一驚。這位小他將近十歲的弟弟，看上去不僅頭髮全白—不是花白—而且膚如非洲黑人，每張相片上，幾乎都沒有笑容，這再一次向他證明，笑或不笑，果然是文化的塑造。經年累月面對不笑、不愛笑、視笑為愚蠢而不動腦筋的天然精神缺失的人，像這個國家的人那樣，人會不自覺地、不知不覺地把笑漂白。他們的笑好像轉存到了他們國家的山水上，總是清秀而笑吟吟的。沒有誰硬性地要這麼做，但歲月發揮了平衡的作用，把一個早年優秀的人，變成了一個超速進入暮年的老者，至少從面容上看是如此。

已故作家品恒寫書的一生，就是蹺蹺板的一生。他尚未「已故」之前，曾跟一個年輕人談起了他第一部長篇小說出版前前後後的情況。據他說，那部小說寫得很苦，前後易稿多達六次，投稿遍及英美澳加等國，被第一家出版社退稿後，就開始了他的投稿長征，一家家地退，一家家地投，一家家地再退，一家家地再投，一家家地再退，一家家地再再投，輾轉投了二三十家，已經到了山窮水盡，上天無路，入地無門的地步。換了一個人，也許早就停了。這個人跟別人有點不一樣的地方在於，他好像中了邪魔，在別人都不相信的情況下，偏偏相信自己那部東西，相信自己那個東西就是好到必須有人出的程度。說也奇怪，在轉了一大圈之後，他又想起首度投去首度退稿的那家出版社，心頭一激動，想：管它呢，再投一次看看吧。這已經是幾年後的事情了。出版社的社長是個來自X國的移民，她那天早上收到一封信，大吃一驚。原來不僅出版社可以退作者的稿，作者也可以退出版社的稿，這封來信就是如此。作者來信說，她要撤走該社已經接受出版的一部稿子，理由很簡單，她決定不出版該稿了！實際情況是，她已找到更好的主兒，不僅出版社大，版稅更高，最主要的是，出版社大，市場做得也大，名氣也能比這家小出版社做得更響。社長惱火地把那封信扔在一邊，隨手拖過一封大牛皮信封的東西，顯系稿件無疑。撕開後一看，又吃了一驚：居然又是那個據說永不言敗，來自C國的那個作者的稿子。她聽說過很多關於此人的傳聞，說得最多的就是該人如何如何對那個國家頗有微詞，而且從不掩飾他的不屑、不敬、乃至不贊的態度。在諸種言辭中，有一個人的話猶在耳邊迴響。這是一個當時名聲鵲起，已在那個國家拿到最高文學獎的作家說的。當時他們去參加一個文學節。他和她打過招呼之後，把她拉到一個角落，煞有介事地對她說：有一部稿子很不錯哎，你要是不出，就太可惜了。她的好奇心立刻被喚起，說：是誰啊？他靠近她，附耳低言了幾個字。她一聽就「哦」了一聲，並沒太當回事。她只是隱約記得，此人似乎投過一大部稿子給她，但她幾乎沒細看就退了回去。如今的稿子跟人一樣，不是第一頁就讓人一見鍾情，不是名字一見就如雷貫耳，誰有時間和精力一頁頁看下去，一直看幾百頁呀！但這一天，一切都有點不一樣了。一部已經拿到出版資助的稿子被作者撤回去了，一部不見經傳的作者的稿子隨之而來，同時鬼使神差地伴隨著一句得獎作家的話。這一切實在是太巧太怪了。這位來自X國的人的血液，如果算回去幾百上千年，很可能跟匈奴還能扯上不清不白的關係，縱令演變千年，僅剩下一滴含有千分之一的匈奴血，它也能在這個含混的化學時刻產生奇變。她隨手翻了翻那部厚厚的稿子，又看了看簡介，從一些一掠而過的字和詞中產生了一些很特別的印象，就當即拍板決定：這本書用了！說時遲，那時快，她拿起電話便撥號，把用稿決定告訴了那個說話口音還帶有濃重亞洲某國口音的作者，心想：讓他睡不著覺去吧！

說到這裡，已故作家頓了一頓，用湯匙舀起一勺皮蛋瘦肉粥，送到嘴裡吃下。對面那個年輕人這時被勾起了回憶，說：嗯，有意思。最近我一直不順，先是同房自殺，跟著是家中失火，接著是新工作出師不利，我想，這是不是與前期一切太順，大喜過望有關。

已故作家看了看那位年輕人，看到他清癯面容下已不太年輕的心，繼續說：這本在世上普遍遭棄的書，出版之後賣得也不好，有一篇書評甚至斥之為「不可愛」，讓這本書即使在出版之後，還是遭受與出版前幾乎無異的命運，直到次年與某諾貝爾文學獎獲得者等一起入圍某州文學大獎，最後勝出。品恒直直地望著年輕人說：一切都跟書無關，跟人無關。一切都是平衡。你若真下了地獄，你就會上天堂，就像一萬米高空的人，最後摔下來，還是會掉到地上一樣。

已故作家離開那個國家，來到這個國家後，一邊喝著自己做的排骨燉藕湯，吃著鮮美的排骨肉——比那個國家的豬肉好吃很多，儘管有人說是死後卸下來的肉——一邊想著事，驀地，那個作家從腦平線浮現出來。這個國家還是冬天，但那個國家已經是夏天的一天，他開車去C城見他。兩人在二樓平臺上吃飯。剛開始喝咖啡，突然「轟」的一聲，定睛看時，身邊那根巨大無比的遮陽傘倒了下來，貼著他倆的身體，像一株大樹一樣，倒在地上。誰也沒有砸著，但談話卻轉了一個方向，主要是品恒提到了要「保護現場」，由此想到員警，由此想到監獄，由此想到那位作家眼下正在創作的書。他被告知，他已不再寫長篇小說，而是改寫回憶錄了。品恒見到他時常常會這樣想：你的小說只要一出手，就在各州拿大獎，這種擋也擋不住的幸運之火，似乎尾隨你的後半生，除非你不寫，只要你寫，你就能得。你是不是會感到厭倦？你是不是會覺得，文學這個東西寫到一定的時候，已經跟心靈無關，已經跟精神無關，已經跟感動無關，它只關心被贊、被送獎、被在報紙上傳揚，糖吃多了會膩，肉吃多了會厭，獎得多了、被溢美多了，是不是也會產生過糖、過肉的感覺？品恒當然不會把心裡的想法跟他講。但當那位作家把這個消息告訴他時，他還是吃了一驚，同時又體會到過去對他尚存的敬意。也許，寫到不會寫的地步，寫到再也得不了獎的地步，寫到誰都不再說好、不再狂吹、不再注意的地步，像一株在林中生長的小樹，恣意地按照自己的方式生長，才是一生最值得一做的事？平衡的手呀，又在操縱著人，操縱著這位作家。

我們各自已經走得很遠很遠，不再來往，不再有任何關係。他對自己說。當一個人自願進入上帝給他開的牢房，是的，那也是開房，一種自以為是的精神牢房，自覺自願地成為上帝的愛人時，他會變得跟以往任何時候都不一樣。他嗓門更大了，他看人時帶著異樣的眼光，彷彿大家都是罪人，蟲豸一樣的在地上爬行。他無論發博發帖，都要加上「主」、「光明」、「至高無上」、「信仰」這些詞。他以宇宙總統的口氣說話，對某個國家讚美有加，對另一個國家，一般都是這個國家，他大張撻伐。對這個國家的一切他都看不慣、瞧不起，在以前的看不慣瞧不起上乘以二、乘以三。他如果還願意以商量的口吻、討論的口氣、平等的態度，來與同伴交流溝通，那還尚可，但他儼然已經成了亞上帝、次上帝、副上帝，看人、看事、看物都帶上了一種神—神經的神—的目光。誰都不在話下，出了他自己，除了他自己。這樣一種優越感不是先天就有的，它來自《聖經》，來自每週不一定都去的教堂，來自一讀了幾篇就飛上了天，再讀幾篇就進入星際，再多讀幾篇就覺得不能再與人世的蟲豸為伍，自己已經神乎其神，超拔入聖了。

他使我這個異教徒（我名字的縮寫是TJY）想起另一個人。那人讀大學時從美國內地會的父母那兒繼承了衣缽，發誓非《聖經》不讀，非教徒不娶，非美國不去，非天堂不住，還信誓旦旦地告誡他那位失意的同學：每天在心中默念上帝的名字，向他虔誠地禱告，祈求他的救助，告訴他你的所想、所欲、所夢寐以求的東西。每天都這樣下去，持之以恆，堅持一生，你會終成善果，得到豐厚而又豐潤的回報。後來，那人果然如願以償，娶到教徒妻，到了美國去，至於是否也去了天堂住，這就不得而知了，但多年後相見，一張嫩臉成了老臉，上面並無天堂氣象，也不是每一個細節都昭示著幸福的跡象，且句句話語都直指金錢，如果他當年教誨他的正果就是這個，TJY就大失所望了，也慶倖自己沒有上船，沒有成為那個很可能在某次校園槍擊案中被打死的人。

有一年，在那個國家一間極其清峻的房間裡，看見一個眼睛只看天的女人。或者一輪之後只看地。員警和精神病院的醫生，只能看見她不停蠕動的嘴唇，發出無聲的聲音。她基本上不吃飯，只飲水，滿足身體最基本的需要。她厭惡自己那具每天都要排泄糞尿的身體。身體只要還有肉，那就是罪過。那就是髒。她能從天空讀出任何人都看不到的資訊。其中最響亮的就是：全世界的人都是罪人，為了讓他們不永遠地罪惡下去，要讓他們活到一定的時候就死去。絕不能讓他們永恆，哪怕通過寫書也不能。世界上的任何書都不應該出，出了就應該燒掉，有一本《聖經》足矣。全球的人死乾淨之時，就是這個世界最純粹之日，只需要有一個上帝存在就夠了。人，永遠也不應該有。有了就是罪孽、罪過、罪行、犯罪。

她也並不是最極端的。蕭無比她走得更遠。那女人有時餓得極了，還掰兩塊麵包吃，這蕭無卻堅決拒絕吃任何東西。他從天空聽見一個聲音對他說：你身體骯髒至極，腸子裡充滿糞便，管道裡洋溢著尿液。你必須從此日起，不停地給我喝水，大量地喝、無限制地喝、興奮地喝、歡樂地喝，直到把你從裡到外喝得透明為止。他開始喝水。好在那個國家的自來水是不用燒開就能直接飲用的。他開始停吃。無論肉菜米飯，一律停吃。飲料和牛奶之類的飲品也一律停喝。除了能把肉體污垢清除的水之外，還有什麼值得一吃一喝呢？從前生他養他的那個國家，的確是一個藏汙納垢之地，據說那兒的空氣已經到了無法呼吸的程度，說明人心被污染到何種地步！是的，必須從自己做起。不僅把自己的肉體蕩滌得一無髒處，而且要將自己的心靈洗得靈魂出竅，洗得像一把鋒快的劍一樣白亮白亮，其中看不到任何隱藏的夜色。後來他住進了精神病院，才感到好像步入了天堂，好像真正地回到了家鄉。剛進去時，他已將自己洗成了通體透明，看見那些白人，都感覺不如自己，因為他們雖然自稱白人，卻一個個紅得可以，皮膚上斑斑點點，恍如動物，說著一種極其野蠻，只有千把來年歷史的語言，竟然需要翻譯來解釋他腦中任何人都聽不懂的語言，而翻譯竭盡全力，也不能譯出其中十分之一的意味。最後只能以野蠻人發明的野蠻藥物，來控制他的神思，硬是把他從純粹的邊緣拉回到人世的糞尿之中。他看著那些地獄的惡魔，只能搖頭歎息。

在D國的G城，TJY跟朋友去了一座大教堂。其塔尖在他眼中看來，好像撫摸著天空。朋友L卻說：在我們這個國家，信教的人越來越少，已經從過去的百分之百，下降到現在的百分之二三十，而且有降無已。他眼睛無意中往下看了一眼，只見教堂門口撒滿了米粒。這是什麼？他問。L說：哦，這是有人昨天舉行了婚禮。新婚的人出來時，要在他們身上撒米粒祝福他們。這不是一個吃麵包的國家嗎？TJY問。L說：是的，但即使吃麵包，米粒也是一種象徵。為什麼不撒麥粒呢？TJY問。L說：問得好。我也不知道。總之，有象徵就夠了，用不著教條主義地一一對應，比如說，撒麵粉或麵包屑。TJY眼睛一轉，又看到一個景象：一個看似頗像亞洲人的年輕女性從旁走了過去，嘴裡說著的既不是E語，也不是F語或D語，而是D國的語言。L解釋說：這是因為，D國有很多人到亞洲諸國尋找能夠收養的兒童，比如J國，收養手續成功後，就把他們或她們帶回來，在這個國家養大。TJY一眼看過去，看到那個亞洲面孔的女性身穿昂貴的皮衣，梳著歐化的髮式，整個就是一個西化的亞洲形象，彷彿一個上了天堂的人。「信就有，不信就無，」這句話從多年前那個喜歡教誨的說Z文的人口中，跨越時空回到耳中。信的人已經把天堂搬到地上來了，不信的人正好相反，把天堂驅逐出去，請地獄回到地上，還相信，那才是真正的地堂。難道不是嗎？人們很骯髒地吃喝、性交、生育，臉上都帶著永不磨滅的微笑。即使是一頭動物，如果不慘遭滅殺，也是活得夠快活的了。上天堂則甚？

叫獸，這個已被社會再度打入不似臭老九，更似臭老九，比臭老九還臭、還爛、還噁心的教授，實際上並非如此。他─名叫言塔─稱自己為教瘦，顯系從顯瘦而來，但比顯瘦更適合他的身分，因為他是教瘦的，越教越瘦，雖沒有瘦得皮包骨頭，但至少瘦得形神不似，一點不顯瘦，但心裡很瘦，那是誰都看不出來的，只有自己知道。他教的學生，有研究生，也有本科生，都是學英文的。他原諒他們的英語底子很差，以這樣一個想法來安慰自己：如果讓他們寫一篇阿拉伯文的文章或俄文文章或德文文章，給他們半小時，可能一個字也寫不出來，但是，讓他們寫一篇英文文章，不到半小時就可寫出一兩百字。雖然幾乎錯字連篇，白字連篇，句不成句，文理不通，但畢竟一下筆就能成書、成篇，亦屬尚可。在一個急劇退化，普遍下滑，個個都向高大上看齊，人人都是低小下，花錢買一本書看，不如加錢買一餐飯吃，人長了嘴巴只用來吐槽，動物進入家庭，成為寵物，人有了錢，只為添加裝飾，權力更加無邊，金錢更加無恥，著書立說只為增加二者砝碼的時代，還有一批年輕的學生，能用不屬於自己的陌生語言，寫出一堆不成文的文字，即使不可喜，至少不可惜。

他邊吃面，邊看電視，邊查微信，邊改文字。這個時代，也是一個同時發生時代，很多事情都能在同時發生。在廚房做一餐飯，從洗菜切肉，到洗米煮飯，從吃飯到洗碗，都能同時打電話跟朋友交談，同時看電視，罐子裡煨著湯，電飯煲煲著飯，洗衣機洗著衣，一切都互不相擾，一切都同時發生，只差有一個女人，能邊做這些事時也邊做愛。想到這裡，他唇角浮現出一個不易覺察，笑了也沒人看得見的笑，繼續看那些寫得很糟糕的自我介紹，把所有有問題的地方，都用紅筆一一劃出。這跟他以前的習慣不同。以前，他會把每一個錯誤的地方都改正，包括標點符號，包括時態，包括拼寫，包括狗屁不通的句子，包括名字，包括時序，所花時間是現在的三倍還不止。結果呢？誰叫他是叫獸，無論怎麼以無言的方式叫，無論怎麼像野獸一樣地灌輸野性的動力，已經當上大學教師的前學生，寫出來的英文依然故我、依然故你、依然故他、依然故她，沒有任何重大起色，由此想到在那上面花去的時間精力和精神感情的投資，不過是對生命赤裸裸的浪費。

他記得那時，曾對一個學生表示的宏小志向私下嗤之以鼻。那人表示，她研究生畢業之後，最想做的就是開一家小店，賣些裝飾品什麼的。這就是這個時代，這就是這個時代人的最大願望。反倒頗為切合遠在西歐那個語言讓他們終其一生也學不來的那個國家的風格。那個國家曾有一個諢名：開小店之國。在那個國家，家家戶戶都開著小店，以此為生，以此為本，以此作為世世代代能夠延續下去的血脈。現在的學生依然繼續著這個新產生的信仰和傳統，有的人想當農民（這是新氣象），有的人（女的）喜歡看足球，玩男的玩的遊戲（這也是新氣象），人人都愛說自己「內向」，不少人都把所學語言的語源國羅曼蒂克地想像成美好的地方，只有極少數人一如既往地宣稱，她們或他們不喜歡這個語言，只是陰錯陽差地迷途進去。迷途？能知返嗎？能像那個國家他聽說的那個孩子一樣，只學了一年的醫學，就決定退出這個讓父母榮耀、朋友羡慕、誰聽說都會投去豔羡目光，還有五年全額獎學金的學業，直接到藝術系去學木匠嗎？他這麼做是因為，他從小就喜歡手上活，喜歡做木匠，而不是那些別人覺得好，別人覺得他應該做，而他自己一點也不想做，哪怕能帶來巨大利益的東西。他知不知道，基督就是木匠出身。好小夥子，想當基督啊！

教師節過完的那一天，他清醒地意識到，沒人給他發來問候致詞。凡是受益於他的，無論是得高分的，還是曾為之寫推薦信的，還是曾免費贈書的，都沒有一個。也許他們是對的。你為誰制定一個節日，你只能從反面證明，這個節日的主人，已經被釘上了恥辱柱：教授，叫獸；教師，叫虱。現在這個世紀，沒有精神的束脩。學生不過是落花流水生去也，柳暗花明又一生，生生不息，叫獸欲死。不如稱它叫獸節、叫虱節，活該！最後走完全程，回頭全是浪費，只是領了工資，枉過了許多日子。

8.59先生收到那個多年來一直向他投稿，他一收到稿件就立即刪掉的人的來稿，這回是一首詩，如下：

《勇氣》

要有當逃兵的勇氣
要有不當英雄的勇氣
要有不合群的勇氣

要有不參加任何文學競賽
得了獎也不接受的勇氣
要有不怕批評的勇氣
要有敢於批評任何備受稱讚之物、之人的勇氣
要有直面內心深處之惡的勇氣
要有將其和盤托出的勇氣
要有生活一世也決不成功的勇氣
要有不和任何人成為朋友的勇氣
要有與孤獨打成一片的勇氣

8.59先生說了一聲：「傻B」，隨手按了刪除鍵，就把這首詩刪掉了。

想像者坐著。她坐在馬桶上。面對一臉瓷磚。瓷磚上的臉和瓷磚。她名叫香香。拉不出來的時候，她會在這兒坐很久。女性的肚腸，不是一個運轉得很正常的機器。化上妝後，常能遮去很多的不適。一坐上馬桶，就是另一個世界，暗無天日，湧而不出。

她忽然發現，眼前的瓷磚一亮，分明出現了一個螢幕，她伸出食指，在上面指指戳戳，居然閃現出一連串微信，於是，她一面拉不出地拉，一面無比想像地想：今後，再也沒有可以浪費的時光了。蹲馬桶一個小時，就可以把微信、微博、博客、當日新聞、國際要聞，什麼什麼的全部看完。連照鏡子也不例外，因為鏡子兩旁就是兩個螢幕，一個是手機螢幕，一個是電視螢幕，查看、回復、點贊等等，都可通過指指戳戳來完成。晚上睡在床上，也不用左翻右扭，抬頭就可看見天花板上的大螢幕，伸出手指，指頭上射出的無線光，能在螢幕上產生回應，完成一切需要的動作。她這麼想著，越發拉不出來了。所有這些虛的東西，始終無法產生實的效果。有時，她真希望這個古老文字中的拉字，具有它實際所說的能力、拉力，彷彿有一隻手在那兒拉著、輕輕拉著，把東西

一坨坨地拉出來，扯出來，直到舒服為止。

她的想像還延及人，特別是男人。這是一個已經即將退出歷史舞臺的物種或人種。可以把他們想像成一根巨大的陽具，拿來供自己消停，供自己享受，供自己玩耍，就是不能供自己長期共存，那是越來越不可能的事了。插入即有，拔出即無，那是一種多麼自在的狀態啊。不需要他們的強權和霸權，不需要依靠他們，不需要被他們吼、被他們壓迫、被他們強壯，只需要插入和拔出，就像插頭取電一樣。充滿電後就丟棄一邊。即使有了孩子，也不再屬於他們，而屬於自己。養一個無父的孩子，那真是多麼理想的理想啊！男即難，無男即無難。她躺在床上，看著巨大的陽具進入，便挺身迎接、應接，直至它膨脹發熱更硬，使她在一遍遍的高潮中死去活來，前赴後繼，英勇獻身，死而復生，然後揮之即去。理想啊理想，非理之想。

你們那個國家寫字的人，不都是跑到國外討生活嗎？他說。在自己國家混不下去，跑到英美混日子。希求得到他們的承認。這方面的人多了，要我一一列舉嗎？姓勞森的那個，還被稱為是什麼「短篇小說之父」呢。其實是個挪威人。後人想以他名義辦個雜誌，結果就幾頁紙，一期一期要死不活地在那兒出。不是他們沒錢，他們住的房子大得讓人患恐懼症、孤獨症、幽閉症，就是不肯多出一分錢，把那個名字發揚光大下去。那個國家的人都有錢，但都小氣得可以。一般都是賺錢到不想賺的時候才開始寫作，因為這時才發現，已經六七十歲了，再不寫，馬上一死這個世界上就什麼痕跡都沒有了。有一個姓赫伯特的人也是這樣。東西一寫出來，就拿到英國去發表。國家大有什麼用。那個國家比英國大30幾倍，要出名，還是得把自己的東西拿到那兒，讓小國的人承認。心臟小吧，沒有心臟，整個人就是一具屍體，再大也無益。說是說同樣的語言，但跟人家的一比，沒有一點皇家味道，全是鄉野味，土得不僅掉渣，土得直往下掉羊糞蛋，讓人一聽就看不起。那個叫彼得的人，不也跑到紐約長住去了，雖然生活昂貴得驚人，人野得像熱帶叢林的野獸，街頭有精神病患者遊蕩，公園有露宿的流浪漢，但名聲在那兒，能在那兒出書，就能在世界各地隨便地找到讀者。在你們那個國家出本書，誰也不知道，連本國人都不知道。即使政府花錢，譯成這個國家的語言，又有什麼用！誰看呢？沒病誰看呢？人一去了英美，從地圖上看也高懸於你們那個國家。再說，一個出身低賤的國家，雖然後來靠賣礦和賣羊毛發了，但說到底還是一個不獨立的國家，連國家元首到現在都是別國的。有貴氣嗎？好多大家都是在別國出了名後才肯回來，否則沒臉呀。比如什麼斯台德呀，格里爾呀，等等，都要先在別國混出個人樣，才在本國有頭有臉。那個國家自己有什麼東西？連哲學家都沒有。歷史就這麼公正，現實就這麼公正，你雞巴快活了，腦袋就空無一物。你兜裡裝滿了，腦袋就一無所有。再說，你跟那個國家的人說這個沒用。他們會告訴你：我們不需要思想家。我們只需要日子過得快活就行。我們要住大房子，最好有十幾幢，死的時候能把墳墓做成皇宮那樣。那個國家沒有批評家，只有寫書評的。連當個演員，也要給美國人演才有出息。怎麼能跟韓國比呢。他們有影響全球的鳥叔嗎？一個演鱷魚什麼的，還不如印度的那個什麼《拉什之歌》好看，一歌唱紅整個這個國家。你們那個國家，就是英美的一條尾巴，一頭走狗，跟在別人後頭跑行，走在別人前頭不成。也許空氣清新一點而已，那只是因為汽車不太多也不夠多，尾氣排放還沒到遮天蔽日的程度。而且，那個國家的人最怕批評，也最愛記仇。你說他一句，他會記仇你幾輩子。反過來，他卻特別愛說別人壞話，尤其愛說這個國家人的壞話，打心眼裡瞧不起這個國家的人，習慣上總是愛搞先斬後奏，不，我是說先罵後道歉。先把心裡的一腔羨慕忌妒恨全部惡聲惡語地倒出來，等到鬧到全球都盡人皆知後，再來一番言不由衷的道歉。這都是你們那個國家人的慣例。他們搞土著不就是這樣的嗎？不僅強佔人家土地，而且把人家逼得走投無路，趕盡殺絕，過了快一兩百年，才來聲道歉。有個屁用！是的，你說得對，我是說白人。這是世界上最他媽操蛋的一種人。他們治國是治得還不錯，那意思就是說，他們能把這個國家治理得永遠保證千秋萬代都不改變顏色，永遠白色置頂，永遠不讓有色人種有一星半點機會，尤其不讓有才能有學識有膽識有奮鬥精神的人有任何機會出人頭地。他不會讓他們活不下去，但他會讓他們吃剩飯、撿垃圾（撿精神垃圾）、跟他們當助手、找資料、當下手，讓他們一輩子、幾輩子都沒有出頭之日。狗日的地方我肯定是再也不會回去了。要我受那份窮罪我可不幹！我在這兒就是面對全世界，我在那兒只是面對一座空曠的大陸和還沒有死就已經死了的現在，以及永遠也沒有未來的未來。那些人還挺會安排自己的晚年，他們意識到作為白人，還是非常有優越性的，至少在這個國家有人尊重，有人尊敬，有人拍馬屁，有人在人頭濟濟的公車裡給他讓位，有人一看見他們就滿臉堆笑，彷彿見到了一個神。你說那些學生看不懂他們的書，這我完全能夠理解。他們寫的那種書不啻是自我手淫，連自己國家的人都不大看，你想其他國家的人會愛看嗎？這就是為什麼我從前只看歐美的書，從來不看他們的作品，現在偶然看看，也基本看不下去。歐美的書不管怎樣，總有點人味，說的是人話，看了之後有感覺，人家也有思想，能像尼采那樣把自己想瘋的人，你們那個國家有嗎？據我所知，你們那兒的人從前得了精神病，就等於是犯罪，要被員警抓起來，送交法庭審判，最後再關進監獄一般的精神病院中。現在也好不了多少，用藥物治療，直到把瘋狂的思想關到思想的大門之外，結果治死了無數本來可以成為哲學家、思想家和文學家的人。你們那是個多麼正確的國家呀！下面都是錯的，只是上面總是正確著。現在正確十年二十年，過後又加以推翻，那不等於現在的就是錯誤的嗎？不過，那時人早已死了，只好隨你怎麼說了。你難道不覺得，那個國家從過去到現在，一直都是一個錯誤，一個始終都沒有改正的錯誤，也永遠都改正不了的錯誤嗎？於是，他們以為給黑人發獎、給女人發獎，就能部分地糾正這個錯誤。是糾正？還是糾結？糾結在錯誤中，怎麼可能糾正呢？那個國家看似光明正大，看似公平公正，看似講究平等，其實一切都是看似而已。我也不是沒在那個國家生活過。開出租的都是有色人種。開小店的也是。讓人人都感到幸福的最好辦法，就是自欺欺人。那個國家寫作的人絕對完蛋了。你想想，一個言必稱自己得了這個那個獎，自己作品獲得這個那個高度評價的人，還有什麼自身價值可言？一個個都像得了神經病似的，一出場就皇帝新衣一樣打扮起來。叫人噁心！話又說回來，每本書都出得蠻好看的，但那能改變空洞無物的事實嗎？一座空空的大陸，怎麼可能產生不空的書呢？這不是oxymoron、oxy moron又是什麼？你要在這個國家生活，在這個國家發達，你就不能只吃那碗永遠裝不滿的飯。我有一個朋友，曾在法國長期生活，在那兒工作期間，結識了很多朋友，總是他們邀請我去他們家作客，他也會請他們，結果去了那個國家後，朋友圈子幾乎沒有了，只有在自己膚色和人種中發展。這也不是他一個人。有一個朋友告訴我，他生活了二十多年，除了自己膚色人種的朋友之外，其他人種的朋友屈指可數，白人更是少之又少。他對我說：即使再生活二十年，也不會發生任何改變。除非你跟白人聯姻，但存活度極小，危險性極大，那是些說翻臉就翻臉，說不認人就不認人的人。我不知道。人還是跟自己的人在一起生活更適意。人家看中你，找你，都是沖著錢來的。上帝死了，錢沒死。反倒活得更自由了。人變得越來越貪。不說了，不說了。說了也是白說。

退休老教授說。

有很多東西我已經無法看了。作家說。你如果想知道他叫什麼名字，你肯定會失望，因為他不想告訴你。

如果寫作就是為了出名，這肯定不是他的首選。為了敘述方便，我們暫時叫他X。什麼叫「為了敘述方便」？X說。有這種事嗎？很多寫字的（注意：X說，我不稱他們為「作家」，也不稱他們為「作者」，我只稱他們為「寫字的」，這不是貶他們，這是還他們以本來面目）以為，他們只要寫了字，人家就會看。實際上，人家並不看。比如我，X說，我就不看。你以為我上了大街，大街上走過的人，我人人都要看，人人都會看？當然不。哦，這就對了，書或文章也一樣。

有人說，小說就是講故事。不錯，但也不對。純粹講故事，那太小家子氣。大街上任何一個說書的，都比寫小說的強。為什麼？原因就在一個「寫」上。說書是「說」的。講故事是「講」的。小說則是「寫」出來的。不能有人在旁邊。一個人在那兒一個字一個字一個字地寫出來的。也不知道寫給誰看，也不需要。你以為你是誰呀？寫小說給我看？我要看嗎？我憑什麼啊，我！我要是個讀者，我就只看我想看的書。迄今為止，這樣的書越來越少。無論你怎麼吹作者得了多少大獎，排名多少，這跟我一點關係也沒有。偶爾看了一本書前書後把書吹到天上地下的書，就會大呼上當。有些人還真以為小說是講故事的，因為講故事的人得了一個什麼迅獎或什麼盾獎或什麼爾獎，那也不過爾爾，既不是盾牌，也可以迅速忘記的東西。小說這個東西，在這樣一個精神澈底崩潰，人性越來越神經質，心靈越來越便秘的時代，無非就是一個夜。它不是那種要寫成什麼長江黃河長城一樣又臭又長又爛的東西，以為長到像股票市場那樣幾百個億的東西就能永垂不朽，千古留名。或者裡面最好把全球七十多億的人都寫成人物進去才最完整。那是什麼東西？那是心理膨脹，那是狗血噴張，那是個人意志希特勒式的總爆發。要把人性的氣球無限地吹漲下去麼？你不過就那張只能容納七八十公斤的皮，頂多容納一兩百公斤的皮，吹得多大也就是幾個臭錢而已。再住得寬闊也就離愁似個長的一具活屍。跟我玩什麼玩？我不會欽佩你的，一點也不。我FNL不是那麼容易上當受騙的了。哪怕你把小說結尾搬到前面，把中間幾頁倒過來順過去，把東西寫成非故事，你也只能讓我想起馬德里國家畫廊中那幾幅不是用刀在畫面戳了幾個大洞，就是橫橫豎豎殺了幾刀，或者是把畫翻過來，面朝裡，背朝外地掛在那兒。這麼玩有意思嗎？有意義嗎？把自己當場吊死在展廳大樑上如何？把手槍槍口塞進自己嘴巴，頭靠牆上，扣動扳機，讓腦漿迸流，塗滿畫廊牆上如何？想不想梵古一下，不僅割掉自己左耳，還割掉自己右耳，再割掉自己舌頭，再挖掉自己眼睛，先左後右如何？愛這個世界愛到那種程度，把自己自殺炸彈一下，讓自己的血肉與眾人的血肉融為一體如何？不就是出名嗎？不是再怎麼活也要死的嗎？何不死得彪炳千秋呢？何不死成世界頭條呢？何不死得人人敬佩不已又顫慄不已、既凝視又側目呢？生命只有一次，死亡也只有一次。寫那麼多年，寫那麼多書，寫成個精怪，到了不看的人眼中，還是一個不看。誰也沒法逼著不買的手硬買。小說，就是那種充滿夢和夢魘的夜。已經沒有必要用各種手段去刻畫人物了。要那樣，還不如去看什麼誠什麼擾的。那裡面的一些傢伙多會表演啊。都是活生生的真貨。說的比唱的還好聽，唱的比笑的還好聽。笑的比哭的還好聽。想走極端嗎？這個國家的人比誰都走得遠。三歲當兒皇帝的有。情婦超過140，其中包括母女的有。舌頭被割的有。一次死亡幾十萬的有。把老婆褲子脫光，讓她親眼看著自己跟別的女人做愛的有。比那個把自己的糞便分裝幾十個罐頭盒的人極端得多了。比那個把基督的塑像泡在自己尿中的人極端得多。其實，再極端也沒有那個人極端。他在獄室裡，任律師和翻譯問他任何問題，就是一個也不回答，硬是不開口。你總不能用鐵撬把他口撬開，硬逼著他回答吧。你想聽故事嗎？想聽這事發生在哪兒，那人是誰，那天長什麼樣子，發什麼脾氣，獄室裡除了他仨，還有些什麼陳設嗎？把核給你就成了，其他都是無日無夜，看著看著就睡著了的電視連續劇，比你再怎麼描寫都利索。人類肯定是要完蛋的，只不過是早完蛋還是晚完蛋而已，早了是完蛋，晚了也是完蛋。

當然，不是沒有解決辦法的，其一就是變性。捨不得雞巴套不住狼。也就是說，如果你是男的話，捨不得把那個雞巴拿掉，你怎麼能套得住自己身上那頭變性狼呢？即使不割，想像一下也不錯。東西沒了，代之而來的是一條凹痕，縮進去的，假乳用醫用矽膠就成，要多大弄多大，戴一個特大號的乳罩或內衣，睫毛長了，塗眼暈了，讓人看了都眼暈，抹口紅了，被人吻了也口紅，只是假陰道可能被猛戳時有點乾燥，弄不動，弄上潤滑油就成。只是，自己在這兒假想時，怎麼假想那種心理，那種已經變性後的心理呢？大約就是從天的這邊一躍而過，跳到天的那邊後還活下來，而且活得很好的感覺吧？回頭是否還有陰莖勃起的感覺呢？不能，心中一個理性的聲音說，只能有被勃起的感覺。可能要從同性戀開始，體驗一下肛交、被肛交的感覺。最大的問題是，被肛交後是否還能拉屎。或者是否比以前能更順利地拉屎，因為已經被人循環往復地疏通過了。更大的問題時，如果出血怎麼辦？如果弄破皮，豈豈粘著破皮往下要滑不滑的怎麼辦？是否人類的經驗你都寫過了？比如說，從一隻貓的角度寫一部日記，或從馬桶的角度寫一部日記，或從宋代的一個嬪妃的角度寫一部日記？或從金正恩的角度？要不就從變性人的角度？做一個男人而擁有上百名或數百名女性，只是臉面不同，洞庭照舊，洞、洞、洞，後庭、後庭、後庭。有意思嗎？有意義嗎？來一部竊聽者日記如何？一個專門竊聽他人性事的人。無動於衷，一筆不苟地記下細節如何？人民是誰？不就是那些不讓寫的人嗎？不被寫的人嗎？

坐而論道不如坐而論女。不妨談談這個以愛為主的人。他的生活是一種什麼概念呢？總是一個女的走了，又一個女的來了，心裡總有一種感覺，這個剛來的女人過不很久又會走，只是多久沒有準確的概念。他有沒有名字呢？有的，叫Ai Bing。別管它換算成中文之後是什麼了。換算成什麼就是什麼吧。有必要對應得那麼準確嗎？查星象、查血型、查三代，最後還是弄不清楚，三十代之前，那血液裡是否有雪液，我是說，是否有別的種族的血液。這些事情永遠都是弄不清楚的。還有，你說XI是什麼？你說是習，人家卻發成II。他是按照羅馬數字來換算的。結果被解雇了。在印度。當然不會在這個國家。在這個國家，這種新聞絕對都不會發的。在那個國家，如果被逼到山窮水盡的地步，最小的人還有一個最後的辦法，那就是向最大的人寫信，請他特赦。那是種什麼形象？那就好像一粒螞蟻在地上抬起頭來，看著天說：老天呀，救救我吧，千萬別讓他們把我送回那個國家，否則，我會掉腦袋的。世界本無奇跡，但有時還真的會產生奇跡。天顯出一個面相、一個臉型，蓄著鬍鬚，藍眼睛，隱藏到後面的細牙齒。這個天臉用那個國家從別人那兒直接拿來的語言寫信說：Ma Yi先生。考慮到你的情況，我們以首相的名義，特赦你留在這個國家，希望你（後面的話任何人都可以想像出來，就容小說不再此細述了，這不是這個時代小說的任務。）

還是繼續談Ai Bing的事吧。他的生活基本上是這樣，女人在的時候，他不想女人。女人不在的時候，他想女人。不過他發現，在女人的海洋裡暢遊了經年之後，他的想無論在強度還是長度上，都似乎再也不夠猛烈了。他過去想一個女人，身體會發生變化。比如身體會膠著在那兒，焦灼在那兒，會硬起來，會打電話、發短信、寫電郵，等，現在，他卻無動於衷。想過之後就不想了，過一會兒又會想，然後又不想了，而此時，他發現他在把體驗過的女人作比較。很有工作能力的女人，又似乎很沒有其他能力。不會做飯，也不喜歡做飯。不愛打掃衛生，也不喜歡打掃衛生。對性愛的要求卻異常強烈、迅猛。愛家也愛孩子，同時也很有工作能力的女人，當然是完美無缺，但這樣的女人對性的要求卻極為淡泊。一到性事的時候，不是敷衍了事，就是不斷推遲、再推遲。

還有一種，那是把性當作手段的，當然，這是他聽來的，並非親身體驗，也不想親身體驗。那就是在正式結合之前就約法三章，每月一到兩次，還要取決於心情是否舒暢。不能強為滿足一己之欲而為之。不知道那麼做的人是否真能如願以償，但這種人生理想不啻人生不理想。話又說回來，男女之間的理想，一般是很難對應的。一方要時，另一方往往不要。兩方都想要時，往往又會因遇到一些想像不到的事而受阻。要舉例嗎？讀者自己就會舉出很多更加生動的例子。這不是寫小說的事。寫小說的，尤其是讀圖時代寫小說的，關心的是一些其他的東西。什麼東西？你問我，我也不知道。反正我只知道，不是你們寫的那些東西。無論寫多長，寫多細，怎麼刻畫，都不是我想看的那種東西，都已經看過，或者看起來像別人已經寫過，只是人名、地名、故事情節稍有不同而已或大有不同而已。

Ai Bing經歷了婚姻，擺脫了婚姻，永遠不想再進入婚姻。他的生活除了有女人和沒女人之外，就是獨自一人。在一個害蟲都消滅光的時代，他就像其他人一樣，跟世界上留下的獨種，亦即人，住在一起。這天他去倒開水，突然發現裝水果的籃子旁邊，有個黑漆漆的東西，一動不動地趴著。定睛一看，是只蟑螂。這個東西在他生活中，應該有好幾個十年沒有出現。他立刻忘掉了在最寂寞的時候的那種想法：此時哪怕有只老鼠或蒼蠅來給我作伴，我也會感到好像還活著，卻本能地起了顫慄。聯想起這只蟑螂很可能還在他的米、菜、水果、鹽、油、麵條、湯罐、盆子、碗筷、抹布、麵包、水壺、開水瓶嘴等上爬過，聯想起這些東西可能在吃進嘴裡時還殘留著他或她爬過的痕跡，Ai Bing就不寒而慄。他把所有櫃門一扇扇打開，一扇扇查看，也沒看見任何蟑螂的身影或留下的黑色印記，腦中同時掠過一個想法：必須去買蟑螂藥來把所有暗藏的蟑螂殺光！這是一種不祥的想法，它只能得出一種結果：讓世界上只剩下唯一值得留下的動物，即人。這時，他又看見它了，一動不動地趴在彩色的水果籃和牆壁之間的窄縫中。他把水果籃移除，輕輕的，卻發現蟑螂依然一動不動。看來是個很不敏感的昆蟲！人不敏感，就會死亡。動物或昆蟲不敏感，就會被敏感的人打死。他從筷子簍裡抽出那把炒菜的木頭鍋鏟，想起從前學生把這個東西英譯成「shovel」（鐵鏟），那是很糟糕的譯文，原因在於，英文的眼睛是另一樣的。他們管那東西叫「stirrer」，猶如攪屎棍的棍子，實際上是攪菜棍，一把攪動、翻動菜的扁平的棍子。

Ai Bing把那把攪菜棍拿來，把攪動菜的一頭捏在手裡，另一頭伸出去、舉起來，像砍刀一樣，對準一動也不動、自願在這個只為人活、也只讓人活的世紀和時代而獻身的蟑螂砸將下去，一下子就把它砸扁、砸爛。稀奇的是，此蟑螂竟然像丟在油燒得滾燙的油鍋裡，還能翻身跳動的活魚一樣，也翻動了一下。不僅翻動，甚至爬動起來，哪怕此時已有一隻翅膀被拍掉，就在它無法再將其撿起來，裝在自己身旁時，Ai Bing再接再厲，又是一拍一擊，幾乎就從它醬紫色的硬殼下看到了擠出的白色汁液，便隨手用攪菜棍把它弄進了垃圾幾乎重達十來斤的超大型塑膠袋中，然後把洗碗液擠了一條亮晶晶的長條在抹布上不停地搓，不停地搓，直到搓出一大片白沫。如果也能往腦子裡擠點這種東西，大約也可把跟抹布差不多髒的腦體、腦垂體洗乾淨。只是抹布洗乾淨了，腦子裡還冒著那種醬紫色皮殼下的白漿。

關於Ai Bing的故事，以後再慢慢地講。

推敲。推拉。這兩個詞，應該是古代和當代的分野。Yi Fan抿了一口小糊塗仙，狠狠地皺了一下眉頭，感覺好像喝了一口化學藥物，繼續道：賈島那個推呀敲的，統治了這個國家語言1300多年，現在可以休矣。推什麼推？想推的人肯定想偷。想敲的人可能有外國血統，還不是黑皮膚或棕皮膚人的血統，而一定是白種人的血統。那種血統人受的教養和文化要求，進人家門前，總是先要敲一下的。不敲不禮貌。Yi Fan又抿了一口小酒，繼續皺著好像喝了毒藥一樣的眉頭說。門如果上了鎖，無論推還是敲都沒用。晚上看不見，有月亮也只能看個大概。小偷想進去時，絕對不會敲，只會輕輕推一下，試試看有沒有上鎖。敲的人應該是個老者，比較懂味的，體諒人的。一千多年前這種人比較多。現在不這麼玩了。比如那年我在那個大學的外事處門口等人，外事處長出去了。門是關上的，但沒上鎖。我在那裡等的十幾分鐘時間內，總有五六個人找她。這五六個人雖然性別各異，長相各異，年齡各異，但動作卻驚人地一致。每個人走到門前，都是伸出手來，握住門把手，往下一按，就往裡一推，頭伸進去看一下，一看裡面沒人，便立刻「哦」一聲，重新把門帶上。沒有一個人先敲後推，都是推而不敲。這個國家的人雖然跟這個詞生活了幾百輩子，卻似乎沒有敲的習慣。小孩子不聽話，大人敲腦殼的情況有。那叫吃栗子。其他很多時候，似乎都用不著敲這個動作。食指和拇指的指關節，一般都處於待機狀態或電腦的睡眠狀態。就是現在一切都指尖化了，也用不到敲。賈老詩人當年怎麼會不考慮到這樣一個簡單的細節呢，也就是這個國家這個文化教育的人，做什麼動作都有，就是很少做敲的動作。推則做得太多了。因為人多，出去坐車什麼的，少不了要推推搡搡。至於說到打的，那個門是從來也用不著敲的。如果到那個門上去敲，不是你有病，就是裡面司機睡著了。也有這種情況，裡面玻璃都搖了起來，而且因為是墨鏡玻璃，看不見裡面，又感覺裡面有人，這時大約會敲，但不是敲門，而是敲窗、敲窗玻璃。賈老詩人當年是不會有這種感覺的。

Yi Fan說著，用筷子夾起兩片肉，和著包菜吃了下去，對對面那個和他年齡相仿的人說著。那人什麼也不說，只聽他講。不等他把這個問題說透，他是不會開口說話的，只吃、只喝。生活不是這樣的，但小說可以這樣。小說裡聞不到氣味。行，又說岔了。Yi Fan說，其實，在這個文化裡，一般都是用磚頭來敲的。只有那麼敲，才能夠進得去。更多的時候是推，順著水勢把船推一下。有什麼自己不想做的事，那就推給別人。其實當年賈老詩人說不定得了憂鬱症，卡在詞裡面出不來，倒有點像推拉了。

你說什麼？朋友問。他耳朵有點背。餐館裡的音樂也似乎過大。

我說推拉，Yi Fan說。

什麼意思？朋友嘴裡含著小糊塗仙嗽口一樣地說。

容我慢慢敘來，Yi Fan說。比如今天吃這麼美的食物，喝這麼美的酒，到了明天就必須拉出來。如果不拉，讓它們在肚子保持原裝、原狀，那就問題大了。現在問題大的不是這個，而是「拉」這個字。你想想，所謂拉，一定是指外力。彷彿有一隻手在那兒—我是說那兒，也就是說屁眼，你沒聽見？我是說屁股的屁，眼睛的眼—拉。這個國家的人少說也拉了五千年，可從來沒人探討過，這個拉字邏輯不邏輯。應該說太不邏輯了。不可能有人在那給你拉，也不可能你自己在那兒用手拉，除非你用了開塞露，完了還不行的話，就用手伸—插—進去拉。否則，你怎麼可能拉，又用什麼去拉？吊詭的是，從詩歌角度講，這個不邏輯的動作，卻詩意盎然，一個人在那兒蹲著或坐著，很詩意地想像有人伸手給自己拉，把裡面的東西一條條拉出來，一砣砣扯出來，彷彿每天做這件事時，都有個想像的僕人在給自己服務，在給自己拉。

那怎麼了？我們不是說了幾千年的拉嗎？再說，難道英語不說拉？

問題就在這兒，Yi Fan說。英語的確不說拉。英語說push，也就是推。

啊？英語說推？也就是說，我們說拉屎，他們說推屎？

是滴。看來你終於清醒過來了，儘管喝了很多小糊塗仙。他們的推沒有詩意，但很邏輯。雖然沒有用手推，但用的是內力，從上往下，從裡往外地推。這跟我們老家說的「震」是一個意思。你拉不出來或推不出來的時候就會用力「震」，「震」得面紅耳赤，「震」得頭暈目眩，有時還會把肛門「震」破，「震」得血流。那都是「推」的結果。

行了，別說了，再說我就吃不下去了，朋友說。

好的，我的話到此為止，但我的結論是，以後凡是要用「推敲」的地方，應該改為「推拉」。比如：這個地方要好好推拉一下，而不是推敲。

寫書評的這次遇到了一個難題。他要評的是一本無法說出口的書，連引用都沒法引用。這個國家的媒體堪稱宇宙典範，乾淨得連一個髒字都沒有，儘管用手一摸，還是會弄得滿手掌都是鉛字墨蹟。要知道寫書評的叫什麼名字嗎？他叫摩爾。曾經發表過幾首很快就被忘記的詩。寫他就不要寫什麼備忘錄了。被忘錄最好。他要評論的這本書是一個女的寫的，女員警寫的，女妓女寫的。他已經想好要說的第一句話了：這個國家五千年來把親身性經歷如此細節張揚而逼真寫進小說非小說中的，此為第一人。這句話寫下來後，他考慮是否要把「逼真」的「逼」改為「B」，也就是「B真」。不知道會給文字編輯帶來什麼樣的後果。最後還是決定保留「逼」，而棄絕「B」，儘管那只是一個字母，拼音中也用的。

對這本書的來歷，摩爾從最近的管道略有所知，也準備寫進文中。作者成書後，交給這個國家一家出版社出版，並按規定支付了書號管理費等七七八八的費用，大約也有半十萬以上的數位，只等編輯、排版、出版，然後全國上市了。豈料編輯大樣到手之後，一看就把作者驚呆了：裡面所有觸及性器官的字眼全部悉數刪去不說，還去掉了若干不堪入目的章節段落。這對作者來說，不啻是對她最大的侮辱，等於是對她做了一個整容整體（對，修正身體、修整身體、手術身體）的大手術。那不是美容，而是醜容，把一個完整的肉體刪削成一個部分的肉體，切除了最有活力，最有創造力，也最生動的部分。作者憤怒地說，與其這樣，我不如不出，乾脆退錢好了。既然如此，出版社商量之後，採取了一種折衷辦法。這本書如果原汁原味原書推出，等於是把一個赤裸裸的肉體亮到市面上，不僅是赤裸裸的肉體，更是一個濫交的肉體，這麼一來，出版社老總的烏紗帽肯定沒戴的了，出版社也保不定要關停並轉。為了一個女人的書，不值得如此犧牲自己。比較好的辦法是，書還是給她出出來，反正她已交了錢，保了底，不會虧。不給她上市，她出不了大名，出版社也得不了大利，這是唯一的遺憾，但能保底又不虧本，還能避開風險，這才是一個萬全之策。最好的辦法是，書印出來後，一股腦兒運到她那個國家去，這邊一本不留，讓她自己想辦法銷售。她不就是想借此出名，同時又給她自己開的那家合法妓院做個廣告嗎？那就讓她自己去做吧，出版社犯不著冒這種不值得的風險。

這本書上下兩卷，以日記體寫成，絮絮叨叨地敘述了每日接客的經歷。非常細節、鞭辟入裡（是的，男鞭入女裡），無非就是男女那點事。但凡涉及性器官，無不使用逼、雞巴、屁眼等字，絕不使用文學化隱喻來指代、來文過飾非，全部都是和盤托出。據讀者反映，有的看了之後大贊，要求立即飛去找她。有的看了大罵，說看到後來看不下去，噁心得要死。一本書能夠收到這樣的效果，應該說是作者的福氣。想當今，什麼人出了一本什麼書，幾乎都是一片贊聲，無非是因為那個寫的人身任要職，或得過重獎，或名聲顯赫一時，或掌握著某個跟發表有關的重要崗位，再查查那些捧贊者的身分和關係，發現居然都是朋友或有求於他的人寫的。因此，這種書越被人贊得高，越不值得一看。倒是那種著者無名，內容有實的東西，裡面說出了常人想說卻不敢說，有時想到卻忘了說，寫作者寫了又自己自動刪掉的話。比如這段作者自述：

來我這兒的男人95%都有老婆或女朋友，難道你能說他們就不愛自己的老婆或者女朋友？性和愛是兩個不同的概念，你來我這裡性交操逼是臨時解決性問題，發洩完了回家見到老婆，依然是親親熱熱，對老婆知寒溫暖。因為你跟老婆在一起生活時間久了，處的是一種感情，你跟我絕對沒有感情，完了事兒什麼都忘了。性這種東西奇怪得很，每個人都想找一種新鮮的刺激感。我的一個客人說：長時間只跟一個人性交會使人厭煩，男人、女人都一樣。你老婆十幾年，幾十年面對一張臉，只跟你一個人性交，久而久之，她也會感到厭煩，沒有興趣，但你能說她就不愛你？她給你打電話，對你每天的衣食住行十分關心，這證明她是愛你的，性這種東西就像一個人吃飯一樣，你天天在家吃麥當勞、麥當勞，遲早會吃膩的，到外面緩緩中國餐、泰國餐，回家再吃麥當勞，這時你會發現，嗨！我的麥當勞味道也不錯呀，說穿了，啟示性也存在一個調劑的問題，我們妓女就是你們男人生活中的調味品，就好像你做菜要放油、鹽、醬、醋等各種調料一樣，性生活也是同樣的一個道理。[13]

這個國家出的自傳特別自戀、自憐，喜歡自贊。比如一個女人，絕對不敢處處都說自己老，總喜歡把自己扮嫩裝萌。其實明眼人一看就知道：老早老了，只是裝嫩而已。琳達則不。客戶問她多大，她一開口就說她快五十了。當客人稱讚她依然年輕時，她不以為然，但表現的態度卻是這個國家的人最愛用的那句話：積極向上。她對客人「憧憬地說」：

> 只要有客人來，我就一直幹下去，直到有一天，我開開門時，客人們說這個老女人，都這麼老了還在做妓女，誰稀罕她的老逼呀。然後來一個走一個，那我也就不幹了，沒人來了，我跟誰幹去呀？[14]

客人贊她說：「你是活到老幹到老」，她的回答引經據典，也很好玩：

> 為什麼不可以呀，只要有客人來給送錢，為什麼不幹？我知道美國一名最好的妓女叫庫珀，96歲還在接客；臺灣省有一名最老的妓女已經80歲，別人都叫她「老祖母」，她從60歲開始接客。如果不是因為80歲接客時被員警抓住，從此警察局不允許她再做這行，說不定她也能幹到96歲。我現在快五十了，我的目標是再做30年才退休。」[15]

這個國家出的書一般都不幽默，很不幽默，尤其是文學書，板起一副教訓人的樣子，彷彿又痛苦，又深沉，就是幽默，也是拿別人幽，不拿自己默，或者拿自己默，讓別人幽。不好玩，一點也不好玩。琳達這個專業妓女很幽默。客人對她說，希望能在「九十歲的時候也能開車來看」她時，她這麼回答說：

---

13 琳達，《上帝女神》（上卷）。香港：中國國際文化出版社有限公司，2013年，pp. 48-49.

14 同上，p. 78.

15 琳達，《上帝女神》（上卷）。香港：中國國際文化出版社有限公司，2013年，p. 78.

到那時我也有八十多歲了，可人們也不管我叫按摩小姐了，該叫我是按摩奶奶了，我啖囉雞巴時，就會摘掉假牙問你：「你是要有牙的，還是要沒有牙的，要沒有牙的加收服務費。」(p. 87)

最好玩的是，琳達甚至根據自身體驗，得出了常年累月做愛，會強身健體的結論：

我整天在床上跳來蹦去的，無形中就是一種鍛鍊，你還別說，也許性生活對我的身體真的有好處，有六、七年了，我從來沒有感冒過，也很少頭疼胃疼肚子不舒服的。再說我這個逼吧，以前不是陰道發炎就是子宮不舒服，自從做了妓女以後，什麼毛病也沒有了，到醫院檢查一切正常，我想這跟我每次性交鍛鍊陰道的肌肉都有關係，我的逼也是越鍛鍊越健康，越鍛鍊越強壯。(p. 73)

摩爾的文字還沒寫完，但他已經想好了標題，就叫《更美好的新世界》吧。

箱子又像往常出行之前一樣，裡面裝滿了東西。這一次稍有不同的是，箱子的左緣裂開了一個大洞，不是順著緣，而是相應地與邊緣形成一個大寫的T或正楷的「丁」，如果把頭歪著看的話。他伸出左手摸了一下那個開口處，裂開有一掌寬，裡面衣服什麼的，都能看出一些名堂來。他想把箱子拿到外面那個修鞋的那裡補一下，又嫌箱子太重，拖來拖去不方便。這座院子跟四十年前的一模一樣，宿舍樓在左，辦公樓在右，後面是一排早已拆除的平房，前面是後來搭建的大門。歲月的失去和重建通過記憶在裡面疊加。在隨他去和還是修了吧這兩個念頭之間游離了很久之後終於決定，還是拿去修了，而且是把內容倒空之後拿去修。皮匠的手很熟練地在下面墊了一塊皮，把機頭推過去，踩著腳踏，一針針地縫針走線，像縫合一個傷口一樣地把它縫合起來。

如果不醒過來，就會知道這次出行中，補好的箱子最後跟他到了哪裡。

後來，布來了。他是一個編輯，從來都心平氣和，每天要編大量的稿子，但他這次卻顯得沉不住氣，開始抱怨說工作太忙。驚奇地問他怎麼了，被告知有了一個新的工作，每天都要上課，再也沒有一點多的時間做別的了，比如看瓦格納的歌劇或去游泳池游泳。這個人不編就不編，一經他手編書，這部書稿就會變好，不得大獎也得小獎。這個國家的編輯早已不懂編輯之道，只知像一個暴君似的，退稿、退稿、再退稿，或者根據關係來確定是否用稿，反正心裡知道，書出了有沒有人看都不重要。關係最重要。那個國家的編輯不一樣在於，爛稿子經過編輯，可以成為好稿。好稿子經過編輯，可以成為更好的稿子。

上面這個一半是夢，一半是非夢。知道哪是夢，哪不是夢嗎？

你是你，你不是我。你以為你說的話，別人都必須聽，因為你說得貌似一個哲學家，那其實是你在自我的宣揚中把自己誇大了，你戴著自我放大鏡，把自己每天弄的一點東西放到這個博那個信上去，說得還很冠冕堂皇，充滿這個地方那個地方拿來借來偷來轉來的言辭，一過了你的手，就儼然傲然地成了你自己的東西。但你不是我，你東西一放上去，就成了垃圾，就沒人要看了。你以為，你總在以為，你會成為一個引領人類的思想家，結果你成了想家。即便是你有思，那個思總是跟它的構成離不開，無非是心上有個田，想的都是跟田有關的事，例如，田產地產什麼的。一個哲學家，是一個沉默寡言的人。他隱去經年，你不知道他在幹什麼。你以為他死了。其實你自己才是死的。蟋蟀成天在叫，從早上叫到晚上，蟋蟀是死的。你以為你又出了一本書，很厚的一本，你的心隨著厚度而膨脹。結果呢？你面對的這批更年輕的人不勝重負，他們不是活不起，他們實在是讀不起，沒時間讀。沒興趣讀。他們的眼睛嫁給了手機螢幕。他們的手娶了手機。你而且沒有第二種語言。你譴責我，說我這是搞語言歧視，看不起不懂任何外語的人。我反駁說，不對，我是語言鄙視。活在一個多語種的當今、當下、襠下，卻只懂一種語言，還是爹媽給的語言，那是羞恥，只能讓人看不起，只能讓人鄙視。作為一個男的和一個女的，你們也要結合，那麼，作為一種語言，怎麼能讓它一輩子單身呢？你不服，說了一大堆話，基本上是氣話，始終沒有解決一個最基本的問題，即你不懂除了一個單身語種之外，你再也沒有別的婚語。你氣得不再理我，這沒關係。人就是這樣一個東西，他們表面和和氣氣，肚子裡全是氣，所謂勾心鬥角，那是你們那個語言根據你們那個文化造出來的，只有你們那個語言文化中才產生那種人。現在你們有了手機，有了這個博那個信，就覺得一個個都是上帝了，在那兒這麼自一下，那麼自一下，全在水裡照自己的鏡子，把自己照得美侖美奐，連拉出來的屎也像黃金一樣燦爛。

我不安，跟文學一樣不安。人活一生，就是不安一生。就連一棵長在那兒，枝葉繁茂，有鳥棲息和歌唱的樹，看上去那麼self-contained，你就容我不解釋了，語言歧視就語言歧視，語言鄙視就語言鄙視，甚至不妨語言蔑視，就連那麼一棵從來都不惹人煩的樹，夏天給人遮蔭，秋天帶來蕭瑟感覺，冬天承接白雪，春天開花的樹，它也是不安的，沒准哪天就被人砍掉，做成桌椅板凳，或乾脆劈柴燒了。

你不就是想成功嗎？你不就是想成名嗎？你不就是想走到哪兒，哪兒就圍來一大堆粉絲嗎？甚至走進廁所，從裡面出來甩著手上水滴的人，也會暫時中止甩手，伸手要握你著名的手，忙著掏手機要拍你著名的臉，突然想起無法請你在手機上簽名留戀，便馬上出其不意地扯了一張手紙，讓你在上面簽名嗎？你不就是名聲大到有人甚至塞給你一隻小瓶子，讓你把尿拉在裡面，像醫院尿檢所作的那樣作為留戀嗎？你不就是名聲大到有人想把你的屎也搜集起來，作為名聲的紀念，好以後像梵古一樣轉手高價出讓嗎？你不就是想有名到說一句話，全國、全球、全世界、全星球、全宇宙都知道、都轉發、都談論嗎？你有意思嗎，你?! 你有意義嗎，你?! 你什麼玩意兒啊，你?! 你當然不會為我說的這些話而動。你不像我，你感覺太好了。你譴責我：你這是嫉妒。我笑了，說：你以為我會為一頭豬的超重而嫉妒嗎？你嘲笑我：你是一個失敗者，尖酸、刻薄、不滿、處於精神崩潰的邊緣、以仇恨回報人生。你不值得活。你應該死。我笑了，說：謝謝你的好意，我早就死了。你用不著這麼愛地恨。

你不僅想出名，你還想賺錢、賺大錢，錢多到你的子子孫孫富千代、富萬代、富億代都不止，你的女人——愛你的女人，你愛的女人——多到不計其數的地步，多到分分秒秒日都日不過來的地步。你一根雞巴，卻想一捅天下，你有意思嗎？有意義嗎？你不是一頭公豬又是什麼?! 說好聽點吧，你是一頭種馬。你是一只用爪在地上刨、刨、刨，跟著就把旁邊一頭母雞騎上去就日了的公雞好吧，你。

你不是總說要以什麼什麼為己任嗎？你不覺得，你那句要以什麼什麼的話，是幾千年前某個人說的，放在現在一點新意沒有不說，空洞不說，簡直就在說的那一刻，讓人產生你是傳聲筒的印象。你有沒有一點自己的東西啊？說到底，你不就是一個轉發家嗎？你不就是一個微家嗎？不消說，你在網子裡面生活得很適宜，像一隻蜘蛛一樣適宜，還不斷地吐絲，擴大網子，有人在看著你在那兒自肥呢。你什麼都自，自媒體、自炫、自誇、自我感覺超好、自耀、自贊、自洽，幾乎到了自宮的邊緣，你唯一缺乏的就是自由。

問：不好意思，又來找你麻煩了。

答：說吧。

問：還在乎我繼續問問題嗎？

答：說。

問：什麼是小說？

答：我不知道什麼是小說，但我知道什麼不是小說。

問：那什麼不是呢？

答：現在見到的所有貼上「小說」標籤的，都不是小說。

問：你是說非小說嗎？

答：不是。

問：請繼續解釋。

答：凡是按照前人規劃的樣子，前人定義的意思，前人敘寫的方式，前人（也就是死人）所做的一切，都不是小說。

問：嗯。

答：把故事寫得有頭有尾，設置懸念，處心積慮地佈置人物、場景、情節，策劃氣氛，弄得最後可以搞成一個電影或電視劇腳本的，都不是小說。它們正如腳本一詞所顯示的那樣，跟腳有關。

問：嗯。

答：小說不是什麼，就是什麼。

問：嗯。哦。

答：小說也不是大說。

問：嗯？

答：小說更不是說大。

問：哦？

答：小說可能是音樂。

問：呃？

答：也可能是詩歌。

問：哇嚾。

答：還可能是什麼都不是。

問：嗯？

答：小說是最不清楚的前沿。

問：唔。

答：小說可能是一種尚未生成的理論。

問：是嗎？

答：小說一旦依照理論寫成，就不再是小說。

問：哦。

答：這個國家的人寫的小說，只是為了發表、能夠發表而已。

問：哪個國家？

答：那個國家的人寫的小說，只是為了得獎而已。

問：哪個國家？

答：不知道哎。

問：小說是人學嗎？

答：不知道哎。

問：小說是純粹講故事嗎？

答：見上。

問：小說是今天吃的，明天拉的，後天忘的。
答：誰知道呢。
問：小說跟記憶有關？
答：也許，但不止。
問：小說跟人物有關？
答：沒准。
問：小說只是虛構而已？
答：可能，也不一定。
問：小說能賣錢？
答：有那個意思。
問：能養家活口？
答：所以是吃拉忘的東西。
問：小說酒精是什麼？哎呀，對不起，我是說究竟。
答：對，酒精沒錯。
問：什麼意思？
答：聽說有個人想發明一夜釀酒的絕技。
問：成功了嗎？
答：所有幻想成功的小說都不是小說。
問：為什麼？
答：時間是唯一的技術。
問：你的意思是說？
答：什麼意思也沒有。
問：那你？

答：到此為止吧，需要拉屎了。

他在夢裡生孩子，孩子生出來的時候，他醒了。眼睛一睜開，孩子還在身邊。

「你叫什麼名字？」孩子問。

「爸爸呀，」他說。

「哦，你就叫爸爸呀。那爸爸呀，我叫什麼名字呢？」孩子問。

「你？你叫，你叫，你叫—我不知道，」他說。

「我叫我不知道，我知道了，」孩子說。

「嗯，對的，你叫我不知道，」他說。

孩子興奮得一把摟住爸爸呀，說：「爸爸呀，我太喜歡這個名字了。你是怎麼把我生出來的呀？」

「我不知道，我不知道，你知道嗎？」

「你怎麼老叫我的名字'我不知道'呢？」

「哦，我是說—咦，你怎麼看上去像我死去的前妻呢？」

「你死去的前妻是誰呀？」

「她比我小一個世紀。」

「一個世紀是多少年？」

「也就是一個century。」

「那是多久？比我大嗎？」

「比你還小。」

「那不是還沒生出來嗎？」

「有可能的。」

「爸爸呀，你怎麼說話總是這麼語焉不詳呢？」

「我不知道，你怎麼剛一出生就這麼會用詞呢？」
「我不知道，哎，我怎麼自己叫自己的名字了！我覺得你好像有一種語流在我周身流動。」
「兒子哎，這是不可能的。我先給你喂點奶吧。」
「你有奶嗎？」
「有的。是你媽在我身上種下的。」
「種下的？像樹一樣嗎？」
「對，你就含著它，在這兒趴著吃吧。」
「哦，好硬呀。」
「你不是我兒子，你是我前妻吧？」
「誰是你前妻呀?!她比我小，小一個century。要把她生出來，得等一百年呢。」
「不用那麼久，一個夢就成。」
「什麼是夢？」
「我不知道。」
「我知道了，我是夢，夢的名字就是我的名字，對不？」
「我不知道。」
「哎呀，你這裡面好燙呀。好像岩漿一樣。」
「不對，是肉漿。」
「那你就把我當你前妻吧，還是再等一百年生出來的好。」
「我要射了，你走吧。」
「我要死了，你走吧。」

他覺得已經接近死亡。正在進入，就在邊上。彷彿一個跳樓，在相片中定格在半空中的人。不死不活地在半空中活著的人。這是以活扮死的最佳狀態。毋寧說以死扮活？他把自己的名字相繼輸入到百度、雅虎和穀歌中，分別以小說、詩歌、散文、翻譯等搭配，進行搜索，除了早已看到的內容之外，並無任何新增加的內容。他慶倖自己死後還有這樣不挨罵的好運。他奇怪為什麼一個寫作者心心勾勾盼著的就是看到或聽到讚美話。莫非這就是人生的理想？當任何一個人說起他來活著說起他的作品來，都是一個好字了得，或者在上面添加形容詞？不斷增加形容詞的重量、份量？連老天都會挨罵，日頭太毒、雨水太厚、天氣太冷、風太大，都會遭到不同程度的辱罵。人就更不用說了。連抽水馬桶也不服氣，動輒就被灌滿屎尿，就算那是它的命，也不能不允許它在沖水時像堵住嘴巴一樣不讓它發聲吧？這不，樓上那個馬桶又叫了起來。每次它叫，聽上去都像一頭老牛似的，哞哞地發聲，好像很不爽。誰叫它是這個命呢！如果真有上帝，人就是上帝的馬桶。

他，我們不妨叫他Tong Ma，是個寫了一輩子也沒成功的作家。離人們垂涎的諾貝爾獎比到任何一個星球的距離都遠，隨便你說哪個星球好了，也跟那個剛剛去世的作家一樣不可能。他既然已經去世，就永生永死都不可能了。除非他的兒子或孫子或重孫得獎，那他或許還有可能被幸運地稱之為某諾獎獲得者的曾祖父。話又說回來，他最簡單的辦法，就是擬一張清單，把自己想要的東西都開列出來，一個晚上一個晚上地做夢，夢一個打一個鉤，了結一樁心事。比如那個諾獎，在第一時間用夢把它做掉，省得以後老來騷擾糾結糾纏不休的，夢完後該做什麼還做什麼。又比如當國家主席或聯合國主席，甚至美國總統，都可以同樣的方法夢掉。至於其他比較猥瑣、比較見不得人的事，比如養幾十上百個小三之類，也還是這麼來用夢解決，完了之後可寫可不寫，繼續過自己想過的生活。凡是想過卻過不了的生活，都可以這麼夢掉。夢完後人就神清氣爽，沒有欲望或者沒有太大欲望的人生，是一種相對不完美的完美人生。用夢來解決一切，用睡眠來度過人生，那是多麼美而好的人生呀。

Tong Ma寫著寫著，就感到睡意襲來。不想再寫了，想趁著睡意襲來的時候，把床當作自己的老婆，溫暖地貼著睡去。於是他就這麼假想著睡去了。我們無權干涉它這樣。是的，當他進入睡眠，一種活死，他就成了它。

寫作教師上課之前就決定，不把今天是他生日的事告訴學生。他叫什麼名字關係不大，可以隨便叫他Shen Me。跟他在小說中認識，就跟在火車上認識對面一個人或隔壁一個人一樣。誰也不會問他姓甚名誰，哪怕同路幾個小時或幾十個小時也不。反正走前總還記得那人的樣子，過後就忘乾淨了。小說也必須如此。自從記事以來，他就沒有慶祝過生日。簡直來說，家裡沒有這個傳統，因為沒有這個傳統，也就沒有這個習慣。他後來從一件事中印證，沒有這個傳統和習慣也不錯。每每看到人們慶祝他們老老小小的生日，他們放的那首《祝你生日快樂》的歌，根本就是澈底的舶來貨。那東西是土生土長的。他忽發奇想：假如生日快樂那天，誰放錯了音樂，放了哀樂，那會是什麼結果？又是一個只能在小說中發生而無後果的情節了。儘管放錯，至少是民族的、典型的，但前面那首歌雖然一點沒有放錯，卻始終是錯的，因為那裡面沒有一個音符是本土的。這就好像懷裡摟著一個隻會說中文，但頭髮是黃的，眼睛是藍的，嘴唇塗紅了，皮膚白如雪，乳房大如枕，下體無一毛的女人一樣。這樣的女人，現在有點比比皆是、逼逼皆是的感覺。

他點完名，就把螢幕拉黑，只讓自己看見螢幕上的文章，而不讓全班看見一個字，這是為了方便他讀文聽寫，讓學生把聽到的文字重新用英文組合一番，作為他的re-writing的一個部分。試想，一個用英文寫作的人，卻不能把自己剛剛聽到也聽懂的東西，用文字記下來，那學英文幹什麼？用來背單詞嗎？那是垃圾桶的哲學。單詞垃圾桶。裝了滿滿一垃圾桶的單詞，拿來湊在一起，字不成字，句不成句，滿篇都是錯字別字白字，幾乎沒有一個字接近正確。念完兩遍之後，他就下去巡查，發現不少人都把「在英國」寫成in UK，即使他在這些人這幾個字的下面劃一道橫線，這些人依然不解其意，其實他們掉了一個「the」字。應該是「in the UK」，就像在美國不是in USA，而是「in the USA」，在菲律賓不是in Philippines，而是「in the Philippines」一樣。有關係嗎？當然有。他本想重口味地把這個詞如此解釋道：打個比喻，該有the而沒有the，就像男人出現沒有雞巴，女人出現沒有B一樣。但他狠鬥私心一閃念，一出現就把它掐死了。他是這麼解釋的：英文的the叫定冠詞。冠是什麼？帽子呀。冠冕堂皇的冠呀，雞冠花的冠呀，皇冠的冠呀。一個該戴著冠子出現的詞，你卻讓它免冠出現，那就好像逼著它去參加自己的葬禮，在那兒對著自己的屍體脫帽致敬。

他繼續巡視，很快走到那個問題學生那裡。這個人上次被他叫上黑板做作業時居然拒絕做，被他記了一筆。這次他的問題又接踵而至。所有人都在做英文改寫作業時，他卻在一本有顏色的本子上寫另一種文字，一看就是那個屠殺過很多中國人的文字：日文。他選擇不做曾經在兩次鴉片戰爭中打敗過中國的那個國家的文字，卻執意、蓄意、刻意地做日文作業，這有點讓Shen Me氣不打一處來。想到說重話的後果——曾有一名學生因老師批評而從樓上自己飛出去了—他放低聲音，問他為何不做作業？那人連續「哦」了幾聲，臉上茫然一片。他給Shen Me的感覺是，如果他開始批評，那人就要開始反擊，用拳頭。在課堂上把老師制服，使之就範於暴力的事例，已經開始風起雲湧起來。Shen Me不想成為下一個犧牲者，他說完該說的話之後，用很輕的聲音，就走掉了。等他重新返回講臺，他發現，該人的頭顱已經躺在課桌上，比所有人都矮了半個頭，只是似乎聽不見鼾聲而已。他想起這個詩人曾經說過的一句話：為什麼我如此喜歡黑夜？就為這個，Shen Me可以原諒他。只是覺得有點可惜：此人應該膽大得當即決定退學，周遊天下，去當一個流浪詩人。那才是人生最好的選擇。至少對他來說是如此。

生日這天上課的主題，是六字小說，當然是用英文寫的，中文六字沒法解決。據說，世界上最短的小說，是海明威的一篇，僅六個英文字：For sale: baby shoes, never worn。不妨直譯試試：「賣了：嬰鞋，未穿。」這讀起來像啥？簡直文墨不通。倒過來譯試試：「未穿嬰鞋待售。」尚可，但還是語焉不詳。稍微展開一點試試：「嬰兒新鞋，尚未穿過，待價而沽。」十二個字，用了漢語四字詞，有古意，兼通順，甚曠達，只是「待價而沽」不恰當。或許這樣怎麼樣：「嬰兒新鞋，尚未穿過，靜待出售。」用古人的話評價，那就應該說：「善。」

Shen Me話鋒一轉，說：可見，與英文相比，漢語相當囉嗦，到了乘二的地步。亦即英文6字，漢語得12字。從這個角度講，漢語倒是可以創造一個新體小說，即12字小說，如我前面講到的那樣，儘管這不是我們要講的內容。當然，英文還有8字小說、10字小說、20字小說、50字小說、100字小說，以及一直往上多到上百萬字小說，也就不必去說它了。即使海明威的那篇，現在也有爭議，因為據說是後人附會，把它跟他死後的一篇廣告詞弄混淆了。那篇廣告詞是這樣的：For sale: a baby carriage, never used，發在美國《波士頓郵報》上。[16]不是賣童鞋，而是賣童車。哦，對了，我要改變一下我前面說的那句中文比英文囉嗦的話，把海明威那篇小說也弄成6字：「嶄新童鞋待售。」字上對應了，但意思還是沒有出來。對不起。看來，英文還是依然更加言簡意賅。那麼，世界上最短的小說究竟是誰寫的呢？那是瓜地馬拉一位名叫Augusto Monterroso的短篇小說家寫的。據說是8字：When I woke up, the dinosaur was still there。[17]譯成中文便是：醒來時，恐龍還在那兒。大家如果仔細數數，英文

16 見此：http://www.slate.com/blogs/browbeat/2013/01/31/for_sale_baby_shoes_never_worn_hemingway_probably_did_not_write_the_famous.html
17 見此：http://rcgale.com/2012/05/02/the-worlds-shortest-short-story-is-only-8-words-long-titled-el-dinosaurio/

字數應該是9字。網上介紹成8字，是因為沒把那個「the」字算進去。估計瓜地馬拉的語言是8字，譯成英文後，多了一個「the」字。這等於向我們提示：如果你的英文不夠好，不太會用「the」字，也許你會寫得比英語更簡潔，這也不是不可能的。

接下去，Shen讓同學們寫，自己也在拉黑的電腦螢幕上寫起來。第一個寫下來的就是：Love you. Fucking you. Fuck you!沒想到，下面有人笑起來，而且笑聲越來越大。他從螢幕上抬起頭來時，下面已經笑成一片海洋。他下意識地回頭一看，Oh, my God！螢幕不知什麼時候從拉黑狀態變成了顯示狀態，把他剛寫的每一個字都展示在大牆上，被每一個眼睛看了進去。他立刻毫不遲疑地把這段話標黑，同時擊打了一下刪除鍵，把它刪除掉了。

第二天，Shen掐指算算，在FB上發來生日賀詞的，有來自瑞典的、丹麥的、荷蘭的、美國的、澳大利亞的，其中有中國國籍的僅一名。他在D國的弟弟沒有。他在另一個D國的另一個弟弟，以及父親母親也都沒有。至於他曾教過或正在教的學生，一個都沒有。從來都沒有。也不能完全怪他們。有少數知道的人裝著不知道，因為他們正好借此報復一下：我們過去的生日，你從來都沒有發過祝詞。憑什麼你過生日，我們要給你發祝詞呢！大家統統扯平，這樣最好。就像他認識的一個詩人，每次偶然見到，總會把一連串的祝詞通通說出來：祝你生日快樂聖誕快樂新年快樂天天快樂，也不管這一天是不是這些節日。要我說，Shen想，下次見到誰，乾脆一句話管總：祝你此生所有的生日快樂！免得以後老要記，不記就得罪了或者欠了。

同樣內容的課，Shen Me一直上了三個班，到最後，為了說明問題，他當場寫了一個六字英文小說：When he woke up, he found him already dead。他數了一下，共有9個英文字。於是他對學生說，你們看我如何修改縮減成6個字，因為這正是6字小說的一個必要過程，先寫長，再寫短，一直短到不能再短的地步，說著就把前半部分改了一下，全篇成為：Waking up, he found himself already dead。不行，他喃喃自語道，仍有7字。好，他叫道，隨手又刪掉一字：Waking up, he found himself dead。他跟著就把這篇6字小說譯成了中文：「醒時已見己死」。

8.59先生翻譯不下去了。聲音漸次而起，隨即擴張，響成一片。一個接一個地，急吼吼地放出聲來，炸成一片海洋。他又想起那年在杭州旅次，黑漆漆的夜裡，鞭炮聲炸響，產生了戰爭的幻覺，彷彿敵軍正在城中轟炸。

今天是這個國家的誕生日。他沒有感覺。他的感覺都是附近這個鞭炮聲炸出來的。他停鍵不譯，等著這片炸完。不知是誰炸的。也不想知道。炸聲代替了人聲。停息之後，又有一片炸了起來。這個國家永無止息的炸聲有時即便不是誕生之日也會爆響。希望不會在任何地方炸，也不會在任何時候響。清晨的時候，他突然醒了，才意識到，似乎一眨眼，就睡掉了至少8個消失。對，8個小時。8個消失的小時。窗簾有些許紅。那是晨光的蠕動。在沒有人聲，沒有鳥聲，沒有呼吸聲，甚至聽不到心跳聲的清晨，遠處傳來木棍的敲擊聲，跟著就又是一片無聲的聲音。莫非有人在擣衣，在晨霧彌漫的河邊石上擣衣？這附近沒有河流。只有被埋在大路下面曾經青綠的田野。以及那條名叫瀋陽的沈、洞涇的涇、池塘的塘的河，在暮色的計程車窗邊一閃而過。沒有跟開車的更多對話。只有這句：跟我扯張票，現金，不刷卡。然後，瞬間天涯。再也不可能重新認識了。

近似擣衣的木棍敲擊聲僅敲擊了三下就停敲了。此後無論怎樣用耳朵搜尋、靜聽，它也不再響起。他寫著這個的時候，已經是象徵性擣衣聲敲響的七八個小時之後，而且是再度小睡之後。他吃過午飯，覺得睡意蔥蘢，外面陽光正豔，照得滿屋生輝，滿窗生輝，滿床生輝，他在死亡一樣燦爛的光明中仰面朝天躺下，閉上眼睛，連眼皮都是亮的，這世上已經沒有一個可以留戀的人，也不值得任何人留戀，見過之後就走了，如那個出租司機。那條暮色中名叫沈涇塘的河，是唯一讓他轉過頭去迅速看了一眼的遺物。他現在醒來，在床上掙扎了很久，睜著眼睛，卻仍然是睡著的狀態。什麼也看不見，只看見從天花板上垂下來，在無風的臥室裡來回晃動的那根絲絲，那根被他叫做達摩克利斯之劍的絲絲。它不是蜘蛛織的，是長期灰塵積累而成。它從天花板往下，由極細變成較粗，在尾巴處變成水滴的形狀，與眼睛形成一條垂線，任何時候掉下來，可能直接掉進眼中。他多次提醒自己，起來後要用掃帚把它清除，但每次都忘記了這件事，於是每次睡前都把它看在眼裡，看進眼裡。這時，他想起夢中那人跟他說的話：

古琴不是古箏。古箏是女人彈的，具有女人所具有的一切特徵：華麗、豔冶、媚態，適於表現、適合表演、適應時代喬裝的特徵。古琴不是。偶有女人彈之，但獨具男人特色。毋寧說獨具男根特色。它不適合群奏。音域不寬廣，音色不漂亮，音調趨於低沉、沉吟、吟誦。它不泣訴，它傾訴。它不大聲，它耳語。它不嗚咽，它嗚嗚。它在那還沒有記憶的年代，是人客來時最好的招待。不是一般的人客，是知己。

輕輕撥弄之後，徐徐彈奏之後，它把心的跳動置換成音的律動。任何語言到了那兒都不用翻譯，化解成連草木都能聽懂的宇宙語。所謂琴棋書畫，而非畫書棋琴。它之為四字之首，即是它魅力所在，魔力所藏。不，它不給力，它給語。初聽之下、粗聽之下，誰都不能認為那是妙曲，誰都不會不覺得，那只是木頭在呻吟。且呻吟得無以復加的木鈍。如外國舌頭上嘗不出的醇濃的茶味。只有進入，進入木紋，進入紋理，進入木頭的深處，才能體會出被當代高鐵軌道聲壓迫得只剩蚊嗡的細鳴。可那是一種具有什麼樣古意的蚊嗡啊。它是與當代浮躁繁雜奢華奢靡短促虛驕充滿腐臭人氣背道而馳的一條絕徑，非隱者不能進入。

8.59先生怎麼也想不起那人是誰。他只記得似乎回應了一句：那我到時回到那個國家，也買一台扛回去。

一提到那個國家，他就想起那些自由的犧牲品。他們在母語的外面活著，彷彿母語多餘的瘤子，因為不必割除，也無人料理，它們自由地膨脹，在包容的同時，也變得無限地狹小和狹隘，自動地、也被動地成為少數族裔，只把那個國家的母語當成日常交流的表面貨幣，寫了就發，不用經過任何審查，或編輯，或質檢，發了就隨報紙扔進裝回收垃圾的黃蓋桶裡，一生基本上可以兩個字定性：廢了。他曾親眼見到其中一個廢人，眉飛色舞地把剛開了頭的一個中篇，放到他的桌上，在那瞬間一分為二，變成兩個互相熱戀的人，從具有肉身的那個嘴裡，噴出這樣的話來：你看他寫的這個東西，要多好有多好，這開頭的感覺簡直讓人不勝驚喜、驚訝之至。我都吃驚，他怎麼會寫得如此之好！這樣寫下去怎麼得了啊，那還不把全球所有的獎項都拿光！哇噻！

8.59看著這個僅憑此話就可拿諾貝爾自戀獎的人，笑了。他想起一個寫書的妓女也說過類似的話。那人在她自費出版的一本除了性交還是性交的書的前言裡曾放言說，她要拿諾貝爾流氓獎。如果真有這樣的獎，8.59先生想，她一定能拿。

一個絕塵而去、絕國而去，生活在另一個國家的邊緣和世界邊緣的人，往往反而會建立起一種超乎一切中心的自我中心，並將之超拔於所有中心之上，分裂症一樣地把自己分離出來，一勞永逸地宣佈批評家的死亡和讚頌家的誕生，並讓這個與自己連體嬰兒的讚頌家任勞任怨，不計報酬地一生一世地讚頌自己。這是一個多麼偉大的時代呀，多麼適合自我偉大的時代呀。他們讓negative（底片）澈底過時，把拍照沖洗的過程拋到十霄雲外，即拍即照即時成像，暫態地把一個動物（能動之物），變成一個看物（能看之物），再也不再negative了。換言之，他們把本來需要通過黑夜才能還原的白天，變成直接轉換的白天，從此剷除了黑夜。他們明白其中的失落是什麼嗎？也許，他們只需要得，再也不需要失了。

他們的得，就是他們的失。

女人的到來，立刻使這座複式小樓變得危機四伏。在一個裸體與另一個裸體並置的那個時刻，門上似乎總有人敲響，總有一個怯生生的聲音在半夜三更低低地發問：請問有人在家嗎？四隻耳朵立刻尖起來聽，但只有兩隻聽清楚了，另外兩隻什麼都沒有聽到。它們只聽到風在門把上無聲無息的滑落。這個男的應該叫他什麼呢？就叫他屻刃吧。一把to be defeated的blade。屻刃的複式樓下，總是充滿了只有他自己聽得出聲響的空間。有人在那兒肆無忌憚地做愛，邊做愛，邊大喊：我愛你、我愛你、我愛你。喊三聲就捅三下，喊九聲就捅九下。一直捅到喊不出來也不想喊了，兩人呼呼喘氣為止。屻刃後來才覺出，那是兩個埋在墳墓裡的人在做愛。已經沒有任何人理睬他們了，所以他們恣意妄為，所以他們風起雲湧，所以他們千錘百煉，所以他們稀裡嘩啦，潰不成軍。反正往死裡做也是在死裡做。再怎麼做也活不成。他們燒成灰的屍骨參合在一起，只在做愛的時候形成兩具形體，互相享受對方完事之後便土崩瓦解，分崩離析，各回各的死亡中休眠。他們早就放棄了用人類裝飾的手段來刺激對方的情欲，無需化妝，無需穿戴，無需女像妓、男像面首一樣互相取悅，只是為了做愛而做愛，把愛做死，把自己做愛至死，做成一片再也分不出彼此的灰燼。

屻刃看著那張熟睡的臉，發現無論從哪個角度講，她都不漂亮。這個名叫赧甚的女人。繼而他又發現，其實漂亮不漂亮並非主旨，無關宏旨。面具揭開之後，只有肉體的實質。所剩唯餘器官。古往今來，始終是器官對器官的對峙和作戰。只有先鋒和前衛者，具有臨陣脫逃和逾矩越界的勇氣。堅守器官對峙作戰者，須臾便成了傳種接代的能動之物。不值得敬佩，也無需貶低，他們衰老無牙，滿臉皺紋的耄耋之年正在不過幾十年的遠處守望著他們，盼著他們老淚縱橫，哀歎青春的逝去，以及除了生兒育女，竟然一無成就的失意。

屻刃想著這些，再次狠狠地把自己插入，卻發現他把自己插入了無底深淵，高若天際。

五十年後，你在別人的筆下活轉過來，用別人的眼睛看著這個世界，這個世界已經不是那個世界，這個國家也已經不再是那個國家了。那人揣摩著你的日常生活，應該是豐富多彩的，你的女人，應該是多方面的，你的朋友，應該是放之四海而皆有的，你的。他也想寫你的垃圾。比如他想像，你的垃圾桶生活很多天幾乎都是空的，像沒有生活過一樣。那他就錯了，你說。你希望的是，寫你的是一個女人。一個跡近憂鬱症的女人。潔癖到幾乎不敢拉屎。她屬十二生肖之外的鳥，是的，屬鳥。不屬雞。爸爸是飛禽，媽媽是走獸，女兒是人。她把你定性為一個不想活下去，又不得不活下去，想早點死掉，又沒有合適的機會，只能以睡眠代替死亡的人。簡言之，一個怕死鬼，一個苟活者。一個想死又死不了，等著別人或別的機器如飛機把自己弄死的人。

現在這批跟你一樣年齡的人，那時都已死光。如果有人被演，被演的人也會遭殃。幸福是被遺忘。人死後就不能再活，那才真正是強姦生命。屬鳥的女人看到這段話，驚奇是怎麼寫出來的，在什麼樣的情況下寫出來的，為什麼在一切都能立刻轉換成電視新聞或連續劇的情況下，還有這種絕對不能拍成任何東西的西西。或東東。

對於那個時代的人來說，這個時代是死的，只有沒被寫入文字的東西，才是有意思的。什麼沒被寫入？坐在馬桶上，頭上地板傳來的一刻不停的滴水聲，沒人理會、始終讓它滴著的滴水聲，往上看去、又沒有任何水流跡象的滴水聲，想起提醒樓上的人去把滴水的東西修理一下但很快又打消主意的滴水聲，以及一會兒開龍頭，一會兒關龍頭，好像裡面確實住著一個人，但又不想管水的狀況。

還有。廣場上那些隨著樂聲起伏扭動的屁股和大腿，要多難看有多難看，卻又有一種拉住眼睛的魅力。眼睛望回來，又看過去，望回來，看見一些老人坐在水泥做的凳子上，又看過去，仍舊是那些花花綠綠的人，那種節奏很強，但絕對不會成為藝術的音樂，那些坐著一個四周閃著彩燈的車子裡的孩子，那些在蹦床上一會兒跳進空中，一會兒又跳進空中的孩子。你覺得永遠也不會融入這些人，頂多是站在邊上看看就走，然後澈底忘記。這個世界變得如此骯髒難看，就是因為人太多。如果少十分之一就好了。讓風景成為風景，而不是人景。

這是你的自殺之書。你把自己殺死，也把書殺死。他們不是只需要每天晚上跳跳就行了麼？大眾到了豬的地步。你終歸要自殺到另一個國家。麻木不仁的生活啊，滲透到骨髓，每一個細胞。

你想起那人把另一個人殺了之後肢解，把骨頭和肉塊分裝在強力牛皮信封裡，寄往世界各地不認識的人，好像寄往陌生的夢中。即使遭到法律制裁，其中的暴力詩意，豈是法律能夠制裁的？你在回家的路上，在黑色的夜晚，跟路人相遇，躲了一下，以免自己背的包包刮擦在他們身上。你立刻想：他們是否會因為你的這一動作，而認為你在逃亡，在剛剛搶過銀行後準備迅速回家，把包裡鼓囊囊的紙幣藏起來。不，你想，他們不管，也不在乎，他們有說有笑有男有女地走了過去，會從黑夜走進亮光裡面，但你的包包裡有一顆人頭。那是你剛剛割下來的人頭，從夢中割下來的，一個女人的頭。還滴著血，都被你的帆布包包兜住了。你挎著這顆人頭、女人頭回家。你把她的嘴張開，把雞巴塞進去，讓它給你口交。你出來的時候，它嘴裡滿是雪花。

不知不覺就走到了大樓面前。看上去是空的、黑的，沒有霧，卻好像看不太清楚。只剩下窗框子。沒仔細數，應該是有多少窗子，就有多少空窗框子。從一個窗框子看過去，還可以看到更多的窗框子。一座只剩下窗框子的大樓，而且裡面外面都是黑的。風從裡面經過時變了形，改了道，漚在裡面出不來了，不想出來了。剛到大樓前覺得，這好像是個有點意思的去處。走到大樓跟前時，看見大門裡面的狼藉現象，又覺得還是不看的好，要看也只有黑乎乎的牆壁和到處都是石頭的地面可看，沒有人。誰也不會在這樣一個地方住。連民工都不會。在此之前去過的地方人煙稠密，人氣很高，但來到這裡，路有點坡度了，大樓像塊巨大的招牌，面對著坡下越來越遠的城市。雲一朵朵地分開飄著，在上面。走到下坡處再往回看，發現跟剛才想像的有點不一樣，也就是並不是無人理睬它、不管它了，而是有幾個工人在用電鋸割地。電鋸著地時，聲音響得驚人。那些人只是低著頭看地，對站在外面看他們的路人一點也沒興趣。再抬頭看，大樓還是大樓，不是常說的爛尾樓，而是居然出現在繁華墨市的一座空黑樓。如果改裝一下，裝修一下，也許還能賣出個價錢。這地方望出去很遠，能望到對面望不清楚的一帶幽幽的山巒。不能說沒有感覺，但感覺實在很平淡。再往下去又會進入人煙。背後一幢黑乎乎的東西。若是一人住在最高那扇窗框子裡面，哪怕只有一瞬，也會長於千年。

8.59先生收到一封信。一看就知不是發給他的。這樣的錯信，一般兩三年都有一次。那個國家的人發電子郵件，頗有法律意識，一般都會在信的下方來一段警示文字，說：此信只發給應收件者。所含內容不得在任何其他媒體傳播。若收件者不是本信意圖中的收件人，請予告知並即刪除。這與這個國家的人完全不一樣。他們還沒有這種法律意識，他們甚至沒有一般的寫信意識，往往會把信的內容直接寫在本應寫主題的地方。有些無度的人，會把整封信都寫在本來只寫幾個字的主題那一行裡。這造成郵件管理的困難。這都不去說它了。且說來信者——一個郵寄地址為00000000的人——寫的東西，一望而知是對收件者某篇東西的評論。他既沒有馬上把東西刪除，也沒有告訴對方發錯了郵件，而是決定先把東西看了再說。這麼做的原因很簡單，他一沒偷，二沒搶，三沒像斯諾登那樣進人家網站檢索查閱，四也不是突然在銀行帳戶裡收到一筆百萬大單轉帳，立刻拿了就去消費。他只是想看一眼這人寫的是啥東西而已。之後是留是刪，決定權在自己手中。於是他就看了。下面就是他看到的東西。

> 你的評論整個兒看上去不錯。我不知道你想從我這兒知道什麼。一般人寫了東西，都希望別人點贊，不喜歡別人提出不同意見。即使像你說的那樣，很希望我提出意見，我也不知道你究竟希望我提意見到何種程度。不過，既然你主動邀我提意見，我想我只能不揣冒昧，提出我的看法。不一定都對，但也不一定都錯。反正是一種交流和溝通。還是中國那句老話：有則改之，無則加勉。
>
> 評論一個作家的作品，應該有一個時間觀念。舉繪畫為例。一般人看畫，看到什麼就是看到的什麼，前後錯置都沒關係。只關心裡面的內容、色彩、明暗、人物等。藝術史家不這樣。他們談到每幅畫時，總要在後面添上一筆，如1895年，或1921年，等。不要看這是一件小事。它能勾勒出一個時代，流派與流派的銜接或斷裂。比如，高更有一幅題為《鬼魂在守望她》的畫，是1892年畫的。有人認為這是他「醜聞」的證明。[18]他們有所不知的是，高更其實在此畫的11年前，就畫過一幅類似的畫，畫的是他自己的女兒睡

18 參見《高更：創作神話的人》：http://blog.sina.com.cn/s/blog_7e890a4b0100s18h.html

在搖籃裡。當然，1892年那幅不是「類似」，而是重複。[19]這樣的時間關係，對一個研究者來說，是不能不知道的。

人們可以置時間於不顧，把寫於1930年代的詩歌，放到2010年代討論，並把它當成好像是寫於2010年代的詩歌來討論，這是否合適，請你斟酌。

你寫的那位作家我略有所聞。我對他不是文學的瞭解，而是個人的瞭解。在你討論的他的一首詩歌中，你提到了該詩的種種特點，這都無所謂對錯，全憑作者發揮，但也許你不知道的是，他這首詩雖然發表在2013年的一本自譯詩集中，卻並不是2013年寫的，甚至不是2003年寫的，也不是1993年寫的。這首詩的寫作日期比1993年還早，應該是1987年前後寫的。在這麼長的一段時間裡，他的詩歌在時間、語言和語境上發生了什麼變化，你都隻字未提，你覺得這合適嗎？即便你認為這都沒必要，你至少也應該用一句之長或一個註腳之短，把你認為沒必要的理由寫出來，讓讀者去自行評判吧。

寫文章，一是忌諱別人已經討論過的東西，除非你能討論同樣的東西，卻能舉出驚人的發現。二是忌諱大量引用名人名語，為的只是證明自己是對的。三是忌諱借題發揮，自說自話，給人更多的感覺是自炫，而不是開掘和發現。這三方面的問題，你的文章中似乎都有。請你仔細再看一遍，看是否有這個問題。

還有一些問題，是國內學生（包括教師）用英文寫作的通病，如時態不對、引用書名未用斜體、引文第一個字母沒有大寫、文章格式未經周密排列，過於擁擠，等。最大的問題莫過於，把你自己腦中認為的中國的真理直接拿出來，也沒有任何註腳就放上去，彷彿那是放之四海而皆準的真理。

還有一個問題，我不知道是不是問題，那就是根據你引用的資料來看，你對這位作家的書看得並不充分，他的許多更有份量的作品，你文中完全沒有提到。這只可能有兩個原因：1. 你沒有看過這些作品。2. 你看過後並無感覺或認為太難而不想提及。這對一個專心于該作家的論者來說，可不是一個好的徵兆，可以套用盲人摸象那個成語。這些所謂「更有份量」的作品，是他的*Loose: A Wild History*和*The Kingsbury Tales: A Complete Collection*。這些都是評家鮮論的作品，為後人提供了某種很難的捷徑，但可惜的是，你

19 參見Robert Hughes, *Nothing if not Critical*, p. 150.

沒有走這條本來可以走出來的難道，而是繼續在容易的路上前行。

假定我是我認識的那位作家，我會覺得頗為失望。一個作家還活在世上，作品就被如此評判，倘若他不在人世，誰也不知道他的作品還會被說成什麼樣子。但是，時間，時間啊，人們是不是要停下來，走一步，回一頭？

哦，對了，這篇文章最大的另一個問題是，對這位雙語作家的中文作品，你的文章隻字未提，不僅錯失向世界介紹的良機，而且只取其半，即英文的那一半，對一個生活在「雙」中的作家來說，也是頗為不公的。

看到這兒，8.59先生敲了一下刪除鍵，把文章刪掉了。嘴裡嘟囔了一句：什麼東西！

看報的人早上從Facebook上看到一則新聞，介紹了一位66歲的德國藝術家，名叫Anselm Kiefer。此人說的一句話吸引了他。他說：「藝術很難。不是娛樂。只有很少的人能就藝術發言。……花錢買藝術是不懂藝術。」他還談到Damien Hirst，說他是個搞「anti-art」的。但他說，「anti-art」也是藝術。他不滿現在一切求新的現象，他認為，只有進入過去，才能創新未來。[20]

嗯，他點點頭，覺得不錯，繼續看別的。現在看到的這個新聞，出現在澳大利亞墨爾本的*The Age*報上，他只掃了一眼，興趣不大，因為是一個澳籍華人在臺灣被指控犯有為中國提供情報的間諜罪，此人名叫Shen Ping-kang，應該是個名叫「沈平康」的臺灣籍的澳大利亞華人。[21]不過，他懶得再看臺灣的報紙去查證落實。他繼續往下看，凡是不好看的都不看，有意思的也只是晃一眼。正要接著去看*The New York Times*時，一眼瞟到一篇文章

20 參見「Anselm Kiefer: 'Art is difficult, it's not entertainment'」（文：http://www.theguardian.com/artanddesign/2011/dec/08/anselm-kiefer-art-white-cube

21 參見「Australian man Shen Ping-kang jailed in Taiwan for spying for China」（文：http://www.theage.com.au/national/australian-man-shen-pingkang-jailed-in-taiwan-for-spying-for-china-20141003-10pxk7.html

標題，就進去了，原來這是一個視頻，講第一次世界大戰一位陣亡的澳大利亞士兵，戴在腕上的一張「名片」—那是一塊做成澳大利亞地圖形狀的銅牌，上面刻著他本人的姓名和部隊番號—被他家人在一百年後從法國找回到澳大利亞的家。《紐約時報》基本沒有可看的。他決定今天的看報活動到此結束。

8.59先生看了一下電腦上的表，正好是8.59am。也就是在這個時刻，「非故事」三字進入了他的大腦。他並不知道他的大腦在哪兒。他當然知道他的大腦在他的頭顱裡面。但他從來沒有把頭顱打開，也不想在有生之年讓人把它打開，知道打開後裡面除了一大堆貌似豆腐的東西，和血，什麼都沒有。如果要在裡面找到「非故事」三個字，那肯定是枉然。既然已經出現，他就要好好想想，這個天外飛來之物，究竟是個什麼東西。他仔細分析自己為什麼隨著歲月的流逝，越來越不喜歡看書，為什麼書要想盡辦法邀寵，以該著作者名氣有多大、得了多少大獎、有多少名人寫了多麼強烈的書背語，來提高自己的檔次和銷量，卻又往往適得其反，沒有多少人看，甚至連書店都不再放上貨架。他記得每次去S城的TESCO買東西，總要爬到最高樓層的那家新華書店，去看看有什麼新書和好書。那裡店面很大，但買書的人很少。在這個地方做營業員，工作應該是最清閒的。他們站著聊天，無所事事，無所適從，但久已習慣之。他們把勵志類的圖書，放在一進門就能撞見的地方，這叫做開門見書。作用不大，一覽無餘。這家書店用漢字寫成的當代小說花花綠綠一大片，就是沒有一隻眼睛往那兒瞧，連少年的眼睛也沒有。過幾個月再來，那個地方還是綠綠花花一大片，但標題都不同了。是被賣掉了，還是打了紙漿，誰都不知道。外國小說都靠牆，越來越精裝，也越來越翻不動了。還不如直接買張機票，親眼親身到外國去看。所有的書，幾乎所有的書，都包上了塑膠紙，像糖。唯一不像糖的地方，是塑膠紙是透明的。妨礙第一時間親密接觸。有時看上一本，處於想扯又不想扯之間，結果往往是不扯。嫌煩。沒有猛料，政治猛料、藝術猛料、性愛猛料、哲學猛料、詩歌猛料，最後不是空手而走，就是頂多買一兩本充數，回來翻翻發現不好看。書不好看，等於飯不好吃、菜不好吃。看過去的書，離現在太遠。看現在的書，離現在太近。看將來的書，還沒有寫出。等過幾年寫出了，又是差不多的，沒什麼貴氣。也許，我們真的進入了無書時代？好像為了證明8.59先生的想法，他於那天晚上8.59分，發現書店已經搬了。走進已搬家的書店，立刻倒吸了一口冷氣。如果說搬家前書店是一座足球場面積，那搬家後的面積，比一家公共廁所大不了多少，而且這家公共廁所書店的大部分面積，賣的都是課本。人還挺多的。剩下的文學，全放在一架書櫃上。很方便地置於一個角落。並且全是外國文學。有哈代、有勞倫斯、有福樓拜、有托爾斯泰。厚本的、精裝的、死的。沒有一根指頭去摸。這個時代的指頭，都在觸屏，都在發短信，雙拇指地發，單拇指地滑或刷或點。哈代們、勞倫斯們、福樓拜們、托爾斯泰們如果九泉有知，可能不是含笑，而是含哭了。寫書何為？一頭豬吃了就吃了，什麼也留不下，頂多是吃進嘴巴時，被人小贊或大贊一下。又是一個舌尖上的什麼什麼。在什麼什麼都是舌尖上的什麼什麼的時代，還寫書為何又為誰？當年不就是有那麼一點幻想，有那麼一點幻覺，東西寫出來了，如果寫得好，不僅活著的人看，活著的人死了以後，他們還繼續活著的下一代、下幾代也能看，從這個角度看，書是不死的，也死不了的。現在好了，舌尖活著，不是為了舔書。指尖活著，不是為了翻書。眼尖活著，不是為了看書。人尖活著，比任何時候都更野蠻，只是為了活著而活著，為了看圖、發圖、截圖。連一頭豬也能驕傲而狂妄地說：看，你們這些寫書的，再也不比我崇高了。從前你們老笑我，說我把自己吃肥，就是為了讓別人吃肥，吃肥被吃肥了千秋萬代，也沒有留下一字痕跡。是滴，你們留下了億億文字，其結果是眼睛不勝其累、不勝其煩、不勝其不堪，乾脆不看，等於沒寫。大師們，承認你們是大屎吧。

睡覺的人突然感到燥熱難堪，手指頭摸著頸子上癢癢的地方，好像又被蚊子咬了。翻了一下身，又翻了一下身，就下床去解溲了。拉得並不多，也許才半夜，摁下馬桶按鈕，馬桶又大叫起來，很久才停。睡覺的人站在那裡聽它叫完才走，怕出現曾經出過的事情：水一刻不停地流著，怎麼按也不停，只好打電話給plumber。幸好不是半夜。睡覺的人聽完了馬桶的叫聲之後，回到床上繼續睡覺。先側身睡在自己右邊，沒感覺，沒睡意，又睡在自己左邊，面朝窗戶，晦暗不明的窗戶，還是沒有睡意來襲。睡覺的人覺得，應該查看一下幾點了。一般他不喜歡查看，因為一查看，就會進入被時間牽著鼻子走的狀態，過一會兒就想：幾點了？過一會兒又想：又幾點了？長此以往，成精神病。睡覺的人還是爬起來，看了一下手機：5.19分。睡覺的人重新倒下去，這邊睡睡，那邊睡睡，閉上的眼睛裡老是出現一個畫面：那個瘦瘦的，經常全堂不曠課，卻倒頭睡去的學生，這天卻很精神地朝他走來、逼近。他預感到要出事。眼睛看著那個小頭，朝他走來。那人把他抱在懷裡，不容分說地把一把快刀捅進他的心臟。他倒地死去。睡覺的人換了一個形象，又看見那人走來。這回他厲聲問：你要幹什麼！逼近的那個瘦子不作聲，繼續逼近，於是睡覺的人說：我是學過武術的，跟著就一聲大吼：嘿！擺出一個兇猛的架勢，讓全班的學生都看傻了眼。那個瘦子卻什麼動作都沒有，只是站在那裡一動不動。睡覺的人睜眼瞧了一下，窗戶已經白了。睡覺的人歎了口氣，想：昨天中飯後睡了一個午覺，約有三個多小時，今天準備7點起床，少睡了兩個小時，等於大致扯平了。睡覺的人又閉上眼睛，希望能有某種睡意把他打昏，讓他被手機鬧鐘吵醒，然後滿意地發現，已經7點了。沒有這種睡意來臨。已經不可能再入睡了，連昨天晚上做過什麼夢，一點都不記得了。睡覺的人又歎了一口氣。他想到那個寫作的人，寫了一本令自己難受，也令別人難受的書，什麼得獎的機會都失去了，就連申請獎的機會，也因把那本書作為支持材料，也失去了。睡覺的人歎了一口氣。他們都說現在是最美好的，比如電視臺，比如電臺，比如人，把每時每刻都照下來，可是過了若干年才發現，現在的這個現在，到了那時，就遠不如那時的那個現在。為什麼人都把眼睛閉著，盲人一樣地誇耀現在？街邊那個賣什麼東西的老頭，一邊抽煙，一邊把放著河南梆子的收音機開得賊大。他就是一個現在過得十分不如意，卻裝著一切都正常的人。沒有人來買他用米糕做成的圓球，裝在兩個山大的塑膠袋子裡。

睡覺的人又歎了一口氣之後，就睜開一隻眼睛，讓另一隻眼睛繼續閉著，通過壓在額頭的臂彎上，看著越來越白的窗戶。還是乾脆起來吧。睡覺的人看了一眼手機：6.01分。

睡覺的人坐到桌邊，聽見了外面清秀的鳥叫，和編織著晨光的蟲鳴。現在，沒有人的時候，還是美麗的。睡覺的人想起昨夜熄燈後，很久睡不著的情況。那時，什麼聲音都沒有了，連曾經伴隨他幾個晚上的樓上馬桶漏水聲都沒有了。他有點後悔，不該通知物業，讓他們把樓上水管關了，並通知他們需要修理。那人說：樓上馬桶漏水，樓上的人自己並聽不清，但樓下的聽得倍兒清楚。水錶走得極快，已經要多繳很多水錢了。有那個聲音在，孤獨的感覺也要少很多。

Wu Guo生活在這個國家的邊緣。他無動於衷地看著這個國家的膨脹和惡化。Facebook的一張照片上，照著許多這個國家的人，把手提箱在身後拖著，裡面裝的全是奶粉。別國的奶粉。用別國的產品，滋養自己的下一代。呼吸自己呼出的人氣。在一個什麼揭幕儀式上，文學成了一批名字裝腔作勢的名字的口實。他清楚地知道，耄耋之年往往是斂財達到如火如荼程度的頂點。他看見一個人，一個女的，把手伸進肥得流油的垃圾桶裡不停地翻找著什麼。他看見有人在暴走，有人在牛拉松或河馬拉松或荷馬拉松。這和他一點關係都沒有。他預計自己的日子不久將來到。他的一個朋友去了非洲，也許又在那兒娶妻生子。人在重複過去的美好日子。一個人剛死，便重新又出了一次名。照片佔據了很多顯著的版面。早就等著寫訃告和憶舊二三事的人有福了，急就章地寫出了不少不新的東西。剛死的人後來發現他還沒死，於是感到感激。他覺得還是不出名的好。有二三人憶舊比寫二三事要好。他看見那些小地方的文人紮堆紮得小人之交甜如蜜，把文學弄成了車或房子，貌似永遠立於不敗之地的感覺。

他被動地生活在這個國家的邊緣，把自己死掉，用那個曾被他人詆毀，又被自己人—自己人？不，他人—玩弄於股掌之上便輕易得獎的那個語言寫字，暗無天日地寫字，明知永無出頭之日地寫字，就像一種遭到拒簽的無國籍語言，尚無任何可以發表的管道，包括目前所有的媒體和自媒體，只有在屬於他Wu Guo的指尖下人性地、任性地葳蕤。在死中生長死。這是一個小人活得最滋潤的時代。名聲很大的小人。在這個國家。他垂死地活著，聽見風呼呼地吹。我們引入這個人，只是為了繼續講他的非故事。

護照學者坐在對面。眉毛很濃，臉是黑的，臉型方正，一頭濃發，一撇小鬍鬚，撮在下唇下。那頭濃發有點像草，他把五根指頭伸進去一攪，頭髮就順著指頭的方向改變了樣子，顯然是很硬的那種。無論頭髮還是鬍鬚，都小部分地打了霜。他講的英語聽不出印度腔。據他說，他如果回到大吉嶺，那兒的人會因為他的英語太純正而瞧不起他。自殖學者跟他十年前在丹麥見面時，是在奧爾胡斯。那時他自己是個詩人，還不是自殖學者。他在L家見到護照學者，那時他還不是護照學者，只有一種護照想法。記得他們在一次談話中，那時還不是護照學者的P，是這麼回答詩人提問的。詩人說：你現在是丹麥護照了吧？護照學者說：不是的。說著就把他的護照掏出來，讓詩人看。那是一本深紅色的護照，顏色頗似葡萄酒色。詩人驚奇他為何不像大多數人那樣，在D國生活二十多年，卻始終面不改色，護照也不換。護照學者說，那是因為，他並不急於把自己改變成任何一個國家的任何護照，也就是說，他不會像很多人那樣，一去某個國家，喜歡上了那個國家，就立刻決定成為那個國家的人，把自己國家的護照換成那個國家的護照。這跟西方女人嫁人後，娘家姓立刻退居二線，馬上就跟老公姓不一樣。「你們國家，」他說。「據我所知，女人嫁人後，依然姓著自己的娘家姓。難道不是這樣嗎？」詩人說：「是的。但我們國家的人，只要去了第三國，特別是如果很喜歡那個國家的生活時，就會忙著取得該國的綠卡或永久居留身分，隨之成為該國公民，把本國的護照扔掉，取得該國護照，彷彿那是什麼了不得的大事，一種超乎一切之上的成就。」

護照學者說：我們國家的人也是這樣，儘管我並非如此。我也沒有崇高遠大的理想。對我來說，我已經有了一個護照，就像我已經有了一個姓名，無需動輒加以更換。這沒有什麼道理，甚至都很不方便。印度的護照，可能是世界最難取得簽證的一種，比你們國家的還難，但我已經習慣了。拿著這本護照，我想去什麼國家，都可以去，也都去過。」

詩人有些自慚。他原來那個國家的護照，早已不知丟在哪個角落，而現在這本護照，隨時帶在身上，好像護身符一樣。也許，他對自己想，也對自己說：除了經濟因素之外，民主也是一個決定因素。

十年後，他們在上海重逢，街對過是大韓民國政府的舊址，緊隔壁是一個既生活，又展示的石庫門。下午的路上，來來往往的有人和車。有不屬於白種人，但頭髮是黃的女人。有個年輕女人的腿露出的部分過多，引得兩個白髮蒼蒼的白人目不轉睛地看。還有一個女的走過來，停下，黑色皮鞋的尖尖沖著這邊，看不見其跟子，但估計相當高，她男的在她旁邊停下，欲走不走的樣子，接著就又走起來了。她轉過身去時，可以看見鞋跟高了起來，黑鞋跟的上面，是很白很長的腿子，然後走掉了。這時，有護照看法和想法的那個朋友，已經成了護照學者並準備寫一本關於護照的書。他這時的想法，已經跟過去有些不同了，儘管正在考慮不再當詩人的詩人覺得，他的想法似乎依然不甚清楚。護照學者說：護照沒有意義，不過是一張蓋了印的紙。可有可無。在大吉嶺，誰也沒有護照，也不關心你有什麼國家的護照。那兒有尼泊爾人、說廣東話的中國人、印度人、西藏人，各人說各自的語言，做各自的生意，語言就是他們的護照。如果拋棄護照，在那兒住下來，做一個小生意，你到哪兒都不用去，也就用不著護照了。

接著，他建議不想當詩人的詩人，去看一部名叫Terminal的美國電影。那裡面演了一個沒有護照的伊朗人，在機場的夾縫中，生活了十三年，靠乞討度日。他同意不想當詩人的詩人的看法，即這完全是美國化的再現，把一個人塞進夾縫，像實驗室中的白鼠一樣，觀察研究他這只人鼠的活動。他更傾向于不想當詩人的詩人的理想：到一個沒有工業化污染和高速發展社會的食品污染和空氣污染的地方住下來，把一紙護照撕得粉碎，把自己還原成一個下民，過著有憂有慮，但不是當代社會那種為了不想付過路費而幾百萬輛車在同一個時間擁堵到路上開不動的那種有憂有慮的生活。

因為提起了美國那部電影，他們的談話中引入了一個新的話題：stateless person（無國籍人士）。這是一個更令不想當詩人的詩人感興趣的話題。此人參加一次國際會議時，曾遇到一個長得很美，但卻沒有國籍的女性。她提交了一篇關於無國籍人士的論文。該人叫什麼名字，該文談論的什麼，不想當詩人的詩人早已不記得了，只記得該人長期住在日本，也只記得該文似乎是在為爭取改善無國籍人士地位而大聲疾呼。不想當詩人的詩人倒覺得，她不應該疾呼，而應該讚美、歌頌。無國籍人士，那是多麼值得羨慕的一個職業，一種身分，一種生活方式呀。廣播喇叭裡放出任何一個國家的國歌，包括你出生之國的國歌時，你都可以不起立，不用起立，不用假假地把手放在胸口，不用假假地閉上眼睛，嘴裡還作出似乎在跟唱的動作，讓人覺得你好像有多麼愛國。無國籍人士就像無忠誠人士一樣，不用對任何人忠誠，像錢，走到哪兒就生活到哪兒，吉普賽人一樣，空氣一樣。空氣從來不需要護照，雲樣，雲不需要護照，也就不需要簽證，飄到哪算哪，看見那地方好，化一陣雨，就落下來了。人就應該這麼生活。

他小放了一番厥詞之後，護照學者容忍地笑笑，跟他約定，再找一個時間在這個國家看能開展些什麼活動，因為邀請他來的那個大學，居然什麼活動都沒有跟他安排，把他像無國籍人士一樣懸置起來。

問：我們繼續接著採訪好嗎？
答：我以為早就已經結束了呢。
問：怎麼會呢。採訪才剛剛開始，更多的問題還在後頭呢。
答：哦。你要問什麼你就問吧。

問：我想問你，作為母語為漢語的人來說，用英語創作有未來嗎？

答：沒有。

問：為什麼？

答：首先，你的語言永遠比不過native speakers（說母語者、寫母語者）。其次，你活在非漢語國的環境中，卻沒有活在非漢語國的母語中。再次，你寫的內容永遠超不出你的母語、母文化、母經驗、母生活的範疇。

問：什麼是「母文化、母經驗、母生活」？

答：你不妨多問一句：什麼是母語？就連這個詞，本身也是有問題的。例如，現在很多單親家庭裡，孩子從一出生，就只看見公的，沒有母的，有父無母。他或她的語言，是從那個公的父親那兒學來的。在很多非漢語國家，同性戀廣為接受。我最近一個同性戀詩人朋友，把他跟已婚男友剛生下的嬰兒照，曬在了臉書上。這樣的孩子從出生到長大，接受的語言只可能是父語，不可能是母語，說句不帶貶義的玩笑話，只可能是公語，不可能是母語，只可能是男語，不可能是女語。

問：那「母文化、母經驗、母生活」呢？

答：母，其實只是個說法而已，一個不動腦筋的說法，意思就是你出生長大在其中吃過飯拉過屎的文化經驗和生活。冠以母字，免得解釋。

問：不是有很多來自漢語背景的人，用英語在寫作，也頗得到認可嗎？

答：認可？誰認可？

問：主流社會呀。

答：你是說白人，對嗎？

問：就算是吧。

答：是。白人，這是最排外的一類人，他們一唱雄雞天下白之後，就恨不得把所有的其他顏色抹掉，他們的恨跟他們的白一樣，他們的愛，也跟他們的白一樣。他們可能「認可」某些用英語寫作的漢語背景的人，但那同嘗鮮差不多，為的依然是加固其白。所有的顏色中，白是最脆弱的，也最不能容忍的，因此時時刻刻高度警惕，害怕其他顏色入侵，不讓其他顏色浸染。至今，他們還把非白背景的作家稱為「Writers of Color」（有色作家）。我不就是這樣入選了一本美國雜誌的「有色作家特刊」的嗎？

問：美國還這麼落後？

答：美國可能是世界最先進的國家，例如，最近世界排行大學名單中，位列前五的都是美國的大學（含一家英國的，即牛津大學）。這能說明任何問題嗎？問題不在於誰被評為最佳，而在於是誰評的，憑什麼評的，評委的顏色是什麼，全白還是部分被洗白，什麼國籍，什麼身分，等。

問：「洗白」？

答：即雖然出身有色人種背景，但價值觀、思想觀念無不打上白人烙印的人，故謂「洗白」。這些洗白者看似外表跟你一樣，但內心跟你完全不一樣，他們比白人還白，雖然外面那張皮是黑的、棕的、黃的，但那張皮早就黃了。我說這話你明白我的意思吧？

問：「黃了」？不太明白。

答：早就只是一張遮白布。不信你讓個黃人出庭受審，讓另一個黃人出庭審理，這個黃人以為，那個黃人會對他從寬，卻沒料到，最後的結果是，那個黃人卻對他從嚴，比白人還要從嚴。原來那個黃人的皮下，比白人還白，不妨說他是雙重白人。

問：這跟寫作有何關係？

答：關係大著呢。一個在英語國家的漢語背景人，如果想憑英語寫作決一雌雄，獲得勝出，那基本上是沒有希望的，也許死後還有點人種學的希望。

問：「人種學的希望」？

答：也就是說，在其人死後一百年或一千年中，或許來了一個人種學者，對那個來自漢語背景的寫作人產生了興趣，想知道其人作為一個血統、血質、語言、文化等都不同的人，是如何克服漢語，進入英語而寫作的進行一番研究，以此延長其飯碗的可持續性。

問：除人種學之外呢？

答：當然也有社會學方面的原因。例如，那個國家白人設立的所有大獎，也就是獎金最高的獎項，也像白人一樣白，比白人的工人階級還要白，從建獎以來，就像從建國以來，從來都不打算給任何非白人的，哪怕洗白的人也不給。它只發給那些查三代後還純正的人。這已經為歷史所證明，不需要我贅言。他們當然不會直說，誰都不會那麼傻到那個地步，說：我們這個獎只給白人，最好的白人，寫得最好的白人，那麼做就傻A了、傻到A了。他們會說：我們的這個獎所頒發的人，作品都是經過周密思考和對比之後遴選出來的，代表著我們這個國家文學的最高水準。

問：真的是「最高水準」嗎？

答：誰知道呢，他說是，那就是。他要給，那就給。個人的胳膊怎麼能扭過國家的大腿呢。有色的臉怎麼可能玩過無色的臉呢。

問：是白臉吧。

答：白臉就是無色臉，最受你們那個國家人崇拜的臉。

問：我們那個國家？

答：結果評出的最高獎作品，過了若干年後再看，幾乎看不下去。無非是打造國家大廈中的一塊磚頭、無色磚頭而已。

問：什麼意思？

答：意思就是說，那個國家為了打造一座堅固無比的無色大樓、白色大樓，對凡是參選的磚頭，在尺寸、材質、顏色、用料、成色、族性、文化內涵、思想價值觀等方面，都進行了嚴密的甄選和評估。經過如此密不透風的審查之後，品質不合格的磚頭產品，就會被剔除，而這裡面最先被剔除、剔出、踢出去的磚頭，往往都是有色磚頭。關注一下那個國家的發獎史，就是觀照一部剔除史，一部重複史（把同樣的獎連續數次地發給同一個人），一部無色史（你知道的），一部看不下去史。

問：我們換個話題吧。

答：怎麼，你也聽不下去了？

問：美國不是還把一個大獎給了一個黃人嗎？

答：美國是美國，那個國家是那個國家，這是不能同日而語，也不能同語而日的。還是自戀的人好。

問：你的意思是？

答：自戀的人，在這個時代和你們那個國家正層出不窮地湧現出來。這樣的人，是治癒無色病的最佳良方。他們每天都給自己發獎。高興的時候，還逞能、逞性地給自己發諾貝爾獎，比如我知道有一個性工作者，就放言說，她寫的一本書，可以獲得諾貝爾色情文學獎。

問：那是誰呀？

答：是誰並不重要，自戀比這個重要。一個自戀的人，可以看著自己剛剛拉出的屎說：哦，這真是無價之寶，稀世黃金！有誰能比我拉得更漂亮、更快、更徹底啊！我剛剛拉出的屎，絕對應該得諾貝爾人屎獎。

問：哈哈，哈哈，哈哈。

答：你笑得很好聽，很動聽，應該發給你諾貝爾自笑獎。

問：你太過獎了。

答：哪裡哪裡。

問：一個問題，剛剛從海裡冒出的問題，腦海你冒出的問題：你覺得在這個不再閱讀的時代，寫作還有任何意義嗎？

答：有哇，對你們那個國家的寫字人（那些人自稱作家、大師什麼的）來說，很有意義呀。

問：我是問你自己怎麼覺得？

答：我自己沒有怎麼覺得。

問：什麼叫「沒有怎麼覺得」？

答：我不太關心這個問題。有些人到了年齡，把寫作看成是自娛自樂，無異於打牌、下棋、聊天、喝茶、玩遊戲一樣。你問他們寫作有什麼意義，他們會這麼告訴你。

問：那你呢？

答：還有些人把寫作當成搞關係，借此跟大家混個臉熟，有吃有喝不說，還有照（跟名人拍照）、有玩（到各地開會，遊山玩水玩人）、有名（所有東西都放到網上和微信上去了）、有得（勞務費、差旅費、禮物等）、有關係（關係網又因名片、手機號碼、留言或短信增加了噸位）、有面子（這個你知道的）。

問：嗯，說下去。

答：還有人想寫得處處都留下他或她的文字，除了像古代皇帝那樣隨處刻石一樣，因為那在現代是辦不到的。充滿啊，充滿，把所有雜誌、所有報紙、所有圖書的所有版面空間都充滿文字，其結果是——

問：什麼結果？

答：不要打斷一個受訪人的話。

問：對不起。

答：我也對不起，因為已經忘記要說什麼了。

問：你談到了「結果」。

答：哦。是的，結果往往無果。之所以事與願違是你們那個國家產生的成語，就是因為你們那兒有產生它的土壤。為什麼沒有天不落字這樣的成語？

問：我也不知道。

答：寫再多的字，像你們那個國家的人喜歡號稱的那樣，我寫了多少多少百萬的字，什麼什麼的，其實還沒有一個貪官貪的幾十億人民幣的數額多，也是沒用的，一個字都掛不到天上，一掛就落下來了，就算你有本事你有錢，能租來一架飛機，用拉煙方式把你的大名寫在天上，要不了一兩分鐘，那名字就會崩潰崩塌，垮成一段段的，從什麼地方吹來一陣什麼風，就吹得煙消雲散，渺無名跡了。再說了，在你名字持續的那一兩分鐘時間內，幾百里以外、幾千里以外、幾萬里以外，地球這個圓球的另一邊，是絕對看不到你這個被煙拉出來的名字的。還有，就算有很多人抬頭看見了，那跟田野上幾頭牛或幾頭羊或地上跑的幾條狗抬頭看見時又有多大差別？

問：你想說的是，你是一個無名論者，是嗎？

答：還有一些，認准了寫作就是求贊的一個活計，把東西寫好，寫到人人只有讚美的程度。你想想，那是多麼可憐的一種活法呀，有點像小草，忽然之間就被人歌頌了。但還是沒長大，還是小，而且是野的。仍然不能吃。即便偶爾被食，最後還是被拉了。

問：你真好玩。

答：是的，寫作就是好玩，除此而外，其他無甚可談。你還想談嗎？

問：不想了。

答：對不起，我要走了。

問：這次去哪？

答：廷巴克圖。

手淫的人在世界的邊緣手淫。也就是說，他在肉的邊緣手淫。近處看不清他，因為他坐在一塊超大的岩石上，走遠能看見他，但還是看不清他，只能看見一個後影，頂多看見一個側影，看見他的坐姿和動姿。只有一隻在他發梢上停下來的蒼蠅，才有幸看見他在幹嗎。蒼蠅的眼睛比身體還大，不要以為蒼蠅不如人，什麼都不知道，知道了也不知道如何思想。那是因為人在用人的角度來評判。用蒼蠅的角度來評判人的話，人是最古怪的東西。這個手淫的人在蒼蠅的眼中正是如此。它不明白他為何要像奏樂一樣，手裡拿著一根東西動來動去，搓來搓去，還很有節奏。據這個曾在音樂廳中飛過的蒼蠅所知，任何一個交響樂團，無論有多少種樂器，長的、圓的、鋼的、木的、有弦的、無弦的、能敲的、能打的，都沒有這個人手中把玩的那種樂器。如果讓他把手中這個樂器拿到一次交響樂團演出中，做獨奏，那該是多麼有意思的一件事啊。蒼蠅當然不知道，人類可能還需要發展一億年，才可能發展到那個地步，但蒼蠅這時的確看到，那人面前有個電腦，螢幕上有兩個光身體的人在一對一地運動。雌的面朝一個方向，雄的面朝的也是雌的方向，只是在雌的背後。雄的也有一根類似的樂器，但從後面插入了雌的身體。插入了又拔出，拔出了又插入。這麼被雄的做時，雌的好像一點不痛，反而發出欣快的喊聲，把蒼蠅嚇飛了一會，轉個圈子又飛回來，停在螢幕不遠處能夠看到的地方。這一雄一雌，身上什麼都不穿，但雌的腳上卻穿著鞋，那是人類到處走動時必穿的一個東西。在這女人身上卻好像不是用來走的，起了某種裝飾的作用，因為是紅的，而且離去角很大，形成一個倒L形的凹口。

蒼蠅回頭看那個好像在演奏樂器的手淫的人，也是一個雄的，眼睛盯在螢幕上，手裡一動一動的，手裡的東西——樂器——隨著動作越來越大，也越來越硬，只是很遺憾的沒有聲響。蒼蠅又回過頭來，想看看螢幕上是否有新的變化。啊，蒼蠅倒吸了一口冷氣：兩個光人不見了，代之以一個穿了華服化了妝的人，上面看似一個雌的，下面卻從衣服裡露出了一個樂器，顯然是個雄的。這雌雄同體者令蒼蠅著迷。不移時，從斜刺裡伸過來一把雄的樂器，就被這個雌雄同體者用嘴接住了，隨後又被Ta塞進了自己那個用來拉屎的洞子裡。這個鏡頭，把蒼蠅也看呆了、看硬了。

須臾，演奏著自己身體那根樂器的人呻吟起來，從裡面湧出白色的樂曲。這個雄的用白紙把東西揩幹後，就死掉了。蒼蠅飛過來，伸出長喙，把白色的樂曲液體吸食，同時想：人的生活真的很沒意思。

讀書人在書已退位，眼睛成了圖畫的時代，還在看書，而且什麼都看。我們不妨把他這本書拿過來，看他看的什麼。這是一本英文書，標題叫做：*Mind of an Outlaw*（《無法無天者的大腦》。原來此人就是Norman Mailer，讀書人聽說過他很多書，但一本都沒看，這本買了後時看時不看，有些好看，有些不好看。他跟過去不同的地方在於，不好看的決不會因為花了錢而硬著頭皮一頁頁一字字地看下去，好像買了的菜一樣，怎麼都得想法吃掉，而是一翻而過，同時還記下一筆，不是為了作者，作者已經死了，記了也沒用，反正死人不讀書，生前把該讀的都讀光了，他死後別人名聲再大，得獎再多，也跟他沒有屁的關係，由此觀之，一個作家最大最好也最有效的報復，就是趁另一個或另幾個或另一批作家即將成大名之前死掉，這樣就讓同時代還沒死的人和世世代代被生出來的人唯讀他或可能讀他的命，而不用去關注任何人的任何東西了。這是多麼值得欽佩的一種自私啊！在自己身後劃一條線，對後世說：你們見鬼去吧！或者這樣說：你們來見鬼吧！當然前提是你敢於提前死。前提是提前？嗯，好玩。

他看了一篇題為《The Crazy One》的文章，怎麼也看不下去，一鼓作氣翻到該文最後，整整有二十多頁呢，寫道：「不好看，未看！」然後在下面注明：「10月6日夜於xxB0B床上。」隨後跟著又看了一篇，題為《Black Power》，幾分鐘就掠過了，評道：「不太好看！」還有一篇長文，長達30多頁，題為《Superman comes to the Supermarket》，發表於1960年，他也看不下去，最後用英文評了一句：「Skipped. Can't read it.」（跳過去了。讀不下去。）他現在有點後悔的是，當時沒有記下寫這句評語的時間和地點。他覺得應該是在坎培拉。但沒有記錄，也就等於沒有記憶。所謂想像，是這樣一種東西，如果後人想寫一部諸如他這樣的一個圖書殺手的傳記，就只能憑藉自欺欺人的「想像」，來這麼煞有介事地介紹一番：圖書殺手當時在摩洛哥翻完了這篇文字，但怎麼也看不下去，於是，……」。其他的就不容我贅述了。讀者—其他讀者—可以任意想像。

現在，他無聊地翻看著他曾經看過並打過底線的地方，那都是他比較欣賞的一些話。比如這句：「We are close to dead…the world is entering a time of plague。」（p. 209）[22]那意思翻譯過來就是：「我們跡近死亡……世界正在進入一個瘟疫時代。」電腦給的是「文藝時代」，但讀書人立刻刪掉「文藝」，改成「瘟疫」，其實都是差不多的東西。值得注意的是，這段話是1966年發表的一篇文章中說的。他又翻到一個地方，看到Mailer引用「偉大的醫生詹姆斯•喬伊絲大夫」的話說：「silence, exile, and cunning」（沉默、流亡和狡猾）。（p. 213）嗯，這段話英文雖然只有三個字，但意味深長遠大，讓人想起蘇武牧羊，裡面未必沒有cunning。還想起姜太公釣魚，裡面也未必沒有cunning。還想起某個自稱流亡的漢語詩人，自稱裡面也未必沒有cunning。須知，cunning一詞也有狡詐的意思。只有徹底的虛無者，才會徹底消失，而不肯留下一絲一毫的痕跡。其他的一切，都跟cunning的目的有關。

在一個地方，梅勒稱讚貝婁道：他有一種「childlike impulse to say what he thinks」（p. 199）（孩子氣的衝動，心裡怎麼想，嘴上就怎麼說）。讀書人喜歡這個，並覺得，在生他養他最後被他拋棄的那個國家裡，沒有一個作家夠得上這個基本水準。什麼是底線？這才是底線。沒有這個，寫什麼東西，寫了又有誰要看？

這天晚上，讀書人—我們不妨就叫他Du Shu Ren，姓杜，叫樹，叫仁：杜樹仁—睡覺之前，在床上又翻起梅勒來，這才想起，他覺得有意思的那篇文章頭天還沒看完，是關於1972年拍攝的《巴黎最後的探戈》，一部杜樹仁沒看過的電影。梅勒對這部電影的評價是：We are being given a fuck film without the fuck. It is like a Western without the horses。（p. 295）（讓我們看了一部沒有操逼的操逼電影。就像一部沒有馬匹的西部片），這話可是1973年就說了的，要是在這個國家，還不早就挖眼割肉一般刪除了！梅勒還說，那部片子裡充滿了「aesthetic pollution」（p. 295）（美學污染）。哈，美學污染。很好的說法，稍微改一下，成為文學污染，就能很準確地形容這個國家的文學。入眼的都是華辭麗句，卻無一字動人動心。梅勒還這麼形容這部片子：For we have been

[22] 參見Norman Mailer著*Mind of an Outlaw*. Penguin Books: 2013.

given a bath in shit with no reward。（p. 294）（讓我們在大糞裡洗了一個澡，卻沒有得到任何回報。）梅勒在1973年（那時，很多70後的還沒有出生，80後的還沒有射精孕育，90後的更不知在哪條黑水河裡）那篇影評中，引用了影片的好幾處對白，最讓Du Shu Ren吃驚的是這一段。他手累，不想打英文了，就直接把中文譯出來，如下：

> 男的對女的說：「我要去弄頭豬來，……我要去弄頭豬來操你……我要讓豬把東西嘔吐在你臉上。我要讓你把豬吐出來的東西吞下去。你要我這麼對你做嗎？」
>
> 「要。」
>
> 「嗯？」
>
> 「要！」
>
> 「我還要……你跟豬日B的時候豬死掉。然後要你從後面日它，我還要讓你聞豬死的時候放的屁。你願意跟我這麼做嗎？」
>
> 「是的，比願意還願意。比以前還想得厲害。」（原文292頁）

最好玩的，杜覺得，是男的對文字的把玩。當女的對他有求必應，想怎麼玩就怎麼玩，想怎麼操就怎麼操時，男的說：That's your happiness and my ha-penis。」（p. 296）這句話，杜覺得，是無法譯成中文的，頂多譯成：那是你的幸福，也是我的性福。但中文實在是一種被審查到乾淨得無菌的語言。人家的「ha-penis」裡面含了一個「penis」（雞巴），加了「ha」（哈）後，本意是「哈雞巴」，直譯就是：那是你的幸福，也是我的哈雞巴。沒有諧音了，也就沒有諧意了。

杜不擬再給梅勒更多篇幅，因為這個作家的東西並不怎麼樣，再說他還沒有全部看完，再說他打底線的地方也太多，一一撿出來評論，也沒有這個時間。

在他一大堆床頭書中，有一本是4個月前在S城買的，是馮夢龍的《古今譚概》，很文的一個標題，據說原來為了「商業效益」，為了「從時好也」，而改成《古今笑》，最後又決定「不'從時好'」，改回去了。[23]

對這種書，他採取了亂翻書的讀法。隨便翻到一頁，就隨便讀了起來。翻到一處發現，古人特愛吃人。有一個人愛吃人膽，「食人膽至千，剛勇無敵。」（p. 194）又有一人愛「生食人耳」。（p. 194）還有兩個勇士互相啖食，「因抽刀割肉，相贈啖之，肉盡而死。」（p. 194）這樣的書，看幾段就放下，不想看了，夜裡做噩夢。

讀書人發現，現在這種看書的方式，導致他什麼書都看，但一本書都看不完。唯一看完的是一本關於奧地利畫家的書，叫《Egon Schiele: The Egoist》。此人28歲就死了。畫了不少很奇怪的畫，最多的是自畫像，很多手都只有四根指頭。最有名的一幅畫的是他自己手淫的，整個人呈暗綠色，只有一個大雞巴是紅紅烈烈的，很硬。[24]有幾句話值得摘抄下來。比如這句：If the artist loves his work above all else, he must be capable of letting down even his best friend.（p. 139）（如果藝術家熱愛藝術超過了一切，他就必須能夠敢於讓哪怕最好的朋友也感到失望。）還有這句：Living is spurting out seed, spreading it, wasting it, and for whom?（p. 137）（生命就是射精，散播精子，浪費精子，但能為誰這麼做呢？）還有這句，是他寫的一首詩裡面來的：Everything, even what is living,/is only dead.（p. 132）（一切，就連有生命的一切，／都不過是死的。）好，讀書人說著，就把書合上了。把書合上，感覺就像把書槍斃了一樣。

他醒來時，發現還在看書，覺得就是在做夢時，人也須臾沒有離書。他進了一家圖書館，裡面放的都是澳大利亞的書，而且幾乎都是自己沒看過，也不屑看的。他覺得好像錯過了什麼。難道不是這樣嗎？就像裡面放的都是摩洛哥的書，或荷蘭或西非共和國的書，或海地或牙買加的書。總不能因為書不是英美法德俄奧意日這八國聯軍的書，就不值得看吧。它們可能還是天空中的八個星辰，人間的八大金剛，但它們不代表天空，也不代表人間，不能因此而抹殺、埋沒、遮蔽、遮暗其他微暗的星辰。想到這裡，他隨手從中抽取一本，就看了起來，發現這是一個從未聽說過的小說家。父親是大律師兼政治家，母親在她十二歲時自殺身死。她讀完悉尼大學後，跟同班同學結婚，便雙雙去了美國，好像就讀的分別是哈佛和耶魯。完了後就去了英國倫敦。是她先去，說好

---

[23] 參見馮夢龍，《古今譚概》（欒保群點校）。中華書局：2012〔2007〕，前言2-3頁。

[24] 參見Jean Louis Gaillemin, *Egon Schiele: The Egoist*. Thames & Hudson, 2006, p. 69.

男的隨後就來，但這個「隨後就來」成了永久未來。她獨自一人在倫敦終老，直至去世。52歲時發表了第一部長篇小說。65歲去世時，又發表過幾部長篇，但只有第一部是關於澳大利亞的，叫個什麼《穿黑衣的女人》。寫前言的人是她大學同學，後來當電影導演，曾導過《為黛茜小姐開車》等30多部電影。據他說，上大學時，只要提到家裡，這個後來的小說家從來諱莫如深。後來在倫敦居住期間，由於個性要強，喜歡挑剔，基本對同時代的寫作人沒一個瞧得上眼，朋友也都漸漸離她遠去。這個人姓St John，但別人發音為「聖約翰」，她卻堅持發Synjin（「辛謹」）的音。

杜樹仁看到這裡，不覺提起了興趣。一個完全不為人知、不為己知的寫作人，幾乎就像一塊礦石，是需要去提煉開發的。他有個性格跟別人很不一樣。凡是名聲大得幾乎遮天蔽日的人或書，你跟他講都是枉然。他肯定是不看的。不買，也不看。年輕時偶然上當，買了回來一看就後悔不已。年紀大了，心也靜了，用不著去追任何人。再厚重的著作，到他手裡，翻翻版權頁，看看介紹，再看看後面的書背語，看看開頭，再看看結尾，然後很快地迅速翻過幾百頁碼，不過十來分鐘，就可以幹掉一本五六百頁的東西，還能說出個大概來。所以有朋友稱他是「書籍殺手」。他對這個名號不置可否，既不表示喜歡，也不表示認同，也不加以拒絕。別人怎麼看，那是別人的事，他自有對付不讀書時代尚存有的億萬本圖書的方式方法。

「辛謹」的這本書，他就這麼看了起來，居然還是一個個字地在看。他注意到，女的跟男的不一樣的地方在於，一上來就寫女的，不是一個，而是數個，而且筆下的男的一上來就形象不好，被稱作是個「bastard」（婊子養的），那是書中一個好女人的丈夫，愛喝酒、沒有太大性欲、生不出孩子。老杜想：這人雖然不是造成「辛謹」母親自殺的生父，至少是她內心各種消極情緒的某種外化。他才看了幾章，尚不能得出任何明確的結論。

老杜看英文書，一般對用詞用字看得特別仔細，並常常從中文角度去考慮用字用詞。比如，看到一個地方，他就想：哎，這句有意思。如果用中文表述一個女裁縫嘴裡銜著幾根針，還接腔答話，譯成英文會是怎樣？應該就是她寫的那樣：「Miss Jacobs would…say around the pins in her mouth。」[25]還很難譯成中文，如果硬譯，大約要譯成這樣：繞著嘴裡咬著的幾根針，從嘴邊說話。說著還自己試了一下，發現，哎，還真有那麼個味道。

[25] 參見Madeleine St John, *The Women in Black*. Text: 2012 [1993], p. 11.

英文跟中文一樣，也是個很不邏輯的語言。現在都愛說什麼「嚴重祝賀」，什麼「屌絲」，什麼「吐槽」，都是些很不邏輯的玩意兒。「嚴重祝賀」讓人想起嚴重錯誤，「屌絲」讓人想起屌，「吐槽」讓人想起豬槽。這本小說第四章一開頭就來了一句：「Fay Baines was twenty-nine if she was a day」。（p. 12）這是什麼話嘛！這要譯成中文，那不成了：「費・貝恩斯二十九歲了，如果她是一天的話」。這話怎麼看怎麼不像話。老杜喜歡查字典，而且特別不喜歡查英漢字典，那裡面關於這樣的解釋一樣沒有，而且常弄錯。他只喜歡查英文字典。一查他就明白了。原來，那個「如果她是一天的話」相當於「at least」（至少）。所以，上面那句話的意思就是：「費・貝恩斯至少已經二十九歲了。」那不就是個剩女嗎，老杜想。

再度入睡之前，老杜又到《古今譚概》中翻看了幾則小東西。這種小東西短、雋永、快，只是沒有了前後的鋪墊和解釋，不大看得懂。看得似懂非懂的時候，有點頭暈目眩的感覺。不過，大意還是明白的，那條談「高昂」的短故事裡，無非是說把枷套上容易取下難，但高昂這人隨手抽刀，就把戴枷者的腦袋削去，說：「何難之有！」（p. 195）把人腦袋砍了，古人說得還古雅，叫：「刎之。」其實哪是古雅，簡直就是古惡、古俗。

說到古惡，老杜想，其實就是怙惡，「怙」字裡面就有一個「古」，所謂怙惡不悛，就是古惡不悛，比起今人常有勝出之處。比如有個叫皇甫湜的人，手被黃蜂咬了，氣得不行，命令手下人把周圍的蜂窩掏下來，「山聚於庭」，也就是像小山一樣堆在他家庭前，然後「槌碎絞汁，以酬其痛」。（p. 195）這個「酬」字，老杜覺得用得好。今人不會這麼用，也不知道這麼用。它還不是壯志未酬的那個酬。也不是報酬的酬。倒有點像是報仇的仇。至少發音是一樣的。一蜂之咬，竟然招致群蜂之禍，這古代人與自然的關係，也有點太恃強淩弱、欺淩霸道了吧。原來古詩中的那些漂亮山水，都是這麼殺光群蜂后寫出來的呀！

另外還有兩例古惡，老杜是看後帶入夢鄉的，他才懶得寫下來，只有我們給他代筆。一個是唐代的一位刺史。說他的廚師想出了把「熊白、鹿脯合而滋之」的「新意」，以為討到了他的歡心。誰知不僅沒有討到歡心，還被他飽食之後「杖之」，說：「如此佳味，何進之晚！」（p. 195）「媽的！」連我們代筆的人寫到這裡，也不禁要暗罵一聲：「媽的！」對比一下當代人，覺得這樣的人好像似乎已經絕跡了。

還有一例古惡，講的是石虎和他太子的事。他讓太子管事，有事無事都要呈報。結果，太子呈報了，他說：「此小事，何足呈！」於是太子不呈報了，他又說：「何以不呈？」（p. 195）最後的結果是，太子「遂謀逆。」我們小叫一聲：好！革命無罪，造反有理。對如此反復無常的上司，只能對之以謀逆。舍此別無他途。

杜樹仁發現，他負責的這個圖書室，早已樓在人空，已經沒人來借書，更沒人停留下來看書了。看書的只有他自己。他把這天收到的一份雜誌打開，發現竟然看不下去了。他的規矩是，如果短篇小說第一句不能吊起他的胃口，那麼，接下去的幾十頁，他是不會去浪費那個時間的。他用手把第一句下面的話蒙起來，眼睛看著第一句：「當這一切成為往事的時候，餘虹總是能清晰地記起那個下午。」[26]這樣的句子太沒意思，一下子就讓人想起瑪律克斯那句。這個國家的寫字人，就憑這一點，就是吃外國軟飯的，立意選擇在別國人的陰影下過日子。後面的字，彷彿都是西方文字的暗影，他一個不看，把30頁一秒鐘翻了過去。好在雜誌不暴君，任人翻閱而無怨言。接下去的，他只看標題，一個比一個更沒勁。看書的人都知道，一個好標題，就是半篇文章。一個好書名，就是半本書。像他現在看到的這些標題，什麼《圖書館》啊，什麼《漂流島》啊，什麼《心願》啊，等等，一看就不能再看了，一看也不想再看了。至於詩歌，就更不用說了。那是一個仍在喬裝打扮，用華辭麗句包裹、包藏的一具早已死亡的僵屍、僵詩，在你好我好的互相奉承、互相阿諛中呼吸著嚴重含毒的空氣而不自知。他把雜誌合上，扔一邊去了。

談女人的人最喜歡談的是女人的氣味。他跟我講他跟誰誰做愛的經歷。他對我說：女人有一種腥味，是從鼻子裡呼出來的。無論這個女人長什麼樣子，叫什麼名字，穿什麼衣服，在什麼地方碰到，只要把臉俯下去，貼近鼻子和嘴，就有一股腥氣撲鼻而來。開初聞到這種氣味時，他還以為什麼地方出了血，因為很像血的腥味，後來聞著聞著就習慣了。人說聞香識女人，狗屁！應該改成「聞腥識女人」，因為每個女人都腥，像魚一樣，只要是魚，就腥。沒有不腥的魚，也沒有不腥的女人。之所以女人都愛化妝，灑香水，就是為了遮蓋、遮掩、掩蓋。這沒有什麼不好，他說。人不可能完全裸露地活在世上，最大的問題不是別人不能接受，而是自己易受攻擊。裸體之後，他說，女人的全部呈現從來都不是完美無缺的。有的身上有痣，長得還都不是理想的地方，比如

[26] 參見於一爽，《徽城情事》，原載《延河》，2014年第九期，p.4.

後頸窩，甚至還有長在B旁邊的和臀部後面的。他說：你不要把這些東西寫下來，因為我是一個女性崇拜者。我只是在談到她們時，無法不講真話。搞文學的人，在一個女性呈上升，大部分書籍讀者百分之七八十都是女性的時代，在表現女性時，是不能不考慮這個因素的。從這個角度講，用文學講真話，只是一種虛妄。而無論什麼女性，都沒有一個完美無缺。一個人看著覺得美侖美奐，另一個卻覺得索然寡味。有的看似很醜，但無論做愛，還是做事，都比長得美的行。這有一個奇特的地方。看似貌不驚人的女人，只要眉眼的尺寸比例正確合度，即使不超群，也能再塑造。經過一番修繕、修飾、裱裝、裝飾和加工—他說此話時，彷彿是一個裱畫師或裝修師—這樣的女人就會脫穎而出，變得比漂亮還漂亮，因為她在漂亮之上多出了性感。性感這個詞，落到實處的就是性。最後所有那些修葺、添飾、精裝修等，不過就是把這個性給弄出來。稀裡嘩啦一陣激烈而又強烈的擊打之後，人就垮了，一切人為、機為、產品為的性愛節日效果、日效果、日光效果，就再也不起作用了。看在眼裡都嫌煩，覺得多餘、累贅、做作、討厭、毫無必要、多持一舉，直到從性愛的昏厥和死亡中蘇醒過來重新發現為止。

美的情況又不一樣，他說。這個時代最重要的發現之一，他修改說，其實不是這個時代，所有時代、所有民族和文化都如此，美與錢狼狽為奸起來，是「為了」的「為」，他解釋說，可以把那個成語改成：美錢為奸、美權為奸。誰讓男人的小弟弟一見美色就心動、就翹首、就鳳求凰、就稀裡嘩啦出水做詩、就一副軟骨頭賤相、就心心勾勾不惜一切也想據為己有呢?!如果說男性的生殖器官為美而生，也不算是危言聳聽或言過其實。相對于美女的生殖器官，他有點不好意思地說，男性的生殖器官不過是貶值器官，只有美女—仍年輕的美女—的生殖器官才是升值器官。男性的生殖器官要想不落到貶值器官的地步，關鍵字是「官」。也就是官鍵詞。你若不能把自己從關鍵字做到官鍵詞，貶值就是不可避免的事了。

話又說回來，他說，還是前面說過的，哪怕你把全球的美都集中到一個人身上，總體效果依然是一樣的，你不過是摸了、動了、說了、愛了、舔了、吃了、射了、弄了、揩了、睡了，跟美食差不多，頭天吃了，翌日拉了，而已。他怕我反駁，接著說：人之初，性本亂。一個人一生為什麼要去那麼多地方，見那麼多人，吃那麼多不同的東西，看那麼多書，知道那麼多事情，經歷那麼多死亡，日那麼多逼，出那麼多名，照那麼多相，說那麼多話，發表那麼多東西，產生那麼多垃圾，他頓了一頓，怕我會有什麼反應，看我沒有任何反應時才又接著說：人之所以永不饜足，是因為人的欲望是個無底洞，這個洞跟那個逼洞是一樣的無底，他又習慣性地頓了一頓，看我一眼，觀察我是否對「逼」這個字有不良反應。見我無動於衷，麻木不仁，膽子更加大了起來，接著說：美是一個靶子，雞靶，雞巴之靶。站著中槍也可，躺著中槍也行，一旦中槍就前胸後背透心涼，無有美感可言。這就是為何美人之前或之後找你要錢。要錢不是要飯，要飯難聽，要錢可行。且美色壽命不長，轉瞬即逝，生命比美更持久、更執拗、更頑固，它要錢來支撐，靠錢來左右。

後來我告訴他，我對這一切都不感興趣。他吃驚地說：莫非你已經同性戀了？

諸位看官，關於這個話題，我們以後還會請兩位出場續談的。

她吃吃地笑著說：我覺得，你好像，什麼地方變了。

他說：什麼，地方？

她伸出手摸了一把他的臉，塗了蔻丹的指甲尖凸顯：牙齒？

他張開口，一上一下，吐出他的假牙，紅紅的，嘴一下子癟了下去，癟了進去，人的年份突然增加了許多。

她驚愕，說不出話來，只說出「你」來。

他不管不顧，繼續卸貨，把戴的眼鏡摘下來。眼鏡摘下來的時候，鼻子也跟著下來了，留下一個鼻形的空洞。最下緣有些許液體在閃亮。

她蒙起雙眼，說：不看，不看，討厭，討厭。說著又怕自己沒看清楚，透過眼縫又看了一眼，然後把手移開。鼻子和眼鏡各就各位，還是那個文靜的書生。她伸手就去搶他的鼻子，被他往後一讓，頭一偏，用手擋住了。然後哈哈一笑，又把鼻子摘下來，給她看洞。

這一次，她沒有退縮，也沒有蒙臉，而是直勾勾地盯著那個鼻洞看，耳裡聽見他說：我身上無一處不假。不信我把眼珠子掏出來，那是照相機微鏡頭。我身體裡有鋼釘，支撐著假臀部。

她不耐煩地打斷他的話頭，說：那有什麼？我比你更假。我的乳房是假的。我的頭髮是假的，我扯下來給你看我的光頭？說著就真地扯下來。果真是一隻圓滾滾的瓜頭。我的尖下頷是墊起來的。我沒有大腳骨，因為已被割去。至於我身體的其他部分，還有很多都是人工的。

是的，他說，人工鋪墊的。這真是無假不成身了。
也無假不成愛，她說。

最近又不斷有人往8.59先生的郵箱裡發東西，都是文人投稿，有散文、散文詩、短篇小說、長篇節選、評論文章，以及詩歌。他基本上是來什麼刪什麼，最見不得的是散文和散文詩。沒有新意，沒有創意，只是唾餘，只是贅疣。這是他的八字評論。短篇小說他就更看不下去了。他往往只看了第一行字，就決定不再往下看了。幾乎百分之百寫短篇小說的人，一上來就擺出一副要講故事的架勢，不是張三李四王二麻子要如何如何，就是王二麻子李四張三要如何如何，或者是A愛上了B同時又與C保持著某種曖昧關係，或者是A和B離了，C和D散了，B和C走到一起，A和D尚不認識，之後冒出了王八和王九，劉零和柏零，全是一些看了後面，忘了前面，看了前面，不想知道後面的事。一股腦兒刪掉，全不感到可惜。長篇也是如此。只有詩歌還比較另類，還有點先鋒精神，儘管99.99%的都看不下去。這天來的一大批詩歌稿件裡，被8.59先生悉數刪去，只留下一首他覺得尚可的東西。交給我們看後放在下面，也算奇文共欣賞，異義相與析的一個特例。那就放在下麵唄。以後如果作者死的時候發表這本書，還可以任一個貌似8.59先生的編輯去刪去削，也不是不可以的：

《Or》

做愛or做孽
網友or網敵
有錢or有病
生命or生死
生事or生食
推動or推洞

推手or推油
坐飛機or打飛機
雙搶or雙飛
愛情or愛錢
跳舞or跳樓
水彩or水色
舌尖or浪尖
臥槽or吐槽
叫絕or叫床
中共or中央
黔驢or黔婁
發小or發大
詩人or屎人
思想or斷想
生龍or生津
情婦or傾覆
赤子or赤族
老插話or老插那話
陰道獨白or陰道獨黑
小心or小星
拉屎or拉風
上海or傷害
北京or背景

從一而終or從簡而終
相撲or相姑
日上or日下
道暉or道台
李嘉誠or李嘉圖
糾結or糾纏
自譯or自縊
啤酒桶or啤酒肚
白酒or白癡
小三or瀟三
潑辣or潑婦
隱詩or陰私
詩歌or詩戈
一舉成名天下知or一搞成名天下知
尖叫or雞叫
扒皮or扒灰
美白or洗白
取笑or取消
selfie or selfish
哭窮or哭富
不行or不幸
多姿多彩or多汁多彩
黑暗or陰暗

不成or步塵
造假or造次
推出or退出
風格or價格
良機or危機
裝修or裝B
吐錢or吐槽
大愛or不愛
打的or打胎
化妝or化武
小資or小姿
土豪or土匪
半夜雞叫or半夜叫雞
赤子or赤字
中國or中古
裸體or裸離
有骨氣or有穀氣
曖昧or愛妹
保鏢or保嫖
高跟or搞跟
激動or反動
公園or母園
虛心or心虛

失戀or失聯
寫詩or寫死
老婆or老蜜
插隊落戶or插對落戶
大方or大圓
自戀or自斂
淡定or淡菜
那廝or那詩
發難or發問
論語or論劍
離騷or風騷
開放or開腿
無常or常無
作愛or作古
善事or喪事
絢爛or腐爛
洗腦or洗莖
舌尖or刀尖
釣魚臺or釣魚島
就擒or就寢
風流or下流
暴打or暴發
吐槽or吐血

傲慢or緩慢
一黨獨大or一詩獨大
圓寂or方寂
相親or相姑
神仙or神經
皇天后土or皇天薄土
淡泊or漂泊
清高or濁高
沉潛or沉屍
屌絲or粉絲
全日空or白日夢
輪椅or輪奸
逼上樑上or B上梁山
思路or絕路
作戰or作愛
揮舞or揮淚
肉體or具體
浪漫or浪費
上司or上床
病房or病句
纖塵or纖巧
麼麼噠or摸摸大
微粒or微息

shi or shit

踩點or踩空
消費or浪費
剽竊or嫖妾
無可厚非or無可薄非
分手or分錢
陰道or陰道路
微博or微勃
逆境or逆襲
斂詩or斂財
國家or郭嘉
貪官or貪器官
藉口or牲口
感動or感洞
無聊or無著
方言or圓言
莎士比亞or莎士比冠
獨立精神or獨吞精神
排外or排內
關心or關門
高蹈or高跟
一般or二般
大師or大屎

麻將or麻木
照耀or炫耀
知識份子or無識份子
嫁妝or化妝
揚帆or揚鑣
放開or放洋
敵我or抵我
失錯or詩錯
載道or載重
割肉or割愛
叫好or叫壞
洗腦機or洗詩機
簡單or簡雙
天空or司空
老師or老公
朋友or狗友
浪子or浪琴
包養or包菜
白人or白癡
失踏or失聯

一切都是問題
還可以繼續or下去

女人看著鏡子裡的那個人說：我太熟悉這張臉了。額頭上已經有了溝壑，還不太深。法令紋也很明顯。都這大年齡了，還顯嫩，像女人穿褲子顯瘦一樣。

思緒到這兒中斷了，她轉過頭來，對他（嫵媚地、嬌媚地、妖豔地、風騷地——好像都不對，都有矯情的感覺）說：你想要我化什麼妝？或妝妝？

啊，那個段子：領導對老婆：吃飯、睡覺；領導對小秘：吃吃飯、睡睡覺；領導對小三：吃飯飯、睡覺覺；領導對群眾：吃什麼飯，睡什麼覺！如果談到化妝，他應該補充一句：化妝妝。甚至什麼都來這種疊詞：洗澡澡、上床床、親嘴嘴、摟抱抱、打炮炮、就要要，等等等。但他千萬別說順了嘴，弄得開會時來一句：同志們，我們現在開會會吧！想著、想著，他想起了畫家的調色板。化成一個大花臉也未嘗不可，只是代價比較大。臉一貼上去，自己也成了一個大花臉。還是在幾個關鍵部位吧：眼瞼、唇——基本上就夠了。唇膏等到快射時一口吃進去，可以加強感覺。等於是增強劑。眼瞼呈熊貓狀，有一種黑夜的感覺。

女人全都認同。包括指尖，她補充道。所有尖梢處，都是感覺的前哨、前哨陣地：耳垂、睫毛、指尖、足尖、鞋尖、鞋跟，除了鼻尖之外。是的，男人同意道。鼻尖是最不能裝飾的地方，除了像第三世界其他國家的某些民族外，在鼻尖上綴些骨頭啊珠串呀什麼的，否則，鼻尖就讓它與呼吸共存亡吧。人再愛，也親不到那兒去。即便用舌尖舔，鼻尖也還是閑著，有時會沾腥，但會弄得很不方便，影響呼吸，這個最不為人注意，卻須臾都不可或缺的動作，中間粘結的東西，倒是受到一個年輕人的注意，他從某一荷蘭人寫的詩歌中，看到了一句關於取食之的詩，還似乎對之特別關注，到了必欲一讀為快的地步。

最後的這場哲學思維，或者說實驗哲學性思維——是的，哲學一如文學，也有實驗哲學，英文叫experimental philosophy，不是先驗地、事先下結論，然後再推演、再演繹，而是從觀察和體驗開始，去找尋事物中可能或本來存在的真相、真理。比如鼻尖就是如此。這一對人從尖談起，之後付諸於行動、行洞、性動，很快抵達了浪尖，虛幻之浪的頂尖，然後就小死了，各睡各的去了。女的還有所纏綿，一副情未了的樣子，男的卻倦怠無比，像一具屍體一樣無動於衷、無洞於中地躺著，每次事畢，他都會如此，他心中閃過的想法，如果真的講出來，會令女的大失所望，甚至不再性他。注意，這個地方不說不再愛他，而是不再性他，二者是有本質上的區別的。

諸位不知注意到沒有，這個時代跟那個時代最大的區別之一就在這裡。儘管隨著兩片嘴唇的翕動，「我愛你」這三個字依然滾滾不停地往外湧，但中間的那個「ai」字，已經發生了質的變化，不可能不提這個字，而不想到別的事，正如不可能不提到美字，而不想到錢一樣。你當然知道我說的「別的事」，指的是什麼，我因此也免開尊口，饒這個貌似閹割一般乾淨的語言一命吧，順便免除小編們繁重的刪除工作，他們為了刪除，生活得太累了。正如某位老師所指出：建議以後多學幾門外語，為的是能夠看到未經刪節的真書的原貌。

哦，忘了說，男人小死之後，腦子從未明言的思想是：做了無數準備，犧牲了大量的時間、精力、財力和體力，一路劈荊斬棘地衝刺到激浪的頂尖，結果一、二、三、四、五，頂多射六下或七下，就什麼都沒有了。人在那兒像要死的魚一樣伏在、附在、趴在人體上大喘氣，跟著就是清場（有點讓人想起捌玖的京或壹肆的港）、清理、清除，再跟著就是一個話到嘴邊又吞回去的話：做鬼也風流嗎？風一般的流動，還是瘋子一般的往下流？風也好，瘋也好，都是一晃而過的事，隨後就一切都沒有了，連要都不想再要，再要也要不動了，愛，隨風而去，隨瘋而去。其實那個所謂的愛，是一種毒汁，當它侵透、沁透、浸透你的血液時，它自私、它要、它要要要、它給也是為了要、給得越多，也要得越多、直到要得不想再要的時候，它就走了，不帶走一片雲，因為雲是帶不走的，更不帶走一塊肉，塊肉要想餘生，惟一的條件就是讓它走、讓它走掉。哪裡有那種為了愛而獻身的道理？那個穿皮褲的小女人就不相信。她說：愛，就是自愛，只有愛自己，才有可能愛別人。連自己都不愛的人，怎麼可能愛上別人呢？有人不同意，說：不對。愛，就是獻身，愛上別人，就意味著獻出自己，奮不顧身地愛。第三個沒說話的人都不同意，ta的話我聽見了：只愛，而不被愛，這種愛就是屎尿、是死。只被愛而不回報，這種愛就是悲哀。如果愛就是奮不顧身地獻出，自來水龍頭應該得愛之冠軍了。只要一擰，它就有水來。不用它，它就永遠保持沉默，嚴陣以待。他們想怎麼說，就怎麼說吧，反正對剛剛這個男人來說，誰若染上了愛疾，就倒楣了。無藥可治，無藥可救，直到這個流行病自行發完為止。如果槍能說話，槍們最有發言權。槍膛射空後的感覺，只有槍知道。還是等蓄滿之後，下次放空後再說吧。

秋天。社區的風刮得比別的地方更甚。昨天晚上把涼席撤了，卷成一筒，靠取熱爐放著。取熱爐上蒙滿了灰塵，熱的時候不用它的。一早穿條短褲，把通洗衣房的門打開，迎腿就是一陣寒風吹來，冷得他立刻去找到那件豎條子長內褲穿了起來。大便時想起昨晚沖澡那只被他用熱水沖死的蜘蛛。幾乎看不見身體，只看見網狀的多隻長腿。水還不十分燙，衝力對一個蜘蛛來說應該很大，只幾下就不動了。這也是生命。馬航那也是生命。蜘蛛跟他無仇無怨，也無恨無愛，憑什麼就遭此殺身之禍。但晚上如若鑽進他的鼻孔或耳朵，或尋找他的溫暖，而在被窩結網，或甚至像蚊蟲一樣在他皮膚上螯一下，輸入某種不可知的毒液，這誰都不可能保證不會發生，他的生命也許會因此而縮短。把蜘蛛消滅後，他就忘掉了蜘蛛。此時大便，又想了起來。如果在那個國家，他會學著那個國家的白人，用白紙卷成一個筒筒，把蜘蛛撮起來，放到外面院子裡去。但在這個國家沒有這種做法，人們對害蟲的看法就是義無反顧地加以消滅和清除，沒有二話可說。這是人治的國家，也是人滅的國家。電視上在田野上大面積撒農藥的畫面，讓他驚心動魄。在讓害蟲大面積死亡的同時，多少糧食浸入了毒藥，又隨之沁入人的肌膚。

對蜘蛛來說，他就是死敵，因為他置它于死地，平白無故地。天上飛的飛機，為什麼會突然掉下來或突然失蹤，是否也有一個這樣的死敵在置它們於死地？如果有，它肯定不是上帝。如果是上帝，它肯定會伸出援手，至少會在失蹤失聯之後，導引人們到正確的地方，而不是在幾十個法國或德國或英國大的面積的海域去徒勞無益地搜索，花掉國家或納稅人的大量資金。

天在秋天的時候冷了下來，還未冷到要在家裡穿襪子的程度，赤腳穿拖鞋尚可。未到早上8.59分，8.59先生已經抽了三枝煙。他終於拉完，想起曾在東海附近的一座城市裡，一家名叫「拉完」的餐館吃過一次早飯，不覺莞爾。誰如此有創意？為何不再搞一個聯營餐館，名叫「大便」呢？

他開燈看了一眼，盥洗室地上的蜘蛛的確死了，很薄很細的長腿分開攤在地上。一個生命就這樣消滅了、消失了。秋，在社區喧響。沒有人來他的地方找他。他看著對面的那些窗戶，只是感到討厭，不喜歡有人從對面偷看他的那種感覺，總是把窗簾拉上，只留紗門一道縫，讓風進來，調節室內的空氣，而且白天也不開燈，特別喜歡在黑暗中想事。不過，他也承認，無論睡著後做了多少故事豐富的夢，眼睛一睜開，夢就不存在了。生命中沒有任何類似的情況，無論用明喻還是暗喻，都無法比喻。社區的那些樹葉，從來無人關注，但秋風吹過時，它們一下子就揪住了耳朵。

這天是2014年10月13日星期一，他上網想關鍵字一下，看有無《獨夜舟》這本書，聽說寫得不錯，但賣得不行。結果，網上立刻就給出了下列結果：

找不到和您的查詢「小說《獨夜舟》：相符的內容或資訊。

建議：

- **請檢查輸入字詞有無錯誤。**
- **請嘗試其他的查詢詞**
- **請改用較常見的字詞。**
- **請減少查詢字詞的數量。**

去它的，他想，反正要看的書多的是，無所謂這本那本。

不知為什麼，他在最衣食無憂的時候，卻感到特別不安、不確定、不知道。不知道要知道什麼，不知道知道了又怎麼樣，不知道不知道和知道了又有什麼根本的區別。公共空間充滿、充塞著要他知道他又不想知道的東西。他的不安是否由此而來他也不知道。他像一個白天，無可奈何地等待著黑夜的來臨，在等待中抵抗，在抵抗中等待。知道一切都會過去，過去了就不知道了，連自己都會忘記到不知道的地步。

好在他是8.59先生，他至少知道每天至少有兩個時間節點是跟他姓名同步的，這就夠了。一頭一尾，一白一黑，一日一夜，來了就走了，走了又來了，有時讓人一陣心慌得不知如何是好，有時則打個哈欠，對自己說：睡吧。居然可以一睡就是七八個小時，而不知道發生了任何事情，眼睛一睜天又亮了。該死的白天，該死的黑夜，該死的他自己。已經沒有任何人可以責怪了，只有自己是自己的罪魁禍首。他墮入一種麻木的狀態，想起那個以無知為榮的人，居然可以隨心所欲地想像出宇宙之外的十個宇宙，幾十上百個生活著幾十上百億人的類地球。一個無知的人，應該是這個世界上最富創意的人。凡是你知道的，他都不知道。凡是他不知道的知道，你肯定都不知道，知道了也不想知道。

他還想起那個人說的，再發展到一定時候，人連同性戀都超越了，只有人獸戀，把不知道和知道血肉相連地結合起來，從一頭豬的哼哼聲中聽出神聖的「我愛你」，把狗的語言解碼，直接通過電腦轉換成人的語言。這個世界什麼不能辦到啊。讓我去月球，發一個電子郵件就行了，我就是跟那個郵件作為附件的人，眨眼之間我就被下載到月球。對愛情必須採取零容忍，因為那是最毀滅人的情感。它在造的同時，也在毀。我們不需要這種扯爛汙的東西了。人的肚子不是用來生孩子的，而是用來內置電腦的，他說。8.59先生聽呆了。他從來沒有見過如此無知又有知的人。不行，已經半夜11.26分了，他要睡覺了。

暴力眼球遊客。是的，我們現在要寫的，就是這樣一位遊客。他在網站上、電視上、手機上游走，只對吸引眼球的暴力感興趣。因此，我們稱他為「暴力眼球遊客」。名字不妨叫包言可。這天，他回想他看到的幾件事，就跟老婆講了。一個是這個國家有個地方，一個十來歲的小女，在田間地頭被一個成年男子看見，當場就把她強姦，隨後把她殺死，然後拋屍。簡直令人髮指！一個是那個國家有個人，成天想著怎麼殺人、殺誰好，最後買了把刀，就到同一條街住的一家人家去敲門，說是借用人家電話。老兩口很熱心地讓進來，他很快就對老漢下手了。老太婆隨手抄起一件東西打他，他回身就把老太婆也殺了。這也令人髮指，且更可怕。那個國家還有一個男的，把他由男變女的女友殺了之後，切成塊塊，放在爐子裡烤，中間爐子壞了，他居然還打電話叫電工來修！

老包談起這些，除了「令人髮指」外，從來不加任何評論。他不是一個道德評判家，對運用道德評判評論別人不感興趣。他只是希望看這些新聞，看了感到一陣噁心之後就忘了。這些事離自己很遠，跟自己無關，它是人類心靈黑暗的一次次再現和證明，無論時代前進到什麼時候，人心甚至可能還在後退，暴力似乎更加殘忍。比如，在那個國家，有個人到工具店買來一根打釘子的槍，往另一個人的頭裡面打入了三十幾根釘子。從透視片上可以清清楚楚地看到釘子穿進去的痕跡。

這天晚上，老包把電視關掉，表示他對《非誠勿擾》這個節目的忍耐已經到了極限，便去看臉書。那上面很多東西都不值得一看，卻有一樣東西，立刻抓住了他滾動的眼球。那是一段在俄國開車的視頻。俄國的天空跟那個國家的天空一樣，路的盡頭是大雲，白得沒有什麼東西可比。開車開得好好的，對面一輛小車超車，從斜刺裡穿出，當頭對面沖過來，一下子就從這個車和對面那個大卡車的車縫裡穿了過去，把這個車逼到了路邊邊。這段視頻弄了很久，都是一些讓人忍無可忍也忍俊不禁的東西：大卡車本來直行，卻突然轉向，180度地轉身，或從馬路上斜切，沖進對面路外的樹叢中去。一輛小汽車在路人面前急停，路人不斷後退，等車停下，便沖上去對著車頭猛踢，把車頭上什麼東西踢了下來，在地上滾動。另一個路人運氣稍差，被本車──也就是拍視頻的車──撞得飛了起來，從擋風玻璃上可以看見他遮暗的身體，又飛出去，卻只是在地上打了一個趔趄，拍拍屁股走了路。一輛小貨車，上面堆滿了乾草，把擋風玻璃也遮得嚴嚴實實，草的那個黃，車的那個髒，就那樣沒有眼睛地在路上沖。本車開著開著，就見一匹矯健的棗紅馬從路邊樹林裡走出來，慢悠悠地越過馬路。本車繼續開時，突然面前一團煙雲席捲而來，到跟前時只聽一聲巨大的轟鳴，原來是一架緊貼著車頂逆行而飛的飛機！再低一點，就會與車頭對頭地相撞。一輛大鏟車，顯然由一個不會開車的人，開進了停車場。方向盤扭過來，車鏟撮到一輛車的屁股下麵。往後一退，就把該車屁股扒爛了，方向盤又一扭，車鏟就歪到另一輛車頭下麵，再一掰，就把那車跟另一輛車擠癟到一塊去了。

老包看得好飽眼福。越撞得厲害，他越覺得過癮。只要不死人就行，比那些死人的事件好。將來的世界，每天都是車禍，把車撞得稀巴爛後，讓保險公司一輩子、幾輩子都有做不完的事。

老包的生活如此平淡，如此缺乏刺激，到了電視上所有頻道的節目都看不下去，都興趣索然的地步，只好又去臉書上找樂子。這天他看到一個視頻，本來想隨便看看就算了的，看著看著，他發現自己居然看完了，而且又再看了一遍。原來，這是一個白髮稀疏、白髮蒼蒼的老傢伙，穿著一身被顏料弄得髒兮兮的工作服，在舞臺當眾畫畫。觀眾圍著小圓桌而坐，一攤一攤的，面前點著玻璃罩裡的小蠟燭，看著那個大舞臺上一面空空的畫布。就見這老者從地上抓起顏料，用雙手在畫布上抹，抹完後又抓又抹，完了還伸出十指在上面上下左右橫裡斜裡地抓呀拉的，還不時抓起滿把顏料泥巴，像孩子似的，也不怎麼瞄準，就那麼扔出去，「啪」的一下，黃泥在畫布上砸得稀巴爛，噴濺得到處都是，但留下一個鮮亮的內核，遠遠望去，一個孩子氣的亮點，他然後伸出指頭，到那個亮點上指指戳戳，黃泥和著液體，跟其他色彩融合在一起，過一會兒，他又扔了一團顏色泥巴，這次是綠的。從他扔的力量來看，勁很大，扔得很快感、很過癮，有種恨不得把畫布扔破的感覺。畫布沒扔破，不肯破，張力還很大，繃在那兒，給人的感覺是女人的器官，任男人如何衝擊撞擊打擊，從來也沒有發生過下放時農村人說的那種情況：從前面穿到後面出來。看來，人的感覺總要比實際發生的強烈。這不，看著，看著，一個人頭從畫布上出現了，金絲卷髮，骷髏般深洞的眼睛，臉部的肉雖不豐滿，但仍有臉的樣子。一張多少與老畫者相近的白人臉。整張人臉和頭部成型的過程，背景音樂一刻不停地在響，把氣氛催上去了，直到那人最後抓起一把泥，按在胸口，燈光亮處，才發現是紅的，代表著心口噴血，然後撲地死去。一個男人—白人—從桌邊站起，所有的人隨之站起，裡面有年輕貌美的女人。老包想：這樣一個看似垃圾的老者，床上當晚應該不會空的。老人從地上爬起來，飄散的白髮，迎來了掌聲。衣服仍然是破爛的。

他應該增加一點效果，比如，像*A Stretch of the Imagination*中那個演員，當眾拉一泡尿，不同的地方在於，這次不對觀眾，而背對觀眾，站在椅子上，把尿沖到畫布上，沖洗一下，產生一種浸洗效應。或者還可更進一步，拔出陽具，開始搓動，直到精液沖出來，然後用手指在上面抹、擦、挑、塗、玩到盡興為止，讓所有觀眾的眼睛都射睛。如果是雌的，那就射經。

又過了幾十個小時，也許是幾千秒鐘，或幾天的時間，反正他已經把日子過得像麵團揉成了一團一樣記不住的地步了，就又上臉書找讓他眼球射睛的東西了。還別說，現在只要你肯找，就能找得到。這不，一個視頻用了一個新出現的字，來形容surfing（衝浪）的新玩法：fire surfing（沖火）。嗯，這個過癮，老包叫道，陰莖都差點激動得硬了起來。其實並沒硬，只是一種說法。一座懸崖的浪頭飆起來時，白花花的一片，有一個小人從裡面冒了出來，下面一塊細板，他的左近，凹下去的浪坑裡忽然起火，那火在一瞬間鋪開，像一片鋪展的花地，紅的綠的黃的，以紅的為主，直往上躥、躥、跳、濺，那人就跟一頭鳥一條魚一把劍一根短矛一把短刀一樣地從火中沖了過去，又從這邊沖了出來，沒事人一樣在水與火的交媾中穿梭，火的顏色這時已經變黃了，可能更燙，黃中有白，可能更旺，他從浪尖上往火心撲去，結果掉進水洞中去了，這裡面似有一種諧謔的效果，不是他起先有意想造成的。如果讓他全身起火，火人一般在十層樓高的浪尖上閃亮，然後自殺一般地把自己投入火獄中去，那該是多麼爽的一件事啊！老包感覺到自己射了，在想像中射了。

他回信說：已對宣傳自己失去了任何興趣。乾脆自己活埋自己，過一種永遠寫作、永遠不發表、永遠不是落伍這個時代，就是超前這個時代，但決不與這個時代同步的生活。他按鍵發信的時候才發現，這只是一封在腦中構思的信，即使發出去，接收者也像一片雲彩或昨夜做夢已經忘掉的人或在某屠宰場殺掉並已冰凍起來的豬或已經抽完並蘸水而熄滅的煙蒂。他不想知道自己為何是這樣。他發現與同時代本民族或他民族的人完全沒有任何共同語言。他從他們中間走過，讓他們從他眼球上滾過，不留任何痕跡，他只是稍感不安，是的，不安，這是他的心靈關鍵字。不是不安到極點，而是稍有不安，不知為什麼的不安。他很厭惡地看到，搞文學的人又在主動地把自己的腦袋伸進一個新的緊箍咒裡，他們的嘴巴又很流利地附和起來。他在自己身體一般大的小國裡制定自己的法律。不與任何無關人士來往。不看任何看不進去的書，哪怕是本年度被評為最佳或獲得最大或如何如何膨脹起來的東西。回頭看十年前、二十年前、三十年前、四十年前，幾乎沒有什麼東西能在鋼鐵般的記憶上劃下哪怕一絲痕跡。他買來新鮮水果和蔬菜，買來豬肉，主要是排骨，從上面切下多餘的肉，用來炒菜，把骨頭和藕或山藥或白蘿蔔放在一起熬湯，用很慢的火，調到幾乎一陣小風就能吹熄的程度，以極慢的速度熬著。每餐飯一個青菜（大白菜、大白菜杆、土豆、萵苣、大蒜、扁豆、四季豆、雞蛋、番茄），輪換著來，配著肉湯。他的三個手機從來沒有人來電話，因為那個國家跟他除了國籍之外，沒有任何關係。他不覺得他是那個國家的人，也不覺得他是這個國家的人。他像一塊活肉，從兩個國家的身體中挖了出來，丟了出去，在身體大的國家裡獨自生活、獨資生活。該走的時候，他就會走，一定要走得沒人知道。那個國家的總理獎今年的長單又出來了。一個著名詩人在臉書上放出這條新聞時，用一個字表示了他的仇恨。或嫉妒。那是一個得獎頗多的人。居然也會如此仇恨嫉妒。人活在世上，原來就是這樣的自己不讓自己自由。不過又多了一點用不完的錢而已。名聲，大到最大的時候，不過就針眼那麼大。現在，那個什麼獎的結果出來了，由於總理的干預，硬讓一個評委認為「愚蠢的書」，與另一本連袂得獎。那個評委於是罵開了，說這種評獎活動，簡直就是一個「毒蛇窩」。雖然罵人不對，但罵對了。那個國家也好，這個國家也好，只要涉及評獎和得獎，實際上都是毒蛇窩的一窩毒蛇在那兒操作。評獎的是毒蛇，得獎的也是毒蛇。年輕人不再看書，也不再寫書，書店把買書的位置騰出來，只賣教輔材料，是多麼明智之舉啊！他們真的不蠢，他們簡直太聰明了，書出來了，就讓書們自取滅亡吧，反正受罪的只有紙。結果那人出爾反爾，說他還要繼續當評委，這裡面的潛臺詞不言自明：當評委有名，特別是有錢。有錢誰不願做?!有錢，就是繼續混跡於毒蛇窩，也還是值得的。搞文學的人，居然如此無行，古人說的那句話，的確說得太對了。

那天晚上，他喝了點小酒，就開始說瘋話、說酒話。他說：現在跟你們說話的這個人，是一具活屍，他已放棄了對一切的追求，包括你們所說的「承認」。首先要自己承認自己，那才是第一位的，否則，看別人臉色行事，等待別人承認，那不啻是精神的奴隸。我已經死了，我的靈魂、死靈魂在對你們說話。你們有沒有意識到，你們把「承認」弄到瑞典文學院之日，就是你們真正死亡的開始之時。你們這一具具乞求承認、等待承認的乾屍，比我死得更死。你們有沒有意識到，那些承認你們的人，甚至都不值得被人承認！我不惟不承認他們，反而早就在心目中把他們否認了。剩下的就是自由，海洋一樣的自由，天空一樣的自由，宇宙一樣的自由，電波一樣的自由，空氣一樣的自由！當我意識到我是一個死人時，我比一個跳樓的人自由得多，因為他的腦袋成為豆腐腦（袋）的那一剎那，還想著死後被人承認，也的確在死後被人承認了。那是假承認，趁著死亡打的一劑強心針時假惺惺地悲慟欲絕地承認，類似人在性高潮時說出的話。而我現在就能看到，我死後不被承認的狀態。那種不受承認約束的感覺，豈是你們這些大腦被緊箍咒的人所能想像出來的！其尊嚴一點也不弱於那個在社區門口擺攤子賣菜的人，從早守到晚，一天也賣不出去幾塊錢的小菜和小水果，從天濛濛亮，一直賣到全黑，還守著攤子露天睡覺。他不是用這個來向這個國家控訴，他只是用這個來向所有人證明，他最低賤的生活，是有著最高尊嚴的。我跟你們這些生前好友在此喝酒，已經深刻地體會到過世之後的生活。你、你、還有你，你們這些人，為了發表幾首小雞巴詩而心勞日拙，把一點點小雞巴成績（你們覺得是成就），自己拿到自己的微信上去扯爛汙，眼巴巴地從人們的點贊中呼吸氧氣。難道不覺得可憐，甚至可鄙嗎？人已經活到這種地步，那不是境界，那是豬的精神生活。不能活得像一片雲，能消失的時候，決不留跡，不能活得像一線光，不想照耀的時候決不照耀，不能活得像一句話，想說出來的時候，決不咽回去，不能活得像一首詩，哪怕寫得再好，也永不為了發表而把自己下賤地投出去，那還能叫活嗎？那是比死還可怕的活。

說完這些酒話之後，他發現他早已躺倒在自己為自己鋪的床上。他已不記得，是他自己說的這些話，還是死亡通過他發的聲。他寧願認為是後者。

晚上睡覺前，他仍然不改舊習，還是看書。剛剛看完的那本，給他留下的一個總體印象就是，那個姓L的人，當時還是做得對的。他極力推崇另一個人，把他推到了欲望和名聲的巔峰，卻發現，自己已成該人的大患，必欲被其除之而後快。他不想步另一個姓中也帶有L的人的後塵，那人被從一國之二主的地位，被削為賤民都不如的階下囚，死的時候連死亡證明上都沒有寫真名，筆名都沒有，而是一個他自己假如看了也會啞然失笑的名字。憑L戎馬生涯的輝煌業績，他什麼做不了，非要屈居於一人之下，億人之上？他唯一的選擇就是謀反，謀反不成就是出逃，出逃不成就是死。諸大戰役出生入死，即便沒有死成，死在自己的手下，也比死在對手的手下要好。借用西方某個籍籍無名的人曾經說過的一句話：自殺不是殺自己，自殺是通過把自己殺死，從而殺死世界上的所有人。謀反不成，選擇出逃，最後連兒子帶自己，死在自己手裡，終成正果，如兒子名字所前定的那樣。謀反者，不能平反也。此其終生終死之遺憾。假如伊還活著，伊可能不屑一顧。伊會說：除非整個推翻，否則不求平反。平反是什麼，他開始思索起來，用思開始索。先把你弄死，再給你平反。東西皆然。梵古也是如此。先不承認、不展出、不理會，任你精神病到割耳朵的地步，就是割掉雙耳，就是割掉雙眼，就是割掉雙腳，就是割掉雙手，就是把卵子割掉、把雞巴割掉，還是不承認、不展出、不理會，等你把自己搞死之後再說。那些已經被承認、被展出、被理會的人心裡都恨恨地說：憑什麼啊，你！最後平反了。那些很快就被承認、被展出、被理會的人，很快就死得什麼人都記不得了，只有那個割耳者被人不斷提起、不斷書寫、不斷展出、不斷在價格上飆升，不斷在他死得什麼都不剩、什麼都不知道的情況下被人利用、被人賺錢，這就是平反。想平反嗎？先打死再說。想平反嗎，先割了耳朵再說。想平反嗎？先割了舌頭再說。一群得勢者的嘴臉又嘻嘻哈哈地聚攏過來，他們的臉是一張張獎狀。死亡的獎狀。已經釘死在被承認的恥辱柱上。還是那句老話：是誰承認的？承認者值得被承認嗎？

他閉著眼睛，不讓眼睛睜開，意識到她的手在摸他。如果這是演戲或演電影或演電視連續劇，眼睛就會從天花板上往下看，看到一男一女的兩個人，並排躺在一起，身上蓋著一張被子，淺花被子，男的只看見閉著眼睛的臉和黑色的應該是染過發的頭，女的也有點像。男的伸出一個膀子讓她摸著，輕輕地摸著，不帶感情色彩的，不為任何意欲中的觀眾或讀者地摸著，一邊說：好硬，好像有硬塊，怎麼這邊這塊皮膚這麼粗糙，原來沒有的。男的躺著不動，任她摸，這時他處的狀態，連針孔攝影機都沒奈何，進不去，哪怕只有眼瞼一樣薄。底下看見了什麼，在想什麼，誰都不知道。男的另一個人知道，他的阿爾特—厄裏。它知道他在想：隨它去吧，樹的皮膚會長糙，人的皮膚一樣也會變粗。只有活過五個德凱伊德茲的人，才有體會。女的說：要不要去看醫生？男的連哼都沒哼一聲。不置可否。眼睛依然閉著。我們從他阿爾特—厄裏的發現中知道，他已在心中把這一點否定了。只是他不想說，在早晨6.39分的曙光中，他打了一個呵欠。女的立刻說：你的口好臭呀！女的手摸過一條膀子，見男人把另一條膀子伸過來，便也從下到上地摸起來，嘴裡說：這個上面也有硬塊，不知怎麼弄出來的，很粗糙。原來不是這樣的。男的把這句話在心中重複了一遍，然後對自己說：這個世界，原來從來都不是這樣的。這個世界的人，原來從來都不是這樣的。就連世界上這兩條放在你面前的膀子，原來也不是這樣的。

這時，他想起了那個人，就對她說：老家還是得回去一趟。那口箱子裡有些書呀什麼的，得寄走。

女人摸完了粗糙發硬，好像有硬塊的膀子後，聽到這句話，就問：寄到哪兒去？

男人沒做聲。他知道她知道他想寄往什麼地方。關於那個國家，他們都心照不宣。他只說：那個作家跟我一樣，原來是羅馬尼亞的，後來住到巴黎去了，用法語寫作，最後乾脆完全不用母語寫了，跟他的法國伴侶住，80多歲去世後，留下了幾十本筆記和一些七七八八的手稿。後來有人想把它賣掉換錢，被法庭判為有罪。最後，這些手稿被羅馬尼亞政府花重金買了下來，一共40萬歐元，儘管這個作家一生關於羅馬尼亞他的故鄉，沒有一句好話可說。

男人繼續說：有些人不把作者生前的東西當回事，三文不值兩文地送人或乾脆燒掉、扔掉，其實很傻逼。一個寫字的，就這一個人，死後什麼都不剩下，只剩下這點東西，要有這個保留和保存的意識。他這個話，顯然是針對她說的，要在平常，她肯定會有反應，肯定會說下面這類話中的一種：誰要那些亂七八糟的東西，到時候全給你扔掉燒掉拿掉，免得占地方。這話明顯是逗他說的，他卻禁不住誘惑而動氣。今天她什麼都不說，他倒有點小奇怪了。

他接著說：還有個美國畫家，70年代初自殺死掉，留下二百多幅油畫，被他的會計師、經紀人等拿去賣了，結果遭到畫家的家人起訴，索賠高達700多萬美金。一個作家或畫家，他說，他的肉都在他的文字裡或形象裡。其他的沒有一個地方可以找到。

Meng Zhe看見，他把下面的鍵按了一下，竟然出現了一個洞穴。他低了低頭，順了順眼，就見一輛車隨著伸出的軌道開了出去。他是在此人的石室裡。這地方晃來晃去的都不是人影。他睜開眼睛，陽光已經入侵了陽臺，不久將要進駐自己的斗室。

總編坐在那裡，把雜誌翻給他看。總編的樣子，讓他想起Liu Guobin。Liu Guobin是誰，他沒有告訴總編，告訴他也沒用，反正他也不知道，而且會浪費很多本來可以節約的口舌，所以只是聽他如數家珍一樣地，介紹他如何跟那個國家的那家雜誌的合作情況。很多細節之後，有一個細節凸顯出來。原來，他每期雜誌只出10本。寄到那個國家的那家雜誌之後，就由他們根據原樣，複製也可，加工也行，重新製作成節約版、簡裝版，把裡面的所有彩頁全部抽空。這就是為什麼他以前見到的那個雜誌，永遠是一副沒有色彩，只有文字的面孔。

總編看到了他的疑惑，便把他編的雜誌遞給他一本，說：你看看。他覺得總編沒有架子，又不失尊嚴，是個可以親近的人。很像Liu Guobin，那個從前曾到他家吃過飯的人。他把雜誌拿在手裡，雙手沉了下去，好重的一本，翻開一頁，就是一頁彩的。深度的藍天之下，海水和白雲隔開距離，可以看出其中的空間。再翻開一頁，離奇的畫面，充滿了離奇的色彩，是夢外不曾見過的，他這時懷疑，可能自己還在夢內。如果是在夢內，那像舌片一樣高高伸出的黑色孤岩，坐著一個小如螞蟻的裸體嬰兒的地方，是夢內之夢，還是夢外之夢呢？狀如雲片的雪花，在起火的大海上飄落，一道金光如閃亮的劍，把不情願的雲片一攪，就發出打擊樂的叮噹聲響。他一邊繼續翻下去，一邊想：這樣的雜誌，應該是未來的方向，它使人進入畫面，消失其中，成為畫面。

他把車往坡上開時，卻發現車在往後溜。他一腳踏下去，把油門踩到底。油門到了底，卻沒有任何反應，好像一張紙貼到底板上。與此同時，車繼續下滑。他現在才想起去踩剎車，也像紙一樣踩得貼到底板上，腿繃得筆直，身體的全部重量都壓在上面。沒用。車一路滑下去，直到它在身後下面的一個院子停了下來。周圍處於半明半暗之中，比明還要暗一點，只能辨出房屋和樹木的輪廓，以及覆蓋在一切之上的不聞不問的天空。有人走了過來，問他怎麼回事，是個女的，有點老，看不清面目，他跟她解釋，卻聽不見自己在講什麼。

另外發生的那個情節，他完全記不得了。醒來時一清二楚，一樁樁、一件件的細節，都在眼球上發生。那個人做了什麼，又說了什麼，他如何反應，如何應對，如何接著做了什麼，這一切只在黑暗中發生的事情，被光明絞殺得一塵不染，無論在眼球，還是在腦髓，或是任何與精或靈或神有關聯的東西，都已不復存在，到了無法以字串接的程度。哦，好像有人要他幹什麼，但幹了什麼，在哪兒，跟誰，什麼時候，感覺就好像舉輕若重，輕到重得就像天空，輕到飄渺得就像一絲雲。

他躺在她身邊，不大睡得著。他們之間，已經隔了好幾夜的空間了。空間其實不大，還沒一條腿寬，但他發現，有點難以逾越。她那邊是睡著的。沒有聲息，不打鼾。也許沒睡著。他想把手伸過去，他曾伸過去過，碰著的都是骨頭，不是肘拐子，就是膝蓋，或者是肋骨，腿子擺放的地方也很不是地方，怎麼放怎麼覺得不順，就乾脆不放了。第一次見面有性後，就再也沒有了，連要求都沒有。不想，就是不想，也不生氣。不像過去，會為此慪氣。一個不要，一個非要，一個非不給，一個非要要，要著要著就吵起來，髒話就從口中滾滾而出。一個拒不接嘴，一個把醜話說盡。到最後還是依了，完事後就睡了。生活就這樣，一個個地解決、一次次地解決性問題，最舒服、最煩人、最惹火、最惹禍、最難受、最傷人的一個問題，可是，很快就過了半個世紀，爸爸媽媽當年出現的情景，現在也在他這兒出現了。各睡各的床，或者各睡各一頭。愛情、愛情，從愛到情。愛沒有了，情，留了下來。窩腳。還是一家人。夢裡跟別人做愛，醒來啥也沒發生。愛在手指頭，捏著、搓一下，流出來了，就消解了。人生就那麼回事，不太多，也不太少。他被尿脹醒後，才發現隔著空間睡，反而睡得香，誰也不招惹誰，誰都睡誰的覺，醒來時，居然已經睡掉了好幾個小時。人到了一定年齡，性就不重要了，可有可無。

不，不對，他對自己說。內心深處，他依然很想這個東西，或者說那個東西。那天，那人陪他走了一段路，問了一些問題，他發現他居然被她吸引了。長得不能說很好，也不能說很差，只能說還可以、還不錯、還行。但青春就是氣場，就能形成自己的氣場，把年齡的差距在一瞬間抹平、磨平。他甚至連正眼都沒看過她一眼。他只是她問一句，自己就回答一句，一直走到飯堂，才轉臉跟她告辭。後來不知怎麼，在辦公室門口看見她過去的身影，他居然從座位上起來，走出門去，到樓梯口張望。這非同小可，他從來沒有給自己這樣的特權，享受如此的短時沉浸。張望？他已經有很久很久沒有張望了。那種松糕鞋本來是很要命的一種視覺不享受。但在這個人的腳上，卻似乎能把視線拉住，令其暫停，溜過去後又回來。他聽朋友講到那個不久前去世的老詩人，一個一輩子都未娶的老光棍，有無數青睞他的學生，最後被其中一個利用，達到目的後就離他而去。其實也無所謂，在一起的時候能賞花吸蜜，足矣。糾纏久了、糾葛久了，最後就是各睡各床或各睡各頭，不如該收手就收手，讓生活繼續前進吧。

他無法繼續前進。他卡在中間，這個無性地帶，身體裡還有一些潛流在動，腦子也是。人生的空間裡纏滿了蛛網，他看見自己小蟲一般地困於其間，不再渴求身邊的那個肉體，連自己的也不碰。挺好。

必須這樣想才行：你活不過明天了，今天就把現在想到的事情寫下來。剛跟P和J吃飯時，P說他退休後只寫東西，因為他一生最大的遺憾之一，是由於硬碟死掉之後，沒能把寫的幾部書稿保存下來。

硬碟也能死掉？P肯定地說：能。因為技術的不夠發達，無論想什麼辦法，請誰來做，都不能讓它起死回生。只能認輸。也只有認書的人才會認輸。不認書的人，是不會認輸的。

P走後，你這個害怕明天就死掉，因此今天趕著把一切寫下來的人，跟J轉戰到別的地方，繼續喝酒。對面花紅酒綠色豔燈亮的商店，照出一個很大的英文字：ego。那是「自我」的意思，也有「自私」的意思。J喝到想解手的時候，小咖啡館的小老闆——一個女的——對他說：8.59度有。什麼8.59度？J說。小女老闆努了努嘴，朝著對面。你和J循著努嘴的方向看過去，只見玻璃門上閃著一個亮字：8.59℃。J說：咱換一個地方吧，我至少還能憋一個小時。

你們這時正在談死，是從老年人談起來的。J說：在這個國家，人死了要去買地，不能轉讓，為期二十年，以後你要繼續死下去，你的後代就要繼續繳費，子子孫孫地繳下去。何必給子孫這麼大的負擔呢？

你說：一個活到85歲的老人，問題不是吃，而是拉，不是一天拉不出，不是三天拉不出，而是整整一兩個星期都拉不出。人死，不是吃死的，往往是屎死的。

J說：那也沒有關係。我一個朋友的老爸，每年澈底洗兩次腸，把裡面沖得乾乾淨淨。

你說：乾脆安樂死得了，像那個國家常做的那樣。自己給自己定一個死期，跟大夫說：在這一天的正午十二點，一針把我結果得了。

J說：那有什麼？還不如我看的一個電影，提前給自己開追悼會，讓所有的朋友親戚都來參加，完了也不要去買墓地燒紙錢什麼的，把骨灰一股腦兒倒進花盆，讓花開去吧。

你說：那還不如乾脆人間蒸發或失聯好。無牽無掛也無被牽無被掛地走掉。

J說：我比較傾向前者，或者某個國家一個女的做的那樣，囑咐朋友把骨灰分兩次伴隨煙花放到天上，一炸而成碎屑。死得乾淨澈底。

你說：嗯，這個還有點意思。或者如果知道哪架飛機肯定要機毀人亡，就提前坐那架飛機，買好保險，讓家人得個比較優渥的賠付。

J說：哈哈，瞧你說的！

後來回到家裡，把這些跟家裡人說了之後，家裡人說：要是我死，我什麼都不留，把一切可以留下的東西澈底燒光。哪像你，還寫日記。我的生命是我的，來之前就沒有痕跡，走之後幹嗎要留痕跡？

自殺是很不負責任的一種做法，特別是從樓下跳下去。自殺後被人重新發掘，把過去好的事情都拿出來說、說事，是更不負責任的做法。人為什麼要自殺？誰也不知道。知道的人也說不了，因為已經死了。就是從他指尖敲出來的字，也不知道。樓底下的水泥地很冤枉，平白無故地被人肝腦塗地了，弄得髒兮兮的，很暴力，很不好玩，而且還被人，尤其是被員警圍觀、細查、議論。甚至把一些不相關的人也弄哭了。身體到底還是比空氣重，這是沒有辦法的。如果是一隻鳥，想自殺也沒辦法殺自己。貓也是一樣，從幾十層樓上跳下去，著陸的那一刻，身子輕輕一蹲一伏，再起來時說走就走了，啥事也沒有。它們一生都不賺錢，沒人為它們樹碑立傳，也從來都得不了獎，連想都沒想過要去得。只有人想得太多，身體裡面的東西，比身體本身還重，所以才那麼不經摔，還不如塑膠袋經摔。

過了很久，在一次飯局上，8.59先生被告知，那位老者，那位寫東西還不錯的人，後來跳樓了。原因大致是新的婚姻生活很不幸。比他小二十多歲的女人，被迎娶進來之後，導致他的女兒一氣之下遠走高飛，到別國去生活了，從此不再跟他來往。這個比他小二十多歲的女人，可不像人們想像的那樣，對這位著作等身、德高望重的老人百依百順，而是在一切好的過了之後，給他來了壞的，完全是沿用天氣的規律：一連串晴空萬里、陽光燦爛，讓人以為老天從此永遠開眼，不再閉眼，永遠好脾氣下去，不再發脾氣的日子，接下去就是傘傘傘傘傘傘傘，到處都是雨滴和挾帶雨滴的風，甚至還有雪，還有吹得房倒屋歪的狂風，連魚都跑到水深的地方去了。一個老人的名聲再高，怎麼拗得過小女人的胳膊和大腿?!聽得8.59先生唏噓不已，連聲說：歷史的教訓值得記取，歷史的教訓不應忘記。當被問知他是什麼意思時，他只是笑而不答。該說的都已說了，人跳了之後，再去後悔，也是很沒意思的。年齡的懸殊固然可以帶來沁人心脾的爽，但青春就是一把刺入衰年的鋼刀啊。

在座的一位醫生說：一個年輕人，怎麼會看上一個老人？如果不是因為老人有地位、有名望、可能也有一點錢財和家產？她欲嫁，是因為她欲取。想想我們醫院那些來看病的老人，頭髮花白還算好的，有的頭髮都沒有了，就那麼一圈圈的幾根稀毛繞過天靈蓋，臉上的老人斑只差沒有圍棋子大、沒有圍棋子密了。走路都走不穩，縱有呼風喚雨的念想，也沒有說風是雨的能力。

其他人聽到這裡，無不陷入沉思，想起馬上就要像黃昏一樣降臨在自己身上的晚年，不覺內心觳觫起來，互相看看，好像看出了對方的心思，又好像沒有，畢竟誰都沒說，如果說出口，可能又覺得不對了，還是放在心裡的好，於是眾人都莞爾。

在下一個說書的，說到這兒，想起有年有個一輩子沒出名的詩人寫的一首詩，是這麼說的：

《跳》

跳樓算什麼？
我早已跳了數千次
每每從高樓──有時是十樓
有時是二十樓

有時是從飛機上
數不清的樓層高度

一看就有
縱身一躍的感覺

於是就，下去了
後面發生的事和說的那些話

肯定不是我沒跳之前
想聽到和看到的

否則，我就不跳了
這句話要用英語來說

就要用*third conditional*，像這樣：
Or I would never have jumped

我豈止是跳樓
我還跳過心、跳過腦

跳過夢
跳過眼---嗨，那種感覺

遠勝過跳樓
就像那天在大霧朦朧的山上
一眼就跳進
另一眼中
結婚和離異，都在起跳的同一
瞬間完成
而且絕對
沒有後續
我愛跳心、跳腦、跳眼
遠勝過跳樓

這個人的東西，8.59先生說，奇怪得很。詩歌能這麼寫嗎？這是詩歌嗎？

研究反正學的學者叫樊鮏。這一門學問是他發明的。他向來什麼書都不看，只看理論書籍。他看理論書籍，也十分不徹底，更不會去徹查。他只在裡面去發現，他想發現的東西。他發現，全球的理論界，現在基本姓法。那個國家似乎是人類思想的發動機、法動機。有什麼新的見解，都先到那兒策源，然後到世界別的地方策動。其他國家的人，就等著摘勝利果實，把腦袋讓給別人思維，肚子空出來自己吃。姓法的那些理論家們，把自己的東西，按自己的方式想出來，用自己的文字寫出來，就等著讓別人翻譯、發表（法表？）、閱讀了。樊鮏不理這個茬。他看不懂，也不想懂。他只看自己看得懂的地方，看不懂的地方便一掠而過。生他養他的那個民族因為吃得太多、吃得太猛、吃得太好，腦子一到理論這個層面，就不太好使了。最後覺得還是不如令其像天空一樣空著的好。這就是為什麼空空的老天總有人求，而姓法的理論不一定個個都求的道理。如果法國是世界的大腦，那世界的口和屁股一定是漢國。在那兒，只有吃和拉，以及射這幾件事。說著說著又說岔了。

他是看一本書才又想起自己那個不屑於與姓法的理論相提並論但姓法的理論從未提及的他自己的理論的。那本書是寫《1984》年的作者George Orwell寫的一大厚本日記。實在沒什麼好看的，每天記的都是他的雞生了幾個蛋。只有一個地方，說他們幾個英國人慶祝中國戰爭勝利時，把中國國旗掛了出來，結果掛倒了。就是這個掛倒了有意思。整個中國文字和英國文字，包括兩國的文化，所呈現的核心，就是倒，互為倒影，互為反正，互為敵友。

核心在文字，他發現。中文字行文，每一個字跟每一個字都是緊緊相挨的。無論古書，還是現代文，無論繁體，還是簡體，無論橫排，還是豎排，無論中國大陸，還是臺灣香港澳門馬來西亞新加坡，它都是一個一個緊緊相挨的，就像早上擠地鐵的人那樣相挨，間不容髮。它不允許間隔，一有間隔，就不舒服了，空間就不夠了。比如，把上面這句話每個字都像英文那樣隔開看看：它 不 允 許 間 隔 ， 一 有 間 隔 ， 就 不 舒 服 了 ， 空 間 就 不 夠 了。這是這個文字與生俱來的問題，就像這個文字生出的肉體一樣，必須一個緊貼另一個，須與不能分離，分離了就要落淚，就要寫詩，就要悲什麼歡離什麼合。從某一方面講，這個文字中死去的人也是如此，在任何大屠殺中他們都像字一樣緊緊排列在一起，須與不能分離。一拆開就日本了。再拆開就FD了。曾有一張三四十年代的照片上，剁下的腦袋就像漢字一樣一個緊挨一個地排成數排，眼睛有睜開的，也有閉著的。讓人想起死不瞑目的成語，也讓人想起惡搞的成語：詩不瞑目。

那個文字，也就是英文，英雄的文字，颯爽英姿的英，跟這個文字是成倒反的。這個文字是地，那個文字就是天。姓英的文字，當然就應該是天了，否則就應該姓陰、姓影、姓蠅了。什麼？蠅文？有意思，蒼蠅的文字。話雖這麼說，那個文字如果寫出來，兩種文字之間的這種隱性差別昭然若揭。比如，把「有意思，蒼蠅的文字」這段話譯成英文，它就是這等模樣：Interesting that it is a flies' language。看明白了嗎？沒看明白？那就把「interesting」一字單挑出來看看。雖然每一個英文字母（不是字公，字公在哪兒呢？），跟另一個字母都是緊緊相挨，但每一個有意義的單詞，都必須跟另一個隔開一個空間，如果把這個空間拿掉，整句話的意義就立刻消失，看不明白了，就像這樣：Interestingthatitisaflies'language。所以，這種倒反是很有意思的，而且是很不能解釋的。沒有邏輯的。也許其中的邏輯，需要比迄今為止的語言學更好的洞見。

樊鮏在一次講課中發現，有個學生沒有聽懂他的話，便「啊」了一聲。他注意到，那個學生發「啊」時，嘴巴張得很大，呈「啊」的形狀。他笑了，問了一句：知道在同樣的情況下，英語發什麼聲嗎？全班無一人知道，都是至少學習英文五六年的人了。他講了一個故事，說，多年前，那個國家來了一位作家，寫長篇小說的，長著一部黃鬍子（這個他沒講，是後來讓我寫進來的，後同），他偶爾也去他的住處聊天，發現當他有什麼沒聽清楚的時候，他不是像他們那樣「啊」地問一聲，而是「hey」一下。在相處的半年多時間裡，他發現他「hey」了好多次。這種「hey」法，是在要說完時，把尾音抬上去，在半空中懸置起來。於是你不得不再重複一下你問的問題或說過的話。他對自己承認說，他始終沒有學會這種說話的方式。樊說到這裡時，想起了手勢，便問一個同學說：你想要遠處某人朝你走來，一般做什麼手勢。那同學做了一個招手的手勢，掌心向下，五指分開，上下擺動起來。他說：你知道，如果你在英語語境下這麼做，會產生什麼樣的效果嗎？那個同學搖搖頭，表示不知道。他說：那人會走掉。為什麼會走掉？因為你五指向下擺時，意思是讓他過來，但你的五指還會向上、向外擺，這個向上、向外擺的動作，在他看來就是讓他離開，於是，他就離開了。同學問：那怎麼要他過來呢？樊說：很容易。你必須這樣。說著，他把右手伸出來，三指屈曲，只伸出食指，拇指扣住屈曲的三指，拳心向內，把食指形成鉤狀，一下、一下地向內鉤曲，同時不要做聲，對面那人看見這個動作，就會自動走到你面前來。同學說：這哪是喚人，這分明是喚狗。樊說：是的，不同文化生產的眼睛，看見同樣的動作，會產生相反的回應，這就是一個典型的例子。很多倒反的例子，在那一剎那湧上腦海，但下課鈴聲響了，只好留作下次有時間再講吧，樊對自己說。

樊在一次文學翻譯課中，澈底顛覆—不，他討厭這個字，因為這個字已經被用濫到沒有意義的地步—澈底推翻、踐踏、蹂躪了嚴複的三字經「信達雅」中的「雅」字。他隨口舉出了一大串無法雅起來的英文書名，如*Cunt: the Declaration of Independence*。這是一個名叫Inga Muscio的美國女權主義作家寫的書。如果譯成中文，按照他三字經的「信」來譯的話，這個書名應該譯成《屄的獨立宣言》。可是，他說，在這個所謂幾千年的文明國家，它要做的最不文明的事，就是把人體這個最重要、最重大的器官刪除，至少從字面上刪除。當無數貪官縱情聲色、用貪污所得無情地蹂躪著大量青春美麗的器官之時，也就是上面所說的那個「屄」字的時候，這個國家的媒體和出版機構，卻要把這個字從字面上刪去。一個不敢正視、不能正視自己器官的國家，不承認人類繁衍生殖的最重要器官，是根本不能稱為一個「文明國家」的，它至多只是一個非文明國家。他一邊在12月中旬的冷風中，跟另一位詩人朋友走著，一邊跟他說。曾有一本名叫*Language Most Foul*的書，作者也是一位女的，叫Ruth Wajnryb。書名如果譯成中文，應該叫《最污穢的語言》。他說他曾把英文原版買下來看了，記得該書第一章講的就是「屄」字，英文是「cunt」。該作者經過調查發現，這個字在中世紀並不是一個髒字，而是一個中性詞。倫敦當年就有一條小街叫Gropecunt Lane。如果音譯，就是「格羅普小巷」，其實人家是有意思的，譯過來就是：「摸屄巷」。這要是在文化大革命，老早就改作「紅旗巷」了。即使沒有文化大革命，在這個國家的文化中，哪會有它生存的地位?不被千刀萬剮才怪。一個把髒字刪除的文化，就相當於一家沒有廁所的豪華酒店一樣，如這個國家的首都當年很多餐館那樣，吃飽喝足之後，卻沒有拉屎拉尿的地方。他接著說，女權主義為了撥亂反正，為了給「屄」正名，因為這個字在接下去的幾個世紀中，已經被男權主宰的社會糟蹋得不成樣子，當成了一個典型的污蔑詞、侮辱詞，凡是傻乎乎的、極其可惡的、恨之入骨的，都可稱之為「屄」，跟這個國家差不多，什麼「娘西皮」，那個皮，就是這個「屄」；什麼「傻逼」，那個逼，也是這個「屄」。女權主義為了撥亂反正，為了給「屄」正名，便著書立說，首先讓「屄」從下三濫的地位，從見不得陽光的角落，從見不得人的地方，走到檯面上來，就像人臉一樣。既然是人體的一個器官，而且從她們的角度看，是最冠冕堂皇、正大光明、最不偷偷摸摸、最講愛情和性愛、最有感情、最有原創性、最能激發想像、最招男人喜歡的器官，為什麼把它藏著掖著、偷著摸著、心中暗想著、嘴上不說著？於是就讓它上了書的封面，做了書名的第一個字。沒想到一進入這個有幾千年歷史，卻幾乎沒一天自由的語言中，就遭到了劫數。好在那本書譯成中文—書名弄成了個什麼《髒話文化史》，似乎只要沾了「史」的邊，就一切都ok了—後，倒是讓那個女性譯者過了一把「屄」癮，至少從目錄上看，就有一章譯成了「咄咄屄人」。說明這個文化多多少少開放了一些。這從另一部惹眼的英文劇本名上，也可以看得出來。那部劇本叫*The Vagina Monologues*，作者又是一個女的，叫Eve Ensler，譯成中文是《陰道獨白》。大約是因為「陰道」與「屄」相比，不帶貶義，所以這個國家的一些大學還把它演成了戲，「陰道」也大行其道，在各大報進行了報導。這真是陰道可道，非常陰道。換了「屄」就不行，比如在我現在的行文中，我就無法說屄可道，非常屄。人家讀者肯定要認為我在罵人了。如果哪天屄也可以像臉一樣暴露在光天化日之下，像前面提到的書名那樣，而不招來眾目睽睽，也不引得本人自慚自愧，那也許人類真的進入了文明時代。只要還有一天它見不得人，就有見不得人的事發生。

說著說著，話題自然從屄轉到了屌，也就是屌絲的屌。奇怪的是，雖然屌絲這個字，無論在口頭上，還是在書面上，早已大行屌道，但在學術上卻得不到承認。一個典型的例子，是愛爾蘭諾獎獲得者貝克特（Samuel Beckett）。在所有獲獎者中，此人文字是最髒的。當然，你不能看這個國家翻譯的他的書，因為都被翻譯得乾淨了，好像進行了一次翻譯大掃除。此處容我停一下，樊說。這個國家培養教育出來的翻譯，一為尊者諱，一為白人諱，凡是遇到語言方面的問題，他們都會拿起譯筆、敲起譯鍵，主動、自動、免費地為他們的作品來一次大掃除的。他們一天到晚在那兒侈談什麼歸化、異化的，卻見到個雞巴，硬要譯成陽具。陽具多好聽、多美、多雅，那是陽光的陽、陰陽的陽啊，他們說！好像陽具不幹陰活似的。最近的一個例子，樊重拾話頭說，就是貝克特的那個劇本，名叫*More Pricks than Kicks*。該劇1934出版時，因愛爾蘭1929年的審查法而被禁。貝克特氣憤已極，寫了一首詩，詩中有幾句是這麼說的：

吃喝拉撒、放屁日屄，
假定日屄的季節
不會隨著理智的季節而告終。[27]

那首詩結果直到1997年才正式發表，也就是他死了8年後，你知道，他是1989年死的，那是一個很多人都沒有忘記，但都不想提起，也許以後會忘掉，但誰也不知道、誰也說不清楚的日子。其實有個簡單的辦法，就是說他不是死於1989年，要麼死於1988年，要麼死於1990年，那比較好。或者乾脆說：他死於1988加1年或1990減1年。反正有一點很清楚，那就是這段詩再怎麼譯，也不會譯成這樣，大約會譯成這樣：「放屁做愛」和「假定做

[27] 英文原話在此：http://julietjacques.tumblr.com/post/57254066915/samuel-beckett-antipepsis

愛的季節」。做愛可以，日屄不行，儘管兩個動作都是一樣。以後大約拉屎也不好說的，隨著文明的遞增，就叫如廁。或者乾脆用英文說：going to the bathroom。多文明、多有品味，上面說著英文，下面拉著屎！

說到那個劇本，後來成了一部短篇小說集的書名，這個國家，以及本來屬於這個國家的那個也把自己叫作國家的省份，在翻譯這個劇本，以及這本小說集時，都做了大掃除的處理，分別譯成了四種：《徒勞無益》、《少踢多刺》、《多憂患少昂揚》和《卵多於石》。全他媽扯雞巴蛋的翻譯。其中有一個還出自一部碩士論文，該文全文居然對如何譯成《徒勞無益》都沒有作一點介紹。如果當年貝克特只是寫了一本「徒勞無益」的東西，這種書名絕對不會遭到查禁。也許這麼譯，只說明了譯者本人面對強大的淨化文化而產生的一種無能為力，做什麼都沒用的徒勞無益之感而已。

其實，該書名中的kick本來是踢，加了s成為複數之後，就有了興奮、刺激之意。而prick本來是刺，但它更多的是指男性的那話、陽具、雞巴。

那你怎麼譯的呢？樊的詩人朋友問。

《雞巴多，刺激少》或《雞巴多於刺激》。

就是得了諾獎，這樣的字句也是無法放出來的，詩人歎息著說。

樊抬頭看了看四周，校園裡光禿禿的冬樹，一根根看起來都像被刪削的雞巴。

為了繼續說明他的理論，樊又舉了一個例子。他說：拿出版社來說，這個國家的出版社給自己起的名字，都美侖美奐，什麼白花、什麼白山、什麼長城、什麼長春、什麼春風、什麼海風、什麼海燕、什麼海洋，一個個都好聽死了，儘管做的事並不一定都好聽，至少對作者來說如此。相比較而言，那個國家出版社給自己起的名字，就難聽死了。有一個叫做瓦爾格出版社。其實哪是什麼瓦爾格，它英文是Vulgar，直譯過來是「粗俗出版社」。還有一家叫懷爾德和伍立出版社，其實英文是Wild & Woolly，意思是「粗野而沒文化出版社」。不要以為這都是垃圾人主持的垃圾出版社。他們不是教授，就是多年的文化人，要比這個國家很多假模假樣的傢伙不垃圾得多。最怕的就是裝逼。自己沒文化，還給自己起很文化的名字。內裡都是草包。紐約更不裝逼。有一個詩歌網站，給自己起的名字英文是Poetry Brothel（詩歌妓院）。真好！網上還有一家網站，英文是Fuckyeah, Poetry（操你，詩歌）。[28]你以為這是一家很操蛋的網站？那你就傻逼了。這家網站上的英文詩歌，是包括了諾獎獲得者如聶魯達等的所有最好的詩歌。俄國還有一個女性組織，稱自己為Pussy Riot呢。什麼意思？直譯便是「屄暴」，類似家暴，比家暴有力得多。這兩種文化，沒法說誰比誰更好，但直接粗俗，總比貌似高雅好。不過，想要一個已經裝逼了五千年的文化自訴自己沒文化，那還不如讓它就地死去的好。它總要撐足那個假面子，那就讓它繼續撐下去吧。關我屁事。

編撰自殺者名單的人是一個無名的人。他看了一個電視新聞後決定，該讓那些人留名了。那個電視新聞報導的是兩位才二十出頭的女友，雙雙挽著手，來到絕對美好、絕對無望的大海邊，在懸崖的一棵樹上，把自己吊死了。沒有任何理由。他遺憾沒有記下她們的姓名，他開始編撰自殺者名單時，此事已經發生很久了。他當時的印象是：美麗自殺美麗、青春自殺青春，在最美好的地方。

44歲的時候，原籍亞美尼亞的美國畫家高爾基（Arshile Gorky）在美國康涅狄格州上吊身亡。他說：「抽象能讓人用大腦看見，人用眼睛看不見的東西。……抽象藝術能讓藝術家超越可觸摸之物，從有限中萃取無限。它是對大腦的解放。它是對無知領域的一次轟炸。」[29]

67歲時，來自俄羅斯的美國抽象畫家羅斯科（Mark Rothko），以刀片切肘自殺，躺在畫室的血泊中。他說：「沉默太精確了。」[30]

44歲時，美國雕塑家威爾瑪斯（Christopher Wilmarth）在畫室自殺身死，沒有留下任何遺言。他說（或他生

28 Fuck yeah聽上去頗似fuck you（操你），但實際上也有叫好的意思，相當於中文的「我操」！
29 原話是：「Abstraction allows man to see with his mind what he cannot physically see with his eyes... Abstract art enables the artist to perceive beyond the tangible, to extract the infinite out of the finite. It is the emancipation of the mind. It is an explosion into unknown areas.」參見：http://www.art-quotes.com/auth_search.php?authid=42
30 原話是：「Silence is so accurate.」參見：https://www.goodreads.com/author/quotes/8322.Mark_Rothko

前曾說）：「我把我一生中的重大時刻，與當時的光線特質聯想起來。」[31]

42歲時，法國畫家、作家兼哲學家勒維（Édouard Levé），在把《自殺》一書交稿的十天后自殺。他生前留下的一句話是：「據說你死於苦難，但你之所以死，是因為你冒著找到虛無的危險去尋找幸福。」[32]

58歲時，原籍波蘭的美國作家科辛斯基（Jerzy Kosinski），用塑膠袋套住腦袋，在泡了一半水的澡池裡自殺。他有一句話說：「藝術的原則是暫停，而不是走過。」[33]他還有一句話說：「打傘走路，妨礙看天。」[34]

67歲時，美國作家湯普遜（Hunter S. Thompson）自殺了。他用子彈射穿了他的思想。死前給妻子留下一張條子說：「再也不玩遊戲了。再也沒有炸彈了。再也不散步了。再也不好玩了。再也不游泳了。67歲。這就是說，50歲過了又活了17年。比我需要或想要的多活了17年。無聊。我永遠說話刻薄。不好玩—對任何人來說都是如此。67歲。你現在越來越貪了。人到老，也該表現得符合老年的身分才好。放鬆吧—這不會傷害你的。」[35]

49歲時，美國作家布羅蒂根（Richard Brautigan），在用子彈射穿腦袋，屍體腐爛很久之後，被人在他獨居的家中發現。他曾說：「我們在歷史中都佔有一席之地。我的一席之地在雲裡。」[36]不妨改為「一席之雲」吧。據查，他一生未得獎。詩歌和小說幾乎都不成功，除了一本之外。

58歲時，美國詩人貝利曼（John Berryman）從華盛頓大道大橋上跳下，像他父親曾經做過的那樣，也用自己的手，結束了自己的生命。他說，也是曾經說的：「我們必須沿著我們恐懼的方向前行。」[37]

---

31 引自Robert Hughes的Nothing if not Critical一書，第351頁。

32 原話是：「You were said to have died of suffering. But you died because you searched for happiness at the risk of finding the void.」參見：https://www.goodreads.com/author/quotes/1746724._douard_Lev_

33 原話是：「The principle of art is to pause, not to bypass.」參見：http://www.brainyquote.com/quotes/authors/j/jerzy_kosinski.html

34 原話是：Going around under an umbrella interferes with one's looking up at the sky. 參見：http://www.brainyquote.com/quotes/authors/j/jerzy_kosinski.html

35 原話是：「No More Games,」 read a note delivered to his wife shortly before the incident. 「No More Bombs. No More Walking. No More Fun. No More Swimming. 67. That is 17 years past 50. 17 more than I needed or wanted. Boring. I am always bitchy. No Fun — for anybody. 67. You are getting Greedy. Act your old age. Relax — This won't hurt.」參見：http://www.toptenz.net/top-10-suicidal-writers.php

36 原話是：「all of us have a place in history. mine is clouds.」參見：http://www.toptenz.net/top-10-suicidal-writers.php

37 原話是：「We must travel in the direction of our fear.」參見：http://www.toptenz.net/top-10-suicidal-writers.php

41歲時，瑞典詩人博耶（Karin Boye）因服用過量安眠藥而死。她曾說：「我痛恨我這可憐的柳樹般的靈魂，耐心地容忍，被他人之手絞扭編織。」[38]

59歲時，英國作家吳爾夫（Virginia Woolf）身捆石頭，自沉河中，三周後才被人找到屍體。編撰者早就讀過她的小說，也看過一部以她為題的故事片，卻完全忽略了她以自殺結束生命這件事。正因如此，他才決定把她收編進來，而海明威這種人，他一看就決定不收。吳爾夫曾說：「語言是唇上之酒。」[39]她還曾說：「總得有人死，才能讓我們之中別的人更加重視生命。」[40]編撰者卻覺得，該句中的「生命」，應該改成「死亡」更好，亦即「總得有人死，才能讓我們之中別的人更加重視死亡。」

46歲時，美國長篇小說家華萊士（David Foster Wallace）在加利福尼亞州某地自己家中把自己吊死。他很好玩，曾說：「我會做這種事，比如，我會鑽進計程車，說：'圖書館，加油快去呀！'」[41]

57歲時，匈牙利藝術家Dezsö Czigány把全家人殺死之後，也把他自己殺死。他讓人想起顧城。他曾說——編撰者沒發現他說了什麼。他也許什麼都沒說，也許說了沒人記錄。

31歲時，美國小說家塗爾（John Kennedy Toole），把花園水管接在汽車尾氣管上，自殺死于車中。部分原因是因為，他的第一部長篇小說《蠢材聯盟》被退稿，死了11年後，該書獲得普利策獎。不知當年那些退稿的人是否當時還沒死。他們當年都瞎眼了嗎？大概都是蠢材，所以拒絕用稿。塗爾曾說：「我此時正在寫一本控訴我們這個世紀的長書。我的大腦因文學勞動而暈眩時，我會偶爾蘸乳酪吃點東西。」[42]

---

38 原話是：「I hate this wretched willow soul of mine, patiently enduring, plaited or twisted by other hands.」參見：http://thinkexist.com/quotes/karin_boye/

39 原話是：「Language is wine upon the lips.」參見：http://www.brainyquote.com/quotes/authors/v/virginia_woolf.html

40 原話是：「Someone has to die in order that the rest of us should value life more.」參見：http://www.brainyquote.com/quotes/authors/v/virginia_woolf.html

41 原話是：「I do thing like get in a taxi and say, 'The library and step on it'.」參見：https://www.goodreads.com/author/quotes/4339.David_Foster_Wallace

42 原話是：「I am at the moment writing a lengthy indictment against our century. When my brain begins to reel from my literary labors, I make an occasional cheese dip.」參見：https://www.goodreads.com/author/quotes/3049.John_Kennedy_Toole

「寫一本控訴我們這個世紀的長書。」好！那些姓中的作家，沒有一個敢這樣。全是豢養的狗，比狗還不如。

31歲時，澳大利亞詩人亞當斯（Francis Adams），用隨身帶著的手槍，在病入膏肓的時候，借助第二任妻子的幫助，把自己幹掉了。第二任妻子後來也並未因此而被判刑。亞當斯寫詩有個特點，寫得快，很少改，但這也無礙他成為一位重要的澳大利亞詩人。他的事實向世人昭示，詩可能改好，但不改也能照樣好。亞當斯說過的話，網上沒有。

37歲時，澳大利亞詩人戈登（Adam Lindsay Gordon）用步槍把自己幹掉了。妻子隨後改嫁。他曾這麼說：

「在你的生命中，總有一天你會意識到：
誰重要，
誰不重要，
誰將來不再重要，
誰永遠都重要。
因此，不要為你過去的人擔心。他們沒有成功地抵達你的將來，是有道理的。」[43]

老作家一生都不成功，寫了幾十本書，不說賣，連看的人都沒有，靠送，送了也沒人看。他名叫Hou Yi。我

---

[43] 原話是：「There comes a point in your life when you realize:
Who matters,
Who never did,
Who won't anymore,
And who always will.
So, don't worry about people from your past, there's a reason why they didn't make it to your future.」參見：https://www.goodreads.com/author/quotes/1075727.Adam_Lindsay_Gordon

是為了給他保密，才採取這個措施的。你可以從他不是誰來猜他可能是誰。比如，他肯定不是後羿、厚誼、後裔、後移、厚意、後翼、厚義、侯乙，那他有可能是侯益、侯儀、鸑鷟。是的，他最有可能的就是鸑鷟。這個就不去多說了，反正叫他Hou Yi就好，至少作為看官的你，終於明白了這兩個字的發音。他跟我談到了最近的不快。那不是不快，那簡直是不爽。據他說，人生不爽多矣，但從來沒有這次不爽，簡直是不爽之至。我慢慢跟他問起來，他也慢慢跟我說起來，於是，我就慢慢明白是怎麼回事了。現在回想起來，他竟然沒有講一個細節。不爽的事一件沒說，卻盡說些別的東西，比如他每次回到那個國家，跟早已不從事文學，現在開一個小店的朋友見面時，總有說不完的話，而且圍繞的從來都是文學這個主題，如某某詩人最令人討厭，某某詩人現在幹得不錯了，不僅詩寫得好，而且還拍了不少很藝術的照片，有時還順便來一句：你上次那本書不錯。不說怎麼樣不錯，只說不錯，然後話題又轉到別人身上。老作家能體會出他的心情和他的為人：在背後說人好話，總比當面誇人好。當面說好，還說得很細，這顯然有悖常情，或許還藏有機心。一句話就夠了。當然，當面說不好，那就更不人道了。不好就是不說。不說就能體會到了。他覺得這樣比較好。

他說著又提到那個國家的那個作家。他每次回到那個國家，都會找機會去看他。這是他在那個國家的唯一一個白人朋友，一個能隔一段時間就碰頭一次，交換意見和看法的作家。也就是說，他們見面後，除了寒暄幾句之外，第一句話就是：最近寫了什麼嗎？這個話匣子一打開，他們之間的話就多了。不僅談得廣，而且談得深，甚至連書名都要討論來討論去的，這個很好，那個不行，那個如果加上幾個字也許就妥帖了。等等。當一個作家、一個寫書的人，還有什麼比這更適意呢？那個朋友現在很成功，也樂於談他的種種業績。某本書最近還沒出版，手稿就拍賣了，為六位數。另一本書的保加利亞文版剛剛出版，還有一本的西班牙文版和法文版也要相繼出版。他聽著，他微笑，他說：祝賀。他心裡也沒有不是味的想法。但他總是想到二十幾年前，他們走過綠蔭深濃的那座公園時，他說過的一句話：成功多難！也許這輩子永遠也不可能成功了。記得當時他還勸他說：成不成功不是自己能夠決定的事。想成功的人，也許一輩子都成不了功，但不想成功的人，也許。

這也很自然。在商言商，在作嘛，就言作。寫作的作。這跟這個國家的人有點不大一樣。他見到很多寫作的人，作人，碰到一起根本不言作，他們言女人、言吃言喝、言一些跟作毫無關係的事。偶爾也言言作，但一旦進入作的層面，就開始假起來。假話連篇、空話連篇、廢話連篇，全是一通不堪入耳的讚美話。這個國家的詞也造得好，叫個什麼「溢美」。把讚美的廢話都溢出來了、湧出來了，像沒有及時收走的垃圾桶的垃圾，都溢美溢醜到外面來了，還散發出很香的臭氣。那些文人的嘴唇講得起了繭子。更糟糕的是，別人的耳朵也聽起了繭子。這不同於四十多年前。那時，手上幹農活幹得起繭。現在，眼睛看東西（包括看垃圾電視、垃圾微信、垃圾人）看得起繭。耳朵聽那些二得出奇的二話聽得起繭。

我發現，他抱怨很多。讓我想起美國那個醉鬼詩人說的：智者充滿懷疑，愚者充滿信心。「懷疑」應該代之以「抱怨」。「信心」還是信心，但那是愚者的信心。我開始覺得，令他不高興的，是那種冷漠。搞文學的人，居然見面絕口不提文學。我沒有問他，但我隱約感到是這個問題。既然他不明講，我也不好明問。我聽他繼續講下去。

他說，老作家說，認為自己永無出頭之日的老作家說，他發現越來越多的動物，不，他改正自己說，越來越多的人已經不再通過讀書的方式來蹂躪自己的眼睛了。他們寧可用微信來強姦自己的視神經。這個時間節點上發微信的人，實際上就是微信人，或者說微信垃圾人。垃圾微信人也合適。他話鋒一轉，又談起別的人來，說最近把一本詩集送給了一個水管子工。此人指著他那一大堆東西說：做生意的？他說：沒有。是寫東西的。他差點把「沒有。是寫詩的」這句話說出口，幸好在冒出來之前給壓下去了。否則又不知道有什麼後果。主要是對方的表情。聽見詩，就好像聽見死、聽見瘟疫。瘟疫，跟文藝，聽起來很像。人們不喜歡發雞瘟。當然更不喜歡發詩瘟。詩瘟一發，誰見了都要開跑，連話都沒有。他說著就從那一堆根本賣不動、也送不動的東西裡面，抽出一本東西來，說：這是我寫的，送給你吧。他不想看那個人拿著東西時是什麼表情，但他注意到，那人沒有回答他的問題：你看書嗎？至少他沒有拒絕說：不，我不看書。更不看詩。至少他把書接過去後就走了。說明他至少回去還會看看。至於看後會怎麼樣，估計不會怎麼樣。詩歌已經沒有受眾，只有寫的人繼續在寫，就像屎尿繼續在拉、在被拉。

這天，他又收到小B的來信。小B問他：最近好嗎？

老D說（是的，他還有個代號，就叫老D），還行吧。

小B問：忙什麼呢？

老D說：沒忙什麼，反正再忙，也忙不出什麼名堂。

小B問：你這是話裡有話、字裡有字呀。

老D說：我既不字，也不話。要是非要你那個格局，那就音裡有音。

小B反應很快，立刻說：哦，明白了，你現在迷上音樂了，是吧？

老D說：嗯、嗚、啊、哦，好像是吧。

小B說：那你聽上誰了呢？

老D說：不告訴你。

小B說：不會是我不知道的吧？

老D說：不懂是你不知道，連你那個國家也不知道。

不可能吧，小B說。

是的，不信你去查。歌名叫《Heels On》。

過了不久，小B回信說：大D呀，的確查不到，不過，英文有，但我看不懂。

想看懂嗎，大D說。

想啊，想啊，小B說。我還有點基礎的。

這樣吧，我把英文放一邊，譯文放另外一邊，你看看。

這麼說著，大D就去找了一段《Heels On》的文字。不過，他還是覺得，這首歌的歌名怎麼也得譯成漢文才好。歌的內容大致講的是，女的要跟人做愛，要穿著高跟鞋做愛。這麼說來，歌名可以這麼譯了：《穿上高跟鞋》。其中有一段是這麼說的：

So let me fuck with my heels on yeah
Let me ride on you ding dong
I've been waiting for you so long
Take me to the swing song let's fuck to a slow song
I got a lot of this to show you yeah

I wanna fuck you like I own you
Let me put this pussy on you
Use it control you
Mi glad say me know you[44]

大D把上述那段英文，連同下面這段譯文，同時加上了Lady Saw唱這首歌的視頻連結，一起把連地發給了小B。

那就讓我跟你日*B*，把高跟放你身上
讓我騎著你的高根晃蕩
我等你浪費了太多時光
把我帶著晃蕩著唱，咱倆日*B*時慢慢著唱
我要讓你看看，我多麼給力
我要日你，就像我擁有了你
讓我用我的*B*，把你嘴巴捂起
用我的B來調控你
這樣才能高興地說，我認識了你

小B很快回信說：看了。太下流了。你為什麼不把「Ri B」譯成「做愛」呢？
大D回信說：是你要看的。你要不想再看，我就到此為止。
小B說：你別生氣。我是開玩笑的。其實吧，我也很喜歡，只是覺得不敢看，也不敢想。

44 英文歌詞參見：http://www.sweetslyrics.com/1014793.Lady%20Saw%20-%20Heels%20On.html

大D說：你們那個國家就是這樣。心裡想的比這個下流得多，有權有勢者做的，比這下流得多，可就是不許說出來、不許寫出來、不許唱出來，怎麼做都行，就是不許成為藝術。

小B說：藝術有什麼用？能當飯吃嗎？

大D說：我沒想到你這麼庸俗。

小B說：是我庸俗，還是你那些歌詞庸俗？

大D說：:-(

小B說：:'-(

大D說：我走了。

小B說：別。我還想看。

大D說：那你必須保證，不得再抱怨。對你那個國家的人來說，只能把這個當成一種學習，知道你所不知道的事。就行了。不要想得太多，不要當飯吃。

小B說：（^_^）。

大D接著找了一首他很喜歡的歌，叫《Fucking Me Tonight》（《今夜操我》），是Khia唱的。他忘了跟小B講，Lady Saw是牙買加歌手，長得很醜，但歌唱得好，反而不覺其醜，十五歲出道，但因唱《Stab Up de Meat》（《往肉裡面戳》）這類歌而經常在牙買加遭禁，後來為了抗議，還錄製了一首《Freedom of Speech》（《言論自由》）的歌，最後越唱越紅，唱到美國去了。

Khia的這首《今夜操我》，比《穿上高跟鞋》還凶、還露骨。歌詞開頭說，你跟我來，因為我知道，我跟你做的事，你的女人不敢跟你做，接著就來了下面這一大段：

Come On Baby Let Me See What You About
Let Me Show You What I Got Let Me Make You Smile
Put A Arch In My Back Push My Pussy In And Out
Give It To You How You Like Baby Thats What Im About

Let My Juices Just Flow Off Your Lips
Girl Plays On The Dick Pussy In A Knot Rollin With My Hips
Pop A Pill Drink A Little Liquior Thats When Im The Best
And I Know Youre Lovin Me Cuz Im Better Than The Rest
Imma Take My Time Makin Sure That I Please You
Both Tities In Your Mouth Baby Let Me Breast Feed You
Tell Me How You Like It Ill Do Anything To Please You
Even Though Its Wrong I Cant Help It Cuz I Need You
Cuz You Make Me Smile And I Dont Ever Want To Leave You
How Can Something So Bad Keep Me Runnin Back To See You
You Fucking Me Tonight So Lets Go Cuz Youre Goin Home With Me Tonight[45]

來呀，寶貝，讓我看看你能力如何
讓你看看我有什麼，我要讓你好好笑笑
在我身上弓腰，從我屄裡進出
你想怎麼要，我就怎麼給，我想要的就是這個
讓我的汁液，從你嘴巴流
女孩子就要，屄和屌打結，擺動我的屁股
吃一顆藥，喝一口酒，我能發揮到最好
我知道你愛我，因為我比誰都好
我要不緊不慢地操，保證讓你性高

[45] 原文在此：http://www.azlyrics.com/lyrics/khia/fuckingmetonight.html

用你一張口，含住我倆乳頭，我要好好奶你
告訴我你喜歡啥，我要讓你好好耍
就算都是錯的，我也無所謂，因為我需要
因為你會逗我笑，我永遠都不想走
怎麼這麼壞的事情，卻讓我老回來看你
你今夜操我，咱們走吧，今夜跟我回家

大D有點猶豫，不知把這個發過去，是否會挨小B一頓臭罵。或者乾脆不理他了。不理也無所謂。反正這個網站上有的是情急生性的人。上面大書：「推薦最專業的同城情人網 最快十分鐘找到情人」。這個時代，這個世界，到處充滿了想「打結」的屄和屌，不是屄絲，就是屌絲。苦屄的屄絲，苦屌的屌絲。如此而已。大家都是性投意合，狗合、貓合、豬合、人合，天地合一，一捅天下，一接天下。想到這裡，他想都不想，就按鍵把東西發過去了。

果然過了很久都沒回音。大D知道，小B也不過如此，僅一個小B而已。不值得留什麼戀。倒是這些歌曲，讓他對西方歌曲的發展，有了一個新的認識。Henry Miller（米勒）的時代，文學如果沾腥帶臭，就會自然地走上法庭。可現在，歌聲如果不充滿做愛的聲音，歌詞如果沒有髒話，那就好像做了一盤沒有任何調料的菜，誰都不會喜歡吃、聽，廚藝再好也沒用。想著想著，他想出一個關鍵字並做了搜索。果不其然，就有這樣的歌，歌名就叫《Fuck Song》（《操歌》或曰《日屄歌》）。[46]其中一人唱道：

你不想多說
從你看人的樣子
我知道你想日屄

[46] 原文在此：http://www.lyriczz.com/lyrics/ashanti/43309-fuck-song/

另一人對唱：

你也別罵我
我跟你一樣也想日屄
好想、好想、好想

大D當即決定，不把這段文字發給小D了。那個國家的人承受能力極低，特別是無法承受藝術。他們還在十九世紀的浪漫時代活著。從小編到小D，從小官到小民，怎一個小字了得！那些大的日得都不想日了，小的只好沉浸在浪漫的白日夢中。是的，白「日」夢！

最後，他決定，把一首題為《The Sound of Real Love Making》（《真實做愛之聲》）的無詞無調的歌發給小B。那裡面的聲音，聽起來頗似野獸，女的在呻吟，又在笑，男的也笑，是嘻嘻哈哈的聲音，伴隨著東西一下一下打進去的聲音，像錘擊，又像捶擊，還像搗蒜、舂米、舂糍粑，很有節奏，很有韻律，很刺激，很不犯罪，很家常，很不入那個國家的耳朵，很能遭禁，很天天。很過癮的一種聲音。他決定發給小B。至於小B怎麼想，他就不管了，那就不是他的事了。

他邊掃地，邊想：其實，愛是個很壞的東西。在一個轉型的社會，一切都需要轉型，愛，也是如此，需要向情轉型、向情轉移。當一個人不愛的時候，剩下的就是情。親情、友情、人情、風情，只有情，才長久，因為它的右邊是個青，青澀的青、青色的青、青春的青。兩個人靠在一起睡，不做愛，不是沒有愛，而是做了就知道，做了、射了，就沒了。然後是睡覺。起來以後就好像什麼也沒有發生一樣。三四十年後真的就像什麼都沒有發生一樣，無論當年多麼熾烈。跟火是一樣的，跟吃的一餐好飯是一樣的。燒了就成灰，吃了就成屎，最後剩下的是那點飄來飄去的記憶。此乃情也。細想一下，這樣說也不對。原來是愛人的人，後來並沒有變成情人。後來是情人的人，原來也不是愛人。他是從愛人過來的過來人、過來愛人。也是從情人過來的人、過來情人，至少在虛構的意義上是。他後來的那個情人，在一起時是情人，不在一起的時候，居然不再思戀。對方是否思戀，是要從行動上看出來的。行動上並看不出來。無論電郵還是短信或者電話，從來沒有一句「我想你」，更沒有一句「我愛你」。聽到的聲音永遠是乾巴巴的，就事說事的：有沒有時間來？沒有時間？那就下次來。永遠很忙，不是忙這，就是忙那。一個忙者，就是一個盲者。跟戀人的那種盲還不一樣。戀人的盲是看不見對方的缺點，情人的忙也許是真忙、真盲，就是看見了也當沒看見。反正兩人都知道，對方要的是什麼，一方無求于另一方。不必用物體來表述情感。一般的愛，都是要物體來表述情感的。要送東西。送這個字，只有在送終時才不好聽。送東西都是人心裡所想所要的。愛情若無物體打底，一個跟頭就栽下去了。表現得充分一點是房和車，婚禮時每根手指都要戴上戒指，如有可能，最好腳趾上都戴。情人無需這些。對方把對方送上來，你把你自己送上去。該幹什麼幹什麼。幹完了就幹完了。各走各的路，比找小姐好，這是朋友告訴他的。那個要花錢不說，還要戴套子。那是最不爽的。肌膚相親是什麼意思？就是皮跟皮接觸。皮跟皮之間再隔一層東西，無論多麼薄，都有礙感情的發揮。也就是宣洩，好像戴著口罩接吻，戴著手套摸乳，一樣。情人不存在這個問題，朋友說。來了就做，做了就走。如果住得近，可以天天做。如果住得遠，有時間、有機會就做。無非是個解決問題的過程而已。誰也不用依附誰，誰也不用依靠誰，誰也不用管誰、強求誰。朋友談得更深了。

他掃完地，想起朋友的話，覺得一點意思也沒有。這不就是吃飯麼？唯一的差別在於，這是互相白吃而已，不戴口罩地吃。他從18層樓上望下去，想：沒有更好的解決方案。也許終生不娶最佳。法國畫家華托就是如此。不知他如何解決性饑渴的問題。法國畫家德加也終身未娶。至少免了吵架打架一說。要娶就娶自己的雞巴做老婆。想日拔出來撥弄搓弄撮弄一番就解決了，一射方休。誰也管不著，誰也犯不著。他目前已經進入了這種狀態。達芬奇一生未娶。康定斯基一生未娶。畢卡索一生未娶，但女人多多。米開朗基羅一生未娶，也不喜歡交朋結友，生活在別人看來一塌糊塗，吃飯僅僅是為了飽肚子，而不是為了享受，常常和衣而睡，腳上還穿著靴子。他還是個詩人，為他的男友寫下了三百多首商籟體的詩和義大利牧歌。不知道這些人是怎麼解決他們性生活的。也許不解決，也許解決了就完事，從不記錄，因為不值得記錄。精神的人呀！絕對精神的人。只有那個國家的人像動物一樣，從洞裡爬出爬進。不值一提。

自己的東西，就是自己的老婆，走到哪裡，帶到哪裡，不用付錢，沒有拖累，不必承諾，不需要向任何人交代，完事了一扔，不留任何痕跡。省得那些屌屄線民七七八八，囉哩囉嗦，都是一些活得不耐煩，死也不想死，又沒有任何藝術細胞，窮嘴一天到晚噴糞，腦子活不出一丁點天才的人。那些人活著，等於已經死了。

問：你為何到這個國家教書？

答：你這麼問的意思是不是說：你在那個國家混不下去了，所以才──？

問：請回答問題。

答：也請你回答問題。

問：是我採訪你，還是你採訪我？

答：被訪者並不總是只回答問題的，也有權利問問題。難道你不明白這個最簡單的道理？

問：好吧，我並沒有那個意思。我只是問問而已。

答：是的，那我可以告訴你，我只是人家給了這個機會，我接受了這個機會罷了。

問：感覺怎樣？

答：不怎樣。

問：不怎樣是怎樣？

答：不怎樣就是不怎樣。

問：你是說辦公室不怎樣？

答：你倒很具體。是的，曾經有一個去過我辦公室的人說過一句話：那是我所見過的最簡陋的辦公室，是他在一次飯局上說的。

問：你是做外教對吧？

答：反正是教書。

問：是的，就是教授，也還是一張口。

答：你看我說得對吧，採訪者並不總是問問題，有時也會發言評論的。

問：你覺得現在的學生怎麼樣？

答：不知道你指什麼？

問：看書嗎？

答：不看。

問：學語言有積極性嗎？

答：沉默。

問：什麼意思？

答：集體沉默，當要他們主動提問、主動評論時。

問：你覺得這是什麼原因？

答：文化和教育的結果。

問：什麼結果？

答：拿到了文憑，失去了聲音。

問：只剩下耳朵，是嗎？

答：是的。

問：國外也是這樣嗎？

答：兩樣。

問：怎麼兩樣法？

答：上面一講完，下面紛紛舉手問問題或評說。

問：這邊是不是因為面子問題？

答：也許，但更重要的是制度。

問：什麼制度？

答：不鼓勵獨立思考、有話就說、有問題就提出的個性。

問：畢竟是兩種不同的文化嘛。

答：也許。

問：

答：

問：

答：

問：

答：

【譯者注：訪談到此突然打住，估計受訪者因為飛機失聯而自己也失聯了。】

湮滅。自我湮滅。湮，香煙的湮。把自己像香煙一樣吸滅。畫成一幅抽象畫。抽成一幅抽象畫。抽煙像畫。進入繪畫的哲學領域。眼睛一閉，大腦什麼都沒有了。那種顏色，只有最黑的抽象畫才能表現，才能曲盡。就像在一萬米高空所見。畫面全白。腦白質。天白質。紙白質。屏白質。進入灰色的境界。灰色，在他看來，是最牛逼的色彩。你這才意識到，一生的顏色都是青灰的。在這個人人有病的時代，心是鐵青色的。心臟。心很髒。心骯髒。成功做成的成功藥丸，不可能成功地使任何人成功。時代轉型，從前是神，現在是神經。從前是王上，現在是黨上。那邊是多黨，這邊是一黨。湮滅，只有自我湮滅，才是自我解救。從一到多，就像那個詩人的名字：一多。自沉是必須的，自沉於尚未自沉的待沉狀態，猶如一架啟動了自動駕駛狀態的飛機，飛到哪算哪。極端不是成功的法寶，只是得獎的末技。讓死亡復活。在無人可講任何話、也不想講任何話的時間裡，最大限度地提高腦的淨空。低頭看著那些被欲望折磨得死去活來的蟻人，因得到了一個誰也沒有聽說過的什麼小獎而孜孜不倦地逢人便自誇。金、多金、更多金。一個個鍍金人、金人，只恨父母生下自己時不是一塊金子。若能發明一種把人肉變成金肉的機器多好啊！一生就不用發愁了。只等著金價扶搖直上。湮滅，湮滅才是正道。人肉已經多到發臭的地步。徹底地消失在沒有墓碑的空間和時間。讓機器人為他們在帳戶上添零。湮滅、自沉、自戕、自虐、恣虐。

彼岸花對8.59先生說：這個時代早就變了，你還不變，那你就太傻逼了。你說說，什麼沒變？你照相還用膠捲嗎？你到網上買東西多，還是在實體店買東西多？他一邊說，8.59先生心裡就一邊想：這傢伙為什麼起個彼岸花的名字？男的起女的名字，女的起男的名字，這是不是也是一個變化？彼岸花看他不做聲，以為他同意他的話，便說得更起勁了。他說：你打電話多，還是看手機多？你通過手機發短信多，還是通過微信發短信多？你到銀行轉帳匯款，還是通過手機銀行來辦這些事？你給別人照相多，還是自拍多？你獨享多，還是分享多？你孤獨多，還是無獨多或不獨多？你還用錄影帶嗎？你還推獨輪車或板車嗎？你還騎自行車嗎？你還騎牛或騎驢嗎？或騎驢看唱本嗎？

8.59先生回說：我怎麼感覺一切都沒變。吃東西的還是那張嘴，拉東西的還是那扇門，看東西的還是那兩個球—眼球，女的胸前還是那兩個房—乳房，男的下麵還是那兩個球—卵球。

不是你那麼說，彼岸花說。就拿婚姻來說，從前離婚多難，結了就要捆綁一輩子，現在離婚多容易，不過牽手分手之間，手一遷就結，手一分就離。愛情早已不是維繫任何東西的紐帶，只是性欲的春藥。嘴上說著愛，下面動起來就更暢快。不像過去，口對口人工呼吸般地做愛，也不敢發出一點點聲音。更不用說女的了，她們變得最厲害，還是拿做愛來說。抵達高潮時，她們比誰都叫得響，她們可不管隔牆有耳。因為她們知道，從前隔牆那些能夠變成嘴巴的耳朵，現在根本不管，也沒有興趣去聽，這是什麼？這就是變化。孤獨自從通訊工具發達到人人都有手機，每個手機都能使用微信、上網、發短信的程度時，就已經深入到骨髓，用任何工具都無法治癒了。這是什麼？這就是變化。空氣已經變得越來越無法呼吸，食品調料越多，味道越無，人心變得越來越冷漠，這不是變化又是什麼？

8.59先生想想，什麼都沒說，就不再接茬了。

那個來自古詩中「百無一用是書生」的「書生」，正名舒服生，這天出現在這座城市的那座國賓館，跟一位畫畫的朋友聚會。他一上來，就把顛覆否定了。他說，最近有個朋友，發來一條消息，說她如何如何把什麼什麼都給顛覆了。舒服生說，顛覆這個詞，來自英文的subversion，其實是「下」（sub）和「版本」（version）的合成詞，不妨理解成「下版本」或「下面的版本」，引申為「顛覆」，已經使用多年，像穿了多年的底褲，因屁眼癢摳得很多，而下面出現捉襟見肘、洞穿無遺的陋象，沒有多大顛覆的意義了。與其用顛覆，不如用顛簸，如果真要用顛的話。何謂顛簸？它不是顛覆，但比顛覆更顛覆、更顛簸，因為它顛狂。顛覆能覆沒，顛簸卻不覆沒，它簸弄你，像簸箕一樣，一手握住一邊，上下反復地簸，輕的、浮的、輕浮的，就飛出去了，沉實的、沉重的、沉穩的，就落下了。你要想有新的東西出來，你不是顛覆，你得顛簸。你把那些東西、那些傢伙顛簸一番，顛一顛、簸一簸、弄一弄，你或許可以獲得更多的東西。

他們吃著不像西餐的西餐，對面靠門的桌子來了三個黑人，圍桌而坐，喝酒、吃東西。舒服生朝他們看了一眼，又看一眼，他們也看過來，各各吃著自己的東西，各各看看對方，又看看自己吃的東西，英語湧到舒服生的嘴邊，又吞了回去。那幾個黑人後來又有一個黑人加入，成了四個，坐在那裡吃飯，沒有一點聲音，吃沒有聲音，說話，也沒有聲音，坐的地方離舒服生還不到五米，居然聽不到一點聲音。文明的程度，舒服生想。他回想起數月前跟另一個朋友在另一個再怎麼想也想不起來是什麼地方的地方喝啤酒的情況。那地方很暗，有意暗的，昏幽幽的，不太看得清楚隔壁桌子的人臉，感覺還可以。舒服生上廁所給自己舒服的時候，經過一個大雙人沙發，隱約從有意暗下來的燈光裡，辨出兩個人影，互相倒在對方懷裡，弄得很緊，看那男的似有印度意，看那女的似有蕩意，都無所謂，舒服生想著，就把自己身體裡啤酒喝出來的液體拉出來了。

說到拉，他就想起那個怪老師說的怪話。那人說：拉什麼拉？這個語言很彆扭，有詩意，無邏輯。東西是拉出來的，還是送出來的，或者說，推出來的？怪老師繼續講他的推和拉，舒服生卻想起一件舊事。孩子上火拉不出——不對，按怪老師的邏輯，應該是推不出——他媽就去幫他推，不對，推不了，除非把手伸進肚子裡去推，只能採取拉和扯的方式，甚至摳。一坨一坨地摳。所謂把孩子拉扯大，也有這個意思在。他媽的容易嗎？不對，應該是他媽容易嗎？或者他的媽容易嗎？最好是他媽媽容易嗎？哎呀，這個怪老師，把舒服生弄得怪不舒服，盡在小字上糾結纏繞。記得當時怪老師還用ppt的方式，給他們看了一首詩，也不說是誰寫的，只說讓看，但不能告訴誰寫的，其實大家都猜到，一定是他本人寫的，只是怕寫得不好而不好意思罷了。那首詩是這麼寫的：

《推拉》

翻譯老師向翻譯學生宣佈：
今日起，遇事需要推敲時
不必再用推敲二字
而要改用推拉
正如剛才顯示的那樣
英文中，拉屎不叫拉屎
而叫推屎，用的是*push*一字
某種意義上講，推更符合邏輯
把東西「震」出來——是的，在我老家林彪
家鄉，拉不出來用力「*push*」（推）時
那個字就叫「震」，與「朕」同音
一個不太美好，但漢字裡找不到
對應的字
它又讓我想起，英國華人作家毛翔青
（*Timothy Mo*）筆下的一個華人角色
姓Ng，這個姓，說英語的發不出
總要發成「NG」，N是*no*的N

*G*是go的*G*

毛說，其實該音好發，只要記住
拉屎拉不出，狠狠地往死裡「嗯」那一聲
就是這個姓的發音
扯遠了，言歸正傳
推屎符合邏輯，是因為
肚裡有屎，是必須由裡向外用力推的
而拉屎，這說不過去
除非有一隻手在那兒拉
一隻真手或想像的手
從這個意義上講，拉屎之拉
富有詩意，不合邏輯
話又說回來：要符合誰的邏輯？
那句話翻回來，還是同一個問題：
吃多少，推多少？
還是
吃多少，拉多少？
你要是漢人漢語，你就得詩意地拉
你要是說英語，對不起
你就得推，邏輯地推
你如果是華人
那你最好還是Ng吧
你如果是黃州人呢，像我那樣

最好還是「朕」

什麼爛詩！舒服生把這個跟畫家說後，畫家說：顛簸！兩人哈哈大笑了半日。然後說起別的事來。有些東西因為屬於保密性質，俺—不是舒服生—就只能讓人不得而知了。據舒服生事後講，他們後來在林地小遊歷了一番，話題自然轉到性上。男人的話題，都是很不女權主義的東西。或者說，都是很男權主義的東西。一個說：就怕女人死打爛纏。無非一次性的事，此時此地解決，彼時彼地忘卻。另一個說：是的。向爾開炮：射擊！以吾之紙：揩去！一個說：被纏的滋味真難受，要這個要那個還要那個，要了這個那個還要那個這個。另一個說：更糟糕的是，很可能還一生二二生三三生萬物。一個說：男人的動物性是沒法的，滿地跑，看見一個停下來，運動一下，走了，又看見一個，停下來，運動一下，走了。另一個說：從臉到臉，從床到床，從天到天。一個說：日日新，狗日新吶。另一個說：貓日也新，鳥日也新，花日更新。一個說：那女的說她不寫男人。另一個說：不寫拉雞巴倒。不日才算她狠。一個說：大路朝天，各人半邊。另一個說：半邊合一，才是大路。兩人且說且走，那天霾少藍多，地草冬黃，樹都枯得有個樣子，顏色也都擺得很開，在裡面走走，心就大起來了。說女人的也沒得太多說頭，跟做愛一樣，射過就死了，只想倒頭就睡。全是那點水在作怪。團在手心裡，很腥臭的，儘管總覺得有點可惜。可能是被醫學書和道學勸壞的。

兩人說著說著，就從這個從前只為讓國家領導人休閒療養玩要重要的地方消失了。那條路的全名也被他們忘記了，只記得打頭的那個字是青。誰也不記得他們，只有他們自己記得他們，一聲不響給他們服務的人即便聽見了他們的談話，也不記得他們，反正他們已經會過帳，是畫畫的人付的，就沒有必要記住他們了。人跟地的關係，基本上就是這樣的。舒服生別的沒照，只照了一張，上面寫著：「開道61。」

這天，舒服生一個人去看了一場畫展，叫個什麼雙年展。據他後來跟畫畫的人所講，這個畫展一言以蔽之：都是垃圾。幾十台電視，擺在一起，各放各的圖像，互不相干，沒有一個讓人看得下去。一個展廳的地上，放著一圈擴音器，不停地響著馬蹄聲得得得得，由近及遠，又由遠及近的聲音。聽一下可以，聽多了人就會煩掉、瘋掉。好在世界上最耐煩的是博物館的牆壁。你怎麼吵，它都不煩。

每個小房間裡，都放著大螢幕的小電視，只留下一張沒人坐的椅子。有人掀簾進來，黑乎乎地站著看了幾眼，一聲不響地走了出去。舒服生坐在那裡看，主要是因為想把腿休息休息。看過的東西，幾乎一樣都不記得了。倒是記起十幾年前在那個國家一個城市的一個什麼展看到的一個大螢幕上放出的視頻，也是他一個人坐在那裡看。螢幕上是一個開闊地，有一條路從這邊通向那邊，周圍稀稀朗朗地有些樹木，天陰沉沉的，不時有人從那邊走過來，也有人從這邊走過去，更多的時候是一個人也沒有，只是一個從攝像鏡頭看出去的場景和畫面。如果這個鏡頭在那兒放一年，估計情況也是如此，只不過很可能會下雨或出太陽，以及等等諸如此類的季節變化。與此同時，有一個鼻音很濃的男低音一刻不停地用俄語講著什麼，聲音很慢、很滿，不帶情緒的，更不帶情趣。沒有字幕，不知道他在說什麼，好就好在，這不是女聲，沒有裝逼。你只能感覺，無法闡釋。舒服生一個人坐在那裡看了很久，無思無緒地想了很久，什麼都沒有想出來，最後走了，卻在現在這個時候，把那個早已死掉的歲月裡看的一個沒有任何故事情節的故視想了起來，估計死人回憶活人時，大約也就是這個樣子。

可以毫不誇張地說，他是畫畫人的ideas man，譯為「點子人」，是專門為他免費提供點子的。那天談起南屠（注：南京大屠殺）之前，在地鐵上，畫畫人很欽佩地談起一個如日中天的人說的一個理論，說是這個國家的人長期以來都被剝奪了生存權。舒服生立刻表示不同意，說：這完全是掩人耳目，討好賣乖，既讓老百姓聽起來受用，又不讓當權者感到威脅。他們被剝奪的，不是生存權。這個國家的老百姓，從來都可以想方設法活下去，哪怕是喝稀粥，甚至哪怕是吃屎喝尿，哪怕是不想活，也能一代一代地活下去。他們真正被剝奪的，是一人一票的選舉權。哪怕在泰國，哪怕在印度，哪怕在韓國，哪怕在巴布亞新磯內亞，一個活得很差的人，也有那一票任何人都不能剝奪的選舉權。你就是太上皇，老子不喜歡你，不認同你，不認你，老子這一票就不投給你。如果在一個人人真正平等的社會，而沒有一人一票的選舉權，這個人、這些人就等於沒有生存權。麻雀、烏鴉、螞蟻、豬馬牛羊、蛇、老鼠，等，凡是你想得出來的，從這個意義上講，都沒有生存權，因為都沒有投票權，隨時可以拉出去宰掉或滅掉，連表示異議都不可以，想把可能把自己殺掉的人通過投票方式選掉都不可能。說著說著，話題轉到了南屠，一個畫畫人不感興趣的畫題，但舒服生卻思如泉湧的話題。他說：這個國家紀念它，全是繞圈子，不著邊際。哭啊、喊的有啥用？連篇累牘地發文章紀念有啥用？全沒有挨著日本那個該死的國家的皮毛。必須做到的兩件事是，一，要日本以國家的名義賠禮道歉。二，要日本進行戰爭賠款。死一個人賠一百萬，這還是少的，死30萬人，賠三千億。就這麼簡單。要由這個政府和這個政府代表的人民全體提出來。同時還要算利息，從提出之日算起。不，從死人之時算起。年息算低的，百分之一就行。不賠就跟你沒完。

畫畫人聽著，舒服生說著，說得很舒服，跟著就冒出了他的idea（點子）。他說，下次搞紀念時，就搞個大型裝置，題為《萬人坑》。先從各地搜集來男女老幼的骷髏，數量至少要達到一萬，挖一個巨大的坑，把這些骷髏一個一個地碼起來堆滿，每一個骷髏上都標價：¥1,000,000。同時大書：賠款單位：日本！

畫畫生，是的，他的真名其實就是畫畫生，說：有點意思，但技術上很難。你想想，在這個人死後不留屍骨，連心臟帶私處帶頭骨都燒成灰的時代，哪裡找得到任何骷髏？你又不能去挖人家鄉下人的祖墳，即便你出高價，人家也願意貢獻，去找去挖的代價，以及骷髏錢可能也不是你把豪宅和幾輛蘭博基尼都賣掉能付得起的。

舒服生見他面有難色，不覺哈哈大笑起來，說：畫畫生呀，畫畫生，說到底，你其實是個葉公，只不過你的理由跟葉公不一樣罷了。罷了，罷了，我們還是繼續玩點子吧。能做還是不能做，要錢還是不要錢，那是你的事，不是我的事。我的另一個idea是《南京之牙》。根據資料，一個正常人有32顆牙齒。30萬個不該死卻被殺死的正常人，乘以32顆牙齒，總共有3億零720萬顆牙齒。把這麼多牙齒搜集攏來，那效果是驚人的。一顆牙齒一千塊錢就行了，也是三千多億。要狗日的小日本賠！

畫畫生說：主意不錯，但哪去弄牙？趁每個人送進太平間之前，把滿口的牙都撬下來？就算人家讓撬，也得撬三十萬個人！My God，這個工程量夠大呀。技術上還是難辦。

舒服生說：也沒什麼難辦的。假一下就成。人家不是弄了一億顆葵花籽嗎，不也都是假的嗎？做得像真的似的。你也可以把假牙做得像真的。對，到景德鎮去做它一批假牙，用大型玻璃器皿盛放起來，裡面注滿了血液，當然不是人血，什麼血都行，狗血、牛血、鴨血、雞血、豬血、蛇血，只要是血就成，裡面泡著三億多顆牙齒，要錢不要命的牙齒，給它在日本的首都展出。咬牙切齒沒用，要牙索賠才行。

那次對談的結果，是什麼果都沒有結，只是過了一把嘴癮和ideas癮。這次舒服生一邊看畫展，一邊點子叢生。他要建議畫畫生做一個裝置，題為《集體運動》，對，運動，不是活動，把幾十台電視機層巒疊嶂地壘起來，鋪排開，每一台放的都是小電影，都是性愛場面，有單搞的，有雙搞的，就像乒乓球的單打雙打，還有多搞的，俗稱多p，p指person(s)〔人〕，讓人看得視花繚亂。比如，舒服生給他在電話中舉了一個例子，同時偷眼瞧了一下旁邊那個假裝看畫的女的偷聽的樣子，說：一個畫面上，是一個女的用高跟鞋自慰，把本來是高高的，現在是長長的鞋跟，用作性欲利器，在自己的深淵中插進拔出。另一個畫面，是一個多人體（取自「多媒體」）場面，一個女的肛門和陰道各插一枚人肉匕首，左右手各握一柄人肉刺刀，左右嘴角各含一根人肉香腸，腳上穿的兩隻高跟，各各插入兩位男性的肛門洞裡。還有一個是一男多女，男的舌頭與一女的二嘴相接，兩根中指分別插進兩隻肛門洞裡，自己的玉柱也在某女二嘴中出入，兩根大腳趾頭分別嵌入兩個不知名的肛門洞或B門洞裡。

哈哈哈，哈哈哈，畫畫生發出一連串的笑聲，然後說：現在我宣佈，畫展當日閉館！

舒服生說：是滴，私有空間如何進入公共空間，要走的路還很長、很遠。現在的成人，包括女成人，私下不看小電影的幾乎沒有，畢竟男女二器官相依為命的時候，比不相依為命的時候要少得多。正當自慰（取自「正當防衛」）是我們這個時代的常態，私有空間的常態。為了幫一些有賊心，沒賊膽，有了賊膽又沒有賊人相伴，無法結賊黨營私欲的朋友一解饑渴，我就不時為他們提供一些這方面的調查研究資料，以便他們深入瞭解，訪貧問苦之。那可是欲人之貧，性饑渴難解之苦啊。

打完電話，舒服生來到一排排掛著電話的豎立牆壁跟前，摘下一個老式電話，聽到一片噪雜聲，那彷彿是這個時代的焦慮之聲。走兩步，又摘下另一個電話，聽見浪漫的歌聲，殘留著十九世紀的餘音。再走兩步，摘下一個電話，心裡嘀咕著：媽的，誰知道這聽筒是否未帶愛滋病毒，就把話筒拿開了耳朵，聽見一個聲音說：我操！一直聽下去都是這兩個字。他以為是錯覺，就集中精力再聽，結果證明的確是錯覺，因為那兩個字其實是「我草」。是不是想以此再次證明，這個國家的小民都像那首歌裡唱的一樣，都是「一棵小草」，任人草割、操割？

畫畫生，他操起電話—不對，應該說「草」起電話，否則，「操」起之操，也是不良之詞的那個「操」哇，他想。霎時，他idea來了。

跟著，他又來了一個關於「操」的idea，名叫《操心》—就說，我有個想法，名叫《丟機》。很簡單，這麼玩。你就在這個展廳的三樓欄杆邊站著，往下面一個水池裡丟手機（取自小時唱的那個歌《丟手巾》）。你旁邊有一個大籮筐，裡面放著一大堆手機。你隨便拾起一個，拿起來撥號，那邊傳來一個嬌滴滴的聲音說：老公，我想你！這個聲音不是你一個人聽的，一定是跟室內揚聲器接軌接洽（小編：需要注意舒服生說話用詞的特殊方式，不能按照漢語的陳腐標準戴套子樣的去套）的，所有的人都能聽到。你聽完二話不說，就把東西扔到水池裡去了。你再撿起一個手機，有人來電話了，你按鍵接通，那人一上來就說：祝賀你獲得一萬元大獎！請你……那人還沒有說完，你就把電話扔了。

畫畫生沒吱聲。舒服生以為他掛了，就「喂喂」了兩聲，聽見畫畫生說：我在。你沒把電話扔了吧？舒服生說：沒呢，但差點掛了。我以為你不感興趣。畫畫生說：感興趣，感興趣，但臺詞還得斟酌。舒服生說：那好，等我們有酒喝的時候再斟酌吧。

接著，他想起了（而不是談起了）他剛剛通過「操」而想起的一個畫題，叫《操心》，是一幅油畫，畫面上是一顆心，穿透心臟的不是那根愛情之箭，而是一根箭簇般的陽具。故謂《操心》。他頓然想起「大操大辦」這個成語，便給自己在腦中發了一個笑的圖像。

他繼續從一個展廳走到另一個展廳，邊看邊罵：垃圾、垃圾、垃圾。花了那麼多錢，投入那麼大的力量，佔用了那麼大的展廳，卻陳列了這麼多的垃圾！這時，他看見一個辦公室，桌前坐著一個女人，很醜的女人，在檯燈下看書，好像是教科書，這年頭好像也只有教科書才有人看。那女人回頭看了他一下，又很不屑地回過頭去，無所事事的樣子，但舒服生發現，這其實是一個展廳，裡面有牆上螢幕，上面還放著片子，對面是沙發，便不管不顧地坐上去看起來。那女人也不管不顧地看她攤在桌上的東西，一點也看不進去的樣子，但還是硬著頭髮（請注意，不是頭皮，是頭髮）在看。

這個片子—聽起來像騙子—是用漢語演的，七七八八的，什麼爛玩意兒，只透出一個不斷重複的資訊：我焦慮、我焦慮、我焦慮，因為我還沒有成功，還沒有賺到第一桶金—聽起來像精—還沒有富到射精的地步。這時，idea又來了。舒服生看到那女人的背影，突然很想抽煙。在這個展廳，以及其他展廳中，到處都是禁煙的標誌。能不能搞個抽煙展廳，他想。煙是免費的，各個時代的都有，包括大煙，還有抽大煙的煙榻，像他在馬來西亞麻六甲一家餐館裡看到的那樣。人們或坐或躺或半躺，在裡面肆無忌憚地取用香煙，用各時期的火柴打火抽煙。沒有任何禁煙標誌，真正自由到爽的地步。想怎麼爽就怎麼爽。

然後他走出來，進了咖啡館，買了一杯咖啡，在面對黃浦江的窗前喝起來。這條江現在被兩岸的高樓一夾，變得狹窄起來，船來船往的樣子，讓人看不出哪是上游哪是下游，連那個緊靠江面的看畫員也說不出。就是看水流也看不出。那個看畫員守著好幾張皮床，床頭都有耳機，人可以睡在上面聽耳機。舒服生想到那些舊電話，就放棄了聽的念頭。連打聽都沒有打聽，更不用說聽了。他只想弄清哪是上游，哪是下游，可這個天天看江的看畫員卻都說不清楚。也許得親自跟江水本人（江水本水？）打聽了。

他喝咖啡時，掏出書包中一本英文小說看起來，同時瞟了一眼旁邊坐著的一溜白人，既有白男，也有白女。白男無聲，白女小聲，說著一口聽起來像是瑞典人或丹麥人說的那種英語，或許是荷蘭人，反正不是英國人。這些人說話的內容，聽起來俗氣得不行，跟藝術一點關係也沒有。別看都是白的，其實也是吃了拉拉了吃的人欲動物。簡直讓人沒有眼睛看。她們當然不會注意到，這邊有個Asian（亞洲人）在看英語書，也許她們根本認為他在裝逼，也許她們尊重人雞巴權，凡是別人做的事，自己不要去管就好了。反正她們不像他期望的那樣，走過來很好奇的瞟一眼，然後問：What are you reading?

喝完咖啡之後，黃浦江的流向問題不得而知，也不想知道了，舒服生繼續看垃圾裝置和視頻。在一個拿女人身體和美說事的騙子—片子—前站著看了一會兒之後，他不屑地走開了，產生了一個idea，題為《大腳骨》，就是女人到老了之後，因為青春期為了勾引男人而穿高跟鞋，把自己腳穿變形，最後連高跟鞋都穿不進去的那種大腳骨。幾雙腳擺過去，嬰女的、少女的、青春期穿高跟鞋的、做愛穿高跟鞋的、婚禮上穿高跟鞋的、四十歲前後性欲上焦慮得一塌糊塗時的，老年時的，以及最後準備放進焚屍爐之前又把嶄新的高跟鞋撐變形的大腳骨。

舒服生回來後，自己給自己做飯吃。他知道，女人是不可能的了。他淘米洗菜，讓自來水從手上和菜葉上流過、流過、流過。這時，他對自己叫了一聲，說：有了！誰也不知道他說的是什麼意思，只有他自己知道，因為他洗菜時，產生了一個畫面，洗著、洗著、洗著，龍頭裡流出血來，把他紅了一手。他接著去洗臉，洗著、洗著，龍頭裡流出血來，把他紅了一臉，過後又沒有了。他接著去洗澡，洗著、洗著，龍頭裡流出血來，把他紅了一身，過後又沒有了。他每次洗時，攝像和照相上都映出幾個數字，第一次是156。第二次是1937。第三次是1989。這個作品的名字就叫《自來水》，或叫《自來紅》也行。再說。

他後來決定，不再把他的ideas都告訴畫畫生，因為畫畫生貌似感興趣，但實則以各種由頭不實行，不是沒錢，就是沒技術，或者以太先鋒為由，無法下手。舒服生說：如果一個想法，只是因為太先鋒而不為接受，那就證明，這個作品值得一做。人只有走到最前鋒的地方，才有可能超越，否則就是屎殼郎，在人家的糞便中打滾。

由此，他想到一個名叫歐陽的詩人的詩。那人東西寫得不行，又從來沒有得過獎，連小獎都沒得過，寫詩還寫得特別起勁，據說一個月能寫一兩百首，那不是垃圾又是什麼?!不過，他有首詩還能喚起某種感覺，曾在網上看到，是這樣的：

A.

我和她在島上
舉行了最簡單的婚禮
她：野花做了頭飾
我：樹枝當了蠟燭
我們：只吃用手抓來的小魚
別的一切都免了
剩下的就是睡覺
明月當空，何其皎皎
我們在釣魚島
性交[47]

有一個前詩人看後在電郵中驚呼：「太酷啦!!!還有嗎？我可以轉發出去嗎？」還有一個詩人說：「瀟灑」。舒服生並不做如此觀。他倒是想到了另一個idea，那就是做一個人體裝置，叫《釣魚島》，用土堆成一個釣魚島形，把商周時期的姜太公請回來，現在叫Jiang太公，坐在岸邊，用一根直鉤垂釣。這個人釣魚時，根本不管有沒有魚來，只是在那兒低頭看手機，玩微信，每天向朋友通報島上的情況，把島上拍得的樹草等圖片發在微信上。

[47] 見此：http://blog.sina.com.cn/s/blog_737c2696010lm12h.html#bsh-24-409668040

天黑之後，閉館之前，舒服生記得，他是從一個無人觀看的展廳走出來的，還有點依依不捨，因為他沒時間看完了。這個片子裡的人都是印度人，都說著印度話，男男女女都有，大家席地而坐，由著鏡頭圍繞著他們旋轉，與此同時，他們或她們一個一個地東扯西拉地聊天說事，不知道是什麼標題，但如果叫《東扯西拉》倒更合適。打出的字幕分別是英文和漢語。因為害怕漢語的翻譯很裝逼、很刪節，舒服生就只看英文，從中發現，這個東西不垃圾，很不。如果換了這個國家的人做同樣的事情，大家是一定要吃吃喝喝的，還不時有人出出進進地去上廁所。印度人不同，他們、她們規規矩矩地坐在那裡，一口接一口地說事，臉上也不苟言笑，談天說地，一會兒說政治，又從政治扯到板球，再從板球扯到河水，一個人說：小河剛出生時很健康，很清澈，很有生命力，流到後來流大了，就死了。再從河水扯到做愛。一個人說：尼赫魯死的時候，他正和女人做愛。一個女人說：她初潮時，被自己的血嚇壞了，以為得了重病，馬上就要死了。她媽媽說：得了重病，是從鼻裡流血，不是從B裡流。從B裡面流的血，是最純潔的，最富有生命力的。他們就這樣七扯八拉，沒完沒了地談下去，一點也不誇張，卻讓聽的人浮想聯翩。

舒服生想起來一件往事。毛死的那一天黃昏，他跟女友在江邊堤上散步，涼風吹來，非常舒服。他們有說有笑了一會兒，突然，舒服生說：呀，不好了！女友問：怎麼了？舒服生說：今天不是毛主席逝世之日嗎？可我們還在這兒談笑風生，好像一點都不悲痛一樣，這要讓人看見可不是好事。女友吐了吐舌頭，趕快收斂了笑容。舒服生也把笑容收走了。這個細節如果不是這些印度人在那兒談尼赫魯，說不定就永遠在記憶中埋葬了。

由鼻子，舒服生想到了有關鼻子的作品。暫時沒有名字，但創意是這樣的。一個濃妝豔抹的女人，坐在長椅上，旁若無人地掏鼻子，把掏出的鼻邑邑摳出來，擱在自己穿了超高跟的高跟鞋尖，由那個把她崇拜得五體投地的男性伸出舌頭去舔，或把鼻屎掏出來，踩在只有一塊鎳幣大小的鞋跟上，也任由那人去舔食。意義是什麼？誰認為是什麼，那就是什麼。

譯者已經厭倦了翻譯大書和厚書，他從這天夜裡起，只譯他喜歡的警句，比如貝克特的這句：To find a form

that accommodates the mess, that is the task of the artist now。[48]他翻譯：「藝術家此時的任務，就是找到一種能適應這種混亂狀態的形式。」

又比如貝克特的這句：Ever tried. Ever failed. No matter. Try again. Fail again. Fail better.[49]他譯道：「永遠嘗試，永遠失敗。沒事。再試。再失敗。要敗就敗得更好。」

再如貝克特這句：If you do not love me I shall not be loved If I do not love you I shall not love.[50]他譯道：「你不愛我，我就不被愛。我不愛你，我就不愛。」

他的胃口很怪，今天他找到了一個人，叫Maurice Blanchot，一個不為他知的人。那人說：「Every artist is linked to a mistake with which he has a particular intimacy. All art draws its origin from an exceptional fault, each work is the implementation of this original fault, from which comes a risky plenitude and new light.」[51]他譯道：「每個藝術家都與一個錯誤有關，他與這個錯誤有著一種特別的親密感。所有藝術的起源，都來自一個異常的過錯。每部作品都是這個原初過錯的具體實施，由此而產生一種危險的豐富和新的亮光。」

他作為譯者，不想思維，只想用指頭把一個個字，從一種文字，譯成另一種文字。他發現，此人寫了一本書，如果譯過來，書名就是：《日子的瘋狂》，中有一句說：「A story? No. No stories, never again.」[52]他譯：「講故事？不。不講故事，永遠也不再講故事了。」他打「故事」二字時，鍵下出現了「股市」二字。作為譯者，他不能不注意到這種不常為人關注的細節、錯誤、過錯。如果他不立刻糾正，文本中就會出現：「講股市？不。不講股市。永遠也不再講股市了。」文字中頓然出現了一種詩意、一種要跟世界過不去的精神。他想起電視新聞中，幾乎總是把房產和股市新聞放在首位。那些關於股市的場面，尤其令他驚心：白髮蒼蒼的老人，活了一輩子，到了快要離開的時候，才終於一勞永逸地意識到，還是錢這個生不帶來死不帶走的東西最好。他們在那兒

48 Samuel Beckett: http://www.brainyquote.com/quotes/authors/s/samuel_beckett.html
49 同上。
50 同上。
51 Maurice Blanchot：https://www.goodreads.com/author/quotes/62478.Maurice_Blanchot
52 同上。

被採訪，因為大漲而歡呼雀躍，因為大跌而痛心疾首。

他猛然意識到，自己居然會想起那些錢人，是的，不是詩人、不是真人、不是有錢人、不是無錢人，而是錢人，一個個以加零為榮的錢人、零人。一剎那間，他討厭自己了，居然會讓這些人暫時進駐他的大腦，便立刻把他們扔進了大腦的垃圾桶裡。後來他才意識到，日本那個鈴木忠志跟他很相似，反過來說也行，他跟鈴木忠志很相似，就是他從歷史、文學、音樂、繪畫、生活中割肉，把最好那塊肉割下來，然後吃掉，吃掉的方式，就是通過文字。如上。這個人說過一句話，值得記取：「Life is like stepping onto a boat which is about to sail out to sea and sink.」[53]（生活就像一步踏進一條船裡，這條船馬上就要啟航並沉沒。）他還說「Children learn to smile from their parents。」[54]（孩子從父母那兒學會微笑。）

這一段時間，他的生活中又轉了一向，不再對名人名言感興趣了。名人最噁心的地方在於，放個屁都是香的，還不說拉個屎都能賣錢。他開始尋找無名者說的話了。找到的第一句話，就是一個unknown author（不知名的作者）所說：「Your journey will be much lighter and easier if you don't carry your past with you。」[55]嗯，他想，這句話不錯。他記得有個無名作者在第一部長篇小說中，塑造了一個人物，該人決定與生他養他的那個文化決裂，把過去從他的肚腸中清洗出去。趁他忘記之前，他把這句話譯了下來：「如果你不隨身攜帶你的過去，你的旅程就會輕得多，也容易得多。」

跟著，他又發現一個，覺得也不錯，隨手譯道：「生活就是放下、放手，繼續前行。」[56]另外一句也很可愛，是這樣說的：「Sometimes you have to give up on people, not because you don't care…but because they don't。」[57]水衣—是的，這位翻譯的姓名就叫水衣—隨手譯了過來：「有時候，你得放棄一些人，這不是因為你不在乎他們……，而是因為他們不在乎你。」

53 原文出處在此：http://www.searchquotes.com/search/Tadashi_Suzuki/
54 同上。
55 原文出處在此：https://quotabl.es/quotes/by/unknown-author
56 原文是：「Life-it's all about letting go and moving forward。」出處在此：https://quotabl.es/quotes/by/unknown-author
57 原文出處在此：https://quotabl.es/quotes/by/unknown-author

水衣想想，其實這個「他們」，也可譯成「她們」，而英文的「they」，既指他們，又指他們，還指它們，跟漢語的ta一樣，如果不寫出來，很容易聽成他、她或它，難以區別開來。

8.59先生進入了人生的一個危險時期。他拒絕了一個女性，同時又拒絕了另一個女性。對於愛，他已經失去了性趣。就這麼簡單。你如果還以為他就是我，那你就錯了。你可以繼續這麼以為，但他依然故他。他更愛物。他不是不喜歡女人，他更喜歡招之即來，揮之即去，無牽無掛的那種女人。這是他天性決定的，任何理論都無法阻止他改變這種天性。這也是他這個時代的發展所決定的。在他的那個國家，女人的替代物已經逼真到僅次於肉。買來就可以用，用了就扔到一邊不管了。絕對沒有怨言。因為活過了頭，他不需要再活一遍，重新體驗男女之間無休無止的狀態。這種狀態，從每一對人的口中說出來都不一樣，又都一樣。性質是相同的，基本相同。過去，人們一般要活一輩子才體會出來，就像那時乘船從這個國家到那個國家去，要在風浪中飄搖好幾個月，現在只三分之一天就到。男女的那種狀態，至少也縮短到幾年、幾個月、幾天，甚至幾十分鐘。見面、洗澡、性交、打掃衛生、再見。過去從生到死的事，現在一而再、再而三地體驗，就跟所有菜肴一樣，加了很多調味品，卻已經沒有了味道。他拒絕跟任何人交往，除了上班之外和到商店買東西之外。哎，是的。這天他去買東西，買了幾隻粗糧饅頭，一提蹄膀，一提剁碎的排骨，一小提鹹菜，就去排隊到口子。隊伍中有個女的穿得很誇張。長統靴過了膝頭，跟有一握之粗。鞋跟和鞋幫之間，鑲嵌了一塊金屬塊，是金色的，一看就不是真金，但具有惹眼的效果。在短裙和長統靴之間，有一段穿了黑絲襪的腿，看來在外面冬日的寒風中應該很冷，但不會太冷，因為超市有空調，估計進了自己的私家車，裡面也可以開空調，斷不會太冷。那人的頭髮也很誇張，剃的是男兒瓦塊頭，染的是紅色，一絲一絲的，只是臉轉過來時，就很重口味了，是那種有殺氣，卻又讓人一次次看過去的樣子。估計這種樣子，8.59先生想，要是在做愛的強大打擊下，會展現嚇人的風采。他把那人看走之後，輪到自己過貨交錢，這就沒什麼可說了。走到出口的地方，看見有個攤子可以用小票廉價買些貨，便花20塊錢，買了兩瓶本來要29塊錢一瓶的「上海老酒」，還問那個女的說：記得還有一種老酒，但記不起名字來了。那女的說：「上海老酒」是本地最好的，你這個喝酒的人，都不記得酒叫什麼！他側臉沖那女的笑笑，在心裡結束了她本來要說的話：我不喝酒的，怎麼知道叫什麼名字呢？

8.59先生回到家，做的第一件事，就是把那些剁得支離破碎的蹄膀，從塑膠袋裡倒出來，倒進一隻大花碗裡，放到龍頭下洗洗，就一股腦兒倒進瓦罐，擰開「上海老酒」，往裡面咕嘟咕嘟地倒了一大口，又擰開生抽醬油瓶，把剩餘的醬油都抽進去了，大約只淹到了碎蹄膀的一半，然後，他切了一塊薑，扔了進去，打開抽屜，找出兩個小塑膠袋，從裡面掏出幾隻五香八角葵，幾根桂皮，也都扔了進去，再用碗盛了半碗水，咕咚咕咚地倒進瓦罐中，把蹄膀都淹沒，這才擱在火上，轉動煤氣爐的旋鈕，打著了火，擰小後就讓它慢慢熬去。根據過去的經驗，這火熬上一兩小時，蹄膀就會熬爛，肉和骨頭分離，這時，他會把油豆腐泡放進去，跟肉和骨頭攪在一起，再熬半個多小時，就可以起鍋享用了。

他做著這些事情，覺得像自己這樣患著慢性死亡症的人，也能過著完全被人忘記，但自己卻忘不記自己的生活，真可說是一種奇跡，或者說小奇跡。每天夜裡只要躺下去，閉上眼睛，就會夢見層出不窮的夢，但眼睛一睜開，就什麼都不記得了。有一點他很清楚，那就是多年前已經死去的親人，會偶爾在夢中出現，說著小話，跟真的一樣。這充分說明，人是沒有死的，死只是一種消失的方式。從這個角度去看，任何此刻不在身邊的人，都可以看作是已經死了。還有一些見不著的人或不想見的人，也都等於是死了。不是麼，他有天飯局，對面有個人跟他面對面坐著，互相都知道對方是誰，互相自始至終都不說話，彼此之于對方，就像兩個活著的死人一樣。這一點都不驚奇，是活的一種條件。

這是個無所事事的人，他現在面對的就是時間和時間的附帶物，即孤獨。他很佩服牆壁的耐性。它們把男人和女人容納其間，以大平方米的尺寸觀察他們無聊的舉動，從來都不吭一聲。它們患憂鬱症的可能性等於零，因為它們根本沒有這種能力。8.59先生現在很欽佩的就是這樣一些東西，所以說他愛物。他愛那些用木頭做的東西，如桌子和木制衣櫃。這些東西被製作之前，都是森林中的樹木，能在風中搖響，會招唱鳥停歇的活物。它們現在靜靜的等待，跟永恆一樣永恆。你只需要打開櫃門，隨著咿呀的一響，門開了，那些衣鉤掛著的衣物，就等著你去取下來，跟你的肌膚相親。你也會愛它們，因為穿髒之後，你會把它們洗乾淨，晾乾，疊起來，或者掛起來。人死了之後，親人會把這些衣服放進賑濟用的大塑膠袋裡送走，如果是在那個國家的話。在這個國家，可能就只有燒了。

8.59先生從前跟家父吵架的時候，說過一句話，大意是：我又沒有讓你們生，是你們把我生下來的。現在再說這樣的話，已經為時過晚。已經生下來了，他就沒法再死回去。

說來也怪，8.59先生批評夢，說夢性喜多變，不肯滯留之後，夢第一次接受了意見，儘管不是全面接受，而是很有保留地接受。夢讓他進夢並讓他做完夢後，還在他記憶中保留了一個畫面。他旁邊有個人說：你看，情況就是這樣的。那人說著，在他面前展示了一幅螢幕的地圖，那是一張海域圖，深綠色的海面上，空間距離隔得很大地停泊著幾艘船，除此之外，除了水還是水。那人說：你再看，沿著邊際看。那是什麼？他把目光從海中央收回來，移到岸邊，很驚喜地「啊」了一聲。原來，沿岸的海底排列著蝦陣，一列列的，都是透明的蝦子，彷彿腫脹起來的一般大，隨後，他就去釣蝦了。他在距離海岸幾十米的高空釣蝦，用一根近乎透明的魚線，直鉤上裹著釣餌，他知道，不需要用彎鉤把蝦鉤住，蝦子只要用多須的手腳把釣餌摟住，他一提，就可把蝦子提起。這個水岸看似很熟悉，好像是兒時的江邊，只是現在變成了海岸。他對這個沒去過多地思維或思辨，就把第一隻蝦提了起來。他懶得提一隻，卸一隻，這會影響速度，就讓下面的人去取下來，把釣餌上上去，又放下去，再提起來，這個過程到了後來逐漸變得無聊起來，他的夢也就做完了。

第二天早上，8.59先生的電腦螢幕出了問題，一片灰色，墳墓一般，好像在舉行葬禮。哦，他想起來了，一定是為那個從今天起決定，再也不來的女人，以及另一個他自己決定，從今天起令其忘掉的女人。電腦真是神腦，能如此準確地猜中使用它的人！自從他批評夢過於容易把自己忘掉之後，他竟然能記住兩個夢了。他跟兒子說：我的書包就放你這兒，你給我看著，我先回去，說完就離開了。兒子趴在小桌子上做作業，嘴裡「嗯、嗯」著，沒怎麼理會他，由他去了。他走到一條三叉路口，看著來往的車水馬龍，想打的回去，但一直沒看見頂上亮著燈的車，心裡有點著急，想著兒子做完作業就走了，把東西丟在那兒，裡面還有他的錢包，所有的信用卡都在裡面，要是被路邊的人翻開拿走，那就糟糕了。想到這裡，他就不想打車，很想轉回去。又想：還是給兒子打個電話吧。這才想起來，兒子沒有電話，他也沒有電話。這地方好像叫個什麼岱家山的，總是那樣有很多的車來來往往，路上一片鳴笛聲。兒子就在大馬路邊做作業，這好像也很危險。這時他從夢中走出來，真的去查看錢包了。錢包在黑暗的桌上等著他去摸了一下。肥肥的、厚厚的、硬硬的。是真的。

摸完之後，他又回去睡覺了，卻怎麼也睡不著，越想睡就越睡不著，感覺是整個世界就他一個人醒著，這樣醒著、醒著，倒無端地讓另一個已經做過，但已忘掉的夢從記憶的底部以下浮現出來。那是他的一個朋友在告訴他說：3億元稿費。他不相信，但硬著耳朵在聽。朋友繼續說：我兒子，你知道，他每年稿費已經寫到這個地步了。他一個朋友也沒有，總是坐在那裡。8.59先生問：那他是怎麼創作的呢？朋友說：有時是坐著，還有時是躺著，再有時是跪著，反正時時刻刻找機會讓屁股多一點休息時間。他問：那他會不會站著寫作呢？他們這麼聊著天的時候，空氣中似乎充滿了嫉妒的氣息。「每年3億元稿費」這幾個字弄得人心神不寧，最後隨夢而去。等他再度沉入夢境時，手機上設定的鈴聲響了，夢被鈴聲擊得粉碎。他很不情願地在半醒狀態中掙扎著撿拾夢的碎片，但已經破碎得不成樣子了。

樊鮭在早已被同行、同事和同學忘記的時候，卻大幹快上起來。他開始為合同最後一個學期的課程做準備了。他把他這一生用英漢混合的八個大字總結了一下，稱其為：ABCD，四進四出。在想像中，他把一個學生叫起來，問：A指什麼？那個同學想了半天，支支吾吾地說：Axcellent。他批道：詞用錯了，音發錯了。正確的應該是excellent（很好），但那不是A，那是E。他又找了一個學生，要她回答。這個學生很快，說：A就是最好的意思，因為它位居榜首。錯了，樊鮭說。在我這兒，A不指最好。它指的是一個詞，即avant-garde，先鋒的意思。一學生說：先瘋？全班哈哈大笑起來。樊鮭讓他們笑完，問「先瘋」的學生，說：你知道avant-garde是指什麼嗎？「先瘋」學生語塞。樊鮭說：你就是。全班又哈哈起來。所謂「先鋒」，樊鮭說，指的就是這個詞的兩個字，先，就是一切都要先行，走在前面。鋒，就是要有鋒芒，像一把尖刀，直指最前面。學英語的同學，不要忘了中文字的好處，因為它形象啊。比如說，我們常說方便，要方便一下。英文也有此說，叫convenience（方便），由於既有大，又有小，所以廁所上寫Convenience的時候，用的是複數，像這樣：Conveniences，大小都包了。漢語比英語更形象，也更沒邏輯，因此也更詩意。例如方便一詞就是如此。你們再想想，方便的「便」是什麼意思？樊鮭此話一出，就觀察那一張張青春的男臉和女臉，發現都有一種從木然到粲然到解頤的變化過程，等到這個效果產生之後，他一錘子夯下去說：但便是方的麼？這一榔頭夯實之後，非產生笑果不可，也的確產生了笑果，因為男腦和女腦中，已經開始轉悠開方形和圓形之便的疑團，真真切切地看清楚了那個「便」的形象了。

樊鮏接著說：漢語之美、之詩意，就是來自這種「方便」的無邏輯。注意了，以後說要吃速食麵時，可千萬別往這邊想，啊。順便說一下，漢語的「方言」二字，也是詩意得很不邏輯的。你想想，我們說方圓幾十裡，裡面還有個「圓」字。說方言時，卻不說圓言。大概有點方枘圓鑿的意思，因為這個方形的「言」，插不進任何其他的「圓」裡。只好一輩子「方」下去。從這個意義上講，英語可說是一種「圓言」，差不多跟地球一樣圓了。

樊鮏講課，是一邊講，一邊想，很多都是平時沒有準備，也不做準備的，到最後講得自己都忘記自己要講什麼了，就像一個學生評論或評價的那樣，老師已經到了「欲辯已忘言」的境界。這個學生，我以後會談到的，但現在不談。這一節課講完後，樊老師才講了一個A字，正準備講B，下課鈴就響了。只好留待下次了。

到了第二次講課的時候，樊老師決定，儘快一次性把他的八個大字講完，中間不再插入其他的東西，只舉幾個小例說明即可，也不再允許插嘴。一想到「插嘴」二字，他不禁莞爾。那是多年前一次飯局上，談起當今哪些詞不能用，也不好用時，一個朋友舉的例子。那人也是一個中英俱佳的，他說：你們想想，還能隨便用「插嘴」一字嗎？比如說樊老師你，跟戀人在一起時，對她說：你別插嘴好不好？一陣爆笑隨之而來。好的，樊老師對自己說，無論如何，不能對那些比自己小幾十歲的學生用「插嘴」一詞，更不能解釋，儘管他知道，這些人可能身體力行，「體育」——以身體育出的——知識比他豐富得多。這一次，他沒有採取請學生解釋的方法，而是一上來就說：今天講B。糟糕，他心下暗暗叫苦。怎麼能用這個字呢？這是裝逼的B，苦逼的B，二逼的B，呀。他掃視一下那些男臉和女臉，發現並無任何驚奇或責怪的神色，便很快地說：我說的是牛逼的B，ABCD的B。上次說的「先鋒」大家都知道了，而我要說的B，是指break，即「破」，不破不立的「破」，破除一切陋習的「破」，在英文中，是break new ground中break的B。所謂break new ground，在漢語中的意思是「打破新地」，有開創之意，跟漢語成語「打破新天地」很接近，只是少了一個「天」。有個姓歐的學者，曾根據這點，把英文的那個成語改了一下，改成breaking new sky（打破新天），這是大逆詞道的，因為英文到那一刻為止，從來沒有這種說法。這就叫破，不是破除迷信，而是破除詞信，對詞的迷信。樊說到此處停了一停，喝了一口水，朝那個長得比較漂亮的女臉看了一眼，繼續說了下去。

AB講完了，現在講C。我所說的C，不像AB，都是單的，都是獨行人，我的這個C是雙的，可稱雙C，猶如雙刃劍，它指的是英文的兩個詞，即creative和critical，前者指創，既可以是創意，也可以是創作、創造、創想，後者指批，主要指批評。學英語如果只是為了考四六級、雅思、託福，等，無異於把自己鎖定在當代的英文八股中，即使門門考滿分，寫出來的東西也充滿英文八股的臭氣，不堪入鼻，更何談創意。學英文，要而言之，是為了說話，說有話要說的話，說有話要罵的話。比如英文用得最經常的一個字就是fuck（操）。不會說fuck，等於把中指砍掉了一樣。那人活著幹嗎？全都是八指人，像八爪魚。把話說出來，把心裡的想法說出來，用英語說出來，而且要說得有創意，這，就是第一個C的用意。第二個C，你們已經知道，它說的是批評的意思。在我們這個時代，人們已經習慣了聽好話、說好話、等待讚美、期待讚美、對讚美報以讚美，把真話藏在心裡。勇敢是什麼？過去勇敢是指打老虎，為民除害。現在沒有老虎可打了。只有人老虎可打，但那不是我要講的範疇。你看看你們，每節課上完，如果我不問你們，你們永遠都不主動提問題，更不說任何批評的話，全班的表現用一個詞就到了，而且達到得很好。大家都成了沉默的工具。在一個人人都期待被人點贊的社會裡，橫行無忌的是假，而不是真。連你們這個國家的黨都要批評和自我批評，那麼現在你們看看你們看的書，有多少書具有真正的含批量？可套牢：沉默。難道這就是你們這個國家的教育制度想要達到的目的嗎？如果是，那這個教育制度的目的已經達注意，我不說含金量，因為百分之九十五以上的書，是沒有含金量的，只有含糞量。沒有含批量，就沒有含金量，只有含糞量。因此，在我這兒，批，亦即critical，等於金。

下面一片沉默，一如往常，但課已上到一半，有希望把D講完了。D是什麼？樊老師自問自答。D，不是death（死亡），不是deep（深刻），那是不少文人用來自贊的詭辯，不是development（發展），那是很多貪官用來搞錢的托詞，更不是democracy（民主），那是美國用來打遍天下無敵手的招牌字，也不是delirium（精神錯亂）。D，簡言之，就是discovery（發現）。你埋頭讀書四年，人家叫你學霸，你志得意滿，塞了滿腦袋的英語單詞，卻沒有一絲一毫的發現，不說重大發現，就連重小發現、輕小發現都沒有。你說說，你跟一本字典又有何區別？我想你會反駁說：這個世界該發現的已經都被發現了，發現不了的幾乎都不可發現，也無人力財力去發現，如馬行航失聯客機，那我跟你說，這不對。比如我問你，哈姆萊特的名句：to be or not to be, that is the question，為什麼譯成中文後，那個to be or not to be，非要譯成「生存還是毀滅」或「生存還是滅亡」？人家就兩個to be，後面一個to be的前面，加了一個not，簡單得不能再簡單，你為什麼譯過來時，搞得那麼複雜？這是一。其次，在to be or not to be這段小話中，為什麼每一個英文字，都要跟另一個英文字空開來？不空開來行不行，如這樣：tobeornottobe。如果不行，那為什麼中文譯文的「生存還是毀滅」，卻要一個字緊挨另一個字，為什麼不能像這樣空開：「生 存 還 是 毀 滅」。你可以跟我爭辯說：是的，英文是不行，但漢語還是可以的，比如像你剛才那樣。那我問你，如果一部幾十萬字的文學作品，每個漢字跟另一個漢字，都像這樣空開來行嗎？你無語了。我也無語了，因為我自己也無法解答我自己發現的這個問題，或者說這個祕密。你可能會說：這算祕密嗎？這有什麼了不起。我們按照規矩做就ok了。那我跟你說：所有的發現如果按照規矩來做，就不可能被發現了。你們這個民族—也許，我應該說，我們這個民族—的問題在於—請注意，我現在在使用雙C的第二個C的意義—發現並不重要，我們可以等著人家先去發現，然後自己享用就行。人家發現了電，我們享用電燈。人家發現了美洲，我們去美洲旅遊。人家發現了互聯網，我們去博客。人家發現了—我覺得我應該用發明，但這個等會再說—Twitter，我們照葫蘆畫瓢，弄個微博就行。人家發現了Youtube，我們就去照抄一個優酷。人家搞了Facebook，我們就搞一個We-Chat。凡事都等人家先，我們當跟眾就行。這多不累呀！

我剛才猶豫了一下，是因為有些說發現的地方，應該用發明才合適。是的，我說的D是指發現，它的意思是說，通過發掘，使之呈現。這個在先，先鋒的先。沒有發現，哪有發明？所謂發明，是指發現之後，使呈現的東西、現身的東西明示於天下，像光一樣，普照天下，為天下人造福。此所謂「明」。等著享福的人不是人，是豬。樊老師說到「豬」的時候，下課鈴聲響了。於是他說：下課。

如何剽竊？他談到這個問題時，給自己做了一個提醒的標示：引用那人關於多重翻譯的話。過去了若干個月，重提舊話時，他卻再也找不到那段話了。倒是找到一段關於自我剽竊的話，大意是說，很多作者以為，只要是他們自己寫的東西，無論發表了多久，都可以拿來用在他們以後寫的文字裡面，反正是自家的東西，炒現飯也可以，做雜糧也可以，把自己的概念偷換一下也成。但這是不行的，那篇文章中說，因為這種「自我剽竊」是對出版社的「侵權」。[58]那麼，他想，我是否需要自我剽竊一下？「我」還存在嗎，如果這個「我」是四十年前的「我」，那

[58] 參見：http://www.ithenticate.com/plagiarism-detection-blog/bid/65061/What-Is-Self-Plagiarism-and-How-to-Avoid-It#.VKNDLWSUemk

這個「我」還是「我」嗎？我把他拿出來，算不算剽竊。或者說可以算作「剽竊」，即打引號的剽竊嗎？想到這裡，他決定真的自我剽竊了。他找到的第一個文檔，叫《西海德堡回憶錄》，其中有一段如是說：

早上起來，陽光遍地，二月初的典型天氣，過了好幾個35攝氏度以上的日子，應該是初秋了。黃昏的蟲鳴，已經大到震耳欲聾的地步，那就是它們即將重死的徵兆。人說重生，但我說重死，因為明年同一個時候，它們又會唱起歌來。不知為什麼，一早起來，腦中就轉著一個旋律，並且伴以歌詞：「我愛祖國的藍天，晴空萬里陽光燦爛，白雲為我鋪大道，」到了這兒，我能唱下去，但卻記不得歌詞了，也不想上網去查。

這首歌，應該是我上中學時流行的，可是，無論如何，我也記不得一件跟它有關的人和事了，我到這個國家來了二十年，這首歌才毫無理由地第一次鑽進我的大腦。奇怪的是，它竟會一遍又一遍地在腦海中自顧自地哼唱，彷彿有人按下按鈕，把四十年前的一台唱機按響，你就再也沒法再按按鈕，不讓它唱了。

我生活在一個英語國家，又用英文寫作，但要是把這麼簡單的一件事，用英文來描述，卻覺得非常困難，關鍵是你不知道你的讀者是什麼人，你只知道，其中99%的人沒有在年輕的時候聽過這種歌，也沒有在中國的土地上生活著聽這首歌的經歷。如果你的讀者有這種經歷，看到這個地方或許還會觸景生情，但如果你的讀者是個白的或黑的或棕色人種，你就是有一支生花妙筆，也難以狀情于萬一。而且，在非革命國家長大的人，對這種革命的詞彙和用語，有一種天生的抵觸，不像我，至少有那麼一點混雜著厭惡的懷舊情緒，畢竟已經過去的，從自己舌頭上走過，從自己兩耳中穿過的，又是在青春時期，那是什麼東西都不能替代的，再說，非革命不見得就好。在西方的生活，整個就可以歸結到一個字：錢。人死之前，回首往事，只是一連串逐利的行為和行動，沒有多少好留戀的。

「我愛祖國的藍天，晴空萬里陽光燦爛」，那時的天藍不藍，現在已經記不得了，但那時詩句或歌詞中的天，至少是藍的，也可能是真實的寫照，也可能是革命浪漫主義的撒嬌之語。不管怎麼說，這種藍天，現在只有到青海或雲南這種地方，才可一睹芳容，在內地，包括十年前天還很藍的地方，只能看到灰天了。

「這個國家」指哪兒？他不知道。「西海德堡」是德國嗎？他也懶得去查。他只關心再找些別的東西放進來。很快就找到了，是因為其標題的噁心，那是《屎王筆記》，開門見山就寫道：

屁眼很癢，儘管他還叫道：好舒服！屁眼的癢是一種向內的肌肉抽縮，彷彿要把拉屎時掉到外面去的肉收回去。像土話說的那樣，癢得奇心。有好半天，他只坐在半邊屁股上，讓另外半邊空著。有意騰出空間，讓肉收縮或脫落。

這是早上拉的第三道屎。他往下看了看，大約有五六坨，呈青灰色，不，青黃色，其中有兩坨浮在水面上，大約是因為缺乏品質和重量。這趟屎拉出來後，他覺得這一天可以正式開始了。第二道屎拉得不爽利。僅出三四坨，儘管結結實實，一坨是一坨。大約可相當於散淡的七八坨吧。那是吃了cereals之後逼出來的。第一趟屎發生得更早，在6點30分左右。本來他清晨拉過尿後，睡不成回頭覺，想想大約已經7點了，再睡也沒什麼意思，爬起來上網，才吃驚地發現，原來才6點。一想：哦，大概是夏令時往回撥了一個小時吧。

施望，這篇小說的主角，決定再不寫作的時候，反倒產生了一個最強烈的衝動，要寫一篇關於屎的東西，一定要寫到無法發表的程度，就像屎本身無法發表一樣。他稱自己為屎王，就是這個道理。

這種東西，他想，可能是什麼地方都發表不了的，也許正因為這個原因，證明在這兒是可以發表的。接著，他又雜七雜八地找到一些別的東西，都是一些沒寫完的片段，如這塊，取自《告別漢人》：

在「告別漢人」的晚會上，他發表了一個演講。現在，我還記得其中的一些片斷，儘管完整的原話已經記不清楚了。他說：「在這個地方，你開300塊的車，跟開三萬塊的車，並沒有本質上的不同。開三萬塊的車，你不會得到任何人的敬禮，連注目禮都得不到。你無非花你自己的錢，供你自己享用而已。」

他接著說，「於是，這些漢人便不以為然了。他們開始嘲諷這個民族，認為它歷史太短，沒有文化，人情淡薄，可是，他們所不知道的是，這個民族從來沒有因為這些短處而生活得像漢人那樣難受。他們歷史太短，正好沒有任何重負；他們沒有文化，就不必為了有文化而作秀；他們人情淡薄，就不必像漢人那樣明爭暗鬥、鬥得死去活來。」

這傢伙，自己是個「漢人」，卻要告別「漢人」，不是神經病又是什麼？而且病得顯然不輕。不過，像現在這個時代，真正不病的很少有，得病才是正常，重要的是看你病得是否有藝術。如果病得像個動物，那還不如不病的好。

接下來，他發現一篇很短，有標題，有正文，但卻沒有下文的東西。標題是《極度降溫後的詩歌》，正文如下：

我必須從一開頭就告訴你我為什麼寫這篇文章。已經發表和正在發表的99%的詩歌（包括中文和英文）我已經無法看下去了。是我的錯，還是詩歌的錯？我想兩者都有。

接下去一個字也沒有了。好像寫字的人死了一樣。其實就是死了，如果沒有下文的話，甚至連寫字的時間和地點都沒有的話，實際上二者、三者都沒有，那就等於是死了。你看，死是多麼容易啊。每一分鐘一過，那一分鐘就死了。

水衣不再看任何正式出版物的翻譯了。他有理由這麼做，因為，凡是通過翻譯進入漢語的東西，都已經變得殘缺不全，常常是被活摘器官，尤其是跟生育有關的器官，用來從事愛情活動的那些器官。這些被刪削、被肢解、被審查後顛簸了的文字，已經失去了原有的活力，不值得一讀。漢語的純潔是保留了，但它的活力卻被閹割了。不過，今晨的一則新聞改變了他的看法。那則新聞說，百萬富翁Mark Lowe給在他公司工作的一位女性發了一條短信，不是他本人的話，而是引用了西元前一世紀羅馬詩人Catullus的一句話，而且是拉丁文的原話，是這麼說的："pedicabo ego vos et irrumabo"，結果被那女的告上法庭。英國BBC報導這個新聞時，不敢引用原文，更不敢把原文翻譯成英文，只說「it threatens a violent sexual act」。意思就是說，「它預示著一種暴烈的性行為」。

Mark Lowe在為自己辯護時說：這是一句滑稽詩，它在西元一世紀就是心情輕鬆的，現在仍舊如此。但人們不信，非要打官司。

該文作者把這句詩譯成了英文："I will bugger you and stuff your gobs."[59]儘管漢語不比英語高尚多少，說漢語的人的器官該下流的時候依然下流，想要的時候依然想要，只是總是不說，總是幹了再說，嘴巴似乎比下面乾淨，儘管每天還是要刷，這句話還是值得為了捍衛真理而譯出來：「我要日你屁眼，然後把你嘴裡塞滿。」

時間忘記了時間。睡眠不記得睡眠。時間的抽送和時間的失聯。被社會賜死的人。把自己刪除的人。死後開始寫日記的人。時間忘記了時間。不講故事的時間。只為死後寫作的人。多髒啊，生活，要多髒有多髒，跟歷史一樣髒。掃帚掃起來的垃圾，一絲絲一拉拉地跟掃帚絞纏在一起，必須用手一絲絲一拉拉地扯下來，放進垃圾桶。死人以髒還擊生命，五千多年的髒。那個美人兒坐在大庭廣眾中，彷彿藝術表演一樣地掏著鼻孔，對自己的美鼻進行最廉價、最不要錢的清潔。她這時忘記了她經常做的一件事：自拍。也無人提醒她：可以放到微信上供人仰其鼻息。美，就是這樣不裝鼻地與髒聯繫到了一起。敲鍵的手指頭，也不時伸進時間之鼻，把其中掏空，甚至歷史的肛門，把其中掏空，那都是便飯，昨日之飯，今日之便。史前之便，今日之飯，一種多麼互動的歷史，彷彿死與生的做愛。失聯者仍在海底寫她的日記，有意讓世人耗盡黃金眾裡尋她千億度而無果。有成果者皆輸、皆無果。歷史的鼻孔沒有記憶，把忤逆者趕盡殺絕，用風把血腥味吹散。天空展覽館的牆壁上掛不住一根骨頭，連一星血絲都掛不住。走路的人正在死去。這個冬天亂了套，把現在時改寫成過去完成時。豪宅正從基石處動搖。土豪：糞土豪、墳土嚎。高大上：化了妝的形容詞。歷史的霧霾正在給力。歷史、曆屎好吃、好好吃、太好吃了。把歷史醃成肉，作為嫁妝，在權力的肌膚上嫁接，生出官樣年華，花樣文字。屍體化妝後，比化妝前還要美麗，正在焚屍爐裡解體，從美變成灰，讓歷史抽煙。抽小煙。歷史和歷史臭味相投、臭味香投，散發體氣。

59 參見：http://www.theguardian.com/culture/charlottehigginsblog/2009/nov/24/catullus-mark-lowe

時間在時間裡勁射。時間的泡菜。泡菜的時間。時間即泡菜，泡菜即時間。他們在用高精尖技術複製時間，一夜釀酒，給時間化妝，添加形容詞，把時間的頭砍成花，吟誦起來了，自己的肉體是呼吸的屍，宛如一支正在燃短的煙，接近越來越燦爛、越來越爛的煙蒂、煙帝，「噗嗤」一聲，在水中湮滅。應該讓時間自拍自戕，跳時間，樓樣地跳。時間、屍間、屎間、廝間、撕間、私間、思間、詩間、失間、駛間、噬間、虱間。〔作者注：如果你看到這兒看不下去了，那就請在這兒打住。作者並不強調你非要看下去不可。隨時看不下去，隨時停下來，看別的地方。一目十行也行，一目百行亦可。想怎麼看，就怎麼看。不好看就翻過去，下麵不好看就再翻過去。反正我不會罵你。你也不值得我罵。〕

又推平了，一幢幢白牆黑瓦。試圖再造時間、創造時間，把假的翻新，做出絕不響的絕響。死從指端流出，染指，染指求美如渴卻正在醜下去的心。醜心。正把髒血往奢會的血管中泵。前所未有的夜啊，在廣大的麻木中降臨。

麻了的木，被肢解之後、製作之後麻了的木。被屁股坐著的麻了的木。某人和某人。某人和某人和某人。某人和某人和某人和某人和某人。歷史的菌、細菌。天空，天花板的空。出了天花的板的空。出了天花的板油的空。出了天花的板油的空靈。天花光了之後板上釘釘的空。麻木，麻而木。麻醉的木。麻痹的木。麻酥酥的木。麻子的木。不過一座以吃喝代理代替靈魂的廣林。

折口之學。把口折起來、疊起來，使之不成為另一張口的韋應物，不，我是說對應物。

「你是誰呀？」聲音問。

「我是你生前想念的那個人。」

「你好嗎？」

「還行吧。你怎麼樣？」

「不好。」

「哦。」

「你都不想問一下究竟怎麼樣了？」

「我這兒靜得耳膜都快震破了。」

「是不是新年快到了？」

「是的。」

「還差多久就？」

「26個小時吧。」

「我也想跟你一起去。」

「去哪？」

「去你那兒呀。」

「我那兒並不存在。」

「那是哪兒呀？」

「那哪兒都不是。」

「你是說你還活著？」

「也可能。」

「可我已經死了。」

「為什麼？」

「因為想嘛。」

「想就能死？」

「只要想，就能死。」

「這麼簡單？」

「是呀。不信你試試。挺好玩的。」

「就跟失聯一樣？」

「對呀。人生就是失聯，始終都是失聯。像那條魚。」

「那條魚？哪條魚？」

「那條從智利飛來的魚呀，你沒看見？」

「夢中見過一次，但不是來自智利。好像來自利馬。」

「你不是罵人吧？」

「怎麼會呢？」

「你說尼瑪。」

「我說利馬。」

「利馬是哪兒？」

「是那個丹麥詩人選擇居住的地方。他後來娶了一個祕魯女的做老婆。」

「應該是在伊斯坦布爾吧。」

「那是另一個詩人。」

「為什麼？」

「因為更便宜，咖啡、酒、女人，等。」

「你總是離不開女人。」

「當然，女人是充滿生命的死亡。」

「你這是什麼意思？」

「就是這個意思。」

「就是這個意思是什麼意思？」

「就是這個意思的意思就是這個意思。」

「你是不是活得太寂寞了一點？」

「有那麼點意思。」

「那你為什麼不出去找樂子呢？」

「沒樂子可找。」

「你是不想找對不對？」

「有點那麼個意思。」

「你老是意思意思的，這有意思嗎？」

「可能沒有。肯定沒有。沒有，我是說。」

「你這麼囉嗦，有意思嗎？」

「同上。」

「是我死了，還是你死了？」

「我想是我死了。」

「你是隨著我的話腔說的嗎？」

「不太明白你的意思。」

「我是說，你不愛我了？」

「這跟愛沒有一點關係。」

「生那麼多人幹什麼？」

「不成比例地生就有問題。」

「你那天把車開到天上去了？」

「是呀，後來不是失聯了嗎？」

「高速公路的那一段，總是有一堵塗成紅黃兩色的大牆，是用隔音材料做的。」

「那是在你死前？」

「在愛死後。」

「能被愛死嗎？」

「能的。」

「也是，多少人都是愛不死的時候就死了。」

「愛要是能夠一塊塊磚一樣碼起來，抹以灰漿，那就堅固了。」

「兼顧了？」

「嗯，對，兼顧了。」

「每個人都是一塊磚。」

「對不上號。」

「一碰就碎。」

「你好些了嗎？」

「你是說消隱之後？」

「我是說愛過之後。」

「只有疲憊感。」

「想睡覺，對不？」

「別用這種語調跟我談話。我會硬的。」

「再硬也會軟。」

「多加點水就行，像飯。」

「別拿吃軟飯這套跟我玩。」

「又來神了。」

「神馬。」

「你還繼續在網上查找別人關於你說的話嗎？」

「活人是會這麼做的。」

「關鍵字搜索？」

「浪頭搜索。」

「此浪卷起，彼浪跌落。一個人，就是一根骨頭。」

「會把狗打死的。」

「不，撐死。」

「死了後，只有狗會哭。」

「人也哭，心裡想著錢、遺囑等。」

「要解決的問題總是活人，活人太多了。」

「不像我們，說走就走了。你遺憾嗎？」

「鳥才遺憾。沒有安靜的樹棲息了。」

「那些字還在那兒鑽營。」

「字？」

「你明白我說的意思。」

「你又意思意思起來了。我不明白。」

「字。就是。」

「只有一個人心動。其他的都心不動。」

「你真相信我死了？」

「相信不相信，又有什麼關係。」

「沒有像你這樣搞的。」

「搞？」

「搞字。」

「搞字？」

「手機在電腦上充電，把電都扯走了。」

「手指頭在很快地發短信。」

「發得越快，就死得越快。生命起了老繭。」

「你搖微信了？」

「都是阿拉伯人，在——」

「在多遠？」

「1800多公里遠。」

「那不是阿拉伯人。那是冥國。」

「這個沒意思，都是死人在搖，永遠都不可碰面，也不想碰面。」

「近的不想靠近，遠的不想靠遠。」

「安息吧。」

「安靜吧。」

「安詳吧。」

「安閒吧。」

「安心吧。」

「安寧吧。」

「失聯到永遠都找不到的時候，我們才終於幸福。」

在人們忘記詩的時候，詩就會沉渣泛起。這不，正要睡覺，電子郵件來了一首詩，如下，寫得很垃圾：

《4.44》

2014年8月14日4.44pm

我正在看英譯的一個中國

詩人的詩

毫無感覺地在看

一字未改地在看

希望永遠也不再看地看

在一覽無餘地
看過之後
我在該詩下方標上：
已看，未改，*2014年8月14日4.45pm*
松了一口氣
這一天的這個時間
再也不會回來了

我看了之後當場就把該詩刪掉了。

他開始照相。把自己扒光。他不是屻刃，也不是浩穰。也不是8.59先生。說他是什麼，他就什麼都不是。他只是一個裸體。不妨就叫他Luo Ti。這有羅倜之嫌。是的，他名字就叫羅倜。一個不準備給任何人看的裸體。不適合博客、播客、微博、微信的裸體。他活到這個年齡，身體已經出現了不少變化。本來他的皮膚很白，很軟，很嫩，但最近一次睡醒起來，手摸自己時，感到好像摸到別人身上去了，皮膚成了厚黑學，厚厚的、黑黑的、粗粗的。他每照一下自己，按下快門的那一剎那，就有意用手晃一晃，這樣，畫面上自己的裸體就始終都是模糊的、朦朧的，頗似法蘭西斯・培根的某些畫，眼睛成了兩撇，陽具成了一捺，身體成了一個旋轉中冒出霧影的陀螺，夾雜著很多點水，那其實都是不成形的斑點。

他不能面對自己，他意識到並對自己說，這個名叫羅倜的人。年輕時他曾在愛情的風暴中被狂想席捲，希望有人在他們最愛的時候，把種種情景攝入鏡頭，做成一個情景交融，肉體相纏的畫冊。但是，給誰看呢？這個問題接踵而至。給自己的子女看顯然不合適。給同事、同學、朋友、親戚看，這根本不可能。留給後人看？哪個後人願意看這種東西，還邊看邊指認其中誰是誰？那，把自己裸體呈示在照片中，意義何在？如果把二人的做愛場面拍攝下來，是為了紀念二人愛情的專注、專一和專業—專業？除了職業妓女和妓男之外，誰做愛能稱作專業？

話又說回來，從來沒有做過愛的人，為什麼一做起來，就似乎比專業人士還專業，比專業人士還敬業，比專業人士還投入，比專業人士還充滿激情？——那把一個人的肉體，不，身體，肉體一詞太讓人想起肉、豬肉、牛肉、雞肉、羊肉、馬肉、蛇肉、鼠肉、天鵝肉等了，把一個人的身體拍下來，究竟有什麼意義呢？

也許，羅倜想，自己這樣想，本身就是自己對自己的不敬，是自己對自己的審查，自己對自己的防範，意義本來就是沒有的。如果對人每日生活的所有方面，都投去「這有什麼意義」的問題，就連為什麼天天吃飯、天天拉屎有什麼意義這種問題，回答起來也頗費周折。天天吃飯是為了活下去，天天拉屎呢？也是為了活下去，回答是。那好，吃與拉是一對孿生兄弟，誰也離不開誰。喝與撒也是一對孿生姐妹，從嘴裡喝進去的，就從另一張嘴裡撒出來。這有意義嗎？有，同前。為何不從同一張嘴裡吃進去，拉出來，喝進去，撒出來呢？這個問題問得太過了，換一種問法吧。既然吃喝拉撒的意義，都是為了活下去，那把自己的裸體拍下來，記錄下來，就沒有任何意義？有哇，一個聲音說。這個聲音總在這個時候說。一個人的一生，本來是沒有意義的。如果吃喝拉撒的意義，就在於為了讓人活下去，那這個意義的意義，就跟一頭豬、一頭牛、一頭驢、一頭黔驢為了活下去而吃喝拉撒的意義一樣，是沒有意義的，甚至還不如它們那種活法有意義，因為它們（除了黔驢之外）吃喝拉撒，是為了把自己養肥養大，供人類吃好喝好而犧牲自己的生命。從這個角度講，它們是真正的英雄和英雌，為了讓人類這個低等動物能夠活下去而不停地獻出自己不寶貴的生命。

有哇，那個聲音繼續說。人是高級動物，也是低級動物，或者說高低級動物或低高級動物。他低就低在跟動物一樣低賤，無論做得多大，總有一天要被死亡沒收，每過一個世紀，就被死亡照單全收，除了個別硬挺著賴活著的頑石人之外。他高就高在能把動物畫出來，寫出來，想出來。他還有一個高的地方，一般人都想不到，即使想到了，不是求問其意義，就是不屑地稱之為忽發奇想，沒有意義。實際上，凡是被人稱作沒有意義的，只要有人身體力行地去做了，它就有了意義，不自然地有了意義，自然地有了意義，不自然地自然地有了意義。

這個聲音很管用，羅倜能夠接受。他開始後悔，不該把所有那些做愛時拍下的照片刪除或燒掉。如果他不去老想意義，如果他不是內心充滿惶惑和恐懼——人活一生，恐懼一世——如果他內心不是老讓習慣勢力的眾聲喧嘩所淹沒，如果他從一開始就不讓名人名言去牽他的鼻子走，那或許他就會把生命最輝煌燦爛的那一段時光簡簡直直地、真真實實地、忙忙碌碌地、細細緻致地記錄下來，一個細節都不漏掉，包括精濕了一大片的烏黑的床單，包括女性達到高潮時翻白的眼珠，包括男性插入後埋了一半，留了一半的男根。這些最耀眼的時刻，卻被人間最不道德的兩個字所擊退：道德。就是發明了「道德」二字的人，可能也不知道，「道」，是陰道的道。德，是極為含混，沒有意思的德。誰也說不清楚它是什麼，只知道裡面有個「四」字，有個「一」字，還有個「心」字。不管它了，羅倜想。過去的輝煌時刻記錄不下來了，但現在處於衰年的身體，是我自己的身體，我既然要把它帶到被燒成灰，從而一錢不值的狀態，那我就有權從現在起，把它的每時每刻記錄下來，拍攝下來，正反兩面地紀實下來。

於是，這一天，羅倜把自己剝光，用色情的語彙講，這叫剝光豬，但他拍自己的場面不涉性，攤不上，只能叫剝光人。他拍了一個全身正面照。有眼睛，有鼻子，有耳朵，有肚子，有比女人小得多的不發育的雙乳頭，有濃密的陰毛，有縮進去很不昂揚但翻了頭的陽具，等。想到陽具，他覺得這麼多年真的虧待了它，全都是因為那個陰道無德的道德二字。那是一個多麼宏大的記憶富礦啊！簡直就是一個有著無限個G的存儲量的U盤。捏著拉尿時，喚不起什麼回憶，只是一種需要。完了就完了。任何跟需要有關的東西，都具有這種完了就完了的特徵。但只要涉情涉性涉愛，這個東西就像蛇一樣昂起了腦袋，傲然四顧，管狀的空間裡流動著四通八達的記憶，那不是牙膏或液體一樣的充滿，那是宇宙空間般的奔湧和激蕩，會有多張面孔同時出現，抽象一般地抽去了其象。

羅倜不想就這個器官去發揮去想像去抒情。那跟這個器官很不相配。他只想從今天起，只要有時間，就把自己在各種私人空間的裸體場面拍下來。而我，這個寫作者呢，會不時把新的情況向你、你們彙報。

搞童謠研究的人發現，那個國家很脆弱。已經記不得有多少年前，他跟那個國家一家出版社聯繫，想翻譯一個有關的童謠集，豈料剛把幾個童謠發過去，對方立刻回信告知說，這樣的東西觸禁，有反宣傳之嫌，是不能出版的。

搞童謠研究的人碰巧也姓童，也可能註定要姓童，究竟是註定還是碰巧，就像天為什麼非姓天而不姓地一樣，都是說不清楚的事。童姓研究者——就不說他名字了，說了導致人頭搜索，哦，對不起，我是說人肉搜索，最後導致狗頭搜索，狗血噴頭，就很沒趣了——開展這個項目，是從多年前教學中的體驗而來。那時，他第一次接觸到英文童謠，讓他打開了眼界，看到了英語教學中一個從來沒有接觸到的層面。他教的那批學生中，有些人因為對童謠產生興趣，還利用閒暇自己學寫英文童謠，雖然顯得稚嫩，但也為生活平添了某種不常有的意趣。

童姓研究者後來去了幾個英語國家，廣泛涉獵了更多的童謠，發現有些童謠直接跟自己的家國有關並且很多都帶有貶義。初讀時感到憤怒，再讀時覺得滑稽，再再讀時就產生一種想進行研究的心理。遭到出版社的拒絕後，他決定自己來免費地做這個工作，先把東西搜集一下，再逐首加上評注，或就主題一組組地加以評論，總之，他要編一個涉華童謠集，讓那個國家的孩子們從小就知道，原來他們要學的那個語言，曾經是如此地詆毀他們，儘管詆毀的對象並不是他們，而是他們漂洋過海的先祖。

他聽到的最早一首是下麵這首：

Ching chong china man went to milk a cow.
Ching chong china man didnt know how.
Ching chong china man pulled the wrong tit.
Ching chong china man got covered in shit.[60]

他有點生氣，但又有點無奈，想想後覺得，還是先譯下來再說，不然光讀英文還不解其味，就隨手譯道：

清窮中國佬，去給牛擠奶，
清窮中國佬，根本不知道。
清窮中國佬，擠錯牛奶頭，
清窮中國佬，滿身是屎尿。

---

60 參見：http://www.odps.org/glossword/index.php?a=term&d=3&t=291

「Ching Chong」為何譯成「清窮」？這是很沒道理的事。來自廣東福建一帶的農民，到英語國家淘金，一句英語不懂，就用粵語和閩南話跟人家英語對抗、對陣，一開口就嘰裡呱啦、八格牙路的，（當然，那是日語），人家也記不住，聽不准，但差不離地聽成了「ching chong」這樣的發音，於是就把「Chinaman」都比作「Ching Chong」或「ching chong」。念著好玩，聽著好笑，配上一個個拖著長辮子，穿著皂靴，肩挑手提，說的話一句也聽不懂的人的樣子，竟然平白無故地給英文造就了幾十首這樣的兒歌。下麵這首即是：

Ching Chong Chinaman sitting on a fence
Trying to make a dollar out of fifteen cents.
Along came a choo-choo train,
Knocked him in the cuckoo-brain,
And that was the end of the fifteen cents.[61]

清窮中國佬，坐在柵欄上，
一毛五分錢，他要造一塊。
火車來了一輛，呼哧呼哧直響，
照準他蠢腦瓜，猛地那麼一撞，
一毛五分錢，就此泡了湯。

童姓研究者這麼翻譯後，馬上意識到一個新問題，即這樣的東西，如果譯得太好，太流暢，太好玩，顯然說明作為譯者的他，是有偏心的，這個心偏向的是白人種族主義者，而沒有向著黃人非種族主義者，但是，童姓研究者問自己：我不譯好行麼？我譯得很爛，連韻都不押，那我譯的東西，有人要看麼？他一邊這麼想，一邊又找

61 參見：http://post.iask.ca/canadameet/topic/91629

了一篇，如下：

Ching Chong, Chinaman,
Sitting on a wall.
Along came a white man,
And chopped his head off.[62]

清窮中國佬，
坐上一堵牆，
正好來了白人郎，
砍掉了他腦袋。

媽的，童姓研究者罵了一聲，心想：狗日的也太過分了一點。我們沒罵他，他怎麼這樣罵我們呢？而且從孩提時代就罵起？不過，他想，每個民族都不可能那麼乾淨吧。難道我們沒有孩提時代也唱兒歌罵別人的？讓我找找看。於是，童姓研究者就找了起來。沒費多少功夫，他就童肉搜索到了一首，是罵美國總統的：

一二三四五，上山打老虎。老虎不吃飯，專吃大壞蛋。
老虎不吃人，專吃杜魯門。杜魯門他媽，是個大傻瓜，
床上吃床上拉，晚上出門找不到家。[63]

[62] 參見：http://post.iask.ca/canadameet/topic/91629
[63] 參見：http://wenku.baidu.com/view/8e38f54e69eae009581bec3b.html

不知道把這個童謠譯成英文，人家美國人或美國佬會怎麼看。他們會生氣嗎？童姓研究者估計不會。根據他個人的經歷，美國人或英國人，特別是那個流放犯人出身的澳洲人，很喜歡挨罵。被別人罵不是一件醜事，反而是一件樂事，如果你罵得好玩逗樂的話。他們自己的總統或總理，總是被他們的漫畫家醜化，放到每天的報紙上，也從來沒看見人家把漫畫家抓起來，關進牢房的。童姓研究者知道，從心理學角度講，有強力的人，是很喜歡受人虐待的，這說明他沉著鎮靜玩得起，被罵得起，也被打得起，只要不把他打死就行。越往重裡罵和打，他的性欲就越強，感覺就越大。自己本來就弱的弱國或弱者，特別害怕別人罵他，更經不起人家敲打。一打就垮，一罵就蔫。這是不行的，至少現在應該不行了。

童姓研究者在美國時，幾乎遇到的每個美國人，只要提起甘迺迪總統，都由衷佩服他的領袖魅力，歎惋他的不該遇刺。可是他們哪裡知道，他遇刺的時候，卻在那個國家被編成兒童唱的小曲，唱成了這個樣子：

甘迺迪，
啃地皮，
不甘迺迪啃地皮。[64]

編得多好哇，童姓研究者想。他驚歎民間的不正確和創意，這種創意正來自不正確。若觀照雙方，大家都不正確，誰都甭說誰了。不過，我們那個國家的人，尤其是做書的人，胸襟相對來說太小，因為畢竟人家美國或澳洲，這種不正確的兒歌或童謠書，直到現在都在出，也都讓小學生們自由地自己去看呢。也許，等他們衰弱下去，等我們強大起來，我們那些出版社就會順應民意，找一點受虐狂的童謠來出版了，也是未可知的事。

每次幹活中，他都要時時起來解手，都是小的，面對著牆，他會自言自語，後來他意識到，他其實不是自言

[64] 參見：http://wenku.baidu.com/view/8e38f54e69eae009581bec3b.html

自語，因為牆也是一個獨立的個體，牆只是聽著，從不吭聲，也不吭氣。他今天一張口，就對牆說：我是真的想要你忘掉我。我是一個比半老人還要老的人，不值得你留意，我們之間的生命鴻溝，什麼都無法填補，愛情更是最不能填補的一件物事。小便完後，他又回到電腦邊幹活，怎麼也想不起以前對牆說過的話來。

不可能的，他對牆說，絕對不可能。如果你長得如花似玉，那就更不可能了。牆聽著，無言，無語。只有小便的聲音在響。還是把自己交給別人的好。交給誰都行，就是不能交給我。千萬不能交給我。我是誰？我是一個不人。等於不的人。他回到電腦前，因為感到年的迅速逝去而有點幹不下活去的樣子，便查了一下FB。上面有一篇新放上去的轉載文章，說該人有一個短篇，得了這個那個那個獎。他才看了一個開頭，就看不下去了。為什麼文學非要跟獎拴在一起呢？難道是繩子，必須跟牛鼻子拴在一起嗎？不拴行不行？他不再多想，就再次得出了已經得出的結論：已經死掉的，就讓它死去，強行注射獎的強心針，只能讓它苟延殘喘一兩天，也許三天，也許四天。不過如此。

這次，他沒小，而在大，大的時候他緊閉雙眼，大拇指掐著食指指頭的尖端邊緣，以利通便，與此同時，卻發現自己在大腦中寫信給那個人：xx，不是我不愛你，是我不能愛你。年齡懸殊，是愛的春藥，也是愛的毒藥，有時更是愛的春毒藥。想到這裡，他大好了，也就戛然而止。

後來，他發現，只要空下來，腦子就會浮現出一些單獨的話。剛才，他吃午飯，有泡菜、有煨湯、有飯、還有剩餘的蹄膀汁，一句話冒了出來：我為自己安排的寫作和翻譯任務很重，每天都把自己忙得不可開交，不能陪你去。這，你不一定理解，也不一定願意理解，我不能強勉你。這句話說完後，他開始吃飯，一會兒就吃完了，邊吃，還邊看電視。裡面放的是那個國家的一個華人律師的故事。據她說，能夠上庭打官司的華人大律師不多，往往不敢也不能理直氣壯。看見法官表示不同意見時，就唯唯諾諾地只敢同意，不敢反對。

吃完飯後，他繼續看電視，這時放了一個90幾歲的老人，看不出是男還是女，有點像嬰兒，也看不出性別之差。他或她說：我不多吃，吃多了不好消化。說著，她或他指著自己鼻子說：這話是我說的啊，不能代表別人。

我們上面說的這位男士沒有名字，他看到這一幕時，覺得這個指著自己鼻子的動作頗為怪異。他試著用手指著自己一邊臉龐，說：這話是我說的啊，不能代表別人。覺得不對。又試著用手指著自己的前額，說：這話是我說的啊，不能代表別人。還是覺得不對。又試著用手指著自己的下巴，說：這話是我說的啊，不能代表別人。

仍然覺得不對。哪怕試著用手指著自己的嘴巴說也不對。最後還是學著老人，用手指著自己的鼻子，再學說了一遍，才覺得妥貼。這很奇怪呀，我們這位沒有名字的「他」想：鼻子跟自己說的話有何關係？鼻祖、鼻祖，我們從來不說口祖，不說耳祖，不說額祖，也不說眼祖，卻說鼻祖，但即使有鼻祖，還是跟人說的話無關嘛。想來想去，也想不出個名堂。就開始做他已經為自己安排好的事了。

晚上上床後，他用英文在腦中構想了一番話，是這麼說的：

I hope you don't mind me saying this. But marriage is not the ultimate goal of a woman, if I may say so. Sooner or later, one will meet someone after his or her own heart. It may seem forever when this has not happened. Once it does, everything falls into their proper place. Still, who is there to say that that is the ultimate solution? What if one is not happy when that happens? Moving in and out of marriages as if it were a series of comfortable cages or, having tasted what it is like, staying outside it for the rest of one's life? The point? I know you are not into this. But, for me, writing provides a solution as it has with constant and countless women who do or have done. Pursuing someone while not being pursued may work, only to a point. I'm sorry I have to disappoint you because I am not the right person and I draw the line between what is proper and what is not. Having said all that I do hope you do what you like best and stay happy for now, if not forever, an illusion that may never be turned into a reality.

想出這番話後，這位無名男子就睡了。庶幾就睡著了。

失聯者日記的一段摘抄：

我快60了。誰都不知道，只有我自己知道，我這一生過得有多麼快。眨眼間，父母歿了。弟弟歿了。我也歿了。我歿之後，在新年第一天的陽光中，把被單、臥單、枕巾、衣服、褲子、短襪都洗了。昨年不再。新聞告知，二年之交的慶典中，有35死，43傷。報導錯誤，應該是36死。沒把我算進去。陽光已經縮頭，為我弔喪。懸掛的巨大臥單和被單以及孤單，彷彿出殯的帷帳，把我的陽臺罩起，以至我無法隨時隨地起跳。這是驚心動魄的一年，也是沒有奇跡的一年。這是別人張揚的一年，也是自己隱遁的一年。這是發跡的人更發跡的一年，也是死亡橫行無忌的一年。這是垃圾成山的一年，也是視而不見的一年。這是著名到無人仰視的一年，也是無名到如沉渣的一年。這是更加自吹自擂自戀自拍的一年，也是絕對拒絕加入鄙視合汗的一年。這是新常態的一年，也是詩常態的一年。這是失聯的一年，也是失利的一年。這是確鑿無疑的一年，也是很不確定的一年。這是他們得益得意的一年，也是自我無聊無趣的一年。這是詩長夢多的一年，也是多詩之秋的一年。這是醜態百出認為美的一年，也是孤詩奮戰獨出世的一年。這是，也是。這，也。

可能別人不知道，但我認識失聯者，只是名字不能告訴你。我知道，他一直在努力給自己治病。他認為自己患的是孤獨症，但他想學著這個國家的那個黨，自己給自己治病，哪怕自己生了腦瘤和心瘤，也執意要以自己之手，把那兩個瘤子自己割除。這在別的國家，比如那個國家，是根本不可能的事。一個黨生了病，就得另一個黨來治，或者自己下去找人治。既然他生錯了國家，從生到死都無法改正，他想，何不自己給自己治病呢？再說，他已經認識到自己的問題何在了，比如，他雖然在任何公共場合，在有人的地方，無論是熟人，還是朋友，還是陌生人，他都表現得比較完美，彬彬有禮，比較會說人話，時常發出爽朗的笑聲，偶爾還會開一點不太下流，但能引人發笑的小笑話。但是，他有一個不可告人的祕密，那就是，每看到一張人臉，他都會忍不住地想向上面吐唾沫，越是朋友或熟人，他越想吐。這只是一種感覺，口裡也沒唾沫，甚至都沒有清嗓子的動作，但就是想吐。因為害怕自己造次，他每每會看著那人，吞一口唾沫，看得人家不好意思地別過眼睛，看著別處。這時，心頭那種噁心的感覺，就會隨著唾液被吞回去。這種感覺幾乎伴隨了他一生。

這個人一回到自己獨居的房間，就變得煩躁不安。他不停地查博客，看微博，看微信，靜聽手機的動靜。他而且還有一個很不好的習慣，是他自己這麼認為的，那就是隔一段時間，就到互聯網上對他自己進行人肉搜索。這個人名聲並不大，卻總想知道別人怎麼看他。看後又往往感到失望，因為並沒有什麼人怎麼看他，搜來搜去就是那麼幾條新聞。搜多了就會產生一種人在死後看生前的感覺。那天出了一件怪事。他在那個萬什麼達廣場跟朋友見面吃飯，卻突然發現微信從手機上消失了。此後，他再怎麼搜尋，再怎麼下載重裝，都無濟於事。一瞬之間丟失了所有的聯繫和此前發過的所有照片。他去跟這個經理朋友吃飯時，聽他談起微信，口氣裡有點責怪他似乎對他所發微信從不點贊時，不覺怒髮衝冠起來。他跟朋友說：無論誰發的微信，他只看標題，幾乎從不進去看，可能只有百分之零點零零一的東西，是他覺得可看的。他說：這些微信百分之九十九點九九都是垃圾，那些發微信的人，可以成為轉發大師，但沒有任何原創。

說到這裡，他說起不久前跟另一個朋友談到的情況，那就是，這個國家依然在每個人的頭上戴上一個緊箍咒，讓你吃好喝好玩好，就是不讓你思想。其最有效的辦法，就是讓你不知道在這個國家邊境之外他不想讓你知道的事情，把網站一個個封鎖起來。他去過泰國，在那兒是可以隨便上網連接任何東西的。一個思想被緊緊箍住的國家，其所產生的一切，在程度、力度、深度等方面，都是拿不出手，也不可能讓人家欽服的。他本想告訴朋友幾個名字，如Damien Hurst，Jeff Koons和Eric Fischl，想想又算了。朋友是做生意的，對這些人和這些人做的藝術品，沒有半點興趣。而且要跟他談，得從頭談起，談到半截人家就會轉換話題。

他沉默地吃完飯，回到家裡，感到更加孤獨了。又沒有人可以交談，就只好看「非誠勿擾」，這個節目，已經看得他要嘔吐的感覺，卻又覺得沒有比它更能消解孤獨，同時又更加增加孤獨的東西了。他一邊抽煙，一邊恨恨地罵煙。抽完了繼續接著抽。

這次微信神祕失聯的事件，令他頗為沮喪、焦慮，甚至失意，卻又無可奈何。不久，連他自己也失聯了。好在我認識他，得以把這件事簡單志之。

一看到有那個人名字出的一本書，被人在微博上說成是百本什麼什麼的字樣時，他當即決定，死前絕對不看該書。那張人臉，連同多張人臉，都是很famous的臉，早已在他大腦的行刑場被槍決，他與他們無仇無怨，但不共戴天，甚至不共戴天花板，走到一起無話可說。他無法忍受看到那些嘴臉在舞臺上表演不好玩的丑角角色。他不可能為他們喝彩，連倒彩都不想喝。這些人，這些爛人，名聲一個比一個大，影響一個比一個小，在舞臺上耗著，以為自己怎樣怎樣了，卻沒意識到都是一個個正在爛下去的成果。想到這兒，捌伍玖決定，不讓這些爛貨繼續租用他大腦這個無價之屋，一律清掃出去。

這天，捌伍玖去買肉。路上有個人打電話給他，一接，原來是無名詩人來的。幾句寒暄之後，問起對方最近的情況，對方說：一直在給百萬大房在搞裝修，已經搞了近三個月，光裝修費就花了半個百萬。捌伍玖說：你應該把這筆錢拿到我們國家去買房，因為在我們那個國家，是不用搞裝修的。房子一買下來，就能直接入住。無名詩人說：啊，是，是，這邊裝個修，人還得整天在現場督陣，否則他會用劣質材料，他會把好油漆換成壞油漆，他會──捌伍玖停不下去了。他聽到「名堂太多」的時候，正過馬路，眼睛緊盯著對面人行橫道線的綠燈，腳步暫時停了一下，因為左側一部大型公共汽車很不客氣地一路鳴笛，從身邊呼嘯而過。由於這時他「嗯、嗯、嗯」了幾聲，對方估計他沒興趣，就互相道了再見，掛機了。

這是新年第一個晚上，那座廣場上空蕩蕩的，沒有往常天氣晴好的時候，一圈圈伴著喇叭音樂起舞的廣場人，只有一兩個人在那兒踢球。水池裡的詩人雕塑在冷颼颼的風裡站著，黑乎乎的一團影子。雕塑意在紀念，實際效果是挨餓受凍，頭上和肩膀上落滿鳥糞，連照相的人都不會以他作為背景，很噁心的。反不如一簇盛開但很快就會凋零的花叢更宜於充當陪襯。

他在肉櫃前站了一會，不知道該選哪個蹄膀，因為每個都太大。那女的見他猶豫，便問：想買哪塊。捌伍玖說：哪塊都嫌大。那女的說：可以解小的。捌伍玖「哦」了一聲，用手指著最大的那塊說：那就把這個切一半，再剁成小塊吧。那女的拿起大砍刀就剁了起來。捌伍玖看她剁時，老產生她把自己手指、手背剁斷，人倒地，救護車哇哇亂叫，白衣大褂急匆匆來去的幻覺。過後從那女人手中把裝滿剁碎蹄膀的袋子拿過來，就走了。

這天晚上，捌伍玖一睡就是9個小時。第二天起來查郵件，發現一個英文姓名，立刻想起了一件往事，心裡頓時充滿了暖意。那一年──他已經記不得那一年是哪一年了──他去那兒講學，週末，一位女老師兼該大學文學雜誌的主編，開車把他接到她家度週末。她是波蘭人，到那個國家已經二十多年了。一路上的風景美不勝收，都是南方的海景，陽光、海浪、陰影、蜿蜒曲折的山道、鬱鬱蔥蔥的山樹。他們停在一條河邊小憩時，女老師還從包裡掏出書來看。據她說，這條河經常有鱷魚出沒。河水明亮，像一條巨大的魚背，夾在兩岸深色的樹木之間。後來，車鑽入了熱帶雨林中，幾乎渺無人跡，最後在一幢巨大的屋宇前停下來。這座屋宇有好幾層，中間是個場院，每層都有護欄，可以向下觀望場院，裡面長著繁茂的熱帶植物。一個瘦高個兒的男子接待了他，自稱是她丈夫。女老師跟他的關係，頗似陌生人，隨便打過招呼之後，便回房忙她自己的事了。晚上，男子倒了兩杯紅酒，就跟捌伍玖聊起了自己的身世。原來，他來自英國倫敦，從前做畫商，結識過很多名畫家，包括一個培根。他說因為愛上了這位波蘭小姐—女老師比他至少小二十歲—就娶雞隨雞，放棄了一切，跟她來到了這個國家。說著，他起身，對捌伍玖做了一個神祕的手勢，讓他跟他過來，走進一個小房間，裡面滿滿當當地塞滿了畫布。他指著一台機器說：你看這個。它有去濕氣的功能。在這座熱帶雨林中，濕氣很重。如果沒有它，我的這些名貴畫作，不要多久就會腐爛變形。捌伍玖看著這個神祕的老者，心裡忽然產生了一個瘋狂的念頭：去找一個比自己小二十，乃至三十歲的女人，也娶雞隨雞，住到與世隔絕的熱帶雨林裡，過著恩恩愛愛的生活。啊，小B，能與老者結合得最好的，世上只有小B可以。

女老師過來喊他過去吃飯的腔調，立刻打破了他的瘋狂幻想。那腔調雖不是喚狗，但也相差無幾，分明兩人幾乎沒有任何感情可言，只是因為習慣和習俗而繼續住在一起。世上有多少這樣因為習慣和習俗而勉強住在一起的人啊。捌伍玖心裡感歎道。他們最後雖不能死在一起，但很可能埋在一起。他們如果真有靈魂的話，會不會飛出去豔遇呢？

吃飯的時候，發生了一件很奇特的事。老者走出去，來到走廊的護欄邊，就把尿口扯開—根據捌伍玖的記憶，他好像根本沒有用拉鍊，而是直接掏出來的—就「劈裡啪啦」地往樓下拉了一泡尿。女老師就在旁邊，一點也沒有阻攔他的意思，根本就像聞所未聞，見所未見一樣，完全置若罔聞，甚至對捌伍玖的驚態和窘態也視而不見，仍安之若素地吃她的麵包，喝她的紅酒。吃完後招呼也不打，就自行離去，再也沒有出現。

老者和捌伍玖繼續喝紅酒，沒有一點倦意，也沒有半點醉意。老者告訴捌伍玖說，他對藝術界那種買畫賣畫的生活已經完全厭倦，放棄倫敦和藝術之後，他在這座熱帶雨林中，找到了自己的世界，那就是經營甘蔗種植業。捌伍玖一聽心驚：這可是徹頭徹尾的轉變呀。什麼叫轉型？這就是活生生的轉型。這比一個人賺了錢，得了勢，成天在幾十乃至幾百個女人中周旋的生活，不知要好到哪兒去了。那是活塞運動，氣缸的幹活，費時費力費錢費精神，不說吃力不討好，就是給力也不討好。那種雞巴文化，只能產生那種雞巴人。老者說：明天我帶你去看我的甘蔗林。

那天晚上，捌伍玖睡在給他準備的那個小單間裡，周圍為熱帶雨林所環繞，聽著香蕉葉、樹葉、芭蕉葉、椰樹葉上的露水滴滴答答、滴滴答答地滴了一夜，還有不倦的蟲聲啼鳴，以及似從遠古傳來的聲響，逐漸進入夢鄉。只有一個簡單的想法縈繞不去：總有一天，我也要像這麼出世。

第二天早上他和老者起得一樣早。熱帶旱季的陽光，把房屋裡裡外外除陰影之外，都照得通明透亮。他們開著車，穿過一段被樹木遮蓋得嚴嚴實實的小路，來到一片山谷中豁然開朗的開闊地。這兒到處種著甘蔗，比高老頭還高，有幾十畝，不，據老頭說，有幾十公頃，都是他親手栽培起來的。這時，豔陽高照，空氣清新，遠處的山巒一溜逶迤，讓人覺得這地方頗似人間天堂。老人詳細跟捌伍玖解釋種甘蔗的種種細節，但這些細節捌伍玖一個都不記得，都用相機拍到照片上去了。這些照片留在了他在那個國家的老屋中。照片的遺憾就是，拍進了照片，就掏空了記憶。他只記得自己當時的感受，很無奈的一種感受，但也是照片拍不下來的一種感受。是的，跟一個小自己幾十歲的人在一起生活，的確會很有情趣，但自己種植甘蔗也好，水稻也好，養一群珍稀動物也好，最後還是要與社會發生關係。比如，甘蔗收割了之後，總不能扔在地裡不管，讓它們在熱帶陽光或暴雨下腐爛吧。還得聯繫收購商，談議價格，請人收割，找人管理，最後又是錢錢錢。你想置身金錢運動之外，你的小女人不幹，床上床下都不幹。你這個高老頭就是寡老頭，高寡老頭。

想到這兒，捌伍玖想起了另一件事。也是那年熱帶之旅，他邂逅了一位混血女郎，還跟朋友一起去了她家。記得當時她穿高跟鞋嫌累，便脫下放在案幾上，那案幾跟人肩齊平，這就使得那雙紅色高跟鞋分外鮮豔，也分外顯眼。她是赤著白足走出去的。在這個熱帶地方，女人，特別是年輕女人，有著一種曠達的野性。她剛跨出門，就好像想起了什麼，又轉身回門，把那雙鞋子拿起來，提在手上，好像是怕可能還有需要穿上的時候。果然，大家一起吃飯喝酒的時候，她就把它們穿上了。這女人二十出頭，是瑞典、瑞士和澳大利亞的混血，好看得不行。她和捌伍玖不過交換了幾次眼神，就把捌伍玖弄得神魂顛倒，浮想聯翩，心想：如果跟這位女郎在熱帶紮下根來，哪怕以後分手，也不枉活了一世。這之後，他看她的樣子，總像是在用目光抱她，吻她。她的眼神比較平淡，但並不避嫌，也無鄙棄，而是時時迎著。飯後，他們去聽捌伍玖朗誦，這混血女一直用眼睛盯著他看，把他都看硬了。捌伍玖離開後，想這個女人想了很多天，後來也不了了之。人世的事，總是這樣不了了之的，在記憶裡活一小段時間，就自行消亡了。

類似這樣的「豔遇」並不多，還有一次，是在那個國家最富裕的一個省份的一座海邊城市，捌伍玖被邀請參加一個朗誦會，他有意坐在最後面，發現來的聽眾裡，基本都是白髮蒼蒼的老者，年輕的沒有一個入眼，只有一個身穿白裙衣的女子，引起了他的注意。那人背朝著他，卻不知怎麼讓他有一種感覺，彷彿她在用背部說話，那意思是：我對你感興趣。我想認識你。他不自覺地朝她多瞟了好幾眼。一個白人女子，身穿白衣和白色高跟涼鞋，性感而又別致，更兼喜愛詩歌，這頗惹人嚮往。這場朗誦會自始至終，他也沒能跟那女人交換過一次眼神，但第一感覺始終是，那女人似乎對他懷有某種情愫。

果不其然，第二天那女人就來了一封信，用英文寫的，信中一上來就說，她很喜歡他的詩，覺得有一種衝擊力。信中還說，她要向他道歉，因為她當晚居然花時間，在網上查找有關他的資訊，包括查找他的電子郵件。捌伍玖看信後想：女人居然會為這事道歉，這真是意味深長。說明什麼？說明她暗地裡想著他、查找他、搜索他。這有什麼呢？捌伍玖想。查了就查了。用不著道歉。但那個國家的人做事，就是跟這個國家的人做事不一樣。也是一種好玩的比較。他回信後，兩人約見喝咖啡。

諸位，筆者要吃飯了，這個故事，以後有時間再接著講吧。順便說一下，他後來發現，他弄錯了。早上來信的，不是那個國家的那位波蘭女老師，而是來自另一個國家，該國姓「愛」。這件事，也要放在另一個地方，有時間再講。

那個國家的人，跟這個國家的人，是不一樣的。這個國家的人背後把人罵得狗血淋頭，寫書評時卻盡可能言美其詞。那個國家的人不這樣。那個國家來的那個人告訴她。我們現在就叫他「那個人」好嗎？他的名字就叫「那個人」。那個人說：從前有個寫書評的，還很有名，看了一本新出的長篇小說後，在那個國家最有名的書評雜誌上寫了一篇書評，不僅把那本小說評得一無是處，甚至還說出這樣的話來：當時這書看得我如此生氣，竟把書從地板的這一頭，「哧溜」一聲扔到地板那一頭去了。她聽到這兒，想像出那個場面，不覺哈哈大笑起來。那個人問：在你們這個國家，會有這種事嗎？我是說，如果實際上發生了這種事，寫書評的會把這種事寫進書評中嗎？她說：肯定不會的。否則人家要把你恨死一輩子的。

那個人又舉了一個例子說，他們那邊有個華人詩人出了一本詩集，本來是跟其他幾個詩人的詩合在一起，由一個書評人來寫書評的。可是，這個書評人如此仇恨這本詩集，輪到該談這本書時，他只說了一句：既然這本詩集作者如此仇恨我們國家的人，那我決定，不評這本詩集了。這一次把她聽得目瞪口呆，覺得還有如此該評而不評的書評人。

跟著，那個人又想起另一件事，發生在那個國家一家著名文學刊物上。由於該刊刊登了一篇前面那個詩人曾經寫的一首似在罵該國的詩，該刊在該詩人不知情的情況下，又找另一個人單評該詩人的詩，因此，該期一出版，據該詩人告訴那個人說，他吃了一驚，因為評詩人在他所寫的評論中，把凡是出現該詩人名字的地方一律抹黑，實際上是以抹黑方式把該詩人槍斃了。那個人對她說：這就像在你們這個國家，當作者已經亡故，作品卻仍在出現時，用小方框把她或他名字框起來的做法相像。她說：不對。這要比那糟得多。這相當於我們的拉黑，比拉黑還要糟，因為那個人的名字被黑在裡面，看都看不見了。

那個人跟著又講了一件事，還是跟評論有關。這次講的是背後發生的事，當事人並不在場。這有關一位教授。他對自己帶的學生幫他做的研究工作如此不滿，又無法對該學生明言，只好在背後對朋友發洩怒氣。據他說，他把學生做的一大迭文字扔到地上，氣得在上面踩了好幾腳，最後又不得不拾起來，還擦去上面的腳印，但總算解氣。這一次，她又聽得哈哈大笑起來，說：還有這樣的事，真好玩！

後來他們一起看小電影，過後，他給她講了幾個小故事，都跟小電影有關，也都是從報上看來或嘴中聽來的。A把兒子從這個國家接到那個國家去後，兒子放學後最愛做的一件事，就是看小電影，不僅去租，而且還買，看後就大量流出。那個人說，《大量流出》好像還是這個國家出的一本書的書名。關於藝術的，很貴，96塊錢一本，他買來看過，不好看。這事被A發現後，氣急敗壞，屢教不改，最後一氣之下，把兒子捆起來，又是打又是罵的，還不解氣，還把全過程錄影，威脅說再不改正，就公之於眾。結果事情真的敗露，沒賠兒子反倒折了自己的兵，被人送進監獄。

這些無頭無尾的事情，那個人只知道一個大致原委，並不知道結果，也不想知道結果，而她聽後不過一個短評：這樣教育很成問題！就不再追問下去。追問了那個人也不知道。接著，那個人又講了另一個故事，說：A和B相戀之時，熱衷於看小電影。這一點頗似那個國家一部紀錄片中採訪的一對白男白女，他們最大的嗜好，莫過於做愛前雙雙看錄影帶，常常樂此不疲，並說頗能增進雙方的性情。他繼續說：A和B把錄影店所有的錄影帶都租來看，不僅看，而且學，例如，學著把其中的施虐受虐性行為加以身體力行的實踐，如捆綁吊打之類。但是，這個時代的男女情事有一個最為典型的特徵，那就是愛情的陽光並不是夜裡也照亮的，晴朗到一定的時候，就會收走火熱的光線，讓前愛情的夜晚再度降臨。在二者翻臉之後，雌的一方到警察局告了雄的，說雄的強姦了雌的，並以捆綁吊打作為證據。後來二者對簿公堂，一決雌雄，雌的感到難以為繼，想中途撤訴，一收攤子了事，豈料被警方告知：本國的通行做法，一旦立案，斷難撤回，必欲把法事進行到底而決之。

那個人歎息著說：哎，那個國家呀，就是這麼個法律，而且往往偏袒雌方，如果雌的告了雄的，雄的就有口難辯、百口莫辯，原因就在於這麼一個事先的認定：雄強雌弱，有理無理，先找強的問罪再說，於是天生給了雌者可乘之機。誰叫雄的生而非雌呢？其實也不是沒有悔改之機，變性就成。她聽後笑得不行，說：進入法庭程式之後再變性還來得及嗎？那個人說：來不及了。撤訴都來不及，變性更來不及了。關鍵在於，立案時已經發生的器官接觸事實，早已是不刊之論。

那個人還講了一件事，也跟小電影有關。他說：從前來自你們這個國家的人，到了那個國家後，都有這種癖好。那年有兩個教授朋友，心心勾勾記得這件事，進城後不忘讓我帶進小電影店一遊。前後的事早已忘記，只記得一個細節，永遠都忘不了。他們本來都是西裝革履，領帶井然，但在入店之時，卻不約而同地把手伸向自己的脖子，扯下領帶，團成一團，塞進包包，然後大搖大擺走進店裡。那真是兩國之間性文化活動的一次生動寫照。

她說：有這麼誇張嗎？領帶跟性文化活動有何關係？那個人說：這你就只知其一，不知其二了。曾有人指出，領帶是雄者陽具的象徵，代表著雄風，是雄人陽具含蓄的外露。有其在脖子處張揚，表明該雄性雄風猶存，但它亦有緊箍咒之作用，在外露的同時，也以系脖動作，強調著社會對其的掐脖子。某種意義上說，該二雄者摘除領帶，既是去除掐脖子的社會禁錮，也是讓象徵物具體地回歸當下。不，我說的是襠下。

那個夜晚，那個人滔滔不絕地講了很多，說書人並不在場，有些細節又過於葷腥，無法細述，此處不另。

這個時代人人有病，但無人救治。比如，搞寫作的，一個個傻逼一樣，沖著獲獎而去，得了獎還怕別人不知道，往人家信箱發消息，或者通過自己的一個什麼博發出去。得了獎就自己偷著樂唄，幹什麼要讓所有人都知道，有意思嗎？有意義嗎？你要是跟人家共分一杯羹，那還有點意思。你只不過是希望別人說好聽的話，把你這只人肉氣球越充越大，充到爆炸為止。那些得獎的傻逼，沒有一樣東西寫得好，卻個個都陶醉在自己的獎垃圾中。把幾個小錢存起來，等著攢足了買比自己肉體大幾倍或幾十倍幾百倍幾千倍的房子，在裡面等死。有意思嗎？有意義嗎？

他—這人沒有名字，只有性別，是個雄的，這話說得多餘，本來就是一個「他」—就沉靜地、不發聲也不屑於發聲地想一天。他思想，故他活。微信上發的那些東西，他稱之為狗屎豬糞。那些轉發家們，其中有些還有點名氣，令他每次看到都感到噁心，但他每次都掃描一下那些標題，然後掠過不看。知道有垃圾存在，而且是每時每刻都存在就夠了。他更喜歡看一些別的東西。比如這天有個人拒絕了一個大獎，這在這個利慾薰心的國家，是從來沒有發生過的事，因此，這事發生在法國，就很自然而然了。那個國家一個姓薩的作家，就曾拒絕過諾貝爾文學獎。這次被這個名叫Thomas Piketty的人，拒絕了法國政府頒發的最高獎，the Legion D'Honneur（法國榮譽軍團勳章），理由是他認為，決定誰能享受榮譽或不能享受榮譽，這不是政府的職能。[65] 據信，2013年，漫畫家Jacques Tardi拒絕了這項榮譽。此前，薩特和居裡夫婦都曾拒絕這項榮譽。[66]

無論有什麼理由，反正有一條，這個國家的這些爛人，不信教可以，不信神可以，不信任何主義都可以，就是不能不信獎。給了他一個獎，哪怕是沒有任何可信度、沒有任何地位、沒有任何實質性、沒有任何權威的東西，只要那東西的名字是「獎」，這個國家的爛人就會去領，真讓他看不起，也無法看得起。

至於說到那個國家，情況基本也是一樣。這個世界上，如果說還有一點勇氣，還有一點洞見，還有一點卓識，還有一點思想，那這個人應該在姓「法」的國家。不，他想，姓「越」的國家也有。那個國家有個名叫Lu Duc Tho的人，1973年與基辛格共用諾貝爾和平獎，結果他拒絕受獎，理由是戰爭尚未結束，和平仍未到來，領受此獎令人不安。這讓老基很難堪，也很被動，想把獎退回去，人家不接受，因為你已經領了獎。經查，這個叫

65 參見：http://www.bbc.co.uk/news/world-europe-30650097
66 同上。

Lu Duc Tho的人，中文翻譯是黎德壽。看來，國家雖小，還是比這個大國硬。[67]

他還知道一些拒絕受獎的人，如美國作家Sinclair Lewis，1926年獲普利策獎，但拒絕接受，還專門就此寫了一封拒受信，說「所有獎品，像所有的頭銜，都是危險的。」[68]這翻譯很糟，因為是谷歌翻譯的，但在這個國家，居然連這條英文新聞都被封鎖，無法上網查找，不能講究，只能將就了。很奇怪的是，這個國家的網上，別的東西，包括色情，都可以查到，就是查不到關於作家拒絕接受獲獎的消息，即便有這條新聞，也無法進去，例如這條：「Six people who rejected awards」（六位拒絕受獎者）。真他媽的無厘頭，真他媽的豈有此理。真他媽的不可理喻。根據2014年11月13日的新聞，兩位西班牙藝術家拒絕接受價值63000歐元的西班牙國家藝術獎（Spanish National Arts Prizes），可關於這個消息的英文報導，在這個雞巴國家的網站上，居然根本無法進去！一條新聞在此：http://elpais.com/elpais/2014/11/11/inenglish/1415700666_425231.html 另一條新聞在此：http://www.catalannewsagency.com/culture/item/jordi-savall-rejects-the-spanish-government-s-national-music-prize-for-its-cultural-policies 只好留此存檔，以後再說了。至於這個國家的漢語新聞，根本就不提此事，大概是不想讓他們的藝術家也照此辦理，免得丟臉吧。

正好這時，朋友來了一個電話，問他在幹嘛。他說，他在考慮獎的問題。朋友問：你得獎了？他說，不是。然後他說，其實這個國家搞文學的人，跟其他的人沒有什麼不同。其他的人也搞錢，他們直接搞錢即是，不用羞澀地說他們不搞。搞文學的人其實也是搞錢、搞地位、搞名譽，還不說男的搞女人，女的通過被搞而搞名譽，大家都知道搞獎多麼重要，既能搞到錢，也能搞到名，還能搞到地位、官位，等等，真是一本萬利的事。遠不如那些直接搞錢的商人爽利。隱喻之所以能在這個國家的詩歌中大行其道，就是因為他們知道，隱喻才是道可道但不能道、也不能道破的道，因為只有通過隱喻，曲裡拐彎，扭來扭去，明明有話不說，不直接說，偏要說得曲折隱晦，說得人雲裡霧裡，說得人一頭霧水，一頭霧霾，說得人似懂非懂，說得人看了之後覺得自歎弗如，才有可能被發表、被提攜、被和諧、被提升、被授獎、被器重（像器具一樣被重視），被重用（重重地利用）。所有那些

---

[67] 參見：http://www.aljazeera.com/focus/2009/10/2009101212723118884.html
[68] 參見：http://translate.google.com/translate?hl=zh-CN&sl=en&u=http://www.lettersofnote.com/2012/09/all-prizes-like-all-titles-are-dangerous.html&prev=search

官辦刊物，你只能跟它玩隱喻，才能被它把玩，被它遴選，被它發表，其實都是爛屎，標題看了就不想再看一個字。

文人、文人，他說，說到底就是國家豢養的狗。只有一種人值得人欽佩，那就是拒不接受任何獎的人。文學是一根骨頭，精神之骨。凡是見獎之肉就上去撕咬者，永遠不配進入文學。他們只是文學商人。文學錢。文學狗。

這樣的事情接二連三發生，即東西突然消失，再也找不到了。比如，桌面螢幕保護裝置的圖像一去不復返，留下一片灰色，灰天的灰。起初很不適應，後來不得不適應，再後來，就逐漸開始適應起來。灰色的螢幕，有點像灰色的眼睛，更像畫家說的那樣，是一種高貴的色調，極品之色。沒有血色的喧嘩，沒有黃色的油膩，沒有綠色的臃腫，沒有黑色的囂張。沒有那些統統的裝逼。他灰色了一段時間後，把系統重裝了一次。上次把茶水潑翻到鍵盤上，導致整個蘋果機毀壞，被劉電腦從裡到外拆裝了一次，換了芯子，換了鍵盤，換了電腦間（不明就裡的人，應該知道，這句話取自「換了人間」）。劉電腦人不錯，做事也很認真，但還是留下了謬誤。原裝的「Microsoft Office: mac2011」從那個國家帶來後，CD居然插不進去了。劉電腦一看，趕忙道歉，原來他安裝不仔細，把插口封堵了。修復後，一直沒時間把東西插進去重裝。「把東西插進去」這句話，是否有性的指涉，小編自己決定。直到昨夜無所事事，他才想起要再插一次看看。這次一插就進去了，很完美，很圓滿，從頭到尾過了一遍。奇跡出現了。灰色消失，出現了一個山水畫面，悠遠而靜謐，也是灰色的，只是水面的灰色，比天空的灰色更亮。在水流到遠處的遠方，兩岸形成了一個令人想像的夾縫，再怎麼描繪，也不如原圖生動形象。生而動，形而象。過後不久，也不知在做什麼事的什麼時候，眼前突然閃了一下，整個螢幕的畫面搖身一變，水面不知去向，卻換了一幅抽象畫，所有的象，都從畫面被抽除，整個畫面不過是顏色，彷彿各種顏色的瀑布，說它是什麼，它就是什麼，說它不是什麼，它就不是什麼，只能用像：像黃色的月亮，像牆上的補丁，像搞出來的初血，像補丁中回頭的藍狗，像鳥身人臀，像梨形的小提琴肚，中間被切開，像色彩雜交後的罌粟花，像色彩拉的屎，像密集排列的吐出來的瓜子，像斑斕的魚子，像紫色的說辭，像熟睡的方塊，像什麼都不像的像。像長天陽光亂顫的雲隙。好，到此為止。

寫那本書的那幾年，作者（我們暫且稱他為左蟄）把愛做了個沒完。我們必須知道，左蟄是個寫書的，他並非一個老嫖客，即使想，也沒錢，更沒膽。他立意把這個時代的愛情寫成一本菲薄的書，就像愛情一樣菲薄的書。這個時代的愛情，他認為是有愛無情，有情無愛，而性，把一切都抽空了。這本書，他嘔心瀝血地寫出來後，又寫成了一本投到哪兒都說好，但哪兒都不敢發表的書。左蟄在這本書走投無路的情況下，想起了那位女作家，一生大部分長篇小說，都是在死後才出版的事，便迅速地調整了心理，也無所謂起來，心想：不就是一本書嗎。你不出，我還不給你出呢。很快就開始寫另一部長篇了，第一鍵敲響，他就知道，第二部長篇又會像第一部一樣，走到被人堅拒的地步。為什麼會這樣？他從來不去分析，也不會對自己剖析。他要按著心靈的指向，走向無人敢於進入，也無人能夠進入的區域。那不是常人所說的禁區，那只是尚未被人開發，也不肯被人開發的絕美勝景，從外表上看是一片荒涼，杳無人跡。這樣的地方實際上已經基本沒有了，只有心靈中還有無邊的勝景，是他一直嚮往的地方。

左蟄這個人，可用英語一個成語來套，即他是going against the grain的，即他總是逆向而行，或逆時代潮流而動，或不合時宜，這是指精神上，而不是指日常生活。日常生活中，他從來不逆。一日三餐一餐不能少，晚上睡覺，從來都是八到九小時。上街過馬路，永遠都不違規沖搶。最近他告訴我，他在看一本寫於1930年代中期的書，是小說，寫小說的是一個得過諾獎的人，這本小說厚厚的，沒法看下去。想想吧，八十年前寫人物，所按照的常規，都是一出場就要交代姓名、長相、衣著、說話方式、行為方式的那種，有時仔細得就像看一場解剖電影。細則細矣，但現在的人有這樣的時間，看這樣的細節，又有這樣的必要，看這樣的細節嗎？小說能不能有另一種、另幾種、另幾十種、另幾百種、另幾億種、另幾十億種寫法？有一個人，就有一種寫法，就像這個人跟另一個人是不同的那種不同的寫法？

左蟄一跟我說這話，我就覺得這個人完了。為什麼我會這麼覺得？當然我沒跟他說，只是心裡這麼想。為什麼我會這麼覺得？因為這個時代也好，別的時代也好，大家都是按照陳規老套在生活。之所以能按照陳規老套生活，是因為陳規老套有其存在的理由。商店裡，賣得最快的還是日常用品，什麼抹布、什麼碗、什麼垃圾桶、什麼拖把、什麼什麼的，都一批批地賣掉，又一批批地進貨，然後又一批批地賣掉。你進一批別的東西，比如，那種很色情的、私處有個洞的長筒絲襪，性感的確是性感，但放上一年半載，可能就賣掉一兩雙。所以，電視也好，電影也好，小說也好，不要過於標新立異，也不能過於標新立異，否則就像那個私處有洞的長筒絲襪，沒人要看，沒人要買。

左鰲好像沒有聽見我說的，管自說他自己的話。他說：那樣一種寫法，也能寫到拿諾貝爾獎，這是那個獎的恥辱。也從反向證明，可能你說的話是對的。小說能不能沒有人物？我的回答是：能。小說有沒有沒有寫過的題材？我的回答是：有。小說人物上場時，能不能不寫他長什麼樣子，叫什麼名字，穿什麼衣服？我的回答是：能。比如一對老夫老妻並排躺在一張床上的一張被子下麵，卻整整一夜都不說話，也不相挨，你能用電視連續劇的方式來拍這個嗎？你不能。你能用電影的方式來表現這個嗎？你不能。你能用戲劇方式來處理這個嗎？你不能。你能用小說嗎？你不能，我是說你能，但你不能用從前，也就是1930年代的那種方式來，哪怕那個人得了一個諾獎。

我刺了他一下，說：那你怎麼表現？

左鰲說：我也不知道，但我想進入。我想成為那床被子，讓它蓋在這老夫老妻身上，讓它獨自納悶為何這兩個從前恩愛的人，到了一定時候，既無恩，也無愛了。它一夜無眠，只是蓋著他們，中間留下一道縫縫，就像人體分界線一樣。

什麼人體分界線，我說，國境分界線吧。

是，左鰲說，兩性國境分界線。這男女兩性，就是兩個國家。和玩家。和親家。三者糅合成一體：國家、玩家、親家。兩個國家互相越過對方的國境線，玩到一起來了，最後完成了親家，結局呢？

很可能是分家，我以為我很俏皮。

不一定是分家，左鰲說。很大的可能是留下縫縫，不能縫合的縫縫，讓被子每夜都感到遺憾的縫縫。

據左鰲後來說，那本書出來了，是原來退稿的出版社反省之後改變主意而出版的。出版的這一年，左鰲頗受煎熬，主要是他害怕書中想像的人物都會變成活人，來找他扯皮。他根據寫書的經驗，一般來說，不可能發生的事情，一旦通過想像發生，就很有可能真的發生。從逆的角度講，他在小說中想像一個人物跟一個醜的女人發生關係，沒料到真的有醜女找上門來，而且醜只是一個偽裝。左鰲每天早上醒來後躺在床上，不想起來，眼睜睜地盯著頭頂那柄達摩克利斯之劍掉下來，它卻始終不肯掉。他在半夜睡不著，耳朵豎起來聽著門那邊，以及門外的走道，以為時刻都會有人踮著腳走上來敲門說：我是你小說中的一個人物，我來了！

這本書出版後，沒有得任何大獎，連小獎都沒得。左鰲傷心嗎？一點也不。至少外表上沒有表現得憤怒或失望或失落或怎麼樣。還在一如既往地寫他出版不了的書。而幾家大報上對他那本書的評價，也是錯落有致，有罵的，有贊的，也有不冷不熱的，還有些寫書的同行評論說，這本書屬於那種要麼愛，要麼恨的書。打分欄裡一望而知，就是這個情況。有個人給他評了一分，有個人給他評了五分。對左鰲來說，都沒多大意思。罵他的，他一掠而過，因為再怎麼罵，對他也沒有幫助。贊他的，他多看兩眼，就收藏起來，以後不再過問，因為再怎麼贊，也幫不了他多大忙。這個時代，估計以前也是這樣，以後更加如此，一本書如果出版後得不了大獎，又賣得很不好，那就等於沒寫，等於花在這本書上的時間全部是浪費。等於屁股坐了幾千個小時，坐痛、坐大、坐肥都是白痛、白大、白肥了。

你不想討好世界嗎？你肯定被世界拋棄。你想討好世界嗎？你心中也老大不樂意。這，左鰲說，基本就是他的想法。可能還不止此，但跟人面對面地談話，總有說不清楚或說漏掉的成分。

哦，對了，左鰲補充說，我一向反對完整。1930年代的那本長篇，就把人寫得太豐滿了，太完整了，太不像人了。能不能少說一點？能不能留有餘地？能不能把他衣服脫了？說到這裡，左鰲走了，他戛然而止。

聲音繼續說話：

你會原諒嗎？

會的，會的。

真的嗎？

原，原來的原，諒，諒解的諒。

你會原諒嗎？
我原諒那些不肯學習的學生。

還有呢？
我原諒那些到死也不發我詩歌的編輯。

還有呢？
我原諒那些無論別人怎麼說他們也堅決拒絕出版我的書的出版社。

還有呢？
我原諒那些到現在也不肯把我的東西翻譯成另一種語言的人。

還有呢？
我原諒那些在網上毫不客氣罵我的混蛋。

還有呢？
我原諒不知道也不想知道不瞭解也不想瞭解我的人。

還有呢？
我原諒不知怎麼就變成恨的愛情。

還有呢？
我原諒那個把人從小泡在紅海洋的時代。

還有呢？
我原諒把眼睛照瞎的光。

還有呢？
我原諒風雨如晦的假大空。

為什麼？
沒有因為，只有原諒。

還有呢？
我原諒那些認為任何地方都比這個地方強的人。

還有呢？
我原諒他們最後又失望而歸。

還有呢？
我原諒打樁機對大地的強姦。

因為？
沒有因為，只有原諒。

還有呢？
我原諒大地不時陣痛。

你是說地震？
不，我是說它在人們利益驅使下百般蹂躪之後而時時爆發的陣痛。

還有呢？
我原諒只為生命而存的黑夜。

還有呢？
我原諒不可饒恕的死亡。

還有呢？
我原諒並不存在的時間。

還有呢？
我原諒記憶健忘的特徵。

還有呢？
我原諒自我這個暴君。

還有呢？

我原諒情緒多變的四十季。
還有呢？
我原諒總是會白流的血。
你是指女性每月的那個嗎？
〔沉默〕
還有呢？
我原諒只為感覺不為生育而濺射、漂流的液體。
你是指男的那個嗎？
〔沉默〕
還有呢？
我原諒苟活的生存狀態。
因為？
你已知道，不再回答。
還有呢？
我原諒人們越娛樂越無聊的無聊。

還有呢？
我原諒毒牙就長在人口裡。

還有呢？
我原諒被愛是一種悲哀。

還有呢？
我原諒那些即將入土還在炒股的人。

還有呢？
我原諒不作為。

因為？
都是老子的子息。

還有呢？
我原諒死在文學裡的人。

還有呢？
我原諒坐名聲火箭沖天又落地的人。

還有呢？
我原諒人們原諒的一切。

比如？
三十萬人的大屠殺。
比如？
革命造成的幾百萬人死去的饑荒。
比如？
幾千萬人死去的大戰。
比如？
世世代代都在延續的這種悲劇。

你真的原諒？
你真的以為我會原諒？

那你——？
我原諒海嘯一樣的人類無底線。

你的原諒有底線嗎？
他們早都原諒了，我只是一個螞蟻人。
螞蟻人也應該有底線。

是的，被踩死。

你不覺得道歉可以彌補原諒嗎？

道歉只能彌補，不能收復。

所以你只能原諒？

原始的原，體諒的諒。

你是說？

我什麼都沒說。

請繼續。

我已無語，我是螞蟻。

Ta（無法以通常的性別對Ta命名，Ta既是他，也是她，還是它，甚至是他們、她們和它們，是他、她和它，以及他們、她們和它們的合成品，統稱Ta。我知道，這已超出了通常的小說範圍。我們迄今為止看到的小說無非兩種：死人寫的和活人在死人陰影中寫的。等你讀到這個時，已經又過去了很多年，死的更死，活的也已經死了。我們通常讀到的那種小說，而且還有一個第三情節，即在發表時都已進行過三審。這是最要不得的事，又是最強勉的事，也是為了活命而不得不低頭做的事。寫作者的路數基本上沒有多少路數，汗牛充棟、汗馬充棟、汗羊充棟、汗豬充棟、汗牛馬羊豬充洞的寫作大全等，早已把這些路數和做法講得人不想聽了。於是就去看翻譯過來的書，也就是閹割過來的書。在用這個文字翻譯的翻譯的書中，幾乎不再有真，幾乎所有真的，都被假替代了。這是這個語言的使用者本性決定的。它規定只能如此，它無視周圍與日俱增的垃圾，充滿鼻孔的垃圾，卻一而再、再而三地刪除藝術的垃圾，卻不知道，真是藝術的垃圾才是藝術。它不懂這個簡單的道理。它一味地刪除，把這個民族的大腦喂飽後癱瘓，造成全民腦癱。那本來就是它的歸宿，沒有多少可說的。因此，用這個文字寫的那種小說，沒法說小，一說大，就說破了。幾乎一覽無餘。）準備研究他的作品。

Ta在尋尋覓覓的過程中，發現了一段腦語，是那個人死後寫的。那個死後的人寫道：我被人幫襯—編者注：該詞意指手淫—時，緊閉雙眼。開始時，我沒有任何感覺。我的那個東西，跟一段從根子上切斷的紅蘿蔔差不多，還沒有它硬，是疲軟不堪的。隨著別人手的搓動，腦子裡開始有形象了。先是一個人，一個雌性的人，在懸崖邊把雙腿劈得大開，讓我進入，同時以嘴為我的舌頭接駕，嘴裡還含混不清地叫著「我愛你」之類的軟語。庶幾，該人的上方又出現一個人，是其母，她的叫聲更響亮，已從軟語升格為硬語。她張開第二張嘴，迎娶我的舌頭。她們彷彿已成雄性，而我逐漸雌化為任意被人玩耍玩弄的複合器官，全身的每一個細胞，都在往外射精，精液之多，讓母女二人在精水中洗澡。

Ta決定為了人類的道德，把上面那段拿掉。Ta對人類的雙重性太瞭解了，知道最好不要說出來，也不要寫出來，只要趁著黑夜幹就成了。一說一寫，反而就不想幹了。我們後面有時間的話，還會來談Ta的。

寫小說的人收到寫詩的人通過微信發來的請求，要他看一篇他寫的小說並提意見。須臾，寫小說的人從電子郵件中收到了一封發給他，但沒有稱呼，只有附件的信。對此，他嘴上不說，心裡總要嘀咕一番：太沒禮貌了！不過，他在百忙—真的是百忙，因為他在改學生的考卷，考卷數目已經過百—中仍舊抽空看了一下。他立刻發現，這篇小說約有好幾萬字。不過，依他的速度，就是幾百萬字，也有幾分鐘看完的事，更甭說一篇幾萬字的了。他一目百行，不斷向下移動滑鼠箭頭，須臾就把這篇東西看完了。此後不久，微信上寫詩的人又發來一條，請他提意見。他立刻回復說：你想知道什麼？寫好後卻遲遲不肯按鍵，最後還是按鍵，但按的是刪除鍵。隨後，他本來心裡有很多話要說，就放下不說了。不是不想說，而是要說，也不直接說，卻通過我來先在文稿中說。他要說的話第二天於是就此形成，儘管還要再等：

小說寫到這個年代，已經需要「轉型」了。中文叫「小說」，是一種很野的東西，從來都是說小，哪怕寫皇帝的事，說的也是「小」。英文叫fiction，即虛構。哪怕是真實的東西，往「虛構」的套子裡一扔，就真實得比虛構還真實，但還叫小說，或fiction。有人把小說簡化到「故事」，說：我的小說就是講故事。這就有點虛張「故」勢了。小說沒那麼簡單。它依然說小，但並非只是講故事。小說可以講故事，已故的事，也可以講故心、故思、故知、故人、故物，或在所有這些之前加一個「非」字，如「非故事」。小說甚至可以什麼都不講。我們這個時代人太多，人人都有「故事」，基本大同小異、大同小詩，不是被人寫，就是被自己寫，還天天夜裡在電視臺上播，或者放博客，或者放微博，還放微信，基本沒人看，很少有人贊。煩不煩啊！

繪畫曾經也是講故事的。每一幅畫都在說話、說畫，不是歌頌聖經裡面的神，就是謳歌聖經裡面的人，歐洲各國首都博物館充斥著這種精神垃圾，精，射精的精，神，神經的神。看到後來，不僅跑得腿斷，而且看得嘔吐，厭惡得發誓永遠不看。現在的故事，也基本會產生這種效果。抽象這頭「象」後來出現了，抽去了繪畫中的故事，讓大象無形的「大象」在畫面中橫衝直撞，你說它是什麼，它就是什麼。你說它不是什麼，它就不是什麼。抽象乃繪畫中的詩，更是繪畫中的音樂。

那麼，什麼是小說？小說中的詩又是什麼？小說中的音樂又是什麼？寫小說的不考慮這個問題。他們考慮的是如何寫一本東西拿去換錢，換吃的。那是豬的思想。豬不需要音樂，更不需要詩。豬聽了音樂、閱了詩歌，就不肯長肉了。人也一樣。寫小說卻夾詩夾音（語出「夾敘夾議」），小說就賣不出去了、邁不出去了。

筆者已經多年不看小說，或者說看小說而無感覺。看，是因為買了不看等於白買。無感覺是因為，每看一部都失望，要情節、要故事、要對話、要高潮、要人物—要什麼有什麼，卻什麼都沒有！說它千人一面都是好的，就像拉的屎一樣，億億人都是一個色，除了有腸胃病的之外。誰要看這麼多故事？誰受得了這麼多故事？誰有那麼多時間浪費在別人的故去的事上？寫小說的又不是事兒媽，能不能來點新的東西，不一樣的東西，不一樣的文字，不一樣的一樣，不故事的故事？

上面就是筆者寫的故事。你說它不是故事嗎？隨你便。

寫完後，「筆者」就把他的「故事」發出去了，說：這是筆下一個人物寫的。你看看，是否有什麼意思沒有。

過後不久，這人又來了一封信，說：

最好不要跟我談任何有關小說的事，因為我對小說早已感到澈底失望。一個故事泥潭而已，大家都在裡面打滾。你給我一本一千頁的小說，我十分鐘翻完，不翻完也知道什麼內容，只要上網，到Wikipedia一查，就知道內容梗概。憑什麼要我花幾十上百小時，從第一個字看到最後一個字呀！我有這個時間嗎？再說，各種各樣的書評，早已把小說講了個透。用得著我再去浪費精力嗎？且不說如果已經改編成電影，兩小時就把幾百上千頁的東西，搞得形象花哨得不行。在當代的這種境況下，小說還有意義嗎？我知道，世界上還有那種閱讀狂，他們的眼珠跟文字結了永遠也離不了的婚，那只是一種唯有文字才能解決的病。我需要知道這個人的性格成長過程嗎？為什麼沒人寫我的性格成長過程？我的要比她的或他的有意思得多，有味得多。為什麼我要通過瞭解別人來瞭解自己？別人是我的鏡子嗎？如果真要瞭解，我讀心理學不是瞭解得更多更快也更好嗎？如果僅僅是為了娛樂，看電影、看電視、看視頻、看大街上的人、看風景——看什麼都比看書容易。現在這個時代，不知難而退，難道還知難而進當傻逼不成？

我回信說：對不起，我馬上要上機了。等我到另一個國家之後再跟你聊好嗎？

剛才你舒服嗎？

舒服。你呢？

也很，舒服。——哎，別拿出來。

不行了，要自動脫落了。

呀，我去洗洗。

你看我用這個作為小說開頭好麼？

什麼？

喏，這袋本來要丟到外面垃圾桶中的垃圾。

幹嗎？

不丟了，就打包放進行李箱。

瘋了！

小說開頭這樣寫：他離開母國，前往父國時，把一袋垃圾裝進了行李箱。

就這一句？

就這一句。

然後呢？

然後就讓人接著寫出一篇故事來。

能寫出來嗎？

能，我的學生就能，就像他們這次考試那樣。

還有別的題目選擇嗎？

有哇。

接著講。

下面這個題目也是一句話：一天，飛機上失聯的老趙回到家中，一個白髮蒼蒼的老者問：你是誰？

那個老者是不是他兒子？

還有一個題目是這樣的：驚蟄在被發現是貪官之前，曾有三個妻子，一個在美國，一個在英國，一個在澳大利亞。他除了工作之外，就在這三個國家之間飛來飛去，忙個不停。

讓學生做這樣的考題，你不覺得有問題嗎？

要不要我接著講？

要的。

沒有了。

不，要嘛。

有是有一個，但幾乎沒人選擇。它是一個問題：假如我什麼病都沒有，但就是不想再活下去怎麼辦？

這不好寫，很不好寫。

也有人寫，寫得還不錯。

寫的什麼？

東西都交上去了，只能講個梗概。

好。

無非是說，主人翁對什麼都提不起興趣來，包括吃飯，包括愛情，包括工作。什麼都不想做，不想活下去，但又不想死，又怕死。她寫了一種心理過程。行文簡練、乾淨。

你對她感興趣了？

我連她長啥樣都記不得。

那怎麼可能？

可能的。一個班上幾十個人，要教好幾個班，一周只有一個半小時的上課時間，其他時間從不見面。怎麼可能人人都記得姓名？

哦。

現在在忙啥？（想像的）

剛看完兩本書，不，三本書。

哪三本？（凡是問的，都是想像的，不另）

一本是2014年獲諾獎的那位。

好看嗎？

不好看。

寫的啥？
一個失憶者後來當了偵探。
哦？
書很薄，但那些法國人名、地名，看得人記不住，看著看著，我這個讀者也患上了失憶症。
我好像也有這種感受。（還是想像出來的，儘管已經不是問句，後同）
一整本書，只記得一個細節。
什麼？
《查理・張》。
那是啥？
那是錯誤。
什麼錯誤？
常識錯誤。
哦？
它的英文應該是*Charlie Chan*。
這個我不知道哎。
我知道你不知道。
他是什麼人？
美國的華人偵探。
真的？
假的。
什麼意思？
虛構的。
是吧？

是呀。
演電影的？
書裡的。那本書應該譯成《陳查理》。
哦，這個好像聽說過。
是的，美國文學中醜化華人的一個典型形象。
那翻譯怎麼弄成了《查理‧張》呢？
不知道。我從不記翻譯姓名的。
為什麼？
太多了，無從記起。
也是。
一個人翻譯出版幾十本，到後來還是沒有被人記住。
好慘一個。
另外一本不錯，好。
哪本？
以色列的一個作家。
叫啥？
奧茲。
似有所聞，沒看過。
The Same Sea。
啥？
《一樣的海》。
好像那首歌。
嗯。很不錯。

寫什麼？

說不清楚，但就是好。

小說嗎？

小說詩，詩小說，詩說小，小詩說，說小詩。

那是個啥東西？

好東西。

聽起來怪怪的。

你一定要看。這兩者不分彼此，就是彼此。

哪？詩？小說？

管它是啥，反正特別有味。

你看得很仔細嗎？

不仔細，一目十行、一目百行。

那怎麼行？

那怎麼不行？

你在哪？

我在飛機上呀。我看的速度，只是比不上飛機快，但比我自己任何時候都快。

還有一本呢？

哦，那本呀，般般。

什麼叫般般？

般般就是般般呀。

故事情節不好看？

前面那本沒有故事情節。

那這個？

一上來就是一個寡婦自述。

作者也是女的嗎？

不。

那不是男扮女裝嗎？

是。

有時也容易出效果。

有時也不容易出。

那你是說？

不太有感覺。只是看而已。看完而已。

有什麼值得記憶的地方嗎？

不太有。有也不太深。

你這人，太挑剔。

毋寧說，我這人，太容易厭倦了。

像一塊被麻醉的肉。

呵呵。

得五花大綁起來狠揍一頓。

是。

就像你之前說過的那樣：發達國家的人是受虐狂，你打他一頓、罵他一頓，他感覺很爽，非常感謝你。較不發達國家的人是自大狂，總是覺得如果自己不喊、不做樣子，別人就不會注意自己，所以看起來不僅很可憐，而且很累，當然也很討嫌。

你看你都扯到哪兒去了?!我要在飛機上睡覺了。

〔聲音沒有了，因為他把大腦關機，切斷了想像力。〕

次日，聲音消失，他沒有失聯，在抵達這個國家之前，又看完了一本書。這本書寫的是一個人，一個很成功，但又很失敗的人。越成功，越失敗，結過幾次婚，也離過幾次婚，有過幾次婚外戀，婚外戀又都流產，有幾個朋友，但一個朋友的關係都不親密，其他各方面給他本人的感覺是，各方面都不成功，或不太成功。生活只是一場無休無止的應付。一切都在記憶中互相交叉，沒法貼上時間的標籤，已經記不住哪件事在前，哪件事在後，為什麼發生這件事，為什麼又發生那件事，這些事之間有些什麼內在的聯繫。整個兒感覺很不錯，但他覺得太長，快500多頁的書，你叫人怎麼一頁頁都看下去呀！更何況還要一個個字。如果說當代還有懲罰，還有體罰，還有精神折磨，那就是看書，兩隻眼睛，要在幾周內長時間地被幾十萬字一個個地折磨過去，那簡直是最無情的了。不信你把眼睛安放在一刻不停，滾滾而去的江水上，那水黃黃的，激起的波浪也是差不多的樣子，但你的眼睛哪怕看幾十萬個大波小波，似乎都不會感到疲倦，也不會感到隨水流逝的時間是一種浪費。那些波浪，那些黃水，那些消失得無影無蹤的時間，是不可能被定為某個世紀的最佳一百多波浪，最佳一百秒消逝的時間，等。而眼下這本折磨他眼睛的書，就是這麼一本被稱為二十世紀最偉大的一百本書之一。這種飛揚跋扈的詞彙讓他感到很累，在看到的一瞬間，就讓他感到絕望。還讓不讓我們活下去了？難道看書就是為了這個嗎？就是為了感受這種絕望？或者說，就是為了崇拜這種飛揚跋扈的詞彙？如果它已經那麼好了，那誰需要去看呢？難道眼睛的看，不同時也是對它的一種破壞嗎，就像去風景地遊覽的人，用相機和眼球破壞美好的風景一樣。他一邊這麼想，一邊迅速地翻書，不到十分鐘，就把一本400多頁的書翻完了。隨後用筆在看完最後一頁的時間和地點。關於地點，他是這麼記錄的：「在不知何國、何區域的空中，在69D座看完。該座就在走道邊。」

再次墮入睡眠之前，他想了一次小想：在把別人稱為偉大的同時，自己就是渺小。每偉大一次別人，就渺小自己一次。如此一來，人活著有意思嗎？

8.59先生回到他國家的時候，只記得第一個夢裡的一個細節：他伸出手，被她握住了，握住時沒有推脫，是毫無猶豫的那種。他沒把眼睛扭過去看她，但餘光中感到自己在被看。也不知被看了多久，他醒來後又跌入另一場夢中，把前面那場夢給取消了。他驀然記起，那是被他拒絕了的一個女人。

老作家的聲音從墓中傳來。他說：我告訴你兩件事，你聽著。這兩件事我誰都不會講，只告訴你。而且只用英語。你以後譯成別的語言時，也不要說是我講的。一是你寫小說，給我記住一點：講故事。我一生見過的不講故事，不肯講故事，不好好講故事的人多了去了。他們不是出了書賣不出去，就是連書都出不來，沒有出版社要。你以為出版社是做什麼的？出版社是搞錢的地方。對一個出版社來講，關鍵字是碼洋。一本書出一版賣完，再出一版又賣完，再出一版又賣完，你想那是什麼一種感覺？而一本書出了第一版後，只賣出幾本，其他都壓在倉庫裡蒙滿灰塵，以後不是送人，送人也沒有人要，就是拿去打紙漿，你再想想那又是一種什麼感覺？你還自欺欺人地以為：你的東西太好，好得無人可以欣賞。你是一個今世梵古的再生。你既然這麼認為以為，那你何不也像梵古一樣把自己瘋掉把自己殺掉呢?!不要再免費地把自己玩下去了。要麼繼續寫書，要麼幹點別的事，比如賣房子，搞房地產。要寫書，而且是寫小說這個品類，你就老老實實地給我講故事。把故事講得讓人欲罷不能，讓人一頁頁地翻下去，一刻不停地讀下去，這種書在英文中叫page-turner，像看一場好看的電視連續劇，像看一場美國大片。其他的就不要多想了。

你要是還像從前那樣以為，你寫書是一種精神追求，那你就酸得比酸還酸。沒看有多少長篇小說出來，最後又打了紙漿或降價出售。你想讓你寫的書成為文學史上的一個孤本，在你死後幾十上百年時有一個傻帽研究生來讀你，只是因為誰都不知道你嗎？有些人搞實驗性寫作，把書頁印反，倒著寫，等等。他們哪知道，這些東西人家早就玩過了。繪畫作品人家就把畫反過來，畫面沖牆面，還在畫布上用刀殺開幾道口子。把畫布上拉屎拉尿晾乾後再掛在牆上的也有。展出自己每次射精後擦乾淨的用紙積累起來的作品也有。你把這一切都亂七八糟一下，你就實驗了，你就牛逼了？你真牛逼，其實就是牛的逼，一點也不牛逼。

如果講故事能得諾貝爾獎，那說明講故事是有價值的。有代價，但更有價值。你可以瞧不起那個講故事而得諾獎的人，但你不能瞧不起那個錢。那個錢是有價值的。能買很多東西。這是我說的，從墓中說的，你要記住。其次，要愛。別小瞧我說的這句話。別不屑一顧地說：愛有什麼了不起。那是永恆的主題，但寫到今天已經不新鮮了。別這麼說。你失戀的時候，可能會大罵愛情，詛咒它不是個東西，發誓永不再愛。你愛一個不愛你的人時，得不到回報，還被人唾棄，你因此詛咒愛，說愛不是個東西，並不能指哪打哪，所向披靡。你還說你愛錢，但錢不愛你，或者不總是愛你。你於是詛咒愛，說愛不是個東西，把它用在錢上，並不能就把它愛過來。你對愛的這種種看法，都對，又都不對。

我說的愛，是用小說寫的愛。對愛，你必須有這樣一個認識，就像你對睡眠的認識一樣。一個人一生，不是只死一次的。你有沒有發現，任何人拍他人或拍自己的睡覺樣子，如果不解釋，看上去就像死了一樣？無論擺的睡姿多好看，都像死了一樣。這個原因很簡單，因為人睡了，等於就死了。只是這種死，跟真正的死稍有不同，它是處在生和死的臨界線，既生又死，亦生亦死。這是一種最美好的生死混合狀態，人在活著死的時候，有大量夢境逸出。做夢的時候，人就死了。這時你在他或她周圍做任何事情，他或她都不會有任何覺察，就跟你在死者身邊做任何事情時，死者都不會有任何覺察一樣。

愛的情況跟這相似，又不盡相同。從生愛到死，這樣的愛，是不存在的。愛，也是一種植物，有一個從春到秋，自然消亡的過程。這個過程，有時可能持續一生，有時可能如一個眼神之短促。愛，還是一種火，這種火燒起來，點燃時可能很慢，但一旦燃著，可能越燃越旺，火勢風威人氣什麼都攪合在一起，能像燉肉一樣把男女的肉骨都燒得分離。但是，請你注意，這樣的情火情焰情欲，也就是被稱作愛的那種東西，給力是給力，受力也受力，但都不是打持久戰的主。一給一受，一抽一送，一射一擦之間，愛的力量就在減弱，像風力一樣。你說海嘯怎麼樣？力量大吧。但海嘯把自己的精一射，橫掃周邊各國，帶走一片死人之後，也就銷聲匿跡。海嘯一般的愛情亦複如此。到一定時候就會死的。於是，那種愛到此時就開始恨的人，是很stupid的。這時你知道要幹什麼嗎？要首先意識到，哦，前愛死了。很難受，忍一忍，忘掉難受的部分，記住可愛的部分，開始新的生活，去尋找愛的新對象。就這麼簡單。人一生能在愛中活多次，死多次，那真是一種幸福，就像夜夜都睡覺做夢的人一樣。如果因為愛死了就睡不著，而不在該死的晚上死掉做夢的話，那就又stupid了。一愛上誰，就要先入為主的有這個思想：我們的愛肯定是會完蛋的。趁著愛誕生的熱勁，好好享受一番吧。每次做的時候，就要想到：嗯，下次可能沒做的了。珍惜每一次，做好每一次。其實，愛的生命真的很短，愛一做完，愛也就做完了。等於把吹皺的一池春水都抽幹了。要等若干時候才能再漲秋池。這一干一滿，就是愛從生到死的全過程。一個活得乾脆的人，活得記憶很有選擇、很會選擇的人，是這樣一種人，某愛一結束，就立刻走向另一個愛或另一種愛，重新讓那種能生也能死的過程再接再厲地進行下去。小說要寫的，就是這樣一種東西，而不是那種欺騙人的所謂愛情。當然，你要寫我也不反對，但我還是鼓勵一種能夠看透的寫法。

墓中傳出的這位死去作家說的話，說完以後就沒了。沒有必要湊著耳朵去聽泥巴下面是否有聲音。那兒的聲音只有非人才能聽到。

捌伍玖回到這個國家的第一天晚上，跟丹麥朋友見面吃飯。中國有穿布鞋的院士，丹麥則有穿涼鞋的教授。L教授多年在全球參加各種國際會議，做keynote發言，包括在大學講課，無論春夏秋冬，都穿一雙涼鞋，裡面不穿襪子，腳趾露在外面。這在夏天猶可，但在凜冽的寒冬，就讓人不寒而慄，他卻笑嘻嘻的，一無所謂。捌伍玖這次時隔多年跟他第一次見面，就把他連鞋帶腳的照片，用手機照下來了，反而沒有照臉，也沒有合照，不是不想，而是忘記照了。結果記憶留下的就是那雙穿涼鞋的腳。

他們去那家常去的咖啡館吃飯。涼鞋教授要了不含肉的花菜ravioli，全綠色，很清淡，捌伍玖要了有prawn的義大利通心粉，一人一瓶小鼓肚子的VB，就邊吃邊喝邊聊了起來。捌伍玖記得，他在機場免稅店決定不買那個國家生產的各種紹興黃酒的主要原因是，那種瓶塞是銀樣鑞槍頭，好看不中用。用開瓶器插它，會把它插得稀爛。用手慢慢往上挪移，又太緊而弄不動。上次買了一瓶什麼精品花雕，的確很花很雕，但花雕中含著「化掉」。這不，弄著弄著，把半截取出來了，另外半截卻留在裡面。想想看，這要是做那事出現這種情況，人還不後悔一生一世？他一邊跟婆娘開玩笑說著，一邊乾脆拿東西一捅，就把剩下的半截捅到酒裡去了。後來每次喝酒，都看見那個半截子貨在酒面上漂浮，心裡也好，嘴裡也好，都不是個味。所以這次，他讓營業員把每種酒的瓶塞都給他看，哪怕裹了很厚很濃豔的包裝，也給他脫掉衣服來看一眼。如果是那種木制的瓶塞，他堅決不買。還說：就是白送我也不要！最後買了兩種不同的酒，都是可以用手旋開的那種。在櫃檯付錢時，他跟小白臉男營業員聊開了瓶蓋，說：在我們那個國家，啤酒瓶蓋是不需要用牙咬，也不需要用刀撬，或在桌邊往下扣拍的。我們國家做的啤酒瓶，有一個特別的關節，你把它裝滿酒，就是運它千里萬里，瓶蓋也不會脫離瓶口，潑濺一滴酒滴，但你只要用手輕輕一旋，瓶蓋就會被旋開。這個技術細節，任何國家都沒學會，只有我們那個國家的啤酒瓶，配有這種尖端但卻細微的技術。他沒有再提黃酒的瓶塞了。這樣一種對比，說得幾個小年輕的營業員頻頻點頭。

幾句寒暄之後，他們的話題轉到了豬。捌伍玖說，他最近到一所大學講學，提到了一篇文章，是說北歐國家壞話的，這正好與那個國家微信上廣為傳播的瑞典是人間天堂的說法適成對照。捌伍玖談到了他多年前自己去丹麥時的親身體驗，它驗證了哈姆萊特的一句話：There's something rotten in Denmark。（丹麥有東西爛了。）那年，是個春天，他從奧爾胡斯坐火車去哥本哈根。途中老是聞到一股臭氣。他以為是廁所門沒有關好，便去看看是否如此，結果發現門關得很好。推門進去，裡面也乾乾淨淨，沒有一絲臭味。返身把門關上，回到座位上，未幾，臭味又徐徐鑽進鼻孔，纏綿不去。這趟車程是六個小時，到了最後，竟然聞習慣了而不覺其臭。隨車同行的涼鞋教授—當時那麼冷的天，他依然穿著涼鞋—告訴他：這是豬糞效應。原來，丹麥是養豬大國，豬糞特別量大，因此大多用來給農田施肥。春天不是飄香，而是飄臭，倒也帶來另一種意境：花香中夾雜著屎臭。There's something rotten in Denmark。要想理解哈姆萊特這句話，不去丹麥是體會不到的。不在春天去更體會不到。其實，花香夾雜屎臭，是捌伍玖出生之國那個國家的典型特徵。他在青春期曾多有領教，經常會在湖邊散步，聞到一股刺鼻的花香的同時，也聞到了附近某座廁所極為腐爛的屎臭和尿騷。

他的這番談話，令涼鞋教授稍感不安，因此他在開始談這個話題時，不得不事先用英文（事實上他們一直用英文交談）申明一下：鑒於此話題似與本次飯局精神不符，他本來決定不談，但由於所訂飯菜尚未上來，倒也不妨隨便談談。他提到，丹麥人口540萬，豬口卻有2400到2600萬，豬口相當於人口的五倍。一家豬場平均每小時宰殺750頭豬。有鑑於此，丹麥的豬糞可想而知，每年的造糞量可充滿9萬座游泳池。最後別無他法，只有發展新技術，利用豬糞製造飲水！講到這兒，飯菜上來了。教授戛然而止，但還是沒有忘記把資料來源的連結，通過他的丹麥手機發給了捌伍玖：http://catalonic.blogspot.com.au/2006/11/denmarks-full-of-shit.html ，說：更多細節，請你到這個上面去查。

這天晚上離開之前，捌伍玖買了一本書，又是那個法國作家寫的。名字很難發音，經常被他發成「呼勒貝克」，後來查資料才發現，正確的發音應該大約接近「烏爾伯格」。他之所以喜歡這個人，是因為他的東西比較controversial（富有爭議），還因為他從前見過的一個加拿大的海地籍的法語作家，曾把該人貶得一錢不值。每每逢到這個時候，例如，某作家把另一作家貶得什麼都不是的時候，他就高度警惕，甚至乖戾地對另一個被貶的作家抱有沒有道理的好感。對書也是如此。如果某書被人大罵，他很可能會去買這本書來看。總之，以一人之見，而對另一人的東西或人加以澈底的評價，這總是很有問題的一件事。是不平衡的。不是不公平，而是不私平。

他記得上一次買的一本書—書名早已忘了，也沒必要記住—寫的是大公司的小年輕，生活平淡乏味，連性愛都沒有。書不厚，僅兩百來頁，不像那個國家的一些B作家、傻逼作家、二逼作家，一寫就是他媽的幾百萬字，好像字多意義就多，字多就重要得多一樣。其實，那就跟每年充滿90000多座游泳池的丹麥豬糞一樣。充滿9億座行不行？行啊，但還是豬糞。字也是一樣，寫多了跟豬糞差不多。不知那些混蛋知不知道，最好的書往往都是薄的。捌伍玖知道，但他不想告訴我，更不想告訴那些人，因為他們早就腦癱了，只是個加字機而已。

這本書叫*The Elementary Particles*（《元離子》），寫了一對「半兄弟」—所謂「半兄弟」，英文是「half-brothers」，既指同父異母，又指同母異父，光從字面上看，太亂倫了，非得仔細理清關係不可，但那要看完全書才知道—的故事。跟那個國家一個姓餘的人寫的一本書還有點類似，但僅此而已。據書背語介紹，這裡面有個兄弟是個failure at everything（幹什麼都不成功），亂搞男女關係的享樂主義者，他弟弟則是一個emotionally dead（感情死亡）的分子生物學家。[69]就這兩句，就讓人不說神往，至少提起了興趣。現在寫的書，不是充滿說教，就是教人成功什麼的，再不就是自吹自擂，把自己說成如何如何，那個國家的書就是這樣，特別無聊，特別沒意思。人生，說到底，就是幹什麼都不成功。毛怎麼樣，斯怎麼樣，希怎麼樣，所有的皇帝怎麼樣，都他媽翹辮子了。記住這一點就知道，人生就是失敗。本來不該生，卻生了。本來不該死，卻死了。誰都頂不住。然後拼命地去撈錢，搞女人，等。不必細述，卻說他才看到第二頁，就在一句話下打了一道橫線。那是Djerzinski跟未婚女同事分手之後，一個人坐在車裡時的一段描述。把英文全部放下來，可能導致那個國家不通英文文墨或粗通英文文墨的人難以為繼，故本說書人就乾脆譯下來拉倒，這畢竟比較省事。這句話說：「他倆道別後，他在車中好像坐了五分鐘，這段時間似乎非同尋常一樣地長。她幹嗎不把車開走呢？她是不是一邊在聽勃拉姆斯，一邊在手淫？也許她在思考她的前程、她的種種可能性：如果是這樣，那她幸福嗎？」[70]

---

69 參見*The Elementary Particles* by Michel Houellebecq. Vintage, 2001, backcover.
70 參見*The Elementary Particles* by Michel Houellebecq. Vintage, 2001, p. 10.

捌伍玖看到這個地方，啞然失笑了不說，還拍了照，發到微信上去了。可惜都是些英文盲，只有一個前學生點贊。他覺得好玩的地方是，這個「她」在聽勃拉姆斯的時候「手淫」。這很好玩，因為那是「勃」起的勃啊。這就好像是說，勃拉姆斯的音樂是勃起的音樂，於是乎，「她」就著勃起的音樂而「手淫」。不知Houellebecq是否知其妙。

第二天晚上，他又出去飯局，這回是跟來自這個國家南邊一個城市的一個詩人。他帶女兒一起來的。捌伍玖跟他談話時，不時看他女兒一眼。邊看就會邊伴隨一個念頭：他會不會在注意我看。於是就收回了目光。後來無論看多少次，就有多少次這種念頭產生。他女兒長得很漂亮。高大的鼻樑。深色的眼睛。皮膚雪白。頭髮金黃。席間自始至終不說一句話，幾乎不說一句。後來他去上廁所，在玻璃裡看了一眼自己，發現那裡面的那個人猥瑣不堪，便想像他女兒看自己時，是否也會有這種在英文中可能叫abject的感覺。用自己的眼睛，通過別人的眼睛，再來看自己，那感覺既過癮，又使自己更猥瑣。

詩人的名字叫S。他跟上次見面時不同的地方在於，他蓄了一臉黑黑的髭須，經這裝飾性的襯托，他顯得威猛起來。他談起他在紐約的詩歌經歷，說有一次詩歌朗誦會的主持者是個變性人，從男變女，從女到女同性戀，還把女友帶在身邊。她自成一體之後，就把異性戀的人根本不放在眼裡了，只對變性人、雙性戀、同性戀等異變人種感興趣。第二天，捌伍玖的孩子過來跟他說，Facebook上有個新的app，可讓朋友互相之間說悄悄話，而不讓任何他人知道。捌伍玖說：那不就像背地幹偷偷摸摸的勾當嗎？比如說邀人上床。隨後，捌伍玖把他昨夜跟S詩人關於變性人那段跟孩子講了。孩子說，他也聽說泰國的這類事。一個男的變性為女，找的男友從前是女的。整個世界，就像英文說的那樣，都fucked up。

接著，話題一轉，談起了最近獲獎的那部長篇。捌伍玖問S看過沒有。S說他買了一本，看了幾頁。聽那口氣，捌伍玖就知道，他並不感興趣。他告訴S說，來吃飯之前，他去那個名叫「滿足山」的書店，看到了那本書。在他把那本書拿起來的同時，左側後面伸過來一隻手，也拿起了一本。他粗粗前後翻了一下，看到扉頁上的引文只有一句，來自Basho（松尾芭蕉），寫的什麼忘記了，決定還是不買，就把書還回到書架上。與此同時，左側後面那只手，也把書放回去了。直到他走出門外，捌伍玖也沒有回頭去核實一下那只手屬於哪個身體。

捌伍玖對S把這件事講了一遍後說：既然該書已得大獎，就不必讓我通過購買的形式再給它一次獎。這是其一。其二，某書獲獎，並非我必須買它讀它的原因。其三，某書獲獎，很可能正是我不必買它看它的真正原因。說著，他回憶起這本書如何被評委之一斥之為差勁、愚蠢，而這個消息被S忽略掉了。

S上廁所的當兒，捌伍玖跟他女兒聊了一會兒小天，得知她彈鋼琴、愛唱歌，便問了幾個當紅的歌手，如Rhianna、嘎嘎小姐、麥當娜等，但她一個也不喜歡。問她是否喜歡Lady Saw和Khia，她也不知道，但她說的兩個歌手名字，都是美國人，捌伍玖也沒聽說。這時，S回來了，於是，捌伍玖的眼睛又從這位十六歲的美麗少女那兒，轉到了S的鬍須上。

夜裡坐有軌電車回程時，捌伍玖翻開那本才看了開頭的書，又發現有一段，讓他不得不在下面劃線。那一段是這麼說的：

> 他剛過四十——也許，他的中年危機來了。生活品質的提高意味著，今日一個四十歲的人，身體形狀極好。人已跨過門檻——無論是在肉體形態，還是在身體反應速度的降低上——並已開始緩慢朝死亡蛻變的第一批跡象，往往在四十五歲開始出現。反正不管怎麼說，典型的中年危機表現為性的危機——突然瘋狂地追逐少女。但對Djerzinski來說，情況幾乎不是這樣。他的雞巴是用來拉尿，而不是用來做別的事的。[71]

捌伍玖渾渾噩噩地睡了一個午覺，這個午覺中間打斷了兩次，意思就是說，他起來小解了兩次。每次小解，他都像按照夢的進程，在做夢裡面的事。小解完後，夢裡的細節就隨著尿沖走了。這很遺憾，是他無法掌控的一件事。假如大腦能像硬碟那樣，把通過其中的各種夢境記錄下來就好了。第二次醒來時，睡意已經不那麼強了。他睜著眼睛——一般是睜著一隻眼睛——在床上仰面朝天地躺了片刻，意識到太陽之大，已經像鐵籠子一樣把他的小房圍裹起來了。他離開那個國家時，那個國家剛過小寒，卻暖和得就像初春。他剛抵這個國家時，這個國家按常理，應該是剛過小暑，卻冷得像初冬。季節的錯亂，一如人心的錯亂、人性的錯亂、人為的一切的錯亂，已經把這兩座不接壤的大陸，居然弄得很靠近了。他起來後，給自己洗了一把臉，又給自己沖了一杯咖啡，同時翻了翻

[71] 參見*The Elementary Particles* by Michel Houellebecq. Vintage, 2001, p. 16.

書，立時又發現一個地方，覺得很惡毒地好玩，說幾個小夥伴晚上睡覺前，把Bruno這個雞巴無毛的十一歲小孩子推倒在地，蹂躪了一番，把涮馬桶的刷子，塞進他嘴裡，讓他品嘗糞味，最大的那個孩子叫Brasseur，他把雞巴從褲襠裡掏出來，就沖他的臉小便。[72]

捌伍玖不知道為什麼對這種東西感興趣。他想，如果是發生在自己身上，自己一定會不顧一切地起而反抗。但在一個一切都平安無事的年代，不大可能發生惡的時代，這樣一些無傷大雅的小惡，出現在某個遙遠地方的人的筆下，倒似乎有點意思。至少是可讀的。至於在進入那個只為美化而存在的語言時，是否會被正確為「小便」或「陰莖」，或者「男根」或「那話」，那是小便，不，他是說小編們的事。

捌伍玖過後查了一下這個人的身世，他是說Djerzinski，結果發現受騙了。原來歷史上並不存在這個人，而且發生在他們身上的故事，既不是當前，也不是以前，而是未來五十年後的事情。只是作者本人的母親，對作者在書中對她不良的影射大為光火，放出話來說：下次見到他，要拿她的拐杖當面打去，把他一排牙齒打落。看看吧，西方的母子之情，就是這個樣子的。實際上，在他出生的那個國家，情況並不一定就好得多，只是假得多而已。

捌伍玖很奇怪，自己怎麼會對這樣的細節感興趣，比如，據小說說，Djerzinski這樣的研究人員，學術假一放就是一年，可以去挪威或日本這樣的國家，這都是些「邪惡國家，那兒的中年人喜歡成批自殺。」（p. 14）又據小說說，當年有位來自地中海的絕代佳人，跟薩特跳舞，對薩特的哲學不感興趣，卻對他的醜陋留下了深刻印象。（p. 21）還據小說說，那位名叫Marc的導演，「不跟任何人說話，不和任何人交朋友，真是很有意思。」（p. 23）

總的來說，捌伍玖想，現在寫的小說，如果不髒一點，不醜一點，不可惡一點，就不好玩。一定要像我們生活的這個世界，又髒又臭又垃圾，才讓人有點希望。否則，連希望都沒有，如果看了充滿希望的小說的話。那哪是小說？那是舔人家屁股的唾餘。

72 同上，p. 36.

鏡頭從天而降，伸入這家人家的飯桌上，360度角地看著他們，聽他們說話並錄下來，在這個時代不是沒有可能的。只是沒有必要介紹誰是誰了。看樣子應該是父親和兒子，但也可能是兩個年齡相隔久遠的兄弟。反正是兩個男人。給你名字你也沒用，再說很快也會忘掉，還不如不給。就給你現在聽到的這個片段或這幾個片段吧。因為他們用英語說話，我這兒只能給中文，那也是沒有辦法的事。

年輕的說：為什麼我們這個年紀的人都不願意工作，那是因為他們都已經看到，再怎麼努力工作也沒用。所有的榮耀都歸於老闆。你以為他以高薪聘請你，是為了把你養在那兒不幹活？世上哪有這麼傻的老闆。他高薪聘請你，是為了讓你做shit活。別人不想做的活，都塞給你做。你們在那兒埋頭苦幹，他就提前走掉，會朋友，早回家，如果天氣好，有好風，他就去玩wind surfing，那是他最喜歡玩的。對他來說，最重要的是，手下人好好給他幹活，好讓他能集中精力去幹他自己的事，玩他自己最愛玩的遊戲。前面那家公司的老闆也是這樣。他最喜歡的不是體育運動，而是炒股。工作一交代下去，他就把自己關在辦公室門背後，上網查他當日的股票帳戶，在那裡盡情地玩股。

年老的說：不幹活又沒有錢，你怎麼解決這個矛盾？

年輕的說：就是沒錢，也比給人家當奴隸拿大錢的好。

年老的說：還是去找個女人，成家，立業，生孩子。

年輕的說：有什麼意思？我們這個老闆，年薪也有一二十萬，光養幾個孩子，一年也要耗去一大半。就為了養幾個孩子，他就得一直幹下去。否則就完蛋。我可不要為了養幾個孩子那麼賣命，那不是生活。

年老的說：那你想怎麼樣？啥事不幹，玩一輩子嗎？

年輕的說：玩一輩子又有什麼不行？像K那樣，大學剛上一年級就走人了，隻身前往柏林，學做DJ，現在已經出道。到時我也去做DJ去。酷。

年老的說：你連錢都沒有，靠什麼養活？

年輕的說：這些都不是問題。還有，不能找太漂亮的女人做妻，這樣的人要價太高。

年老的說：難道你不知道，beauty是按程度論價的？

年輕的說：不懂你說的意思。

年老的說：肉按斤論價，衣料按尺寸論價，黃金按盎司論價，美色，也按程度或者按成色論價。一個女人長得越美，要價就越高。說句不該說的話，人長得不美，精都射不出來，還談什麼生育。所有的生育，都跟美有關。

年輕的說：是的。有些小姐長得很漂亮，一下子就弄出來了。不過，結婚不能找太美的，否則，她要你買這買那，把照片發到Facebook上。要跟人家比，而且，長得漂亮的，脾氣也大，動不動就甩臉，再動不動就翻臉。還是不如找個不那麼好看的，湊合著過就ok。

年老的說：你們那個朋友後來結婚怎麼樣了？

年輕的說：找了一個不漂亮的。主持婚禮的牧師說：我知道你們不是一見鍾情的。這話把大家都說得哈哈大笑起來。他前頭也談過兩個，都很好看，都要求很高，嫌他不太努力。

年老的說：是的。找一朵鮮花，衰得快不說，你還得好好養著她，當菩薩一樣供奉。一個女人，值得嗎？

年輕的說：他後來這個雖然長得不行，但跟他做飯，對他caring。這就夠了。

年老的說：女人就是一個洞，能跟你生就ok。然後對你好。就更ok了。其他不要想那麼多。

年輕的說：我要離開這個國家。作為一個亞裔，你在這個地方不可能好到任何地方去。一個朋友在Qantas幹了六年，始終沒有升遷，無非是因為他有一種永遠也無法超越自己的亞洲臉。我要去倫敦，據說那是專門為來自世界各國的移民準備的。離法國又近，火車兩小時就到巴黎。到時在那兒找個英國女郎，就可拿到英國護照留下來，然後兩邊跑。這邊不行就去那邊，那邊不行就回來。再說，那兒離歐洲大陸近，隨時隨地就可去那兒玩。

年老的說：更重要的是，這個國家的人信奉英國口音。

年輕的說：是的。在那兒生活的人，即使沒有拿到任何學位證書，就憑一口流利的倫敦音，也讓這邊的人敬畏三分，崇拜四分，害怕五分，重用六分。實際情況是，任何事情只要用英國口音來說，就變得更加正確，更有分量，更為真實，更受尊重。這個國家是怎麼回事呀？

年老的說：這個國家本來就是人家的肛門，專供人家拉屎的。

你在叢林裡行走。那是一個晴朗也清朗的下午。將近晚上9點，陽光依然很長地穿過樹縫，在枯黃的夏草上拖下很長的陰影。你不斷拿手機拍照，間或把一兩張發在微信上。有人點贊，你就再放一個。有人提問，你照舊不理。你發的微信照片，從來不帶任何附言。本來照片就是語言，再多說等於廢話。你發現，你與以前又有差別，你的眼睛更細節了。看到了落在地上的樹皮上的細枝的細影。看到了尤加利樹蛻皮後露出的巨大傷口。看到了一叢在夕陽下燃燒的白黃色的草。看到了即將離去的夕照在林中砍出的一條光線小道。看到了枯樹的殘骸交疊在一起而凸顯的生命。這兒沒有任何文化的遺跡，而這正是這兒優於那兒的地方。那個地方到處塗抹著濃厚文化的裝飾，雖然香豔，但掩不住下面的陣陣腐臭。那個地方的人正在迅速地垃圾化。不像這兒，陽光就是陽光，野草就是野草，枯樹就是枯樹，空氣不含雜質地在其中不可見地存在著，一個人，可以不需要那邊的腐臭而活下來。就這麼簡單。

寫信的人，很多時候是沒人回信的。從這個角度講，他寫信的對象不管是什麼原因不回信，直接給人的效果就是：那人是死的，不存在的。比如，他寫了這封信，是去年9月6日發出去的，直到今年1月11日，還沒有任何回音。現在，他把這封信的屍首錄下來，放在這兒：

××你好！

不知道能否把《×××××》的稿子投給你。我知道其中有些不一定適合在大陸發表，但另一些可能適合。我自己挑選不一定到位。我想能否把東西發給你，由你在其中挑選適合的。

我明天返×。如果你覺得可以，我走前把東西發給你，由你挑選好嗎？

祝好，

××

必須歌頌崇高的品質是嗎？
是呀。
即使沒有，也要裝著好像有是嗎？
是呀。
像那些垃圾文字中所表達的那樣？
是呀。
必須歌頌是嗎？
是呀。
只要歌頌了的，最後就是垃圾是嗎？
是呀。
必須歌頌了，才能賣得出去是嗎？
是呀。
歌頌才有人聽是嗎？
是呀。
時代變了，歌喉被割了怎麼辦？
是呀。
不想唱也必須唱是嗎？
是呀。
寫字的人生來就是為了歌頌的對嗎？
是呀。
如果他不想歌頌，只想做一個黑夜的記錄者怎麼辦？

那就讓他自己死掉吧，自殺也行，他殺亦可。反正留著做種沒用。
那不歌頌跟著大家一起哼唱也行是不是？
是呀。
或者不發聲地假唱也行。
是的。
必須唱？
是的。時代要求你的。
時代？時代是什麼？誰的時代？
誰的時代都是，就是不是你個人的時代。
那我為別人的時代歌頌？
是的。人活下來就是為了別人。
至少別人要我活下來為了別人？
是的。
別人是誰呢？
別人都是別人，反正不是你自己。
為別人歌唱，為屬於別人的時代歌唱，這是什麼生活？
什麼生活都是，至少不是灰色的。
你是說紅色的？
是的。
紅色讓人想起血。曾經一度橫行的紅海洋。NJ的屠城。BJ的屠城。
藍色也可。
白皮膚上的兩個藍洞。
什麼都行，就是別灰色地唱。

誰要按誰的方式生活？
不按，就別想發。
不發就死了嗎？
基本如此。
文人是不是蟲豸？
基本如此。
不歌頌就肯定死？
基本如此。
不歌頌別人，不歌頌別人的時代，就肯定死？
基本如此。
那我開始歌頌好嗎？
好呀。
那我開始說這真是一個偉大的時代，統治這個時代的人是所有時代最偉大的明君，在大街上賣燒餅的人都感到無比幸福，因為他們生活在一個無比偉大的時代。
好像過了點。
好像過了點？
好像過了點。
怎麼才能不過呢？
你是說不過頭，還是說不過活？
都有。
要想成功，必須歌頌。
哦，是的。
要想做文人，必須歌頌，當一個歌頌的蟲豸。

是，讓我想起秋後的螞蚱。
不是螞蚱，是蛐蛐。
反正差不多。
你自己決定，想不想成功，想不想通過歌頌的方式成功。
把歌唱好？不想唱也要硬著頭皮唱？
不是硬著頭皮，而是端正思想。
端正態度also？
不要雜糅野人的語言。
歌頌自己，詆毀別人？
別人也可以歌頌，但自己不能詆毀。
不覺得亡靈很冤嗎？
什麼亡靈？
不覺得黑暗已經醃得太久了嗎？
什麼黑暗？
不覺得過去的悲傷都已經成了歷史的死肉嗎？
什麼悲傷？大海就是策源地。
以及歸宿？
是的，很苦。
你得為別人寫，你得歌頌，你得滅掉小我，就這麼回事，就這麼簡單。
就這麼無聊？
是的。
那我就歌頌吧，繼續歌頌，直到我把外面唱白，把裡面唱黑。
都無所謂。都行。反正怎麼都是坑，火坑也好，水坑也好，泥坑也好，都是坑。只要歌頌就行。你會出頭的。

你是說，從活埋中出頭？

活埋？那可是人生的最佳狀態呀，你不知道？你才知道？

要把人搞哭才是寫得最好是嗎？

是的。

那不是很容易的事嗎，只要付錢，就能請專門為你哭的人，他們能放聲大哭，也能低聲抽泣，反正按價目表行事即可。

得動情。

不能動思嗎？

一般人不喜歡動腦子的。動情就行了，也比較容易。

國家養一國的感情動物。

是的。

思想是最要不得的東西。

是。

喂飽十幾億張口。

是，還要喂好。

喂得思想停止，感情充沛地做愛。

不，做事。

都可以。

你還寫什麼呢，你不歌頌的話？

【無語。死了。】

《性愛禮贊》的作者這樣寫道：

你用嘴在床頭接我。時代的深吻。抵達喉管深處。向心。向心力。向心給力。向心性。愛會死，但活的時候每一刻都真。片刻真。片真。刻真。時間隨愛銷蝕。哈爾冰窟窿。瀋陽春。上海魂衫。深喉圳。廣白蘋州。中間的國。中的國。快中風的國。時間與時間異己異向異味地交媾。肢體錯置到正位的地步。扭頭向背。重複千年前的小動作。小洞作。簫洞作。吹簫洞。作。從億而終。億完之後依然歸一。億玩之後。所有的孔，含耳孔和鼻孔和屎孔。空氣般進入。吸入。插入。捅入。翻入。植入。指入。一遍遍死去，死在活裡，直至肥肉般膩。一切都是肥的，無一塊瘦。骨頭躲在肥的深處。伸起是「V」。攤開是「大」。屈膝是「M」。跪吸是「之」。摟腰是「H」。口含是「E」。回到寶蓋頭下，那是家。無家不成家。有了肥肥的豕，把寶蓋頭下撐大，才有肥肥的家。放進去才舒適。再不想走出。去掉寶蓋頭上的那一點，有豖也不行。那叫塚，就是這個樣子的。跟肥豬過久了，就會是這個樣子的：塚。

看到這裡，手指頭敲了一下刪除鍵，把這段文字幹掉了。

他：說不在，就不在了。
她：是呀，說不在，就不在了。
他：爸爸、媽媽，還有弟弟。
她：爸爸、媽媽、大姨、大伯。
他：外公、小叔叔、Zhou。
她：太多了。說不在，就不在了。
他：不過二三十年的事。
她：說不在，就不在了。
他：到哪兒都一樣，估計就是上了天堂也一樣。
她：天堂是沒有的。你可以儘量發揮想像。

他：想像不是發揮的。

她：也不是派發的。

他：一眨眼，人就歿了。

她：人總是以為自己能活很久。

他：特別是那些寫字的傢伙。

她：其實文字都是垃圾。發表了幾十萬字、幾百萬字。為什麼不說發表了幾十億字？為什麼不說把世界上的螞蟻加起來都不如他或她寫得多？價值是按字數算的嗎？

他：都死了。不過一眨眼的事。

她：最古老的死得最快，空氣裡洋溢著屍臭。

他：這是你說的話？

她：是已故者通過我說的。

他：他們什麼都愛用「尖」，舌尖這個舌尖那個的。

她：幹嗎不用腦尖、眼尖、毛尖、鼻尖、心尖、思想尖、感情尖、指尖、皮尖、額尖、音尖、色尖，等。幹嗎總是舌尖舌尖的？

他：都死了，沒死的也早腦壞死了。

她：所以沒有腦尖。

他：最大的死亡出口國。

她：哪兒？

他：死得再也沒有一根聲音。

她：一絲聲音。

他：不，一塊聲音。

她：一絲聲音。

他：不，一條聲音。

她：一絲聲音。
他：一桶聲音。
她：說不在，就不在了。時間在哪兒消失，就永遠在那兒消失。
他：留下一些憤怒向活人發洩。
她：大屠殺的前兆。
他：還是有可能的。
她：還是有可能的。
他：只要那個國家的人還在吃，還在拉吃過的東西。
她：不是一個我想與之發生關係的國家。
他：讓它去吧。
她：一呼吸那兒的空氣，我就空了，就生氣。
他：我也不想死在那兒。
她：一座九百多萬平方公里的欲望而已。
他：可怕。
她：死在核心，不如活在邊邊。
他：邊緣。
她：邊而無緣。
他：Se緣dipity。
她：亂插。
他：文字的宿命。
她：深乃淺。
他：活著的時候，把他們的關係死掉。
她：說不在，就不在了。

他：不想他們，不再想他們，他們就不在了。

她：去，那個國。

他：說不在，就不在了。

她：時間跟他們一起死去。

他：時間即死間。

過後，他們談起了「西板牙」，那是他發明的，西方的。一顆大板牙。他們談起這顆大板牙的起因，是她開的店出了一件事，又被這個國家的小青年圍裹，準備實行公開偷竊了。據她說，當班的青年男子很熊，不敢面對，只敢笑嘻嘻地看著他們。開店的她一看就知道不是好事，馬上過去告訴那個把打火機拿在手裡，涎皮搭臉的小青年說：Put that back！（把東西放回去）。最後以她的威嚴而把那些白種傢伙趕走了。

他說：當班的青年男子很熊而很不凶，一定跟他英語不好有關。他如果用爛英語吼人家兩句，不僅沒有勁道，而且聽起來好笑，人家如果吼回來，他都沒有語言可以應對。你只要這麼想想就行：你在法國，一句法語不懂，或只懂幾句法語。人家當面跟你把蠻或拿你開玩笑，你怎麼辦！

說著，他想起了西班牙，就說：那年我們去西班牙，到櫃檯買東西。我跟他講英語，那個瘦不拉幾的西班牙老頭子，明明聽得懂我講什麼，就是裝不知道，偏偏用西班牙回答我，也不怕丟了我這個客戶！氣得我不得不用中文回答他。原以為這樣可以把他鎮住，不料他依然故我地用西班牙對付我。最後輸掉的還是我，只好用指頭這裡指指，那裡點點，弄了一些吃的東西。

所以嘛，她聽後說，朋友的女兒到西班牙住了不久，就不想再住下去。那個地方的人很排外。

他說：誰像我們從前那個國家。隨便什麼國家的人去，都奉為上賓。為了別人，寧可犧牲自己。人家才不這樣。人家的態度鮮明得很：你到我們國家來，就得按我們國家的規矩行事。我們說西班牙語，你也得說西班牙語。第一次見面，就給你一個下語威。所以人家國家的生態環境保持良好，沒有被外來人弄得烏煙瘴氣。

她說：板牙，西方的大黃板牙！一生永遠再也不去那個地方了。

他談起了他跟波拉尼奧的關係。他們之間沒有任何關係，但有人把他們扯得很近。他告訴S說。S說：那可是很高的稱譽啊。他說，他不知道，但他知道，這個國家有個寫小說的，曾經打電話跟他說，一看波拉尼奧的作品，馬上就想起了他。於是，他就去買了*The Savage Detectives*，後來又買了他的*2666*。老實說，前面一本書只看了190多頁，就再也沒時間看下去了。不是覺得不好，而是覺得很好但也沒法看下去。後面那本等於白花了錢，反正沒細看，大約花了個把兩個小時就看完了。什麼都沒記住，只記得好像是去看一個教授，等。他跟S講，出版社最喜歡的就是讓作者死掉，這樣他們就可以肆無忌憚地出版他的作品，而無後顧之憂。人死了比人活著好得多，主要是死亡給人造就了一重任何東西都無法超越的光環。你不可能採訪死人。他的東西就是對你的永久示威。你揮舞著死亡的大棒，敲打俗世的腦袋，告訴他們：看吧，多有天才的人！你的潛臺詞，也就是你潛規則的潛臺詞，就是：我就是不在生前出版你，現在你看多好！我們用虛擬語氣來描述你、表現你，一切都是極為美好的，如：假如你還活著，你會睜著眼笑。假如你還活著，你會看到銀行裡存滿了你的版稅收入。假如你還活著，你會被邀請到世界各地講學，而你的下一本書還未動筆，就有人搶著給你預付金，答應一寫出來就出版。假如……，就……。這，就是那些人的名堂。他們太喜歡有才的人死去了。那真是一舉兩得，一死兩得。都是他們自己得，死的人得到的是最大的名聲，大得像天，連一張鈔票都貼不住。

S聽不懂潛規則這個詞的意思，用英文解釋也很費事。他只好告訴他，就是一個「潛」字，意思就是陰悄悄地搞，人不知鬼不覺地搞你、把你搞定。讓你寫一生發表不了一生，等你一死就來承認你、發表你、喜歡你，讓你死後不知道，只讓生前知道你的人知道然後嫉羨，學著他那麼搞，最後也死了，死後也發了。就這麼「潛」你。

S終於笑了，因為明白了。

接著，他告訴S說，那個國家有個詩人在這個國家出了一本自費的詩集，被一位小說家譽為當年最佳詩集，並把他與波拉尼奧並稱。[73]好玩的是，這篇文章發表時，該報有個很愚蠢的編輯，連看都不看，就把那本詩集歸

---

[73] 原文見此：http://www.theaustralian.com.au/arts/review/david-malouf-tim-winton-geordie-williamson-their-books-of-the-year/story-fn9n8gph-

於波拉尼奧的名下。那個詩人給那個編輯寫信指出之後，那個白種編輯置之不理，拒不悔改。此事就這樣任它去了。不過，後來有人在FB上開了那個詩人一句玩笑，稱他為「波拉Yu奧」。

S聽著，不時飲下一兩口Tsingtao。他繼續說，在那個國家，居然也有一個詩人，女詩人，發現這個寫詩的，跟那個寫小說的波拉尼奧很接近。除她而外，至今還沒有任何人發現這一點。S看著他，沒說任何話。

最後他說：假如波拉尼奧還活著，很可能他的任何一部作品都不會出版。死了不是解脫，反而是更多更大的重負。一具屍體，可供人吃一輩子、幾輩子、幾十輩子。

兩個沒有雙重國籍的人碰到了一起，吃金槍魚，喝雷司令，聊雙重國籍。白種的人說：我們那個國家的人最見不得外來人。他們認為，他們是世界一流的。別的地方來的人都不如他們。他們工資高，福利好，一生無憂無慮。一切按部就班，隨著時間的推移，工資增加，地位提高。要是有個外來人認為自己是個天才，想很快地走上去，那是不行的。沒有這種事的。唯一不好的地方是，那個國家不如其他北歐國家，不搞雙重國籍，這就意味著人到老了，沒法回去領養老金。

黃種的人說：我過去那個國家的人不這樣。他們崇拜白的。這沒辦法。從前把他們打敗的就是白的。過了一百五十多年把他們打敗的還是白的。只要是個白的，哪怕過了年齡，也可放寬年齡，給他最高的工資雇用他。來了一個白的，人們都仰著臉沖他笑或她笑。這是沒辦法的事，是血液在作怪。深入骨髓的事。下賤慣了，也就不覺得了。反而覺得高尚。有些人想逃脫影響，跑到白人國家來，結果發現，喲，好難升遷上去啊！同是兩個人的兒子，一黃一白，黃的兒子幹多少年只是工資增加，得不到晉升，白的兒子不僅加工資，而且晉級提升，從被管的，成了管人的。

白種的人不同意。她說：我怎麼從來沒有這種感覺？

黃種的人說：那是因為你白。你沒聽一個作家說，白人把黑人和其他有色人種踩在腳下，自己毫無感覺，只有在把別人踩痛，人家發出叫喚時，他才意識到。平常人家會忍耐而不叫喚的，他就從來都意識不到。你剛才說的就是這種情況。

白的人笑笑，沒說話。

黃的人笑笑，也沒說話。

分梨。丈夫和妻子。隨便你叫丈夫什麼都行，姓黃吧。隨便你叫妻子什麼都行，就姓白吧。一個故事上來，就把人姓甚名誰交代得清清楚楚，那是一個故事的失敗。白說：又到了吃梨的時候了。黃說：好的。白說：再一次分梨。黃說：分梨是正常的，不分梨才不正常。那麼大個梨子，一個人誰吃得下去？白說：所以說，我們自第一次見面起，就註定要分離。黃說：別那麼迷信。梨子大個事，有必要弄得那麼生離死別麼？白說：一切都隱含在文字之中。黃說：沒那麼嚴重。男的和女的在一起，無論貼得多近，也是分離的。白說：像我們這樣，連貼得多近的時候都不多，總是像梨一樣分開、被分開。黃說：那是你自己太看重這樣的事。我有一個朋友，一輩子不結婚，他有一個女友，在天涯海角，一年也難得見一面，也懶得見一面，不在的時候，他在泰國一住就是大半年。泰國你知道的，在那兒，不僅房子出租，女人也是可以出租的。租幾個月做夫妻，玩了就完了。錢一交，覺一睡，時間一到，各走各的，誰也不再存念誰。下一個！就這麼簡單。真是世界大同、世界大捅、世界大通的先兆啊！白說：這是你的真實想法嗎？黃說：我還有一個朋友，男的在那個國家當教授，一年就耶誕節回來一趟。她也很少去，婚姻還不是現在完成進行時。白說：既然如此，那就分離吧！黃說：分就分。怎麼就那麼容易生氣？分，才是常態，老常態。就像我剛才說的那樣，男女就是皮膚挨在一起睡覺，眼睛一合上，夢就分道揚鑣，遠走他鄉、遠走他夢鄉了。再愛的夫妻，也不可能把夢做到一起。所以說分，是合的本質。現在這個時代，就連一個人自己，也總在跟自己貌合神離，總在跟自己分離、分梨。更不要說老婆老公之間了。那些想把兩人弄得嚴絲合縫的親們，都是傻逼！除非五花大綁在一起，否則——即使五花大綁在一起，即使讓陽具和陰具套磁一般套在一起而分不開，兩個腦子裡想的東西也不可能完全一樣。白（過了很久之後）說：你是不是做愛的時候，腦子裡還想著別的人？這話是黃想像白說出來的，那等於就像是白說出來的一樣。

那個詩人也好玩，他跟我說，他不喜歡被喜歡。他告訴我，有一年，一個詩人跟他飯局時，翻看他送給他的詩集，突然大叫起來：好詩，好詩！大家朝他看去，只看見他比整個身體都大的肚子，上面立著一本張開的書，停在某個別人看不見的頁面上。那詩人有種叱吒風雲的本領。他喝令所有在場的人停下來，聽他念詩。他們都停下來。這些「他們」中，有記者，有拍電影的，拍電視的，有寫詩的，還有吃飯的、喝酒的，以及叫不上名字的臉。他把詩大聲念了一遍後說：怎麼樣？這首詩寫得怎麼樣？他的口氣有一種不能違拗的意志，你必須同意，否則這菜和這酒肯定吃不下去。於是大家都齊聲表示同意，說這詩有多麼多麼好。大肚子詩人深情地看了一眼那個不喜歡被喜歡的詩人，看得他有點心驚發怵，對他說：沒想到哇，真沒想到，你能寫出這麼棒的詩！不喜歡被喜歡的詩人有點懷疑，他是否酒喝多了，但又懷疑自己的懷疑是否對，因為他說起話來，念起詩來，似乎都像個正常人，只是喜歡到那種程度，他有點害怕自己會像一塊肥肉一樣被吃掉。

是的，不喜歡被喜歡的詩人告訴我說，人喜歡被喜歡，但一旦真地被喜歡，就有點—他特別喜歡用「有點」這個字—像那個什麼勿擾節目上某個被人看上看中的雌性，眼睜睜地看著某個雄的在自己面前跪下，送上999朵玫瑰花，自己卻無動於衷一樣。據不喜歡被喜歡的詩人說，至多說一句「還不錯」就行了。如果不是互相喜歡，一張不喜歡被吻的嘴，被另一張喜歡的嘴強吻，就會立刻聞到裡面呼出來的口臭。

老作家在最深處，把最不可對任何人言及的事情，對一個最不可能言及的人說了。他說：無論我寫什麼，我都把自己置於死地，讓出版我的出版商難堪。不出版我吧，他們愧對一個稀世奇才。出版我吧，他們無錢可賺。我們一直互相死磕。看誰先死。毫無疑問的是，我肯定死在他們前面，而我的稿子，也不一定是我死後他們想出的東西。

你若問我為什麼不寫一點流行的東西，我只能反問你一句：一頭雄獅願意為一群倉鼠表演嗎？我還要接著再反問你一句：天雖然有時會在地面的積潦中出現，給人一種天終於回到地面的感覺，但天永遠在地的幾千公里、幾萬公里的上方，是不可能跟地、也不願意跟地苟合的。我還要反問你一句：人在世的目的，是為了撈取功名利祿，把官做得天大，儘管連天安門大都可能做不到，把房造得有一個省份大，儘管可能還沒有一座小山大，把錢撈到幾千億，把陽具插入要多少有多少的嫩洞裡嗎？我還要反問一句：有沒有看到有多少書像屍體一樣放滿了停屍房一樣的書店，而那其中，就有得這個獎那個獎的人的書而無人光顧、無人購買呢？

老作家在深處說著這些充滿反詰的話，在深到無人能夠進入，也沒有人在其中的地方，繼續言及不可言及之事，與那個最不可能與之交談之人。他說：也許我們這個民族血液中自相殘殺、自我排斥、自我清除的元素過多，我已經基本上無法閱讀有著這種血液，依然活著的任何人的任何東西。管他男的女的，管它達官貴人，管它地位有多高，名聲有多大，管它得了多少國內國外的大獎，只要是血管裡流動著這個民族血液的人寫的東西，都有著一種近乎下賤，讓人不齒的素質，其DNA的顏色幾乎完全是灰色的，蒙昧到無法救助的地步。這種灰色被他們裝飾得美輪美奐，皮膚成了白的，頭髮成了黃的，眼睛成了藍的，鞋跟成了高的，衣服成了西的，舌頭成了英的，但你用哲學的篩子把這些東西篩一篩，剩下的依然是那片亙古未變的灰色、死灰色，無論走到哪兒都是一片灰色，嘴巴重於大腦，肚皮重於大腦，陰囊重於大腦，生育重於大腦，豬玀的哲學、倉鼠的哲學、螞蟻的哲學、麻雀的哲學，這些東西都比有大腦和思想的人活得久。即使地球真的爆炸，這些東西也會活到其他星球上去的。只有大腦和思想會與自爆的地球共存亡。

從深處聽老作家講話很不容易，但我還是聽著，在睡與夢之間的分隔線上聽著。他說：你不需要知道我的名字。現在這個時代，連一個開計程車的司機，也知道不把全名告訴他的客戶，只說：我姓張、我姓王、我姓龍，等等。原因很簡單，若把全名告訴一個陌生人，哪怕是一個不陌生的人，也有可能導致與網路相關的不良事件發生。我之所以寫的任何一部小說的人物都沒有名字，而只有代號，是因為我關心這些虛構人、虛擬人的真實身分，如果把他們的真實姓名講出來，很可能不久就有人盜用其姓名，進入其銀行或其他網站幹壞事。

我感到驚訝。虛擬人或虛構人的真實姓名？而且這也會被人利用來幹網路盜竊？這真是天外奇譚。

老作家不理會我的不理解，繼續他的自言自語。他說：睡覺不是死。也是死。夢把睡死或死睡維持活。一個人睡在死中，通過夢與死相銜，發生溝通，通話未來。那些早已死去的人也一個個活轉來，與處於假死真睡狀態的人發生直接生動的關係。其實早已死去的人從來都沒有死。他們只是換了一種活法，利用夢來復活。他們也在死亡大國的死亡網站上做關鍵字搜索，點到誰，就進入誰的夢境。如果該人當時並未入睡，那就要通過白日夢進入了。

我一向厭惡寫小說和寫詩的人。我指天發誓，一輩子不看小說不看詩，我都過得下去，而且還能比看過得更好。我們這個時代，像一個朋友說的那樣，只需要讀圖就行了。要想知道書裡寫的什麼，看一看根據書改編的電影就行了。空間時代的人，從一個星球飛向另一個星球的時候，是不需要攜帶文字的。只需要數位和圖像。另一個星球的人可能也有眼睛，而且到處都長著眼睛，比如，他們的耳朵也是眼睛，能看也能聽的。他們——如果是男性，如果還有這種性別的話——的陽具上也長著眼睛，做愛的時候，可以把一伸一縮的動作如實地以圖像記錄下來，任何文字的描繪都是多餘的。她們——如果是女性，如果還有這種性別的話——的陰道上也長著眼睛，被做愛或做愛的時候，可以把器官運作的動作如實地以圖像記錄下來，任何文字的描繪都是多餘的。那個時候，眼睛再也不用受成噸文字的折磨了。那是二十一世紀前（包括二十一世紀）的人伴隨其一生的負累。

老作家好像聽見了我自己的這番心語，說：是的，你可以徹底取消文字。這只不過是接下去幾十年的事了。但就在此刻，你的一切，包括你思維的、說話的、在網上網下提交的一切，都無不與文字相關。我不想強調文字的重要性了，如果我強調，那就好像是在強調照相機膠捲的重要性，強調386電腦的重要性，強調痰盂的重要性，強調手推車、獨輪車和板車的重要性，強調草鞋的重要性，強調女人需要纏足的重要性，強調男人需要納妾的重要性，強調一國強大必須由另一國帶大的重要性，強調一人專制的重要性，強調一國獨大的重要性，強調落後的重要性——說到這兒，老作家「哎」了一下，接著說：是的，「落後」，這是一個可愛的詞。落，落在後面的落，後，落在後面的後。也就是說，不跟別人走在一起，落在大家的後面。不爭、不搶、不紮堆、不出風頭、不與大家糞在一起、自言自語到死。

他是否已經死了，我想。或許是睡著的那種死？有人在死亡大國的死亡網站上點擊了他？

微信上出現一條發的東西：送書就是送死。對一個寫作者的最大尊重，就是買他的書、讀他的書。任何指望別人免費送書的願望，無異于路邊乞丐心存僥倖，希圖別人施捨的心理。

這條消息發出後，沒人理會。也許朋友圈子裡有人理會，但我看到的這個圈子無人理會，至少我沒有理會。我看了一眼那個不認識的人的名字：New Death。其意思是：新死亡。

今天我出去，回來後發現，家裡有點異樣。什麼地方異樣了呢？我把各處重要的關節查看了一遍，都沒有發現任何異常。跟著，打開電腦這個文檔後，就發現裡面多了一點東西。原來是一篇文字。這要在從前，是有一個名詞來形容的，叫「衍文」。吊詭的是，這篇「衍文」不是我自己文字中擠出來的，而是好像有人把我文檔打開，把自己的東西趁我不備之時塞進去了一樣。初看之下我很生氣，又無可奈何，因為不知道是誰這麼幹的。我一個獨人，過著獨人的生活，長期以來跟自己的影子相依為命，沒有可以共眠共食的女人相伴。誰會來跟我玩這種惡作劇呢？難道是我自己的影子？後來想想又釋然。我們這個時代，跟之前的任何時代其實並無太大差別，依然是一個真實和虛幻共生的時代。冥冥之中有很多力量在左右著我們，支配著我們，我們即使想擺脫，也奈何不得它們。Charlie Hebdo還比較容易理解。他們先以漫畫傷害了別人，結果導致自己遭到傷害。但馬航MH370的失蹤乃至失聯，跟傷害他人一點關係也沒有。都是一些無辜的乘客，以及一架無辜的飛機。如果非要上綱上線，那他們和它（飛機）傷害的，僅僅只是從中穿過的空氣而已，以及並不一定很喜歡在自己身體中撕拉一般穿來穿去的天空。仔細想，這些都不足以導致非要一架飛機連同其乘客都失聯得再也找不回來。反正用現代科技是無法解釋的。我的這篇「衍文」，用未來科技也許都無法解釋，就不用說當代科技了。

想到這兒，我決定把它copy下來，paste在這兒，不為別人，只為自己，留下一個痕跡：

你說你跳？你跳給誰看呢？你想要誰看你跳呢？你想讓誰為你悲呢？你以為你這一跳，就抹掉了一切？你以前被忘記的一切，就會因你起跳而被重新發掘出來，重新回憶起來？你有沒有想過，你跳下去後誰來拾你的骨頭和血液和肉醬？你有沒有想過拾掇這些東西的人多麼難受，多麼不想做，即使給錢也不想做？哦，我知道了，你是想將世界一軍對吧？你是想……

這段話沒寫完，後面是刪節號，顯然是因為聽到我開門的聲音，提前溜掉了。

我—又是一個我，只是不知道這個我是哪個我，哪個我是這個我—養了一個私生子，因為想養，於是就養了，先在腦細胞裡培養培養，是個男女合一身，像今天看的那個錄影裡的那個一樣。舔著舔著，他/她就露相了，不如俗話所說，真人不露相，而是真人真露相，還是真男人加真女人，同時露相。與他/她做愛的那個她美豔之極，是眼睛一看就直接能從眼睛裡射精的那種。她網在一張黑網裡，鞋跟高到天花板。那個他/她進了她的肛門，把前門留空。這有點遺憾。不過，「我」，這個誰都不屬於的「我」，任何人想套近乎都套不上近乎的「我」，當時就產生了一個養私生子的想法：養一個男女並身、雌雄同體的人。主要作為性的對象而養。

這個養子在成長過程中，經常問一些很簡單的問題，卻讓人很難堪地回答不出來。比如這個：為什麼兩人相愛走到一起，卻很快就又不愛了？我不知道怎麼回答，只好說：人的愛像水一樣，是固定不住的，會流走的。養子又問：那為什麼一些不愛、不怎麼愛的人，卻能長期廝守在一起，甚至直到埋在一起呢？我真煩他/她的這種問題，這麼簡單，又那麼難，只好說：仇恨是世界上一種特殊的粘合劑。它會讓記憶永志不忘。他/她的問題又來了，密集而迅快：那把這兩個人挨著埋在一起，是不是就意味著，他們就要永世恨下去了呢？乾脆，我想，我也簡單回答好了：可能是，也可能不是。那你寫字的螢幕，為什麼總跟陰天的天色一樣的色氣呢？我回答：創作跟灰色有關。問：那上帝創造天地時，本來一切都是灰色的嗎？答：不知道。只知道上帝是人造的。問：我以後長大，能不能也找一個雌雄同體人結婚？答：不能。問：為什麼？答：你自己跟自己結婚就行。問：為什麼？答：因為你已經具有了雙方的特徵。問：那我的影子是不是也有著雙性的特徵呢？答：你問得太神經了。問：神經？為什麼神經裡面有個「神」字？經，又是聖經的「經」？答：也不一定。經，還可以是女人月經的「經」。問：為什麼神經裡面的「神」字，還是神仙的「神」？答：這都是人家造字的人前定的，我們後人哪裡知道。問：那為什麼英文的saintly（神聖的）和sacred（神聖的），前面也跟「神「字共一個「s」，而且發音也很近似呢？我一想，是啊：前面的發音是「神特裡」，後面一個發音是「賽可裡特」。沉默了一會，還沒來得及回答，就聽他/她說：我的雌雄那個部分要是有一天互相不愛了怎麼辦？答：無法回答，因為我不具備這個特徵。問：要是有一天你澈底厭惡了你與生俱來的性徵怎麼辦？答：隨它去。問：人要過完一生，隨它去是不是最好的策略？答：哲學。問：為什麼哲字裡面有個口？而且是折疊的折？答：不知道。問：是不是文字本身也是天生具備搞笑性或諷刺性？本來是一個誰都養不活的學問，卻偏偏要把口放在裡面，好像讓人覺得，這是個跟口有關的東西。答：也許你是對的。問：人為什麼非要生出來不可？答：真的不知道。問：為什麼女的跟男的越來越都過不下去了？答：一旦勢均力衡，誰都不怕誰的時候，誰也就都不再怕誰了。問：這意思是不是就是說，這樣一個時代快要到來了，女的只跟女的，男的只跟男的過，互相再也不跟互相過了。答：也許吧，誰知道呢，但就我而言，我還是只想跟女的過。問：要是以後國家主席或總理也像我一樣，是雌雄同體呢？答：我還真沒想到那麼遠。反正人死了還要過好多個世紀，才可能有望實現那種情況。現在還早。問：你真的以為那些詩人能翻什麼大天？答：不以為。問：他們搞詩幹什麼呢？答：可能是搞錢、搞名吧。問：我看搞文的人一個個都酸唧唧的，我以後搞別的吧。答：可以的。那些人都是葡萄屬性。問：我能不能不生出來？答：已經生出來了，就生不回去了。問：好鬱悶呀！答：你為什麼不問了？問：該你問問題了。答：我沒有問題問了。問：那我就不用回答了。

那個人認為，做人就是要把笑臉進行到底。無論走到哪兒，都把一副假裝出來的笑臉送過去，送出去。後來，他發現越來越難做到這一點了。比如，飛機正點讓人登機，卻在停機坪上長期停著不飛，讓人在停機坪上晚點出行。這時，他就很難繼續笑臉了。不說送給別人，就是送給自己也難。還有，他本來寫書從來沒有遇到遭禁的結果，這次卻禁到他頭上來了！一個昏庸的老頭和一個後進的小生，把他站的地方下面抽了一下，讓他掉了下去。比18世紀這個國家被判絞刑的人稍好一點的地方是，脖子上沒有套索套著，因此掉下去時，沒有那個套索把他套死。掉下去卻是實實在在的事。他在這個國家花了數年的心血，用了大量資金購買的書籍，一切都付之東流。他想起在C城孤獨的那些日子，放棄了公司優渥的待遇，為了這部史學著作而枉費了心機。果不其然，那是一個要把歷史真相當成毒瘤一樣割除的國家。那個國家最害怕的就是歷史的真相。如果一個人的舌頭是真舌頭，國家會命令你把它換成假的。如果一個人的眼睛是看到真相的，國家會命令眼睛變成色盲或事盲或真理盲。國家，就是肆意篡改歷史的專家。本來死了十個人，它說一個沒死。本來死了幾千人，它說只死了幾十個。國家開著它的巨型推土機，把有效的文字推進垃圾堆裡，代之以無效但卻好聽好看的文字。等這一代人死了，這幾代人死了，讓他們去找吧，再也找不到真相了。歷史的萬人坑、萬字坑裡，什麼什麼的早就變成了不可辨認的屍骨、字骨。

他還是帶著微笑的臉，想著這件出奇的新常態。他想：與其他那些在獄的，那些已死的，那些舌頭喉嚨腦袋手指一股腦兒都割掉的相比，我應該還是萬幸的。什麼都沒有發生，只是一本書不給出而已。退一萬步講，如果真讓昏庸的傢伙出，那也不是什麼值得榮耀的事。等於把自己像別人一樣漚在那個國家腐爛的泥坑中，永無出頭之日。

說什麼強姦民意。史意、歷史意遠比民意容易強姦。他現在能夠微笑的唯一理由，是在心中把那些強姦歷史意的人判以死刑並執行槍決：砰砰砰三槍，崩掉──至少崩掉──三個人的腦袋。在自己的心中崩掉，真是大快人心事！

有點遺憾的是，永遠也不可能跟這些人見面了，即使在大街上或大會上撞著，一定是幾塊行屍走肉。

被人喜愛不僅是一件令人討厭的事，甚至根本就不能為人接受。最近，他為兒子提親一事被人回絕了。事情的經過是這樣的。他的瑞典同事數年前曾跟他開玩笑說：你兒子和我女兒年齡相仿。兩人都沒談朋友。你看？他接著瑞典同事的話頭說：可以啊，我們可以牽線搭橋嘛。

回來後，他跟兒子提起此事，兒子當即表示了否定的態度。兒子對白人的態度很鮮明：不可能跟這些人結合，原因有二。一，這些人瞧不起像他這樣的亞洲人。二，他也無法接受與她們共生的狀態。那都是一些什麼樣的女性哦！她們開派對喝酒，喝得不省人事之後，被人幹了都不知道被誰幹了，生了孩子就自己養著，這是她們唯一好的地方，反正到政府那兒拿錢，政府也不管孩子的爹是誰，只要拿出證明來證明，孩子是從自己的肚子裡生出來的就行。

而且，據兒子講，那些白種女人都是些翻臉不認人的怒女，特別容易動怒，也是些飯來伸口衣來伸手的懶女。你要是跟她們成婚，還不把錢袋子兜底翻過來，讓她們花光再說。不僅要給她們做飯洗衣，還要給她們舔

B。有個朋友就是這樣，每次做愛，非得給她舔到銷魂不可。還有，據說她們性欲極其強烈，必須一刻不停地幹，雖然到不了精盡人亡的地步，但至少把你幹得精盡人幹，幹不拉幾的幹。到最後厭了、煩了、膩了，她們行囊往身上一挎就走人，走到門口還把兩個中指對你伸出來，同時口裡吐痰一樣冒出一句：Fuck you！

跟這種人生活，據他兒子說，除非你拳腳相向，力排「雌」議，否則你就完蛋了。當然，如果你真的泰山壓頂地把她削為the weak（弱者），她也有對付你的辦法，把你告上法庭，讓你坐監，最後跟你離婚，讓你把辛辛苦苦掙來的血汗，分給她一半。

正因如此，他兒子堅持要找也只能找個Asian（亞洲人）。她們身個嬌小，她們眼睛明亮，她們也都是要錢的主兒，但她們比較含蓄，就是要、就是想，也會做得很有藝術。還有就是她們之中有一些長得雖無國色，但有天姿，比如某些做雞的。不過，他也知道，做雞的都是雞做的，再美也不值得留戀。亞洲女的，畢竟吃的也是飯，不是硬邦邦的麵包，吃的菜是講味道的，不是無油無鹽無味道的鬼佬餐，所以，如果真能找到一個有眼緣，能動心的女子，成婚後還能好好打理家庭，料理自己的生活，那當然最好不過。

幾年過後，他跟瑞典同事見面聊起來，發現其女和自己的兒子依然沒有找到合適的對象。於是又把那個老玩笑開了一遍，結果是雙方同意，跟子女談談，看其是否有意溝通，就算無意見面的話。

路上，他就跟兒子通了一個電話，講了這件事。儘管兒子對白女不感興趣，但他卻似乎對白女寄予了無限的希望。他這個單身漢不希望亞洲女。跟他離婚的就是一個亞洲女。因為已有體驗，他對亞洲女早已不抱任何希望和幻想。這些女子眼中，已經放不下亞洲男了。最近有跡象表明，她們的愛情婚姻取向，都是指向白色的，都是向白靠攏的。他跟兒子聊起這個現象時，兒子告訴他了一件事，說他們公司有位白人同事找了一個京城的女子，已經有若干年了，早已感到厭倦，但苦於無法脫身，因女子糾纏得緊，每每碰面時就告訴兒子，他實在不想跟那女過了，就是在一起過性生活，也早已沒有以前的激情。

兒子的爸爸就想：這就是亞女可惡之處！如果是一個白種女子，說走就走了，馬上騰出空位，讓下一個人入主吾床。這種生活，才是理想的生活。說到炒菜做飯洗衣，那都是小事一樁。你給她飯菜做得香，她讓你搗她的老巢也搗得歡，都是兩兩相宜的事，何樂而不為之！哪像從前我那個女的，一會兒腰酸背疼，一會兒大姨媽來了，大姨婆來了，大姨爹來了，須盡歡的人生永遠不能盡歡，盡不了歡。她們那種惡，她們那種狠，也是古今中外沒有過的。聲音喊起來，可以把死人叫活。找一個白女簡單，你把她搞過癮了，她也把你搞過癮了。然後她走她的，你走你的，誰也不用想出一些思念的絲兒牽呀掛的。多難受啊！想來，就像朋友說的，發個短信說：今晚有時間過來嗎？一會兒一個「我想你」，一會兒一個「好想啊」，等等，簡直就像泥潭裡汩汩往外直冒的氣泡，煩也把人煩死。有性就夠了，不需要愛，不需要情，解決需要，下一個、下一次！所有那些在愛上情上砸死的傢伙，無非是想以身作則地殉道一下，讓別人把他們自己當榜樣來效仿，其實都是屁眼裡拉屎的傢伙，有什麼值得效仿的呢?!又像朋友說的那樣：除非哪天來一個肉裡肉外沒有一坨屎的人，否則，這個世界沒有我值得當成榜樣的人。無非錢比我多，無非地位比我高，無非房子比我大，無非女人比我漂亮，無非無非無非而已，有什麼必要把這些人高看或看高？整個一個高級動物，而且並不是高級的那種。

兒子聽電話後回答的口氣，似乎不再像以前那樣決斷，而是有所鬆動。想想也是，如果目前暫時空置，臨時負載一個，也比空轉強，就答應說可以，就算談不成愛情，談成友情也行。

老爸隨後把這個首肯通過短信發給了瑞典同事。同事答應談後再告。次日，老爸收到了同事的回復，說：吾女全無此意，且獨立心之強，絕不容父母置喙。老爸看後，沉吟無語，克制情緒，回復致謝，並無一語提及自己的感受。這是後話，以後有閑再談。

新時代新常態下生活的新舊人—亦即新的舊人、新的老人、新的old people—也不都是一個個低著頭的，偶爾也有那麼一兩個抬頭的人。我是說低著頭看手機、只看手機的。這些舊時代的新餘孽，依然拒絕低頭（看手機上的那個屏），認為一個時代都把頭低下去了，這是很要命的事。一個人低頭時，他或她的視線走向，不是沖著自己的褲襠，就是沖著在褲襠和眼珠之間，擋住視線的那個物體。再往回走五十年或更遠，一個人低著頭，一般都是看著屍體，麇集的屍體，蜂擁的屍體。而現在，人們通過低頭的方式抬頭。如果抬頭，也主要是看著自己手伸出去的那個螢幕，把自己的臉照下來，然後為那些可能低頭的人發出去。頭如果低頭慣了，有時會得頸椎病，再要抬起來就比較困難了。反正從前那個讓他們仰視的上帝早已不存在了。他們對自己心儀的人也不用仰視，也都是俯視，採取的是做愛時主上的那種臥姿。

我認識的這個新餘孽，有一天昂首走進一家大學書店。他自己沒有被書店新的鋪陳驚到，書店的女營業員倒先被他的昂首驚到了。一個女的從暗處湧現出來，說：Can I help you?他昂首搖頭說：No, thanks。他昂首的目光還沒有把擺在門口的圖書掠過，另一個女的從另一方暗處冒出來，說：Can I help you at all?他依然昂首說：No, but thank you so much。

新餘孽心中暗暗稱奇，在不到五分鐘的時間裡，這個有新鋪陳的書店，居然有兩位女士從暗處出來，向他獻媚或曰provide assistance，這是前所未有的。他質問自己：是否應該買書了?他在那堆標有降價符號的書中，用目光掃過去時，發現所有的書都似乎不值得自己用手指去撫摸，更不用說拿起了。這時，他想起多年前，有個看似屌絲（那時「屌絲」這個詞尚未發明）的人對他說：我是搞封面設計的。請相信我，我設計的封面，可以讓任何走進書店的人，從幾千本書中一眼看見我設計的封面，而伸手把它拿起來。你知道這有何等重要嗎？一個客戶在書店中，面對幾千本花花綠綠，千奇百怪的書，伸出手去居然拿起了其中一本，那就等於買書的生意做成了一半！當時，新餘孽比較相信他的話，覺得這傢伙言之成理。雖然看上去像個流氓，但說起話來似乎比冒牌貨更真實一些。有時候，人就是這樣，看上去完全是個垃圾，但口一張開，居然滾出來的還挺有哲理。這叫做人雖爛，話不爛。後來的多次親歷表明，這話並不對，甚至根本不對。新餘孽在書店裡，不知用手拿起、抓起、撚起、握起、摟起多少書，不買的時候占絕大多數。書出來，其實並不需要都看，但如有可能，是需要把玩的，把玩之後就放回去。有點像對待歌舞廳陪唱陪跳的小姐。這兒摸摸，那兒捏捏，完了也就完了，不過逞一時之快。當然，這是男性的感受。女性是什麼感受，只有請女性寫進來。

新餘孽只看中一本書，不是因為封面設計，而是因為書名。它叫*Filth*。能不能音譯？當然能：《菲爾斯》或《飛爾思》。但那只可能是那個國家特別裝逼的翻譯們幹的事。「Filth」的意思，是「污穢」、「骯髒」或「淫穢下流」。正因為如此，新餘孽才把這個封面拍了下來，儘管他沒有拿起來看。也沒有把它放到微信上去，因為他知道，在微信上玩物喪志的那些人一不懂這個語言，二也非常的裝逼，個個都想給人一種印象，他們如何如何高大，如何如何什麼都知道，如何如何生活得比誰都舒服，如何如何關心國家大小事，簡言之，如何如何裝A、如何如何裝B、如何如何裝C！都他媽一些傻B！

他找來找去，有幾次，他看到一個活著的作家寫的東西，叫個什麼*Barracuda*，而且在封面上出現時都是小寫，像這樣：barracuda，儘管如此，他把書拿起來後，還是放下了。他不是不知道這個希臘籍的同性戀作者，他對其名聲早有耳聞，也看過他的一本長篇，叫《死亡的歐洲》。他承認，他不怎麼看得下去，整個書看完後，只記得它的英文書名：*Dead Europe*。如果由那個國家矯情並敬畏歐洲的人來翻譯的話，他們很可能會譯成《垂死的歐洲》，儘管書名早已是《死亡的歐洲》。那個國家的翻譯一看這個標題，就感到心驚膽顫：怎麼能把一個偉大的歐洲，說成是「死亡的」呢？她頂多只能「垂死」。

他在書架之間穿行，把書拿起來，翻兩頁，又放下去。不久，他又看到這個人的一本書，是一本新書，而且正是那個白人大為讚賞的那本短篇小說集。那個白人說：自前年Alice Munro因短篇獲諾獎以來，短篇小說開始在市場走俏。某某某某•某某某的最新短篇小說集就這樣出來了。寫得很有勁，永遠是他那種暴力風格。他聽著，「嗯」了一聲，接著又「嗯」了一聲，這種「嗯」，是那種從裡向外，又從外向裡的一種「嗯」聲，表示特別欣賞的那種。不過，他還是把已經拿起來的這本短篇小說集放了下去。如果一出來就已得到承認，他又何必要看呢？他想看的，總必須是某種他不知道的，別人也不清楚的東西。想到這裡，他已經下手了，抓起來的是一部黃色的書，是這個國家那個得諾獎的人寫的。他從來對這個人並不敬畏，也不敬重。他不可能因為他得了一個什麼獎，就對他五體投地。這不是他的風格。他知道，那個得諾獎的人還是個同性戀。這兩者之間—諾獎和同性戀之間—是否有某種內在聯繫，他不太清楚。他記得，得諾獎的人很多都是猶太人背景，那個獎與猶太人背景是否有某種內在的聯繫，他也不太清楚。這兩種不清楚，都是他日後要搞清楚的東西。

他抓起這本書，隨便翻到某一頁，就有一個Quong字映入眼簾。他被吸引了，開始看起來。原來，這一頁上有好幾個Quong：Margaret Quong，Mrs Quong，Ethel Quong，Walter Quong，最後這個Quong被稱作「Chinaman」（中國佬），一個帶貶義的稱謂。他想起這個國家歷史上的那個人，叫Mei Quong Tart。一般譯做梅光達。中間那個Quong，就是「光」的意思。

這一頁給人感覺不好，特別有一句是這麼說的：Ethel Quong「had no friends at all because she was married to a Chinaman」。[74]意思就是說，伊瑟爾•光「因為嫁給了一個中國佬，所以一個朋友都沒有。」他把書立刻放下去

[74] 參見Patrick White, *Happy Valley*. Text, 2012 [1939], p. 107.

了。在放下去的那一剎那，他想起這個大學從前有個做博士的人，寫過一本關於這個國家小說中的中國人形象的博士論文。根據他的回憶，這部博士論文雖然詳實，提到的作家頗多，但似乎從未提到這個諾貝爾獎獲得者寫的這本他自己也拒絕一生再版的書。

新餘孽很想跟那個寫博士論文的人通個氣，告訴他有這麼本書，但旋即打消了念頭。一個人即使做博士，也會漏掉很多重要的東西。他略過了離他最近的暢銷書架之後，就像每次做的那樣，總是回歸到Classics（經典）書架上。離他太近的人，讓他很不舒服，產生厭惡之感。只有這些歸類為「經典」的書，才讓他感到親切，因為寫書的人已經死了。看死人的書，就像看死人留下的遺物，是很有味道的一件事。他忽發奇想：活人寫書，不應該出版，而應該等到死後再出版，讓那些他活著時還沒有出生，等他死後才長大的人去看。通過賣書獲得的錢，就用在維護自己的墳墓上。

新餘孽一邊胡思亂想，一邊已經做好了決定，拿下了那本封面呈灰色的書：*The Bonfire of the Vanities*。這本書名他早就聽說，現在被他拿在手裡，而且好像作者早就死掉了，正符合自己的購書要求。從那本諾獎黃書旁邊經過時，他自己也不知道為什麼，就把剛才放下來的那本被他翻過看到Quong的書拿起來，一併拿到櫃檯上交錢買了下來。

他後來才發現，寫*The Bonfire of the Vanities*的那人還沒有死。他從前曾聽說，這個人的預付金很高，一本書還沒出，出版社就支付他300萬美金。他的*Back to Blood*一書，據說為他掙了700萬美金。他還為英語詞彙送去了幾個自鑄的新詞，其中有一個叫social x-ray。新餘孽想：嗯，這個詞有意思，好像很像那個國家的一個什麼詞嘛。用社會的眼睛，給人做x光檢查。哦，對了，這不就是所謂的人肉搜索嗎？

令新餘孽稍感遺憾的是，這次買的書多少違背了他不買活人書的原則，因為該死的那個作者，到現在仍未死掉，還在為其書大撈其錢。對作者來說，這是很要不得的事。

他在心中對那個女人說：Just go and get fucked。他沒告訴我，但我知道他是這麼說的。他是我朋友。我是他社工。我視所有遭遇麻煩者為朋友。我陪他去法院。他新老婆要告他。家暴。他對我敞開心扉。就是對他最好的朋友，一般都是fair-weather friends（好天氣朋友，意思就是說，天氣好的時候，這些朋友就是朋友，一遇風暴，這些朋友就四散奔逃，各管各的，不再是朋友了），他也無法開口談這些事。他對我說：如果我據實相告，你肯定不會相信，但我要說的是，如今的暴力，不是來自男人，而是來自女性，比如現在要告我的那個女人。你不知道她脾氣有多大。屁大點的事，也會引發她一頓脾氣風暴。跟她說話她生氣，不跟她說話，她也生氣。只有做愛是唯一happy的事，這時大家忘記了一切不快。做過之後，一切複歸原樣。有一天，她被一件小事激怒，我怎麼道歉也不接受，在廚房舉起菜刀，就沖過來砍我。我膀子抬起來一擋，便挨了一刀，血流如注，她也不管，反過來又用刀剁自己脖子，被我狠命地搶奪下來。你看看我這膀子，上面到處都留下傷痕。還有一次，我在高速公路上開車，不知說什麼惹惱了她，她便氣急敗壞地搶我方向盤，把方向盤猛往她懷裡扯，甚至整個人俯身過來，壓在我方向盤上，把視線也遮擋完了。好在我提前量打得很大，意識到會有亡命之舉，早已把車停到了便道上。她身體睡在方向盤上，還一面大聲喊叫說：你開呀！你開呀！你把我倆跟對面來車相撞，大家都撞成一塊肉餅吧！奇怪的是，我這時一點也不生氣，卻覺得她很性感，就讓她當時當地給我做了一個口交，你知道滴，就在方向盤下面。那場性交過癮極了，差點沒死。射出來的精液塗了她滿口滿臉，旁邊高速公路上的車一輛輛飛過去，完全不管不顧，也不停下來瞧瞧，好就好在這裡。壞，也壞在這裡，也就是說，如果雙方發生暴力現象和肢體衝突，一般不到出人命，是不會有人理會的。即使出了人命，也沒有人理會。她現在告我也不是第一次，每次她都告贏，我讓她贏，一次次遏制住內心想出示我遍體鱗傷的證據的衝動，目的就是為了保住這場婚姻，讓她贏。法官也讓她贏。只要法官是男的，永遠都讓她贏，永遠在還未審案之前就決定，只要涉及家暴，男方肯定是罪魁禍首。愚蠢的法官哪裡知道，這個世界的強者和弱者的地位早已易位，弱者對付強者，可以做出連強者都想不到的事情，在沒有第五只眼睛看到的情況下，只有由她去胡說八道了。尤其是她那像射精一般往外潑濺的眼淚，再有判斷力的法官，見了這種眼淚也會動情，主動示好，遞上手紙，像擦操過不要的精液一樣，頗似前戲，在法庭大庭廣眾上表演的前戲。我承認，我很憤怒，但我又特別的無力，因為無力而更憤怒。只有不停地把自己弄出來，在她不在的情況下，在她在的情況下倒不多，因為她用性來控制我。要性可以，必須當性奴。要性可以，必須言聽計從。要性可以，必須由她調控。我想這次一定要把這個向法庭和盤托出。我要告訴法官，最好的性生活，是自己跟自己。只要換一個人，就涉及統治，涉及鎮壓，涉及金錢，涉及調控，涉及推翻，涉及一個人對另一個人的無情打擊和報復。它唯一不涉及的，就是生育。如果生育被涉及了，一切又在另一代身上周而復始，可怕極了。

Just leave and get fucked。這次不是他在心裡說，而是從口中噴射出來了，對著那個從我們身邊走過的女的，很小聲地說出來的，被我聽見了。說的時候還做了一個下意識的抵擋的動作，左手手臂抬了起來，遮住自己的臉，生怕被她用刀劃一個口子。他在那一剎那忘記了一個簡單的事實：在過機場一樣嚴密的卡子口時，所有人包包內的武器彈藥等殺人器具，都早已被搜索一空，不准進入。因此，即便要在臉上劃口子，很可能也只會是那女人塗滿鮮血般的長指甲。從這一點上說，他下意識的抬手，還是有道理的。

被唾棄的詩人曾在J城一次飯局上，讀了他那首罵國的詩，一讀完，就被一個貌似沒有被唾棄的詩人呵斥道：這是一首很壞的詩！那個貌似沒被唾棄的詩人把這句話重複了好幾次，重複的時候，顯然被自己貌似下結論，也不顧後果的評論感動了。試想，假如他也被一個人以同樣的方式來說他，很可能他連死的想法都能產生。好在被他說的那個被唾棄的詩人，心似乎比他的要大，並沒有被這樣的下結論的評論驚倒，反倒繼續喝了更多的酒，說了更多跟該詩無關的話，同時又在心中否定了一批詩人。

詩人，被唾棄的詩人對自己說，既是這個世界的尤物，又是這個世界的穢物。穢物的成分大大多於尤物，比例差不多是零點零一跟百分之九十九點九九這種關係。有的人第一次見面就來跟你鬥酒，把小杯子裡的白酒盛得直往外流，像尿沒拉准位置一樣，被唾棄的詩人就曾見過這樣一個，沒留下什麼好的印象。對他來說，這也是一種裝。後來看到其詩，發現第一印象沒錯，即使是寫的詩，也是那種像尿沒拉准位置一樣的感覺，裝出來的。那個國家的詩人大多如此，被唾棄的詩人想。把華麗的辭藻拉來遮蔽自己很垃圾的身體或者說活屍體。把名聲像氣球一樣充大，到了一看就想往上吐痰的感覺。這個時代又給了他們隨時隨地充氣的可能。被唾棄的詩人在被唾棄的同時，也把他們基本上都全部唾棄了，能入他法眼的基本為零。他這麼說也不怕得罪我，但他就這麼說了，沒喝酒時說的樣子，就像喝了大酒一樣。

這天晚上，他跟一個本來可以相好，但沒有相好，也不擬再相好的人見面吃飯時，聊起了張愛玲，是那人先提的名字。被唾棄的詩人一聽張愛玲這個名字，就輕描淡寫地說了一句：看不下去。緊接著又說了一句：裝逼得很。再接著又說了一句：從來都不喜歡看她的書，儘管買了好幾本。這麼說的過程中，對方也說了一些別的話，都是關於另一個比張更堅決的女作家。被唾棄的詩人想起來，張在漢語中曾一度張揚，死後更張揚，大概是因為姓張姓得好，但她一進入英文，成了Eileen Chang後就完蛋了。用英文寫字沒人要看，用英文出書只能自費，沒有出版社願意接受，最後默默無聞地死在紐約。這種情況再正常不過，不應該成為現在受歡迎的平衡杠杆。

無論如何，他和她取得的一致意見是，姓張的這個寫字的人，文字過於「矯情」。

一個人把某項工作做久了，就會做煩了。這個國家的這個翻譯，現在的情況就是這樣。他就是前面某個地方提到的樊魹。他在那個國家時，翻譯公司每天都給他發很多活來，他一個都不接，一看就刪，一看就刪，有時在樂購裡購物時刪，有時在華聯超市里購物時刪，有時在地鐵中刪，有時跟朋友聊天時刪，有時還在課堂的講臺旁邊刪，逮住什麼，就刪什麼，但他從來不跟任何人講他在做刪這件事。他只是刪而已，如果提起來，就要講一大堆話，而且講了也白費，那個國家的人聽不懂的，或者還會產生誤解。

現在他回到這個國家，翻譯公司仍舊每天把活發到他的郵箱裡，這令人稍感快慰，但他卻已無動力。有些活在丹底農，太遠，有些活在赫澤頓，也太遠，有些活在盒子山，近是近，但是醫院的活，沒勁，不想幹。今天來的兩個活中，有個活很近，幾乎就在手邊，但因為是跟路局幹的，他沒興趣，提不起興致，儘管開車過去不過十分鐘，幹完下來不過一小時，但他就是不想幹，不想賺這個錢。

曾有一段時間，他幾乎天天都接這種活，認識了不少教車的師傅，有一個還是來自東北的女的。這些人是一個不為人注意的階層，他們只跟客戶和路局發生關係，偶爾因為客戶不懂英文，而跟翻譯發生短暫的關係，除此之外，他們的日常生活怎樣，誰都不知道，也不太想知道，這跟翻譯的情況也很類似。翻了就走了，拿到錢就行了。

他每次隨車在一條條小街之間穿行，考官發令，他就跟著譯成中文，行駛過程中，眼看著路過的一幢幢齊齊整整的房子和整整潔潔的花園，心裡總要把那個國家的情況，跟這個國家的情況加以比照，跟著就會歎息：那個國家再怎麼發展，也不會發展到這個地步。就連陽光在這個地方，也要比那個國家光亮幾十倍。

根據規定，在右舵車裡，這些教車師傅坐在方向盤左邊的位置裡，腳下有一根剎車連杆，遇學員緊急情況下不知所措時制動用。譯員坐在考車學員的身後，考官則坐在教車師傅的後面，這樣形成一種四人局面。考官有男有女，有白人也有印度人，間或也有阿拉伯人，但從來沒有華人。大約是這個工作沒有多少銀子可賺而造成了這種華人的荒蕪吧。樊鮏做這種活兒，最喜歡的就是一到地方就被告知，客戶已經取消不來了。這就意味著，他可以馬上簽單離去，而不用花一個小時在那兒又是等，又是幹活的。他這天得到的這筆錢，主要是為了讓他開車到地方，又從地方開車回家而已。不過，這樣一種情況比較少見，更多的是他把全部活兒從頭到尾幹完。稍好一種情況是，學員一上車，就因某個細節而被取消考試，如讓他或她開dimister（除霜器），他或她卻手忙腳亂，找不到地方。於是考官板著臉宣佈說：這次考試失敗！從考試到考完，不過三分鐘。也很不錯。

在整個路考過程中，教車師傅的工作是最無聊的，他或她基本無事可做，因為他或她早就被告知，不得說話下達指令，也不得做任何小動作，給考生任何提示。因此，他或她就坐在那裡，一動不動，等著考試過程結束。話雖這麼說，樊鮏還是親眼看見了一個教車師傅暗地裡做了無數小動作，向他那位考生提示，一會兒伸手在自己胯間兩邊擺動，提醒考生要打轉彎燈，一會兒不停歪嘴，示意左邊或右邊有來車。他的所有這些小動作，都被樊鮏看在眼裡，卻無動於衷，而坐在他身後的那位黧黑的考官卻毫無覺察。樊鮏知道，如果他把這一切當場揭露出來，不僅考生會被當場掛掉，而且教車師傅很可能也要受相關單位的處分。他把這一切看在眼裡，仍繼續充當考官的傳聲筒，把一項項指令譯成中文。那次的結果是，考生因在某條道路打錯轉彎燈而未過關。

樊鮏離開時，看了教車師傅一眼。這個已到中年，身體發福的男子很無所謂地回看了他一眼。就那麼一眼，他就明白，那人知道他知道他所幹的事，也知道那人知道他不會拆他的台，但那人回看他的眼神並未帶任何謝意。

想起這些事，想起那些人，想起一切的一切的重複，只是為了賺點小錢，把生命維持下去，樊鮏不再想了。他滑鼠一指，對準那個路局的活，就按鍵刪掉了。

死前，他準備把手上所有這些書扔掉，不要讓它們充滿人世，成為眼睛的拖累。你不必知道他是誰，他就是那個要死的人，不是在失聯中死去，就是在突發的地震、海嘯或火山爆發中死去，但肯定不會在失戀中死去。這是肯定的。讓那些喜歡戀愛的孩子們去失戀或在失戀中死去吧，那是他們的福氣。他要提前在圖書死亡的年代全速抵達之前，把他手中的書一本本幹掉。他不會像之前做的那樣，把那本精裝書看都不看的扔掉。那個白人作者很友好地找上門來，請他把他的作品翻譯成古老國家的文字，當他婉言告訴對方，這本書是不可能翻譯而不收費的，那個白人居然很不友好地寫了一封回信。這次，當他重返非故國時，又看見那本他連一個字都沒看過的書，在毫不衝動的心情下，把書拾起來，像拾一塊破爛，丟進了只裝爛紙頭的袋子裡，就這麼扔掉了。

一生像這樣扔別人的書，發生的實際事例並不多。每次扔都惴惴不安。一般不是送人，就是靜靜地留下來，像在某地某家賓館發生的那樣，走前把各方送的書攏成一堆，放進永遠空空的賓館房間抽屜。至於以後誰看誰拿，那就跟他沒有一點關係了。

還有一次，在這個國家，有人硬要送書給他，還硬要在扉頁上簽字給他。他把書硬拿回家後，硬著頭皮數次打開，數次看不下去，數次產生把書丟掉的念頭，又數次強壓下這種不應有的邪念。這本勸人向善，字字都灌注說教的書，最後被他通過窗戶，扔進了下面的大垃圾桶裡，那並不是一個狂風暴雨之夜，也不是一個風雨如晦的白天，那只是一個誰也不記得的日子，在除了他本人之外，誰也不在身邊的時候，就那麼丟了。一點也不可惜，反而產生了輕鬆。還給自己劈開了前路：今後如再遇此類圖書事件，均一律毫不可惜地棄之。

這天是一月中旬偏後的一天，屬於工作日的尾巴，陽光亮得天上只有藍的，葉子只有綠的，還有些葉子只有紅的。手機上的天氣預報是「mostly sunny」，攝氏24度。他今天要扔的這三本書，都是自己花錢買下來的。他不是絕對意義上的扔，而是象徵意義上的拋。為了節約時間，他只打算從每本書中抽取三個有意思的段子。如果只有兩個，那就抽取兩個。如果一個沒有，那就一個也不抽取。完了之後，就把這些書放在一隻大箱子裡，擱在屋後用來存放雜物的小披間裡。自己死後誰要誰拿走，不要就燒掉或當垃圾扔掉，省得把自己房間塞得滿滿當當的。

現在這本他拿到手裡的東西，是貝克特的譯本短篇小說集。該書的前言中有一段話，引用老貝一篇小說中的一段話說：

「不需要講故事，」一個聲音說。「故事不是非要不可的，它只是一種生活。講故事是我犯的錯誤，我犯的一個錯誤，也就是想為我自己寫一個故事，而生活本身就足夠了。」[75]

老實說，貝克特的東西難以卒讀，無法點贊，但他對文字的敏感，簡直深入骨髓，只能通過原文賞玩。估計是精通雙語造成的。只能從個別文字的角度來欣賞。他在一個地方用了「lust-affair」，（p. 8）這是英文沒有的字。英文有的字是「love-affair」，指的是「風流韻事」、「情事」、「紅杏出牆」等。他把「love-affair」改成「lust-affair」，就等於把「love」（愛），變成了「lust」（欲），把「情事」變成了「欲事」。在另一個地方，他用了「loveglue」一字，（p. 9）這也不是一個英文字，而是兩個英文字，love和glue，愛情和膠水。他把這兩個字硬性地捏合在一起，等於形成了「愛膠」，相當於我們古代所說的兩人相愛時的如膠似漆，但省略了「如」、「似」和「漆」，僅留下「膠」。在別的地方，他還用了這句話：…nine hundred acres of corpses packed tight（九百英畝的屍體緊緊疊在一起）。（p. 27）

引用得太多，眼睛就容易起繭，就以這句話作為結束吧，然後把書扔到書箱垃圾堆裡去。這句話說：…I whose soul writhed from morning to night, in the mere quest of itself.（p. 48）

那意思是說：……我，我的靈魂不過是為了尋找它自己，從早到晚都在不停地蠕動。」

手上的另一本書，是一本英文長篇，小長篇，才180頁，買下來很便宜，大概10塊錢，是減價處理的貨品。那個國家的人把它譯成什麼《沉靜的美國人》，實際上是有問題的。「Quiet」一詞，是指不說話，不愛說話。有「靜」意在，但沒有「沉」的感覺。不過寫了一個英國記者和美國記者在越南，為一個越南女人爭風吃醋的故事，沒太大意思，故事看過，很快就忘了，只有細節留存下來，比如「concave sky」。[76]如果譯成那個國家的文字，應該是「凹下去的天空」、「成凹形的天空」、「凹鏡般的天空」。很妙喂！

有一頁上，他露出了大量雋語，連說直說：「從孩提時代起，我從不相信永恆，但我卻渴望永恆。我總是害怕失去幸福。……死亡要比上帝確定得多，而且，有了死亡，就再也不會有愛情每天都要死的可能性了。……是

---

[75] 參見*Samuel Beckett: The Complete Short Prose, 1929-1989*. New York: Grove Press, 1995, p. xxv.

[76] 參見Graham Greene, *The Quiet American*. London: Vintage Books, 2004 [1955], p. 29.

啊，人們處處都熱愛他們的敵人。他們為了痛苦和空虛而把朋友保存起來。」（p. 36）

不用摘抄了，他對自己說。一本書寫得再好，也只能一次只看一本，不可能像群交那樣，一次同時看好幾本，畢竟人只有兩隻眼睛。再說，不是做研究的，看那麼多，記那麼多幹嗎？讓它走吧，讓它死吧，讓它歸於無吧。感謝這些東西、這些只長頁面的東西，曾一度舒服過眼珠和眼球。

說到這裡，他不想再看另外一本書了，這本書厚達542頁，出自一個德國人之手，他花2.50元，於七年半前的9月23日，在C市買下來，又於不到兩個月後在M市開始閱讀，一直看了一年才看完。這個德國人的名字叫Ivan Bloch，儘管他寫的是關於英國的事，書名是*Sexual Life in England*。很好的一本書，卻不見容於那個國家心眼狹窄無比的出版社，多次呈遞選題，多次遭到拒絕。遇到那個國家，只有以死抗爭。它把死給別人，別人也送死給它，只能這樣了。《英格蘭的性生活》舉了一個專家的例證說，在1840年代的英格蘭，「可以舉例證明，不計其數的教堂和聖所，都是賣淫嫖娼之地。」[77]

啊，看到這句話，他想起了在荷蘭阿姆斯特丹看到的情況。該市最大的教堂，就緊鄰紅燈區。頭天夜裡，本來巷子逼仄的賣淫嫖娼區，被歡天喜地的嫖客擠得滿滿當當，第二天清晨卻一個人不見。清潔工舉著高壓水龍頭，把教堂周圍的地面沖洗得一塵不染。他從洗淨的石路上走過，心裡一直納悶不解，為何崇高的教堂，要與污穢的逼街如此親密地接鄰。當然，他那時沒有把生他養他的那個國家及其治國之黨考慮進來。如果當時考慮了進來，他不僅會很釋然，而且思想層次會有更進一步的提高。在他那個國家，一嘴上說著最冠冕堂皇的話的人，二嘴上總是做著最下流的事。這些人、這種人是誰，誰心裡都清楚，但如果放到西方的語境下，與他們最接近的，就是這些教堂。

「Well」，那位著名作家開始說話了。「If you ask me, I'll have to tell you no. That's not the way you do it. The way to do it is this。」

[77] 參見 Ivan Bloch, *Sexual Life in England*, trans. William H. Forstern. Corgi Books, 1958, p. 103.

請來的翻譯看似不行，穿得很爛，身上散發出一絲酒氣，但翻譯出來的話好像還有點意思，至少有點人味，不像是機器翻譯的東西。他翻譯道：「嗯，如果你要問我的話，我就告訴你，那樣是不行的。要做的話，就必須這樣做。」

他翻譯的話，是對另一個人說的。這個人來找著名作家求教，每小時100塊錢。翻譯費自己出。接下來的話，把英文免去了，是直接採用的翻譯文字。

「你要寫小說，就要把小說的意義搞清楚。你給我的感覺是，你似乎才瞭解，小說是關於人的和人事的，以及人和人、人和事之間的關係的。瞭解這一點至關重要。詩歌可以不管這些。音樂更可以不管這些，但小說要管。如果你寫了半天的個人感受和個人情感，卻毫不觸及某人和另一人之間的關係，以及這些人跟時代和周圍環境的關係，那你等於白白浪費了時間，不僅是你自己的時間，也是花了時間看你東西的人的時間。你想想人們活在世上要啥？如果從男人的角度看，他們要的是做大，把權力做大，把錢賺大，找好看的女人，一個女人還不夠，還要更多，這些欲望都是不言自明，連自己都不肯對自己承認，卻像暗火一樣在內心深處明滅的。你一個寫作的人，一上來就否定這一切，你還讓不讓人活下去呀？為什麼那個跳裸體舞的黑色女子，對那個從遙遠國度花錢來看她裸出全體給他看的人這麼說：不，我不能讓你帶回賓館的，給多少錢都不行，但我能讓我的美麗性感，送給你一個絕佳的夢境，讓你在我們這個國家待下去的那段時間裡，總是難以忘懷。

是的，寫小說的人，要做的並不是什麼精深博大的事，不是教誨或說教，不是批判或教唆，讓人們推翻眼前的社會，重新建立一個新社會。那不是小說要做的事。也不是在那兒把玩各種新形式，美其名曰為「實驗」，寫些自己看不懂，別人也看不懂，連一本都賣不出去的東西。這也不是小說要做的事。寫小說要做的，是一件很簡單的事。它是為那些尋夢的人提供夢境。英文是這麼說的：Manufacture dreams for those in search of dreams。其實不完全是「提供」，而是「製造」夢境。

你如果能讓那些渾渾噩噩的人，那些一蹶不振的人，那些屢試屢敗的人，那些心有餘悸的人，那些走到哪兒都不開心的人，那些總是功敗垂成的人，那些再怎麼成功都覺得仍舊離成功很遠的人，那些錢越多恐懼越大的人，那些一生都為「要」字主宰的人，如果你能為這些人提供夢境，讓他們能暫時地忘掉他們當前的處境，進入一個嶄新的世界，一個迥然不同的世界，在那裡面短暫地逃避一下，就像出去旅遊一段時間一樣，也許你就成功了。你的小說就取得了旅遊中賞心悅目，旅遊後輕鬆適意的效果。

如果你的小說從第一個字開始，就讓人看了很不舒服，想罵人，想砸東西，想跟情人分手，想跟朋友翻臉，想跟國家掰掰，想哭、想鬧、想吃藥、想往別人碗裡下藥、想跳樓、想割腕、想燒殺姦淫，無惡不作，那你就適得其反了。人家就要問你：你寫這樣的東西，究竟是個什麼意思呢？想要達到什麼目的呢？世界之存在，難道就是為了被毀滅嗎？

也許，我應該拿性愛來打個比喻。人們一般看小電影，都是看真的，也就是真人和真人在一起從事雙體活動（不是集體活動）的那種。隨著時間的推移，你會發現，你對這種活動逐漸感到厭倦，從而提出更高的要求。你的更高要求，其實是更低要求，因為你向虛無更加邁進了一步，不想看到真實的人肉的交接和鉸接，而想看到漫畫式的結合。你發現，這種結合更加完美，人體也更加豔美，交接方式也更加富有想像力，比如，射出的精液有如瀑布、插入的陰莖壯如大管、進入的深度也像透視一樣透明，如那種能從外面看到裡面的表，這都是真人所不具備的本領，只有想像可以補足。而人們需要的，就是能超乎日常生活狀態的這種非人的想像。其他一切說什麼都沒用。好了，今天我就講到這兒，其他的以後再安排時間談吧。

有很多情況是，沒辦法不讓她日你。這是我們那位來自那個姓I的國家的人得出的結論。不要猜了，它可能是Iceland，也可能是Ireland，還可能是Israel。還可能是Iran，還可能是Iraq。猜有意義嗎？只要知道他是來自以I打頭的一個國家就行了。據他說，女人比男人壞，也比男人強烈。很多情況下，不是女人讓他動心，而是他讓女人動心。這些被他動過心的女人，就會想方設法招惹他、勾引他、把他弄到手。古往今來，這有什麼奇怪嗎？具體的例子，不用我說，你們也能舉出一大堆來。女人做的淫夢，如果不比男人多，至少也跟男人一樣多。一個女人，在老公身邊睡的時間久了，連挨著老公身邊的那條肉體，都會磨起繭子來。只是始終沒有時間上手而已。眼睛掠過一片荒蕪的男體，在心中把它們一一唾棄。直到有一天，抬起眼睛的那一剎那，一雙非常入眼的眼睛就那麼入了眼。

不瞞你說，其實也不是我說的，而是那位來自I打頭的國家的那個男人說的。他說：女人的眼睛就是女人的外在性器官。她不用手摸，她不用口說，她只要用那雙眼睛看一看，瞅一瞅，瞟一瞟，貌似不看地看一看，彷彿就要熄滅地亮一亮，就比用手摸、用口說還要管用，還要有效。男人被看硬的時候也都是有的。以後接下去發生的過程，一般來說就不用描述了。三天三夜說不完，一分兩秒就能說盡。無非是執手相看，舌頭相纏，旋即整理枕衾，寬衣解帶而相互進入，直到一番熾熱的肉搏戰，把兩人消耗得體無完膚，最後進入互相都不相干的夢鄉，醒來時依然躺在彼此懷抱。

顯然，I國那個男人精于此道，只是他痛感的是自己一向處於「被動」—被女人動—的狀態，也不知道說拒絕，很容易就被人家用眼神或眼色勾走了，做了多年的被動男人，全怪自己一張臉長得過於俊了一點。如果醜點的話，說不定還能找點被人拒絕的刺激。像這樣的人，顯然不適合我這樣的男人來寫他。他自己想寫，他就自己寫去吧。若想自己一個人悄悄地樂，那也由他去，跟我沒有半毛錢的關係。就這樣吧。

沒有人打電話的時候，就把手機關掉吧。你又沒有兩個女人，幹嗎要兩個手機呢？把手機關上，就等於不對世界抱任何期望。不指望看從來就沒有的點贊。對任何人發上去的任何資訊，都一眼不看就掠過去。向世界不明言地申明：不會對你們發的任何東西點贊。即使認識的人，大家心裡也互相仇恨。仇恨只是一個誰都不想說出來的詞。假裝。人在所有人都不熟悉或認識的情況下，就是一頭不假裝的野獸。如果進入大家都認識的場面，就開始假裝起來，說些下流的玩笑和吉利的話，把談話內容變得越無聊越好。

前面提到的那位父親，跟他的兒子，在一個夕陽飄香，雜草很長的黃昏，走過一片枯黃的元月草地。兒子跟老子談起男女感情的不易和隨意。他講的都是別人的經驗，都是家有賢妻，外有良侶那種。他說：一個朋友在自家把帶回家的女友做了，做出血來了。想趁自己老婆回家之前的當兒，趕快洗個乾淨。適逢家裡招租的另一男友，這時也要洗他那堆臭衣臭襪，只好認了，把血染的床單，合著那人的臭衣臭襪一道洗了。另一個故事，講的是一個朋友在酒吧喝酒，邂逅一個女的看上了他，要跟他幹，於是就貼牆幹了。一干完，那女的就指著他說：我們關係到此為止，從現在起，你不認識我，我也不認識你！男的只好悻悻地離去，當然心裡也肯定不會不高興。

好樣的，真是好樣的，兒子的老頭說。

兒子又說：亞洲人就不行。他們總是想得很多。想得太多太多。

老頭說：我給你講幾個這方面的故事。S城有個脫衣俱樂部。每次演出達到高潮時，裸體女郎會從臺上走下來，找一個觀眾上臺和她當場作戰。這天，她下去抓了一個壯丁，是一個來自中國的。這個人中國是中國，但不中用。到了臺上被那女人脫光，他東西就像中風一樣不中用了，怎麼也抬不起頭來。大概是腦子裡盡想著父老鄉親街坊鄰里全國人民全世界華人都在看著他！結果被那女郎用高跟鞋的鞋跟一腳踢下了舞臺，另外找了一個黑人上來。這黑人二話不說，一竿子捅到底，把那女的幹得要水有水，要什麼有什麼，快樂極了。那個像中風的不中用的中國人，只好灰溜溜地溜掉了。這種人心裡什麼醜惡的都想得出來，但輪到他幹真活硬活，就不中用了。

還有一次，這個國家的一個電影導演，拍一部男人買春的紀錄片，除了白人之外，還想找幾個華人，因為他知道，中國男人（包括華人），做這種事的不會少的。都是人嘛。結果廣告打出去，的確有華人打電話進來，一開口就要錢：出鏡費多少錢呀？人家說：沒多少，頂多500塊。打電話的人就說：那不行，要我出鏡，至少500萬！My God，人家驚得咋舌。這是不可能的。結果，人家一個也沒要。但幾個出臺的，都是白人，只有一個越南人，此人講是講了他自己的買春經歷，卻硬是讓導演把一張亞洲臉給花掉了！這部片子最動人的地方，是母親帶著她二十多歲卻沒有性經歷的孩子親自到妓院嫖妓。在外面足足等了一個小時，完事後還到櫃檯刷卡交錢。想想看，要是一個華人做了這事，他會一分錢不要，讓人拍進紀錄片裡嗎？

記得當年，來自那個國家的一些留學生，對白人拍的性愛片不服氣，誇下海口，說出硬話：我們也要拍自己的三級片！結果怎麼著？硬話說出來了，但東西硬不起來。拍是拍出來了，但出鏡的那個大陸雞巴，永遠直不起來，永遠垂頭喪氣，彷彿被九百六十萬平方公里的土地壓得喘不過氣來！真是讓人掃興。

兒子笑起來，說：是的，亞洲人就是有這個問題，想得太多、太複雜。

一張臉，老頭子說，一生養的就是一張臉！幾千年養的就是一張臉。全是假的。

兒子聽後很惘然，老頭子也懶得細說。他知道，該知道的事，到了一定時候就能知道的，提前說也沒用。

又不知過了多少年，八五九幾乎修成了正身，有人讓他參加一個mentorship program。所謂mentorship，就是請他帶徒弟，輔導他們成才。申請的人很多，都是通過電子郵件。儘管他有言在先，告知不得打電話、發短信、發微信，但仍有人偷懶，找最便捷的方式跟他聯繫，結果一律被他拒絕。這樣做也很對，想把一個要靠多少年積累的事業，就在幾分鐘內做完，抱有這種想法的人，是肯定不會被他青睞的。

電子郵件來的人很多，有的還附上豔照，一看就知道是PS過的。一PS過，誰還能聞到此人身上的正宗氣味？八五九想。他把所有那些附上照片的申請者一律拿掉，連回復都不給回復。最後剩下兩個人，他覺得比較有意思，但又有些猶豫。其中有個是男，但正處在他所稱的「轉型期」。八五九不知他說的究竟是什麼意思，也不便問，只是把這事放在腦中轉了又轉。暫時沒去理他。另一個是女，一上來口氣就很凶，好像八五九欠她的，應該立刻就把她這個徒弟收進去。他已經基本上決定不要這個女傢伙了，只是還沒有最後決定。

八五九做這種事，一般都要事先檢驗一下。他的方法很簡單，不考知識，那種東西很多都是死的，只考發揮和創意，只有這種東西才是活的。不講究複雜，只講究簡單。比如，他給了三個開頭，讓那個男的去想像、去發揮，暫時按女不動。他不喜歡一上來就胡攪蠻纏的女人，以為這個時代是她們胡作非為的時代，男人都是她們一上來就可以掌握把玩的器具。去她媽的！我先考考這個男的再說。他出的考題是這樣的：

1. 馬丁早上收到一封來自地方法院的信，信中告知，你的妻子正式提出跟你離婚。請你於此日出庭，辦理一切相關事宜。……

2. 飛機失事後，跳傘的飛行員在一座小島降臨，該島疑似釣魚島……

3. 哈姆萊和羅蜜做愛到了高潮時，羅蜜命他拔出來，說……

他的規定是，一，根據這個開頭，擴展成一篇故事。二，這一段話，放在故事最開頭。三，必須加一個標題。四，字數多少不限。

八五九把這幾個題目發給對方後，就聞了一下他自己的牙齒，然後關燈睡覺了。第二天起來查郵件，發現那個女的來信，把他大罵了一頓。怪他不及時給他回信，過於傲慢不遜。還怪他歧視女性，只給男子回復，而把女性都關在門外。八五九很吃驚，懷疑是否自己的郵件被人偷看，或因某種原因而洩密。最近郵件似乎一直出問題，不是外面發信的人說，一年多前到現在，給他發的信多次打回，就是這個郵箱怎麼也進不去或發不了東西。如果現在自己發的每一封信，都會在中途被攔截，那一定是有某個斯諾登盯上自己了。這可不是好事。不過，女人要罵就讓她罵去吧，一般大約都跟經血不調有關。這個時代女的脾氣大也不奇怪，主要都是慣壞的，養大的，男的如果再學得受虐狂一點，就更助「女」為虐了。再說，男的也不爭氣。離了女的就空蕩蕩的，沒個撈摸，下面那個東西光禿禿的，總感覺沒什麼東西可戴，孤零零的不受用，於是發狂地去找一個受罪。這是自找的，相當於自虐。

不久，那位始終不說自己真名，卻自稱名叫5298的人來了，交了一篇文字，如下：

《憧憬》

哈姆萊和羅蜜做愛到高潮時，羅蜜命他拔出來，說：「今夜到此為止，因為我的B眼已經看見，你想射入你至今鍾情的那個女妖。你在把我當她用了。」（58字）【注：刪去一字，為「了」。】

《釣魚臺島》

飛機失事後，跳傘的飛行員在一座小島降臨，該島疑似釣魚臺島。（26字）【注：加上一字，為「台」。】

《愛你》

馬丁早上收到一封來自地方法院的信，信中告知，你的妻子正式提出跟你離婚。請你於此日出庭，辦理一切相關事宜。

馬丁是誰？馬丁就是我。塞翁失馬的馬，家有男丁的丁。古代塞翁失去的是馬，我這個當代的塞翁，失去的不是馬，而是瑪，瑪莎的瑪。

我的瑪莎跟我結婚，來到這個國家之後，不到一個月就消失了。你可能不知道的是，我也是現在才知道，這個國家最大的一個不為人知的祕密，就是人活在這個國家，會在不知不覺間消失。每年這個國家都有35000多人失蹤。從前這個國家的文學，有個反復出現的主題，叫做「lost child in the bush」，意即「叢林中失落的孩子」，講的都是跟孩子如何在叢林中走失的故事。

還有一些迷失或走失，失蹤或失聯，都跟情事有著某種關聯。電視新聞不斷報導，某地某男把其女友殺死後，將其屍沉河底，報案說她無故出走而消失。或某人駕車途中開至一座水庫前卻突然因發病而失控，一家人——他跟老婆離異後，由他照管的幾個孩子——隨車栽入水庫，但惟有他本人生還。

我的瑪莎沒死，她還活著，就這一點讓我開心，讓我欣慰，讓我不由得硬了起來！又想起我們在一起的那些日日夜夜，夜夜日日，夜日夜日，日夜日夜。雖然小說已被道德化到清教的地步，但我還是要借此小說的頁面說：我們天天日，夜夜日，日日夜夜日，愛得不成體統，不成名堂，把千百年來的規矩都毀得一無是處，這不是我說的，是她原話，有很多都不符合語法，但人的嘴巴不是用語法做的，人做愛時說的話，不能譜成歌曲，只能打入另冊，這一般是我們這個國家的做法。我只能告訴你一個，你，我唯一的讀者。我問：深嗎？她說：深過了任何底線。我問：舒服嗎？她說：舒服得柔嫩膚滑。

她是什麼時候走的，就像一顆牙齒是什麼時候掉的一樣，我已不記得時間了。她沒有留言，走後也沒來過電話。就像從鼻子裡吸入的一股新鮮空氣，再呼出來，那股氣就消失得無影無蹤。我馬丁，她瑪莎，加在一起，也沒有失馬的塞翁一人有運氣，他還能安知非福，我卻只有被休夫的命運！

現在我躺在床上，一匹男丁樣的馬，剛從法院回來。這個國家的法院，是世界最嚴酷的制度。它無私到無情的地步，它絕對到絕情的地步，它嚴格到嚴苛的地步。我的瑪莎沒來，法官不許我講話，不許我反對她的決定並威脅我：你再開口，我就告你蔑視法庭罪！我不知道我的瑪莎到哪兒去了，我只知道她還活著，要跟我離婚，離婚之後，一定是跟別人跑了。媽的，就你這種樣子，我還愛你嗎？我還能愛你嗎？瑪莎，馬殺！

愛你，我愛你，愛，你，個，屁！

自他把那箱子命名為「死亡圖書館」之後，他每日從書架上把以前買過看過的書拿下來。他吃驚自己怎麼會買下這種書，如《馬眼兵書》，完全是本垃圾。扔！

接下去扔的這本，是《張居正大傳》。在224頁的地方，他記了一筆，曰：「不好看，看不下去了！」看到後來，卻有一處被劃了底線，該處說：

「戀」是不肯放棄。在古代的政治術語上，不肯放棄成為一種罪惡，所以罵人久於祿位，說他「戀位」，「戀棧」。在「戀」字的意義，經過這樣地轉變之後，政治界最高超的人生觀，便是那優遊不迫、漠不關心的態度。做小官的說是「一官如寄」，做大官的便想「明哲保身」。[78]

剩下的沒什麼東西，扔！全給我進入「死亡圖書館」，他想。

數年前，有個學哲學的人向他推薦《長短經》，說是怎麼怎麼好，害得他買了上下兩本。08年買下後，一直沒看，放了幾年之後才開始看，並在初看之時，寫了下麵幾句：「何時開讀，已不清楚。置於床頭，已有經年，今夜開讀，時為14年7月9日……」。這本書東西是有東西，但原文加譯文，也有256頁之多，很多地方都因思想睿智，語言雋永而被折頁，這也是它不可能趁進入死亡圖書館之前，一條條記下來的緣故。一開始有一條，談到秦將白起把「四十萬將士全部坑殺」時，[79]他在旁加了一注說：「比南京大屠殺還要多。」

而在另一個地方，他乾脆免去了看古文的勞累，把今譯文下面劃了一道著重線：

像堯、舜那樣的人，就是以天下為桎梏的人。讓別人來順從自己，是因為自己尊貴而別人低賤；自己不得已順從別人，則是因為自己低賤而別人尊貴。所以說順從別人的人是低賤的人，令別人服從的人是尊貴的人。（p. 162）

看書的這個人也真是恬不知恥，在書邊注了一筆說：「我寫作亦如此，不順應天下。」

最後，這個死亡圖書館館長—這是我給他封的頭銜—在一小段古文下劃了一道著重線：「物勢之反，乃君子所謂道也。」（p. 168）死亡館長的注解是：「反」字當頭。

現在，他拿到手中的，是一本在美國Amazon網站買來的書。裡面的頁面都年久發黃了。他忘了是誰向他推

78 朱東潤，《張居正大傳》。百花文藝出版社，2000，p. 268。
79 趙蕤，《長短經》（上）。中州古籍出版社，2007，p. 8。

薦的這本書，只記得好像是從另一本書上看到某人說一定要看這本書。書名就叫*The Black Book*。《黑書》，這名字不錯。以後寫書，我是不是要寫一本《黑人》？嗯，聽起來有意思。

這本被他看過的書，其實最有意思的地方，莫過於他在封底扉頁上用手寫的一首英文詩。現在這個「他」已經死了，因此，把這首無人認領的詩抄錄下來，就更有意思了。該詩沒有標題，是這麼寫滴：

I wait for the flower
to grow
in the silence
of my heart
ed mind
and in my mind
ed eyes
I see an enormous
fly bumping
against the glass
of my
lovehatred

（14.2.10黃昏寫於K後院）

我把這本黃書，因年代久遠而發黃的書，放在手裡倒騰時，連說了幾聲「我操」。你道是何原因？原來，在印刷的字裡行間，讀書人的手筆在其間留下了不可能青史留名的詩句，而且是用英文寫的。我沒有這個時間，懶得去為那個已死的館長伸張或代言。我還是照實錄下他當年看書用指頭和眼珠走過的路徑吧。

他在一段英文旁邊寫道：「好標！」那意思就是說，這段劃線的文字，可以用來做一個很好的標題。那段話說：「today we are dead among the dead。」[80]把它譯成中文便是：「今天，我們在死者中死去。」來，看看，弄成書名怎麼樣。且看那家出版社的微博新聞：「現在本社向大家發佈一則好消息，著名作家某某傾盡畢生精力創作的超長篇《今天，我們在死者中死去》已經隆重推出，敬請讀者垂青垂詢垂注。」

在第37頁，他在這段話下劃了線：「It is a fancy of mine that each of us contains many lives, potential lives」並評了一筆：「好Quote。」那段話的意思是？「我猜想，我們每人身上，都有許多生命，許多潛在的生命。」唔嗯，這句不錯，現在他死了，我可以直接拿來放在我的書頭了。

這個現在已經死掉的「他」，看來還是個很敏感的文字人。個人覺得，文字人比文化人好。那些文化人其實都是身上散發著腐臭氣的文化廁所，一開口就臭不可聞，儘管一個個裝得又A又B又C的，甚至從A一直裝到Z。對文字卻基本沒有任何把握，而且根本進入不了另一種文字，進入也只是為了沾光，討點好，賣點乖，而已。廁所，你們！死掉的「他」在一段文字旁注道：「從小看到老。」英文則是這樣的：「I think what we are to be is decided for us in the first few years of life。」（p. 41）這段英文如果逐字逐句譯下來，就是這樣：「我想，我們即將成為的那種樣子，在生命的頭幾年，就已經為我們決定下來。」你看看，死掉的「他」那五個字「從小看到老」，多形象、多簡潔。當然，依我看，還可以更簡潔，也更具體：三歲看到老！這個「三歲」，不就相當於那個「頭幾年」嗎？

行了，行了，我不想花時間繼續讓他在我小說裡整理他那幾本爛書，把它們扔到死亡圖書館了。至少，今天星期六，我得留點時間休息休息才是。

問：他們為何退你的稿？

答：有必要說嗎？

[80] 參見Lawrence Durrell, *The Black Book*. London: faber & faber, 1977 [1938], p. 20.

問：簡直說來便是。
答：不太想說。
問：為什麼？
答：為什麼並不是最好的回答。
問：什麼？
答：更是不成其為問題的回答。
問：麼麼？
答：麼麼噠？
問：哈哈哈！你真可愛。
答：宜於做愛？
問：別逗啦。
答：從可愛，到做愛，僅隔一詞。
問：別這樣，不好。
答：別，這樣不，好。
問：哈-哈。
答：繼續往下走嗎？
問：講吧，為何不出你的書？
答：因為觸禁。
問：哪方面？
答：只可能是兩方面的。
問：哪兩方面？
答：性和政治，性或政治。
問：你是性和還是性或？

答：都不是。
問：那是？
答：政治。
問：哪方面的？
答：沒有哪方面的，就是政治。Politics。
問：能具體說明一下嗎，比如，能引用其中的一兩段話嗎？
答：可能只引用兩個字，你就不敢再提引用的事了。
問：我又不是大陸，怕什麼？
答：那好，我把這段給你看看。
問：你發過來，我肯定給你登。
答：見下麵這段：

中澳1972年建交和澳大利亞70年代初進入多元文化時期之後，兩國文化交流日趨繁榮，更因1989年的「六四」事件使澳大利亞從中國吸納文藝新血而因「禍」得福，為該國在文學、藝術、音樂、體育、教育等方面帶來了前所未有的改觀。據研究，2006年在澳學習的中國學生有90287人，占所有來澳學習的國際學生的23.5%。這個人數在接下去的五年中，已超過十萬。[81] 2008年，中國超過日本，成為澳大利亞的最大貿易國。[82]截至2011年，中國已超過英國，成為澳大利亞最大的移民資源國。[83]

---

[81] 參見Jinjin Li和Megan Short的文章，「Living and Learning: the challenges facing Chinese students in the Australian context」。該文網址在：http://www.auamii.com/proceedings_Phuket_2012/Lu.pdf

[82] 參見Chris Zappone「China turns trade tables on Japan」一文，發表時間為2008年11月19日，網址在：http://www.theage.com.au/business/china-turns-trade-tables-on-japan-20081119-6b1d.html

[83] 參見Peter Smith「China biggest source of migrants to Australia」一文，發表時間為2011年8月10日，網址在：http://www.ft.com/cms/s/0/56deaf86-c33f-11e0-9109-00144feabdc0.html#axzz1vVCCajpp

問：現在我明白了。

答：還有什麼想問的嗎？

問：沒有了。

答：沒有了就沒有了，我也沒有了。

問：謝謝你的問題。

答：請問何時發稿？

【寫者注：此後「答」者再未收到「問」者的回復。此事告一段落。】

如果世界上有心聲，肯定相應的有腦語，前面已經簡要提及過，如果忘記就算了。筆者後來在一次非夢境的狀態下，還真的聽到了這種腦語。腦語者—注意，「腦語者」不是我，我已經死了，難道你不知道？—這樣對一個人說：

你從來也不關心我。對我是否活著，還是死了，是寫書，還是在看書，寫了什麼東西，看的什麼東西，最近去了哪兒，見到了誰，等，你從來不予關心。沒有一個電話，沒有一個短信，沒有一個電郵，沒有一個微信。也許你的名字就叫*Meiyou Yige*。看上去很像日本人的姓名。*Meiyou*，你好！還記得我嗎？*Yige*你好，我們曾一度貌似同床同夢，難道你忘記了？也許你覺得，這事應該男的主動？可是你別忘了，這是一個女的主動，男的被動的年代。我被你搞了，現在成了一個怨夫，天天在那裡等你，有一天，歷史上還會流傳著一個關於望婦石的傳說，是由那個苦苦等待自己女人回到懷抱而最後變成石頭的愚夫變成的石頭。男根大廈將傾，女坑將成女媧。我剩下的只有與男根同生死共命運的硬氣：決不主動，只在蕭索之中等待親臨。不，臨幸！被從前的女人臨幸，那是多大的幸福，多大的榮耀，只有從前被皇帝臨幸，才能獲得與之相當的快感。你不關心我，我發脾氣都沒用。我的唯一功能就是死等或者等死。這使我產生些許懷疑：你真的對我有情？還是假的？或者是這個時代就是如此，它規定人與人之間，互相滿足之後，就到窮途末路？或許這就是新的道德？也好，也好，這說明，你我在暫時被捆綁骨肉消費之後，現在已獲得永久自由，把暫時被對方扣押的翅膀舒展開來，向其他陌生的、富有誘惑力的懷抱飛去，你在成全我的同時，我也成全了你，難道不是這樣嗎？難道這樣不好嗎？肉體向肉體投降的時候，也瓦解了自己的承諾。不知道我這麼說是不是說得過去。要說的話，我對你也是無情的。我必以無情來對付無情。或以無情來掀起有情。等待有情來挑動無情。好了，我還說什麼好呢？你必是那股風，你才是那股情。風不存，情何在？風情風情，音同瘋情。病懨懨的時代，病怏怏的人。而且全都諱疾忌醫。

等待在一秒鐘內變得如此惶急、內急，真恨不得剎那間死去。近的時候都很遠，遠的時候就更遠了。總是在近到皮膚的時候，感覺就像天膚，如果天有皮膚的話。一個人只有真正地死去，才能真正地結合。就像在眼球上看到的天膚一樣。近到遠得不能再近的地步。有什麼用呢？這個人是個假的，在虛假的文化中浸泡到骨髓都發白發黑的地步而不自知還沾沾自喜，骨子裡無情，只對骨子裡滋生的東西有情。都是糞。都是糞製作的美。不必糾纏在那種美糞裡了。糾結只會把人搞死。

他在陽光下走著，一邊走，一邊想。愛不愛都無所謂了，本來就是刀和肉的那種愛，有什麼值得珍惜的？刀切下去，肉剖開來。刀切下去，肉剖開來。刀切下去，肉合攏來。一個冷血動物而已。在最近的地方，都覺得最遠的話，那真不如保持最遠距離的好。另一個人一看就是一個性饕餮者。沒事就微信自己的自拍。給誰看呢？莫非是給某人自己慰問自己用？我沒說自慰。那個人從頭到腳都用這個時代的香水涮羊肉一般涮過了。等著人從洞的這邊刺穿到洞的那邊。欲望寫在臉上，心很髒。

腦語者簡直是個瘋子，已經到想出聲音來了。那用英文來說就是thinking aloud。想著想著，思隨著想而發出聲音來了。

只看死人之詩的讀詩人，這年頭開始看些活人的詩，且都是些別國的詩人，其中有些是死的。他看詩一般都是在馬桶邊，把尿口拉鍊拉開，東西扯出來，對準馬桶後，一邊撒尿，一邊翻開書看，詩看完了，尿也撒完了。同時右手還拿只筆，在自己喜歡的地方做個記號，如果某首詩沒看完，就在該詩的旁邊輕輕地頓一頓，提醒下次從這個地方開始往下讀，那支筆呢，就照樣夾在書頁之間，以供下次之用。總的來說，這種讀詩方法很管用，不知不覺間，一本詩集就這樣讀完了。其間發生過一兩次微型事件，把讀詩用的筆，翻書不小心時掉進了馬桶裡，一次是掉進還沒有拉尿的馬桶，被他拾起來，拿到龍頭下沖淨擦乾後再用。另一次掉進了拉完尿的馬桶的尿液裡，只好伸出兩根戰戰兢兢的指頭，把渾身都是尿液的筆撈起來，用紙擦乾—不擦乾就會把尿液一路上滴得滿地都是—扔進了垃圾桶裡，再把手指頭乃至整只手在龍頭下洗淨。

有一本詩集，是美國一個桂冠詩人寫的，被他買下來後，感到頗為後悔。這個桂冠詩人名聲很大，詩寫得很差。這一點跟他早已離異的那個國家有相同之處。那個國家有些詩人雖然沒有桂冠或只有假桂冠，詩歌也是寫得差極了的。他有一年看某人的詩集，就差點全本掉進尿液裡面。儘管後來沒有有意地掉下去，那也不是因為它真的掉不下去，而是因為看死人詩集的人知道得很清楚，如果一本詩集整個兒掉下去而浸透尿液，就太難進行善後處理了。試想一本浸透了尿液的詩集，不僅騷不可聞，而且十分沉重，每一頁都往下滴著尿液。如果拿起來，還得用手把它舉在半空中，讓尿液瀝幹—這種事情讓人想想都難堪，彷彿讓含滿尿液的詩集從大腦中走過了一番一樣。

這本詩集的第250頁上，只看死人詩集的讀詩人在上面大書三字：「真難看！」在76頁上面，他也寫了三個大字：「太差了！」而在沒有標明頁碼，但實際上為78頁的地方，他只寫了一個英文字，配上了一個驚嘆號：「so complaisant！」在179頁的地方，他悲壯地寫了一句：「看不下去！」在207頁的地方，他用英文批道：「so vapid！」在227頁的地方，他再批道：「太一般了！」

這本長達261頁的桂冠詩人的詩集看下來，基本沒有一首令人動容或動心，甚至動手的詩。是啊，動手！動手把它撕下來或照下來嘛，懂嗎？有一些字句還行，比如「rat-happy water」[84]（鼠福水），「big shade trees」（p. 149）（大陰樹），「I'm all eyes」（p. 231）。這句話屬創新，是從「I'm all ears」來的，其意還原成中文是「我洗耳恭聽」。如果直譯，意思是「我全身都是耳朵」。那句創新或翻新的話，即「I'm all eyes」，直譯為

84 參見Billy Collins, *Aimless Love, New and Selected Poems*. New York: Random House, p. 37.

「我全身都是眼睛」，稍微換一下，意思就是「我洗眼恭瞧」。

只有一首詩，被只看死人詩集的讀詩人稍微看中，那是一首在那個雖然愛自稱是詩歌大國，但對詩歌形式尚無重大發展和多維度發展的國家依然不大看得到，更不受重視的一種詩歌形式。因此，他乾脆譯下來，讓那些只寫詩，不看詩，只喜歡聽別人點贊，不喜歡看別人批評的（詩）人看一下，看兩下也行。

《在抵達乘客的人眾中用眼睛尋找一個朋友：商籟詩》[85]

不是約翰・威倫。
不是約翰・威倫。
不是約翰・威倫。
不是約翰・威倫。
不是約翰・威倫。
不是約翰・威倫。
不是約翰・威倫。
不是約翰・威倫。
不是約翰・威倫。
不是約翰・威倫。
不是約翰・威倫。
不是約翰・威倫。
不是約翰・威倫。
約翰・威倫。

85 原詩參見Billy Collins, *Aimless Love, New and Selected Poems*. New York: Random House, p. 203.

據只看死人詩集的讀詩人說，這可能是這本詩集中寫得最好的一首詩，而且用當代題材，把傳統的詩歌格式（商籟體）給顛覆了。我說：不是顛覆，是顛簸。他笑笑，說：也行。他把詩集秀給我看時，我看見最後一頁上，用圓珠筆遒勁地寫了幾個字：「2月15日晚飯時在尿池邊幹掉！」

這個特別愛說「也行」的讀詩人，接著又向我講說了他的另一本讀詩經歷。那是一本題為*The Poetry of Sex*的書。他對我說：這樣的書，要放在那個國家，肯定是不會出來的。好在這個世界不是根據那個國家的條例框定的，所以。

話到「所以」為止，也是這個人說話的一個特點。這大概就是通常所說的欲言又止吧。我從他手裡接過這本書，從頭到尾很快地翻了一遍，看到有些頁面折了耳朵，有上面打了一個大大的黑叉，即黑色「X」字母的白皮書，從頭到尾很快地翻了一遍，看到有些頁面折了耳朵，有些頁面打了底線，還有些頁面加了著重號，每首詩歌標題旁邊，都有一個小點點，大約是表明這首詩已經看過，以避免下次再看時重複。220頁的這本詩集，沒有一個地方被他寫下上面那種狠話和重話，只在一個地方用英文寫了兩個字：「too long」。[86]

這本詩集標題若譯成中文，應該是《性詩》，裡面的詩都與性愛有關，而且不僅指男女的性愛，還指男男的性愛或女女的性愛。這要是在那個國家，又是犯忌諱的事。關於那個老大難國，又有什麼可說的呢！就讓它在世界飛速發展的同時，自己繼續老大難下去吧，那是它的歷史使命和歷史宿命和歷史要命。

我正要把書還給他，忽然發現漏掉了他的一個批註。他的中文批註旁，有一行英文詩這麼說：「And something else, but what I dare not name。」[87]他的批註是：「也有這種'不敢說'的說法。」於是，我請他解釋一下是什麼意思。

只看死人詩集的讀詩人說，這個吧，沒什麼。清代中國的小說，凡是寫到男女性事正酣之時，就來這麼一句：他們所做之事，筆者一概不知，知道了也不敢說。那哪是筆者？簡直就是逼者！所以人家說，那個國家的男人，滿肚子都是男盜女娼，滿嘴裡都是仁智禮義。都是這麼造成的。所以。

86 參見只看死人詩集的讀詩人所擁有的詩集，Sophie Hanna (ed), *The Poetry of Sex*. London: Viking, 2014, p. 142.
87 參見Sophie Hanna (ed), *The Poetry of Sex*. London: Viking, 2014, p. 7.

一百年前和一百年後有區別嗎？一百年前在克勒蒙特，一百年後在班都拉。一百年前是英雄主義地去送死，一百年後是為了逃避死人的沉寂。這個父親知道他在做什麼，那個父親呢？他說的話已經被寫進另一本小說，純屬虛構和想像，用的是另一種語言。現在，那個父親想知道，這個父親是怎麼對孩子說的，特別是，孩子是怎麼對父親說的。馬上就讓你知道，孩子對父親說的話。孩子對父親說：給我再多的錢，我也無法再幹下去了。從一個工作跳到另一個工作，只是工資的上調，而工作負擔更重。你道為何他們招聘廣告中說得那麼好？如今要招聘一個奴隸，一個高級奴隸，就必須把工資調到你認為適合你身價的地步。那些坐在你上面的人，看著你如願以償地上鉤，咬住了他們扔下的釣餌，開心極了。他們不會告訴你，在你之前，曾有很多人落入這個糞坑，幹了不久就跑掉了。他們只等你上鉤，隨後就一盆屎罐子扣在你頭上。你沒日沒夜地幹，哪裡有個頭。

對不起，我要走了。要去倫敦。去UK。去歐洲。我要至少去兩年，說不定在那兒找個英國小妞。據說她們喜歡亞裔男孩。找不到英國妞，找個法國妞也行。德國妞也不錯。義大利妞更好。如果有冰島的，再好不過。或者玩幾個月分手，再玩一個，就像我朋友迪克說的那樣：只要老婆不知道，打遍天下都是炮。何況我還沒有結婚，連女友都沒有。我怕什麼！

這個國家是個要完蛋的國家。表面上看安安靜靜，但那就是一潭死水的跡象。我也不會回到我父母那個國家，那裡沒錢好賺，空氣又那麼差。雖然他們說整個歐洲要完蛋了，但還是比這個本來就像死了一樣的國家強。我在這兒有什麼未來？一個亞洲人，白人瞧不起，工資拿得再高，也是當牛做馬。壓力這麼大，到哪兒去找女孩？人家跟你在一起，一天到晚看你愁眉苦臉的樣子，馬上就開跑了。而且亞洲女孩眼睛都是看著白人的。

這話一說完，他的老阿姨不同意了。老阿姨滿頭飄飛的白髮，中文英文一起魂飛魄散地說著，把他耳提面命地教導了一番：你知道你是什麼？你什麼都不是。你就叫裡外不是人，既不是外國人，也不是中國人。像你現在這個樣子，外國人瞧不起你，中國人更瞧不起你。你說你不回「那個國家」。你什麼意思？「那個國家」是哪個國家？你不就出生在那個國家嗎？你以為你的English比人家好，你就是「這個國家」的人了？人家接受你嗎？人家給你很多錢，不是為了養你，而是為了榨你、詐你。你想找人家女孩，人家看都不看你一眼，就算看上了你，也只是想玩玩你罷了。給你介紹這個中國女孩你不滿意，那個中國女孩你不滿意。你以為你是誰呀？人家有錢，養10個你這樣的女婿都不嫌多！你要知道，你不能學著白人那樣小氣，第一次跟女朋友見面，就要搞什麼AA制，那再醜的女人也不要你。你剛開始，要學著中國人的樣，給女的買東西，小恩小惠的，其實，人家眼睛瞪得大大的，都在看著你，看你懂不懂事，會不會嘴甜，會不會表現得大方得體，那不是會說兩句thank you就夠了的。其實人家比你有錢得多，一旦覺得你夠格，值得他們納為女婿，說不定將來還會把所有的錢都交給你來打理，讓你做他們公司的總經理。他們不想讓自己的女兒嫁一個鬼佬，拱手把錢交給一個白人掌管。那不是傻逼又是什麼？所以說你前程遠大，道理就在這裡。你要好自為之，不要自己把它斷送在茫然漠然之中。你要去英國，也在情理之中。這個國家的青年人，非得到母國陶冶一番，才可能有出息，因為這個國家最看重的，就是那些操著牛津腔，在英國鍍過金的英國鬼子或假英國鬼子，將來回來，說不定可以竊取重要的領導崗位。但你要不把握住時機，找個家底殷實的富戶女兒，你到英倫三島周遊一番，說不定回來成了同性戀也是很有可能的。我認識的女孩中，就有好幾個成了同性戀，一天到晚纏著母親，讓找一個女朋友！你說　人不　人。

孩子聽她大發雌威，時時（也即時）爆發出大笑，自己也忍不住大笑，回到家裡，他卻問媽媽：你能不能再給我解釋一下，老阿姨剛才都說了些啥？主要說的是什麼意思？

她威脅說：如果你不休妻，不休妻後跟我結婚，我就跳給你看！

他就想：難道愛是這樣的嗎？我從哪兒讀到、看到、瞭解到、聽說到、道聽塗說到的愛，好像都不是這樣嘛。這像什麼話嘛！

她繼續說：【作者寫到這裡，覺得又需要開始裝了，比如，設想那女人如何嚎啕大哭，或掩面而泣，那男的又如何很捨不得地把女的抱在懷裡，於是這一次又再度以做愛告終，像以前每次那樣，也像以後每次那樣，所有的怨懟，所有的憂傷，所有的不悅，最終都是以一次愛的肉體盛宴而告終。沒有意思，作者想，那只是讓我再度鑽入電視劇的活胡同，蹭人飯碗而已，很低賤的，不為自己所齒。】

都死了，她說。

是的，他用英文回答，表示肯定。

全都死了，她說。那些有錢人。

Yes，他說。

跳樓的跳樓，跳水的跳水，還有一個從飛馳的汽車上跳下去，被後面的來車軋死的，她說。

Well，他說，反正他沒聽懂。

還有一個跳樓下來，正掉在路過的汽車車棚上，把開車的老太婆嚇了一大跳，她說。

Who knows why？他說。And who cares？

不是自殺，就是被殺，或者是被捉到牢裡等著人殺，她說。

走遍歐洲所有地方，他說，奧地利人是最壞的。他用已經翻譯成漢語的英文說。

有錢啊，那些人真有錢，她說。

巴黎第一，臺北第二，香港第三，上海嘛，他說，可以算老四。

那些年和我打交道的，都是地地道道的壞人，她說。

哦，你說那個老頭子啊，他說。

這些人的現金用八噸卡車拉要拉好幾車，她說。

那個老頭用第三人稱稱呼我：How is he？（他好嗎？），他對我說，他說。

他們晚上露營，用成捆的百元大鈔點篝火燒，她說。

他那是在用義大利北方的古老方式稱呼我，他說。

他們祭祖燒的不是假紙錢，而是真正的紙錢，她說。

我請他有空一起出去喝咖啡，他說。

他們為了錢能活下去，需要另一個國家，她說。

他大為光火，他說。

錢比人重要得多，她說。

因為他覺得我們才認識不過十分鐘，我竟然斗膽邀請他喝咖啡，這簡直無禮到幽默的地步了，他說。

讓錢移民，人就算了，她說。

哦，你說的不是這個義大利人，他說。

那個國家土地肥沃，因此非常慷慨地接納自殺的骨肉，她說。

是的，那個人說得是對的，他說。

就是做夢，也會夢見有人接二連三地跳，甚至有的打開客機的緊急門，直接往外跳，她說。

在我半個多世紀沒有回去的家鄉，幾乎沒有一個安全的地方，他說。

為了讓錢圓夢，移民到一個更好的國家，他們寧可犧牲自己，她說。

後來我到了你們的國家，他說。

哪有道德喲，錢就是道德，大道大德呀，她說。

卡子口機器叫了起來，是我的臀部，那裡面裝了鋼架，他說。

人死了也好，錢安全了，她說。

他們指著我的胯下說：這兒，這兒，他說。

哈哈哈，她說。

我指著我屁股說：Here, here，他說。

哈哈哈，她說。

他們指著我的胯下說：這兒，這兒，他說。

哈哈哈，她說。

後來都指著我屁股說：there, there，他說。

讀微信的人有天看到一則微信，沒進去看，只看了標題，說：「1949年大師遠去兮，再無大師矣」。看到這裡，他決定不看，同時心裡說：無大師就無大師，有什麼了不起！誰需要大師呢？真是！

唯讀微信的人，現在向前發展了一步。從前他幾乎每條微信都讀，有時覺得好還轉發，現在，他唯讀標題，並不轉發，而且也從來不點贊。試問：你會點贊垃圾嗎？

他恨自己逐漸發展成為一個不隔幾分鐘就要看微信的微信迷，但他又愛自己是個誰都不贊的微信只看族。有人發微信談自己詩歌的事。他一看此人開頭幾個字：「我的詩歌是一種言說，……」，就立刻把該文撂了。詩歌也真是，有必要這麼強調自己，還那麼嚴肅嗎？不好玩哎。

又過了很長一段時間，看到的微信沒有一點值得言說的。就在這時，來了一條，是來自一個穿乳衣的女士。乳衣，也就是乳色的衣服。穿這種衣服的人，你說有多做作，就有多做作。那條微信一上來，就把大師像岩石一樣朝人臉砸過來，肯定誰見誰被砸，而且准被砸死。它要人讀「奧地利文學大師湯瑪斯·伯恩哈特。」說是「只有真正獨立的人，才能從根本上做到把書寫好。」這不是傻逼說的話又是什麼？以為只要這樣一說，她自己或他自己就儼然也是一個大師了似的。

他想起前不久去旁聽的一門課。那個從來不自稱大師的人，讓學生到網上去找世界各國自己最喜歡的英文詩歌，但事先訂下一定之規，那就是，凡是八國聯軍的人寫的詩歌，一首也不要去選，否則屬於違規，期末考試成績是要扣分的。他想了想，咿呀，奧地利不就是這八國聯軍中的一國嗎？嗯，那個不是大師也不是小師而只是教師的人說得還有點道理。據他說，這些1900年raped（強姦了）北平的八個國家，直到現在依然用他們的文化和文學在raping整個中國。可不是嗎，那個什麼奧地利，把中國人從心到腦整得服服帖帖的幾個作家，除了這個伯恩斯坦之外，還有卡夫卡、茨威格、佛洛伊德等。可是，My God，這個唯讀微信的人，從最開始就不喜歡卡夫卡的東西。茨威格的東西還看得下去，佛洛伊德也受過一點點影響，後來長大了，就把影響像舊衣服一樣脫去了。至於伯恩斯坦，也還行，只是不錯而已，也沒有到那種「真正獨立」的地步。這個世界上，誰真的能夠真正獨立呀？啊，你說！估計只有飛鳥。

準備睡覺了，最後查一下微信，第一條上來就是：卡夫卡從未離去。真噁心，他想。不提奧地利，偏偏有人哪壺不開提哪壺。掠過不看，把機子關掉。睡覺。

不該查另一個手機，因為一查，就查到一則消息，說：亡國亡出規律的也只有中國了。腦子轉了一下，響了一下，又想了一下，之後就不想想了，隨它去吧，跟我何干！只要人還不想死就行了。走到天涯海角，穿一身盔甲般的各國護照或身分證，最後還是宣稱自己為該國人，或該亡國之後人。這正是那個民族的光耀之所在呀。

唯讀微信的人又向前發展了一步。這事也很偶然，第二天，他在開車，每到紅燈停車時，他就拿起手機，查看一下微信。平時，只要看到Discover這個地方的右上方有一個小紅點，他就要點擊進去，查看一下有誰放了posts進來。今天，大約是因為紅燈轉換成綠燈的時間很短，他來不及點擊進去，但也許是抵觸心理在作怪，他竟然覺得這樣挺好。停在下一個紅燈處時，他又忍不住地進了微信，但直到紅點為止，不再進去看是誰了，因為只要把紅點點一下，就會出現這次發post的那個人頭或人臉或代表那個人頭人臉的圖像。這些人中，有些他見過面，算是朋友，有些聽說過，算是微友，有些只是通過微信瞭解到，算是什麼都不是的資訊，以前怕漏掉，後來雖不看內容，但還是怕漏掉，現在終於找到了最佳方式，只知道是誰發的，就知道這人沒有任何新東西，只是轉發的而已，就不看了。愧對就愧對，無所謂。

編索引的人恨死了編索引。他認為如果你要懲罰誰，那最好的懲罰方式，就是讓那人編索引。這次他編的還是一個英文索引，把漢語的放在英語的旁邊，就像把一對情人肩並肩地排在一起。為了找到與英文對應的人名譯名和地名譯名，他就得打開譯著（請注意，他幾次敲下「譯著」這個詞時，電腦都給他「遺囑」或「遺著」。這裡面是否包藏禍心，俺不太清楚），在裡面做一個關鍵字搜索，找到後把它copy，然後paste下來。這個工作很煩，加上出版社請人列印的英文又常常出錯，不是把頁碼打錯，就是把英文打錯，錯得最多的，是把印刷體的h看成b而錯打成b，把頁碼之間本該有的破折號，如78-81，錯弄成7881，無形中造成了很多重複性工作。

為了愉悅他自己，他開始邊幹活，邊看他做索引的這部「遺著」中，是否有能抓住眼球的文字。如有，他就時不時地摘抄一兩段下來，愉悅一下自己這煩累的工作。好，他找到了一段：

《威爾斯頓的一條大街》（1985）中，人體單獨孤立，畫得扁平，進入棕色，頭頂是倫敦柔和的、「登記」得很準確的灰色光線，如換了別人之手，這些人體可能會畫得很濫情，成為一種練習悽楚傷感的作業——**孤獨的人群**。[88]

令人頭痛的地方是，即便是英文，也有很多摻雜了法文和其他文字，這些文字不像英文那麼簡單，總是頭上要戴頂帽子，不是兩個小點的，像這樣：ö，就是像中文的撇捺一樣，一會兒往右邊撇，一會兒往左邊捺，像剛才這個這樣：é。每每遇到這種字，出版社列印英文的人就一籌莫展，只好把它空出來，等著編索引的人自己去找、自己去對號入座了。這，又使他的工作累了一分。累死我了，他說，話剛無聲地出口，他眼睛一亮，看到一段文字：

最近，利希滕斯坦不僅全神貫注於惡搞，而且膠著於惡搞之惡搞——根據漫畫家對現代藝術而畫的畫。從前曾對超現實主義有一個「波普」的觀點，鬆散地派生于達利和阿爾普，並於1940年代在下面這類詩中得到了體現：

在淡黃色的沙灘上
有一雙緊握的手
以及一隻眼珠，上面纏著繩子，
以及一隻盤子，上面盛著生肉，
以及一張自行車座，
以及一樣，幾乎不是東西的東西。[89]

他作為編索引的人，由於這段文字而少死了幾分鐘，然後繼續做下去，結果大失所望，氣得牙癢癢的。原

---

88 參見Robert Hughes, *Nothing if not Critical*. Penguin Books, 1990, p. 344.［歐陽昱（譯）］
89 參見Robert Hughes, *Nothing if not Critical*. Penguin Books, 1990, p. 274.［歐陽昱（譯）］

來，有段文字在268-9頁，打字員卻打成168-9頁，破折號還是他自己加上去的。他在原文整整兩頁找來找去，就是找不到地方，再查原文索引，才發現是268-9。真他媽的，他大叫道，實際上沒有任何聲音，都是腹誹和心罵。

因為索引，因為找錯，因為一個個地對號，編索引的人沒有麻木，反倒變得敏感無比。他編到London這個詞時發現，該詞很容易編，因為沒有任何需要翻譯的文字，只有長長的一溜頁碼，也就是該字出現的頁碼，就像現在這樣：「18, 31, 32, 40, 41, 44, 47, 49, 79, 92, 112, 113, 177, 283, 302, 307, 316, 338, 343-4, 348, 361, 372, 393, 394, 403」。這有多少？他懶得計算，讀者可以自己去數。為了進行對比，他在索引裡用「China」和「Beijing」搜索了一番，連一個頁碼都沒有。也就是說，這本長達429頁的英文書，沒有一個字是「China」或「Beijing」的。好的嘛，你。他有點生氣，但又不知道這氣打何來。他如果學了後殖民理論，也許還能講出點名堂來，但他沒有，只是聽說，聽說了知道後又不太說得清楚。還是讓他繼續搞他的索引吧。這樣比較簡單。

當他看到休斯對沃霍爾的攻擊時，覺得很過癮，便通過我抄了下來：

> 當然，可憐的埃裡克・愛默生（Eric Emerson）——幾乎就像「工廠」周圍所有的人一樣，「工廠」是沃霍爾畫室後來叫出來的名字——兩者都不是。他們都是文化太空垃圾，從六十年代各種各樣的亞文化中漂流出來的碎片（變性人、吸毒、性虐狂和受虐狂、搖滾、富家小可憐、犯罪分子、大街混混，以及所有這些人的任一置換）；才能本來就薄，而且在這個極小的宇宙中，也分得很散。它在音樂中有所浮現，代表人物是路・瑞德（Lou Reed）和約翰・凱爾（John Cale）。七十年代不同的朋克小組，就是沃霍爾地下絲絨樂隊的子息。但是，那些想繼續幹自己活兒的人，就會對「工廠」避之唯恐不及，而那些怪胎、「骨肉皮」和喜歡獵奇的人，就會把「工廠」塞得滿滿當當，身後什麼也沒留下。[90]

狗日的，他想。藝術界也這樣傍大款，傍到最後，就像陰溝的臭水一樣流走，什麼也沒有留下，也不可能留下。

[90] 同上，pp. 245-6。

電腦突然出現故障，是以前曾出現過的，也就是無論誰在文檔中，你就是無法搜索到，哪怕那個名字就在你眼皮底下，搜索功能也找不到它。看來，又得重啟了。如果世界也能時時重啟一下，那該多好呀！

哈，終於重啟了，與此同時，在等待電腦重啟的過程中，他把自己也重啟了一番，這是一個簡約的說法，即一個euphemistic的說法，免得說實話。其實就是他又去答辯了一次。既然電腦都為他遮醜，那就答辯吧。這是他做索引這天的第四次答辯，每次都有出來。如果加在一起，應該比昨天吃的兩碗飯多得多。自己重啟和電腦重啟之後，果然能夠用查找功能了。做索引的人麻木的眼球又被一段話搞定了：

> 馬格利特在現代藝術的「卡農」經典中，生產出了幾幅最為令人不安的異化和恐懼形象。關於性交流失意的偶像，沒有什麼比《情侶》（1928）更為令人寒徹骨髓了，畫面上，兩個匿名的頭顱，通過灰色的布匹覆蓋物在接吻。[91]

不看那幅畫，他也記得那個場面。為什麼不畫一對沒有面目的情侶，把自己裝在私處挖開孔洞的麻袋裡互相交配呢？真是的！

有一說一，做索引的人有點忿忿不平，皆因有些人占的篇幅，要比另一些人大得多。有些人只在一個頁面上出現，而且只出現一次，有些人連篇累牘地出現，不止十幾次地被提到，提到時所有的文字和詞語，都是最高級的。從這個角度講，這個世界是極不公平的。人剛剛出生的時候，不都是光溜溜的，連話都不會說，連牙齒都沒有嗎？為什麼後來就那麼不公平，有些人連提都不被提到，另一些人卻提了又提？究竟是什麼標準造成了這樣一種結果？這種標準是絕對標準嗎？

個人趣味真是怪物。由於休斯不喜歡Robert Mapplethorpe，結果該人只在一頁上被隨便地提到一次，但搞索引的人對這個人的東西還有印象，覺得不錯，於是停下來，暫時不搞索引，而是到網上搜索了一番，立刻就找到他拍的兩幅照片，一幅是一隻光光的男性臂膀，整個小臂伸進了一個光光的身體的肛門之中，在此：http://

[91] 參見Robert Hughes, *Nothing if not Critical*. Penguin Books, 1990, p. 157.［歐陽昱（譯）］

according2g.com/wp-content/uploads/2010/10/Mapplethorpe-at-Robert-Miller-2.jpg 另一個是一個站著的男子，把翹起的雞巴用右手拿起來，沖著一個跪著的男子張開的嘴裡射精，射出的精液劃了一道奶白色的線條，進入那個跪著的男子的嘴中，在此：http://according2g.com/wp-content/uploads/2010/10/Mapplethorpe-at-Robert-Miller-3.jpg 這幅照片拍得最好的地方在於，裡面還可以看到一個影影綽綽的拍照片的人和他手中舉起來的相機。

介紹這兩幅照片的網站說，這兩幅照片是極為NSFCMP的。所謂NSFCMP，擴展開來，就是「not safe for closed minded people」，[92]再翻譯成中文，就是：「對閉目塞聽、思想保守者來說很危險。」休斯雖然不錯，但也是一個有意closed minded的人。

因為實在太累，因為再怎麼努力工作，一天也索引不了幾條，因為搞了大半天，才僅僅搞了一頁，還剩11頁要搞，做索引的人實在受不了了，決定給自己放鬆一下。他上網登錄找了一個視屏，看了起來，不久就把自己弄了出來，感到好受多了。這個視屏裡，一個男子跟一個比他小很多的女子做愛，動作極為誇張、誇大。先是把她的嘴當進出的陰道，插得如此之深，連蛋蛋都含進去了，動作如此之猛，都能聽到那女的喉管嗆住的音響。

這女的是白人，男的也是白人。女的眼影打得很好，叫聲響亮不說，而且句句都罵，一會兒自罵是個「dirty bitch」（髒婊子），一會兒不停地叫罵：「fuck, fuck, fuck」。越這麼叫，男的勁越大，兩人下體都無毛，而且走的都是後門。女的穿著長筒黑襪，上面有點點雪花。她的鞋跟很高、很粗，但是中學生那種風格。最後男的要出來時，立刻從地板上翻將而起，對著跪起來的她，便前後搓動自己的道具，我是說陽具，須臾便射了那個女的滿面開花。眉眼上沾的精液流下來後，把眼角都弄得黑乎乎一片，因為順便把眼影也拉了下來。射完後，女的把男的道具含在嘴裡，上上下下，左左右右，前前後後地吮吸得乾乾淨淨，這場片子才算完事。

就這樣，索引人才得以忙裡偷閒，重振旗鼓，繼續做那沒完沒了的索引。

你以為我不會寫女人？我其實就是女人，你難道不知道？簡直是！我是女漢子，我是女強人，我是女男人，

[92] 見此：http://according2g.com/2010/10/robert-mapplethorpe-basquiat-at-robert-miller-gallery/

知不知道，你個髒屌?!我的不可愛就是我的可愛。我為什麼要一言一行，一舉一動，都表現得楚楚可人，招人憐愛？那不是降低我自己又是什麼？那不是免費地給自己裝修，又是什麼？為的是什麼呢？招降納叛？我是說招人上鉤？我又不是沒錢，我賺的錢比一般男的都多。我想到哪兒去，開上自己的房車就走了。房車，懂不懂？裡面什麼都有，有床、有廚房、有廁所、有電視，有了這輛車，走到天下都不怕。我跟我老公，不是母老虎，一起上路，想到哪兒到哪兒，這在你們那個國家是辦不到的。你們那兒都等到節假日不收過路費才敢出行，整個一個低級國家低級動物消費方式。我們這兒隨時出行隨時出動，路上看到一處優美的風景，有小河，又有小山，我們就停下來，住它幾天也行，第二天一早開拔，去往更神往的地方也行，反正車子是自己的，肉身也是自己的，從來都不屬於任何人，更不屬於錢再多也發臭的喜歡買春的男人。那不都是些臭屌又是什麼？誰敢強行塞入我口，我肯定把它咬斷。

我是長得醜，醜又怎麼了？這世界又不是我一個人醜。沒有我醜，憑什麼你說你美？你不就失去了憑依嗎？醜是一種口音，是一種味道，是一種特點，我原來的男友愛上我後，比愛美人還愛我，覺得我的細眼睛、我的肥、我的不端莊苗條的身個，我一切都不如人的一切，似乎都可愛極了。可我就是討厭他這一點，把他一腳踹了。相對于俊俏的小男人，我更愛漂亮的小妹子。一個美妹，一個醜姐，合在一起才叫般配。她像章魚一樣吸附在我二嘴上的感覺，有哪個男的能夠達標？No, no, no, absolutely not！

好了，不跟你多說了，我要和她一起出去喝酒了。

你說臺灣女孩子好不好？他問。

沒什麼不好，你說。

我覺得好像還可以，他低著頭看手機，在那上面撥弄著。

臺灣女孩子吧，你說，我有一年到臺灣見到很多，都在大街上，特別喜歡跟白人結合，尤其喜歡穿高跟鞋，臺灣店裡的高跟鞋，基本上都是為她們設計，為她們準備的。

我見過一兩個，似乎還不錯，他說著，在手機上翻找，跟著又說：找不到了。

其實女人哪裡都無所謂的，你說。從前我覺得，馬來西亞的不錯，因為中英文俱佳，又特別適合居家，保持了良好的中華傳統，但現在，你說，我又有了新的看法。

你看這個怎麼樣？他說著，從手機上挑了一個給你看。

哪兒的？你看著一個臉上似乎吹著海洋潮汐之味的年輕女子，說。

新加坡的，他說。

哦，給我看個別的如何？你說。

這個呢？他又翻出來一個。

你看著這個不好看也不醜的人，女人，年輕的女人，說：這種樣子的，到處都是。反正總得活下去，你說是吧？

這個，還有這個，他說。

你接著你沒說完的說了下去：這就是為什麼在女人一生的某個階段，化妝品是放在第一位的，而各大百貨公司，一進門最顯眼的地方，擺放的都是化妝品的道理。它是一種認定，即不好看的人居多，差不多為95%。這些長得不好看的女人，是需要化妝品來補給營養的，除了衣帽鞋子手袋等之外。她們的皮膚，需要吃進成噸的化妝品中的化學藥物—哎，這個還不錯嘛，是哪來的？

猜。

看樣子有點日本，或者ABC吧，但條子不錯，裝束也挺好的，這張臉比較有氣質，下面還總配一段自強不息的話，什麼陰天也心情好之類，就是這點讓人看得不太舒服。

現在的人就是這個樣子的，他說。

也許我落伍了吧，你說。可能有一天，連家養的動物，也會把心情發在什麼social media上的。

這個怎麼樣？他又翻出一個。

嗯，太好看了，有點像雞。

雞就雞，只要好看就行，他說。

你確定？你說。雞臉的確樣貌超群，但貶值掉價很快嘞。

An instant of beauty is worth more than a thousand years of faithful suffering，他說。
享有美貌一瞬間，強似忍受忠貞一千年，你翻譯。然後你問：這是你自己的話？
不是我自己的，難道還是別人的？他說。

你敢講真話嗎？一個老人問另一個老人。
講真話在這個時代，已經跟勇氣沒有關係了。另一個老人說。
那你說，你真的不喜歡那個國家？那個老人說。
你說哪個國家？另一個老人說。
這不是明擺著的嗎，有什麼必要再明說呢？那個老人說。
我當然是明知故問，你知道。
我知道滴。
你這麼老了，怎麼說話像90後和10後的孩子？
新語生南國，春來發幾枝呀。
牙齒都沒了，還新語呢。
世說新語，是說新語，詩說新語。
好了，好了，又來了。
講真話又有什麼用？無非耍耍小脾氣罷了，講了也沒人聽。
老吳早就回去了，這你知道的。
知道滴。
老吳要回去，誰也擋不住。
活得不耐煩了。大家都勸他別走。世界上還有比這更好的地方嗎？
他非要回去你也沒法。

老婆不要了，房子不要了，家不要了，一大屋子的書都不要了，就要回國。

回就回唄，人犯了賤，誰都攔不住。

他倒也不是犯賤，話不能這麼說。

那他幹嗎？

他說：我什麼也不要，就回去，每天在街坊走走，看人下象棋，看人跳廣場舞，看街上人來人往，或者優哉遊哉地，在大街上到處走走，也比這個地方墳墓一樣的生活好。這話不是我說的啊。

說得基本不錯。主要還是我們這個民族的人，耐寂寞不如人家。

其實回去了也寂寞的。我聽人說，現在人跟人都不交流的，房子都住大了，動不動就鬱悶，鬱悶多了就得憂鬱症。

他這一走，就再也不回來了吧？

還回來幹啥？什麼都沒了。房子不屬於他，老婆不屬於他，國家不屬於他，所有的書都不屬於他，還要這個地方有什麼用？大家說他都說了快半年了，怎麼說他都沒用。到最後他一言不發，看著窗外，由你怎麼說，就是一聲不吭。結果我們都一聲不吭，最後寫了這個合約。

也行，也行，也行。那年我有個客戶找我諮詢，想放棄這個國家的國籍，重新取得那個國家的國籍。我只能很消極地告訴他，這是不可能的，因為一旦放棄，就很可能成為無國籍人士。世界上最可怕的，莫過於成為無國籍人士。我見過一些，跟流浪漢或流浪女相去無幾。

我不知道他怎麼解決這個問題，也懶得問了。但願他回去還能尋個伴侶。

七十多歲的人了，還尋什麼伴侶？

也難說。只要不是無錢籍人士，一切都好辦。

不是無錢籍人士也差不了多少。那個國家，這個時代，無錢籍比無國籍還糟。沒人要的。

也許，他算得上是一個愛國人士吧。那個國家不是最喜歡人家愛國的嗎？你愛國，國家也愛你。你思鄉，鄉也思你。

沒有這麼簡單。如今我們的愛，與恨糾纏得太久了。不是三言兩語說得清楚的。

我知道，我知道。

我總有種感覺，他還會回來的。

我想也是。多少人在那兒待呀待的，就待不下去了。又想回來了。

我就是這樣。

我也是。

一個人被撕裂後，就再也合不攏了。

你看看你，又詩起來了。

我邀請朋友把自己相關經歷的事情寫下來，以後這本書出版，和我共分一杯羹。這不，翻譯洋洋小觀就把東西發過來了。如下。

我不是寫作的人，連微博、博客都不寫，也沒時間。寫。大哥要是覺得我，寫得還行，就放進去，不行就拿掉。那天我去做翻譯，兩家人，一家一個快九十的老頭子，醫生給他看病，查看他吃藥的記錄。他吃藥真凶，每天吃的藥比吃的飯還多，可就是拉不出屎來。據醫生講，這個問題隨著人的年齡而加大，讓我非常害怕未來。要是以後只吃不拉那就糟糕了。我認識的很多小青年都有這個問題。有些人一個星期才拉一次。另一家的人生了重病，我不能告訴你是什麼病，因為這涉及隱情和隱私，但我可以告訴你，那個醫生是我見到的最會搪塞的醫生。在解釋某個重要問題時，我發現ta無論如何也解釋不清楚，因為ta自己根本就沒有弄懂這個問題，於是言語中不斷出現「例如」這樣的字眼。例如了很多次之後，話還是沒有說清楚，最後還讓病人吃錯了一顆藥，幸而只是消炎藥。我在旁邊一邊翻譯，就一邊慶倖自己沒有老到或病到讓人伺候的地步，否則少不了把藥吃錯的。

我們去那個地方，走錯了路，順著很陡的坡道來到頂端，那兒有一座很大的白房子，房子前面停著一輛藍色閃亮的大車，車旁停著一條藍頂白底的小船，支在站架上。因為敲了半天無人應聲，我就繞到後面另一座稍微小的白房子。裡面靜悄悄的，門前有幾雙大頭皮鞋，很man的。我通過很大的玻璃窗往裡面看，看見幾座空空的沙發，不像有人坐過的樣子，只是擺在那兒，總有年頭的感覺。斜著看裡面門開的地方，看得見很大的一個廳堂，擺滿了桌椅，應該是餐廳。我看著看著，就舉手把頭邊的一個鈴鐺晃蕩了一下。鈴鐺很響地「鐺鐺」了兩下。這時，我立刻想起澳洲百多年前一部名叫*We of the Never Never*寫內地的非小說中，有個名叫Cheong的華人廚子，到了吃飯的時候，就會搖鈴喚人吃飯的情景。門裡有了動靜。靠裡面的一張長沙發上，有了一個人形。原來是個半裹在毯子裡的白女，她臉沖著正在放的我這邊看不見的電視，別過臉來跟我交換個眼神，伸手小晃了一晃，完全沒有下來開門的意思。無移時，又不知從什麼地方，好像是地下，冒出了另一個白女，這個比那個年輕，也稍微好看一點，眼睛好像剛吃過迷幻劑一樣發藍，看了讓我頭暈。她把門開一道縫，用英文告訴我，這兒不是那兒。

在這個地方這麼小轉悠了一下，令我印象深刻。我想，我們這些人是永遠也沒法趕上他們了。我是說「她們」。她們或他們有那麼多閒暇，在家裡不做事，一有閒空可能就用大車拉著小船，到海邊去玩海了。後來我們被告知，那個地方至少有幾千平方米大。那幾幢房放在一起，集體拿出去出賣的話，至少也有幾千萬澳元吧。

我回來的路上，駕車到車行去了一趟。主要是我這車吧，因為回國把蓄電池電線拆了，重新接上後，時間跑了調。現在手機是晚上8點，它那兒才下午2點35分，這都誰跟誰，哪跟哪呀！我試了幾次Setup，都找不到跟時間有關的細節，只好等這次從車行門口過時，找他們幫忙。這沒辦法，誰叫我不熟悉這種，也永遠熟悉不了這種，幾乎全自動化的車呢！

上次從國內回來，車發動不了了，我找公司救助，發動後沒按他交代的那樣，讓發動機空轉20分鐘，而是他那邊人一走，我這邊茶就涼，心想怎麼也能打動吧。結果，再發動時就打不動了。無奈只好又叫了一次救助，這回是個小印度，他說因為你的車子是全自動型的，蓄電池又完全沒有電，需要換一個地道的原裝蓄電池，這要花800澳元！

我不願意，也不相信，就讓他走了，隨後打了一通諮詢電話，發現其實可以用該公司自己生產的電瓶，價錢便宜四倍！乖乖咚滴咚，在不到一個小時內，我又叫了一次救助，耗去了我一年十次救助的三次！這次來的是他們的班長，一個很負責人的白人。他不僅給我裝了東西，還告訴我下次如果去海外，如何卸掉電瓶的電極接線。

我不知道跟你扯這些有什麼用，反正我就去了車行，剛把車停穩，就見一個高個子的亞洲人從旁邊經過。看他樣子又像日本人又像韓國人，西裝革履什麼什麼的都像個正兒八經的銷售員，我就用英文跟他搭腔並說明來意。他很樂意地為我調整時間，我便立刻用中文問了一句：會說中文嗎？他回答：會！

他的「會」字一出口，我就聽出了弦外之口音。你覺得我這樣改變成語還可以接受吧？我跟他說：你是臺灣人吧？他說：是啊。說著就跟我把時間連帶年代都調整過來了，原來我車上的表年代晚了整整十年。都是這次我拆遷──我是說拆電瓶線──而造成的。

然後我跟他攀談起來，真的是攀，因為他個子很高，跟他說話得仰視，坐在車裡都得，他猴著腰，這樣頭皮就不碰著車頂。我們一問一答聊了起來。

我說：聽說你們臺灣的馬下臺了，有個朱什麼倫的人上了台。

他說：朱立倫吧。

我說：他很受歡迎嗎？

他說：也不是呀。

我說：我剛在客戶家看到電視報導，大陸的主席都給他發了唁電呢。

他說：不是唁電吧。

我說：哦，對不起，太對不起了，我是說賀電！整版整版都是賀電全文。

他說：哦，是吧。

我說：你知道的，大陸的電視有時是看不到影像的，尤其涉及政治新聞的，就更如此。等於是能看到文字的收音機。

他說：醬啊。

我說：是的，很boring的。

他說：醬啊。

我說：哎，聽說你們臺灣經濟這幾年很不好吧。

他說：是不太好。

我說：可原先還是四小龍呢。怎麼突然就搞得不行了呢？

他說：還不是兩黨鬧來鬧去，永遠達不成一致意見。

我說：你是說一黨這麼說，另一黨就那麼講，像澳洲這樣？

他說：是呀，也沒有個原則，也不論個對錯，兩黨總是互相唱對臺戲。

我說：這麼說，大陸反而有大陸的優點了嘍？

他說：當然。一黨專政，一黨說了算，想幹什麼，什麼都能幹成。

我說：你覺得這樣好嗎？

他說：哎，你的車要保修了。

我說：還早，好像公里數還沒到。

他說：不是醬的。你上面貼的保修單說，2013年8月或4萬公里，哪個先到，就以那個為准。現在已經過去了兩年了，儘管公里數還沒跑到。

我說：那好，我下次安排修車找你了。

他說：好的，你下次來，我們好好再聊聊。

哎，我給你說呀，大哥，這段文字把我都快累死了。叫我做什麼都可以，千萬別讓我寫書。你要放進你的書，你就放進去。千萬別掛我的名字，那太不酷了。

M從義大利回來，談起了但丁的*Divine Comedy*。他說：但丁是我老鄉。他的*Divine Comedy*我雖沒看，但知道一點內容，說的是小惡者會判下地獄，但折磨一段時間後，還是會放回天堂。大惡者肯定判罰地獄，永遠不得從中走出。至於像我這樣的人，M頓了一頓，環視了一下四周：他老婆、別人的老婆、別人、以及別人的老婆和別人老婆的老公，然後說：像我這樣好的人，結婚之後連第二個女人的手都沒碰一下，死後肯定會直接上天堂！

別人老婆的老公說：哈哈，你說得對，只是我們那個國家，把你們國家那人寫的*Divine Comedy*翻譯錯了。我看你提到*Divine Comedy*，臉上漾著一片陽光的笑，彷彿很好玩的樣子。我覺得這就對了，因為你們的*Divine Comedy*說的是comedy，對不對？

M說：是的。是很好玩的一個comedy。

別人老婆的老公說：對，問題就在這兒。Comedy在我們那個國家的語言中，意思是「喜劇」，讓人喜笑顏開的劇。在你們那兒也是？

M說：是的。

別人老婆的老公說：但是他們沒有幽默感，以為來自歐洲的一切都比他們自己的好，都比他們自己的嚴肅。因此，他們把它翻譯成了《神曲》。

M說：什麼意思？

別人老婆的老公說：意思就是神的曲子或神聖的曲調。

M說：What？

別人老婆的老公說：是的，他們就是這麼譯的。

M說：當然是很不對的。在但丁的那個時代，戲劇只有兩種形式，喜劇和悲劇。悲劇下地獄，喜劇上天堂，悲劇用很高尚的語言，喜劇用很低俗的情調。無人可以超出這個範疇，但是，但丁做到了。他用大白話把戲劇中的高級和低級推翻，把所有的人通過死亡連接起來。[93]

別人老婆的老公說：跟曲子沒有一點關係。

M說：跟曲子沒有半點關係。

別人老婆的老公說：也不是神作的曲。

M說：連人作的曲都不是。

別人老婆的老公說：哦。

93 參見：http://www.quora.com/Why-is-it-called-the-Divine-Comedy

M說：那書的書名的意思就是《神聖的喜劇》。

別人老婆的老公說：那不妨譯為《神劇》。

M說：我哪知道你們語言是怎麼玩法。反正不是神在作曲，也不是神作的曲。

那天某人的博客上，他看到一席話，抄了下來，是這麼說的：

今後，出版社應以出版了一本或數本獲獎圖書而恥辱。作家應以獲獎而感到恥辱，因為寫書關乎精神，不關乎物質獎勵。藝術家應以畫出了作品賣掉而感到恥辱，因為賣錢不是繪畫的終極目的。畢竟一個初生的嬰兒，無論生在誰家，無論長得多大，無論多麼漂亮，都是無法以獎金論定的。一個人從生到死，難道沒得獎他就什麼也不是？為此，是不是要給那只吸人血最多的夏天蚊蟲須個最佳吸血獎？為此，是不是要給那頭長得最肥的豬須最肥獎？為此，是不是要給殺中國人最多的日本須個最大量殺人獎？為此，是不是要給天空須個最大面積覆蓋地球獎？給任何人須獎，都是毫無意義的事，它無益地助長了獲獎者的自我膨脹，它同時把其他所有參賽者化整為零，等於不值一錢，這就像在風景中指著某座山說：這是獲得大獎的山，其他的山山嶺嶺和樹樹木木，都是沒有得獎，也永遠不可能得獎的無名小卒。天空不需要須獎，你卻需要指天發誓，動輒就喊老天爺。在不民主的國家，須獎使得那種國家更不民主。在民主的國家，須獎使該國的民主成為一種travesty。須獎的目的，其實是為了促銷。某書某劇某詩某人獲得某獎，就是通過這個資訊，慫恿攛掇人們去踴躍購買。這就是為什麼，往往看了聽了獲獎之物或獲獎之人後，會感到大失所望的原因所在。人之所以不平等，就是因為有人用獎金之槳，把人類之舟劃向了一人充老大，眾人為奴隸的深淵。人們總在等待被人承認，卻從不質疑誰是承認你的人，從不問一個簡單的問題：這些人自己值得承認嗎？例如，世界那個錢最多的獎，他們的那些評委憑什麼當評委？誰允許他們的？誰授權他們的？他們有什麼資格？他們真的很怎麼樣嗎？

他把這段話告訴朋友時，朋友問，是誰的博客啊？能不能告訴我，我也上去看看。他說，對不起，我忘記了。再說，這條博客一登出，很快就被刪掉了。

樹寄生，人寄生，國寄生。寫完這幾個字後，他就去睡覺了。隔了很多天，他翻東西時，又發現這幾個字，卻已忘記當時寫字時的動機或企圖了。

當然，讀者應該還記得，那個到死都沒有成名的老作家。一個寫作的人，如果到死都不能成名，那等於種了一棵樹，長滿了枝葉，卻一朵花都沒開，也開不了花。等他想開花時才意識到，原來這是一棵本來就不能開花的樹，生性就不開花的。它存在的唯一意義，就是成為一棵不開花的樹。

罷罷罷，沒成名，也成不了名的老作家，如果我們還記得的話，他的拼音名字應該是Hou Yi，他記得，當時在網上查字時，腦中突然閃過「樹寄生」這幾個字，就像中魔一樣，聯想起很多別的東西，隨手便在廢紙上寫下了那幾個字。這天，他上網專門查了一下樹寄生的意思，「互動百科」說：

> 樹寄生是一種寄生植物，可以從寄主植物上吸取水分和無機物，進行光合作用製造養分，但養分還是不夠的。所以當寄主植物枯萎的時候，樹寄生也會跟著枯萎掉。當然，離開寄主植物的樹寄生沒過多久也會枯萎，不過據說這下來的樹寄生存放幾個月後，樹枝會逐漸變成金黃色。[94]

他又查了一下「榭」的意思，原來這是「建於水邊或者花畔，藉以成景，平面常為長方形，一般多開敞或設窗扇，以供人們遊憩，眺望。水榭則要三面臨水」[95]的一種建築物。這麼看來，「榭」也是一種寄生，風景的寄生物。

94 參見：http://www.baike.com/wiki/%E6%A6%AD%E5%AF%84%E7%94%9F
95 參見：http://baike.baidu.com/view/379277.htm

什麼不是寄生啊，他想。人生如夢，人生如寄，說人的肉體是風寄生、光寄生、國寄生又何嘗不可？Hou Yi去國萬里，漂泊經年，在這個太平洋的大島國裡一住就是一輩子。那不是「一住」，那是「一寄生」。寄，像一封被寄出去的信一樣，寄居、寄生在一個不屬於自己，也不可能屬於自己的國家裡。不是國寄生又是什麼呢？

寄生在一個國家，就像寄生蟲，不屬於它，卻寄生於它，國家肥大，它也肥大，國家瘦瘠，它也瘦瘠，一旦國家滅亡，它也會遠走他鄉，去寄生風、寄生水、寄生雲或寄生人。

為了活命，Hou Yi不得不寄生人，成為人寄生，以人為本、以人為本本，把人寫進筆下，讓他們活不起來地活起來，直到有一天他意識到：可以寄生在一國之上，但附著於人而寄生下去，已經難以為繼了。他發現，或者說他體會，或者說他意識，或者說他認識到，他關心、他關懷、他關注的這些被他寄生的人，在被他寄生的這個國家，是不被關心、不被關懷、不被關注的人，且不說曾經都是被歧視、被瞧不起、被小覷、被輕賤的人。他寄生在這個國家，也去寫那些跟他一樣寄生在這個國家的人，被忽視、被輕待、被不看的境況就可想而知了。

再者，這個每日可寫兩萬字的Hou Yi，通過幾十年的努力而發現，一隻螞蟻，無論終其身而勞作，起早摸黑，摸黑起早，甚至24/7，[96]都只是一隻螞蟻，頂多贏得人們一句讚譽，說你industrious（勤勞肯幹）。你之所得，永遠都是不勞而獲者的千分之一或萬分之一。你再費氣力地去經營筆下某個人物的形象、穿著、談吐、性格、人際關係、跨度幾十年的生命過程，等，無疑都是浪費時間精力，跟在這個英語國家的一個阿拉伯語作家、希臘語作家、非洲班圖語作家、孟加拉語作家、愛沙尼亞語作家的命運相同，加之電視、電影、網路、社交媒體等的全面衝擊，你用那個文字幾十年辛辛苦苦經營的一些被你寄生的人，早就被沖得七零八落，五分四散了。誰還記得被你寄生的那些小人物呢？比如那個店裡一有白人進來，就要在其離去之後，趕緊關上店門，在店裡「噗嗤、噗嗤」噴上一陣除臭劑，驅除白人強力腋臭的女店老闆。比如他從白人小說中讀來的一個人物，他嫌華人一身臭氣，因為他滿身都是令人嫌惡的飯味。還比如那個殘疾者，他好容易從大陸討來一任妻，為她起了一座樓，卻不料好景不長（其實早應該預料到或下結論道好景不會長），人家拿到永居身分就及時飛去，留下一座空樓和無數鬼魅般的記憶。

[96] 澳洲英文簡稱，意即每天24小時，每週7天，讀音為twenty-four seven。人們一聽就懂你說的是什麼意思。

Hou Yi沒有感歎。提到人時，他不會說「人啊，人」，他只會說：人嘛，人。那裡面暗含的意思就是：人就是這樣的。誰叫人太人了呢。如果不是已經有藝術家搞了一個人與騾子的結婚照，他說不定早就把那個構思好的小說寫完了，故事講的是一個指標用完—在這個國家，男人從海外討老婆的指標，一生只有兩個。如果討一個跑一個，兩個都跑光，第三個就沒法討了，你想討人家，想來也不行，因為指標超過了—的男人，如何在各種動物中選取配偶，最後決定娶一頭寵物豬做配偶的。他做調查時發現，寵物豬絕對可愛，其可愛程度超過所有其他動物，如狗、羊、貓等。他那篇小說，準備寫到兩人—不，一人一豬—初夜為止，以不發生性愛為原則。最後還是因為那個藝術家與騾子結婚照而放棄了。

還有些作品，Hou Yi也因為擔心—其實對Hou Yi來說，是不存在「擔心」這個詞的—拿到哪兒都不能發表而讓其胎死腦中。據他所知，有一女子奇醜，卻豔福至深，相繼被二男愛上，後來三人住到了一起，在一個屋簷下過著美滿的生活。「美」而且「滿」？噢，真滿！就像他某次看的某張黃碟中顯示的那樣，女的B門和糞門，分別被兩個不同的男的陽具插全、插滿。Hou Yi知道，他如果這麼寫了，肯定拿到中文世界的任何一個角落，都會被道德或偽道德就地槍決，格殺勿論，儘管主持道德的人對自己是否真有道德，需要在清夜捫心自問，或走得更遠一些，對自己說：其實，凡是人類有之，就應該寫之。在思想和寫作領域實行緊箍咒政策，只能使這個民族始終為人賤看。

那個作品，Hou Yi想得多了一點，開了頭就沒再續寫下去。

年輕的時候可以花，從前開賭場，現在開餐館的老闆F說，但現在想花也花不動了。不是真的花不動，是下面照樣花、照樣能花，但兜裡花不動了。都說納妾事好，是好，是好，真的納到手下，納到膝下，納到床上，納到屋裡，要忙活的事情就多了。又不能大家都睡一張通鋪，那像什麼話！從前大清王朝的一任駐日大使，帶著大老婆和小老婆一起到東京赴任，日本人不懂規矩，安排他仨住一間房，當即遭到謝絕和抗議。日本人弄清楚情況後，連連道歉並迅速安排了三間房，讓他們一人安睡一間，至於晚上誰看誰，那就是誰誰誰自己的事了，看誰愛看誰而看誰了。

又有並不和睦的事。如果過於親近剛納的小妾，還是個又年輕又漂亮的，大老婆會嫉妒，其他年齡稍大的也少不了爭風吃醋，那種情狀，都是很容易想像出來的。還不說這裡面還會出些例外。比如，大爺納的小妾才二十，大老婆生的小兒子也才二十，這兩人一見如乾柴烈火，「騰」地就燒了起來。你說這怎麼辦？還有，其他幾個老婆生的男男女女，年齡也都相仿，大家都住在一個院子裡，朝夕相處，哪能沒有摩擦，又哪能沒有耳鬢廝磨那種「磨擦」？時間久了，就容易出事。如果他們之間又搞出孩子來，這就亂了。可是這種亂，避免得了嗎？

話又說回來，這倒挺適合寫小說的。哪怕完全沒鼻子沒眼睛的事，也可以想像得像真的一樣。

F的朋友E說，那可不。納妾的事，在當今這個國家還真有可能，不過，那是另一種納，吐故納新的納。用不著安營紮寨，野戰排地弄一大隊人馬，那太勞神費力，勞民傷財了。只要吐掉故的，納進新的，一切就ok了。幹嗎那麼拖殘守缺呢？

F說，嗯，咳，啊，是。

E說：就是。

F說：我剛看一句話，覺得很到位，說的是，我們得到異鄉的同時，已經失去了故鄉。等我們回到故鄉，發現它比異鄉還要異鄉，已經無人承認你是誰了。結果成了雙方都不要的人，雙方都不屬於的人。

E說：此話不假也不錯，不過，我比它走得要遠。我覺得，我在那兒是死，在這兒也是死，橫豎都是一個死。在這兒你得不到承認，在那兒你也得不到承認，手裡拿的護照都已經不是那個國家的了。如果你還拿他們的護照，只是一個永久居民，那他們為了鼓勵你效忠母國和故國，會每個月給你發放養老金。錢不多，但有總比沒強。

F說：這樣一種生存狀態，比死還難受。好像生活在真空，不，半空中一樣。

E說：也沒有那樣誇張，但的確讓人難受。好在生活久了，就不稀罕他們承認了。他們不承認又咋地？我們自己承認自己又怎麼樣?!這兒的生活，說什麼也比那兒好，哪怕沒有那個做不了幾年就會崩潰的官銜，沒有那一片充滿霧霾的豪宅，沒有那些終究會把你拖垮拖殘拖死的一大堆小三小四小五小六小七小八小九小億，這兒至少也可以活得乾乾淨淨，清清爽爽，心裡即使偶爾有雲，但不是被污染過的烏雲，而是下過就會感到好受一些的積雨雲，人和人之間，相對來說比較平等，難道不是這樣嗎，你說？

F說：雖然並不完全如此，但總比那個國家好。那兒因為幾十年不平衡的發展，造成了兩大惡果，一是人心敗壞，而是環境惡化。就這兩條，就幾乎是千古難返的積重。

E說：不能提那個地方，一提心裡就縮成一個坨子，也不能提這個地方，一提就感到完全沒有希望。

F說：是。還記得你那次提到的尾礦吧？

E說：記得。你的那些小老闆朋友沒有一個不同意的。

F說：那些白人，也不知錢是怎麼賺的，日子就過得那麼瀟灑，那麼悠閒，從來都不跟你打交道。

E說：不屑於跟你打交道，因為人以族分，皮以色聚嘛，白配白，黑配黑，黃的到老只跟黃的打交道。

F說：也有少數黑配白、黃配白的。

E說：都是以白為主，以白為核心，以白為中軸的。所謂向心力，實際上是向白力，一切向白看齊。

F說：有一說一，有二說二，人家白人辦事就是規矩。雇你做工，工資總按法律規定的發，不會克扣你。

E說：也是，也是。哎，你覺得這倆妞怎麼樣？

F說：我看還行，等會帶到我店一人一個分食之怎麼樣？

E說：我不行。在那種狀態下，我會失硬。

F說：你不會的！

E說：你看著兩人，不會跟你幹的。肯定是同性戀，一個光著腳丫子，另一個看起來像荷蘭人，要不就是德國人，到這邊來度假的。

F說：【他沒說話，而是用眼睛狠狠地盯著兩個女人遠去的臀部。然後說】其實無所謂故鄉。誰是誰的故鄉啊？我在父母親生我的地方出生，後來搬到另一個地方長大，哪是我真正的故鄉？我孩子出生在這個國家，以後還不知遷居到世界的何處，這兒算他們的故鄉嗎？

E說：從前有個作家朋友說，我們在夢裡出生，夢，才是我們的故鄉。我筆下的人物有一個，就是這麼認為的。還有一個老移民說，他走遍世界沒有歸家的感覺，只是上了飛機，在票號規定的那個座位上坐下時，才好像回到了家裡。

F說：是啊，當一架飛機失聯，所有人的家，就是那只最終才找到，或者永遠也找不到的黑匣子。

老博士畢業了二十多年，依然在學校大門外面徘徊。他起先還有怨言的，後來不吱聲了。他起先還有希望的，後來完全放棄了希望。這個國家做得最成功的地方，就是一手塞給他一紙博士文憑，一手永遠地拿掉了他的工作機會。他憑著這張文憑，可以回到生他養他，但已不是他家鄉，而只是家人都已去世的異鄉工作，一回到這個國家，他就只是一個有著博士頭銜的無業遊民，或說得好聽點，一個有著博士頭銜的自由職業者。

現在再說這個國家不好、這個國家歧視、這個國家不重人才、這個國家扼殺人才，早就沒有任何用處了。人家一句話就把你嗆死：誰讓你來的？哪兒好玩哪兒玩去！最後還是不得不承認，雖然這個國家什麼都不好，至少它的雲彩很大很亮很乾淨。這個國家很自由，雖然任何東西都不free。

好在每隔幾年，還是會有人請他幫忙幹點學校的雜活，比如到圖書館查資料，找人訪談什麼的，完了後把原材料呈上去，讓人家當教授的總結歸納，梳理成理論性很強的文章，拿到專業雜誌上發表，拿到國際會議上宣讀。這樣的文字中，他的名字是沒有的。對此，他也用不著焦慮或不安，因為畢竟人家很講規矩，所做的工作都按時間給他付了錢，付得還不算很低。他有什麼可說的？從某方面講，人家如果不找他，他還沒這筆錢賺呢。

這一年，又輪到他來簽合同填表了。他一看自己的職位，依然是助研，但他再也不自怨自艾，自哀自憐了，好像這個國家給他一勞永逸地注射了一劑抗失落感的藥劑了。他毫無感覺地把該填的地方都填寫好了，只是出於職業習慣，又有了兩個新小發現。一個有關gender（性別）。從古至今填表，如果古代也有表要填的話，大約總只有男女兩個性別，就是讓動物上，也只有兩個性別。但今年這個表卻有三個性別，第三個性別是Unspecified。所謂Unspecified，意思就是「不確定」。什麼叫「不確定」？身分不確定可以，性別也不確定，那是什麼意思？是指非男非女，或亦男亦女，還是？

到底是讀過博士的人，他不放過任何一個新發現，總要做一點深層的調查，很快就弄清楚了。原來這個國家兩年前新產生了一個性別，屬第三性別，有幾種叫法：indeterminate（非確定的）、unspecified（不確定的）和

intersex（性際的）。[97]他想想也好笑，這個「性際」，就像國際、校際、星際等，有一種中間或之間的屬性。

他還是男性，還沒有動過變成女性的念頭，更沒有能力自我萌生成雙性的可能性，所以就很不動腦筋地在M旁邊的方框裡打了一個叉叉。這又是跟那個國家很不同的地方。在那個國家，如果你認為你對某項回答是肯定的，你在方框中一定打鉤，而在這個國家，你一定是需要打叉的。

另一個發現，跟關係有關。那是兩個問題。第一個問題是：你跟任命你的督導或團隊領導是否有親密的個人關係？這個問題被該校管理人員標紅，大約是非常重要，必填不可吧，但老博士拿不准該怎麼填。他跟頭頭吃過飯，交過談，共過事，關係應該屬於密，儘管不能列入親。而且英文的「close」，也能有多種解釋，是很晦澀，有時又似乎很明朗的一個詞，彈性得很，隨便不得。

第二個問題更煩人，它這麼問：被任命者在執行公務過程中，是否會接觸到18歲以下無人監督的人士？這是什麼意思？為什麼標紅？我工作還沒開始，就問這個問題，我怎麼知道以後會不會？我現在說Yes或No，都無疑為將來埋下說不清楚的伏筆。

老博士想了半天，也想不出什麼名堂，又不想在這種讓人糾結的事情上繼續糾結下去，就把Yes和No都空著不填，把幾張表格塞進大信封裡，貼上郵票，就寄出去了。回來後還在想著那個第三性或性際的問題，自己給自己開了一個玩笑：將來說際遇一詞，還可以來個性際遇，也蠻有意思的。

崇低者說：任何想讓我變得崇高的企圖，都會歸於失敗。把紮克伯格的讀書計畫發給我看，希望我也像他那樣，每兩周讀一本書，這是很好的事，但也是不可能做到的，除非我已經在財政資料上到了他那個位置。不，我無法仰視任何比我高者。我豈止不崇拜他們，我簡直就視他們為另一個星球上生活的人，與我不可望也不可即。請那些天天轉發崇高者、求美者、勝利者圖像、圖文和聲音的人澈底失望吧，你們不會得到我的一次點贊！我雖然是你們，但早已從精神上否定了你們，不會是你們的朋友，我們一旦成為朋友，就實際上成了敵人，因為這

[97] 參見：http://www.news.com.au/lifestyle/relationships/m-f-or-x-third-gender-now-official/story-fnet0gt3-1226663485211

是我們開始用謊言進行交易，把真話埋藏在舌頭根下。為什麼現在都崇拜舌尖，而我只喜歡舌根，因為道理很簡單：如果做愛做到高潮處，一張口舌根湧出的津液，正是另一張口汲取的源泉，哪怕僅僅只是片刻的短暫。而舌尖，因為語言的不純而發生翹曲。

忍受孤獨，直至與孤獨融為一體，成為孤獨本身，不再嚮往人眾，嚮往吃喝玩樂之後的膩味和厭倦。孤獨得跟空氣一樣。跟雲，跟天，更空。

崇低者喃喃自語：一切崇低，低碳、低糖、低估（必須低估被人高估的一切）、低油（特別是低地溝油）、低調味品、低脂、低消耗、低微信、低博客、低微博、低閨蜜、低電視、低跟眾、低聚會、低抒情、低愛、低修飾、低聲下氣地崇高。不是孤獨，孤獨這個字要改一下了，應該是孤低。孤獨地把那些東西都低過去、低下去。

這天早上發到死人信箱的只有三封電子郵件，其中一封來自一個名叫Quinton Marburger的人，發往一個名叫Yuko Haugaard的人。它是如何進入我的郵箱，那就不得而知了。這封信無頭無尾，無頭就是頭，無尾就是尾，沒有任何稱呼，直接寫道：

Nt to a little port called Libertad, where small ships could land. Be this as it may, no reinforcements ever came: and this little handful of America

彷彿是詩，也的確是詩，包括第一個不成文字的文字。看了幾遍，也不解其意，只是眼中彷彿出現冒著輕霧的港灣，輪船即將揚帆遠航。晨星還高掛在天上。空氣新鮮，有強烈的魚腥味。漁民扛著長長的漁網，赤足走向海灘。

這封郵件的「主題」處，只有兩個小寫的英文字：e in。用中文發音的話，那就是「意淫」。

他們的叫聲，超出了文字的範圍，只依稀聽得見好像是喊娘。他們眼睛緊閉，想著古的時候，想著遠的地方。他在深處聽見水花的激濺，就開始無聲地在她唇邊喊著：媽，小媽，你是我小媽，你愛我到大，到肚大，你把我喝進去，生出來。滿身都糊著羊水。我愛你，小媽，我愛你，小媽，在你墳墓裡愛，你的眼藍把我眼弄藍，你的口紅把我口弄紅，你的胭脂把我皮膚染透。我進入谷地，你的谷地，覆蓋著深草的谷地。草濕。葳蕤的汗。略帶腐味的肉香。

兒子吔，兒子，她在腦深處的心中，也在無聲地叫著。我要把你生出來，好好生出來。在一秒鐘內養大，養成你現在這樣大，好大呀，你。大、大、我喜歡大。一直脹滿到心裡、心底。充滿整個胸腔，充滿我的雙乳，那裡面都是你，擠出來也是你。你吃，你吃，你再吃，全吃下去。兒子、兒子、好兒子，你快把我抽翻，把我捅爛，捅破好流出來流一地。我們就在愛水中游，我不會遊，你把我摟緊，再摟緊，再緊點，成為無縫肉管，讓我死，哦啊，讓我死，嗷噢，讓我死！

他倆做愛的叫聲。

投稿多年的這家加拿大文學雜誌，終於壽終正寢。或者不如說，正式告一段落。他們來信表示道歉，說這次你投來的稿件，我們既不能接受，也不能拒絕，因為我們已經無以為繼了。他們接下來說，他們以「悲哀、驕傲和感激之情」：

請求你繼續寫作，繼續向各種文學雜誌投稿並訂閱這些雜誌。這些雜誌都需要你的努力。

「革命尚未成功，同志仍須努力」這句話，因為上面「努力」二字，而突然從腦汁中浮現出來。努力？所有的努力都付諸東流，如果它帶有文學性質。到此為止吧，到此。

寫給沒人收的信。

親愛的，

一月份已經過了二十二天了，白天很熱，沒有出去，夜幕降臨後，開始有了涼風，我們出去，沿著這個方方的街區轉了一圈。天空不像昨天黃昏有燦爛的雲霞，雲詞暗淡，像剛剛犁過的田野。夏天，蟲聲唧唧，再度提醒人這樣一個簡單的事實：人不在了，蟲聲還在。

寫書的人唯一沒做的，就是把自己抹去，但他所做的一切，都是在把自己抹去。寫成堆的書，已經沒人看了。就連你，這個假定的愛人，從來都不過問，現在也更不過問，你現在在做什麼了。你給她寫信，也只能假定二人中必有一人已不在世。時代的眼睛，已經太多地鋪張在視頻、微信、網頁上了，把寫字的人，變成了死亡的歌詠者。有什麼不是死亡變的？那一年地皮打鼓一樣的蟲聲，而今安在哉？今年卻又會再度敲響，只是可能會在離那塊地皮兩英寸或兩公里的地方。人在重返野蠻時代。愛情也是。骨頭橫在天空的曠野。一條江黃黃的都是廢棄的精液。女人的眼睛都是錢幣的形狀。這邊在叫床，那邊在哭喪，再那邊已經出現一條骨灰小道，通向不可能接近的遠方。

我已經不可能愛你們任何人了。微信是友誼最大的墳墓。人心滿滿的都是孤獨和嫉妒，以及無法釋放的負能量。裝吧，啊，你們！酸吧，啊，你們的筆！我執意離去，不和你們有任何關係。存在就是拒絕，是說不。

這，不是我寫給你的信，是我寫給自己，伴著晚夜涼風下即將飛走的蟲聲。

毒液舟

花園角落的天堂鳥，長得極為茂盛，寬大的綠葉，襯托著燦爛的黃花。那是文留下的遺產。僅僅一株。夏來發幾枝？夏來發數枝，滿園都生輝。臨終前，他在電話中說：You have to make a case for China。他的聲音很微弱，已經沒有了從前的力量。這句話在接電話者腦中的第一反應就是：沒有誰生來不如誰的？跟那句被用爛的話「Man is born free, and everywhere he is in chains」[98]還不一樣。那句話的意思是：「人生而自由，但走到哪兒都戴著鐐銬。」沒有誰生來不如誰的，就是說，無論你是什麼膚色的人種，生下來都是平等至極的。不是走到哪兒都戴著鐐銬，而是走到某些地方、某些國家，戴著的鐐銬比其他任何地方都重。

前面那段盧梭的引文，其實後面還跟著一段：「One man thinks himself the master of others, but remains more of a slave than they are」，[99]那意思就是說：「有人以為他自己是別人的主子，但他比別人更是奴隸。」這句話不妨改造一下，成為這樣：有人以為他自己是玩物的主子，但他比玩物更是奴隸。

他頭天接到文的孩子來信，告知翌日為文舉行葬禮，希望他前去參加。雖然他很想最後為文送行，但他第二天有課，不能前去，這課是早就定好的，學生要來上課，他不能臨時告辭，請別的老師代課。這樣會打亂所有人的計畫。

第二天下午，也就是為文舉行葬禮的那個下午，他在那座有時要走整整七樓的狹窄樓梯的古老小樓裡，為一座空空的教室裡幾十把椅子上了一堂課。這天不知何故，沒有一個學生來上課。事先也沒有通知他，誰也不知道這些學生會在何時出現，因此他也不能中途走掉，害怕人剛走掉，就會有學生三三兩兩地抵達。

他坐在桌前，旁邊是學校配備的電腦，面對一座寬大的教室，外面樓下，是熙熙攘攘的市聲。他一邊在網上隨便流覽著新聞，一邊想著那些還沒有抵達的學生。其中有一個臉有點歪，臉上有痘，很愛問問題的，似乎已經愛看書了。有一個女的，個子很矮，性徵不太明顯，背後看去像男，正面看去也像男，見人不愛打招呼，寫的

---

98 參見：http://www.rjgeib.com/thoughts/rousseau/rousseau.html

99 同上。

字都是繁體。還有個女的，出來進去都站不穩，需要人攙扶的樣子。長得並不好看，但腳上穿的鞋根，卻十足地高，就是那兩根東西，令她走路東倒西歪。後來發現，她在課桌邊坐下後，再起來時，就矮了很多，走路的步子也穩了許多。原來，她另外還帶了一雙平跟鞋。

他坐在桌邊，想起文的往事。文的祖籍是印度，也許是印度的果阿，那是葡萄牙的殖民地，父母輾轉來到馬來西亞定居。由於長期的殖民，他的姓氏無可考，據說是某個殖民地官員賜姓給他家的，從此以後便姓德克魯茲。想到這裡，他想起他自己先祖的那個國家，它雖未被完全殖民，但那個國家對殖民的願望，比任何時候都更強烈。一個文人如果寫文，是必須從西洋大師那兒引經據典的，哪怕他或她一個英文字也不懂或只懂幾個或幾十個英文字，否則就沒有權威性。沒有洋人給他們賜姓，他們會根據洋名給自己賜一個洋氣的洋名。他們哪裡知道，被殖民的人沒有自己姓氏的難言的隱衷和無言的痛苦。他們在長期的殖民、半殖民或無意識殖民或有意識殖民的過程中，已經成了任人窄割、任己宰割的淺見嬰兒。

文總是跟他講他在馬來西亞的故事，其中他記憶最深的，是一個名叫Cheong的華人男僕，孩提時代常和他一起玩耍。文不是白人。他生於印度，長在馬來西亞，那是一個三大民族和睦相處的國家：馬來族、華族和印度族。那兒的印度人，隨便都能說幾句華語，不僅是華語，甚至是廣東話、客家話、福建話，等。這不像我們這個國家的白人，他們也許小時候還能跟你在一起玩，但到了一定的年紀，他們就不跟你玩了。他們對學習你的語言也不感興趣，他們其實對你們這個人種打心眼裡瞧不起，只是當他們意識到，哦，這些人現在很有錢嘛，才提醒自己注意：不要忽視這些人，因為他們那兒是有大錢可賺的。即便如此，他們還是不想跟這些人交朋友，這不是他們關心的事。他們關心的事，是如何把你兜裡的錢，賺到他兜裡去。就這麼簡單。

文從來沒有這樣的看法。他和Cheong在一起玩時，Cheong會跟他玩龍的遊戲，告訴他先祖的龍是長了翅膀的，會飛，會飛到月球上安居樂業，還會飛往其他星球，建立一個個國家。文很神往這樣一種想像，他和Cheong在自家大院裡，把膀子上上下下地甩起來，彷彿翅膀一樣張開，假想自己也是一條龍，印度馬來西亞的龍，與Cheong那條Cathay馬來西亞的龍一起飛翔。

文做孩子的時候，並不知道中國，但他知道Cathay，那是契丹的轉義，還有人說震旦。他都不管，他只喜歡龍。和Cheong。只喜歡飛到不知名的星球，在那兒建立一個不需要他人賜姓的國土。後來就到這個國家來了，一來就是五十多年。他回憶說，那時候他還在讀書，兜裡沒幾個錢。有一次去唐人街吃飯，那個姓Wong的老闆說：你有多少錢？給我看看。據他說，那個Wong姓老闆看上去很凶，說話也不講方式方法，但他卻是世界上少有的好人。文把兜裡翻了個底朝天，只有幾個dollar，全部放在Wong姓老闆手裡。老闆一看，還不夠喝碗粥，就揮揮手，讓他進去，叫人端上一桌豐盛的午餐，讓他吃了個飽。文感激不盡，吃完飯後去向他道謝，那人還是揮揮手，惡聲惡氣地說：有什麼好謝的！喜歡吃下次再來！文直到去世前，都記得這件事。他喜歡那人的直率和慷慨。

他和文一向都在King Bo那家餐館吃飯，一般都吃yum cha，那種把各種小吃用小車推到面前來的廣東餐，但文離世之前，曾請他吃過一次早飯。據他說，在西人眼中，把breakfast看得很重。這在來到這個國家二十多年的他聽來，簡直就像天方夜譚。他自己從不把早餐當回事，兩片麵包，一杯牛奶，或一碗用牛奶沖的cereals，就足以解決問題。這次文請客吃早飯，是在菲茨羅伊的一家很著名的西餐館，名叫Breakfast Thieves（早餐小偷）。他們8點到場，那兒已經坐滿了人。兩人吃得差不多，都是歐洲大陸早餐，有塗黃油果醬的麵包片，有bacon和ham，有兩根香腸，一大杯剛榨好的鮮橘子汁，兩隻黃白相間的雞蛋。兩人且吃且聊，這在他旅居這個國家的幾十年中，有著里程碑式的紀念意義。

人本來都是人，都生而平等，但因為皮膚有了色，這就把人分成至少是貴賤兩種了。無色的人是沒有的，但被劃歸為白色的那種，自然而然地成為所有膚色中最高貴的膚色，其他的，如黃色、棕色和黑色，就一級級地等而下之。文雖然皮膚較黑，在這個國家還算順利，一直在一所大學任教，當高級講師二十餘年，也出版了二十來本書。直到有一天來了一個機會，這個系要聘請一位教授了。

無論從資歷，還是從學識，還是從人緣—這個在這個國家雖然並不太重要，但也不是沒有一定分量的—角度講，文只要提出申請，應該是當之無愧，獨佔鰲頭的。但他萬萬沒有想到的是，同系一個同級的人，工作年限沒有他久，發表著作沒有他多，卻輕而易舉地獲得了這個年薪優厚，頭銜甚高的職位。

大約也是在那個時候，美國發生了一起慘劇。一個名叫盧剛的留美博士生，攜槍進入校園，在不到二十分鐘的時間裡，一口氣殺死了六人，包括系主任和他的博士生導師，以及副校長，這三人均為白人，隨後吞槍自殺。我在想，按照文的生氣程度，他若做出類似的事情，也是可以想像並能夠理解的。一個一生兢兢業業，克己奉公的教師，卻因自己被人輕視的膚色，而不能在事業上如願以償，讓一個在各方面都不如自己的白人得道，這是多麼讓人傷心乃至揪心呀！

此後不久，文並未持槍作業，剿滅別人也毀滅自己，而是卸職而去，接受了馬來西亞國立大學的教授職位。這位馬來西亞印籍知識份子的做法，是可取的，值得贊佩的，大氣的。那兒的薪水，可能沒有這個國家多，那兒的地位，也是一個國家的地位，也許沒有這個國家高，那兒的膚色，也許沒有這個國家的白，但那兒尊重他，那兒尊敬他，那兒給了他與他資歷、學識、人品相適應的地位。他沒有理由再在這個從建立之日起，骨子裡、骨髓裡就以歧視膚色為本的國家呆下去了，再呆下去，人就真的會呆掉了。

直到臨終，文一直單身。他有一個兒子。關於他之前的婚事，他從不提及。在與他的屢次交談中，他所談到的話題，從不涉及女性或性方面的事。這跟他見到的那個國家的知識份子，包括文人相比，真有天淵之別。

他已有二十多年不吸煙了，但最後奪去他生命的卻是肺癌。也許不是肺癌，而是一到這個國家來就染上的精神皮膚癌，那是永遠不可治癒，永遠大行其道的一種癌。

《花、愛》

這幾天接二連三有些人往我郵箱投稿，我一看就刪，一看就刪，都是那種能上版面，補足空間的文字，有多少刪多少。今天有人直統統地投來一首詩，作者沒有名字，自稱「是人」。這多少引來了我的一點興趣，就把郵件打開了，原來是一首詩，也不長，這麼寫的：

是人

你在外面殺花
你也在外面

殺愛

一個是殺花犯
一個是
殺愛犯

你殺花屬正常
你殺愛
是蓄意

判決書下來了，說：
殺花犯無罪開釋
殺愛犯：判你無愛徒刑

看了好幾遍，不覺其好，只覺其怪，想想覺得也無用，就還是像以往一樣刪掉了，也懶得跟那個「是人」說。

八五九的一段日記摘抄：

昨天24度，今天還是24度。昨天做過愛，今天已經沒了感覺。窗戶簾子關了起來，陽光在上面肆虐。昨天做愛的時候，全過程都未睜開眼睛。完後像做夢一樣。做一個閒人，面對一台電腦，想起來隻往前面過的生活一定是不對的，就像在網上查溫度，一次可查接下去一周的氣溫，昨天的溫度卻查不到了，好像昨天已經死了。昨天還沒死，還在我的肉裡。我生活的幾十年，都在我的肉裡。拉出的大便是今天的，卻已經死了。從體內一出來，就死了。看它們盤繞的樣子，旋轉的樣子，寧死不屈的樣子，並無遺憾的感覺。以其沃土的生存方式，已經一去不復返了。她說：一個英國女人活到109歲，一生未嫁，男人是個累贅。她工作、她努力、她認真、她把每一件事都做好。我告訴她：林也是一個極其認真的人。他在東北戰役的那些時候，部隊每到一處號房子，只要該處有女容貌姣好，他就會命令部下改遷他處。不近女色到不近人情的地步。她說：好！

可能酣睡這個詞並不對。睡去之後醒來，有死去活來，又不想再活之感，渾身酸軟，稀鬆如泥，彷如患了癱瘓症。不妨稱之為睡眠癱瘓症。意識清醒之後，夢像紛紛逃離。

所有的女人，都是空氣，空的氣，呼吸之後不再回來。

後詩人跟前詩人寫信說：上次與你交談時，我談到了很多詩人，你也談到了很多詩人，你說的這些詩人，跟我說的那些詩人，是從來都不來往的，互相不僅不尊重，甚至都很鄙視。你至少對其中一人表示了極度不屑，而我呢，因為你提到的詩人都是你的好友，聽你的口氣，你也挺欣賞他們的作品，我就對他們一概閉嘴不言。回到家中，我有點憋不住了。畢竟我們從裡到外都是真實的人，用不著向對方隱瞞什麼，只是礙著面子，免得說出來難堪。幸而作為一種交流方式，寫信還沒有到徹底消亡的地步，我才得以利用它來避免難堪地把話說清楚，希望你能夠理解。

你喜歡的那幾個詩人，後詩人說，也許因為是你的朋友，似乎被你過高地讚譽了一些。他們的詩我基本上都讀過，有一個人的東西，十多年前就接觸過，當時覺得不錯，但後來，隨著我對詩歌的理解和實踐，就逐漸不太喜歡，乃至不喜歡了。另一個人的詩，我從一開始到現在都不喜歡，包括寫詩的那個人本人。我不好意思讓你不高興，但我有一次坐在他對面，都沒有跟他講過一句話。我不自我介紹我自己，他也不自我介紹他自己，但我們都知道對方是誰。我認為起因是曾有一次第一次在某個場合見面，他目光看見我時，就像沒看見一樣掠了過去，連起碼的笑意都沒有。從此以後，我覺得這個人對我來說已經不再存在。我很遺憾地在此說，我們是朋友，但你的朋友卻不是我的朋友。我這麼說，希望你不要介意，也不要以那種朋友的敵人也是敵人的舊觀念來套這個。人與人活在這個世界上，彼此都不知道對方，也不想知道，這是再自然不過的事，不值得為此糾結或焦慮。

至於你說到的第三個詩人，我看他的東西不多，感覺是既不太好，也不太差，不過是詩而已。他和我同住一個城市，但對我這個異鄉人從未伸出過友誼之手，也從未表現出求見的欲望，儘管我還主動地發出求見的資訊，都遭到他的推辭、推脫或婉拒。好在這不是計程車司機拒載，還可以投訴，這樣做的唯一效果，就是吾再也不提求見一事了。After all，我獨在異鄉為異客，你的朋友就是看在你的面子上，也應該盡盡地主之誼吧。他沒有，從未有過任何表示，因此，我們的關係還沒有開始，就已經結束。

這也無妨。這個世界要見的人太多，不想見的人也太多，人活到一定的時候，前者越來越少，後者越來越多，有詩可寫要比有人可見幸運得多。假如再活一世，情況也許大致相同。不喜歡做的事，絕對不要勉強，既不要勉強別人，也不要勉強自己。

我最不喜歡的那個人的詩，寫得過於濃豔晦澀，像漂白過的水或煙囪噴出的人造雲，就不多談了。就算把他捧上天，我也不會抬頭看一眼。

就這麼點小事，我還寫了這麼多，就到此為止吧。希望我們還是朋友，不要因為我不是你那幾個朋友的朋友，而就此把我打入敵人的另冊。謝謝。

後詩人某人寫道：時代的飛速發展意味著，墮落與孤獨齊飛，長遠共短暫一色。這個時代堪稱最時代。某人有情婦140多名，其中包括一對母女。某人貪污數千億。某人嫖妓數千。某人發微信逾十萬。某人日日碼字，已經碼中了風，還遠未達數千億之標。某人天天看色帶，把自己淘空的狀態，一如垃圾桶。某人還在整零，六個零後還想再添一個零，把自己整到了海外。某人得了最大的獎，卻還在坐牢。某個人也是，只不過牢名不同，叫名譽，不是明喻，而是暗喻。某些人把自己做得如此之大，從空中看還是看不見。從前的人整人，現在的人整詩，就像某人那樣。某人如此自戀，他收穫自己的心作為皇帝。某人因殘疾而無敵。某人至今堅信，寫詩歌就是與全人類為敵，堅持與自然萬物息息相通。某人邊生活邊消滅一切舊跡，不擬在身後留下生前曾經生活過的任何痕跡。某人徹底放棄了藝術，從此而有了以物質標準衡量還差強人意的生活。某人已經從愛情中獨立，從而能夠周遊不丹。某人每週週末從奧爾胡斯揮手告別孩子，令其乘車前往哥本哈根，與其父或其母見面，周日晚上再在奧爾胡斯接車。某人在瑪律默車站見到一個隻穿高跟鞋的女子。某人混血了幾次，仍未撕破臉皮。某人吃膩了萬物，現在只吃雌性動物的生殖器。某人在夢中吃人。某人娶了風做老婆，下了許多雨，雨水在一座城市的街角匯成大河流著，被手機拍了，被大街兩邊的樓房夾道，小汽車像船一樣漂著走了。某人在某處見女人就騷擾，後來騷擾的那個女人一露臉，把他驚住了：原來是他媽媽！某人忽然從空穴中出來，被艾米麗‧迪金遜了。某人自己把自己寫死，寫到沒有一個人讀的地步。某人由虛構中還原，比真實還不真實。某人從俄羅斯。某人從一個字。某人僅靠寫作已經活不下去。某人說：我愛你。「說」是過去時。

我覺得我們都是奴僕，時間的奴僕。難道你沒發現，我們對時間的遵守，就好像時間是我們的國王一樣？我們是時間的奴僕，更甚於我們是愛情的奴僕或金錢的奴僕或權力的奴僕，因為我們成為時間的奴僕而不自知，直到死前都不自知。我們有些人在那兒振振有詞、振振有微詞、振振有微信地訓導其他人，講這個，說那個，聽起來貌似很有道理，甚至很有哲學，其實都是從別人的別人的別人的別人那兒轉來的東西。他們通過照片掛出來的那個腦袋，顯得很大，其實很空。他們需要不斷地用自戀將其充滿，然後賣狗肉一樣地掛羊頭高懸。我不會尊重這些人的鼻息的。

孩子無憂無慮，這種描述是不對的。今後要描述孩子無憂無慮的狀態，應該加上無時間，是無憂無慮無時間的狀態。孩子在沙堆裡玩沙，在水塘邊玩泥巴，在草叢中捉蟋蟀，等等，是沒有時間概念，沒有時間觀念，沒有時間的，直到天黑了，媽媽焦急的叫聲從遠處傳來，他或他們才意識到，出了什麼重大問題，要挨罵了，搞不好還要挨打，看看天都黑得回家的路看不太清楚了，他們著急起來，便一路應著媽媽的叫聲，喊著：我在這裡，我回來了，便飛奔著往家跑。時間，對他們來說只是顏色的變黑和媽媽的叫聲。

人成年後，特別是在幾十年的成長和生長過程中，已經把自己殘酷地綁在時間的戰車上，相信時間就是金錢，卻沒有意識到，自己是時間金錢的奴隸，向時間靠攏，把鐘錶包括手機上的時間，與人為製造的時間對齊調准。他們想過沒有，你們想過沒有，失聯的人或墳墓裡的屍骨，是不計算何時要做什麼的。睡著後，時間也被無意義化了。如果時間是一座礦，你在裡面開挖出來的，就是成噸的空氣。

3.33回到家時，時間正好是3.33，因此，我們又有了一個新的角色，名字就叫3.33。他是極為反對依照時間生活的。他要以身作則地把這一天，過得不知道時間為何物，就像土著領地上那個老華人——那人的姓氏還保留著華人的痕跡，姓Ahsin，臉上有華人的模樣，但膚色卻是全黑——在接受白人anthropologist（人類學家）採訪時告訴她：你別問我今年多大了，你看我多大，我就是多大。我不記得我何年何月何日生，也不記得我生活了多少年，我只知道我還活著，有時我甚至都不知道，我是否還活著。我活得最好的時候，就像一個蘇醒的夢，使我覺得，所有接觸我的人，可能都是死人。我和我住地和領地的土著兄弟姐妹在一起生活，我們把這種生活叫做大夢時代，做夢的時候，能夠互相進入彼此的夢中。你們白人精于計算、窮於計算的時間，對我們又有何用？一個人死了之後，是不需要知道時間的。死去一刻與死去億刻之間，又有什麼區別？如果人活著，不把時間當回事，人的活著，就能像死亡一樣永恆。因此，我拒絕回答你關於我年歲的問題，即使我想回答，我的記憶也拒絕告訴我，因為它本來就沒有關於時間的記憶。

3.33到城裡辦事，有意忘掉了時間，所以現在我寫這個東西時，也無法說清楚他是什麼時候去的，只能告訴你或你們，他是在人們還沒有下班的時候去的。他在那條名字聽起來像「容易」（easy），但拼起來卻不容易，而是Easey的大街上晃蕩了一陣，很喜歡這條大街牆上的塗鴉，在不成文字的亂寫亂畫中，有些人的臉相凸顯出來。在一個街角，他看見一幢似乎久已無人居住的磚房外，用白色字體寫了幾個大字：CAN'T STOP（停不下來），下面是花花綠綠的塗鴉。旁邊的牆上，有一扇網狀大鐵門，靠在牆上，從來沒有關過，好像從設立之日起，就不是為了關門的，就像那個國家的大門一樣，從來都是為了關住而設立的。

這個網狀的門上，用鐵絲編了一些亂七八糟的東西，一隻生銹的鐵鎖上，攀著一隻巨大的綠頭蒼蠅，是用鐵絲編的。另一個地方，掛著一串糞便，仔細一看，是油漆塗上去的，可與領袖像媲美。他一看見奇怪的東西就拍照，然後發到微信上，就不再理會了。

回到家裡，3.33可能是因受了去辦事那個辦公室裡紅頭髮露後背的女人的暗示，底下腫大起來，覺得需要放鬆自己一下，就找到一個視頻，這裡面是一場集體活動，共有八個男女子和一個男子。所謂男女子，是全然有著女性體征，如長髮、乳房、高鞋（編輯勿改，就是「高鞋」，而不是高跟鞋，這個詞來自英國畫家Tracey Emin，英文叫high shoes），但每人兩胯間都有一根陰莖或陽具。他/她們分成兩個縱列，排在坐在中間的那個男子的兩邊，緊靠男子的那兩個男女人，就在那個跟他開展插嘴活動，直到把他面部、肩部、胸部和凡是能夠濺到的地方，都覆蓋上粘稠的人液。

3.33短暫地產生了一種想變性的瘋狂念頭，差點把自己射出來，但及時地剎住了車，因為他知道，一旦射出，就不可能回收了，只有不停地抵達離頂端還剩一微米的地方，然後戛然而止，才能不斷地體會衝擊生命線，進入死地的前高潮狀態。

如你所知，或已經體會過的那樣，他在虛擬地視頻了若干讓人體的零距離交流之後，把自己像一頭白色的瀑布裁入了萬劫不復之中。你要問他這是何時發生的，他搖搖頭，表示不知道。他想，他已經逐漸在向這個國家的土著靠攏，在他們的土地於1892億秒之前被人奪走紀念日就要到來之際，用精液洗了一下屌下的大地。

翟茹是我的相好，如果你真想知道的話。一個女人和一個男人，有什麼必要要在一起，如果不是因為性的話？我們所說的那個「愛」字，在我們這個時代還有意義麼？送禮送多少才算愛？給錢給到多少地步才能維持這個愛不雞飛蛋打？

上面這段話寫完後，就寫不下去了，皆因都是虛構，沒有實質內容，即使有，也還是實質性的虛構。還是講比較真實的故事吧，雖然還不夠真實到把錄影機對準你的臉或/和她的臉，一刻不停地開機錄影的效果。說到這裡，我想先停一下，談一下關於真實的砍伐。對不起，電腦又給我了「砍伐」。幾乎每次敲鍵敲下「看法」二字，電腦都是給我「砍伐」，這就讓我難免不對此作一番淺思。我不說沉思，因為除非達到了沉睡的狀態，否則，人是不可能沉思的。我曾經幾次三番地想沉思，結果如你可能體驗到的情況一樣，我不是逐漸墮入睡眠狀態，就是沉了半天，卻沒有思出任何東西。關於「砍伐」的淺思就是，「看法」就是有意見，也就是英文的「opinion」。納博科夫的一部文集，取名就叫*Strong Opinions*。不光是單數的opinion，而且是複數的opinions，就是意見很多的意思。

意見就是看法，有看法就是有意見。納博科夫那本文集書名譯得不好，弄成了《獨抒己見》。「抒」有「抒情」之意，中國人特好這一口，什麼都來「抒」一下。人家不是「抒」，人家是「strong」：強烈。不是一般談談看法，而是強烈地表達意見，強烈到別人難以接受的地步。比如：你譯的這個書名不好，很成問題，建議重譯！這就是強烈意見，不是什麼「獨抒」。強烈到這種地步，意見到這種程度，那就是砍伐，甚至已經都不是看法了。一句話下來，就像一把板斧被掄圓了，不是攔腰一刀，就是當頭劈下。看法、砍伐，電腦思維是電腦思維，但言之鑿鑿，中之切切。

現在談錄影機。你沒發現，這個幾乎沒什麼可談？它不就是二十四小時，對著一條空蕩蕩的大街或熙熙攘攘的大街，不間斷地進行錄影嗎？如果那就是藝術，任何人看一個小時就能有效地睡著。如果那就是催眠曲，任何靠著催眠曲才能睡著的人看了之後都會睡不著。真實到錄影機的地步之後，一切就真實到疲勞的地步，只能給它起一個新的名字：時間疲勞。它跟一場一刻也不間斷的性交場面的實際效果也是一樣的。那幾個靈魂工程師的作家，在S市的一家肉房裡看到的東西，就是那種東西。其中一個搖頭說：還不如我們國家鄉下跳的大腿舞來勁。這種話裡透出的酸意，就不去說它了，但錄影反映出的性愛疲勞，也跟時間疲勞一樣，是我們這個時代的兩大特徵。

行了，我要給她寫信了。見下：

親愛的V：你好！

謝謝你的來信並寄來你的照片。你很美，真的很美。你的身體是我看到的最棒的身體，你披著的那些白色的羽毛是天鵝的羽毛嗎？你的眼睛是栗色的嗎？你在燈光下看起來不是太白，反而有一種微黑的感覺，正是這種微黑讓我迷戀。不，我不應該如此唐突地描繪你。你的指甲是銀色的。你眼睛看人的樣子，跟我以前認識的一個女人很像。我不知道我倆的身體如果在一起，會成就怎樣的迷幻。

你說你是脫衣舞女，你說人們不應該為此瞧不起你，你說你自己並不小看自己，因為你很喜歡這個工作。我沒在這個行業工作過，十年裡如果有一次去，那也是為了帶朋友去開開眼界。我在那兒見到很多像你這樣年輕貌美的女子，她們的身體驚人之美，我只說這麼多，因為我不喜歡像矯情的文人那樣，用動物的語彙去描述她們的身姿和聲音，比如長頸鹿、仙鶴、百靈鳥等，我只用一個字：美！那種美，讓你能夠目不轉睛，讓你能夠不想別的，讓你能夠一直硬下去。

不好意思跟你講得這麼直接。在我們這個時代，還需要繞彎子嗎？從前走水路要一個月的時間，現在坐飛機十來個小時就抵達了。換句話說，從前要花一個月談戀愛，現在只花十來個小時就成。也許這是一個不恰當的比喻，但只有在不發達的文化中，鐵樹才有可能開花。我們這兒也許不要多久，就可以通過電郵把你打包發過來了。

那時，我會坐在沙發裡，看你跳你說你要跟我跳的脫衣舞。如果你跳得太好、太美，我不知道我會幹出什麼。也許，還是不跳的好，這樣就不會出任何事。

V，看了你的幾張照片後，我覺得你是一個可愛的人，可以愛的人，可以愛上的人，這麼美，叫我何處藏身？美像一道光明，照得黑暗無處躲避。美，就是化，把見到美的人化掉，如果你明白我說的意思的話。

我老了，V，我的照片不好看，不值得給你看。如果我把三十年前的照片拿出來給你看，那是我作孽，我不是那種喜歡騙人的人。

就這樣吧，我還是覺得，人與食還是不一樣。一頓美食端到面前，不吃對不起美食，吃了也不會有什麼後果，頂多付的錢多一點或吃後良有不適。一大只美色端到面前，不享用肯定是不行的。享用也不行，因為它一下就涉及至少兩個層面，一是道德的，另一個也是道德的。所謂道德，其實就是關係複雜的嫉妒。別人都沒有享用，憑什麼你獨自享用？自己家裡有了還不夠，還要到外面花，還要花比自己小很多的。即使這純出於對方自覺自願，人們還是要以物質金錢地位權力等因素加以拷問。說另一個也是「道德」的，是說如果措施採取得不好，可能立刻會有果子結實，而且一般都不是好吃的果子。人不能像豬馬牛羊狗，搞了就搞了，肚子大了跟他沒關，再換下一個，再換下一批。人還沒有自由到那種地步。人的痛苦也就在此。如果真屬這些豬馬牛羊狗，來世變為豬馬牛羊狗，那還有希望獲得這種自由。可惜現在人們談論的自由，只是一種沒有內容的空殼。聽起來很好聽，實際上做不到。

好，我談了這麼多，與許早把你聽煩了。

859

我聽見你們剛才的談話了，一個聲音說。我理解她為何說：不想看任何恐怖的東西，令人不快的東西，令人噁心的東西和令人不開心的東西，因為她才下班回來，累得只想輕鬆一下。這也是無可厚非的。再說，你們這個時代壓力特大，習慣了壓力大的人們，一靜下來就覺得渾身不舒服，非要找點什麼事做不可，即使沒有事做，也要盡可能讓眼睛疲勞，因愉悅而疲勞，我的意思是說。我沒有否定的意思。

你們在那兒看那段關於洋媳婦的視頻，都感歎那洋媳婦事蹟的動人，因為真正的愛，而放棄了亞美尼亞有房有車的舒適生活，來到山東農村一個小地方紮下根來。你，尤其是你，跟我哥一起含辛茹苦過了將近四十載的你，特別欣賞她的堅定，因為那幾乎就像你自己的堅定。你很感動，覺得節目辦得很好，也很幽默，觀眾裡洋溢著歡樂的笑聲。你們在夏日一月的黃昏散步，這時你說：他們挑選了最優秀的一對，做成一個幾乎完美無缺的節目。只要他們肯做，他們就能把節目做到最好，讓人挑不出毛病，以為這就是那個國家的真實體現。他們所要堅持的，就是表現光明、樂觀、積極、向上的一面。他們這樣做，等於是把黑夜一筆勾銷，把那些曾被黑暗吞噬的人一個個抹掉。這就是為什麼有一個寫作人說：來稿中稍有表現灰暗或消極的稿件，是絕對不可能允許發表的。

這樣一些東西，最後都到哪兒去了呢？最後都被抹黑，被消滅，被遺忘，被打入暗無天日的人間地獄。呼格吉勒圖這樣的案子，還有伸冤的機會，可凡是跟政治有關的其他案子和人呢？只有永久地被抹掉，被擦去。這時，我聽到你提起了我。我真地很感激。我在獄中被殘酷地施用了上百種酷刑，他們在一篇報導中這樣說：

（他）被帶回黃岡第一看守所非法關押一個多月，飽受非人的折磨。在裡面不但人格受到極大的侮辱（如蹲在犯人面前，犯人將其小便拉在他臉上），而且每天都受到犯人們的毒打。一進去就開始走過場，

「上菜」（指酷刑）108種。如：「定心錘」（背貼牆，然後犯人們照心臟部位猛擊，直到都打累了為止）；「紅燒肉」（拳頭擊臉，要把臉打成象紅燒肉一樣）；燒蹄花（重物擊腳趾、手指）等等。打完後還要讓（他）以一個固定姿式（如站、蹲等）長時間不讓動。犯人們所說的「108道菜」，他樣樣都承受到了，每天的拳打腳踢更是家常便飯，因此身體受到了極大的損傷。另外在這期間，母親去世讓他去看最後一眼的請求也遭到黃岡610辦公室和公安局毫無人性的拒絕，使骨肉親人去世都不能送行。後由於他堅持學法煉功，惡警所長黎明將其換到暴力刑事犯的號子，叫犯人「侍候」，犯人們蜂擁而上，將其毒打，打得皮開肉綻，臉被打變了形，臉上的傷口流血兩個多小時都止不住，全身被打得青腫。就是這樣惡警仍不甘休，讓（他）戴「穿心鐐」（手鐐、腳鐐又穿一個鐐，有六七十斤重，人不能站立，只能爬行），十天后才解鐐。釋放之後，在他哥哥的幫助下，又有一次出國的機會，但他認為法輪大法還在蒙受不白之冤，一個政府不能這樣正邪不分，於是還是決定留在國內繼續向政府與世人講清真相。[100]

哥，我不希望你總是這樣，一寫書就進入不開心的狀態。這樣寫出來的書，讓人看了也不開心，人家就不想買了。嫂子說得對，這個時代，只想看點開心的東西。我們那個時代受過的苦，只要今後不再犯也就算了，還去老記住它幹什麼？

你不做聲。我想我明白你的意思。也許寫作的人最不善於交流，他們有話也不說，你和嫂子有時發生矛盾，這種不善於言談，不願意以簡單粗暴的方式言談，結果卻以粗暴簡單的方式解決的做法，是要負一定責任的。另一方面，我覺得也是因為你在不願意把一切簡單化的同時，也不可避免地把一切複雜化了。思想走得太深，意見過於與時代相左，就難免不掉入孤獨無告的陷阱，在所有的人都大唱讚歌的時候，你卻出語就不高興，出語就傷人，出語就勾勒出一幅灰暗沉悶的風景。難道活著的人都像你那樣整天都沒有笑臉嗎？你究竟要以文字給他們什麼東西呢？我覺得，你就給他們happiness吧。如果你給不了，你就寫得讓他們笑一笑吧。如果這也給不了，你就只給他們一點什麼也說不上來，有意思也沒意思，但至少文字很美的東西吧。何必如此作難他們，也作難自

[100] 參見：http://www.minghui.org/mh/articles/2003/12/29/63385.html

己呢？

門一推開，這個聲音就消失了，好像從來都沒存在過似的。

詩人駕車上路時，聽著車載收音機裡播放的一段音樂，忽然覺得，如果能就這樣聽著音樂開著車，一直順路開下去，開到不能再開的地方為止，那該是多麼好的一種境況啊。

詩人已經到了澈底放棄的時候，至少他在心裡已經接近車底放棄了。為什麼敲鍵時，電腦老要出現「車底」，而不是「澈底」，這有什麼隱含的意義麼？也許對聰明的電腦來說，車底比澈底更加澈底或更加車底，因此說車底比澈底也更車底。到了車底，就不必再說別的了。

他想起自己的詩歌，已經走到了山窮水盡的地步。不可能在任何時代或任何國家獲得任何獎，只能以一個極其簡單的事例，來滿足自己從來都沒人願意滿足的虛榮心。在這個國家的一個鄉間小鎮，有一位大作家的小妻子，如果能夠把大和小進行這樣配對的話，曾親口對他說，這個國家任何其他詩人的詩她都不看，而只看也只愛看他寫的詩。他又還記得，有一次在C城的一次學術會議後的晚宴上，有一個大學的女士（應該是一個高級講師），曾端起紅酒酒杯與他對飲，說：你知道這個國家最好的詩人是誰嗎？他簡直地說：是誰？那人指著他的鼻子說：是你！他在半醉的狀態下聽見這話，感覺有點吃驚，甚至還有些懷疑和恐懼。他害怕這樣的話可能根本不算數，拿出去是不能說事的。況且，就是當時，他也沒記下那位女士的姓名，過去多年後，他更記不住那人來自哪兒，那句話也只是像個影子一樣，很難核實其真實性了。

不過，在今天駕車聽音樂的過程當中，那個只看他詩的女性和那個說他是最好詩人的女性，似乎從未有過地證明了這樣一種信念：一生只愛一個人就行了，就夠了，你知道她愛你，你也愛她。灑向人間都是愛，還是灑向人間都是尿？寫一本書，要人人都愛你，有那個必要嗎？即使有可能，又有那個必要去創造這種可能嗎？能有一人愛你，足矣。你寫出這本書，心中從來沒有讀者，不得不讀的人只有你自己，就像你自己不得不幾十年如一日地跟自己生活一樣。

一個人應該誠實地面對人生，哪怕這種誠實會導致殺身之禍。有一年，詩人教的一個男生在作文裡說，他最喜歡這個國家的地方，就是能夠隨便嫖妓，因為有很多可供選擇的正式開業妓院。當時這個學生的坦誠和直率，給他留下了深刻印象，儘管該人的文字功夫較不成熟，他還是覺得，以不成熟的文字，都能如此真誠，還是值得誇獎的。只是到了改作業評分時，詩人虛偽的一面上來了，沒有表揚那個學生，而是不痛不癢地把他微詞了一小番，說：像這樣的話，私下說說無妨，但公開這麼說，可能有些不合適。與此同時，他在心裡罵自己虛偽。直到現在，他仍然氣他自己當年沒有當面稱讚這個男生，贊他膽大，贊他敢於說出自己的心裡話，也恨他自己可能要為這個男孩今後一輩子的虛偽負重大的責任。

也是那一年，他教的一個女生，在作文裡談到父母親之間常會發生爭吵，並斥責其父「無理取鬧」。那女生來自越南背景，用詞一般都不太到位。以「無理取鬧」一詞來形容其父，似乎顯得過重，但同時也給人留下深刻印象，彷彿馬上給人描繪出一個文化程度不高，有大男子主義傾向，動輒粗口，有事無事喜歡找老婆茬的大老粗形象，尤其是當「無理取鬧」一詞出自女兒之口，就更帶上了一個幼稚旁觀者的仔細觀察，似乎真的沒有比之更好的形容詞了。

至於他自己，卻因為一次誠實的行為，而導致失去了一個朋友。這是一位來自歐洲的朋友，在他主辦的一個刊物中，選發了他幾首詩並邀請他到首發式上朗誦。詩人只是到了首發式時才發現，自己的詩印得出格並錯位，變得支離破碎。這樣的事情，在他發表的生涯中，幾乎很少出現。他稍有不悅，但並未表示出來，只是在朗誦時，以一種玩笑的口吻指出了這一點，引來觀眾一片笑聲。這事過後，詩人就把這事忘了。隔了很久，在某個場合碰到那位詩人時，發現他不理他了，即便他主動跟他搭腔，他也愛理不理。這事令他摸不著頭腦，想來想去也想不出個所以然，只能猜想，但也猜不出個名堂來。後來他想，一定是因為當時說了一句大實話，而傷了那個詩人的面子。可是，詩人對自己說：我怎麼可能不說呢？況且我說的都是事實，而且也只是開開玩笑而已啊！

詩人，我們說的是一個已把自己定位為無論寫多少詩，無論發表多少詩集，也沒有任何希望被人譽為「十大」或「最佳」或「當代誰誰誰」等的這個詩人，就在音樂的陽光中，度過了他最崇高的白日夢境：在全世界只被一個人喜歡，也只喜歡一個人（並不一定是喜歡他詩歌的那人），並像學生一樣誠實地、不一定要成功地活下去。

一個有思想的人，其實應該一有苗頭就將其殺死，以免給國家釀成禍害。這樣的人，如果影響太大，就囚禁起來。或放逐出國。或禁止發聲。如果沒什麼影響，就將其關起來打，直到他叫饒，保證不再思想為止。八五九先生跟我講了一件事，為的就是證明這個小小的想法。不能稱之為「思想」，那是一個嚴肅得不能輕易為之的東西，他說。

他把一份文檔拿給我看，那是大約十年前發生的一次不為人知的事件，現在連網上都搜索不到任何蹤跡。這是一份關於撤銷某校某教授主持的國家社科基金專案的文檔。該文檔指出，該教授所主持的專案中：

> 最嚴重的問題是不加分析地、以讚賞的筆調引用劉再複、高行健、朱大可、北島、歐陽昱等人的言論，鼓吹「把國家從至高無上的位置上放逐出去」（P39）。用一些下流的語言咒罵中國。例如，該成果全文照引的歐陽昱《不思鄉》詩中寫道：「我對中國早已失去希望」、「我操你，中國！」、「憎惡那個國家（中國）」、「我恨中國人，超過其他任何民族」、「中國人對中國人的仇恨，是不是鑲嵌在基因裡？」（P162-164）再如，該成果引用歐陽昱另一首詩《最後一個中國詩人的歌》中寫道：「中國不再是它自己」、「它要改變自己的顏色」、「也許出自一個自我毀滅的老年的渴望」、「換血的時間到了」、「於是他不再為一條垂死的龍的未來而憂慮」、「讓它成為一條變色龍好了」（P225-226）等等。XXX同志在自己的成果中對上述敵視祖國的言論不僅沒有批判，而且還把它們美化為「精英化文學宣示」，「是藉以寄寓悲劇感的一種表達框架、一種審美形態」（P162、164）。

我問他是從何而來的這種文檔，他詭秘地笑笑，不作答而言訖。這裡面引用的那個名叫什麼昱的人，寫得如此下作的東西，居然也會受人稱讚，真該把這兩人一同關入大牢，接受司馬遷的宮刑。

翻譯最近不斷有人找，有的是朋友，有的是朋友介紹的不認識的人，有的乾脆就是陌生人，因為是從電子郵件發來的，陌生人那兒就不知原發為哪個國籍。比如這個人在用英文發來的郵件中說，他的文件很重要，都是有關宗教的，需要一個非常認真的人給他翻譯。為了證明此人的翻譯能力上佳，請他把附件中的幾個段落翻譯成英文，讓他們給以鑒定，看是否合乎要求，最後定奪。

翻譯一看就有點生氣。什麼叫sample translation？這種噱頭，人家十幾年前就玩過了，騙誰呀！原來，國際市場上曾有一種欺騙性的做法，那就是請專職翻譯翻譯一個段落，名義上是為了鑒定一下該翻譯技藝如何，其實是不花一分一厘而坐享其成。假如一篇文章有10個段落，分別發往10個翻譯，頃刻之間就會收到10個段落的譯文，然後組織在一起稍微編輯一下，一篇譯文就此大功告成，又何樂而不為！不過，他還是想看看，附件裡是啥東西。打開一看，「哦」了一聲，原來是這個。

該文共有三段，要求是翻譯第三段的任何一個部分。翻譯算了一算，第三段共有1490個中文字，要是按照這個國家的翻譯收費標準，至少應該收取409.75澳元，相當於2000多元人民幣。他可不想白給人幹活，便當即回復說，他是一個具有國家認證資格的專業翻譯，無論為誰當翻譯，都是要收取費用的。他心裡還有一番話，當時並未說出來，但我知道，現在就此機會給他說出來吧。

他心裡那番話是這樣的。歷來人們都不把翻譯放在眼裡。在那個國家的文學中，翻譯形象不是叛徒就是走狗，深度近視地跟在主子後面忙不迭地小步跑著，臉上掛著一幅油膩膩的笑。即使世界活了兩千零一十四年，人們心目中的這種猥瑣的翻譯形象也揮之不去。一個隨隨便便的小詩人，就可以沖著翻譯怒吼：我的詩至高無上，翻譯而要收費，那簡直是在太詩頭上動土，絕對不可能的！對那種詩人，這個翻譯笑笑說：他媽的一個傻逼！我一個字也不會翻譯他的。給錢也不。

我認識的這個翻譯，可不是那種形象。他一不深度近視，二也從不跟在人家後面小跑。如果不開心，他很可能會跟領導頂牛。他在那個不重視翻譯的國家時就是如此，到了這個依然不重視翻譯的國家後，他的服務對象有所改變，基本上沒有一個領導，而多半是生活在水深火熱中的客戶。這其中的細節，我無法告訴你，因為他並不告訴我。

不過，我還是可以與你分享一下，他這天接到的這個被他拒絕的活的第三段任何一個部分的內容。該文開頭第一句很長，都是逗號頓號，到了句號，就已經是一大段了：

從上到下、從頭到尾一直在攪擾著神的工作，與神唱對臺戲，什麼「古老的文化遺產」、寶貴的「古文化知識」，什麼「道家學說、儒家學說」，什麼「孔夫子經傳、封建禮儀」將人都帶入了地獄之中，現代先進的科學技術、發達的工農商業卻無影無蹤，只是強調古代「猿猴」帶來的封建禮儀來故意打岔、抵擋神的工作，拆毀神的工作，將人苦害至今，還想將其全部吞噬，封建禮教的傳講、古代文化知識的遺傳早將人都傳染成了大小的魔鬼，沒有幾個人甘心樂意地接待神，沒有幾個興高采烈地迎接神的到來，人都滿臉殺氣，遍地殺氣騰騰，企圖將神從陸地上趕走，手持刀劍，擺開陣勢要將神「滅絕」。[101]

翻譯告訴我，這東西寫得這麼語無倫次，就是給錢，我也要好好考慮一下是否想譯。就不用說還要免費了。翻譯通過朋友介紹的另一個朋友請他翻譯的文字是一本書，書名叫《專制文化下的中國社會》。是誰寫的，他不能告訴我，內容寫的是什麼，他也不肯告訴我，只說這種書八成在那個國家是出不出來的。果然，我到網上做了一個關鍵字搜索，Google的回答是：**Your search - 《專制文化下的中國社會》 - did not match any documents**。翻譯告訴我，這本書如果譯成英文，發表應該是沒有任何問題的，畢竟在英文世界，只要不觸犯法律，寫什麼都可以，而一本書是否能夠生存，主要看有沒有銷路。賣得不好，你肯定死掉。最後只是出版了一本書而已。

至於第三本書，翻譯什麼也沒說，只是讓我看了一下他對該人的回復，是這麼說的：

---

101 2015年1月23日星期五，來自一個名叫Josh Tan的人。

[某某]你好！新年好！

又有很久沒聯繫了，謝謝你的來信。

我的情況如前，今年7月結束三年任教合同，仍然自由寫作和翻譯。這就意味著，我沒有時間和精力免費給人做事，這一點我必須事先聲明，以免引起誤解。

其次，我所翻譯的任何文字，都無法保證肯定會出版。過去翻譯的詩歌，一些已經發表，一些還在不斷地找機會投稿，以期發表。這個「不斷找機會」純粹免費，要花很多時間和精力。如果翻譯的是小說，這個風險就更大了。很可能文字翻譯好，東西卻出不來，一放就是經年。

前年北京有朋友請我翻譯[某某某]的戲劇一本，我譯了其中四個劇，另外兩個他們找別人譯了，隨後某自費在美國把該書出版。我倒覺得，這是目前最便捷、也最合適的出版方式。除非作者享有中國出版市場的很大份額，否則圖書即便翻譯了，也是很難出版的。這是我的親身經歷。

如果非譯不可，建議最好從短篇小說開始（每篇三四千字不等），先譯兩三篇，發表後再譯。[某市]有一位華人作家的短篇小說，就是這樣經我手而發表數篇的，包括在澳洲和加拿大。

無論如何，我覺得做一個翻譯最起碼的尊嚴，就是不免費為人翻譯。否則真的會被人看得很低。我也從不在不是自己原創的文字上署名，不好意思。

[某某]的文字我已看到，謝謝推薦。

祝好，

某某

翻譯對我十分相信，把這段文字交給我發表，但還是把其中相關的人名和地名隱去，以免引起不必要的猜測。由此，我也約略知道了做翻譯的難處。原來，翻譯還真不是那種被人呼來喚去的類人犬（不，我是說類犬人）啊。翻譯原來也有尊嚴啊。哦，對了，我想起翻譯跟我講的一個小故事。說是那年有一個文檔要譯成世界六十幾種語言，客戶公司壓價，不想按標準的百字25澳元付費，而要降低到18澳元。於是所有其他語言，包括小語種的泰語、緬甸語、老撾語，還不說大語種的德語、法語、西班牙語、葡萄牙語了，都抵制不譯，只有漢語這個大語種丈夫（實際上是丈婦）最能屈伸，最能委曲求全，為了能把這個活抓到手裡，哪怕價再低也做。嗯，我對自己說，想不到翻譯裡面還有這麼多學問呢！

那天晚上，翻譯還打電話告訴我，說晚上看一個關於在法國遊覽的電視紀錄片，裡面有個人在法國尼斯的海邊，介紹Signac這個畫家當年畫畫的情況時說，畫家採用的筆法是big, broad brushes。翻譯問我：你說這個怎麼譯？我一下沒反應過來。讓他再說一遍，他再說了一遍，我還是反應不過來，就聽他說，這裡面其實有兩個字，是中文一個成語中有的，即「大」和「闊」，其實就是說那個畫家「用筆大刀闊斧，揮灑自如」。

我說：是這樣嗎？他很不高興，就把電話掛了。

有沒有遇到這種情況，跟人聊呀聊的，突然那人停下來問了一句，說：哎，知道嗎，老王死了。你會茫然不知所措地問：哪個老王呀？那人會說：老王你不知道，就是那個？你會突然像被什麼擊中了一樣，什麼話都說不出來，只會反復地說一句話：哎呀，這怎麼可能！這怎麼可能！這怎麼可能！那人靜靜地聽你重複這句話，好像在觀察你是否真地感到悲痛，使你也意識到自己重複的次數似乎太多了一點。於是你說：怎麼說走就走了呢。那人知情，沒有應和著說：是啊，說走就走，而是知情地說：也不是那樣。他已經病了很久，我們都去看過他了好幾次。

人活到一定的時候，這種情況就會頻繁出現。人走掉了，在生命中留下一個空白，卻在記憶中開了一個口子。現在從我生命中退出去的那個人，我跟他雖僅有一面之交，但他卻教會了我兩樣事。一是打汁，一是指揮。據他說，他有一樣診治便秘的秘方。在普遍坐下的當今，人的屁股大面積接觸沙發、座椅、汽車座墊、客車座墊、飛機座墊，每天坐的時間，大大超過了站或走的時間，這樣舒服的結果，就是腸胃的不舒服，裡面經過消化或未經消化而時積日累的大段大段的東西，就會淤積而不蠕動，造成苦不堪言的屎面狀態，也就是說，一個人看上去滿面屎色，一望而知肚子裡貨太多，且無法快遞出去！

記得有一個朋友說，清晨開車去上班的途中，常常堵車，也就是那麼一走一停地坐著開車的時候，肛門總有脫韁野馬的感覺，卻無法大刀闊斧一番。聽音樂、看窗外風景、查微信或發短信都無濟於事，絲毫不能救急，真恨不得能有人設計出一款新車，把座下座墊設計成一種可經按鈕打開的馬桶，另外配有一個按鈕，只要一按，四面窗戶從外面就看不到裡面的景象了，這時，駕車人可以鬆開褲帶，縱情恣意地古道西風瘦馬一下，完事後都不用手拿手紙去揩擦，因為下面的日式裝置早已沖出恒溫之水並以柔性的機器指頭，給你從裡到外拾掇乾淨了。當然，最後系褲帶還得自己幹，這是別人忙不了忙的，除非自己的情侶在一旁。不過，如果真在一旁，肯定拉不出來。那就另當別論了。

人們想這個法那個法，什麼喝蜂蜜呀，吃水果呀，一大早起來第一件事就是喝一大杯溫鹽開水呀，做保健操揉肚子呀，跑步呀，等等，都無法使最冥頑不靈，也最靈秀的九曲十八彎的腸子服膺。為何說靈秀？那是因為，你拉不出來時如果生氣，生氣到打它，它肯定發倔，不出。你順其自然，它也不出。你如果心裡（腦裡）哪怕閃過一個念頭，想：今天可能又出不來了，它也不出。這說明，bowels（腸子）這個東西與其說在肚子裡，不如說長在腦子裡。所以你看看人的腦髓，是不是跟人肚腸長得很相像？

老黃，不是老王，教的一法是，早上起來，取兩根粗芹菜和紅蘿蔔，切成小段，再切一個青蘋果，全部扔在一起，放在果汁機裡稀裡嘩啦地攪動一番，直到成為稀汁，也不管它好喝還是不好喝，仰起脖子、閉著眼睛，就一股腦兒喝掉。堅持這麼喝下去，肚子就能像那年清場一樣，天天清得一乾二淨，連根殘屎都不剩。

我們經他面授機宜之後，第二天一早就開始投入，到現在裡面已經放了不下十來種東西，除了他說的之外，還有香蕉、梨子、小蔥、青蒜，偶爾還扔進去一兩顆維生素B或D的，以補充營養。這東西喝下一杯，不要多久就會壓力山下，大快朵頤，頤，不是上臉，而是下臉，稀裡嘩啦一大堆，泥石流一般泥沙俱下。好了，就此打住。

他的另一個方法，是健身法，簡稱「指揮」。什麼意思？這個方法極為別致，很富情調。你把世界上所有的中式西式健身法都放在一起，也沒有聽說過他那種健身方法。要而言之，這種健身法就是，放上一盤交響樂的碟子，如貝多芬的《田園交響樂》或德沃夏克的《致新大陸》等，只要是交響樂就好了，然後隨著音樂節奏的起伏，假想自己是個指揮，學著在電影或電視、劇院或歌劇院看到的樂團指揮的樣子，半閉上眼睛或全閉上眼睛，沖著整整一個交響樂團，上上下下，左左右右，前前後後地揮舞著手臂，可以舒緩，可以急遽，可以抒情，可以激動，一口氣指揮半個小時，然後汗水淋淋地下場，去沖一個熱水澡，那可真是一種集音樂欣賞和身體運動于一體的完美健身方法！即使不正確，他不屑地看我一眼，說，又有什麼關係！反而還能更出創意。比如像佛教一樣輪回地翻出蓮花掌，這不就憑空為音樂指揮創造了一個新的手法嗎？又如，實在是激動得不行時，還可以足蹈起來嘛，邊用手打節拍，還邊用腳在地上踴踏，這，他說，是任何大樂團的指揮都不敢做的。那成何體統?!可他就敢做。他甚至還可以躺下來，對著天花板指揮。如果女人在身邊，他會靈機一動，把她抱在懷裡，雙手在她背後做著指揮的動作。音樂、健康、指揮、女人，這一切都能水乳交融地發揮到極致。

他聽說我辦文學雜誌，就給我發來了一篇小說。為了紀念他，我特此把這篇小說放在這兒，至於品質好壞，我覺得並不重要。重要的是他曾活著，而且活得那麼有意思。

《毒》

黃客（著）

如果我說我在墨爾本一家高跟鞋店當銷售員，你能相信我嗎？你不相信？真不相信？那我可以告訴你，你只要往我電子郵寄地址（hhshoes@hhshoesforlove.com）發個信，就可立即收到自動回復：

Thank you for your query but if you are interested in any shoes we have now available please place your order by email and I shall make sure they reach you in the shortest possible time。

不過，可以給你透露個小祕密，到我們這兒買鞋的，男性居多，占90%以上。當然，具體都是啥人，何種膚色，什麼國籍，姓甚名誰，這都不能告訴你。這個故事擱在一邊，暫時不講。先將點別的。

還有更多你不相信的事，也都一樣樣說給你聽。我讀了三個碩士學位。這個國家就是這點比較好，只要你能活得足夠久，就能拿到足夠多的學位，包括博士。薩爾曼是我的印度好友。據我看，他讀了兩個毫無用處的博士學位：愛情學和糞學。就憑這兩個博士學位，他不僅成功移民澳洲，而且找了一個白人老婆，當然，從此以後，也一勞永逸地再也找不到工作，也不用再找工作了。薩爾曼成了公民之後，就躺倒在福利部優渥的社會福利金上，讓老婆也去讀博士，學世界語，因為學了這個語言，就不用再與任何人交流，可以成為徹頭徹尾的語言貴族。他本人呢，如果不是因為澳洲不許讀兩個以上的博士，還想再讀一個博士，專門研究為何人有兩隻眼睛，一張嘴，而不是相反。其實，澳洲不是不許讀兩個博士，而是如果再讀一個博士，政府就不給你免費發獎學金了，你得自己繳付學費，這就有點划不來了，所以，薩爾曼的這種想法只能暫時擱置一邊，先優哉遊哉兩年再說。

我的三個碩士學位也一個比一個絕，都跟中國有關。具體細節不能告訴你，否則，在這個資訊傳遞像電一樣快的時代，很快就有幾十上百個類似的論文出籠，那就免費替別人當了槍手。一個是探討人類未來是否屬於中國，即中國到一定時候，是否會全國騰空，億人空國，對，這是根據萬人空巷而來的，就是說，總有一天，這個國家會全國騰空放空，讓全球的人住進來，而他們自己的人呢，就放之四海而皆住了。另一個論文討論的內容是，中國女人與黑人交配，或與白人交配之後，所產的下一代究竟誰優誰劣的問題。最後一個論文呢，是一個似乎跟任何人都無關的論題：《論天是否真能塌下來》。

三個碩士論文做完，我基本把人生看透了，也就是說參透了，或者像我開玩笑說的那樣：滲透了。汪寶笑我，說我在英語國家住久了，連漢語都不會說了，應該念「參」，而不是「滲」。我笑他不懂文字的詩意：漢字漂洋過海，還不帶三點水，那能叫漢字？如果能像「熱」那樣，下面帶四點水，那就更「漢」了。汪寶是何許人也？哦，他呀，本來是打工的，後來發了點小財，在威克菲爾德買了一家奶吧，把前任老婆換了，弄了一個小他二十多的女的結了婚，日子過得不錯，用他自己的簡體話來說：日得不錯。

我沒本事，做論文行，找女人不行。找一個，跑一個。總是兩年一到，人就逃之夭夭。說逃之妖妖也不錯，因為逃的時候也妖裡妖氣的。剛才我就撞見她來著。出去散步，走到路口，就見對面一個女人，看不清面目，我因為沒戴眼睛，所以看東西都模模糊糊的，只看見一個個子高高，全身發紅的女人，在路對面急得跳腳，一會兒做出要衝過街道的樣子，一會兒又因連綴不斷的車輛而畏縮不前，好容易等到鼓起勇氣，全力以赴地要跑過街道時，又被另外一邊來的車堵在身上，我是說差點撞著她了，她往後一退，身子一仰，差點倒下，弄得那輛車子都專門為她停了下來。她這才搖搖晃晃地沖過大街。這時，她和我走得近了，我才發現，呀，這不是雅潔嗎。她一定認出了我，所以決不看我一眼，而是眼睛到處搜尋著什麼。突然，眼前白光一閃，從斜刺裡沖出一頭狗來，一頭個兒很大的白獅子狗，從我身邊跑過，順著街道跑去。她也不管不顧，跟在後面跑，那種失魂落魄的樣子，看了讓人傷心。我一看，才明白她為何跑得左搖右晃，原來她穿著一雙黑色全高跟高筒靴，靴頂幾乎高到膝蓋窩，所以才各各開了一個V型凹口。

這雙靴子，讓我想起我們曾一度有過的熱戀期，只不過一個月而已，但該玩的花樣全都玩盡，猶如一場大火，呼喇喇一下燒光，剩下的灰燼，就掃進了各自的垃圾桶裡。那都是十幾年前的事了。正如一個不知名的詩人所說：「勿需朝夕相處，只消一射如故。」這句話後來竟然成了我的人生座右銘，至少在對待婚姻愛情上是如此。這個女人有一點我太清楚了，她愛狗勝過愛生命，也勝過愛男人。所以，我們吵架時我說了一句話：以後你他媽的跟狗結婚得了！你知道她怎麼說：那又怎麼樣?!總比跟你這種連狗都不如的人結婚好！這使我想起，下一次如果再做碩士論文，得拿這來做一課題：《論後人時代獸交婚姻的可行性》。

我怎麼做起小說來了？這跟參加一次作家節有關。一個寫小說多年也沒發財的朋友有天對我說：你看看這些華人，就知道賺錢，從來不參加任何文化活動。我說：你這麼說好像不對吧。就我所知，他們星期天總要上教堂的，而且是華人教堂，牧師都會說華語。俶儻——就是這個總寫總也出不了名的作者（他堅決拒絕要別人貶稱他為「作家」）——說：哦，那不是沒事幹嗎？想要精神物質雙保險呀，平時賺足了錢，星期天再上一趟教堂保底，就一輩子風調雨順，旱澇保收了？狗屁！教堂是什麼地方，難道你不知道？18世紀倫敦的教堂後面，陰溝裡全是嬰兒的屍骨？那是什麼？生下來後，被牧師搞大了肚子的女人揚棄的嬰兒屍骨呀！到底這人是作者，不說拋棄，而說揚棄，但總覺得怪怪的，好像用詞不當。俶儻繼續說：後來更邪乎。牧師不搞女人，而搞男孩子了。前次電視新聞你沒看？你看看，我說了吧，華人只管賺錢，哪管這邊天下發生了啥事。那次電視採訪了一個四十多歲的人，他回憶說，在教會學校才十二三歲時，晚上就有牧師上床，捉住他的手，要他為他手淫，還要用口，等等。所謂天堂，俶儻說，有時就是地獄，而教堂，就是垃圾堆。為什麼？俶儻援引一個華人牧師的話說：上教堂去，目的就是為了把心中的垃圾都掏出來，一股腦兒扔進上帝這個垃圾桶裡，接下去又可乾乾淨淨地過一個星期。我越聽越怕，覺得這種所謂「作者」比「作家」還可怕，因為他的話聽起來無比真實，而「作家」都比較假，比較虛偽，因此大家都互相虛偽一下，日子反而比較容易過。

哎呀，你看，我這麼沒有章法地亂扯，扯到什麼地方了。哦，我是說我怎麼做起小說來了。閒話少說，那天我居然信了作者的話，跟他去參加了一次作家節，結果大失所望，因為所見到的那些白人作家，一個個牛逼烘烘的，用英語談他們的創作經驗，完了就到檯子跟前簽名售書。有些人倒真是簽名售書，另外一些人桌可羅雀，等於是簽名受傷，因為無名可簽，無人來買。傢儻就是如此。我當時就跟他誇口說：小說不能寫得這樣，如果沒人買沒人看，那還不如不寫。傢儻很不服氣地說：那要看誰不買？你沒看見，排隊買書的都是老年婦女嗎？被買的對象都是白人，沒有華人和黑人嗎？這個國家就是這樣，你生活了幾十年，不應該不知道吧。

一聽就是個弱勢群體，我想。還假清高呢。我在做研究生的過程當中，多多少少也接觸過這種人，知道是種什麼人：沒人出書或書沒人買書，就把希望寄託在下一代、下幾代，甚至幾百年後。也不想想：現在都沒人看你的書，以後更沒人看，那時語言出現了新的變化，你這個時代的語言，還需要你自己的語言進行翻譯，更何談有人讀了。有那麼多名人名著需要翻譯，怎麼會輪到你呢。想到這裡，我就跟他說：你信不信，我下次也寫小說，把他們都震一下，包括你。當然，「包括你」是現在加的，當時礙著面子，沒好意思當他面說。

某種意義上說，我比傢儻倜儻，他跟死讀書的人一樣，不過是個死寫書的，而我呢，我既能讀三個碩士學位，我也能把一生當三生來過，也就是說，我只做自己喜歡做的事，其他一切都不在話下，比如開店、在工廠或公司打工、到學校教書等所有這類替人賣命為自己能夠活下去的事我都絕對不幹。世上有多少人多少代人多少世紀的人都在重複地幹這種事啊。比如有年，我就跟鮑勃到海上去了。到海上去幹嗎？鮑勃是個移民代理，他的人生理想，就是把辦公室搬到海上去，也就是說，到時請人給他打條船，船上有辦公室，有臥室，有廚房廁所，還有健身房，閱覽室和影視間。我當時有點小不解：那你怎麼接洽客戶，處理業務呢？大個子紅鬍子的鮑勃說：那太容易了，一台電腦，一台傳真機，外加一個iPhone，一切都解決了。我只需要一個人：廚師！他雖沒直接說出口，但我明白他的意思，他是想讓我當他的廚師，跟他出海，因為我就是通過廚師移民澳洲的，但後來因為厭惡這個只管吃飯不管拉屎的工作而決定洗手不幹，才去讀我沒完沒了的碩士，一直讀到他又想起我來，要我和他一起出海。

這個工作當然令我嚮往，加之我和雅潔剛剛分手，內心空虛得可以，很想找點東西填補，而凡人都有的東西，都不可能填補愛情──我暫時找不到一個替代詞，因為我實在不覺得這是個什麼好東西。澳洲有個女詩人有首詩，標題就直言不諱道：《愛情噁心》，首句就是：「無所謂了/他身上一塊肉我都不想要」──在我心上挖出來的一個大洞。換了我寫詩，我也會說：「無所謂了/她身上一塊肉我都不想要」。我很想把愛情痛罵一頓，但我苦於沒有詩才，只能在心中對這個世世代代用濫和濫用的詞彙暗暗地記仇記恨，對自己說：今後如果也有某種動物，能夠像令雅潔迷醉的狗那樣令我著迷，我也會非牠莫娶。後來我跟鮑勃上了船才發現，天底下的確有這樣的動物，那就是船！我的天呀，那是一條多麼可愛的船呀！知道嗎，我最喜歡的就是在晴空萬里，陽光燦爛的大海上，一絲不掛地躺在甲板上的露天游泳池邊曬太陽，任由兼任船長戴著墨鏡的鮑勃駕著船在大海上航行，駛出菲力浦港灣，向南澳的大澳大利亞灣而去，準備環繞澳大利亞一圈，旋即去新西蘭。

這條船叫YA-HOO，是我給起的名字。她兼具兩種功能：辦公和釣魚。沒事幹時就釣魚，有事幹時就辦公。我除了曬太陽、游泳，就是釣魚或看書。夜裡泊港後，有時上岸吃飯喝酒，或者乾脆呆在船上。這時，望著夕陽西下，海面一片血紅，就會憂從中來，感到世界絕對美好的同時，也覺得一切絕對沒有希望。同時也發現，雖然自己再愛漁船，也無法身體力行地跟船做愛。船上的洞都太大，沒洞的地方又都太硬。那天晚上，我百無聊賴，把自己關在艙裡，上網登錄，進了一個極色情的網站，裡面都是等著讓人操的女人。在此之前，我雖然對這種事略有所聞，但不知道它已經發展到這種程度，只要刷卡交款，就有幾十個女人在那兒等著你去鑽洞進球。我最後還是選擇了白看，因為無法忍受隔著螢幕做愛的那種折磨。

正在邊看邊自摸的當兒，門上響起敲門聲。這很奇特，因為一般晚上鮑勃做他自己的事，從不找我。我關掉網站，走去開門，果不其然正是鮑勃。他站在門邊，只穿襯衣短褲，嘴裡冒著酒氣，對我說：Don’t you feel a little bored now？（你不感到有點兒無聊嗎？）我正納悶他是什麼用意，卻見他身子一仄，腳沒站穩，就撲倒在我身上。我以為他真沒站穩，怕他摔著，就半抱半扶住他，豈料他手就伸到我下麵去了。我那東西剛才看得忘形，已經很硬，到他進來時，雖已軟下，但沒完全軟下。被他一抓捏，就完全熄火了。這時，我已完全明白是怎麼回事了，就使勁把他往外推，同時說：Hi, Bob, you are drunk. Let's talk tomorrow, okay?（喂，鮑勃，你醉了。我們還是明天再聊好嗎？）他半老頭，當然沒我勁大，推到外面後，我就把門「砰」地一聲關掉了。

這之後，我上了岸，是在柔埠。我暫時還不想選擇同性戀的生活，並不是說我對他們有偏見，而是我G8的指向，依然是雌性，看見同性再漂亮的，無論如何也硬不起來。我的幾個朋友，都在五十歲的時候，不約而同地轉向同性戀，如B，如D，如P，等。我雖然從不跟他們談這些事情，但我隱約地感到，他們這麼做有一定的道理。至少有一點，這幾個人五十歲前都結過婚，有的還有孫兒孫女，但一過五十，大概覺得人生所剩時間無幾，有點一萬年太久只爭朝夕的感覺，所以就決定一生當兩生過，把下半身交給同性。據我所知，古希臘文化中，男同性戀是愛情中的至境，遠比渾身上下散發銅臭的男女異性戀純淨理想得多。我之依然戀女，說明我的血液仍然污穢不堪，但時候不到，我也沒有辦法。就像時候不到，要我找一條狗結婚，我也是辦不到的，儘管我也許能就這個問題，寫一篇碩士論文。

我在柔埠，不知道幹什麼好，本想立刻就走，但想想當地還有個我認識的詩人，就給他打了一個電話，約好晚上在奧尼爾酒吧見面。柔埠這個地方，是澳洲歷史名城，主要是因為，1850年代中期，中國淘金工因為維多利亞實行人頭稅，凡在該州下船者，都要加收10鎊人頭稅，因此導致近兩萬來自廣東的淘金工，在南澳柔埠抵岸下船，然後徒步行軍，跨越500多公里的陸路，到維多利亞淘金。現在，除了當年下船的地方，還有幾個紀念的石碑之外，中國人的足跡早已蕩然無存，連大街上都很少看到中國人臉。

這個詩人名叫休（Hugh），他不知從什麼地方看了我的碩士論文《論天是否真能塌下來》（On How the Sky Caves in）之後，大加讚賞，跟我發電子郵件說：東西寫得很棒，頗富詩意，以致他詩興大發，寫了一首長詩，題為《答天》。他通過啤酒杯告訴我這件事時，我就告訴他：知道嗎，中國古代有個詩人叫屈原，寫過一首長詩，叫《天問》。我有意把它譯成「Asking the Sky」（問天），這正好與他的標題——「Answering the Sky」（答天）——相反。他聽後一時激動起來，竟把一滿紮啤酒喝光，又叫了一滿紮來，同時要我也照此辦理。喝就喝，我並無所謂，因為我在澳洲別的沒太學會，啤酒還能喝一點，一次來五六紮都沒啥事，主要是因為我有一個祕密武器，喝了酒後就流汗，而且尿頻。幾紮下肚後，他有點把持不住了，就開始講起他的濫情故事，都是他從前成功的獵豔故事，最成功，但也最失敗的一次，就是他帶著老婆坐豪華游輪去英國的一路上，同時也帶著小三—澳洲英語沒有這種說法，只說「girlfriend」（女朋友）—在兩人之間川流不息地跑來跑去，不，我是說，炮來炮去，忙得不亦樂乎，但終於被老婆發現，結果提前下船，不歡而散。

老實說，我的經歷雖然沒有他那麼驚豔驚險，但自有我的特點，我只是礙於他口若懸河，無法見縫插針，就乾脆自我封嘴，任他信馬由韁地講個痛快。那天晚上，我終於失敗，回到旅館時，已經吐得一塌糊塗，返身把門關上，往床上一躺，就呼呼大睡而去，醒來時已近下半夜三點，一看自己，已經是光溜溜的一個人。房裡還亮著燈，但顯然只有我一人。這種感覺真如死後。我把自己搓揉一番，卻怎麼也無法喚醒自我的肉感。乾脆眼睛一閉，又像死人一樣睡過去了。

剛才說，我也是一個有自身特點的愛愛過女人的人。那就給你講個故事。這個女人叫燕子。當然，一聽「燕子」這種名字，立刻就會意會其中暗含的意思：燕子是會飛的。是的，現在不是燕子會飛，這個時代，哪怕是鋼鐵也會飛。難道叫鐵梅的女的就不飛了？難道叫鋼花的女的就不飛了？是個女的就要飛。我們在那輛南行的列車上邂逅時，她一告訴我說她叫燕子時，我竟然想起了小時候的兒歌：小燕子，穿花衣，年年春天來這裡，感動得哼出了聲。那天夜裡，我們就在我那麼窄小的臥鋪上鋪發生了關係，下面的兩個人和對面的三個人，都沉睡得毫無感覺，也許是裝出來的？我不知道，反正沒有文革時期發生的那種情況：保衛和民兵手持電筒，沖進旅館房間，明晃晃地只指兩個慌慌張張，衣不蔽體的男女眼睛，正告他們：不要亂動，保留現場！什麼現場？無非就是男人那點水罷了。大家都想看，又都必須以正當的名義。我跟她在臥鋪頂上雲雨的這個時代，人們對這種事早已見慣不驚，覺得毫無浪漫可言。燕子用紙把她自己擦乾擦淨之後，把濕巴巴的紙塞給我，要我扔掉，就回她自己鋪上去了。那次邂逅，床上只幾分鐘的時間，過後留了電話和電子郵寄地址，就再也沒有見面。她說她來自墨爾本，我說我來自悉尼。一年後，我收到一個電子郵件，說她十分感謝我，因為我給她下了一個種子，孩子生出來後，是個重八斤的胖小子！

我立刻給她回信，想過去看她和孩子，但她再也不回信了。我打電話過去，也被錄音告知，該電話並不存在。媽的，看來，白替別人生了一個兒子！再過一段時間，我賊心不死，又給那個電子郵件發信，說我不想給她添麻煩，只想看孩子一眼，但郵件很快就被退回，原因是該電子郵寄地址無效。

接下來，就是我前面講的那個高跟鞋店的事。那本來是家男女鞋店，右邊是男，左邊是女。我進去給自己買鞋時發現，左邊的女鞋好像特別悅目，突然之間動了心，真想有個心愛的女人，能給她買雙好看的鞋子穿穿。說來也巧，那個女人那天就在那兒試鞋。她試的是一雙黑色的Sparkle-B，魚嘴，周邊嵌了一圈白珍珠。她穿上去好看極了。她在那兒試時，我就在那兒看，同時假裝看我自己的鞋。等到我決定買鞋，到櫃檯時，她站在我的前面，正掏出信用卡，交給前臺。前臺刷了一下，就聽一個聲音說：你卡上錢不夠買。她又掏出一張卡，仍然錢不夠。把這個女人急得什麼似的。見她陷入窘境，我上前掏出自己的信用卡，說：你好，你看這樣吧，我來替你墊付。

買了鞋後，雅潔對我感激不盡，請我喝咖啡，並把手機號碼什麼的都跟我交換了。我告訴她說，我真是因為她穿鞋後好看極了才為之動情，甚至產生了想到該店當售貨員的念頭。她便問我是幹什麼的。我說我什麼都幹，也什麼都不幹。她覺得這簡直就是她想過的生活。說著說著，我就跟她透露了一個資訊，告訴她說：我是專門給人提供故事的。「什麼意思？」她不解。「哦，」我說。「有些白人作家名聲大了之後，把寫書當做項目，自己沒有時間搜集材料，就花錢請人做，請的都是博士或至少碩士。比如最近。」我放低聲音，環顧了一下周圍，怕有人聽見，因為寫書的事，最怕走漏消息，只要一個想法洩露出去，眨眼之間，人家一本書就出來了。

雅潔覺得不可思議，當然，我後來知道，她幾乎從不看書，只看手機或我給她新買的iPad，再不就沒完沒了地看電視連續劇。我跟她講了一個親身經歷的例子，說是有一天跟幾個長篇小說家聚會，都是白人，大家吃飯的時候，感覺很冷場，幾乎無話可說，全都是今天天氣哈哈哈之類。要知道，這些人不說著作等身，至少也功成名就，早就被寫進文學史，只有我一個無名小輩，夾在裡面，算是混個臉兒熟。不過，我在席間隨便撂出兩個小故事，竟然引起一個著名作家的注意。午餐會後，他就給我發了一個電子郵件，說有事找我。「你看，」我對雅潔說。「我又說差了。我是說，我後來才體悟到，當時他們之所以不講話，是他們相互提防，不願吐露真言，尤其是不講與自己目前創作有關的任何話題。結果，為了活躍氣氛，我講起最近看的一本書來，名叫《柔埠》。

「什麼叫《肉不》呀？」雅潔說。

「不是《肉不》，」我說。「是《柔埠》。這是南澳一座港市的名字。」

「是講什麼的呢？」

「講淘金的。哎，你別說，你的誤讀，反而從中讀出了別的意思。我甚至覺得，那本書要是改名為《肉補》，會更有意思的。」

「是不是講的亂七八糟的事啊？」雅潔說，口氣帶有明顯的不屑。我後來發現，凡是涉及情色之類的東西，她都會這樣不屑一顧，儘管鏖戰到垓心之時，她遠比任何情色小說中的角色都更身體力行，一馬當先，不到死去活來決不甘休。

「也不是，」我說。「這種東西完全沒有也不行。不過，那是一本把故事講到極限的故事，一個人物幾張口講，將來成為過去，過去變成現在，中間還穿插了許多歷史故事，都是神神鬼鬼的，比如花變人還願，與情郎相愛，但突遇父母，最後快快而死，等等。」我注意到，她對這種話題一點不感興趣，卻拿起鞋盒子，前前後後看起上面的英文說明來。這就省去了我很多口舌，不必告訴她，那個白人作家對此類話題多麼感興趣了。他擬寫的下一部長篇，也跟淘金時代有關，裡面也會涉及華人，所以特別希望得到這方面的材料。

雅潔倒是很守信用，很快通過網上把錢還給我了，我們的關係也一來二去，逐漸從桌上發展到床上，但隨著最初的激情減退，我發現跟她做愛有個很大的欠缺，就是每次做到興頭上，她那條狗就要嗷嗷亂叫一通。起初覺得好玩，還有助興的感覺，久而久之就感到討厭，但一直憋著沒說。誰知她竟然把這當成我的默許，在一次做愛時，竟把「東東」抱到床頭，要它觀戰！當我把她像巨傘一樣撐開，雙腳朝天，鞋跟好像在天上走路，我則像一個「人」字插入她時，那廝（我是說那狗，我實在對它沒有好感）竟狂吠起來，我以什麼樣的節奏抽查，它就以什麼樣的節奏吠叫，聲音大到震耳欲聾的程度，直到我澈底軟下來為止。

這次事件之後，我們大吵了一場，我甚至說出這樣的話來：你要嫌我不行，你就跟它做得了！她氣得不是大哭，而是大罵。不哭而罵的女人，我還是第一次見到，這充分說明，如今的女人跟男人已經對換，只是披著一張女人皮而已。內心猥瑣、萎縮、畏縮的我，像個小女人似的，竟然向她叫饒。她見我這樣，人軟不說，連G8也軟，乾脆把我一腳蹬了。

我真軟嗎？不一定。有一天，我趁她不在，用我那只沒有還她的鑰匙，擅自進了她的房，也是我們住了一個月的房，把我後來給她買的那雙高得走不動，只能用來看，顏色塗得花花綠綠的鞋子找出來，用我事先買的一把小電鋸，把兩隻足有一卡長的跟子，一根根地鋸斷。對了，這是一雙非常藝術的鞋，跟子不是一般的跟子，而是形似勃起陰莖的跟子，最底下還像陰莖一樣開了一道很刺激的小口，把那東西攥在手裡，可令男兒在同一時間彷彿生出了四個陰莖，如果舌頭也能算一個的話。就在我鋸那跟子的當兒，那狗叫了起來。它被隔在門外，狗臉透過紗門望著我，發瘋一樣地狂叫。我真恨不得拿起鞋子，一邊一個釘進狗眼，但我適時地提醒自己：這是澳洲，虐狗是會判刑的。於是，我平靜地鋸斷跟子，把兩隻陰莖硬硬地擺成一個「八」字，放在她的花枕頭上。

隨後我就走了，以後的故事以後再講吧。就這樣。

迷迷糊糊睡了一個中覺，一睡就是三個多小時，一睡就什麼都不知道，做了一個接一個的夢，卻一個夢都記不得。睡醒後看到的一個東西就是這個，標題醒目得很：*Why You Should Fuck a Writer*（《你為什麼應該操一個作家？》）開篇第一段如下：

Fuck a writer because he can make you hard or wet just by typing. Kiss him because he can turn a one night stand into a life defining poem. A weekend fling into a highly praised novella. A short love affair into a best selling book. Grab his hips so he can turn that rainy night in a Dublin hostel into three stanzas that speak to the heart of lust and loneliness everywhere. He will use literature to undress you. He will use his words to turn you on. He will quote someone else's work, at just the right moment, to get you into bed. You won't realize he accidently misquoted it until you go home and Google the piece just because you need to feel those words one more time.[102]

他開始試譯：

去操一個作家吧，因為他只要敲敲鍵，就能使你硬起來或濕起來。吻吻他吧，因為他能把一夜情變成一首決定終身大事的詩。週末的一次調情，能轉變成一部受到高度稱讚的中篇小說。一次短暫的風流韻事，就能成為一本暢銷書。緊摟住他的臀部，這樣，他就能把都柏林青年旅舍的那個雨夜，變成三段詩文，對著到處的色欲和寂寞的心傾訴。他會用文學來為你寬衣解帶。他會用他的文字，來把你擰開。他會在那個很到位的時刻，引用別人的作品，讓你上床。偶爾引錯了，你也不會意識到，直到你回家，到穀歌上一查才明白，不過你查也只是為了再一次體會這些文字的感覺。

嗯～～～～～～～～～～～，他終於長醒過來，彷彿抽了一口大煙，又最後看了看那首散文詩的結尾：

別操股票經紀人。別操地產開發商。別操政客。別操搞金融的人。別操那些從來沒有僅僅只為創造而創造出任何可愛之物的人。去操一個作家吧，因為你可能會嫁一個更加始終如一的人，一個有工資的人，一個會說「週末勇士」和「幹活也猛，玩也猛」這種蠢話的人。這些人都是爛貨。[103]

他把那幾段英文原文放在微信上，良久沒有任何反應。使用那個文字的那個國家的人就是這樣的。看不懂的

[102] 作者是Broke-Ass Stuart，該詩全文在此：http://brokeassstuart.com/blog/2014/06/10/why-you-should-fuck-a-writer/

[103] 英文原文在此：在此：http://brokeassstuart.com/blog/2014/06/10/why-you-should-fuck-a-writer/

人反正看不懂，看得懂的人也不敢有任何反應，或許在私下罵也未可知。很正常。

屋裡很悶，他想查查氣溫如何。在他的002號手機—有時記不住，他也稱其為001—上，他吃驚的發現，溫度才14攝氏度，原來時間依然是2014年3月6日，也就是他去到那個國家的那天或前一天。從那時以來，還沒有update（刷新）過。那一天的標定是：mostly cloudy（基本多雲）。

他刷新後得到的具體資料是，溫度28度，天氣情況sunny（陽光燦爛）。這是一月二十四日星期六。電腦的轟鳴聲超過了一切。一個夢境回來了。

一個聲音說：知道嗎，有一個作家是這麼形容倫敦的：*When a man is tired of London, he is tired of life*。（人若厭倦了倫敦，人就厭倦了生活。）

另一個聲音說：那這個人關於澳大利亞說的話，你肯定同意咯？*If you live in Australia, you are living in death*。（如果你在澳大利亞生活，你就等於生活在死亡中）。

第一個聲音說：當然。你看看這個地方，到處都是死亡。

第二個聲音說：*No*。我們都還活著。

聲音*No. 1*說：假活著。沒有真正的生活。倫敦多好，那是歐洲第一大都市，有一千多年歷史，有八百多萬人，*620*平方英里，*100*多家劇院。倫敦有一半以上的人都是單身。多好，想跟誰在一起，就跟誰在一起。知道嗎，約翰的朋友，最後找的結婚的女友，就是一個義大利人。

聲音*No. 2*說：那好吧，隨你。

聲音*No. 1*說：倫敦有很奇怪的路名，*Ha Ha Road*（哈哈路）和*Hooker' s Road*（婊子路）。倫敦到處都是酒館，任何地方都能喝到酒。

聲音*No. 2*說：的確是哈哈，馬克思就是在大英博物館寫《資本論》，寫完了就喝酒，喝到一醉方休，酒醒後又去寫，沒錢了就找恩格斯借錢。[104]

[104] 資料參見：http://www.buzzfeed.com/patricksmith/54-amazing-facts-about-london-that-will-blow-your-mind#.ei0D83Y2O

聲音*No. 1*說：還有一些路名現在沒有了，如*Shiteburn Lane*（屎燒巷）和*Pissing Alley*（屙尿小道）。

聲音*No. 2*說：世界上最性感的器官是什麼？

聲音*No. 1*說：不知道。

聲音*No. 2*說：人的大腦。

聲音*No. 1*說：你會跟這樣的器官做愛嗎？我只要臉，一張美麗無比的臉。

他醒了過來，聽見烏鴉在一月下旬的驕陽下聒噪兩聲，舉目望去，天是一片無涯的藍色，隔壁院落裡的枯樹葉襯著藍天的背景，隨風搖著鐵銹色的枯黃。

他心中還是渴望愛情。他改名叫蘆拜亞，崇拜亞洲的「拜亞」，不叫蘆拜金。有人從電子郵件中給他送了一個藍色眼睛的親吻，他就怦然心動。還有比他年輕半個世紀的人，也向他發來了問候。跟他接觸過的女性，已經一個個離去。他與她們每一個，在不同的歷史時期，有著不同的熟稔關係。都愛，也都不再愛了。愛是多麼神祕的物事啊，他想。如果有可能，他要把一生的每一刻都獻給愛情。和一個女人拉著手，眼睛和眼睛直視，舌頭和舌頭糾結，頭髮和頭髮絞纏，其他的就不用去多說它了。與愛情相比，什麼都是多餘的，肉體絕對粗俗，它只能在二者匯成一者的熔鑄中合一和消失，任何外在的寫作，只是為了庸俗的偷窺。

V是不請自來的新友。你可能不知道，這兩個人之間的愛情，要在本文寫下的十年後發生。如果讓它提前發生，它也就提前發生了。美麗的V告訴他，她在一家脫衣舞廳工作，收入來自跳脫衣舞，還說她是孤兒，又說她朋友給她照了很多相，但都因電腦出問題而弄丟失了。還說了很多很多，信長得簡直沒法細看。於是，蘆拜亞寫了前面那封信，信沒細看，照片倒細看了半天。這女人用平常描述的語言來形容都不夠勁，只有四個字就夠了：一看就硬。三角褲勾勒出極瘦小的黑三角形，全身無一塊閑肉，看上去細膩光滑，適於觸摸、輕撫。

性，蘆拜亞不得不承認，依然是人間最美好的事物。美色，不，美性，要比美食不知好多少倍。這種事不能多想，想多了會頭暈，下面硬久了也會發痛。人會變呆，東西會堆積起來沒人做。時間會大量流失、流逝。

他想再等等，看事情的進展，再決定是否與之在冰封之國幽會。提到冰封，他記得曾親見一張美照，上面有幾位豔美無比的人，一絲不掛地從軍車上走下，來到冰封的大地上，由著照相機從各個角度向她們射擊，那種肉白和冰白交相輝映，加上她們黑色的眸子，簡直讓看的人欲罷不能。妙齡、妙靈、妙憐啊。

這時，他的好夢破裂，因為來了一個電話，是一個很久不聯繫的朋友。他告知，現在在Mordialloc打工。

啊，Mordialloc，蘆拜亞興奮起來，因為他知道，這曾經是一部虛構小說中的古戰場。他告訴朋友說，那部小說名叫*The Battle of Mordialloc*（《莫迪亞洛克之戰》），作於1850年代。（其實他錯了，應該是1888年），描述了澳大利亞人如何打退中國侵略軍的進攻。（其實他又錯了，因為6000澳大利亞人不敵50000中國人的進攻，最後敗在中國人手下，中國軍隊燒殺搶掠，無惡不作。這也就是為什麼這本書還有一個標題，全名是：《莫迪亞洛克之戰或我們是如何失去澳大利亞的》。）[105]

朋友告訴這位在中國工作的蘆拜亞說：雖然做的是清潔工，但每小時工錢為23.50澳元，一周至少有二十幾小時的加班，這意味著每週工資至少有一千澳元，相當於五六千人民幣。那是什麼概念？也就是說，每月可拿兩萬多人民幣的工資！簡直是！什麼人吶！麼麼噠！地位低又有什麼關係，有錢能使人推磨，蘆拜亞說：我也去幹這活，同時體驗一下當今Mordialloc的現狀。

朋友說：那兒什麼都沒有，除了風和景。

為什麼寫作？

怎麼又問這種問題？

為什麼寫作？

現在還問這種問題有意思嗎？

為什麼寫作？

這跟問為什麼死有任何區別嗎？

為什麼寫作？

不知道。

為什麼寫作？

105 參見：http://localhistory.kingston.vic.gov.au/htm/article/255.htm

不知道。

為什麼寫作？

如果我說真話，你不會生氣嗎？

為什麼寫作？

寫作就是操B。

你怎麼罵人？

我剛才不是說：「如果我說真話，你不會生氣嗎？」你為什麼生氣呢？

我沒有生氣。

不知道。

我沒問你問題，你為什麼說「不知道」。你「不知道」什麼？

我不知道什麼都不知道。

你後悔不該寫作，是嗎？

也許。也許不。

為什麼寫作？

為了那種連操B都沒有的高潮感覺。

你是不是覺得，我們的這個文字不應該有任何限度？

有限度的文字，無限度的思想，有限度的文字。

你為什麼用這個文字寫作？

它是從血肉裡長出來的文字。

那英文呢？

也是。

沒有不同？

因為不是從血肉裡長出，而是從腦縫中長出，從心尖或心底長出，它更富有創意。

我們的文字不如英文嗎？

在限度方面遠不如，如果你真想聽我的意見的話。

你不覺得追求美是文人活著的第一目的或最後目的嗎？

不。

那你覺得什麼是呢？

醜。

你為什麼那麼喜歡醜？

醜才是真理的真實面目。

不是人人都有愛美之心嗎？

人人也都有愛錢之心。

美能跟錢劃等號嗎？

能。事實上已經劃了。

舉例說明。

一個長得美麗的妓女，要價比一個醜妓高很多。

這個例子似不恰當。

沒有比這更恰當的例子。

既然你如此直率，那你也嫖妓嗎？

嫖。

為什麼？

男人從生到死，如果沒嫖一妓，他會死而有憾。

為什麼？

複數的女人，是單數之男根的唯一解憂方式。

你寫過牢獄生活嗎？

我的所有作品，都是關於牢獄的。
「一個人一生不坐牢，就等於沒有活過。」這話是你說的嗎？
是的。
為什麼這麼說？
人不坐牢，也等於坐牢，因為人生本來就是牢。
那死亡呢？
死亡不是牢，而是牢的解放。
對男人來說，女人呢？
女人是男人的大牢。
這話怎講？
除非男的改性換愛。
變成同性戀？
是。
你同性戀嗎？
想過。
做過嗎？
沒有。
想做嗎？
前面已經回答。
為什麼
世界上最有私的愛，就是男女之愛，都是為了達到某種目的，都是建立在物質基礎上的，甚至可以這麼說，所謂「愛」，就是進行物質交換的強力潤滑劑。
你恨愛嗎？

我愛愛。
你的意思是說？
我愛愛時愛。不愛愛時不愛。清楚了嗎？
你為什麼從來都不寫開心的事，也讓別人開心？
不知道。
你為什麼從來都不寫開心的事，也讓別人開心？
不知道。
你為什麼從來都不寫開心的事，也讓別人開心？
我想你已經回答了這個問題。
我不明白。
我也不。
你覺得現在寫作還有意義嗎？
不覺得。
不覺得。
你的意思是說？
為什麼？
不為什麼。
那你還寫幹什麼？
需要問鼻子為什麼呼吸嗎？
明白。
看哪些人的作品？
跟你有什麼關係嗎？
問一下總可以吧？

兩種語言中的書都看。

總的來說？

以漢語寫的東西過於虛偽，這是因為這種語言的基因，以及使用這種語言者的基因決定的。

這話是否也適用於你自己本人？

一般來說不適用。

為什麼？

因為我受教育的背景、我的知識結構、我在全球漂泊的經歷、我對地球之外宇宙的認識，等。

你對地球之外宇宙的認識是什麼？

人is nothing, absolutely nothing at all。

你這話的意思是？

人吹噓自己是最偉大最崇高的，但從宇宙的角度看，人什麼都不是，只是一粒微塵。地球毀滅之後，哪怕你曾寫過幾百萬、幾千萬字、幾億萬個字，在浩瀚的宇宙也找不到一絲痕跡。

這可怕嗎？

一點也不。

為什麼？

過於自戀的人類，不知天高地厚宇宙深，害怕是很自然的。知道了自己是什麼東西，就不用害怕了。

為什麼說「東西」？

因為文字中沒有南北，否則就會說：不知道自己是什麼南北。

你對這個文字有意見？

有時有點意見。

比如說？

它老說東西、東西，卻不說南北、南北。它說真善美，把真放在第一，但它一切的一切，都與真反其道而行之。英文中，美是放在第一位的，因為美能導致男人立刻射精。

哈，哈，你真逗。

是的，美（如果放在男人身上，應該稱「帥」）能使女人下麵立刻濕漉漉的一大片。

美就這麼簡單？

複雜的部分就不提它了。美就是生產力，有生殖力的生產力。

不美就不給力？

不美就不給力，但—

但什麼？

醜也是一種美。

也是？

對。

這又怎麼講呢？

有人做了一個實驗。一個美麗的酮體，配著一隻美麗的頭顱，讓男人觀看，男人會勃起。轉而把一個醜陋的頭顱，配上那個美麗的酮體，男人的勃起立刻消失。隨著時代的推移，人對美的認識，逐漸滲入了道德的寒意，是的，寒意，或含義，帶上了各種主義的色彩，變得比以往任何時候都更正確。比如，醜陋的頭顱也是一個有血有肉有感情的人，為什麼我不能僅僅因此而愛她？等等，一言難盡。

哦，我明白，你是說，即便是一個殘疾人或什麼都殘缺的人，也應該有人世之愛。

對的，你是很明白的人。即便是心殘志也殘、身殘志也殘的人，也應該得到人們的愛。

都殘了，還有什麼可愛的？

都殘了的本身，就值得愛，因為這是一種獨特的美。

你的看法太奇特了。

那是因為你自己的看法太不奇特了。

對不起。你是不是覺得，中國人問題很大？

我不想談這個國家的人。

你不就是這個國家的人嗎？

不是。

從前是。

但現在不是。

你這麼說是不是會招他們恨？

是的。

為什麼？

他們最仇恨的就是他們自己的人，因此，古往今來，中國人殺得最多的，就是中國人自己，比日本人殺得還要多。

嗯，得做精確計算才行。

不用了，歷史知道得很清楚。

好吧。

他們最嫉妒，也最痛恨的，就是從他們國籍中走出去，成了他國國籍的人。他們內心仇恨這種人，恨不得把他們全部殺光，像日本人殺南京人一樣殺光。你當我不知道？如果不在肉體上消滅，就在精神上剿滅，不出版他們的書，不發表他們的作品，不讓他們得獎，只許他們做一件事。

什麼？

懷念他們。思鄉他們。點贊他們。

這有什麼不好嗎？

可能沒有，但不會思念。

那就難怪招他們仇恨了。

仇恨就仇恨，反正這個民族從一生下來的那天起，就仇恨自己不是別人。

額、額，有意思。

為什麼要把自己本來應該扔進垃圾桶的東西都搜集起來？

你怎麼知道的？

不是你自己show給我看的嗎？

這是我個人的遺物。

你還沒死，怎麼就成遺物了呢？

作者生前的一切，都不進入公眾視野，不進入家庭以外任何人的視野。他若不把這些intimate的東西留下來，如某天掉下來的一顆牙齒，幾隻被作者把生命耗盡，再也寫不出字來的圓珠筆，作者洗澡時拆開不用的香皂的包裝紙，從那個國家寄來的信封上剪下來帶有日期的郵戳，過期作廢的Nab信用卡，等。這些東西留下來，只有等到作者死後，才有可能得見天日，不是遺物又是什麼？

你是為了身後被人拍賣對吧？

你們那個國家的人最糟糕的地方就是，自己滿腦子都是錢，以為別人也這樣。

都以小人之心，度君子之腹？

不，以小人之心，度小人之腹。這個時代，沒有君子，只有假冒君子的小人。只有不裝的人，才是真正的小人。真正的小人，比小人要小，也比小人要大。

為什麼你要寫這本書？

我厭惡所有採訪者。

為什麼？

因為他們不看書，以為只要找到作者本人，跟他活生生地談，就可以瞭解一切，比看書更多快好省。

可我沒法看，因為你還沒寫完呀？

即便寫完也不會給你看。你算老幾呀。

假如我是你女友呢？

那也不給看。女友算什麼。

愛情在你看來就那麼賤？

那是因為愛情在別人看來都是很賤的，只是嘴上說得不賤而已。一天到晚談情說愛的人，肯定是個白癡。如果長得黑，就是個黑癡。

如果長得黃，就是個黃癡。哈哈哈！

或棕癡。

告訴我，你是不是患有輕度憂鬱症？

你懷疑得很好。這個時代的人，都患有不同程度的憂鬱症。比如那些寫詩的，比如那些三四十歲當編輯的，比如那一批批像饅頭一樣蒸出來的研究生、本科生。在壓力下都變得像海底的魚一樣歪頭癟臉的。

你是不是瞧不起人類？

我瞧不起自己。

因為？

太像人了。生物之中，最壞的就是人。他們殺了多少豬，他們殺了多少牛，他們殺了多少羊，他們殺了多少可以吃的動植物，他們殺了多少他們的同類，現在他們孤獨了，他們憂鬱了，他們犯病了，我不想做人，可我沒有別的辦法。我當然瞧不起人！

你看他們不都好像很幸福嗎？

裝吧。不表現得幸福怎麼辦？那不更不幸福了？以更多的吃與喝來喚起幸福、製造幸福。

他不知道這是不是夢，但他在那裡忙著，周圍都是睡覺的人和準備睡覺的人。他把東西從上面搬下來，一件件的，都是箱子和提包之類的，人們有些等不得的樣子，看得出來他們忍著，隱忍著，堆上去又拿下來再堆上去不厭其煩地。At the back of his mind，也就是在他的腦殼背後，他隱約覺得她要來了，她要來的，有人拉著他的手，是另一個女的，他不知道這是否合適，但他由人拉著，在另一邊坐下。後來她來了，另一個人走了，是在經歷了好幾次手機交流之後。他們見面之後，只看了一眼，就正式永別了。永別只是一種感覺，見面看著也是一種永別。說不上話，無話可說，眼睛看著別處，臉是正面對著，也許根本沒有發生。只是影影綽綽的感覺。這時才感到，根本不該有第一次。很多時候都是這樣的，有了第一次，就有第二次、第三次，直到自己對自己說：不該有第一次。

似夢非夢中有人說：沒有愛心，也是這個時代的一大病症。人們只是出於習慣在為他人服侍，比如母親為兒子。無論腦力還是體力都強壯的兒子，像癱瘓了一樣地等待母親服侍，坐在桌邊把飯菜等來，吃飯時一句話都沒有，因為跟一個比自己大幾十歲的母親有什麼話可說呢，吃完飯把碗一推，人站起來就回自己房去了。這樣的孩子，只等待老母死的時候，在葬禮上流幾滴淚就行了，表示還算是個兒子。兩個因性愛走到一起的人，分別後就不再通音問，再相遇時依然是肉體，再分別後仍然不通音問，恍若新常態下的兩個霧霾中的電子。也許，不愛才是真正的新常態。愛是多麼暴力的東西啊。一方不愛，另一方可以鋌而走險或乾脆住進精神病院。愛的具體表現，也是一個不停打擊的活塞動作。所謂做愛，就是兩個肉體的互相施暴。也許無愛地活著才是正道。刷卡、取錢、買貨、交錢、走人、活下去。跳樓者的一灘骨血，就是最大的示愛。

他從無夢中醒來，咂著那些淩亂的細節的況味，總是在死前或將死前出現與校舍有關的景象。校舍，把知識砸入腦髓的精神集中營。這天早晨，空氣異常新鮮，陽光，讓另一個國家羞愧。據說又有一大批人僅僅因為空氣和陽光，而要把他們纏腰的萬貫扔在這兒了。

是否要與這個語言決裂？一個人發微信轉一篇文章，寫文章者稱高行健跟他說，在法國就要跟法國人交流，而不要在中國人裡面紮堆，否則就跟仍在中國一樣。看微信的人自問：高的看法雖然高，但高寫的書大多仍以中文寫成。他雖然被以法國籍的理由而被放逐出中國文壇，併發下生前永遠不再踏回中國國土的毒誓——不知道他是否還發下，永生永世永死，都不許中國發表或出版他的文字，但他始終沒有與中文決裂。要澈底地離開中國，澈底地擯棄中國人，只有堅決不說中國話、不寫中國文字，完全用法語思維，甚至結婚也只跟法國女人過日子。

不過，這有關係嗎？一個白人說中文，難不成他或她就成了中國人？反過來說，一個中國人說英文，難不成他或她就成了英國人？說英文的印度人是英國人嗎？說英文的菲律賓人、說英文的新加坡人、說英文的香港人，等，他們都是英國人嗎？語言跟國民性沒有關係。你說這個語言，但你可以是另一國的人。你不必認同這個語言來源國的一切，你只是把那個語言當一個工具用著。又有何不可？

看微信的人想起昨天跟一個澳洲小青年談話的內容。那個小青年在澳大利亞這個國家生活了二十多年後終於意識到，必須遠離Asian（亞洲人）——「亞洲人」這個名詞，在澳大利亞一般指的是中國人或華人——而向澳洲人走進，因為澳洲白人的生活中有故事，而亞洲人的生活非常boring（無聊），他們的生活蒼白貧乏，沒有什麼內容，除了錢，就是女人，即便女人，也不刺激。他說他到歐洲去後，要廣結廣交各國人士，遠離Asian（他重複了這句話），過一種非常不同的生活。

看微信的人就問了他一句：難道你自己不是Asian？人家看你是Asian，也不願意跟你交流怎麼辦？

這個澳籍的Asian小青年一時無語，不知道該如何應對。

看微信的人每天看微信後，基本得出了一個結論，即微信雖然什麼都有，但大多與政治有關，少數與吃喝有關，很少與文學有關，幾乎沒有與性有關。這天早上，他看到一則微信，確實感到了震撼。原來，這個微信連發了二十張圖，張張都是關於穴的，每張圖都配有文字解釋。為了不至於給讀者造成過大的視覺衝擊，他決定不轉發，而只是把每個穴的學名寫下來，以免日後忘記。這二十大名穴是：石榴穴、鳳貝穴、烏螺穴、白虎穴、歪瓣穴、石女穴、花菜穴、麻花穴、芝麻穴、一線天穴、鳳眼穴、黑蝴蝶穴、粉蝴蝶穴、石上流穴、鳳冠穴、饅頭B穴、黃金蟹穴、小鳳仙穴、破峰穴和游龍戲鳳穴。

看微信的人很奇怪，他看了這麼多穴卻一點感覺都沒有。同時他想，這麼多穴，穴居生活一定很不容易。而且，為什麼叫穴？穴為何又跟血同音？從前的那個成語「空穴來風」，現在是不是可以改做「空穴來瘋」，就像人來瘋一樣？

住在一個多元文化的國家，最大的優點就是，如果你想瞭解另一個民族的生活，跟那個民族的人交朋友，就能直截了當地瞭解到。八五九這天晚上，就無意識地碰到了這種情況。這時，他邀請提奧，一位希臘朋友，到赤壁晚餐。那是一家新開的武漢餐館，在這兒吃到了武漢的豆皮，他們叫個什麼Wuhan Pizza（武漢披薩），武漢的熱乾麵，武漢的虎皮辣椒，武漢的珍珠元子（其實是湖北的），以及其他武漢的菜肴。提奧吃得津津有味，他那雙眉毛已經霜白的眼睛，也看得津津有味，一眼就看到角落有個女的乳房大得都快掉了出來。八五九隨著他的指向看過去，只見一個扁平圓臉的女子，穿著一身緇衣，頸部以下露出很大的肉白面積，伴著一個皮膚黝黑的漢子在等人上菜。看得出來，那女人笑時，有種似乎覺察到自己在被遠處男人瞅著的感覺，臉上露出得意但又審慎的表情。

八五九和提奧，是多年的老友。這次吃飯，本來也無特別的事情，只是catch up而已，但因最近朋友孩子提到的一個情況，使他有點不安，想就此機會，問問提奧，看是否是這麼回事。

朋友的孩子很小就來到澳洲，在這個國家生活了二十多年後，對該國實行了五十多年的多元文化持頗為否定的態度，認為那只是嘴上說說，並無實際上的效應，來自各個民族的人，互相之間從不交往，只是在有生意發生的時候，才有最基本的接觸。這個國家占主導地位的，依然是盎格魯-撒克遜背景的澳大利亞白人。

提奧沒有正面回答八五九的問題。他說起了他們那個民族的一些與眾不同的特點。他糾正了八五九關於一個他們共同的希臘朋友的錯誤認識。那人直到四十歲一直單身，周圍總是有很多男友。於是八五九認為，他一定是同性戀，因為希臘曾是一個高度重視並珍視同性戀的民族，來自這個民族的人，多半都有這種傾向。No，提奧說。No。提奧加重語氣說：希臘人也好，義大利人也好，都有一個傳統，那就是自家的孩子從小在家中長大，哪怕長大成人有了工作，也還是在家吃住，跟爸爸媽媽生活在一起，小時候被爸爸媽媽撫養大，等爸爸媽媽老得動不得時，就由孩子撫養他們。我有一個朋友前幾年于80多歲去世，一生就是這樣過來的，沒有娶過老婆。

八五九說：那他們如何解決那個問題，也就是那個sex問題呢？婚姻雖然不是最好的手段，但很多人結婚，為的就是能夠部分解決那個問題，對不對？

提奧說：是，但也不是。Yes, but no。你想想，有時候你要sex，你老婆不給你，那你怎麼辦？你恨不得踢自己一腳，後悔還不如不結婚好呢。

八五九說：那也是。很多女人以sex為要脅，你對她不好，她就拒絕給你。她要你為她辦事，達到她的目的，就以這個為誘餌。的確也是很煩的事。

提奧說：你們中國不也有梳頭女嗎？這些人只要不開苞，把頭髮梳起來，一輩子就不需要sex了。我們這些Greek孩子和Italian孩子，只要最開始沒有那種性事，以後沒有也就沒有了，不想要的。一輩子就過下去了。

八五九說：真是好樣的！這是一種多麼值得發揚光大的傳統啊！現在本土的希臘和義大利還有這種傳統嗎？

提奧：沒有了。

八五九：本土社會和移民社會的確存在著這種差別。傳統在本土失落，到了海外，卻因遠離本土，害怕失落而嚴守起來。真是太好玩了。哎，最近做翻譯，有沒有什麼好玩的事？

提奧：有哇，都是發生在精神病院的事。有個傢伙想像自己是個神祇，能從這個城市最高的Eureka Tower跳下去而毫髮不損。他還認為，他可以像上帝一樣，如履平地一樣地在海上行走，絕對不會掉下去。而且，他跟眾多精神病人不同的地方還在於，他有宏大的願望，想召開一個全球的各國首腦會議，一邊一勞永逸地解決世界和平問題。

八五九：哈哈，這人可以自封為世界領袖了。

提奧：是的。還有一位女的，因為老想自傷而被關進精神病院。我去為她翻譯時，她居然從腰部往下什麼也沒穿！這還不說，我們在從一個病室走往另一個病室時，她突然把我緊緊抱在懷裡，怎麼也甩不脫。這麼說著時，兩人突然都不說了，因為他們的眼睛都看見，那個身穿緇衣，露出白胸的女子，跟那位黑膚印度男子，走到櫃檯前付帳。他們這才發現，那女子不僅比男子高半個頭，看樣子也比他年長好幾歲，而且一轉過身去，就能看到她的寬臀和粗腿。於是大家都有點羞愧地收回目光，卻在收回的一剎那間，看見那女人的眼睛看過來，眼神似乎很得意似的。

提奧說：這一餐飯我看到的大肚子女人，比我平常吃十餐都多，而且都是你們中國女人。

八五九說：哦，是嗎？我怎麼一個也沒注意到。我看到的恰恰相反，都是年輕中國女性，跟著一個高加索男性。

提奧說：嗯，這也是一個情況。

八五九說：比如你左邊那個，長得還不錯，吃得卻極省，一人一碗熱乾麵，外加一盤菠菜。

提奧說：她的tits[106]沒那個的大。

八五九說：哈哈！你就喜歡tits，我know。

---

106 英語，乳頭。

那個女人是哪個女人呀？
我不知道你說誰。
我是問那個女人？
哪個女人？
就是那個女人呀。
那個女人是哪個女人？
就是你想的那個女人。
我想的哪個女人？
你自己心裡想的哪個女人你不知道？
不知道哇。
怎麼可能不知道！
那你心裡想的男人是哪個呢？
這個能告訴你嗎？
那我能夠告訴你嗎？
為什麼不能？
不能就是不能嘛，沒有為什麼。
口氣幹嗎這麼強硬啊？
你也問得太咄咄逼人了嘛。
逼人？你罵人？
那不是罵人，那是成語。
成語也是一種罵人的方式。
好吧，隨你。
比如，一捅天下就是。

是總統的統，不是捅人的捅。

瀉瀉也是。

是謝頂的謝，不是洩洪的泄。

洞作也是。

是動態的動，不是打洞的洞。

插足也是。

對不起，你是說插嘴吧？

不，是插足。

我不懂。

那是諸種交配方式的一種。

看來我們的談話內容已經超前了很多，應該打住吧。

打住可以，你有多少性伴了？

你是說，我們這個時代的男性一般都有多少嗎？

就算是吧，但我想知道的是你自己。

不知道。沒計算。

也就是不計其數嗎？

從想像的角度看是這樣。

為什麼？

你覺得異性上街化妝的主要原因是什麼？

為了讓自己好看唄？

讓自己，還是讓別人覺得自己好看？

都有。

考慮讓別人覺得好看的後果嗎？

什麼後果？

如果別人把形象放在腦海中帶回去怎麼辦？

那是他們的問題，不是她們的問題。

如果誰的問題都不是呢？

這似乎超出了我們之前談話的內容。請你提醒一下，我們最先問的是什麼。

那個女人是哪個女人呀？

我問的是這個問題嗎？

你的意思是不是說，你已經不感興趣這個問題了？

好像是。

那我們談點別的什麼吧。

國慶這一天驅車去了遠處一個地方。剛上高速公路，就下起雨來。雨刷自動啟動，刷過來，刷過去，把滴在擋風玻璃上的雨花刷掉又刷掉又刷掉又刷掉。天灰色得可以。不久放晴，路卻走錯了，前面的大幅路牌上，只有通往Ballarat和Geelong的方向。通往Bendigo的出口肯定錯過了。有一年到那兒去，也是這麼錯過的，每次總是到了Calder Hwy時，就會出這種錯。現在已經過了Sunshine Avenue。只能到前面去Deer Park的地方下道，再右拐，然後再右拐，重新回到相反的方向，去找到Bendigo的路。

在通往Bendigo的方向下了路，卻又走錯了方向，來回折騰了將近半小時，才找到上路的口，終於上了路。

遠山上有大雲。白色的彷彿點染了烏黑眼影的雲。近處的原野不能再說是鼠灰色了。那色調是灰的，也是烏青的，還是棕灰色的。焦黃色的草放眼一望，就是亮黃色的，細看之下，一根根之間都有縫，看得見已枯萎的葉片，就是那種樣子，給人上個世紀的感覺，彷彿看見它們被坐在淘金者的屁股下面。他們休息好了之後，一站起來，這些草根舒展一下身子，吱吱地叫一聲，就又直起腰來。

遠山成了近山，名叫馬其頓山。山不高，長著山的樣子，也就是一大片凹下去，一大片凸起來，凹下去的地方和凸起來的地方由於雲的移動，而呈現不同的色彩，有的是深綠，有的是墨藍，有的好像把雲也扯進去，纏不住地纏住它肥厚的腰身。

車內正在播放的交響樂，順便而又及時地為不斷變換的風景而奏樂，如果拿起攝像機或打開答錄機，只有兩隻手是不夠用的，方向盤就占了全部。其實只需要兩隻眼睛和兩隻耳朵，一切就進去了。不用錄製。不用分享。不用。

旁邊的座位空著，卻始終讓人感到，只要把手伸過去，就會被一隻溫軟的小手握著。或者只要把臉稍微側過去，嘴巴就會被另一張甜唇接著。到了Diggers Rest。到了Woodend。到了Kyneton。到了Castlemaine。淘金人的銅像，襯著白雲藍天，可以看到他腋窩和身體構成的三角形空間。

在這兒，他對著一座只有一個聽眾的會堂，在他文學經紀人的陪同下，講了他要講的話，亦即人家請他來做的報告。他說：

文學是關於失敗的。所有的偉大文學，沒有一部不在初生之時被摧殘、被踢出局。《草葉集》提交給出版社沒人要，是惠特曼自費出版的，直到死共自費出版了十幾版。《都柏林人》詹姆斯・喬伊絲花了整整九年才找到有人願意出版。按合同規定，賣到第500本才有稿費，但第一年才賣到499本，因此一文錢都沒有。[107]澳洲一位姓Yu的華人詩人比他還慘。他的一本英文詩集2005年在倫敦出版時，合同也是規定要賣到100本時才有稿費，但這本詩集十年才賣了159本，其中130本是詩人本人買去的，對外賣掉的僅29本，相當於一年才賣2.9本。正因如此，最近有一位著名的本地作家（我不能說出他的真實姓名）說：詩歌已經死亡，詩人還在逢場作戲、逢場作詩。作為一種藝術形式，人們已經不需要詩歌了。故事還會繼續，小說，講故事的形式，還會繼續，但詩歌作為形式，已經澈底死亡。每當有人在那兒強調詩歌的必要性和永恆性，我就覺得，那是死亡的代言人在發言。你可以不必向死亡投降，但你不能不承認它已死亡或它是死亡。

[107] 參見：http://www.abebooks.com/books/features/tales-from-the-slush-pile.shtml?cm_mmc=nl-_-nl-_-C150126-h00-slushpAM-121214TG-_-01cta&abersp=1

我並不同意他的話，但我也不同意詩是詩。我們只能以反來說明正，即凡是詩的，都不是詩，凡是不詩的，都是詩。一個坐在那兒說別人不是詩人而他自己是心中有詩的人，他不是詩人，他只是裝模作樣。俗稱酸。

請允許我在此不再談詩，因為談論詩歌，我連假牙都感到酸唧唧的。想起文學，我就會想起一本本剛剛誕生，就遭遇死亡的書。那種死，就像非禮一樣，被只關心賺錢，不肯白花錢，意識到花了錢也肯定顆粒無收的出版商送給作者本人：送非禮，即送死。普天下的出版商不是為了出書而出書，只是為了掙錢而出書。如果一本書垃圾得一塌糊塗，卻好賣得一塌糊塗，沒有一家出版社會拒絕出版，因此，他們還拒絕出版這些後來好賣得一塌糊塗的書：《飄》（38家出版社退稿），Alice Walker的《紫色》，奧威爾的《動物農莊》（混蛋艾略特退的稿），吉普林的《叢林之書》（無數出版商退稿），梅爾維爾的《白鯨》，普拉斯的《鐘形罩》，以及海明威的《太陽照常升起》，等。[108]

倘若那些退稿者還活著，一定會為自己的愚蠢行為感到後悔或羞愧，但那些瞭解這些退稿者猶如殺人的退稿行為的人，直到我說話的這一刻，依然在行使著上帝或下帝或獸帝賦予他們的天生弱智權力，來多少有才氣的作品，就殺死多少有才氣的作品，同時還驕傲地說：我們出版社（或雜誌社）今年有多少作品獲得全省或全國的優秀什麼什麼獎，卻沒有想想，那「優秀」二字是真的「優秀」，還是真的「疣臭」，其中有幾部東西過了十年而不澈底被人忘記的。〔此處刪去八字〕，強行標上「優秀」二字而長驅直入，行銷全國，最後無疾而終，曝屍書架而無人問津。

活著，就是死，如果你只想面對文學，背對文壇，甚至背離文壇，如果你不以為恥，反以為榮地與世格格不入，與所有得勢的、巴結的、虛榮的、掌權的、寫得不好卻被高度吹捧的，居然有官職而不知羞的、以發表了千萬萬字的螞蟻標準來標榜自己的所有二逼文人格格不入，如果你不屑於讀他們寫的任何文字，看他們互相推介的其實是垃圾的所謂好東西，活著，就是死。而這種死，遠比他們那種臭氣熏天的活

108 參見：http://www.abebooks.com/books/features/tales-from-the-slush-pile.shtml?cm_mmc=nl-_-nl-_-C150126-h00-slushpAM-121214TG-_-01cta&abersp=1

著好。

活著，只能看活著就死了的人寫的書，比如Kafka（我並不喜歡他的作品），比如Emily Dickinson（我比較喜歡，但不是全部），她死前沒有一首詩發表，生前就有詩發表，而且有眾人吹捧的，根本不配稱作什麼國什麼國的迪金遜，那簡直是往迪金遜的臉上抹黑。又比如Emil Cioran（我太喜歡他的作品了），又比如葡萄牙的佩索阿（也是太喜歡了），其大部分作品都是死後才發表。這樣的例子還有很多，如Anne Frank（待看），Stieg Larsson（不會看的），Irène Némirovsky（待看），Zora Neal Hurston，John Kennedy Toole，他們（她們）活著時是死的，因為沒人知道他們（她們），沒人知道就不會有人注意他們（她們），這樣他們（她們）就可以隨心所欲，想說什麼就說什麼，想寫什麼就寫什麼，決不考慮編輯是否喜歡，只要想到獄卒一樣的編輯，他們（她們）心裡就會充滿鄙視，說：什麼東西！他們（她們）絕對不理會對辦刊要求或合同規定的種種禁忌，因為他們（她們）從來都不是為他們或它們寫作的。他們（她們）甚至不為讀者寫作，不花錢買書，卻期盼別人送書並簽字的讀者，那是讀者嗎？那是等著作者簽字後就立刻死去的免費投資者，可惡、可鄙！只有那個國家才會產生和生產出那種讀者。

懂得文學的人就懂得，所有在文學中還活著的人，都早已死了。另有一些人，活著時比別人活得還要活，死的時候就比別人死得還要死。他們活著時在文學裡邊比誰都活得好，死了之後，他們在文學裡邊也死了。

文學，就是關於在文學中還活著，但已經死了的人。

……

說到這裡，他往下看了一眼，那唯一的白人聽眾早已不在。他轉首看了一下右邊，他唯一的白人女經紀人也不知在什麼時候離去。大廳裡長滿了衰草，就是他開車來時路邊那種，枯黃的莖稈，銀黃色的莖頭，它們似乎贊許地在點頭，儘管誰也聽不懂它們的聲音。

交上的作業有一個極短篇，沒有標題，這樣寫的：

我開車，停在路邊，小便。
後面有幾個人笑嘻嘻地跑過來，拉開門，把我座位上的一個包搶走，裡面有一台嶄新的蘋果電腦。
我把小便甩甩幹，放進去，拉起拉鍊。
那幾個人抱著我的包鑽進他們的車，關門就準備開跑。
我坐在方向盤後面，發動車，上路，同時撳下開關。
後面的車在我的後視鏡中白光一閃，眨眼間炸得血肉橫飛。
我走了，後窗都是血點。

打分的手給了一個B+，又抹掉，給了一個A-。再抹掉，給了一個A。又抹掉，給了一個A+。最後抹掉了「+」。

另外一篇是一個19歲的女生寫的，題為《回憶》。她這麼寫道：

兒子小的時候，奶奶給他洗澡。
大熱天，太陽地下洗澡。
兒子心疼奶奶。奶奶一邊給他搓洗光光的身體，他一邊給奶奶揩滿頭的大汗。
奶奶問兒子：爸爸媽媽在家還好吧？
兒子說：總吵架。
奶奶問：爸爸打媽媽嗎？
兒子說：打。
就這樣，澡洗完了，兒子也長大了。再也不會這麼講真話了。

打分的手給了一個A，因為它把女生的名字跟她的臉對上了號，是一張雖不太好看，但很可愛的臉蛋。

打分者看的第三篇，標題是《大志》，這麼寫的：

大志是我們的主人公，父母起名大志，取志向遠大之意，後來果然不差，當了公司經理，娶妻生子，日子過得也很美滿。不料後來在市場大潮的泥沙俱下的衝擊挾帶下，迷上了為人不齒，又令人動心的淫賤業，整日價在裡面摸爬滾打，身體力行，出大力，流大汗，結果可想而知，髮妻離他而去，跟著改妻換代，迎娶了本來是做雞的新歡。本來也不是什麼大不了的事，因為這個年代，大家都看得很開，只要娶得起，也願意娶，就算娶一個人造模特，也不是不可以的。孰料娶回之後，新歡要繼續重返崗位，兩人商量三天三夜之後，居然達成了一致意見：正式申請執照，開辦一家妓院。

此事發生在A國，乃我友之親身經歷。當然在光明正大，道貌岸然的我國，這種事情是絕對不可能發生的。

打分者想都沒想，毫不猶豫，也毫不客氣地給了一個E，相當於及格。

跟武漢做愛，肉體的氣溫高得驚人，幾乎令人中暑。跟墨爾本做愛，踏斷鞋跟無覓處。跟北京做愛、跟南京做愛、跟上海做愛、跟深圳做愛、跟香港做愛、跟*Macau*做愛、跟哈爾濱做愛、跟三藩市做愛、跟廣州做愛、跟想像中的任何一座肉城做愛、跟每座城市的每一朵新遇做愛、跟紅燈區的紅燈做愛、跟天藍色的眼睛做愛、跟紙做愛、跟胯下草做愛，轉瞬就是億秒年、跟唾液做愛、跟鏡頭做愛、跟被子幾十年如一日地做愛、跟人體的某一個部分做愛、跟動作本身做愛、跟鼻孔通過呼吸做愛、跟無愛可做的人談做愛。

編輯看後說了一聲：尺度太大了。隨後就把這首題為《做愛》的散文詩刪了。

過著空巢生活的老夫老妻。

老夫對老妻說：我週二晚上請你看電影。

老妻說：有啥可看的？

老夫說：我等會查查。

老夫上了Hoyts Cinema的網站，一看電影不少，依次下來是：*American Sniper*（《美國冷槍手》）、*Unbroken*（《不斷線》）、*Into the Woods*（《入林》）、*Taken 3*（《拿掉3》）、*Paper Planes*（《紙飛機》）、*Wild*（《野》）、*The Wedding Ringer*（《【不知道怎麼譯好】》）、*The Imitation Game*（《模仿遊戲》）、*Birdman*（《鳥人》）、*Big Hero 6*（《大英雄6》）、*Penguins of Madagascar*（《馬達加斯加的企鵝》）、*Dumb and Dumber To*（《笨與更笨》）、*The Hobbit: the Battle of the Five Armies*（《霍比特人：五軍對壘》）、*The Water Diviner*（《水牧師》），以及*Night at the Museum: Secret of the Tomb*（《博物館之夜：墓中的祕密》）。

老婦在做飯，老夫則在一邊給她講解。一提《美國冷槍手》是打仗的，講一個美國的專放冷槍的士兵在伊拉克的生活，她就說：不看了，不喜歡看打仗的片子。說到*Unbroken*，她問：什麼意思？他說：有點說不上來，字面上好像是什麼不斷線的意思，但看內容介紹，好像是說一個參加奧林匹克運動會的運動員，後來在二戰中開飛機——「不看，又是打仗的，」她說。

就這樣，一次性刷下了好幾部電影，包括那些神神叨叨的片子，如《霍比特人：五軍對壘》和《博物館之夜：墓中的祕密》。聽說《笨與更笨》是Jim Carrey演的，老婦產生了些微興趣，說：看看片花吧。片花一上來，就讓人無法忍受，兩個蠢笨如牛的演員，把搞笑的焦點集中在襠部和肛門部分，除此而外就是聲音和怪相的噱頭。美國喜劇片已經沒落到這種地步，讓人看了片花，也倒盡了胃口！恨不得直接沖著電腦螢幕吐痰。

老夫看來看去，覺得還是一個字的電影可能還能看：《野》。它的內容是一個女的婚姻走到了頭，母親也已故去，於是自己一個人背起行囊，做了一個獨行客，沿著太平洋海岸，一路走了一千多公里。關於該片的介紹，還特別強調該片有很兇猛的暴力和色情場景，但老夫沒有告訴老婦，因為他知道，只要他一講，老婦肯定會說：

絕對不看！

老夫和老婦一聲不做地看著片花，看那女的如何在雨水泥濘中走過綠水青山，在無限絕佳的風景中表現出心理的失落和感情的創傷。老婦看了兩眼，就回頭做她的飯去了。老夫沒說什麼，其實是心裡已有想法，覺得這種片子頂多看點不一樣的風景，而那種色情再色情，也不如一分錢不花，就能在網上免費看到的任何色情。再說，一個女人—就算她是美國女人—感情上的那點破事，值得別人為之買單憑弔嗎?!

這次選片的結局，是兩人一致同意，不看美國電影了，還是在家邊吃飯邊看《鄉約》或《中國正在聽》。

那天是澳大利亞國慶日。Y和M走到卡素棉的大街上時，M「哦」了一聲，說：Fuck！Y說：怎麼了？M說：今天是國慶日，我都忘了。

兩個老朋友，每半年見一次面，上次是在墨爾本大學附近的大學咖啡館，這次還不知道。M說：想吃餃子嗎？Y說：絕對不想。於是，他們拐了一個彎，去了一家以前沒去的地方，是家地道的澳洲餐館，基本沒什麼可吃的，不過是麵包和一直可以延續一天的早餐。

路上，Y給M講了之前發生的一個笑話。這對夫妻一個是華人，一個是義大利人，一起生活了幾十年，義大利人大致也能聽懂一些華語。這天晚上，他老婆因為什麼事不悅，連罵了兩聲：神經病！她老公居然用英語回應說：shenjing bloody bing！這相當於中文說：神經他媽的病！

M聽得一頭霧水，還是讓他繼續說。Y說：當時我感覺來了，給了他一個建議，何不生造一個英文詞，就叫：inshengjing，其詞根就是insane。

笑話沒成功，顯然是聽笑話者不懂中文所致。

在餐館坐定，M要了早餐，儘管現在已是正午，有火腿、有雞蛋、有黃油果醬，Y則要了金槍魚和麵包，同時一人要了一瓶名叫ZYWIEC的波蘭啤酒。且吃且聊，且喝且聊，互相問起對方在寫什麼。當然總是Y問M。

M說：馬上要出一本文集，把過去幾十年寫的東西，都收集在裡面，有短篇、有散文、有雜論，等。

Y說：哦，叫個什麼名字呢？

M說：就叫《最簡單的字》。

Y說：嗯，不錯。最簡單，最不易。

M說：有些人總覺得，把東西寫得無比複雜，無比晦澀，他們的東西就很高明，就會令人肅然起敬。事情恰恰相反，最簡單的食物，像我們現在的這樣，也許是最健康的。

Y說：你不打算寫小說了？

M說：我從來沒有寫過非小說。所有的非小說，包括memoir，包括autobiography，都是小說，都是fiction。

Y說：連我們現在坐在這兒，也是fiction。你看，我手裡拿的這個菜譜封面，寫的是Pyschiatric Hospital（精神病院）幾個字樣。

M沖著飯館忙碌的那個卷髮小夥子說：瞧，我們今天到精神病院來吃飯了！

小夥子笑笑，什麼也沒說，繼續忙他的事。

M說：現在人的問題是，只寫書而不讀書，那麼，你寫給誰看呢，如果大家都不讀的話？像我原來教的那個寫作班，各各把寫的東西拿出來，互相讀一番，互相評一番，結果都是說好話，只有一個學生寫的東西，我給他打了滿分，結果學校還對我提出質疑。我的回答是：為什麼不能打滿分，如果我認為他寫的東西不可能比這更好，那不是滿分又是什麼？用一句拉丁話來說，那是Summa cum laude，也就是獲得了最高的讚賞。

Y說：我想起一個事。你聽說Delgado這個人的名字了嗎？

M說：沒有。

Y說：他是美國的一個墨西哥裔的詩人，一生籍籍無名，只有一首詩傳世。

M說：什麼詩？

Y說：是在一個名叫Fuckyou poetry的網站上看到的。我來找找。

M說：你再把網站名告訴我一下。哦，那不是「fuck you」，那是「fuckyeah」，後面的發音是「也」，相當於「fuck-ye」。那是讚美的意思，不是罵人的意思。

Y說：哈，我又學到了一點新的東西。這首詩有個中國詩人譯成了中文，還就該詩的翻譯和閱讀，講了一個故事。

M說：念給我聽聽。
Y說：聽不懂也沒關係？
M說：Fuck，那有什麼關係？你給我解釋就行了。
Y說：那好，我這就在網上找，稍等，好，就在這兒，找到了！我念給你聽啊。

《傻屄美國》

這話不是我說的
而是德爾嘎多說的
他以一首《*Stupid America*》
自己給自己蓋棺
定論
這是後話，且說
這段時間
我讓學生自己挑詩、選詩
自己評論、自己介紹、自己朗誦
有人選了這首
介紹了這首、讀了這首，還譯了這首
但正如我當堂點評的那樣：
這樣一首憤怒的詩
居然被你讀得我昏昏欲睡
居然被妳譯得我聽之欲嘔、甜膩膩的
最後我不得不當堂起立，大聲讀出

第一段話音剛落
一個姓高的學生便大聲喊道：
好！

現在，何不讓我在此處
現場把詩譯出：

《傻屄美國》

傻屄美國，看見那個奇卡諾人沒有
手裡穩穩當當地
拿著一把大刀
他並不想殺你
他只想坐在長椅上
雕刻基督的塑像
但你不許。

傻屄美國，聽見那個奇卡諾人沒有
他在罵大街
他是詩人
沒筆沒紙

阿伯拉多・德爾嘎多（著）

也不會寫字
他寫不了
就會爆炸。

傻屄美國，記不記得那個奇卡諾人
他數學和英文都不及格
他是西部的
畢卡索
但他肯定會死
死的時候，一千幅傑作
掛在他的腦壁

而且學生的介紹
也太不給力
只好自己去找
到了下面這條
給你意思譯思：

德爾嘎多二十歲時
愛上了他後來的妻子
因為沒錢，借貸
給她買了一條
鑽石戒指

還每天
寄給她一美元支票
同時附上一首
愛情小詩
一直寄到她
能買一件
婚裝的地步

這首詩，我始終想寫
始終沒寫
卻在這個，沒有預料的時刻
伴著最冷的供暖器
在星期六寫下

M說：我都在手機上拍下來了。
Y說：拍吧，要是那個詩人知道就好了。
M說：你認識他嗎？
Y說：不認識，只聽說過。
侍者問：你咖啡喝什麼？
Y說：拿鐵。
M說：給我來杯英國茶。

不明身分的人讓我上車，我說酒還沒喝完。他說沒關係了，先上車再說吧。我提起酒瓶，他就從斜刺裡穿出去了。我說要上樓，他說不用，就從一樓走。我說這怎麼行呢，還是跟著他走了。走到門口，一片灰濛濛的光線照下來。我在很多地方都有過這種經歷，S城、M城、另一個S城。他出門往左一拐，就直接鑽進車裡。我上了空曠的車架，下麵是中空的。他發動車後直接上路，我擔心瓶子沒有放好，因為它在下面一個鐵架子的角落立著搖晃。他說沒關係。我說不行，那是上好的紅酒，潑了就不好了。他說管不了那麼多了，沒喝的再到別處找喝的也不是找不到。我從上往下看著，風在耳邊刮得呼呼響，瓶子開始側向滑移，回過來，又滑移，人在床上躺下那樣傾側，在一根鐵杆後面被視線擋住，隨後就沒有下文了，只聽見酒的滴瀝聲，很快的一剎那，這是夢，這不是夢。後來有思想暗示說：那人是兔子。

老作家死的時候，跟他英文長篇小說中描寫的那個人物一樣，幾乎也是身無分文。當然，他沒有他死得慘。至少，他家裡到處充塞著手稿和書。那個人物從前曾是一個神槍手，打死了二百多敵人。死的時候住的棚子裡別無長物，連他獲得的幾個軍功章也不見蹤跡，估計不是被人偷了，就是自己拿去換麵包吃了。老闆欠他的三十幾塊錢到死也沒付給他。

死前那年，老作家跟幾家出版社寫信，質問他們為什麼不給他寄royalty statements（稿費單）。對方一一回信。其中有兩家是英國的。一家告訴他說，出版社跟他的關係，早在十年前就已結束，那時該付的錢已經付清。出版商克里斯很gentleman，每次來信，末尾都要寫上Very best兩個字。用中文沒法翻譯這兩個字。若要像魯迅那樣硬來，硬譯的話，只能勉強譯成「非常最好」，可那是什麼意思？誰也看不明白。

他跟著又發信追問了一句：那本書是否還有多餘的可售？因為他自己還想再買兩本。對方很快回信說：本來就沒有存本，因為我們從來採取的都是POD。

老作家懂得POD是什麼意思。擴展開來，它是英文的這幾個字：print on demand。這是印刷業進入全新時代的一大進步。它不再像過去那樣，製圖製版之後，一開機就停不下來，動輒就得印它上千上萬冊，印得越多反而成本越低。如果只印一冊，那跟印一萬冊的成本是差不多的。現在引入了POD技術，出書就跟生孩子一樣，不必出一本書而印幾千上萬冊。一本就是一本，價錢就跟一本書的價錢差不多，甚至根本就是一樣。把設計好的文檔和封面等導入電腦，這兒那兒按幾個鍵，不要多久，終端那邊就會出現一本裝訂好的印刷精美的書。

從絕對意義上講，書只要出一本就夠了，就像孩子，如果不碰巧是雙胞胎或多胞胎，只生一個就夠了，沒有必要生一個孩子，就複印幾千上萬個孩子。把一本書印成無數本，那完全是因為有商業的需要：出書，是為了賺錢的。舍此無別。印得越多，賣得越多，利潤就越好。這種淺道理，是不用多說的。

老作家自忖：原來，他們早就把我的書POD了，難怪買不到存貨，還以為銷售得很好呢。真是自作多情，自戀得可以。

跟著，另一家出版社也回信了。那家出版社的老闆，他曾在S城見過一面。那時，他跟他的agent還沒有分手。他們一起在碼頭邊的作家節見面聊天。老作家又一次見識了什麼是英國人的能說會道。如果中國有京油子、衛嘴子之說，那麼，在英語世界中，一定也可以另創一個英油子、倫敦嘴子之類的詞，來形容英國那些說起話來舌頭不打彎，飛機一樣上了天就必須一刻不停地飛到目的地，不容任何人在中間打岔的人。他看到，他的agent在一旁陪著笑臉，只是嗯啊哈的，應和地說著一些零打碎敲的話，他自己則幾乎插不上一句嘴。那人談天說地，把一些事說得有鼻子有眼，把另一些事說得沒鼻子沒眼，讓他們只好張著嘴吃驚，心裡多恨自己的英語怎麼這麼不如英國人，還不由得贊佩：到底是來自英語的原產地國，真他媽的能講！

為什麼說「又一次」？原來，老作家9.11發生後的那一年去了美國，參加一個國際會議，見到了一個口若懸海的來自日本的英國學者，那人要不乾脆閉嘴，如果他開口，旁邊有多少人，就都只剩下耳朵，不知道怎麼開口說話了。他開的一個玩笑，老作家至今記得。當他問及他在日本大學收入如何時——事後，他很為自己這種中國式的問題害臊——那人說：criminally high。一聽此話，大家就忍不住地大笑起來。那意思是說，他拿的工資已經高到了犯罪的地步！

有一說一，英國人在電子郵件上回信一般都很快，不超過24小時，這跟中國形成鮮明對照。那個國家的人回電子郵件，少說三天，多說三個月，再多說的話，三十個月的也有。老作家曾收到一個郵件，一上來就跟他道歉了半天，大意是他從來不看郵件，等到看時才發現過了很久，幾乎太久了。按現在這種速度，三十個月裡，能死三十千的人都不止。這個當年憑著一根舌頭做了他一本詩集的人，來信告訴他了一個基本事實：這書做不下去了，因為無錢可賺，並問是否能把版權返還給作者，就此了結這場持續了十年，無生意可做的生意。

老作家沒吱聲。他有史以來很不尋常地沒有馬上回復，過了幾天都沒回復。他不是害怕這種威脅，也不是擔心什麼。對於詩歌，是用不著擔任何心的。這種東西，能夠不胎死腹中就是萬幸。如能發表，還能在另一個國家發表，那簡直是萬幸中的萬幸。賣不出錢來完全是意料中的事，對無處沒有的空氣，你也想拿來賣錢，是不是太貪了一點啊？

記得那年，他在一次詩歌朗誦中選讀了其中一首，老家是愛爾蘭的L一上來就買了一本，那是那次朗誦後賣掉的唯一一本。L說：我就喜歡你那首「I don't have any friends」（《我沒有一個朋友》）。現在想起來，老L去世已經有好幾年了。他妻子是個華人，比他死得早，他孤老一個，沒有別的愛好，就愛個詩歌什麼的，因此無論哪兒有文學節、詩歌節或詩歌朗誦會，聽眾裡總能看到他的身影。大約是跟華人生活久了，這個老愛爾蘭人若只從表面看，那副寬寬的臉膛，看去頗似華人。他很靦腆，一笑起來就會立刻把笑容收回去，好像怕過度的笑會傷害對方似的。關於他，老作家知之甚少，少有的幾次交談，僅限於天氣和詩，只有一次L談起回老家愛爾蘭度假，但因老作家從未去過愛爾蘭，這種跟外人談家鄉的閒聊，幾乎沒有給他留下任何印象。

本國也有兩家出版社，各為他出了兩本書，因為前後由兩個不同的agent代理，他就向兩人發信求查，得到的回復不出所料，但也證實了一個猜測，即寫作時哪怕稍許帶有幾分市場意識，作品也會歷經多年而仍有賣點。

當年他寫的一部長篇，被他的前agent稱為「poor」，至今賣不出一本。可就是那本書，被批評家高度讚譽，甚至認為是可以得諾獎的作品。老作家聽著電視中傳來的爵士樂，無力地想：這個世界沒有平衡的事。批評家高度讚譽，市場絕對斥之，反之亦然，哪天賣得好了，很可能遭致八方攻擊。

也許，應該把那首詩拿出來給別人看看，但考慮到當年都只有一個聽眾買那本書，在更不讀書和讀詩的時代，就不為難讀者了。

吃過飯，想起老作家說過的一句話：其實也沒什麼，只不過是一直沙啞著嗓子唱歌而已，唱不出也唱。又想起比他大二十多歲的那個白人老作家，他曾說：我寫的東西永遠都不是bestseller（暢銷書），而是worstseller（滯銷書）。我雖不以此為傲，但並不以此為恥。

一月底已經接近夏末，門窗關起來後，家裡並不冷，也不熱。外面最高氣溫26度，晚上8點半還沒天黑。走到外面，看不見風，卻能感到風冷。又走回來，脫去法國巴黎春天百貨店買的那件米色的馬甲，換上黑色的夾克衫，再出去，進入看不見的風中。一整條街像每天那樣，還是空無一人，有數輛車停在別人家的nature strip旁邊。他和她抱著這條街區散步。她說：這麼好的空氣，應該深呼吸！他搖搖頭，什麼也沒說，但他的意思她明白，也就是用不著那麼在意。空氣是新鮮的，能攝取多少，就只能攝取多少。

左近的公園裡，有些男男女女牽著他們棕黃色的狗，一人一條，無聲地在那兒進行著訓練。頭頂飛過一隻白色的白鸚鵡，叫聲大而刺耳。這條街叫簾街。

他們在簾街盡頭轉彎，決定再多走一程，就往前右拐進美麗路，這時回頭一瞧，才發現後面的走路聲，是一個包頭巾的阿拉伯婦人和她孩子弄出來的。

走到這兒，他說：成不成功都無所謂。你想，他那麼成功的人，卻不喜歡看到自己衰老的樣子。我把那天一起自拍的照片發給他，他回信說，自己老的樣子看上去很可怕。不知他想過沒有，人真正成功的時候，往往就處於快要腐爛的狀態了。她說：是呀。他說：其實，沒有必要這樣。把自己生出來的時候，並不是自己要求的。然後一活就是幾十年。如果這樣想，就不在乎死了。憑什麼一定要活到一定的時候？一定的時候又是多久？不活了，就像沒生一樣。她說：所以一定要做到健康。不能讓自己過於痛苦。他說：讓自己，也讓別人，像一個朋友那樣，你知道滴，長年累月照看連自己都不認識的老年癡呆母親。

他們繼續往這條美麗路走。一扇大門都是寬板條做的，上面木紋看得根根畢露，下面裝著滑輪，已經拴上了，越過肩膀高的門緣，可見院內停著兩輛車。走著、走著，路上一輛車開過來，打著轉彎燈，原來是它自家的門口。兩人停住步子，讓車越過人行道，開進了自己門前的車道。

他說：如果是在那個國家的社區，黃昏的這個時刻，是最熱鬧的。高樓上住的孩子都下來了，踩著滑輪，忽地一下沖過去，忽地一下沖過來，嘴裡還哇哇大叫，守在他們旁邊的老太太或小媳婦，在那兒聊天，不時把自己的孩子喊回來，別叫他們跑得太遠。可這兒，如此之靜，孩子從來不在家門口玩，這麼好的一條溜街，又很少有來往車輛，卻沒有孩子利用這個地勢，在黃昏出來玩。她說：是呀，都呆在家裡看電視。就是玩，也跑到很遠的地方去玩。他們的腦海裡，共同出現了頂上載著自行車或後面拖著小遊輪的轎車，車裡載著孩子老少一家人，到幾十公里開外的海邊或山地去休假。

頭頂拉著的電線上，停著一兩隻什麼鳥。他想起，在一些新區，這些電線都看不到了，一條大街望過去，不僅街上空蕩蕩的，就是大街的上空，也是空蕩蕩的，給人一種異樣的感覺，不像這邊的天空，總會被電線拉出傷痕來。

搞研究的人終於找到了他那部沒有出版的短篇小說集手稿，全書標題是《B》。第一篇是詩，但因未注明是詩，放在小說的框架內，所以只能看做是小說，或暫時看做是小說，其他的就由別的人去怎麼也說不清楚地論辯去了。那小說（或詩）或（小說詩）或（詩小說）說：

《寫在七三年的春天裡》

山風呼呼，花香陣陣迎面撲，我們站立山頭，風兒把頭髮梳理的真舒服。
望遠方，綠色的田野茫蒼蒼，輕紗薄霧裹大江。村道上，人來車往；綠禾間，人影出沒，熱氣騰騰春耕忙。
莫看那頭頂上烏雲越聚越攏，也別理它狂風來勢兇猛。我們每人胸中都燃起一把火，能把狂風熱透，能叫烏雲燒融。
我們是新一代的青年，我們的壯志如同山河，我們的心胸比天空廣闊。我們的眼睛能穿透濃霧，我們的熱情啊，跟火樣紅。
透過一片茫茫蒼蒼，我們好像看到：五洲的風雲連天湧，反帝的怒火燃燒熊熊，非洲叢林戰鼓擂響，革命的人民舉起了刀槍，向著那些吃人的虎、豹、豺、狼，沖！沖！沖！

今天啊！大家的心情為什麼這樣激動？大家又為什麼這樣的吹著冷風？哦！我明白了，只因為這風給大地帶來了春天的資訊，吹到了每一個人的心中。

（七三年3月20日）

研究員Yin Xin看了之後分析說，這首文字應該是作者18歲時寫的。當時文革尚未結束，作者已經中學畢業，快下放了。後來的知青文學中，反映的都是較為黑暗的現實，但至少從這首文字中，我們看不到任何消極的情緒。全文雖然充滿了時代政治的痕跡，但不難看到作者青少年時期的火熱情緒。有一個需要提出的問題是：當一個作者把自己的作品收入文集裡，是否可以允許他良莠不齊地兼收並蓄，還是只能把後世標準認為好的作品納入，而把過於帶有那個時代特徵，已經不為後世相容也見容的內容剔除出去？這個問題在繪畫界已經基本解決，因為文革時期的一些專事歌頌的巨幅宣傳畫，如《我為祖國站崗放哨》等，現在都早已拍出了成千上百萬元的業績。那麼，當年作者親手寫下的詩歌也好、小說也好，哪怕很不成熟，但其幼稚一如孩子或少年之幼稚，是不能也無法喬裝老熟的。不信你讓當今最好的作家來修改這篇文字，他或她可能也很難下手改動一字。即便老作家本人還活著，可能他也覺得，改動一字難於上青天。難道就因為我們現在老了，成熟了，成功了，就可以隨心所欲地刪改我們的青春嗎？

Yin Xin在後來寫出的論文中，還提出了一個新發現的細節，那就是，這篇文字是老作家親手寫在一本「工作筆記」中，那本「工作筆記」封面的下面，印著這樣一行楷體：「黃岡地區革委會原地直機關鬥批改指揮部」。她提出的另一個新發現的細節是，老作家把最後一句「只因為這風給大地帶來了春天的資訊，吹到了每一個人的心中」譯成英文後，還被一位澳大利亞的詩人在一篇文章中引用。

古老的驛站。那種情懷，依然存在。如果這個國家住的全部是他們，這個國家的郵局就會澈底垮臺。他們不願意把一分一厘錢花在郵局的投遞上。他們寧可親自開車，把一本朋友託付的書，送給另一個朋友，其實所花的油錢和時間，遠遠超過了把書放進信封，貼上郵票，丟進郵筒的錢。他們還是更願意這樣。也許這就是流散的特徵，必須以親歷和親見來銜接其斷裂。就像那年的那個雜誌，每每輪到要發稿費時，它偏偏不發稿費，而是把稿費發表在一張紙上，讓人看到誰誰誰有多少錢。然後等啊等的，一直等到有人幾個月或幾年後去大洋洲，再在大洋洲一地地地行走，親手交到那些可能求錢如渴，也可能早已忘卻的人手中。這是一種奇特的思維和奇特的做法，不能簡單地斥之為吝嗇，只能兩廂情願地假定，它們想重返驛外斷橋邊的古境，驛，就是他們自己座下的車，想使這個國家郵政制度崩潰的工具。

研究自殖的專家，原來自己就是一個外國人。他在大規模抨擊中國人從頭髮到皮膚到社區起名等方面的自殖現象之後，突然從一條網上新聞中瞭解到，原來這是因為，自殖的人很吃香。他們有的當了人大委員，有的是著名導演，還有的根本就是各部部長的子女。實際上，那個國家早就成了長著中國臉相的外國人的天下了。自殖專家當年拿到外國國籍時，沒有長遠的願景，忽略了一個細節，即保留他的中國身分證，導致後來在那個國家上網買票，都無法購買，因為任何網站，都只接受身分證號登記，不接受外國護照，而他的身分證，現在已成一張廢紙，就是把號碼登上去，也會馬上被拒絕。

自殖專家很鬱悶。他到淘寶網登記註冊，一到身分證一項，他就無法走下去。他總期盼有別的選擇，如國別或護照一欄，但從來都不能如願地冒出來。凡是處於中國之外的任何網站，都沒有這種情況。身分證算老幾?!在除了中國之外的全球，身分證是沒有用的，但現在，當他需要登記註冊時，身分證卻向他逆襲，好像在以一種最無罪的方式懲罰他，說：誰讓你幾十年前棄明投暗，拋棄中國，投入西方懷抱，現在該你受了。

他想起親眼見到的一個場景。在S城簽證單位的視窗前，一位白人婦女跟中國簽證官發生爭執，憤怒地質問他為什麼長期不給她需要的永久居留身分，那人冷冰冰地第一百次告訴她：這是規定，沒有辦法。那女的突然大叫一聲，口吐白沫，倒在地上，像蟲一樣在地上翻滾蠕動。周圍的人看著她滾動，沒有一個上前幫扶。簽證官說：別管她，再怎麼著，一切還得按規定辦事。沒辦法。

自殖專家昨晚看報，無意中翻到一篇，是談中國諸位專家提議，不要在中國大搞耶誕節慶祝的事。如果旁邊有人，會看到他莞爾一笑。他笑的是，這些人也太姍姍來遲了一點。那年，那位來自紐約的老猶太作家，就曾告訴他：基督教歷史上，殺猶太人有兩千多年的歷史。你憑什麼在耶誕節給我發來問候？這不是詆毀我又是什麼？人家殺我你慶祝，這是什麼意思？我從小到大，沒有慶祝過這個節日。我們有我們自己的節日，那叫逾越節。自殖專家懷疑，他自己是不是骨子裡就是一個猶太人，因為自從他移民他鄉之後，他從未慶祝過耶誕節，當然，他也並不知道逾越節。他把自己殖民成別國公民後，最大的成就就是，他已經不過任何節了，這包括耶誕節、感恩節、元旦、春節、元宵節、三八婦女節、五一節、六一節、建軍節、國慶日—簡言之，所有節都不過。節，在英文中的意思是day，如果是正式的節就大寫成Day，也就是節日的「日」。如果說節或日，他每天都是「日」，都是「節」，就不必那麼認真了。

討厭的是，最近他的網站被黑掉了。這個網站他花了900美金，找了一家印度公司做的。完事後運行頗為正常，還在上面賣了不少書，基本上把本賺回來了。不久就出現問題，主要怪他自己，因他腦子不記事，總是忘記自我管理的帳號，最後乾脆進不去了，就好像丟掉了鑰匙，進不了自己的家門。他只好再找原來那家印度公司，卻發現早已自行消亡，給原來那個電子郵件發信過去，原來那人沒回信，卻來了一個Ahladita，自稱一切都可以給他搞定，但必須付錢。多少？200美金！他有些懷疑這個來自New Delhi的Ahladita，因為，她在很多方面都跟他不一樣，一上來還沒做事，就要他把錢交掉。他不肯，兩人就在這上面拉鋸戰了半天，最後達成一致意見：事情幹完感到滿意後再付錢。

廢話少說，這次修修補補，花了自殖專家二百美金，半年不到就被人黑掉了，還是一個朋友從海外發電郵告訴他的。他立刻上網，一看就傻了眼。網上出現一個骷髏人像，旁邊寫著「Hacked」的字樣。很多頁面不見了，換上了別的垃圾頁面。自殖沒法，只好找國內朋友幫忙，另尋網站設計，被告知，便宜一點的也要兩萬毛老頭幣。後來朋友建議，不妨自己在手機上下載一個「微店」。

於是就出現了前面出現過的情況：要身分證信息！又介紹了一個「快站」，也是因為提供不了身分證資訊而被「黑」掉。至此，自殖正是意識到，他不僅是一個網站被人黑掉的人，而且是一個無論在那個國家哪兒註冊，都因無法提供身分證資料而被黑掉的人。這，就是自殖的一個直接結果，等有時間了，他要就此寫一篇專門文章。

老作家死後，寄居在他身上的859連續做了好幾個夢，且都是互相交錯的。他做的第一個夢中，有個人對他說：我是中國那座橋，建起來就是為了坍塌的。我是中國那座樓，樣子做得好看，但目的是為了在地震之前倒塌。我是中國那個國，大限到來的最輝煌之舉，就是讓世界看看，國是怎麼也會表演它的消失的！這一切都是藝術，亡國的藝術，消失的藝術，坍塌的藝術，一切盡在表演中。

859驚出一身冷汗，墜入另一個夢中。那人的頭像一個巨大無比的陽具。在這個深深的隧道旁邊，一批又一批的人抓住繩索放下去了。放下去後，就再也不見蹤影。剛剛放下去的是兩個女的，其中有一個似曾相識，能看見她留戀的眼神在859身上縈繞不去。859想說什麼，但什麼都說不出，眼睜睜、眼巴巴地看著她和另一個女的緊抱住繩子，被一段段地放了下去，先是腳不見了，再是下半身不見了，再是脖頸不見了，最後是發梢現了一下就不見了。

接著上來的一個女的，好像更是859認識的，很熟稔的面龐，似乎都是吻過多少次的那種，眼睛一對光就接上火了。如果說他們是兩朵浪花，那他們的身體就像浪花一樣在湧動，對著對方湧動，卻不知被什麼絆住，上前不得。看得出來，那女的絕對不想下去，但後面已經在催，她非下去不可。這時，那個頭像巨大陽具的男的走過來了。859一見他就敏感地下意識地知道，完了，這傢伙肯定會把她搞到手。他太陽性了，整張臉都是獸性的勃起，任何女的看了都會下麵流水，他的頭是長圓形的，向後延伸，頗似一隻腫大的白蘿蔔。那人張開雙臂，笑嘻嘻地走過來，表示歡迎她加入他的臂膀並伴隨她一起下去。這個陽性的人使859非常難受，以致他離開了這個夢，有意識地進入了另一個夢。

在此之前，他就聽人說，他這次被安排在大門口的某個地方住了，而不是在他原來住的地方。他在眼睛裡翻了幾個跟頭，越過一片海水般的屋頂，目光落到某幢房屋的反面，想：應該就是那兒，似乎太遠了一點。這時，他已經到了房裡，是一個曲裡拐彎的房，像用玻璃管做的清洗乾淨後的大腸。他在那兒看著幾個人低頭圍著一台機器在燈下幹活，也不理會他，就自己一個人去視察了一遍。這房很髒，到處都是黃色的油污和棕色的銹蝕，一拉拉地，從地板上、牆上和天花板上固執地拉過去。他右轉進一條腸子樣的走廊房，看見頂頭的牆壁形狀，想起這是他很久以前做的一個夢的房，不覺大喜。他要告訴她，這是他曾經住過的房，只要把窗戶打開，就可以看見近在手邊屋簷，別人家的屋簷，向下一望，就可以看見別人家的窗，放眼望去，是一片波浪起伏的黑瓦屋頂。但859失望了。他走到盡頭，卻發現沒有窗戶，那窗戶都是假的，是人家用機油畫上去的。

859失望地走下去，進了一間大廳，裡面黑壓壓的都是開會的人。這是另一個夢吧，他想，但他不確定。這時，一個認得的人走過來，交給他一疊東西，說：你看看吧，選好後就給我。他找個位置坐下來，直接坐在地板上，屁股感到了冰涼，慢慢坐熱起來，把那些詩一首首地看，好的就放在一邊，不好的就放在另一邊。他從被那個認得的人那兒淘汰下來的詩中，又找回一兩首自己認為不錯的，然後走到那個人身邊，從椅子底下塞給他。那人二話不說，就把那首被他自己槍斃的詩從859選定的中間拿了出來，因為那詩寫在一張藍色紙上，所以很容易識別。859把詩推回去，那人又推回來，如此三番五次了一番，還是那人厲害，859只好把被槍斃的詩攥在手裡，矮著身子，拎著包包，匍匐一般回到了自己剛才屁股坐的地方。

你看看，寫不出來了吧？太熟悉的不想寫，不熟悉的沒法寫，大腦在一定的時候，就進入這種不作為狀態。英文中，這叫writer's block：作者積木。什麼「作者積木」？其實是作者大腦堵塞狀態。整天下來，他只給她講了一個故事，是關於一個藝術家的。藝術家要給作家畫一幅肖像。作家給他提了一個建議：在他大畫的右下方，畫一幅小畫，也是一幅肖像，是多年前一位白人畫家朋友畫的。將一幅多年前另一個民族的人畫的肖像，嵌入現在不屬於那個民族的人畫的肖像之中，不僅有時間上的對照，更有民族間的呼應，彷彿音樂中的對位與和聲，又彷彿一種歷史的切割和鑲嵌。這個建議，失落在畫家的聾耳朵上。事後證明，畫家參賽的名落孫山，並非與之沒有關係。兩個民族的交合，成功的關鍵，是虛心聽取對方意見和建議，不能傲慢自恃。

他知道，現在那位藝術家最大的問題，就在於他已經聽不進任何批評意見了，只喜歡被人抬著。他也不想想，什麼樣的人才喜歡被抬著？病人、有病的人、軟弱者，等！一個獨立的人，是不需要別人抬的。他走自己的路。他不時聽到別人的咒罵聲和指責聲，他並不在乎，因為他知道，別人改變不了他，而他的特立獨行，總有一天會形成自己的態勢。那些抬的人走著走著就走累了，手一放，就走人了。這時，被抬的人肯定會掉下來，不摔個全死，也摔個半死。要人抬幹什麼?!

他觀察的一些藝術老人和文學老人，似乎都有這種毛病。他們越老越紅，東西卻越老越一般，且越老越聽不見任何批評意見，這正是越老越衰弱的表現。怎麼辦呢，對這些人?只能等他們死去了!生前被抬得很高的人，死後一般都摔得較慘。理應如此。

牆底光，從左到右一長溜，映襯出一個個人的背影。這可能是世界上最長的尿池。人聲鼎沸，尿液橫流，裡面的人站著拉，外面的人站著等。走一個，進一個，再走一個，再進一個，循環往復，幾乎以至無窮。他從高高的臺階上走下來，轉過一個彎，就看見了這個盛景。這時他已經幾乎憋不住了，但他還是忍著，不忍也沒辦法，因為公眾就在周圍和左近。他不能放肆。隨地大小便是人和獸之間的根本區別。

他從這頭轉到了那頭，瞅准一個空檔，就站進去了。他很擔心在這麼一長排人中，跟大家一起表演拉尿，自己是否能夠正常發揮。平常即便不表演，也不能正常發揮。只要有一個人站在身邊，他就拉不出來。這在英文中叫paruresis，即尿羞症。所以如果站滿一排拉尿的人，他總會找有門的小間。如果小間也被占，他就乾脆到外面轉一轉，等到人去廁空時再來方便，或換到下一個廁所解決。

他這次思想是放鬆的，一來是因為，這些人他一個也不認識。他最怕的是認識的人。這些人一邊跟他拉，一邊還跟他聊天，拉完了甩乾淨之後，還在那兒等他，一點都不知趣，還以為這樣是夠朋友。不知道真正的夠朋友，就是一拉完就到外面去等，不給他太大的壓力。

他站在這些不認識的人旁邊，開始往外掏東西，同時注意到底光把那些人的臉從下到上照亮，產生了一種妖魔鬼怪的氣氛，他卻感到一陣鬆弛。在人旁邊感到緊張，在鬼旁邊卻很放鬆，這是他此時的體驗。一個渾身綠色的人開始跳舞，隨著尿液的向前衝擊，他向後退去，身體在空中騰起。底光被尿液打得五彩繽紛。

他從跳舞的拉尿人身邊退去，把自己的東西塞進自己的襠下。他從夢中醒來，去如廁。

他一生有很多女人，先跟A結婚，有了一個女兒，但因酗酒和憂鬱症，跟她離婚，又跟一個叫Y的日本女人結婚，那是他到東京去後發生的事。這場婚姻僅維持了三年。

後來，他不相信婚姻了，直接訴諸於情事，先後與多名女的發生關係，因為是在美國，這種事才沒有導致他像在中國那樣坐監，因為在那個國家，一般會以通姦罪起訴他的。他這時的幾個女人分別是，一個姓C，一個姓M，一個姓P，一個姓E，還有一個姓V。P、E和V分別出現在他幾本書的封面上。

從這個角度講，雖然他的書從未得過任何文學獎，這些他愛、也愛他的女人，應該就是他的文學獎，從繆斯的角度講吧，我想。

49歲那年，他拿起一把.44口徑的麥格農步槍，對準自己的腦門開了一槍。他倒下的那個房間有一扇巨大的窗戶，透過外面交叉橫折的樹枝，可以看到更遠處的太平洋。他的屍體在那個房間睡了至少一個多月才被人發現。

他留下了一句話，寫在了天上：「我們大家在歷史上都有地位，我的地位在雲裡。」[109]其實我想，那句話的意思是：我的地位不在歷史，而在雲裡。

他唯一一部最有影響的小說，叫*Trout Fishing in America*（《在美國釣鱒魚》）。簡直是個四不像，既不是小說，又不是詩歌，又不是戲劇，又不是繪畫，難以卒讀，但對後世產生了巨大影響。書背語稱那部novel（長篇小說）是「mayonnaise」（蛋黃醬）。這正應和了據說他自殺前寫的兩個字：Messy, isn't it? 譯成中文，字就多了：一團糟，對不對？[110]

他那本有影響的書裡，寫前言的人，提到了他認識的一個女性，叫Michaela le Grand。這女人發誓說，要整整一年不說一句話。不知道她後來是否做到了，但一看到這個，就產生一個形象：那女的包著花頭巾，在爐臺邊用湯匙攪拌著咖啡。她看一眼你，好像不認識的一樣，一句話不說，用嘴唇湊近咖啡起皮的地方，吻了一唇咖啡。她眼睛藍色得透明。你走上前去，從手裡把她的咖啡杯子拿下，她一聲不響，並不抵抗。你們交合、對陣、迎和送，她嘴裡只有噢噢噢、喔喔喔、哦哦哦、啊啊啊、嗚嗚嗚等的叫聲。什麼都不說。這跟從前看過的某篇古

109 參見Richard Brautigan詞條：http://en.wikipedia.org/wiki/Richard_Brautigan
110 同上。

代小說內容相近。那女的連啊聲都沒有，只是最後看到把她的孩子倒提雙腿，腦袋朝下，沖著岩石砸下來，把腦漿砸得四處迸濺時，才「啊」地大叫了一聲。

他被人寫進一部長篇中。那是一本很怪的書，晦澀、複雜、糾結、絞纏，就像封面設計圖，鳥互相飛進對方，鳥翅形成黑夜和白天。看黑夜成為黑鳥，看白天成為白鳥。書是澳大利亞人寫的，被寫的人卻是英國人。書名還記得，叫*Drift*，一個中文字就可以解決：《漂》，既不是《漂浮》，也不是《漂流》，只是《漂》。不記得人的名字了，手上也沒有多年前看過的書，只能去找網上的資料。啊，原來就是他！一個實驗作家。換言之，一個不可能拿文字換錢，活著等於死了的作家，在那些搞文字而活得很好的人看來，應該就是這樣。

BSJ創作了一系列能夠稱之為visual writing的東西。不妨譯為「視覺寫作」，網上有很多相關圖像。一本書頁開了天窗，能從這張頁面，看到下面一張頁面文字的書。一本文字上粘貼了圖畫的書。一本能像手風琴樣把頁面扯出來的書。

他曾把沒有頁碼的書頁放在一隻盒子裡，算是一本長篇小說，從裡面取出來，看哪一頁都行。還寫了一本書，裡面的人物思想和感情是互相交叉的，可以相互取證。

40歲那年，他因「無法取得商業上的成功」和「家庭問題」，切腕自殺而死。[111]他自殺的頭一天，對他的文學經紀人說：「I shall be much more famous when I'm dead」。[112]（我死後，就會著名得多。）

中國有政治上的英雄和戰爭上的英雄，但文學上的英雄極少，尤其缺乏有獨創性（毒創性）、敢於實驗的先鋒作家。很多人開始時很先鋒，不久就裝逼起來，然後黃袍、紅袍、藍袍加身，撈起錢來比做生意的還凶。所以，你不可能在西人的筆下，找到一個以中國作家為典型形象的人，除非是負面形象。〔此處刪去16字，包括一個逗號和一個句號。〕

111 參見B. S. Johnson詞條：http://en.wikipedia.org/wiki/B._S._Johnson
112 見此：http://www.telegraph.co.uk/culture/books/bookreviews/9885224/B-S-Johnson-Britains-one-man-literary-avant-garde.html

不要找我，這話是老作家死前說的。

錢有話要說了。錢說：我從一開始就不喜歡你。你從來都不尊重我。自打你在中國開始學習寫作時，就不把我當回事，一心要走先鋒之路，跟當時的文學潮流搞不來，幾乎瞧不起任何被我看中的人。你罵我是臭錢！你總是罵我臭錢！你以為我聽了開心嗎？你以為我不會整你嗎？當年我就讓你一個字不能發表，因為那些掌握了稿費和發表權的編輯，實際上都是我手下的嘍囉。

後來你去了異國他鄉，本來是很有機會改換門庭，追求進步，錢程遠大的。可你不是個東西，居然改用英文創作，以為那才是出路，真是不知天高地厚錢多、地大人廣物博！從來都不想我、不戀我。你不愛我，你以為我會愛你？No way！一般人愛我，我都不會隨便愛一般人的。像你這種這麼不愛我，甚至時時處處都拿我說事，詛咒我的人，我真的是很少見。不瞞你說，有好多像你這樣以身試文的人，最後都落得個苟延殘喘，窮愁潦倒的地步。還有不少跳樓的跳樓、切腕的切腕、吞槍的吞槍、臥軌的臥軌、服毒的服毒。我警告你，你如果再不懸崖勒馬，他們就是你的前車之鑒和光輝榜樣！

我對那些回頭是岸、回頭是錢的人，一向都是無任歡迎。有幾個人原來幾十年如一日地堅持先鋒，好幾個都比別人先瘋掉了。這就是先鋒的意義，明白嗎？先鋒、先瘋！沒錢你玩什麼先鋒？老子天下第一，錢能通神，更能通人。你默默地愛上了我，那就算你走運了！愛一段時間還不行的哦，得愛一生，得生生世世地愛下去，一代代地愛下去，全國、全球、全世界、全宇宙地愛下去！你不愛我還愛誰？你愛愛，愛會離你而去。你愛國，國會打你而死。你愛黨—我是說國民黨—黨會視而不見。你要明白，你愛錢，也就是你愛我，我會讓你一輩子過得像豬一樣幸服和舒福。不要小看豬，那是世界上最美好的動物。它們活在人世（以及豬世）的唯一要求，就是活下去，但由於非要被人吃掉不可而死掉，它們又通過把它們吃掉的人而繼續存活下去。這就是為什麼你看看人們的嘴臉，多麼像豬！

哦，我忘了說，原來那位活得很不耐煩的作家，後來因為受了我的影響，活得很耐煩了。他開始把市場放在第一位，他開始想錢了，不僅想，而且念，不僅念，而且愛。一個作家同志，能夠意識到這一點，就是一個很好的同志嘛！你以為你是誰，敢把我不放在眼裡？必須把我放在眼裡，必須滴！

自從他認識到錢能通人這個真理—其實，我還不如說道理，真的道理，就是真理，只不過涉及的都是一個走道的問題、走什麼道的問題—後，他的書一本比一本賣得好，至於是不是一本比一本寫得好，我不知道，也無所謂。再說，我手下那些當評委的也不是吃乾飯的，他們總能根據市場規律和讀者喜好來評判佳作。有幾次他得了大獎，不僅有錢，而且有名。說實話，我現在最惱火的就是名，也非常討厭那些光有錢還不滿足的傢伙。他們要名。就像先鋒就是先瘋，要名就是要命！這些混蛋為了要名，有時也會把我置諸腦後，你說這氣不氣人！他們那種要名的勁頭，就像人做愛要死要活要命一樣，恨不得把愛做死。

你的書寫到如今，雖然發表多多，但賺錢極少，道理很簡單：因為你不愛我。你不愛我，我也不愛你、不會愛你。你家裡供了財神沒有？沒有？那你當然stupid了！你沒看華人開的所有店裡，都有一個金光燦爛的財神爺，電動地對人招手，那叫招財進寶，知道嗎？你把你那個文化從小就教給你的東西，早就忘得一乾二淨，真是個忘恩負義的東西。除了少數像你這麼執迷不悟的人之外，你們那個文化裡十幾億的人，現在都心服口服腦服體服地歸順了我。現在有個姓馬的，就整個兒是我胯下一匹馬，他跑得多歡啊！所以你看，他賺得盆滿缽滿屋子滿，連口裡吐出的每一句話，都能聞到我的體香。

我知道你又要說，那不是體香，那是體臭，因為你本來就是臭錢。你錯了，你這個寫了一輩子書，一輩子沒賺錢的作家。這麼說吧，沒賺錢，那你寫書幹什麼呢？那不等於開個博客，成天往上放任何人都不看的東西一樣？那不等於把自己像墓碑一樣擺出去，向大眾示威，說：看啊，我寫書不是為了錢，而是為了—為了什麼呢？為了死亡？為了寫得誰都不看？

行了，我沒時間跟你在這兒泡蘑菇了。如果你還想寫下去，又不準備好好地對我頂禮膜拜，把餘生的愛情都獻給我，那你就等著死吧。告訴你，你死定了，如果你不深深地愛我的話！愛我吧，錢說，不僅要深深地愛，還要好好地愛，愛到極處就是操我，操我吧，寫字的人，如果你想發財的話！

樊鮭在即將被淘汰出局的時候，及時地說服了我，讓我從他一部談反譯的書中，選出一段在下：

下面擬從細部方面，對中英文在形式上的倒反現象逐一探討。

1. 標點符號。我教過的學生裡面，常有把英文標題加上中文書名號的例子，如《For Whom the Bell Tolls?》（喪鐘為誰而鳴？）也有把中文的句號寫成「.」的。這都是不瞭解中英文標點符號的用法在很多地方都是互為倒反的，最明顯的幾個互為倒反的標點符號如下：

標點符號	中文	英文
句號	。	.
頓號	、	[沒有這種符號，以逗號代替]
書名號	《》	[沒有這種符號，書名號以斜體，文章標題以引號，即' '或" "]
省略號	……	...[句末為四點....]
引號	「」	" "[中文用雙引，英文單引、雙引都行，但更趨向單引]

2. 其他符號。最常見，也最令中國人糊塗的符號是「×」號。在澳大利亞填英文表格，凡回答「是」或「否」，不是打鉤「√」，而是打叉「×」。我當年初抵澳大利亞，經常在這方面出錯，直到習慣為止。

3. 書信格式。我去國多年後第一次回國，發現自己居然不會在信封上寫位址，常把順序弄反。經過一段時間後才恢復了過去的習慣，能正確填寫位址，原因很簡單，中文位址和英文位址彷彿天生地互為倒反，中文地址收信人在左上角，寄信人在右下角，英文正好相反。澳洲與美國不同的是，有一個二度倒反，即把寄信人位址寫在信封的背面。

這是一。其次，也不知是誰規定的，中國人的地址一定是從最大到最小，一直小到本人，如果宇宙也算一個地方的話，那這個位址就可以寫成如下這種樣子：

宇宙地球中國北京
北京大學英文系
中國人先生收

把這個位址翻譯、也可稱轉換為英文時，整個格式要來一個360度的大轉彎，如下：

Attn: Mr China Man
English Department
Peking University
China, Earth, Universe

從這個角度講，嚴複的「信」是無法達到的。道理很簡單，格式的翻譯不可能達到忠實。

4. 日期。中文最邏輯的形式是年月日分秒，英文正相反，是秒分日月年。
5. 紀元。中英互為倒反，中國的「西元」和「西元前」放在數位的前面，而英文的則放在數字的後面。
6. 稱呼。中國人姓在前，名在後。西方人名在前，姓在後。中國文化中，對國家主席等一定要尊稱，稱其為×××主席，而不能稱其為先生，如毛澤東先生。在西方，即使國家元首，也多有冠之以先生之稱的。波蘭總統飛機失事之後，關於他的新聞報導中，屢次稱他為Mr Lech Kaczynski。由於受中國文化影響，學生在翻譯相關文章時，不假思索地就把他翻譯成Lech Kaczynski總統，而這從「信」的角度來講，是不夠「誠信」的。臺灣雖屬中國領土，但其文化由於長期固守一隅，早已發生種種裂變。在對曾任其「總統」的蔣經國先生的稱呼上，就有與大陸完全不同的正式叫法：蔣總統經國先生。顯而易見，要把這種稱呼連同文化一起翻譯成英文，就只能很講信用地把它譯成：President Chiang Mr Ching-kuo。

7. 稱謂。中國人稱謂、頭銜、學銜在後，西方人正好相反，所有的稱謂、頭銜、學銜均前置。

8. 履歷表。中國人的履歷表上，時間排列是從過去到現在。英文的履歷表正相反，要求把最近發生的事情排在最前，讓人對最近幾年發生的情況一目了然，對以前發生的事情則可慢慢觀之。

9. 證明。中國的證明信等，「特此證明」幾個字，一般都放在最下方，這正好與英文證明信成反比。下面先給一個中文證明信的範本：

《證明信》

×校辦字×號

×茲證明我校 同志（ ），因到，請解決交通、住宿問題。

特此證明。

×××（蓋章）

年 月 日

其他不論，若只論「特此證明」四字的翻譯，在英文中格式應如下：

It is hereby certified that…

然後再說證明的內容。

10. 備忘錄。中文的格式是「甲方」（後面是單位名稱或個人姓名），空一行後是「乙方」。譯成英文後，既無「甲方」，也無「乙方」，而是「Between」和「And」二字。「Between」下面是甲方的單位名稱或個人姓名，空一行後是「And」，再下面是乙方的單位名稱或個人姓名。

11. 名片。我手上掌握的大陸人名片，有一種幾乎讓人透不過氣來的感覺，因為正反兩面擠滿了大大小小的官銜、頭銜和學銜，應有盡有，無一不漏。反觀澳洲人的（包括歐洲人的名片），僅有一面有資料，另一面保持空白。空白其實不是空白，而是留有餘地，在有必要的時候，讓人有留下交流資訊的空間。其次，不少西方人的名片，不是為了炫耀，而是為了交流，因此只留下人名（免去了頭銜等銜位）、電話和位址。我教過的一位澳洲公司經理，就給我留下過一張這樣的名片，上面連經理二字都沒有！

12. 英文字母和漢語偏旁部首。英文的文字，無論多少，無論長短，都以字母構成，不超過26個。漢字則不同，不依賴字母，而依靠偏旁部首構成。在這一點上，兩者互為倒反，即英文無法以偏旁部首構成，正如漢字無法以字母構成一樣。在數字上，漢字的偏旁部首幾乎是英文的10倍，達到了200個。其次，英文有大小寫，中文無。

13. 日記。在中國，我們記日記，是記已經發生的事情，而在澳洲和英美國家，日記，亦即所謂的diary，不是記當天發生的事情，而是記將要發生的事情。這個記日記的習慣，澳洲學校從小學起就開始培養。根據我的觀察，許多來澳訪問的中國代表團，即使有大的專案和活動，都不記這種日記。類似這種Diary，在商店裡可以隨便買到，每年一換，十分方便。做一名譯員，日記必不可少，因為所有的工作都是提前預定的，有時會提前幾個月，甚至半年多的都有。西方人喜歡殖民，英國、法國、德國、義大利、荷蘭、比利時、葡萄牙、西班牙等國，由於長達數百年的殖民，都有自己的海外殖民地或領地，但自從進入後殖民時代，整個西方殖民的對象已經發生了重大轉移，其對象不再是國家，也不再是人，而是時間，表現方式是對時間進行先占，也就是對未來時間進行先占。剛來澳大利亞，曾聽說有個著名的風景點值得一去，但需要提前預訂。由於受中國文化的影響，事情不到火燒眉毛的地步，決不會提前去辦，因此總是先幹別的事，等到聖誕假期快到時，才打電話接洽，但每次都被告知，床位車位等等等等，早在半年多前就已預訂光了。雖然我已來澳洲二十年，直到現在，我還是沒有習慣提前半年預定某一風景點的習慣。正是在這一點上的重大區別，造成東西方在諸如舉行文學節或作家節上的成敗。現舉悉尼作家節和新加坡作家節對比為例。悉尼作家節我應邀參加數次，每次都邀請來自世界各地的作家參加，多達二百來人。這些作家很多都是從各國和各地飛來，至少坐經濟艙，住四星級飯店，出場還要給出場費，如果有獲得諾貝爾文學獎者，級別又要更上一層樓。要想成功地舉辦這麼大規模的作家節，關鍵之一就是對時間的先占。記得每次收到邀請書，總是在開幕的一年前。可見提前度之大。2005年我應邀參加新加坡國際作家節，得知到會的僅有60多名。不是新加坡請不起作家，而是他們這個中華文化為主的國度，沒有時間先占意識，沒有提前殖民時間，導致臨時邀請的很多名人都無法到場。要知道，想邀請某位諾貝爾得獎作家，不提前兩到三年，是根本沒有希望的。也就是說，這些人的Diary，早已充滿了兩三年後將要發生的活動！

14. 數形。僅舉一例。有一天，營業員告訴我，所買物品均打9.8折，我一下子愣住了，竟不明白這相當於英文的百分之多少。經解釋，原來是2%。這麼說來，打一折（從來沒有過的事），應該是90%的折扣了。兩種語言在形式上的表達，竟然截然相反。

個人感覺多了一點，但因他堅持發表後不要稿費，我也就暫時同意了。也許第二遍修改時，我會把它拿掉或部分拿掉。

那個人的東西，用今日的話來說，讀得蛋疼。每讀到一個地方，他就想起那個人彷彿一張泥匠沒有捏好的臉，對自己說：不喜歡這人！還小說集呢，還故事呢，寫來寫去，跟十八世紀沒有太大區別，跟十九世紀沒有太大區別，跟二十世紀沒有太大區別，跟二十一世紀沒有太大相近之處。仍然在那兒一對一地對話，左右都規規矩矩地有引號。他以為經常使用fucking這個字就能出彩出眾，於是就經常用這個字，還有意用得很口語：fucken。

一個故事看下來，沒有感覺。又看一個故事下來，還是沒有感覺。某個人的老婆死了，他能體會另一個人的孩子死了之後的感受，那又怎麼樣呢？靠故事敘述就能感人嗎？感誰呀？又想起那個人疙疙瘩瘩的臉，還是不喜歡。寫作的人最好不要在生前露臉，否則總會讓人把寫的東西跟活的人聯繫在一起。見過幾次，總沒有留下好印象。一個人寫作，不應該按族性、地域、國家來計算。他那個族群，就是少到只剩一，也不能成為別人感動的原因。把自己的臉拿掉，把東西拿出來。他這麼對那個人說。如果你此時到他家，你會看見他家飯桌上有這本書。但他不會對外開放他家，所以，你永遠也無緣看到。他也永遠無緣告訴你這人是誰。

由此，他想到另一個據說已經死了的小說家。他只知道這個人的姓最前面一個字母是X，多年前就到澳大利亞去了，後來死在悉尼。他跟這個人比較熟，也是因為他跟另一個人更熟一些，那個人現在已經不是他的朋友了。當年那人總要跟他介紹一下那個X朋友，說他寫了一部長篇，他現在連那部長篇是否發表，叫什麼名字都不記得了。從這一段敘述中，至少可以得出兩個結論：一，朋友很容易轉變成非朋友。二，記憶是十分不可靠的。

他還記得姓前面字母是X的那個朋友不善言辭，總是坐在一旁喝悶酒，偶爾也隨著大家笑笑，嘴裡囁嚅著什麼，從來不大聲發表意見，樣子看上去在逐漸變老，不加修飾地變老，冬天穿一身不顯年輕的臃腫衣服，夏天因為他回去了，見得不多，無法歸納出印象來。後來聽說他去了悉尼，推測應該過上了幸福的天堂生活，因為有人在文字中把那個地方稱為天堂。再後來聽說離婚了，再後來聽說死了。他記得，這個人的老婆很煩人。他當年本來跟X朋友的H朋友的A朋友很好，結果被這個人的老婆當頭問了一句：哎，你老婆來了嗎？A朋友抬眼看了他一下，他們的關係就到此結束了。

B. S. Johnson說過一句話：Telling stories is telling lies。[113]光用這五個英文字，他想：如果這本書出版了，肯定會丟掉500個中文讀者。丟就丟唄，讀者對我來說從來都不存在。我從來都不為他們寫作。我寫作的對象，是全球70多億人中唯一一個活著的伯樂，或還沒有生出來，等我死後才生出來的伯樂。世界充滿小說，也充滿了謊言。人們通過謊言傳達真理。上面那句話的意思，還是得跟那些不懂英文卻裝懂，還仇恨別人指出他們不懂的人說一說，就是：講故事即講謊話。

113 見此：http://www.telegraph.co.uk/culture/books/bookreviews/9885224/B-S-Johnson-Britains-one-man-literary-avant-garde.html

其實說嚴重不嚴重，說不嚴重也很嚴重。這就好像一提詩歌二字，絕大多數人立即條件反射一樣，開始裝逼起來。萬分之一的人中，如果有一個直截了當地把自己的想法和感覺用詩的方式說出來，萬分之九千九百九十九的人就會說：你這哪是詩？詩能這樣說嗎、這樣寫嗎？這樣不裝逼嗎？詩歌就是這樣，在他們的脅迫下，持續進行著它裝逼的傳統。

小說也是一樣。它比裝逼還裝逼。它裝A。它像吃了十全大補或企圖給讀者十全大補，什麼都來一點，有人物、有故事情節、有地名、有人名、有很多很多形容詞，最好是平常見不到的、有頭有尾，像頭豬、還有精雕細刻的文字，那是裝逼更上一層樓，最後還有中心思想，一般都是嚼別人的唾餘。難怪現在這些小說，他一個字也看不下去。幾家雜誌給他免費寄來的贈刊，他能在三分鐘內從頭看到尾，豬尾，然後「啪」的一聲合上，扔一邊去了。

生活，他說，你別跟我講故事，那都是騙人的事。一進入故事，就開始騙人，沒有半點真的東西。這就是為什麼nonfiction（非虛構小說）現在開始吞噬大半壁河山了。生活就是一個字：摳，像他現在這樣，用雙手摳他的兩胯。坐在電腦前，把手伸進褲子裡。家裡沒人，所有的東西都隨他便，右近的電腦，電腦桌上右邊沒點亮的檯燈，右邊不遠處的窗戶和窗外灰色的天空，左邊掛滿已經寫死了的圓珠筆，有紅的、有黑的、有藍的，還有一顆不知哪年落下的牙齒，以及門把手上掛的一隻青海的太陽帽，所有這些東西，以及更多的不想扯進來的東西，都無所謂地對雙手摳胯的動作視而不見。把那一陣大癢意上上下下地摳掉之後，感到有點疼了才收手，同時把十指湊在鼻尖下聞了聞，有股子胯味，這才心滿意足地繼續寫稿。

順便說一下，武漢話罵人小氣，有一句話裡用了摳字，叫：摳屁眼，吮指甲。「吮」在武漢話中，發音為「說」。意思是說，對什麼都吝惜，對什麼都捨不得，包括剛摳過屁眼的指頭，那上面的東西都捨不得浪費掉，還要用嘴含著吮吸一下。對於屁眼，武漢話也有一句，是嘲笑員警的。按他們的說法，員警不叫員警，而叫「屁眼癢」。用歇後語的方式來形容就是：屁眼癢—緊擦（諧音：員警）。

他摳，是有講究的。他的左手食指，只管左耳朵的摳，或者說挖，直接伸進耳洞，在裡面左旋右繞，油膩膩地出來後，借助右手扯來一張Black & Gold的facial tissue，在上面使勁地擦啊擦的，直到把耳油都擦乾淨為止，在白紙上留下一抹黑跡。有時，他挺為白紙抱不平的，那麼白的紙，拿出來不是揩了屁股，就是擤了鼻涕，再不就是用來擦耳朵裡掏出的髒油，然後團成一團，扔進了垃圾。他的右手食指，主司右耳朵的耳洞，其做法和清掃工作，跟左手基本一樣，但主管的職能工作更多，如鼻孔和屁眼。

先講鼻孔。哦，其實我說錯了，他左手食指也是要掏鼻孔的，只是左掏左，右掏右，各管各一邊。過去每次掏出來，總要看一看，是個什麼形狀，什麼顏色，有時還聞聞，但現在這些都免去了，只是感受一下掏的意趣，如果碰到朵頤大塊的，他會欣喜若狂，或者說差不多，然後把那團東西彈進身邊的垃圾桶裡。做一個文人最要緊的事，對他來說，就是把垃圾桶緊靠身邊放著，無論左右都行，想吐痰吐痰，想擤鼻涕擤鼻涕，想把剛掏出來的耳油或鼻岜岜扔進去扔進去，想沖著垃圾桶張開的大B射精射精，反正不涉及任何道德範疇又何樂而不為？

然而，右手食指司管的最大、也最過癮的部門，就是肛門。他那天晚上在家中所有的燈都關掉的時候，站在通往廚房的那扇門邊，眼前一亮。原來，越過廚房的娛樂區域，越過娛樂區外面的車庫，是把他家跟別人家隔開的那道塑膠隔板。隔板外隔壁人家的亮光，通過隔板傳遞過來，越過外面的車庫，越過廚房的娛樂區，越過廚房吃飯的地方，向他眼球反射過來。他把去廁所拉尿的步子停了下來。站住了，脫褲子了，把手放下去了，食指頭開始在肛門周圍摳了起來，好舒服啊，真舒服啊，太舒服了，他邊摳，還邊抽手在鼻頭聞聞，那臭氣還真有股很香的味道，然後再摳，一直快摳到裡面去了，那種天倫之樂，不，地倫之樂、肛倫之樂，是任何東西都無法描述的。文學是什麼？不就是這種感覺嗎？看著人家院落射來，經過了塑膠隔板過濾的光芒，右手食指在自家肛門繞著周邊搔動的感覺，那是什麼都不能比擬的，而且似乎充滿了象徵意義。臭啊，香啊，好過癮啊！

這時，他想起了一個不該想起的細節，說的是那個大人物，他以前從不洗下身，反正他的女人多的是，他用女人的下身，像盆水一樣，清洗他自己的下身。或用她們的口洗。（請注意，我在這個地方，把他原來說的話刪去了。他說：「他以前從不洗他雞巴，反正他的女人多的是，他用女人的B，像盆水一樣，清洗他自己的雞巴。或用她們的口洗他雞巴。」）

「……新奇價值……在《Albert Angelo》這部長篇的書頁上開天窗……他說：‘陳規陋習已不能傳達我想說的東西。’……‘英國的文學先鋒獨人’……要創新……厭惡‘新狄更斯式’的作家，……這些人還在用19世紀的形式，來滿足那些'讀者原始的、粗俗的、懶惰的好奇心，想知道下面發生了什麼。'而按照貝克特的話來說，真正的現代小說，要尋找一種能承載一團亂麻的形式，把讀者逃避現實的幻象剝光，同時殘酷無情地真實反映作者的體驗。……《Albert Angelo》中的敘述者說：'I hate partial livers. I'm an allornothinger.'……他寫道：'如果讀者能把他自己的想像強加在我的文字上，那我那段文字就是失敗。'……」[114]

這段斷章取義的文字，就在這個星期六上午還有八分鐘就結束的時候，被手指頭敲鍵敲了下來。

其中那段英文，我想還是為了不失去不識字的文盲讀者，翻譯下來的好：我憎惡只部分生活的人。我是那種要麼全活，要麼不活的人。

死了，死了好哇，死了大家就都知道你了。沒人跟你發微信了，沒人跟你發電郵了，沒人給你打電話了，沒人給你穿小鞋了，沒人跟你發短信了，沒人想跟你過了，沒人想日你了，沒人嫉妒你了，沒人採訪你了，沒人找你了，沒人理你了，沒人提起你了，沒人沒人了。你死了，別的人相對你來說，也都死了。這就是為什麼人要自殺，人自殺了，就他殺了，也她殺了，還它殺了。還他們殺了，還她們殺了，還它們殺了。

死了，死了好哇。男的死了女的嫁人了。女的死了男的娶人了。大官死了二官上去了。國家死了新民族誕生了。舊形式死了新形式催生了。舊人死了新人來了。舊愛死了新愛活了。舊文體死了新文體挺了。一批文學守門員死了，一大批球踢進了。賣錢的文字死了，不賣錢的文字尖了。緊箍咒死了，腦細胞活了。

死了，死了好哇，文字可以自由剽了。有人隨便把你賣了。喜歡你的人多了，跟你一點關係也沒有了。

還沒有活著時沒人理你好。

剛讀到一則網上英文新聞，說美國一位「歷史上銷量最好的詩人」死了。「best-selling poet」（銷量最好的

114 均取自此文：http://www.telegraph.co.uk/culture/books/bookreviews/9885224/B-S-Johnson-Britains-one-man-literary-avant-garde.html

詩人）？這是罵他，還是贊他？難怪沒有聽說過這個名字：Rod McKuen。據那篇報導說，一位名叫Nora Ephron的評論家採訪他後撰文罵他，說他的詩歌「膚淺、陳腐，經常都很愚蠢」。這句話其實可以用來形容大多數中國詩人的詩。Rod McKuen後來對這位女批評家進行了還擊。他說：「那位女士愛說謊話。」[115]

好吧，好吧，精短新聞到此結束。

採訪結束後，受訪人大得有點lopsided的眼睛直直地盯著他，越過桌面，問了一句：你能不能回答我一個問題？

什麼問題？他說。

關於愛情，但不要繞彎子，要直截了當。

如果非要簡單回答，那就兩個字：愛恨。

什麼意思？

他訪問別人太久了，也許一直在等機會，在採訪的同時，也受人採訪，終於等來了機會。於是他說：談愛，是不能不談恨的，就像談白天，不能不談黑夜，談夏天，不能不談冬天，談熱帶，不能不談寒帶，談今天，不能不談過去一樣。愛是那樣一種強烈的東西，它生得太快，也死得太早。就像魚死時在水裡肚皮朝天翻起來，愛死的時候，也把自己肚皮翻起來，那白白的肚皮，就是拜拜的肚皮，掰掰的肚皮，就是一個字：恨。

看見對方神色不安地看他的樣子，他繼續道：愛，也像人一樣，一左一右地長著兩隻臂膀，一只是性，一只是情。咱們就說右邊是性，左邊是情吧。為愛情所左右的人，一生都是一個右翼分子，對性過於執著，把寶都押在性上，堅信如果沒有性，就不會有愛，更不會有情。

一個活到基本把性都做完的年齡的人就知道，那種性欲右傾機會主義分子的看法是有問題的。這是因為，他早已向左邊偏斜了，也就是說，他已經開始成為一個較為相信情的左翼分子。

115 該新聞見此：http://www.telegraph.co.uk/culture/books/booknews/11378818/Rod-McKuen-poet-and-songwriter-dies.html

情，愛情的情、友情的情、親情的情、不含性的性情的情，只有這個，由於它本身的文字組合和天生質地，是永葆青春的，因為它右邊那個字就是一個「青「字。它也有心，但不是繁體字的「愛」，那個字的三點水下面有個心，頗似一個被射精的心，以心墊底，以液體射心，講的是性。被簡體之後，心已經從愛裡面出局，跟愛沒有太大關係了。入了情，還保留著心，不再是墊底的心，而是樹立的心，站在左邊袒護著、保護著、監護著含有青色的情或含有情的青。有了情，即便不再有性，歷經多年也能保持下去，因為它的顏色是青色的呀。

我不知道，他繼續說。其實，我最應該說的就是，我不知道。人活到一定時候，不是更清楚了，而是更不清楚了。過去所確定的一切，現在都不確定了。

她說：我就喜歡看村上春樹的作品。這本書是他最後一本書，也就是他死前的最後一本。我真是lucky，買了他生前最後一本。

他說：誰說他死了？我怎麼沒有聽說？

她說：你怎麼沒有聽說？已經死了好久了，這麼大的事你都不知道？

他說：反正我好像沒有聽說。像他這樣的人死掉了，我應該是知道的。

她說：我聽說好像是前兩個月死的。

他說：哦。是吧。

她說：我說的你還不信？

他說：不過，我不怎麼喜歡他的東西。

她說：我喜歡。

他說：那種故事，那種所謂的人性，我看不下去。

她說：嗯，他後來越寫越好了。

他說：反正我不看。越受人歡迎的東西，我越不看。

她說：那你喜歡看不受人歡迎的東西嘍。

他說：不清楚是不是這樣，但過去那種寫法的東西，就是不喜歡看。

她說：只要是真實的東西，不忽悠人的東西，我都喜歡看。

他說：那是因為你還沒有全後過去。

她說：後過去幹嗎？後過去就是死過去。死了還有什麼可談的？誰想死後還有人看？誰知道死後還有沒有人看？

我是一個現實主義者，活在現實之中，死，也死在現實之中。

他說：【他什麼也沒有說。他只是在想：好吧，道不同，真的不相為謀，連說都沒法說。人活到一定時候，誰也說服不了誰。想到這兒，他說】好了，咱們以後有機會再聊吧。

走到外邊，他看到那條狗已經相當馴服了，低著頭，鼻子跟著人的腳邊走，不像剛到那樣，見了人就往脖子上跳。

晨光熹微中，他在拉屎。閉著眼睛，他還在夢中。這是那間很大的辦公室，風在裡面吹著，把窗簾都撩起來，光通過風在房間彌漫，很亮的空氣。他桌上擺著一隻乳色的茶壺。光從另一邊射過來，使深紫色桌面上的乳白色茶壺顯得玲瓏剔透。這時，從敞開大門的走廊的那邊，他的印度上司走進來，對他說：Congratulations！祝賀你獲獎！說著把一張獲獎證書在他眼前像旗幟一樣大展開來，同時告訴他說，Dewan一會兒要召集會議，讓他前去發言，談他的獲獎感受。

上司走後，他回味著他那張黧黑的臉和臉上的笑意，並體味著Dewan這個名字發出聲音的效果。他好像在房間裡漂浮起來，看著那只小小的茶壺，奶白色的，似乎小得無法盛茶。

這個夢的真實情境也許不是這樣，但他此時再回首，就是這樣一種樣子。他閉著眼睛，不能從夢中醒來，但實際上已經醒來，聽到外面「吧嗒、吧嗒」的聲響。那想必是已經下了雨，簷下積雨的滴水聲，接著水滴的好像是一隻底朝上的空桶，有些微中空的回聲。

他徐徐睜開了眼睛，一雙赤著的腳，透過拖鞋的鞋帶，自我呈現在他的眼下。這雙腳，他忽然想起，曾跑遍中國的大江南北，剩下的已無多少地方沒去了。這雙腳，還去過世界好幾大洲的好多國家，除了非洲、南美洲、北極洲和南極洲之外，曾在那個喜歡搓腳的國家，被再也記不得的陌生人搓過。這雙腳從面上看依然年輕，沒有皺紋，而且白皙，除了白鞋子，穿任何鞋子，都能襯托出更白皙。只是，腳踵和腳弓處不知得了什麼病症，出現花斑，老是脫皮。女人曾用手托著，用一種磨具，像磨石一樣，在上面來來回回地搓擦，磨掉的皮屑通過篩狀的孔眼，落進磨具的盒中，然後在腳板塗油，竟能把一雙腳，搓揉得彷彿一雙發紅發亮的藝術品。那種感覺，也只有這雙曾經在秋田裡薅過秧，在谷地裡挑過草頭，還在長江裡踩過水的腳體驗過。

都是臨終的話。

凡是淪陷於愛情的人，都可說是失敗者。在愛情中沉淪，本身就是一種失敗。在愛情中不要臉，也是一種失敗。無論怎樣，戀愛的雙方都不是贏家。戀愛的三方可能有一方是贏家，但必有一方是輸家，也就是loser。

與人相愛，必有一方是求的，另一方是被求的。求，音同毬，即一方是有毬的，一方無毬的。你知道我是在低級趣味。時代普遍地高級趣味不起來，不低級趣味又能如何？愛情是催化劑，愛情是催生兒，愛情是數著一出一進的節拍器，你說愛情是什麼，愛情就不是什麼。愛最不愛的就是愛。愛最恨的也是恨。

一個人對另一個人說：我這一生等於白活。這樣說，就是自我承認失敗。但他是否知道，人從出生起，就註定了最終要失敗？他的那個民族活了五六千年，到現在基本上已經失敗，他是否知道這個？那個國家的子民，就像859，就像其他那些一晃而過，起著各種名字的人，早已轉世，成為其他國家的子民，從內心唾棄了自己的祖籍，儘管表面上為了利益而堅持高唱頌歌。他們是要被他們的祖國徹底殺死的人啊！

一個人對曾親切（切，有切膚之意，切入肌膚的意思）過的人說：我來了，我寫了，我走了。別關心我，別在意我，別讀我。所有的愛情，都團在揉皺的手紙裡，丟進了歷史的垃圾堆。你把鼻子探進歷史，會聞到無數人的氣味，那不是人氣，而是精氣、精液的氣味。愛情的結晶、結精、垃圾精。

過去的時間是不可收拾的，過去的愛，也是不可收拾的。要歌頌，就去歌頌吧。我只記得，那一隻只盛不滿的精液桶，跟文人的華詞麗句一樣骯髒。

這麼灰的一天。不青灰，只灰，灰灰的。有雨。什麼都在灰色裡。灰色，就像愛愛後目光落到的女人腰際那片起皺褶的地方的顏色，那樣無色而有灰。又不知是誰向我發起詩擊，電郵來一詩：

《灰塵》

我在這個灰城中穿行
灰城的天空佈滿灰塵
人們無所謂地對待灰塵
我也無所謂地走進灰塵
灰塵揚過了騷子營肖家河馬連窪
灰塵漫進了骨頭莊涮羊肉北京烤鴨
灰塵有時雨一樣落下
把天空越洗越灰
大地越洗越灰
人臉越洗越灰
有時灰塵中也會冒出一兩個俏佳人
身上乾淨得沒有一絲兒灰塵
正如此時站在我面前的這四條腿的兩個人
兩條腿穿白絲襪黑短裙白粗底高跟鞋
兩條腿穿黑絲襪（看不見什麼裙）黑粗底高跟鞋
腿極勻稱，乾淨得沒有一絲兒灰塵

我的眼睛看著窗外的灰塵
我的思想跑到跟床和脫衣等有關的意像
我的身體和她們毫無聯繫
她們的身體下車走進灰城
隱在車窗以下
我的身體
則繼續由我的載體載入
我那在灰塵中半隱半現的目的地

（1999年9月寫於北京）

和往常一樣，此人來多少我刪多少，不留一字，把電腦空間刪出一片灰色。不過，我又不是瞎子，還是注意到，此人留了寫作時間和地點，至少傳達出一個資訊，即在十多年前，當霧霾還沒有進入中文語彙時，那個城市就已經是那個色了。

厭倦了一切。還記得那個名叫杜樹仁的人吧？我是說人物。他對我說：「我厭倦了一切書，喏，這個姓林的人。這本他的精選作品集，看過了就看過了，沒有留下任何印象。Mailer就不用說了，據說一生搞過很多女人，其中有一個把他們之間的通信都賣給了國家圖書館。《赫索格》幹掉了，沒什麼印象。老實告訴你吧，凡是被告知是名作的，只要你以我這種態度對待，不屑一顧地去看它，不準備學任何東西，它就他媽的什麼都不是！莫迪亞諾的《暗店街》不知道寫的他媽的啥。唯一好的是篇幅不長，就182頁！奧茲的《我的米海爾》，也不像那些在封底上重複了數次書背語說的那樣好，般般而已。他的《一樣的海》不錯，但那些書背語特別裝B。《老上海的洋人》簡直烏拉西。Raymond Williams的《Keywords》（《關鍵字》）不太有意思，從這個國家帶到那個國家有帶回這個國家最後還是沒看幾個詞條。《地球的芳心》，還行，還行。在文字上有點過於炫富，明白我的意思嗎？《蔡國強：我是這樣想的》不錯，比如這句話：「像我這樣的人要是留在國內，肯定既當不了藝術家，……也沒有膽量去對抗政權……」。[116] Sally Magnusson的*Life of Pee: the Story of How Urine Got Everywhere*（《尿的生命：尿如何弄得到處都是的故事》）好玩，那個國家的人好像不敢寫這麼好玩的東西。連翻譯都不敢，好像他們都不撒尿似的。

伯恩斯坦的《罵觀眾》，就是這個書名吸引了我的眼球，導致我把它買了下來，結果看完後我寫道：快讀畢，不太有意思。之前我還在某處，是26頁，我寫道：還行，但不可能一字字看，基本上是囈語，可以當做一種新樣式。過後發現，原來這書不是伯恩斯坦，而是漢德克寫的。

伯恩斯坦寫的是《我的文學獎》，把得的幾個獎通通罵了一遍。還不錯，所有的文學獎都該罵。你就是不罵，沒有得獎的人也暗地裡罵。文學獎存在的理由，就是挨罵，正如愛存在的理由，就是挨打（打，是我稱「操」的一個同義語。直白了說就是，愛存在的理由，就是挨操。）他說：「我詛咒文學，詛咒我與其勾搭連環的淫亂行為。」[117]「連環」二字譯得很有問題，可能是小編刪掉後偷換上去的，估計原來那句話是這樣的：「我詛咒文學，詛咒我與其勾搭成奸的淫亂行為。」他們要刪削，你也沒辦法！

有些話是很銳利的，不信我讀給你聽聽：

> 一個機構的成立，怎麼可能將滿足其成員膨脹的虛榮心作為根本目的，讓他們每年兩次聚在一起對自己頂禮膜拜，花著國家的錢，……酒足飯飽之後，圍繞著那碗已放冷了的稀湯寡水的文學之粥，不鹹不淡地翻來覆去地扯上將近一周，……說到底這些戴著文學桂冠的人，……無非是在沒有建樹、只有同人之間相互嫉恨的一年過後，……在增加一周的相互煩擾。……今天整個國家自主活動都是臭氣熏天！詩人和作家不應該受到贊助，更不應該讓一個本身就是國家拿錢供養的科學院來資助，而應該完全依靠自己。[118]

116 引自楊照、李維菁，《蔡國強：我是這樣想的》。廣西師範大學出版社，2010，p. 46。
117 引自伯恩斯坦，《我的文學獎》。上海人民出版社，2013，p. 33。
118 引自伯恩斯坦，《我的文學獎》。上海人民出版社，2013，p. 140。

手頭這本小書，只有159頁，Jean Louis Gaillemin所寫，書名是*Egon Schiele The Egoist*，講奧地利那個年輕時就去世的性事多多的畫家。其中有一幅畫手淫的自畫像中，他把自己陽具畫成像一根燒紅的鐵棍，頂尖還有一滴晶亮的精液形成的露珠。（見該書69頁）他畫的女裸，B基本上都是要露出來的。

這使我想起，曾經看過一個名叫歐陽休的人—該人應該不是你吧—寫的一系列有關B的詩，其中第一首就是：

警告：十八歲以下未成年者不得閱讀此詩，中國大陸讀者視情況年齡可以順延。

《找B》

歐陽休

我在這個簡體的軟
件
中找來找去
就是找不到這個B字

這軟體
叫世界寫（*Worldwrite*）
是美國人設計
什麼字都有
就是沒這個B字
我當即打電話電腦公司
威脅說不給我弄個有B的來
我就退貨索賠
卻被告知本公司已不經營這種產品

臨了囑咐一句：
你查繁體看看

我一查
嗨：
有*B*字！

就是這個屄字
害我找得好苦！

一個臆測，僅供參考：是不是因為簡（化肉）體而把*B*簡掉了？

據說他那個屄詩，寫於1997年前後，比那一年只晚了8年。

不提詩猶可，一提詩，那我就得給你講講看過的這幾本詩集。一本是*Small Hours of the Night: Selected Poems of Roque Dalton*，就不譯了，留著感興趣的人去譯吧，是薩爾瓦多詩人達爾東寫的，後來被你譯了發在《詩刊》上，對不對？裡面有一個詩歌短集，題為A Slightly Repellent Book，那意思是：《一本有點噁心的書》，還被你打了底線。最有意思的是，我在這本詩集的空頁處，發現了你的一首遺作，而且你似乎忘記打字了，因為你一般用手寫下的詩歌，打過字後都會在下麵注明「已打字」，這首沒打，我lucky了，等你死得再久一些，名聲再大一些，我就可以拿去換錢了，哦，my God！現在，我替你的死魂靈把那首英文詩打字出來：

you have to fail
you have to fail so miserably
no one wants to

befriend you
a bullet is your kisser
time wants to die
with you
you now live in a country
whose name
escapes you
like an apple
de-cored

這詩，不經你同意，我也不敢翻譯。也不想隨便給別人看。我還指著它賺錢呢。

還有一本大書，是Jack Gilbert的*Collected Poems*。嗯，我必須說，這是我最近看到的最好的詩集之一。如果是最好的東西，最好不要拿來跟更多的人分享。我這個人是很自私的。我跟你打個比喻。一個山清水秀的地方，只要拿來跟億萬群眾分享，那就成了山青水臭，我說的「青」，是臉色鐵青的青，因為山都不高興到臉色鐵青的地步，不定什麼時候會發地震倒下來的。

我正要把這本書放在一邊，給我自己放假，讓我自己上床，卻不料在這本書後面的空頁裡，找到了您——請允許我用「您」來稱呼你，我是說「您」——用手寫的幾首詩：兩首中文，兩首英文！這簡直是，太令人難以想像了，看來，我的第一桶金就從您這兒開始了，OMG。我在這兒打一首吧：

《檸檬樹》

剛來時，我們是有檸檬樹的
總在我們沒有意識到時

枝頭繁葉中就有檸檬窺視
檸檬在這個地方很賤
家家都有，一般都不動
讓它掛在那兒，或者掉下來
任其腐爛
這幾年，書出得多了
檸檬卻不結了
據她說，是因為夜間的負鼠
把嫩葉吃了
我卻好像覺得，兩者似有某種聯繫
書出得越多
它越不肯結，嗚呼

最後這本書太大，482頁，我沒時間一一去談了，但這本書我喜歡，真是一個個字看過去的。它的作者是哈代和他老婆，比他小三十九歲的Florence，兩人共同寫的《哈代傳》。好東西！不用第一人稱，而用第三人稱，每每提到哈代時都說「他」。他如何如何，他如何如何。這個好玩。如果問我看完全書還記得什麼的話，我可以告訴你，那就是哈代曾跟詩人朋友史文朋（Swinburne）說：你我都是我們這個時代在英國被罵得最凶的人！還可以告訴你，他的《無名的裘德》出來後，當地一主教恨到這種地步，當即把書扔到壁爐裡燒掉了。

一個人的書出來後，如果不被恨到這種地步，那還能叫書麼？那個國家看到的書，離這都差得太遠了。

他說，他不結社，不拉幫，不是任何集團的任何成員，平時不跟任何人來往，基本沒有朋友。他說他是一個loner。孤獨的人，亦可解釋為獨狼。或者去掉狼字，直呼其名為獨者。是的，他說他是一個「獨者」。除了寫書，還是寫書。他不看他那個國家的人寫的書。他們也不看他寫的東西。在這方面，他沒有L走得遠。L那年回國，帶著他的女兒，無論走到哪兒，都有員警跟蹤。他也沒有M走得遠。M想回去卻回不去，不讓回去。G可以回去，但發誓永遠也不回去。

國家和個人之間，出現了永恆的斷裂。文字已經不屬於國家，也不屬於民族。文字在斷裂的那一瞬間，迸發出異樣的火花，每一顆火花都是一個新的生命、新的微國，永久地離婚了浸透毒汁的土地。文字通過自救而救了自己。

他在一次keynote（主題）發言中說：把非小說寫得像小說，把小說寫得像非小說，把詩歌寫得既像非小說，又像小說，還像介乎二者之間的某種無以名之的東西，把日記寫成小說，把信件寫成小說，寫沒有故事的故事，寫一部長篇，其中沒有發生任何故事，這，就是我們這個新時代對我們提出的新挑戰。你們不能接受，那不是我的問題，而是你們的問題。

我現在生活的地方，他繼續說，如果你什麼都不做，什麼都不會發生。每天從視窗看出去，只看得見鄰居家的一道灰白色的鋁牆，那是我們兩家之間的國境線，永遠都不會越過的。從鋁牆那邊超過牆上的高枝，不是出牆的紅杏那種，而是褐紅的鏽色。枝葉的上空是天空，又滿布灰雲。每天，從天濛濛亮到夜濛濛黑，唯一發生的事情，就是以數字代表的日子的死去。無人紀念，無人記憶，無人記住。在這兒，我再說一遍，沒有故事發生。

如果你不承認這是生活，如果你說這就算是生活，也是不值得書寫的生活，如果你認為生活不應該這樣boring，那你，恕我指出，對這種生活犯有嚴重的歧視性錯誤。世界上每天產生的小說，都在犯這種錯誤。它們硬性地在講故事，以為只要標上了「小說」的標籤，別人就會感興趣。

此時唯一發生的事，就是電腦的轟鳴聲。這聲音不大，遠沒有到震耳欲聾的地步，但它無時不在。只有當你關機時，才體會到突然出現的一片靜寂，彷彿在聲音中切割下了電腦大小的一塊空間。

自，必須指出，是這個時代給我們帶來的最大的成果或惡果或成惡果。十二世紀的時候，Farid Attar說：

「The Self will disappear。」[119]「自我必將消失，」他說。他把自我與惡相提並論，說：「With God both Self and evil disappear。」（p. 220）（和上帝在一起，自我與惡就會消失）。他錯了。我們這個時代正好相反，自我不僅沒有消失，反而已經出現並大規模地、全面地、澈底地、日日夜夜地、分分秒秒地出現。我們不叫它自我，我們叫它自，世界多於一，一切歸於一。這個一，就是自。

新時代發明的新工具，如Facebook，Twitter，Tumblr，Youtube，以及它們在集權主義國家投下的廣被監控、審查、刪削的影子，彷彿是新玩具，或者不如說新陽具、新性器，被全球幾十億個自（除了初生者和臨終者等之外）在時時刻刻地自淫，把自己（以及別人）的圖像、影像、聲音、話語、文字、片段行蹤，通過這些新玩具、新陽具、新性器向無限度的對方投出去、射出去、發出去、射出去、拋出去、射出去：投射、發射、拋射，以及一系列相關動詞，就是這個時代的一大特徵。與之最接近的動作，就是射精。

某人從武漢把雪射出來了。某人從紐約把醜聞射出來了，是別人的醜聞。某人從墨爾本把書射出來了，是他自己的書。某人從三亞把新聞射出來了，是從別人那兒轉發的新聞。某人從新西蘭發了一個點贊。等等。我們現在唯一缺乏的，是沒有外星人理睬我們。我們因此更加孤獨：自，在自慰，無以為家。

繪畫到了一定的時候，人體充滿了世界的畫面，人像畫得除了能從畫布走下來之外，比真人還要真實，這就像一副假牙戴上後，比真牙看上去還要真實。如果你們不信，我現在就把口裡這副假牙摘下來，給你們看？想看是嗎？噁心不？喏，我講話已經口齒不清了，對發？是麼？我再戴回去吧，以免影響總體效果和我本來是真面的假面。但攝影出現了，打敗了繪畫，因為照片能克服繪畫的所有缺點，同時又比繪畫真實幾千遍、幾萬遍。你還要比攝影更真實的繪畫嗎？

畫家的回答是：不要。我們要抽象畫，就是那種把畫裡所有人體、所有具象都抽空了的畫。全白也好，全黑也好，全灰也好，什麼顏色都沒有，或者什麼顏色都有，就是沒有人體。沒有故事。就這麼簡單。

好，我該談回到小說了。我說的小說不是小說，而是小寫。它不像這個癌症病房的白鬍子年輕醫生，說讓病人把信帶回中國治療，就抓起電話聽筒，對裡面講了一連串的話，給了一連串的細節，每講完一段，就要說

---

119 參見Farid Attar, *The Conference of the Birds*. [trans. by Afkham Darbandi and Dick Davis. Penguin Classics, 2011 [1175], p. 194.

Stop。這個stop，就是停頓的意思，否則聽他錄音並打字的人，會把他講的話不分段一連串地打下去。我說的小寫不是小說，它不是說出來的，像那個白鬍子年輕醫生對著聽筒把信說出來而不是寫出來，它是寫出來的，而且是以一種小的方式寫出來的。不能大，也大不了。

我說的這種小寫，就是抽象小說。哦，對不起，應該是抽象小寫。就像抽象畫一樣，它沒有故事，沒有人體，沒有具象，凡是能否發表的作品中，百分之九十九點九九有的東西，它都唾棄，它都一概嘲弄，它都拒絕用眼去看，因為它覺得那些東西就是shit，不僅是shit，簡直就是射出來的rubbish。

它絕對不用通常的方式說話，我是說寫字，如果能好好說，它就要壞壞說，如果能夠說得明白曉暢，它就要說得明黑不暢。它必須把所有人都基本認可的那種價值觀抽觀。它必須跟所有能獲獎和已獲獎的作品發生澈底的決裂，唾棄它們、不睬它們、連一個字都不想知道。

Keynote發言者比真的還真的假牙在口中斷裂成數塊，就像他寫的書一樣，hold不住了。他把碎塊吐進掌心，飛碟一般朝空中拋起。人們驚奇地發現，每一塊都栽在了天空的泥土之中，爆出一粒粒灰色的嫩芽。

這天早晨發來的一條微信中，提到了「費希特」和「迪奧根尼」，以這兩個人的話來給自己脆弱的中國心壯膽，一時間似乎變得無比高大。

自殖者說：當一個黃膚的人，在以一個從來都瞧不起他的人說的話為他壯膽、為他增值時，他做的事跟一個把自己青絲染黃的小姐沒有任何不同，他是在以那些人的話為他塗白、抹白。只能讓人噁心至極。

一個人死了之後，就該對他進行清場了。這就是為什麼，幾乎所有的人死了之後，都會出現一塊空白。骨灰乾乾淨淨地裝進骨灰盒，埋進外面永遠也乾淨不了的墓裡，因為到處都是炸過別人鞭炮和自己鞭炮留下的殘骸。

如果一個人把生前的東西以某種尚未發表，也發表不了的方式收集起來，那最可能的一種方式，就是我手上看到的這個東西。我們這個時代什麼東西都眨眼之間變成垃圾，比如一本印製得花花綠綠的大開本雜誌。翻過之後就隨手扔進垃圾桶，封面那張漂亮女人的臉，已經被無意地吐了幾泡濃痰。

已故作家先于別人做了一件事，一件很ecological的事，那就是把這些雜誌不丟掉而留起來，在各頁上貼上他生活中留下的痕跡，那些本都是可以用完就丟進垃圾堆的痕跡。我們不妨從那堆遺留物中隨便拾起一本東西，看看上面有些什麼。這是個吃力不討好的事，真不如用手機拍照，立刻就發到微信上去。

這一本很厚，是IKEA（宜家）的一本商品目錄，統稱宣傳彩頁。封面沒有被遮蓋，靠近書脊的地方，用鋼筆寫了幾個小字：始於14.1.20下午。

我們隨手翻，沒有頁碼的一面，黏貼了兩張手寫的詩，由於是詩，我們就不去理會了。我們再隨手翻，翻到一張小紙的地方，用英文寫道：Hi, Danny, I'll see you at 12 midday. Cheers, 9/1/13。據查，Danny是悉尼活詩人協會的一個負責人，但也許同名的人很多，不一定是他。再翻，又翻到兩面都貼滿了詩歌的頁面。真討厭，怎麼老是詩歌。我就只把該詩的標題寫下來吧：《愛乾淨的男子》。不行，很多東西都跟真人對不上號，就像骨灰跟真人對不上號一樣，如果骨灰甕碰在一起碰碎了，骨灰攪在一起的話。只選這個片段吧，也是一首詩中的：

河，是大地
流淌的血液

寫到這兒，已經300多千字了。十萬字長征，已經走得太遠了一點。另一位也是寫小說的人說：太快了點，太快了點。

後覺對那人說：在那個文化裡，有講故事的傳統，也有不講故事的傳統。先得那個獎的人是後者，後得那個獎的人是前者。後者總是講著講著還沒講完就戛然而止留下懸念，前者則是把故事講得花樣翻新到千篇一律的地步。二者的比例當中，故事的市場佔有率約為百分之九十五，詩歌約占百分之一，反故事或非故事又稱anti-story，所占比例大約跟詩歌差不多，約為百分之一點五。

當然，後覺說，我說的這些比例，都不是官方資料，都只是自己的感覺，但是，當眼睛已厭倦了電視，厭倦了故事，厭倦了所有那些七七八八—哎，知道嗎，我的下一部長篇，就叫《七七八八》—就說明一切活著的東西，只是徒具活的表像而已，其內核早已死去。我們需要新的東西，更新的東西，更新的東西，第二個更，是更加的更，而不像第一個更，是更新的更。你知道滴。

在愛情中流浪的人說，為了愛，可以死心塌地，可以讓他們解除職務，可以叫年輕30歲的女人的父母父母，可以像女兒一樣令其隨心所欲。

愛浪說，生命的意義，就是過好每一天。不好看的書，哪怕其人已得一千個諾貝爾獎，俺也不讀一字。不好看的國家，俺也同樣對待。不好看的人，我是指精神不好看的人，我不與之為伍。一切與文學無關的文學活動，吾不屑於參加。多如牛毛的作協或文聯，請我當主席、發我工資，我也決不接受。

在女人的身體中流浪，愛浪說，才是我的正宗。我開車，從一個肉體景點，來到另一個肉體景點。所謂風情，就是風一樣或吹拂或橫掃的情。所謂浪漫，就是浪一樣的慢，浪一樣地打過來，把人席捲、漫捲。女人的肉體，是我的旅館房間。有時小住數日，有時小住數月，長的時候小住數年，但從來不在其中幾十年如一日地大住，那未免太不人道。不是青春結伴好還鄉，而是青春結伴去他鄉。有男根墊底，女的才能意氣風發。有男根支撐，女的才會高潮迭起。

女，愛浪說，把家安放在兩胯間那個神聖的地方。一到那兒，男人就回家了。為什麼說舒服的舒跟寫書的書發一個音，那是因為在那個地方舒服了，男人就想寫點什麼。伴隨著大喘氣的來臨，男人的雄黃已在大腦中開始撰寫文字。

人，愛浪說，就是一個榔頭。本來我想說浪頭，但既然電腦給了我榔頭，乾脆將字就字，取用榔頭，反正它還讓我想起了一件事。那時，我從陽臺上往下看，下面一片黑壓壓的都是人。人人手裡攥著一把榔頭。有人高聲喊：砸呀，你們快砸呀！但沒有一人敢下手，因為他們面前，挺著一輛輛嶄新的汽車，都是高大上牌的，有蘭博基尼，有寶馬，有賓士，有雷克薩斯，等。那個聲音又喊起來，催促人們快砸，人們遲疑不決，誰都不肯做第一個下手的。大家面面相覷，等待別人先動手。突然，一隻揚起的手落了下去，發出一聲清脆的聲響，某輛豪車的車前蓋，被砸得翹起了一根骨刺。

跟著響起了一陣此起彼伏的敲砸聲和喝彩聲。頃刻之間，停滿了豪車的停車場，目睹了被屠殺後的豪車殘骸和屍首。

愛浪從夢中醒來，發現男根已從女人的家門口脫落。

你必須學會平庸。平庸的人活得最久。有氣的人早就氣死了。對著幹的人早就被幹掉了。不happy的人永遠都不會happy。你花了全副精力，認真得不能夠再認真，仔細得不能夠再仔細，寫出了自認為是你最強的力作，結果，你頂多是被shortlisted而已。得獎者的書在你看來，寫得平淡無奇，只是講了一個貌似有深意，但平平淡淡的故事，沒有奇峰突起的文字，沒有印象深刻的描述，更無任何獨樹一幟，影響深遠的創新之處，結果，東西到處拿獎，得到很高的評價：本年度最佳、某某或某某某或某某某某迄今以來最受歡迎的作品，等。

告訴你吧，你要知道人生的祕密，你就必須知道，這就是祕密：平庸。班上學得最好的學生，英文叫A-level student，中文叫學霸，從前叫尖子生，這些人一畢業就廢了。不要問為什麼，我只指出事實，我不分析原因。有些人這也不好，那也不行，就是壞，也壞不到哪兒去，大人覺得是白生了他，別人覺得他是個半白癡，朋友們都覺得他是個中能兒，不久就從社會上消失了，據說是個連老婆都找不到，可能一輩子會打光棍的人。平庸啊，平庸到這個地步，突然有一天，他上了頭條，他成了巨富，不是他找靚女，而是靚女排著長隊求他。

你瞧不起這種人沒用。他們也瞧不起自己，但一旦平庸起來，他們就能執中，不成功，也不會失敗。不會因為站錯隊而丟掉身家性命。不會因為過於成功而暗藏殺身之禍。平庸，如果說有任何目的，那就是比別人活得更久一點，讓有天才的人早死吧，讓喜歡爭權奪利的人在爭權奪利的過程中被爭權奪利吧，讓所有的豪宅在地震的打擺子中頃刻化為烏有吧，平庸者把他們一個個地活過去，慶倖、永遠慶倖上帝或叫不出名字的某個神祇在冥冥之中給予的保護。他最驕傲的莫過於能把別人都活死掉。

你要滿足於當一個平庸者，當你把平庸做到了藝術的高度，你會獲得最的頭銜，不是最平庸，而是最好、最佳、最傑出，因為所有這些最，都沒有具體標準衡量，也沒有可以數位表述的刻度，只要有人感覺到了最的程度，用「最」來描述就成了。

在各個層面，平庸都說得過去。即使在國家的層面上也是如此。一國之君，是不需要大德大才的，只要裝得像有就行。反正有人為他服務。就像一條船，關鍵是能浮起來。浸入水下和漏出水面的部分都要保持一定的平衡。手下的人不能對之過於強勢，也不能過於軟弱。總之要在之間持平。事情就這麼簡單。

放棄成功的念頭。從現在起，開始平庸。要知道，平庸的力量是戰無不勝的，正如你在身邊古今中外看到的那樣。

如果你是搞寫作的，那你從一開始就要放棄玩崇高的念頭。你要放棄想把東西寫得比任何人都好的企圖。那不是寫書的意義所在。你面對的是一個俗世，你要做到的是讓他們買了你的書後覺得物有所值，眼睛能夠看得進去，時間花掉了覺得浪費得有點意思。最不能做的就是讓他們陷入沉思。在憂鬱症普遍肆虐的時代，這樣做是很危險的。

總的來說，平庸一些只有好處，沒有壞處。你不知道，所有的評獎，總是掐頭去尾，去掉一個最高分，去掉一個最低分，誰最平庸，誰就最可能取勝。事實上，莎士比亞能活到現在，不是因為他是他那個時代最優秀的，而是因為他是最平庸的。只有平庸的，才能不斷提高改進。一旦達到了最優秀，生命也就到了頭。沒希望了，就像你現在這樣。平庸一些，再平庸一些，就像Jeff Koons那樣。

莫的書我根本不看，他說。那個人的東西一本沒看，一本也不要看。《百年孤獨》我看不下去，翻了幾頁就放下了，以後再也沒看了。

啊，《百年孤獨》我也無法看。那年我搭船從武漢到上海，路上帶了一本英文的*One Hundred Years of Solitude*，只看了頭兩頁，就怎麼也看不下去。後來又硬著頭皮看，因為人人都說是最好的書，非看不可，但還是看不下去，後來乾脆對自己說：去他媽的，人家都說好，跟我有什麼關係？我不看就不看。還不是活了二十多年，一點也沒有因為不看而受任何損失。

那個國家的那些人，都受了這本書的影響，那個姓莫的，那個姓賈的，那個姓畢的，無論結尾還是結構，都深受影響。還有那個姓餘的，都活在他一個人的影子底下，她說。

那年，他說，我跟來自美國的Paul說，一點也不喜歡W. S. Merwin的詩，保羅笑死了。他也不喜歡默溫的詩。

那你最喜歡誰的小說，他問他。

直到現在，他說，我還是喜歡《唐吉珂德》，又智慧，又博大，翻譯得也好，別人譯的我再也看不下去了。

最近這個《老生》看了嗎？他問。

看了，他說。295頁的書，十分鐘不到就看完了。我在最後一頁的批文是：這語言、這結構、這故事，簡直無法看！

張愛玲的我喜歡，她說。還在他們沒有發現她之前，我就發現她了，愛看極了。

他說：哦。

要文字有文字，要故事有故事，要什麼有什麼，似比蕭紅更勝一籌，她說。

他說：哦。

在她繼續宣講她的喜愛時，他什麼都不說，卻在心裡對自己說：最不喜歡的就是這個什麼玲。做作得一塌糊塗，聽信了某大學一個學者的狂吹，那年就在南京買了幾本，結果回來怎麼也看不下去。這個什麼玲的作品，是永遠不會再去讀了。

我跟你說過，他對他說，只要有可能，必須讀原著，因為只要譯成中文的，就不可能不刪節，不可能不打折扣，不可能不閹割，一切都會走樣。

哎，他說。說到這兒，我倒是想把最近買的一本書中我譯的一首給二位讀讀。你們覺得怎麼樣？

好哇，他和他二位異口同聲道。陽臺的烤爐上冒著煙，傳遞出烤羊肉的醇香。什麼地方的青蛙叫得山響，使夜晚顯得更加寂靜。

他把電腦拿出來，說：這是那年我在一家書店買的，標題是*Love and Fuck Poems*（《愛詩和操詩》），是一位名不見經傳的希臘裔澳大利亞女詩人寫的。這本詩集出來一年不到，就賣光了。我選譯了她其中一首，如下：

《你的雞巴》

柯拉麗・迪米特裡阿迪絲（著）

我從來都不想吸雞巴
因為這太不像話
再說，我是個很好的希臘女孩
只能跟丈夫日B
再不就是夾緊雙腿，坐教堂裡
最近，我已經不在乎義務
因為迷上了你的雞巴
老想著它

我要把你推到牆上
扯掉你褲子
把你雞巴拉出來
精赤條條的
在我面前
打定主意

我要充滿感情地撫摸
你妙不可言的發燙肉雞雞
用我的眼睛
盯著看你的眼睛，我要小聲耳語：
我喜歡你舔我的樣子

但我不想要你藏在
我大腿之間
我要你把雞巴
塞進我口裡

我要跪下雙膝
把你放進我嘴巴
順帶著我一口的話
因為我嘴裡能放很多東西
我要吸你雞巴，寶貝
從頭吸到尾
同時摸你卵子
然後我要舔你，舔你
把我腦袋、我臉蛋、我嘴唇
都在你棍子上擦
頭髮甩得到處都是
就用你手在那兒打結
把我腦袋往回拉
到你的蠶繭邊

再不我就去你辦公室
不管你願不願意，一路喊著：
不行，不行，不行

鑽到你桌下
你置身一大堆文件中
曲起拳頭
把不讓你靠近
我的短褲
揉得皺巴巴的

再不就等到
在你媽家吃過晚飯之後
我們一起走進你公寓
邊談工作和休息
我的手就一邊
往下走到那裡
嘴裡開始「噓」了起來

但是，我們最好還是濕淋淋的
一起沖個澡
你呢，就日我嘴巴
滿手抓了我頭髮
控制著一抽一送
我最想感覺你雞巴，寶貝
你別溫柔了，粗野一點吧

快到高潮時
我雙手就要去抓
我的B，因為
我得摸自己
我被日得濕乎乎的
你會失去控制
又是咕咕噥噥，又是喃喃低語
說要是我再不停下
你就要射了
但我不在乎
我不會停下
我只想
把你吸幹
聽你叫喚
大喊又大叫

來了來了來了

全部射進我嘴裡
然後我要

全部吞下去

再把你舔幹
直到我們再度安靜為止

嗯，他說。
嗯，他說。
好了，他說，你看看，都不說話了，就是澳大利亞，也沒有把你們改變太多。內心還是裝的。
不是這樣的，他說。
哪裡，哪裡，他說。

為了給連名字都沒有的已故去的老作家一百周年紀念日準備材料，前面說的幾個搞研究的人，如姓童的、姓樊的、姓Yin Xin的，把代號為859的資料找出來。一個是他譯的一本四十多萬，生前未在任何地方發表的手稿。另一個也是一本他譯的三十幾萬，生前未在任何地方發表的手稿。還有一篇雖然發表，但卻沒有引起任何影響的文章。因為篇幅太大，他們利用我寫這部小說，給他做一點小宣傳的這種很有創意的做法，跟我講後我也覺得何樂而不為。在那個國家，他是沒有希望的。這不是我的原話，而是我根據記憶援引他的原話。他因為早就跟那個國家「離了婚」，也就是說，早就放棄了那個國家的國籍，所以他的作品雖能在該國出版，但因不屬於任何文藝團體，而不能參評。得不到任何大獎，他就不可能在該國佔有一席之地，加之他的作品無論從結構，還是到內容，從構思還是到具體操作，都與那個國家寫作的人有著極大的區別，幾乎到了難以為他們所接受的地步。再說他又拒絕加入一幫只說好話而不敢批評的「思鄉家」行列，這就等於斷了他自己的生路和後路。

好在他有幾個對他作品感興趣的人。他們找來了他翻譯的那部短篇小說集，標題是《美國超級短篇小說》。我記得，他本人曾跟我講過這事，說他讀研究生的時候，看過一部類似American Superfiction之類的書。這本書我現在想起來，還順手到網上查了一下，結果發現，有是有這麼一本書，但不知是不是他當年翻譯的那本，名叫*Superfiction, or The American Story Transformed: An Anthology*，於1975年出的第一版。

他翻譯的手稿，現在就躺在我的左近，是上海環球服務公司監製，現在來說屬於A3的那種20x25=500的稿紙。那上面謄抄的字體，不太像是他的筆跡，估計可能是出版社請人代為謄抄的，已經被編輯編過了，用紅筆在標題的地方標出：「四仿、七行、居中」等字樣。文字中則標出「老五黑、二行」等字樣。看起來，這部稿子當年應該已經列入出版計畫，但最後為何未出，就不得而知了。

我手中拿到的這部稿子，有好幾篇小說，依次為《句子》、《月亮在飛翔》、《你的故事是什麼》、《滑稽模仿》、《牛仔真多》、《國家藝術節》、《顯微鏡下》，等。名家不少，如厄普代克等。

為了對讀者有個交代，我們特地在此把《句子》這篇出自唐納德·巴塞爾姆的實驗短篇部分抄錄於下，以滿足他們的好奇心。《句子》是個名篇，因為它一反常態，把一整篇小說寫成了一個句子，或者說，作者用一個只有逗號，沒有句號的句子，寫成了一篇小說。開頭如下：

《句子》

或一個長句由上而下向紙的底部勻速移動——若非這張紙的底部，便是另一張紙的底部——它可以在那兒小憩片刻，或稍事停留，思考一下它自己（暫時）的存在所提出的一系列問題，這頁紙一翻過去，句子便結束，或脫離以某種姿勢（暫時）擁抱住它的大腦，某種並不一定熱烈，而可能使妻子歡喜（或難受）的姿勢，一個剛在早上睡醒，到盥洗室洗頭髮，不期和丈夫撞個滿懷的妻子，而丈夫一直懶洋洋地坐在早餐桌邊看報紙，並沒看見她從臥室出來，因此，當他和她撞個滿懷，或被她撞個滿懷，他便揚起雙手輕輕地、短暫地擁抱她一下，因為他知道，如果她的大腦還沒完完全全地擺脫夢境，衣服還沒穿好，他這麼早就給她來個真正的擁抱，她是不會有反應的，說不定反而會生一場小氣，說出傷人的話來，所以，丈夫沒像本來應該的那樣，在這個擁抱中施加一些肉體或感情的壓力，因為他並不想浪費什麼——不想浪費這種感覺，這時，句子多多少少從腦中通過，描寫這種情形還有一種……

我注意到，這篇翻譯小說《句子》的最後，是沒有句號的，什麼標點符號都沒有，但編輯卻在句子末尾用紅筆大大地圈了一個句號。估計圈點的時候還有點生氣。那個國家的編輯我認識一些，都很霸強，很霸道，自己說了自己算，不太把別人放在眼裡，除非你的小臉長得比較好看，還是女的。這個就不用多說了。再說，人，也是會變的。

他翻譯的另一本書，英文叫*The Life of Kenneth Tynan*，作者系Kathleen Tynan，是他老婆。我是說，Kenneth Tynan的老婆。他跟我講過，翻譯這本書時，是有人找他的，說這本書位列當年的《紐約時報》暢銷書單上，翻譯出版後，在國內肯定很有市場。他當時在滬讀研究生，每天起早摸黑，翻譯這本書，據他說，他用手翻譯，每天可譯一萬五千字，也就是500字的稿紙可譯三十頁。一譯好，就拿到中文系的一個低年級學生那裡，讓他謄正。最後譯完後交稿，正趕上那個動盪的年代。他記得走進那人寢室時，走廊的每一扇門都開著，女生一個二個地坐在門邊一封封地撕信，把信撕成一座座小小的紙山。他驚異為何她們如此不尊重自己的個人史。

這部自傳的《序文》第一段如下：

> 像獵犬一樣跟蹤自己的丈夫，發覺乃至掠奪他的一生，他那不僅包括婚姻在內，妻子有權共用的一生，而且是他整個放蕩不羈的一生，這真是一件奇特的事。然而，這也正是我一心一意所想走的道路。

這篇序言很長，有一萬多字。我們也無法一段段地摘錄，否則這本小說寫到何時是個頭？就隨便順手把正文中的有意思的段落摘它幾小段吧。泰南（Tynan）是英國最著名的戲劇評論家之一，筆鋒極為犀利，曾在BBC採訪中用了「Fuck」一字，而引起軒然大波。據Kathleen說，他年輕時「所建立的咄咄逼人的標準使他的同輩人都向他看齊。他總是對正統觀念提出質疑，要寫異端邪說，純粹的異端邪說，他對一個按要求寫一篇歷史文章的朋友這樣說。」（未出版的譯文手稿第68頁）

第二十四章《髒話》開門見山就說：「1965年11月13日，在一個名為BBC-3的深夜直播諷刺節目中，肯說了'日屄'這個字。電視上出現這個字眼，還是開天闢地第一次。這一下可不得了，捅了大馬蜂窩，使得全國都像中了風似的。」

書中接著說：「從此以後，肯就出名了，人人都知道他是那個說‘日屄的人’。他的訃告中提到這件事（以及他導演的《啊，加爾各答！》）的地方比提到他的劇評、作品或戲劇工作的地方還多。‘莫非我要因這件事而青史留名不成？’他問。」

（未出版的譯文手稿第513頁）

我們在把手稿放回箱子裡時，發現了一束用橡皮筋捆起來的小本本，其中一本白色的封面上寫著一個5字。

我隨手翻開，看到這一段：

> 親愛的，你我都知道得很清楚，在政治上，是沒有人，只有主義，沒有感情，只有利害。在政治上，我們不是殺一個人，而是移去一個障礙。

我本來以為，這是他寫的，還小驚喜了一下，但很快就發現，下面注了一筆：「《基督山伯爵》，p. 128」。

緊接著，又來了一段，如是說：

> 我為什麼要這樣忙忙碌碌，放著今朝的福不享，硬要等到以後呢？一個人出處同自己過不去，是不能過愉快的生活的。所以，恩珀多克利斯責備阿格裡仁托說，他們一方面把享樂的東西堆存起來，好像他們只有一天的命好活似的，而另一方面又在那裡大興土木，好像他們要長生不死的。

這一段，據他的記錄，來自《愛彌兒》的p. 513頁。

我對別人的東西不感興趣，就找來一段他自己寫的，如下：

> 一件往事驀地兜上心頭。我和老呂細黑在街燈下走，談各自的興趣。我說我喜歡一個人靜靜地住在鄉間，讀書寫書；老呂嘲笑我，這是燕雀的生活。他說他在夢中常夢見天翻地覆海水乾涸了，整個世界破碎

了，而他孑然一身地佇立在世界的瓦礫場上。他還說有一次他做夢，夢見自己彎腰拾起一分錢，前面閃閃發光地排列著一串分子錢，一直伸向看不見的地方。他就這樣彎著腰拾個不停。他說一想起這個就心悸。

看起來，他早期對翻譯也有一定的研究，或者說心得。這從他從《文藝研究》1982年第4期第25頁的一段引文中可見一斑。那段文字說：

> 歌德的《漫遊人的夜歌》據說是他的「頂峰」詩，至今譯著甚眾，傳神極少。俄國一詩人將他們的譯者所譯進行比較，發現萊蒙托夫的最為傳神，然而改動太大，幾乎成為自己的詩。

嗯，好玩。

下面是為了紀念那位已故老作家誕辰一百周年準備選用的一篇文字。我沒有多說什麼，只說：不要對已故者也那麼苛求吧。你們能想出、寫出這種樣子來嗎？不過，我又覺得多餘，畢竟他的同時代人早就死光了。我們這代人，比他們更先進、更包容、也更開放或者說放得開。

《紛至遝來的感覺或雞年的雞零狗碎》

在廣州吃早茶，無端地想起多元文化，頗像一夫多妻制，一夫，即以英文／盎格魯—薩克遜文化為主的澳大利亞文化，多妻，即多元文化。不妨稱之為一夫多妻文化。唯一不同的是互不睡覺。（廣州東江海鮮餐館，2005年2月11日）

逛天河書城時看到一本本當代中國小說，標題在我筆下卻都成了英文，

如這一本：Morning 3, Evening 4
另一本：Guarding the Mouth like a Bottle
另一本：Drunken Flowers Hit a Person
另一本：Heart Poison

D.X.（我的隱語：待寫）：這個時代，什麼都多。

逛書店時冷孤丁冒出一句：人窮志不窮，人富志不富。（2005年2月11號）

又：西方和東方是兩個極端
澳大利亞則是極端的極端

小說：在澳大利亞，組織一個吃喝玩樂團到中國旅遊，全由作家／藝術家組成。

點心：實際上是dot heart，但dim sim容易給人提供嘲笑的機會，而大點，小點，特點，等，卻很好玩，好玩味。

D.X.: the dot age（注：已經寫成詩歌）

冷孤丁冒出來：這一鍋熟人
全都吵熟了
看：這就是中國！

細節：晨喝茶時看到那女人
可以想見她中年時
就是這個樣子

又：在電梯的石影中
看到一個漂亮的臉孔
卻原來就是她
那個每夜睡在身邊的人
像個陌生人樣
漂亮

又：在桌前上網
摸一摸潮濕的腋窩
又發出強烈的
狐臭
就跟CNN上的美國音
到了中國
更美國了

又：「我要把我自己打扮得如此
性感美麗
當他來到這個城市
一眼就會從千萬人中

把我認出」
她對想像中的那個人說

05748721xxxx

又：Everything is in the unspoken.

又：新意的產生不來自創新，而來自創舊，如「二思」。

又：生意可以不做，朋友不可以不交。

又：電梯中兩隻雞。裙短，離膝超過一仵。另一隻的長統靴有嵌紅片。其他職業必須說明，唯有這個「職業」卻一見分明。被守樓的人攔住時，說：1437號房間。

至此（2005年2月12號晚上11點1刻），從10號到12號的雞零狗碎全寫進來了。也不想做任何解釋。

補記：她說：我就是你的家！

冷孤丁冒出來：他手裡捏著權
　　權是空的
　　他手裡捏著錢
　　也是空的
　　因為他知道

這一切轉眼就會化為泡影

又：中國文字進入英文，造字功能一下子變得極為虛弱，如陰陽，只有一個yin and yang，卻沒有陰陽怪氣，陰差陽錯，陰奉陽違，等。一個中國人進入西方文化，很可能也變得羸弱不堪，有點兒象中國的文字。

又：中國沙拉，在國航上吃到的是一種用包菜做的麻油沙拉。

又：如果我說，Ex-husband of Dream Dew, Arthur Miller died at 89。恐怕沒有一個西方人懂。但這就是中國關於他的報導：見於今日（2005年2月13日）的《新快報》，《廣州日報》和《杭州日報》。Miller因Munro而聞名中國。

又：炸彈成了「詐彈」，這是這個虛擬時代的又一大虛擬。

又：版主則成了「斑竹」，中國語言始終擺不脫的「自然」情結。

又：機場裡，鞭炮成了裝飾，門邊一長串，甚至做成紅色的鞭炮形彩燈。成了眼看的靜物，而不再是耳聽的「動物」。

又：小W的4禁：報禁賭禁嫖禁黨禁。而我，只要錢字當頭，一切迎刃而解。

又：小W的德國之行：德國人不想太好，不想成為最好，因為二戰的陰影。這種欲求，成了當今中國的專利。

又：中國人到了西方，就進入一種清汙過程，如一友所說，靜得讓人懺悔八輩子的冤孽。這跟西方把實物垃圾運到東方處理適成對照。

又：學英語，學的就是一個細節。加the，還是不加the，要a還是不要a，一生都難以處理。與之相比，中文的缺點就是它的優點：假大空，fake, big, empty。

又：10根指頭，就是10只眼睛，在指尖。

又：我沒有家。家就是我自己。就在我字己身上。自己就是字己。字。

又：誰都不是家。什麼都不是家。什麼地方都不是家。

又：孓然一身，既小，又好。可孓孑，英文怎麼說？手頭沒有字典。

又：在中國，只能兼聽。只聽官方的，肯定要錯。如這次行李問題。

又：wang 7 wang 2，在杭州機場，一遍遍地播放這種把one讀成wang的英文。

（以上是今天〔13/2/05〕在杭州機場從上午10點40等到1點多時的一些狗碎）

一個人就是在生前，由於活得太久，生活過的地域過於廣袤，接觸的人生過於方方面面，也會出現怎麼找也找不到曾從自己靈魂上撕下來的一塊肉。我們描寫的這位已故作家，就曾出現過這種情況。後來他在一次完全偶然的情況下，發現了那塊肉，原來是一篇沒有日期，而且中間出現了局部亂碼[120]。對於這篇文字，我們不擬做任何評價或評估。我們只是直接呈現，不做一字修改，包括亂碼。你們現在看到的，跟他生前看到的一模一樣，唯一的不同是，原來是電子文檔，現在成了鉛印文字。

《床》

也許他們都是這樣的吧，每次做愛時，你就這樣說。

一定不是的，你說，你怎麼那麼有把握？你何時見過人家來著？你又從不看小說，你怎麼知道？

一定不是的，你說，我的本能告訴我，一定不是的。

難道你的幻想不比本能更真實，你反問，難道你的想像中從沒出現那樣的場面，那樣的現實？那種非人的狂熱？

不，我沒有，你說，我是人，我在想像中只看見純真的愛，人們互相摟著，親吻著，低低地耳語著：我愛你，我愛你，我愛你，我愛你，人們只是靜坐著，一動不動。

我們還會這樣嗎？你問，每次做愛後，你問，我們老時，還會這樣嗎？是的，我們也許，你說，你沒有把握，於是你補充道，我們也許不會，可是，舊日纏綿的記憶是不會忘卻的，夜深沉時，那些軟綿綿的話語是不會忘記的，也許，具體的詞語早已一個個消失，宛如海灘上的沙粒，抓在手中的灼燙的沙粒，海灘卻存在著，一望無際、白得耀眼的沙灘，一片灼熱的白色，它還存在著，在衰老的記憶的某一個角落閃著光。

不，你說，不，當我們衰老，我們不會相愛，我們會各睡一頭，我們為了芝麻大的小事爭吵，我們的目光再也不會接觸，我們的肉體早已衰朽，感到發冷、發燙、發僵、發幹，再也不會交流，我們聯手都不願碰一下，我們啥也不想，只是那樣一天一天無聊地捱過，連時光的流逝都忘記了，前面的黑影越來越大，原來是一張黑洞洞

---

120 後經核對另一台碩果僅存，但早已從市場消失，名叫PowerPC的電腦，才加以訂正——研究者注。

的大口，原來是開著口的墳墓，原來是一個無底的深淵，原來是萬劫不復的旅途終點，原來是我們後悔莫及的失落，再也找不回來了。一切都無法挽回。

我們會的，你說，我們還會的，青藤老的時候，枯成了灰褐色，還死緊地纏在老樹皺紋累累的身體上，我們雖然各睡一頭，但我們在溫暖彼此乾瘦的腳，用我們體內殘存的余溫，用我們心中若有若無的殘夢，用我們為彼此灌好的熱水袋，用我們被身體溫暖的乾淨的、穿舊的內衣，我們還會的。

我害怕，我害怕那種無可奈何地活著的狀態，過去象一個惡夢窮追不捨，緊緊壓迫著我，而現在只是一連串的相似，一大堆撕去的日曆，一片雜亂無章的沉默，而未來——我真害怕，我真希望我倆在同時達到高潮的那一瞬間，一把利劍由上至下從你的右胸腔穿過，紮透我的左胸腔，一直到刀柄貼著你的脊樑，刀尖從床鋪下鑽過。

是的，每當我和你達到高潮，往往總是你比我先，我就產生一種死亡的感覺。我感到整個人彷佛膨脹了、擴大了、變輕了、升騰了、輕飄飄了，我離開了你，雖然我在更深地進入你，我的肉體和我的精神在一瞬間同時進入兩個境界：一個黑暗、深邃、神祕、溫暖，宛如地洞或隧道甚至海底一樣的世界，一個欲把人整個兒吞沒而不使他感到絲毫悲哀和懺悔的世界，一個使他想就此了結外面的一生，永遠永遠地進入其中的世界，另一個則是超越一切之上的光明、興奮、快樂，宛如信天翁在碧空翱翔的世界，一個時間停頓、音響消失、一切處於靜止的無窮無盡的世界，一個除了懸空的星星之外什麼也沒有的世界。

可是，每當我高潮一過，我便感到無比厭倦，渾身酥軟，直想睡覺，我便會覺得世界上再沒有比這件事更無聊、無味、無意義的了，我們象發了瘋似的去想、去追、去殺人、去自殺、去偷、搶，以為它就是一切，是拯救我們生命的唯一之泉，可一旦把這泉水喝飽，我們就魘足了，依舊感到無聊、空虛、怨恨、厭倦、刻板，又不能在那一刻死去，即便產生那種感覺，也只能說是進入了一種假死狀態，跟熟睡差不多。

你不能想得那麼多，乖乖，來，翻過身子，讓我好好摟住你，摟住你的全部赤裸，在我的懷抱裡睡去，到天明，我們又會恢復，讓我們再進行下去，思想也是不真實的，它是一片空洞，是癡人說夢，它象一些折斷的翅膀的羽毛，被狂風吹得在空中亂舞，發出染著太陽光彩的暗綠色，它散發著圖書館的陳舊氣息，是躺在籐椅中的老人的歎息，我們幹嗎要在這時思想？它只會導致人類走向毀滅，只有肉體是真實的、美麗的、常新的，使人類文明振興的，你瞧，它多麼溫暖，宇宙中只有太陽可以和它比美，它是河流，那樣充滿動感，瞬息萬變而又凝止不動，它是紅花、綠草、流泉、飛雪，它就是大自然本身，躺在我懷中，永遠地躺著吧，這是我們的方舟，這張床，我們將乘著它，在我們肉欲享樂的旅途中，走向我們的歸宿。

你放一盤磁帶，每次做愛之前，你總要我放一盤磁帶。

這重播什麼？你問。第五，還是《致新大陸》？

"To All the Girls I Have Loved"，你說。

在音樂聲中，你的感情容易調動，音樂彷彿是麻醉劑，你說，從耳道中注入，渾身頓時處入一種半麻醉狀態，你全身所承受的壓力減輕了，下身那種由於乾燥而產生的痛感也逐漸消失，你感到你在熔化，象一塊被烈焰炙烤的奶糖，你變粘稠了，你變潤滑了，你被人含在口裡，用舌頭攪著、吮著、到最瘋狂處，甚至咬著，然而你不感到痛，你是一條河流，你要等著天空的閃電挾著驚雷，一次次向你衝擊，直到鑽入河床，觸到你堅硬的岩壁，裂開你沉睡千年的石夢，你才會顫抖、才會興奮、才會歡樂、才會開始呻吟、重新凝結、重新聚集、重新變成一塊堅固，還原成肉體的你。

然而，音樂已經失去了刺激你的能力。無論《英雄》、《悲愴》、《月亮河》，《尼基塔》無論是細聲細氣哭泣的小提琴，宣佈黃昏來臨的黑管，駿馬飛馳的小號，躡手躡腳的吉它，無論是跺著腳狂舞的迪斯可，扭曲變形的布瑞克，你都失去了反應，你要看圖片，你要聽故事，《愛船的故事》，《加油站》的故事，《電梯裡的故事》，然而，你最愛聽的故事，是一男一女在地震之後，一絲不掛地在瓦礫堆上性交。你說，這是生命的開始。

我不想了，我再也不想了，你說，你把腦袋從企圖吻你的唇下扭開，你把撫摸你乳房的手扳開，推到一邊去，你翻轉身。你說，我們各睡一頭吧。

你依了，你睡到另一頭，當她呼呼睡去，你就睜著眼睛望著黑洞洞的窗外，奇怪的夜空，是一個四四方方的框子，中間只嵌著一顆星，一顆多麼遙遠、可望而不可及的星。幾抹黑忽忽的影子，重疊著、交叉著，梧桐凋盡後的枯骨。你翻身坐起，去開窗子，手觸到冰冷刺骨的鐵欄杆，原來那不是星，是馬路對面的一盞昏黃的燈。突然，什麼東西閃了一下，那盞燈燃燒起來，電線皮燃燒起來，「哧哧」地響著，一些青藍的火苗象蛇，飛快地爬過來，一躍而起。叉舌。你又回到她那一頭，從後面摟住她，一塊石頭，一塊沒有生命的屍體。我不要你，不要你，你說，有他我就夠了，我不需要你。你說。原來我以為，愛情就是一切，現在我明白了，還有更重要的事情，那就是養育孩子。孩子不是一切，你爭辯說。我們，你和我，我們的愛情，我們的快樂和幸福，我們的事業和前程，這才是一切，孩子只是我們生活中的一個部分，他會自然而然地生長起來，到一定的時候，他會離開我們，去尋找他自己的歡樂和幸福，而到那時，我們已經老了，你萎縮的身子穿什麼時髦漂亮的衣服都不會好看，你滿臉皺紋即便塗滿雪花膏也無法填平，而我，就是放在你身邊，也無法硬起，清醒清醒吧，這是我們的黃金時刻，如果我們不抓緊這個時刻盡情享受一番，我們就會後悔莫及。

不行，從現在起，我告訴你，一個月最多只能兩次，不能再多了，你說，我無法忍受，我寧願沒有，你若是不能感到滿足，你就想別的辦法，我不能同時既做一個好母親，又做一個好妻子，原諒我吧，今夜不行，今夜實在不行，今夜萬萬不行。

我對你犯下了不可饒恕的罪行，你說，我把你強姦了，我把你的手反剪到背後，我把你的雙腿強行分開，我把我的東西象團抹布往你的裡面塞、塞、塞，不管你的反抗，不管你的嚎哭，不管你的怒罵，我要我只要發洩一空！直到現在我仍記得那樣分明，一共五十三下，整整五十三下，我是一架會數數的機器人，機器人！我把蓄積已久、毫無用處的岩漿噴射給你、傾瀉給你、為了使自己免遭被燒毀爆炸的滅頂之災。你毀滅了，那是你的報應。你是那樣乾燥、發緊，難道你是沙漠，不需要暴雨的沖刷？你使我疼痛欲裂，你使我磨擦發燙乃至紅腫潰爛，你使我患上了不治之症：虐待狂。從前我們是由愛情昇華到交媾，現在，我們由交媾昇華到憎恨，從而進行更為瘋狂粗野的交媾。法律保護我們，阿門！

我不知道我為什麼會愛上你，你說，你不是人，你是野獸，你的愛情全是虛偽的言辭。野獸的暴行。

我們都不是人，你說，都是野獸，我所謂的愛情是虛偽的，但它是音樂，它是繪畫，它是故事，它是藝術，它刺激你忘乎所以，它使你忘卻你曾經是人，它使你只活在現在，活在這一時刻，這一瞬間，因此它是真實的，有價值的，美的，既然你不再為它所吸引，那就讓暴力來證明。

你這頭野獸，嗚，你這頭喪盡天良的野獸，你為什麼不死，你為什麼不死！你走開，你滾，我討厭你，我討厭你，我討厭你！為什麼讓我跟這種人生活在一起，噢，我好命苦呀！你這惡魔，你不得好死！你為什麼不在一場大暴雨中被雷電劈死！你為什麼不被一輛飛快的卡車撞翻！

我死了，你低低地、溫柔地說，你感到房子突然靜了下來，杯子、門、答錄機、電視機、木箱、熱水瓶好像都在側耳傾聽，你會快活嗎？你真希望我死？你真希望我死！好，我就死給你看。你不顧一切地抓起一把剪刀，就朝心窩裡捅，你的腕子被她的手捉住了，剪刀尖已經劃破了襯衣，在胸口捅出一個細窟窿，她把整個溫軟、碩大的肉體撲上去，想堵住洞口向外汩汩直冒的鮮血，她瘋狂了，迷亂的頭髮散了滿臉滿眼，小紅圓領衫塗滿了鮮血，慌亂之中，她把嘴唇移過來，壓在你的唇上，你全身一個哆嗦，感到一陣莫名的快樂，頭皮也微微發麻，你硬了，你翻轉身，壓在她身上，你用手扒她的三角褲，她無動於衷，不僅無動於衷，反而迫不及待地張開雙腿，讓你全部嚴嚴實實地送了進去。血在流著，精液在流著，淚水在流著，唾液也在流著，你們交匯了，天上的雨和地上的河流交匯了，月亮不再反光，月亮就是太陽。屋裡的家具心蕩神馳地觀看這一幕人類的悲喜劇。

喜劇演完了，悲劇也演完了，悲喜劇也演完了，戲臺子空空如也，露天戲場上沒有一個觀眾，滿地瓜子殼，冰棒紙，煙蒂，鼻涕，手紙，花生渣，甘蔗渣，蘋果，梨子皮，還有一次性的避孕套。你說，我們回去吧，回到我們溫暖的窩、溫暖的床上、溫暖的被窩中，做我們溫暖的夢吧。

我們死了，你說，我們都已經死了，我們的床是我們的棺材，我們的被子是我們的屍衾，我們的房子是我們的墳墓，我們是兩具你死我活、我死你活的屍體。

我們什麼都有，你說，我們有電視、電話、電冰箱、洗衣機、沙發、席夢思、穿衣櫃、床頭櫃，我們有音箱，我們有書，應有盡有，一應具全。你有項鍊，手鐲，難道這一切不是幸福的基礎嗎？我們追求的一切不是都成功了嗎？

電視是供無聊人消遣的工具，你說，電冰箱只儲存沒有生命的肉類，項鍊是套在人脖子上的鎖鏈，幸福的基礎走到它的對立面去了。我們分手吧！

你記起了你當時說過的話，我們的一切生命從肉體開始，當兩個肉體都已衰朽、冰冷、僵硬，我們必須從新的肉體開始，我們為之付出的代價只是物質的喪失，然而我們可以從頭開始，在新的肉體中被點燃、被焚燒，從而合二為一，從而再次死去。

她在你身邊睡得多麼踏實，發出平勻的呼吸，孩子睡在你們的中間，象一把明晃晃的劍。孩子是一個飽滿的、充滿綠色漿汁的果實，是一條永遠無法逾越的鴻溝。你伸出手，你的手在半空中停住了，你在夢中看著這只手：它的指頭象指向夜空的天線，源源不斷地發出資訊，然而黑地裡什麼都沒有，只有一根光禿禿、孤零零的鐵柱子，它喊了一聲，我沒聽見它喊什麼，於是我跟著去了，看見一張床懸在半空，一個身穿燕尾服的人，滑稽地揮舞著一個鐵圈，讓床從鐵圈中鑽過，我也要試一下，不料卻重重地摔了下來，「哇」，我睜開耳朵，孩子哭了。她也醒了，說，「看你怎麼在睡覺，身子滾過來，把孩子都壓在下面了，快滾過去！」

青羔，我想，是已故作家的另一個筆名，曾就一個非常惱人的問題，做過一次發言。那是在墨爾本舉行的一次華人大會，來自各界的華人和少數白人在這兒濟濟一堂。他在這兒發現了一個80後在白人報紙做記者的小夥子。他碰到了自他剛到澳洲就經常在電視上看到的一個華人節目主持人，她主持的是比較新潮的音樂。他還碰到了一些熟臉和一個以寫澳大利亞和亞洲關係而著名的白人女性學者。

大會上他以英文發言時，用語十分幽默，觀眾中常常爆發出會心的非微笑。會後，他把那篇英文自譯成了中文，在當地報紙發表了。他本以為會有影響，結果沒有任何影響。在他出生的那個國家，他也曾擱在博客上，但直到他故去的那一刻，都沒有任何人留言。看來，最冷漠的莫過於生他養他的那個國家了。是否需要道歉，跟他們又有什麼關係呢？國外之於他們，就是在真的活不下去時才好去逃難的地方。除此之外，他們是不用關心身外之國的。

不管怎樣，我還是覺得，有必要把這篇文章放在下面，供有興趣者展讀之。

《強烈要求澳大利亞政府為人頭稅向華人道歉》

（2012-08-21 12:07:18 發表在墨爾本的《聯合時報》）

【本文為澳華社區議會於2012年8月18日在墨爾本召開的第二次年度會議上的英文發言稿】

生為華人，就要受苦
生為白人，就要道歉

Richard Owen

本文不擬寫成那種註腳章節附註多得像蜂窩，最後寫成一塊死肉，沒人要讀，只有那種在學術上最愛鑽牛角尖，最精明狡黠的人才肯下嘴齧咬，為了撈幾個分子，爬到教授或校長職位的學術論文。這篇文章源自幾年前，我和澳洲華人女學者Tseen Khoo（邱琴玲），在從臥龍崗坐車去悉尼路上的一場談話。我當時提出，可能需要對澳大利亞政府提出要求，令其就19世紀人頭稅問題，向澳大利亞的中國移民道歉。我記得當時我是這麼說的：我要成為澳大利亞第一個提出這個問題的人。此言之後，又過了三年，我才有此機會，在這兒發言。

首先，讓我們回顧一下關於人頭稅的幾次道歉。新西蘭一馬當先，於2002年道歉。2002年2月12日，時任總理的海倫・克拉克向新西蘭華人道歉如下：

「今天，我特此宣佈，政府已經做出決定，正式向那些因法律強制而繳納人頭稅並受苦受難的華人及其後裔道歉。」[1]

歷史將記住這一天，而且也會記住，華人移民遭受種族歧視的國家，即新西蘭、澳大利亞、加拿大和美國這四國中，新西蘭早已於1944年率先取消人頭稅。據時任副總理的瓦爾特•納徐稱，人頭稅是「我們立法的一個污點……華人跟其他種族一樣好，[而且]，我們今後也不能容忍任何針對他們的歧視。」[2]

澳大利亞對澳洲華人，有沒有做過什麼值得這個國家道歉的事呢？也許歷史上沒有，只在詩歌中發生。現在，請讓我來朗誦一首由瑪麗•吉爾莫寫的詩吧：[3]

《十四人》

十四人
人人倒掛
從頭到腳
直如木樁

十四人
都是中國佬
用辮子系著
在樹上倒掛

這都是老實的窮人啊
但淘金工大聲吼叫著說：不行！
於是，在一個晴朗的夏日
他們把他們在樹上倒掛

我們的車路過那兒時
他們在那兒倒掛
大人坐在車前
我坐在車後

那就是從前的藍濱灘
直到現在我還能看見
他們每一個人都直挺挺地
在樹上倒掛[4]

加拿大曾一度是這樣一個國家，那兒反對華人呼聲之高，竟然喊出了這樣的口號：「加拿大要永遠雪白！」[5]意即容不得華人這樣的黃種人，但是，2006年6月22日，加拿大也效仿新西蘭，對強加給加拿大華人的人頭稅道歉。時任總理的斯蒂芬・哈珀說了下麵這番話：

「我謹代表加拿大政府和人民，就人頭稅問題，向加拿大華人全面道歉並對其後排斥中國移民的做法，表示最深切的遺憾。」[6]

2009年，加利福尼亞也隨之道歉。該州政府發佈了一紙聲明，就「加利福尼亞歷史上對美國華人有種族歧視的法律」，向美國華人道歉。[7]必須指出，加利福尼亞曾一度是這樣一個地方，對華人歧視如此之深，早在1854年，就禁止他們出庭作證，出具對白人公民不利的證據，因為，根據加利福尼亞最高法院所做的一項決定，中國人：

「……是這樣一種種族，其生性低劣，一旦超過了某一點，就不可能再有進步，也不可能再有智力發展，他們的歷史就證明了這一點。他們在語言、見解、膚色、體格形成等方面，都與我們很不相同。在我們和他們之間，大自然製造了不可逾越的差異，因此，他們'無權'就公民的生命起誓，也無權和我們一起'參與'我們政府事務的管理。」[8]

2011年，根據《洛杉磯時報》報導，該年10月7日，「美國參議院已批准一項決議，就美國過去針對中國移民的歧視性法律，如《1882年排華法案》道歉。」[9]

截至目前，最新的發展是2012年6月18日的一條新聞。該新聞說：「美國眾議院星期一一致通過一項決議，就二十世紀之交針對中國移民的各項歧視性法律而道歉，……這是過去二十五年中，美國國會參眾兩院通過的第四次表示遺憾的決議。」[10]

現在有一點提醒大家，是很有用的，即澳大利亞、新西蘭、加拿大和美國這四個國家中，澳大利亞是唯一推行了「白澳政策」這種國家恐怖主義政策的國家，該政策於1901年實施，所針對的對象非華人莫屬，持續了72年之久，直到1973年才作為政綱被工黨放棄。[11]然而，澳大利亞並未率先就人頭稅和具有種族歧視性的「白澳政策」向華人道歉，卻時至今日死不悔改，拒不認錯。

遲至2012年6月我寫這篇文章之時，澳大利亞仍然對人頭稅問題視若無睹，默不作聲，好像這個問題根本不存在，好像華人從未受人頭稅的歧視之苦。我們只消回顧一下那段歷史，就知道發生了什麼。據歷史學家大衛・達伊說：

「……1855年6月，維多利亞金礦有17000多中國人，政府對凡是抵達的每一個中國人，都收取10鎊人頭稅並對其人數進行限制，根據輪船噸位，每十噸限量一人。」[12]

數頁之後，大衛・達伊繼續說：

「（1878年），各殖民地對公眾壓力做出反應，把立法障礙提得更高。這主要通過對入境的中國人加收人頭稅並收緊對乘船而來的中國人人數的限制規定。不過，各殖民地之間的法律變化很大。維多利亞限定百噸一人，昆士蘭限每十噸一人。為防止華人在各殖民地之間流動，墨累河一帶和內地其他邊界的海關官員，都要加收人頭稅。」[13]

澳大利亞對此問題執意保持沉默，誰也不知道是何原因。也許，當時澳大利亞並未形成聯邦，這個問題的罪魁禍首應該是「各殖民地」。也許，華人本來膽小怕事，不敢說話，逆來順受，太華人了？

事實並非如此。2011年3月18日，克雷頓議員林美豐就曾提議，要求澳大利亞就19世紀的人頭稅問題，向華人道歉。[14]2011年6月，澳洲華人歷史文物會主席達芙妮・婁・克利，在《悉尼晨鋒報》上撰文，根據2011年澳華社區議會大會決議提議，要求「澳華社區議會執行官對針對華人而爆發的藍濱灘事件，以及其他歧視性政策進行調查。如有可能，要澳大利亞政府道歉，並承認澳大利亞華人的貢獻。」[15]

直至我在此發言的這一秒鐘，澳大利亞這個對其華裔公民犯下了最嚴重歧視的國家，卻執意不肯道歉，執意沒有悔意，執意不肯認錯。

道歉有意義嗎？道歉能解決任何問題嗎？對此，我的回答是：有意義。能解決問題。過去離開我們從來都不遠，我們周圍到處都是死者。例如，澳大利亞的華人知識份子直到現在，仍然在這個國家的知識尾礦上淘金，正如我的第三部英文長篇小說《散漫野史》中一個人物所說：

「有人把白種盎格魯-撒克遜男性形容成最弱勢群體，對此，可以更進一言。我認為，可以稱我為黃種華人男性，一點不比白人弱勢。我們這兩種膚色之間，沒有太大差別，唯一的差別在於，我是在知識份子金礦的尾礦上幹活，工作要比他們辛苦很多很多。」[16]

關於華人的消極看法持續至今。他們再好，也只能搞數學、搞技術、做生意，不能當領導。他們再好，也只能當任勞任怨，想像力不如白人的藝術家，這就是為什麼他們不能拿、也不許拿邁爾斯・佛蘭克林獎或阿奇博爾德獎。他們再好，頂多只能當政治家，服務自己的華人社區，而不可能當總理，不可能當關鍵部門的重要部長，不可能當各州州長，甚至也不可能當派駐中國的大使，想想吧，你怎麼能信得過一個華人，哪怕是澳洲華人，到中國去當代表澳大利亞的大使呢？就算他們各方面都好，他們總有一個地方是永遠都不好的：他們英文不好，就更不用說讓他們去教英文了，這就是為什麼全澳大利亞所有大學的英文系中，澳洲華人教師的人數少之又少的緣故。

我曾就這個問題寫過一首英文詩，自譯如下：

《中國招工廣告》

大家快來澳大利亞吧
這可是個偉大的國度：
這兒工廠眾多
可以享受標準的多元文化
這你肯定從沒見過
馬來西亞人越南人南斯拉夫人羅馬尼亞人馬其頓人
想幹啥，就幹啥：
切雞肉洗盤子掃地板

做襪子做面圈做點心做假陽具
別抱怨了
難道你不知道，澳大利亞是打工者的天堂？
如果你有學歷，那就更好了
說不定能到中小學教書
教澳大利亞孩子說漢語，教他們說：
「你好嗎」或「操你媽」
小心哦：有學歷無學歷
你都得提高英語水準
知道那句老話嗎？
活到老，學到老
你再中國人、亞洲人，也得跟咱學英文
大家都來澳大利亞吧
這兒可自由吶
實際上，滿滿一牢房都是自由
別忘了，如果發生任何不測
千萬要跟難民審理委員會聯繫
NOOSRA，*RACV*，*Social Security*，*CES*或離你最近的警察局
下一個出事者，很可能就是你

是時候了，該回顧一下《巴納那之星報》150多年前說的一句話：「至少在我們這個時代，……[中國人]別想給我們寫書，別想給我們編雜誌，別想給我們的科學藝術增磚添瓦。別想當陪審團成員，別想進入任何立法會。」為了當今的白人目的，我把這句話稍稍修改了一下：至少在我們這個時代，……[中國人]別想得我們的大

獎，頂多入圍一下，或者得個什麼「社區關係獎」；別想給我們編雜誌；別想為國家建構增磚添瓦；別想當法院法官；別想到任何大學的英文系教文學。

多年尋工未果，無法在澳大利亞的大學裡謀一份工作，我得出了這樣一個結論，你一旦在這個國家拿到文學博士學位，你就沉淪到地獄的底部，因為再也沒人需要你了，哪怕是你最夠格的專業也不要。事實上，你越好，就越不要你。你做出最大的努力，收穫的卻是最嫉妒的敵意。這使我想起強烈反華仇華的殖民時期一首詩，把華人看作垃圾渣滓，必欲逐出澳大利亞而後快：

《這些中國壞蛋》

這些中國壞蛋！這些中國壞蛋——
到處骯髒地傳播怪病——
他們把童年美景置諸腦後，
來為我們種瓜栽豆。
一旦死在遙遠的國土，
就把該死的遺骨用船運回家鄉，
以為這樣能使天神息怒——

這些中國壞蛋！這些中國壞蛋！
這些中國壞蛋！
這些中國壞蛋！
不說英文，專玩番攤，
國內就被人貶得一錢不值，

這些麻瘋病人早該改邪歸正，
把這些可惡的東西掃地出門，
澳大利亞不需要更好的理由。
我們要把他們一船裝走，抗議「他們都是
中國壞蛋！都是中國壞蛋！」[17]

[我得承認，我對本文做了自審，刪去了兩段話，因為這個國家不喜歡批評，一旦被批評，就會反彈強烈，做出反批評。我無意添亂，自尋煩惱。]

令人痛心至極的是這樣一個事實，即澳大利亞依然拒絕就過去的人頭稅問題及其遺留問題道歉，因此，作為詩人和知識份子，我強烈要求澳大利亞政府道歉。

我們要求就人頭稅道歉，因為我們要清洗它在一代代澳洲華人身上留下的歷史傷痛，感情和心理創傷，並要求為此賠償，建立一個人頭稅基金。我們要求道歉，為的是清除過去在現在投下的深重陰影，正是這重重陰影，妨礙了這個國家作為一個聯合整體的共同前進。我們要求道歉，因為我們不想被人視為二等公民乃至三等公民，受人珍視的只是我們勤勞肯幹、恭順服從、生意精明等素質。我們要求道歉，因為我們要參與各個層面的澳大利亞生活，包括最高層面，如政治、藝術、法律、教育、商業，以及其他各個方面。我們要求道歉，因為我們也要當澳大利亞總理，就像巴拉克・奧巴馬在美國當了黑人總統一樣。我們要拿評委不帶任何種族、文化和語言偏見進行評選的邁爾斯・佛蘭克林獎、阿奇博爾德獎和所有重大獎項。[18]我們要當法官、大學校長和州長，以及最歧視華人的澳大利亞大學英語系的英語教授。我們需要得到承認，即我們跟這個國家的任何其他人一樣好，不因貧困而遭人白眼，不因優秀而被人嫉妒，像葉詩文在2012年奧林匹克運動會上獲得200米和400米混合泳金牌反而遭西方詆毀那樣。[19]我們強烈要求在這個國家的所有重要方面，都享有同等地位，不因為我們是移民，而因為我們是公民，不因為我們是華人，而因為我們是澳大利亞人。

澳大利亞：你必須道歉。此時不道，更待何時?!

[1] See the speech here: http://legacy1.net/new-zealand-government-apologised-for-the-poll-tax/

[2] Michael King, *The Penguin History of New Zealand*. Penguin Books, 2003, p. 369.

[3] Her book, *The Passionate Heart*, published by Angers and Robertson in 1979 [1948], of 331 pages, does not contain the poem, making it hard for me to locate the poem, particularly when the poem is not even available online.

[4] Mary Gilmore, 'Fourteen Men', in *Windchimes: Asia in Australian Poetry*, eds. by Noel Rowe and Vivian Smith. Canberra: Pandanus Poetry, 2006, p. 51.

[5] Canada, for example, never had such a national policy as 'the White Australia' although at one time of its history feelings for a 'white Canada' were running high in the general anti-Chinese campaign. See W. Peter Ward, *White Canada Forever: Popular Attitudes and Public Policy Toward Orientals in British Columbia*. Montreal: McGill Queen's University Press, 1978.

[6] See the article at: http://nzbornchinese.blogspot.com.au/2006/06/canada-poll-tax-apology-22-june-2006.html

[7] See the news at: http://likeawhisper.wordpress.com/2009/07/22/california-apologizes-for-racist-policies-against-chinese-americans/

[8] Qtd in: http://en.wikipedia.org/wiki/Chinese_American_history

[9] See the news at: http://latimesblogs.latimes.com/nationnow/2011/10/us-senate-apologizes-for-mistreatment-of-chinese-immigrants.html

[10] See the report at: http://news.xinhuanet.com/english/world/2012-06/19/c_131662522.htm[accessed 23/6/12]

[11] See the entry, 'White Australia Policy', at: http://en.wikipedia.org/wiki/White_Australia_policy

[12] David Day, *Claiming a Continent: A New History of Australia*. Harper Perennial, 2005 [1996], pp. 127-8.

[13] Ibid, p. 163.

[14] See the article in Chinese about this at: http://www.actimes.net/actimes/plus/view.php?aid=115406[accessed 23/6/12]

[15] See Daphne Lowe Kelley, 'Chinese Australians owed apology for discrimination against forebears', *Sydney Mornin*

Herald, 30/6/2011, at: http://www.smh.com.au/opinion/society-and-culture/chinese-australians-owed-apology-for-discrimination-against-forebears-20110629-1gr05.html[accessed 18/6/12]

[16] Ouyang Yu, *Loose: A Wild History*. Wakefield Press, 2011, p. 382.

[17] 歐陽昱，《表現他者：澳大利亞小說中的中國人：1888-1988》。北京：新華出版社，2000，pp. 27-28。【注，該首譯詩已稍加修改，與發表時稍有些許不同。】

[18] In an email sent to me today (16/8/12) by Michelle Cahill, one of the editors of *Mascara*, a literary magazine, she, along with other editors, is proposing that 'The Australian Centre establish an award to honour migrant writing. We believe that this is appropriate and achievable for Melbourne to initiate being the UNESCO City for Literature. Given the political climate on immigration at present it is even more necessary for highly regarded establishements [sic] like The Australian Centre to be setting precedents that may influence cultural representations and shape public opinion in favour of greater racial equality in our country.'

[19] 'As a result of jealousy induced by admiration' (yin xianmu er jidu). Qtd in Jiang Xin, 'dang zhongguoren qude hao chengji shi' (When the Chinese became high-achievers), *United Times*, Issue 318, 2/8/12, p. 3.

青恚走後留下了幾十個袖珍錄音帶，正反兩面都有，我查聽了幾個，基本上都是隨想錄、碎思錄，隨口說了，隨口錄了，然後就丟下了。我這兒隨便拈來兩段，稍微整理一下，也不多，只是讓讀者淺嘗輒止，被饗過之後就ok了，不必因暴食、飽食而導致厭食。這些錄音都沒有說具體的時間和地點，因此也帶上了一種奇怪的永恆性。這裡順便說一下，其實要想取得永恆也不難，只要不留日期和地點就行，這是他錄音給我們的一個小啟示。

其一：藝術家都是為了一個理想，知其不可為而為之。像那個被Robert Hughes看不起的Jeff Koons，所做的雕塑「Made in Heaven」，我就覺得很不錯。俗是很俗，但他把他跟當時還是老婆的老婆做愛的細節都以雕塑方式做出來了，比羅丹的《思想者》好。那個思想者，看上去像在拉屎，又拉不出屎的樣子。太裝A了。你轉一個角度，可以看到他陰莖插入老婆B—其實B是最不需要裝的東西，所有的壞文人都裝A，而裝逼那個詞完全是誤用

—裡，一半埋在裡面，一半露在外面。這跟悉尼UTS大學校門外面的那個做愛的男女雕塑形象有類似之處。那兩個裸體男女正在翻轉身子瘋狂做愛，陰莖已經插入陰道，但有半根露在外面。來來去去的男女學生看見了只是覺得好笑可愛，一個個都在跟前拍影留戀。這種知其不可為而為之的精神，也像WX一樣。他明明知道他做的那個系列，拿到那個國家去，是根本不可能展出的，但他偏要花上大量時間、金錢和努力，採訪上百名即將過世的右派人士，然後把他們一個個地畫入油畫。藝術是什麼？藝術就是抗拒所有的no，特別是來自官方的no。

其二：幾千年來男女的關係，說到實質，就是財與色的關係。那位年輕人之所以找不到理想的對象，最後越界，進入同性領域，是因為他終於意識到了這種關係的實質，決定在無意識中回到希臘，從而與那個幾千年前就被希臘人發現的真理不謀而合：只有同性（男與男或女與女）之間的關係，才是最純潔、最無私、最不涉及金錢的關係。男人對女人來說就是惡，女人對男人來說也是惡。關於這一點，沒有什麼多講的。其他的一切都是鼻涕眼淚和精液。

下面這段是作者連同飛機一起失聯之後，找到的一個訪談片段。

你寫的是什麼啊？
我也不知道呃。
怎麼可能你自己寫的東西你都不清楚呢？
我說的都是實話，不清楚就是不清楚。
你說什麼不清楚？
什麼都不清楚。
直到寫完都不清楚？
直到寫完都不清楚。
你指哪方面不清楚。

哪方面都不清楚，比如，人物、結構、文字、人物與寫作者的關係、身分、多重身分、文化斷層、空間隔離、語言翹曲、身分雜糅、生死交錯、隔斷、割斷、各端、沒有不可能的不可能、回得去的回不去、不可重複的書寫、多維度的書寫、多晶體的熔鑄、說不的板結、堆積的塊壘、失敗的成功、成功的失敗、故事的消失、敘述的逃逸、文本的燉煮、夜色的加長、人性的失靈、字的流血、人物的平面化和片面化和重新整合和大規模拆卸和雙語無性繁殖和——

停。我不想再問了。

好吧。

下面這段，是已故作者在筆記本中寫的片段：

畫家把一幅幅大畫從畫室搬出來，讓他看。全黑的畫面，全灰的畫面，更多的全灰畫面，或一片灰色底子上有幾塊黑色的幾何圖形。有一幅畫好像濃重的夜色中，有一隻青灰色的獨眼，從至深處的潭中浮出。另一幅畫只是灰色和灰色的交疊和耦合。或者不如說媾合。

「灰色，」畫家點燃一根形如陰莖的煙說。「是所有色彩中最高檔、最高雅、最激底的顏色。」他深深吸了一口，把肺部吸成一片灰色，很像某幅畫中的一個抽象畫面，臉蒙上了一重灰輕紗。頭髮也似乎在繚繞的煙霧中變得更灰，更陰險地藝術了。

「灰色，」畫家繼續說。「是最不革命的顏色。不討好賣乖，像紅色，不求人，像黃色，不千篇一律，像綠色，不叫賣，像上述諸色，不待價而沽，像屎尿色，不欲躋身（後面你可以加任何名詞），像名譽色，不奮發圖強，像不平常心色。行了，懶得多說了，灰色，就是你在上面寫出字的底色。就是你思想的腦灰質。灰色，我性愛的顏色。灰色，決不合作，操盡一切之色。」

睡在下面的人對睡在上面的人說：「我的是灰，你的是灰色。」

必須指出的是，已故作者也是一個譯者，而且是一個相當不同於迄今為止我們所知的任何那個國家的譯者，他們之間的重大區別就是，我們的這個譯者，是一個鄙視信達雅，而講求信達創的人。現僅以下面一例，來證明他所做的創譯工作：

《雨》

卡茲姆・阿裡（著）
青葉（譯）

天空以厚重的手筆，揮滿了雨。
With thick strokes of ink the sky fills with rain.
假裝躲避，卻悄悄地祈禱更多的雨。
Pretending to run for cover but secretly praying for more rain.

在水的回聲之上，我聽見有一個聲音，說出了我的名字。
Over the echo of the water, I hear a voice saying my name.
城市裡，無人在失明的快雨之下走動。
No one in the city moves under the quick sightless rain.

我筆記本的頁面濕透，卷起。
The pages of my notebook soak, then curl.

我寫道：「瑜伽派修行者張開嘴，成小時地飲雨。」
I've written:「Yogis opened their mouths for hours to drink the rain.」

天空是一隻盛著黑水的碗，沖洗著你的臉。
The sky is a bowl of dark water, rinsing your face.
窗戶發抖，液體玻璃可能雨中粉碎。
The window trembles; liquid glass could shatter into rain.

我是一隻黑碗，等著充滿。
I am a dark bowl, waiting to be filled.
如果此時我張嘴，我可能在雨中淹死。
If I open my mouth now, I could drown in the rain.

我趕路回家，好像家中有人等我。
I hurry home as though someone is there waiting for me.
夜坍塌在你的皮裡。我是雨。
The night collapses into your skin. I am the rain.[121]

可能以詩結束這本小說是最好的方式，因為「詩」這個字的發音最接近「死」，也與已故作家失聯之前翻譯的一段詩文精神相吻合。我們還是不妨把那段文字拿出來，在這兒show一下，多少也算對得起現在這個越來越多

[121] 參見Kazim Ali: http://fuckyeahpoetry.tumblr.com/

的人突然失聯的時代。趁我們尚未失聯之前，透過詩來體會一下失聯（詩聯？）的滋味，那該是一種多麼豐富的幻覺呀。

他翻譯的這段文字，出處我們都以英文注明，就恕我不多說了，以免浪費讀者的眼睛。

> 死亡是沉默。寫作是為這種沉默做準備並且是對這種沉默的頌揚。我們掌握沉默的藝術，是為了能夠認出死亡的臉，為了學習如何死。
>
> 寫作是沒有肉體的肉體。它不通向任何確定，但通向懷疑和糊塗。一刻不停的質疑。另一種死亡。
>
> ……難道就因為這，你才是兩個自我
> 兩個永遠不能達成一致意見的自我？
>
> ……
>
> 死亡是分手。最偉大的幸福是不出生，保持原生的單位。
>
> 生命是痛苦，而死亡是恢復。
> 死亡是人自戀的水。[122]

【2015年2月12日第四稿完稿於澳大利亞墨爾本】

---

[122] 引自Adonis, *Selected Poems*, translated by Khaled Mattawa, Yale University Press, 2010, pp. 278-9.

獵海人

獨夜舟

作　　者　歐陽昱
出版策劃　獵海人
製作發行　獵海人
114 台北市內湖區瑞光路76巷69號2樓
電話：+886-2-2518-0207
傳真：+886-2-2518-0778
服務信箱：s.seahunter@gmail.com

展售門市　**國家書店【松江門市】**
10485 台北市中山區松江路209號1樓
電話：+886-2-2518-0207
三民書局【復北門市】
10476 台北市復興北路386號
電話：+886-2-2500-6600
三民書局【重南門市】
10045 台北市重慶南路一段61號
電話：+886-2-2361-7511

網路訂購　博客來網路書店：http://www.books.com.tw
三民網路書店：http://www.m.sanmin.com.tw
金石堂網路書店：http://www.kingstone.com.tw
學思行網路書店：http://www.taaze.tw

法律顧問　毛國樑　律師

出版日期：2016年12月
定　　價：430元

國家圖書館出版品預行編目

獨夜舟 / 歐陽昱著. -- 臺北市 : 獵海人, 2016.12
面； 公分
ISBN 978-986-93978-0-3(平裝)

857.7　　105021492